Mein Japanjahr

Dana Willfroth

Mein Japanjahr

Ein Tagebuch

Herstellung und Verlag: Books on Demand GmbH, Norderstedt
Umschlaggestaltung, Layout: Dana Willfroth

Bibliographische Information Der Deutschen Bibliothek:
Die Deutsche Bibliothek verzeichnet diese Publikation in der Deutschen Nationalbibliografie; detaillierte bibliografische Daten sind im Internet über <http://dnb.ddb.de> abrufbar.

ISBN-10: 3-8334-6773-8
ISBN-13: 978-3-8334-6773-8

Vorwort: Vom Wannabe zum Awayee

Ich habe also den Entschluss gefasst, ein Schuljahr in Japan zu verbringen. Wie es dazu kam? Katrin, eine Schulfreundin meines Vaters aus der Lehrzeit, studierte damals an der Humboldt-Uni in Berlin Japanisch und Englisch und schaffte es, für ein Auslandsstudienjahr in Hiratsuka vorgeschlagen zu werden. Hiratsuka befindet sich in der Präfektur Kanagawa, nahe Tokyo. Sie besuchte dort die Tokai-Universität und lernte sie ihren späteren Ehemann kennen. Jetzt wohnen sie zusammen mit ihren drei Kindern in Hiroshima. Alle zwei Jahre besucht sie mit ihren Jungs Thomas, Peter und Kay ihre Eltern und Freunde in Deutschland. Bei dieser Gelegenheit berichtete sie uns viel von Japan. Dadurch entwickelte sich bei mir schon früh Interesse für eben dieses Land und zunehmend auch der Wunsch, ein Austauschjahr dort zu verbringen. Kurz nach meinem 15. Geburtstag lud mich Katrin im Frühling des Jahres 2002 zu einem 14-tägigen „Schnupperaufenthalt" zu sich nach Hause ein.

Zu diesem Zeitpunkt lernte ich bereits seit einem halben Jahr Japanisch als dritte Fremdsprache an der Leonard-Bernstein-Oberschule, meinem Gymnasium in Hellersdorf. Katrin vermittelte mir in Hiroshima Treffen mit Freunden und Bekannten und gleichaltrigen Schülern und ich konnte meine ersten Verständigungsversuche auf Japanisch starten. Auch musste ich oft nach dem Weg fragen, wenn ich mich in der Stadt verlaufen oder mit öffentlichen Verkehrsmitteln verfahren hatte. Die Leute waren sehr freundlich und hilfsbereit. Meine Befürchtungen, mich nicht ausreichend auf die landestypischen Lebensmittel umstellen zu können, bewahrheiteten sich zum Glück nicht. Katrins Mann ist Lehrer und so hatte ich die Gelegenheit, den Schulalltag einer japanischen Klasse zu erleben. An den Wochenenden unternahm die Familie Kusonoki Ausflüge mit dem Auto und zeigte mir die wichtigsten Sehenswürdigkeiten Hiroshimas und seiner Umgebung. Mit tollen Eindrücken voll gestopft, kehrte ich nach Hause zurück und wollte nun unbedingt für einen längeren Zeitraum in dieses interessante Land.

Meine Eltern haben mir für ein Austauschjahr ihre volle Unterstützung zugesagt. So bestellten wir unzählige Prospekte und schauten uns zusammen die Angebote an. Dabei bemerkten wir, dass es sowohl die Möglichkeit gibt im Sommer zu fahren, als auch im Frühjahr (Winterabreise genannt). Da das japanische Schuljahr im April beginnt, möchte ich nicht mitten im Sommer in die Klasse kommen und dann in der Hälfte des Auslandsjahres die Klasse eventuell wechseln müssen. Letztendlich blieben unserer Meinung nach dann auch nur zwei Organisationen übrig, die eine gute und professionelle Betreuung versprachen.

Ich entschied mich zunächst für die eine dieser Austauschorganisationen, füllte den langen Bewerbungsbogen aus und bat meine Japanischlehrerin um das vertrauliche Schulgutachten. Nach einer Woche kamen die Unterlagen jedoch zurück, mit dem Vermerk, dass es noch zu früh für Bewerbungen zur Winterabreise 2004/05 sei und ich die Unterlagen im Juni/Juli 03 erneut einreichen solle. Telefonisch erhielt ich außerdem die Auskunft, dass für Japan erfahrungsgemäß immer mehr Bewerbungen vorliegen als Plätze zur Verfügung gestellt werden können und ich es parallel auch bei anderen Organisationen versuchen solle.

Der Bewerbungsschluss dieser Austauschorganisation war dann später als der bei MEO, der voraussichtlich im Mai 2003 sein wird. Deshalb bewarb ich mich zuerst bei MEO. Der Name MEO setzt sich aus den jeweiligen Anfangsbuchstaben von „My Exchange Organisation" zusammen und ist, so wie die meisten in dem Buch vorkommenden Namen, von mir frei erfunden, um die Organisation und beschriebene Personen zu schützen.

Montag, 03.03.2003

Also füllte ich den einseitigen Bewerbungsbogen von MEO aus und schickte ihn ab. Zuvor waren 30 Euro Bearbeitungsgebühr zu bezahlen und eine Kopie des Überweisungsformulars beizulegen. In dem Fragebogen wurden kurze Angaben zur Person nebst einer zweiseitigen Selbstbeschreibung auf Deutsch und ein vertrauliches Lehrergutachten verlangt. Für die Bewerbung war die Angabe des Wunschlandes noch nicht erforderlich, weil die Festlegung durch MEO erst nach dem Auswahlverfahren der Bewerber erfolgt.

Montag, 15.05.2003

Bewerbungsschluss MEO!

Donnerstag, 22.05.2003

Heute kam schon die Einladung von MEO zum Auswahlseminar nach Klietz in der Nähe von Stendal in knapp einer Woche. Damit bin ich jetzt ein Wannabe (engl. von „want to be“) und richtig aufgeregt, was mich dort erwartet.

Donnerstag, 29.05.2003 bis Samstag, 31.05.2003

Um 14 Uhr war Anreise in Klietz. Dort trafen sich ca. 30 Jugendliche, wovon ungefähr zehn gerne nach Japan möchten. Insgesamt gibt es für die Winterabreise bei MEO fünf Auswahltreffen in Deutschland, zu denen die Bewerber je nach ihrem Wohnort eingeladen werden. Das Komitee Stendal hatte alle „Ostbewerber“ eingeladen. Wir versammelten uns mehrmals am Tag, um in kleineren und immer wieder neu gemischten Gruppen Spiele durchzuführen. Diese wurden von bis zu zwei Betreuern, die alle ehemalige Austauschschüler sind, beobachtet. So sollte festgestellt werden, ob wir geeignet sind, ins Ausland zu gehen. Es gab Einzelinterviews zu unseren Vorstellungen zum Thema Auslandsschuljahr. Außerdem fanden ein Grillabend und eine Talentshow, bei der fast jeder etwas Außergewöhnliches zu bieten hatte, statt. Es wurde Gitarre und Klavier gespielt, Mangas gezeichnet, Sketche aufgeführt, improvisiert und, und, und ... Der Phantasie waren fast keine Grenzen gesetzt.
Trotz der enormen Aufregung und des Konkurrenzdrucks war es eine entspannte, offene Atmosphäre und es gab so gut wie keine Streitereien. Meine Mitbewerber wirkten größtenteils sehr aufgeschlossen und interessiert, wenn manche auch ständig vor den Betreuern ihre mehr oder weniger vorhandenen Qualifikationen betonten, was auf die Dauer ziemlich nervte.
Nach dem Auswahltreffen habe ich ein gutes Gefühl. Jetzt hoffe ich auf die Annahme!!!

Dienstag, 03.06.2003

Ratet mal, was heute im Briefkasten lag ... Spannung ... die ausführlichen Bewerbungsunterlagen! Damit bin ich vom Auswahlkomitee für die Teilnahme am MEO-Programm vorgeschlagen,

also für „auslandstauglich“ befunden und darf mit MEO ins Ausland fahren. Juchhu, ich bin ein Hopee (engl. von „to hope“)! Außerdem enthält der Brief einen Länderpräferenzbogen, in dem ich fünf Wahlländer und deren Priorität angeben soll. Da gebe ich einfach nur Japan an und keine weiteren Wünsche. *augenzwinker* Ich glaube, MEO sieht so etwas nicht so gerne, aber das Risiko gehe ich jetzt einfach ein. Ein bisschen Magengrummeln habe ich nun schon, weil ich theoretisch immer noch abgelehnt werden könnte.
Der Länderpräferenzbogen muss innerhalb einer Woche, also bis zum 10.06.2003, wieder zu MEO zurückgeschickt werden.

Nun heißt es, viele Bögen Papier auszufüllen. Es werden verlangt:

- Angaben zur Person mit Porträtfoto
- jeweils eine vertrauliche Persönlichkeitsbeschreibung eines gleichaltrigen Freundes und erwachsenen Bekannten über meine Stärken und Schwächen
- ein Lehrergutachten
- ein zweiseitiger Brief an meine Gasteltern mit einer Selbstbeschreibung auf Englisch nebst einer oder mehrerer Fotoseiten mit Bildern von meiner Familie und meinem Zuhause
- ein Gesundheitszertifikat vom Hausarzt
- eine Einschätzung meiner Eltern

Dazu kommt die unterschriebene Teilnahmevereinbarung und ggf. ein Antrag auf ein Teilstipendium, dass es für mich aber leider nicht gibt, weil meine Elter dafür zu viel verdienen.
Für den Brief an die künftige Gastfamilie gibt MEO freundlicherweise Fragen vor, die ehrlich und ausführlich beantwortet werden sollen. Und für alle NichtMEOler, die sich vor leeren Blättern quälen, schreibe ich die Fragen einfach mal auf. Vielleicht hilft es ja ein wenig:

Wie würden deine Freunde oder Familie deine Persönlichkeit/ deine Charaktereigenschaften beschreiben?
Beschreibe dein Verhältnis zu den anderen Mitgliedern deiner Familie und zu Freundinnen und Freunden. (Worin unterscheidest du dich z.B. von deinen Geschwistern und Freunden? In welchen Situationen bittest du deine Eltern um Rat? Beschreibe deine Rolle in der Familie!)
Beschreibe deine Rolle außerhalb der Familie (in der Schule, in Jugendgruppen, Vereinen etc.).
Was ist dir besonders wichtig im Leben?
Warum würde eine Gastfamilie dich gerne bei sich aufnehmen? Was unterscheidet dich von den anderen und was könntest du zur Bereicherung deiner Gastfamilie und deiner Gastgemeinde beitragen?
Gibt es etwas, was du in deinem Leben als schwierig empfindest?
Beschreibe eine schwierige Entscheidung, die du treffen musstest oder eine Situation, in der du ein Hindernis überwinden musstest und beschreibe, wie du mit dieser Herausforderung umgegangen bist.
Welche Bereiche würden dich für Deine Zukunft interessieren (z.B. Beruf, Interessen)?

Montag, 23.06.2003

Die vierfach kopierten Bewerbungsunterlagen müssen heute bei MEO in Hamburg sein.

Donnerstag, 26.07.2003

Nach langem Bangen und Hoffen kam nun endlich die Zusage, dass ich für den Aufenthalt in Japan vorgeschlagen bin!!! *riesenfreu* Ich fliege also 95-prozentig in mein Traumland. Die restlichen fünf Prozent könnten eintreten, wenn z.B. jemand wegen gesundheitlicher Einschränkungen (Allergien, Asthma) oder andersartigen Essgewohnheiten (Vegetarier, Veganer) nach Einschätzung der MEO-Mitarbeiter vor Ort nicht untergebracht werden kann. Meine Bewerbungsunterlagen werden nun nach Japan geschickt. Bis Ende Oktober soll ich mein Reisedatum erfahren.
Tja, und dann gab es auch noch die Impfinformation: Es ist für Japan zwar keine Impfung vorgeschrieben, aber Polio-Tetanus-Diphtherie-Schutz sollte vorhanden sein und Immunisierung gegen Masern, Mumps, Röteln, Hepatitis A und B sind empfehlenswert. Da gibt es also demnächst noch den ein oder anderen Stich.

Donnerstag, 11.09.2003

Heute kam die Einladung für das Grundvorbereitungstreffen in Petzow bei Werder. Am 2. Oktober werde ich also mit einem Foto von mir und einem mitzubringenden typisch deutschen Gegenstand dort anreisen und mal sehen, wen ich da so wiedertreffe …

Freitag, 12.09.2003

In der Zeit vom 20. bis 25. März 2004 geht ein Flugzeug in Richtung Japan und darin werde ich dann sitzen!!! MEO hat heute den Abflugtermin für diesen Zeitraum angegeben.

Donnerstag, 02.10. bis Sonntag, 05.10.2003

Das „Inselparadies" in Petzow pünktlich gefunden und Überraschung: Bis auf zwei Bewerber waren erst einmal alle Klietz-Wannabes nach der Auswahl für „auslandstauglich" befunden und zum Hopee geschlagen worden und bis auf drei Teilnehmer haben auch alle „Japaner" ihren Erstwunsch erfüllt bekommen. Wer hätte das gedacht?
In den nächsten drei Tagen jagte ein TOP (Tagesordnungspunkt) den anderen – Gespräche und Rollenspiele, die hauptsächlich Unterordnungs- und Anpassungsfähigkeit schulen sowie auf schwierige Situationen und Entscheidungen im Ausland vorbereiten sollen. Es wurden viele Dinge angesprochen, über die man sich so vorher noch nie Gedanken gemacht hat. In den Pausen sollten wir zusätzlich noch einen Brief an uns selbst schreiben, den wir nach unserem Auslandsjahr zurückerhalten, um dann zu sehen, wie wir uns verändert haben. Wenn wir zu müde waren, versuchten uns die Betreuer mit „Energizern" aufzumuntern, was jedoch nach mehreren Stunden Gespräch und wenig Schlaf nur noch teilweise klappte. Als wir anfingen rumzunölen und diese eigentlich zur Motivation gedachten Spiele nur noch als Strafe auffassten, belustigte das die Betreuer sehr. *grins*
An einem Tag fuhren wir nach Potsdam und bekamen die Aufgabe, einen Apfel und ein rohes Ei gegen alle möglichen Sachen einzutauschen. Die Ergebnisse waren erstaunlich. Die ergatter-

ten Gegenstände reichten von einem 3D-Buch, über Regenschirme hin zu eingetauschten Gläsern aus Restaurants.
Alles in allem war es sehr anstrengend, aber auch total lustig, da die Betreuer und die Stimmung in den kleinen Gesprächsrunden offen und interessant waren.
Mehr möchte ich jedoch nicht verraten, um die gewollten Überraschungen mancher TOPs für zukünftige MEOler nicht vorwegzunehmen.

Donnerstag, 09.10.2003

Der nächste Brief von MEO mit den konkreten Abflugdaten liegt im Briefkasten. Es geht am 24. März 2004 mit British Airways von Frankfurt/Main über London nach Tokyo (Ankunft dort am 25.März). Die Gepäckbegrenzung liegt bei 20 kg plus 8 kg für das Handgepäck! Die Gepäckmenge wird nicht von der Fluggesellschaft vorgegeben, sondern von MEO limitiert. Die Begründung liegt in den Schüler-/Jugendtarifen für die Flugtickets und in den Begrenzungen bei Anschlussflügen oder Busfahrten. Jedenfalls haben meine Eltern auch gleich den Zubringerflug von Berlin nach Frankfurt gebucht.
In den nächsten Tagen müsste eigentlich ein Familiengespräch mit einem ehrenamtlichen MEOler bei uns zu Hause stattfinden. Aber bisher hat sich noch niemand gemeldet. Komisch, denn fast alle anderen Hopees haben in Petzow schon davon berichtet. Es heißt also: Weiter warten!

Freitag, 24.10.2003

In den Unterlagen, die meine Eltern heute erreichten, befinden sich die Leistungsbeschreibung zur MEO Krankenversicherung und das so genannte Elternhandbuch. Ein 23-seitiger Leitfaden mit Informationen und Tipps zum Austauschjahr.

Samstag, 25.10.2003

Tuberkulosetest ist für Japan also auch angesagt. Und dabei hatte ich gehofft, die Impftortur fast geschafft zu haben. MEO schreibt, dass man für den Schulbesuch in Japan einen aktuellen Tuberkulosetest oder eine Röntgenaufnahme der Lunge benötigt, beides nicht älter als zwei Jahre.

Freitag, 07.11.2003

Heute fand nun endlich das langersehnte Familieninterview bei uns zu Hause statt. Wir bekamen Besuch von zwei ehrenamtlichen Ehemaligen vom Verein Berliner Austauschschüler. Mareike war mit MEO in den USA und Claudia mit der anderen Austauschorganisation zu Gast in Japan. Bei Ceylon-Tee und Keksen fand dann ein ganz lockeres und freundliches Gespräch statt. Alle Aufregung vorher war also umsonst. Wir konnten Fragen zu MEO oder zu Japan stellen und wurden befragt nach gemeinsamen Familienaktivitäten und Mahlzeiten, auch nach meinen Aufgaben im Haushalt. Ich glaube, es ging vor allem darum, meine Lebenssituation in der Familie besser persönlich und nicht per Fragebogen einzuschätzen, um möglichst passende Gasteltern für mich zu finden.

Mittwoch, 26.11.2003

Wieder ein neues Formular: Application for Certificate of Eligibility (COE).
Es ist auszufüllen und bis zum 15.12.2003 an die MEO-Entsendeabteilung gemeinsam mit drei identischen Passbildern im Format 3 x 4 cm und einer Kopie meines Reisepasses zurückzuschicken.
Das COE muss in Japan von der dortigen Einwanderungsbehörde genehmigt und über MEO an mich weitergeleitet werden. Damit kann ich dann voraussichtlich im Februar 2004 bei der japanischen Botschaft mein Visum beantragen.
Ansonsten enthielt der Brief noch:

- Informationen über MEO (Ziele, Grundwerte, Geschichtliches)
- ein paar Hinweise zur Reisevorbereitung (Reisepass, Visum, Impfpass, Medikamente, Zeugniskopien für die Gastschule, Kleidung, Gastgeschenke und Erwartungshaltungen)
- Liste mit Anschriften und Telefonnummern von Japan-Returnees
- Anschriften/Telefonnummern der 20 Japan-Hopees für 2004/2005
- Adressen der zuständigen japanischen Konsulate und der Botschaft
- Infos für die Eltern über Taschengeldhöhe (ca.10.000 Yen bis 15.000 Yen entsprechen ca. 80 € bis 115 € im Monat), Geldtransfermöglichkeiten und Zusatzkosten (Klassenfahrt: 60.000 Yen bis 160.000 Yen – ca. 460 € bis 1230 €!). Die in der Regel erforderliche Schuluniform wird übrigens von der betreffenden Schule bzw. vom zuständigen MEO-Komitee gestellt.

Samstag, 06.12.2003

Nikolaustag: Im geputzten Schuh steckte u. a. eine Apocalyptica-CD und im Briefkasten ein großer Umschlag meiner Austauschorganisation.
MEO Japan hat eine Unfall- und Haftpflichtversicherung für die Austauschschüler abgeschlossen und bittet jetzt die Eltern um ihre Einverständniserklärung (Letter of Consignment).
Dazu eine Broschüre in Japanisch und Englisch mit „Tips for personal Safety in Japan“. Sie enthält wichtige Ratschläge für mein Leben in der Gastfamilie, außerhalb des Hauses, in der Schule und in der neuen Umgebung, sowie für den Umgang mit Drogen, Alkohol, Kriminalität, sexueller Belästigung, Naturkatastrophen, Terrorattacken und sonstigen Notlagen.
Ein Heftchen mit Informationen über Japan, das Leben in der Gastfamilie und in der Schule, MEO Japan, ein Orientierungscamp und MEO Aktivitäten etc. liegt auch bei.
Dazu eine Kassette nebst Lehrbuch zum Japanischlernen. Na ja, wenn man schon zwei Jahre Japanisch gelernt hat, dann ist das eher eine nette Geste …

Mittwoch, 07.01.2004

Endlich … die Einladung zur Ländervorbereitung für die elf „Thailänder" und 20 „Japaner" flatterte ins Haus. Wir Asien-Hopees treffen uns vom 6. bis zum 8. Februar 2004 in Waltershausen bei Gotha. Und Asien-Returnees werden auch zum Löcher-in-den-Bauch-fragen dabei sein.
Ich werde gleich mal den Anmeldeschnipsel ausfüllen …

Donnerstag, 29.01.2004

Die Gastfamiliengarantie ist angekommen. MEO Japan wird mich also irgendwie vermitteln können. Aber das Warten nervt und die E-Mails der anderen ATS mit ihren Jubelrufen „Ich habe sie!!!" oder „Meine Gastschule hat sich gemeldet!!" machen mich irgendwie nervös.

Freitag, 30.01.2004

Es lag ein dicker Umschlag von MEO im Briefkasten!!! Ich war total gespannt und öffnete ihn voller Vorfreude: „Bitte, bitte, lass es endlich meine Gastfamilie sein!!!"
Das hatte ich nun wirklich so schnell nach dem gestrigen Brief nicht erwartet. Nein, meine Gastfamilie hat sich nicht per E-Mail gemeldet, sondern MEO schickt gleich die gesamten Papiere. Ich habe nun die heißersehnte Gastfamilie im Großraum Tokyo (und das übrigens schon seit dem 4. Dezember – an diesem Tag hat meine Hostmum schon die Formulare ausgefüllt …). Auch über meine zukünftige Schule liegen Informationen bei. Ich werde auf die *Musashino Joshi Gakuin*, eine private buddhistische Mädchenschule gehen. Das Schulgelände umfasst 100.000 Quadratmeter und beinhaltet einen Kindergarten, eine Mittel- und Oberschule und eine Universität!
Dazu gibt es das Bestätigungsschreiben für den Direktor meiner Schule in Berlin. Nun kann endlich auch die Beurlaubung für den Zeitraum bis Februar 2005 beantragt werden.
Ich schaute mir erst einmal die Bilder an, die auf der Vorder- und Rückseite der Host Family Application zu sehen sind:
Zwei Streifenhörnchen (wie ich durch das Studieren der Unterlagen herausgefunden habe, sind es ihre Haustiere), das Haus, ein Zimmer, wahrscheinlich das Wohnzimmer und natürlich meine Gastfamilie selber.
Die Fujiwaras sind Sumito, Tomiko und ihre zwei Töchter Arisa und Sachiko.
Mein Gastvater Sumito ist genauso wie meine Gastmutter Tomiko 1960 geboren, also sind sie in etwa so alt wie meine Eltern. Beide sind berufstätig.
Meine um zwei Jahre ältere Gastschwester Arisa war 2002 mit MEO für ein Jahr in den USA und spricht dadurch sehr gut Englisch, was mir die Angst, mich nicht verständigen zu können, erst einmal etwas nimmt. Anfang März 2004 ist sie mit der Schule fertig und beginnt ein Studium an der Sophia Universität Tokyo.
Sachiko ist ein halbes Jahr jünger als ich und loves Shopping. Sie geht auf dieselbe Schule wie ich. Mal sehen, ob wir dann sogar in einer Klasse sein werden.
Die Familie ist buddhistisch und beschreibt sich selber als liberal, spontan und lässig. Sie legt nach ihren eigenen Angaben sehr viel Wert auf individuelle Interessen und hat nichts gegen

Unordentlichkeit!!! Und ich werde mein eigenes Zimmer haben. Sie schreiben, dass ich Arisas Fahrrad nutzen darf, um zur Schule zu fahren, was so in 15 Minuten zu schaffen sein müsste.
Familie Fujiwara wohnt in Nishi Tokyo (West-Tokyo), einer Stadt mit 181.000 Einwohnern, in einer Wohnung im japanischen Leichtbaustil mit viel Grün drum herum. Mein heimlicher Wunsch, in den Großraum Tokyo zu kommen, hat sich glücklicherweise erfüllt.
Na, jedenfalls scheinen sowohl die Familie als auch die Schule ein wahrer Glücksgriff zu sein, auch wenn die Familie kein Klavier hat. Aber ich darf hoffentlich in der Schule üben?
Am nächsten Tag überwand ich meine Ängstlichkeit und rief bei meiner Gastfamilie an. Ich sprach mit Arisa und ihrer Mutter auf japanisch und englisch. Zwischendurch sind mir ein paar deutsche Wörter rausgerutscht, die sie natürlich nicht verstehen konnten.
Ich habe sie nach ihrer E-Mail-Adresse gefragt, aber als sie anfingen, sie zu buchstabieren, wurde es ein Desaster, weil ich es nicht im Geringsten verstand. Wir beschlossen, dass sie mir einfach eine E-Mail schreiben. Jedenfalls sind sie wirklich nett und vor allen Dingen scheinen sie sich wirklich auf mich zu freuen! Ich bedankte mich vielmals bei ihnen und bin jetzt ganz gespannt und voller Vorfreude.
Nachdem ich die Mail bekam, stellte ich erleichtert fest, dass die Adresse einen Bindestrich enthält – das erklärt mir jetzt mein Verständigungsproblem. Was bitte heißt Bindestrich auf Japanisch?
Übrigens gibt es zwar kein Klavier, aber ein Keyboard im Hause Fujiwara. Also bin ich gespannt auf den verfügbaren Oktavbereich und kann vielleicht doch auch dort spielen?

Montag, 02.02.2004

Die Rechnung kam prompt: 6.500 Euro zu zahlen für den Schülerjahresaustausch Japan innerhalb von 30 Tagen nach Erhalt. Also greifen jetzt meine Eltern ganz tief in ihre „Geldsammlung".

Freitag, 06. bis Sonntag, 08.02.2004

So langsam nehmen Vorfreude und gleichzeitig auch Nervosität und Aufregung zu. Spätestens beim letzten, asienspezifischen Vorbereitungswochenende, das in Waltershausen bei Gotha in einem Schullandheim stattfand, wurde allen klar, dass es nicht mehr lange dauert, bis wir in eine völlig andersartige Kultur eintauchen werden.
Dieses Wochenende war im Vergleich zu den vorangegangen MEO-Treffen auch nicht so stressig. Zuerst kramten wir unsere Gastfamilienpapiere aus der Tasche, um uns zu orientieren, wer wohin kommt und wie die anderen Familien so sind. Die Thailand-Hopees hatten noch keine Familien und manche Japan-Hopees wissen leider auch noch nicht, wohin es sie verschlagen wird …
Kanji-Kärtchen, Reiseführer, Fotoalben etc. – fast jeder hatte etwas mitgebracht – landeten zur Ansicht auf einem Wühltisch.
Unsere Betreuer waren sieben Returnies aus beiden Ländern. Wir konnten unsere Fragen an ein Fragebrett kleben und diese wurden im Laufe der drei Tage dann beantwortet. Taschengeld, Gastgeschenke – eben alles, was auch in den bekannten Schüleraustauschforen im Internet so besprochen wird.

Am Samstag wurden wir entsprechend unseren Zielländern in zwei Gruppen unterteilt und machten ein Rollenspiel, bei dem verschiedene Situationen inszeniert werden sollten. Dabei traten wir von einem Fettnäpfchen ins nächste und die Berichtigung folgte auf dem Fuße. So wissen wir jetzt zum Beispiel, dass, wenn der Direktor etwas zu verkünden hat, man sich in der Turnhalle versammelt und aufsteht, um seinen Gruß zu erwidern. Die Jungs sitzen im Schneidersitz in den vorderen Reihen, dahinter knien die Mädchen.
Dann diskutieren wir noch in zugeteilten Rollen über die Vor- und Nachteile der Verwestlichung Asiens. Um „Frauenprobleme" gesellschaftlicher und medizinischer Art zu klären, standen uns die Betreuerinnen in einer geschlechterspezifischen Gesprächsrunde zur Seite.

Das Beste aber war, dass wir keinen Koch hatten und uns somit selber verpflegen konnten. Die MEO-Returnees ermöglichten es uns, an einem Tag thailändisches Essen zu kosten und zum Abschluss des Wochenendes gab es selbst gerolltes Sushi mit Gemüse. Mmmh, *oishikatta desu* (das war lecker). Nebenbei hörten wir asiatische Musik, wie zum Beispiel japanischen Hip-Hop, was ich als sehr lustig empfand, obwohl das sonst eher nicht so meine Musikrichtung ist!
Irgendwie aber habe ich an diesem Wochenende mehr über Thailand als über Japan erfahren. Wirklich Neues aus Japan war für mich eigentlich nicht dabei.

Mittwoch, 25.02.2004

Mein Certificate of Eligibility (COE), auf das ich sooo lange gewartet habe, ist endlich da! Jetzt heißt es ab zur japanischen Botschaft in Berlin in die Hiroshimastraße 6 und das Visum beantragen!
Inzwischen hat sich auch ein Japaner, der 1999/2000 mit MEO in Deutschland war, bei mir per Mail gemeldet. Ich habe so ein Glück, denn er ist Betreuer in meinem MEO-Komitee Tokyo Tama.
Supernette Zeilen und gleich auch eine prompte Antwort auf erste besorgte Fragen meinerseits. Dank hier an Panda, der wohl diesen Spitznamen bekommen hat, weil er nach eigenen Angaben aussieht wie das gleichnamige Tier.

Mittwoch, 03.03.2004

Heute ist *Hinamatsuri*, das japanische Puppenfest. In der Zeitung war zu lesen, dass in der japanischen Botschaft die zugehörige Puppentreppe zu bestaunen sei. Also Fotoapparat geschnappt und auf zur Konsularabteilung – ich muss doch noch mein Visum organisieren. Reisepass, Passbild, COE nicht vergessen! Tja, die Sache mit dem Fotos knipsen hatte sich dann schon beim Sicherheitscheck am Eingang erledigt. „Fotografieren im Botschaftsgelände verboten"! Das Ausfüllen des Antragsformulars in Englisch war eigentlich recht einfach, aber ich hatte weder die Adresse von MEO Japan noch die meiner Gastfamilie eingesteckt, was aber notwendig gewesen wäre. Glücklicherweise gestattete mir das freundliche Personal, die Infos beim Abholen nachzutragen. Zwei Tage später sollte das Visum schon fertig sein.
Die Puppen waren übrigens wirklich sehenswert.

Donnerstag, 11.03.2004

Meine Flugtickets sind da. Ich kann am 24. März um 7.20 Uhr in Tegel ein- und mein Gepäck gleich bis Tokyo durchchecken. Das erspart mir die Schlepperei in Frankfurt, wo sich alle nach Japan fliegenden MEOler aus Deutschland sammeln werden. Zu meiner großen Überraschung ist der Rückflug auch gleich okay gebucht. Das Reisebüro hat mit MEO abgestimmt, dass wir auf dem Weg nach Hause nicht wieder über Frankfurt einreisen müssen, sondern von London direkt nach Berlin fliegen können. Toll!! Das war ursprünglich nämlich anders geplant. Wenn also alles so bleibt, bin ich am 6. Februar 2005 um 22.50 Uhr wieder in Berlin.

Meine vorerst letzten Tage in *Doitsu* (Deutschland)

Am Donnerstag, dem 19.03.2004, hieß es Abschied von meiner Klasse zu nehmen. *schnief* Meine Mutti kam auf die tolle Idee, für die letzte Unterrichtsstunde Sushi zu kaufen und in die Schule zu bringen. Meine Mitschüler, die übrigens alle Japanisch lernen, waren sichtlich überrascht und nicht einmal Eric, mit dem ich das Sushi vor ein paar Wochen in der Bar testete, hatte einen Verdacht geschöpft. Ich bekam ein Heft mit vielen Bildern und Sprüchen meiner Freunde geschenkt. Hier gleich ein ganz dickes Dankeschön an Steffi und Alrun für die Ausführung und Sabrina für die Idee.
Am Montag danach fiel ich mit ein paar Leuten, die mir besonders am Herzen liegen, in ein Eiscafé ein und Eric, der ehemalige Japanfahrer meiner Klasse, konnte noch Interessantes und Lustiges aus dem Land der aufgehenden Sonne berichten. Hey Uli, deine kleine Ente hängt jetzt an meiner Federtasche neben Bernd, dem Brot und wird mich begleiten.
Vorhin bin ich zu meiner vorerst letzten Chorprobe gegangen und wir haben zusammen noch ein Abschiedslied gesungen. *schnief* Vom Chor bekam ich einen Blumenstrauß und Pralinen und von meinen beiden lieben Chorleitern einen kleinen praktischen Rucksack mit einem Kuschel-Osterhasen, einem Schutzengel und eine CD mit klassischer Musik, die man bis zum Abi kennen sollte nebst zugehörigem Buch „ABC der Klassischen Musik“. Auch an dieser Stelle noch mal ein Dankeschön. Habe mich riesig gefreut und es passt alles noch in den Koffer!
So konnte ich allen noch mal tschüss sagen und bin jetzt ganz traurig, dass die nächsten Konzerte und vor allen Dingen die Verabschiedung der 13. Klassen im Sommer ohne mich stattfinden. *heul*
Jetzt ist mein Koffer endlich fertig gepackt und ich bin sogar in der Gepäckbegrenzung von 20 kg geblieben!!! Noch besser, ich hatte noch ein Kilo übrig, das nun mit Schokolade aufgefüllt wird. Aber irgendwie kommt das Gefühl in mir hoch, etwas vergessen zu haben. Zum Glück komme ich nicht in ein kleines Dorf, wo man nur einen Krämerladen in 5 km Entfernung findet. Ich beseitige nun noch schnell das Chaos in meinem Zimmer und dann kann ich noch eine Runde schlafen!

Also macht’s gut und bleibt schön neugierig auf meine Berichte!

Mein Japanjahr

Mittwoch, 24.03.2004

Am Mittwoch um 7.20 Uhr startete der Flieger in Tegel Richtung Frankfurt am Main. Das hieß, 4 Uhr aufstehen (nach drei Stunden Schlaf *gähn*), schnell frühstücken, den Koffer endgültig schließen und Eileen abholen, die mich gerne zum Flughafen begleiten wollte. Plötzlich kam uns auf dem Weg zu unserem Auto Catrin – eine gute Freundin unserer Familie – entgegen, um sich von mir zu verabschieden und mir noch ein paar Süßigkeiten zu schenken. Ich war echt überrascht.

Am Flughafen verabschiedete ich mich von meinen Eltern und meiner besten Freundin Eileen. Ich war zu diesem Zeitpunkt komischerweise weder aufgeregt noch sonderlich traurig.

Eileen schenkte mir ein selbst bemaltes T-Shirt mit einem Notenschlüssel und ein Bild von uns beiden. Ich hatte mal wieder an das Gleiche gedacht, extra einen Bilderrahmen gekauft und ihr auch dasselbe Bild geschenkt.

In Frankfurt trafen wir uns mit den anderen Japan-MEOlern aus Deutschland und da passierte schon das erste Missgeschick! Sanny, ein paar andere Japanflieger und ich hatten unser Gepäck gleich durchgecheckt und setzten die Koordinatorin davon in Kenntnis. Diese beachtete uns aber nicht und sagte, dass alles in Ordnung sei. Wir dachten dann, dass sie unsere Bordkarten hat – hatte sie aber nicht. 20 Minuten vor dem Schließen der Flugzeugtüren trafen wir uns vor der Gepäckkontrolle und wir fragten vorsichtig noch einmal nach. Da schaute sie uns mit entsetzten Augen an und es ging das große Rennen los. Schnell zurück zum Schalter und Karten besorgen. Als wir die hatten, mussten wir uns überall vordrängeln, um dann auf die Minute genau das Flugzeug zu betreten. *puh * Wir saßen dann endlich auf unseren Plätzen und nun stellte sich heraus, dass mein Handgepäck zu groß war. *Panik* Die britische Stewardess sah mich böse an und quetschte es daraufhin in die Ablagen über den Sitzen. Joria saß hinter mir neben einem Japaner, der ganz stolz war, dass er einem Ausländer Japanisch beibringen konnte. Mir schmetterte er mit einem breiten Grinsen ein „*Ananta wa kirei na Hito desu* (du bist ein schöner Mensch)“ entgegen. *rotwerd*

In London sind wir ohne weitere Probleme umgestiegen und als wir zusammen ins Flugzeug (British Airways Flug-Nr. 007!) stiegen, wunderten wir uns erst einmal: In den Lehnen der Sitze befanden sich kleine Bildschirme, damit der Hintermann sein eigenes Fernsehprogramm bestimmen durfte. Es lief „The Last Samurai“, CNN und andere englischsprachige Sender und wenn man den Fernseher ausschaltete, konnte man ein Radioprogramm hören.

Dann setzte sich ein Japaner neben mich, der zu meinem Erstaunen richtig gut Englisch verstand. Es stellte sich heraus, dass er zehn Jahre an der Schule, an die ich in Japan gehen werde, unterrichtete. Seine Tochter ist dort Klavierlehrerin und ich soll mich bei ihr melden. Die Welt ist ein Dorf. Er selber lehrt „Englischsprachige Länder in Europa“ und lud mich zu seiner Uni in Tokyo ein, wenn ich ein bisschen besser Japanisch sprechen werde. Er meinte, dass seine Schüler nur sehr schlecht Englisch sprechen und sich über eine europäische Gesprächspartnerin freuen würden.

Er erklärte mir immer, was ich gerade esse, weil es ein japanisches Menü gab. Und er erzählte außerdem, dass nach japanischen Jungennamen die Zahl der Geburtenfolge steht. So richtig

verstanden habe ich das leider nicht. Danach unterhielten wir uns über Irland, weil er dort seinen Urlaub verbracht hatte.
Der Flug war trotzdem eine Qual: Viel zu lange und ich konnte nur eine Stunde schlafen.

Donnerstag, 25.03.2004

Gegen zehn Uhr Ortszeit (zwei Uhr nachts in Deutschland) machten wir unsere ersten Schritte auf japanischem Boden, füllten schnell noch die Einreiseformulare aus und gingen mit unseren Koffern, die zum Glück alle angekommen waren, durch die Zollkontrolle, um auf MEOler aus Finnland, Ungarn und der Schweiz und auf Panda zu treffen. Panda war es, der mir vor einiger Zeit eine Mail geschrieben hatte. Er lebte ein Jahr lang als Austauschschüler in Deutschland. Ich habe gehört, dass er sich total gefreut hat, einen deutschen Austauschschüler betreuen zu dürfen. Jetzt kann ich mir auch vorstellen, warum ihn alle Panda nennen. *grins*
Wir erhielten verschiedenfarbige Bänder, die unseren Zielort kennzeichneten und wurden mit Bussen oder dem Flugzeug verschleppt. Meine Gruppe, die in Tokyo blieb, ist mit dem Bus mitten durch die Stadt gefahren. Das war ein echtes Erlebnis!!! Schon beim Einsteigen bemerkt man den Linksverkehr. Man steigt von der „falschen“ Seite ein (was aber nichts macht, weil ich eh nie weiß, wo links und rechts ist *augenzwinker*). Der Busfahrer hat weiße Handschuhe an. Die Hochstraße, auf der wir fuhren, schlängelte sich über den Köpfen der Japaner an den Häusern vorbei und weil Tokyos Straßen wie in einer amerikanische Stadt gitterförmig angelegt sind, kann man nach jedem Häuserblock durch die Straßen sehen. Es ist alles so bunt und die Stromkabel hängen durcheinander. Es sind hunderte Menschen zu sehen.
Dann habe ich geschlafen – eine Stunde – da muss wohl ein japanischer Stau gewesen sein.
Im Orientierungscamp angekommen, bekamen wir als Gruppe zwei Gruppenleiter, Tomiko und Panda, zugeteilt. Sie erklärten uns landestypische Dinge (z.B. Essensregeln usw.). Irgendwie hatten wir erwartet, dass uns etwas Japanisch beigebracht wird, aber dem war nicht so.
Wir machten keine Pause. Nicht mal vor und nach dem leckeren Essen, das wir unter drei oder vier Gerichten wählen konnten.
Abends gingen wir sind noch Baden. Chantal aus der Schweiz und ich haben nicht gewusst, dass es mehrere *Ofurobas* (Badestuben) gab. Wir gingen in den erstbesten Raum und fragten uns, wo unsere Gruppe nur ist? Wir waren umgeben von Japanerinnen, die ihre Blicke nicht zurückhalten konnten, während unsere Gruppe offensichtlich im Nebenraum war. Na wenigstens managten wir es, nicht im Männerbad gelandet zu sein.
Im Ofuroba wäscht man sich vor dem Becken, indem man sich auf einen kleinen Stuhl setzt und Wasser in einen Eimer laufen lässt und ihn sich vor und nach dem Einseifen über den Kopf kippt. Das klare Wasser, in das man sich anschließend setzt, ist wirklich heiß und man hält es nicht länger als zehn Minuten aus.
Um 23 Uhr abends durften wir endlich ins Bett, um 7.30 Uhr anderntags wieder aufstehen zu müssen.
Da hatte ich das erste Mal Zeit für ein kleines Heimweh, aber ich war so müde, dass ich doch gleich einschlief.

Freitag, 26.03.2004

Der nächste Tag war nicht weniger anstrengend. Wir feierten *Hanami* (Blütenschau). Im Moment blühen nämlich gerade die *Sakura* (Kirschbäume) und wir konnten uns Kekse und Getränke aussuchen, um ein Picknick zu machen. Auf der Wiese spielte ein kleiner Junge mit seiner Mutter Baseball. Franzi und ich sind einfach hingelaufen und haben mitgespielt, aber das Treffen des Balles gelang mir eher nicht …
Abends fand eine Talentshow statt. Aus fast jedem Land wurde ein Tanz oder ein Lied präsentiert. Wir motivierten uns, spontan „Alle meine Entchen" zu performen. Ok, das war lächerlich, aber egal.
Danach wurde ein japanisches Buffet aufgetischt. *Oishii* (lecker).

Samstag, 27.03.2004

Um sechs Uhr schon aufstehen! Vormittags sind diejenigen, die dem Komitee Tokyo Tama zugeteilt waren, zusammen mit Panda mit dem Zug 10 km durch Tokyo gefahren. Er hat uns gezeigt, wie wir Fahrkarten kaufen können.
Das Komitee hat eine Party für uns geplant. *freu* Wir kamen in einen Raum und man erklärte uns, was uns nun erwartet. Nach einer kurzen, angespannten Wartzeit gingen wir in den größeren Nebenraum, in dem unsere Gastfamilien warteten und betraten eine kleine Bühne, auf der wir uns vorstellten. Manche Austauschschüler können aber noch kein Japanisch, lernten aber wenigstens ein paar Standardsätze auswendig.
Die ehemaligen japanischen Austauschschüler hatten eine kleine Show für uns vorbereitet. Währenddessen saßen wir an kniehohen Tischen zusammen mit unseren Gastfamilien. Ich hatte ein sehr komisches Gefühl dabei, weil wir gar nicht so recht wussten, wie und worüber wir uns unterhalten sollten. Die erste Frage an mich war dann, ob ich alles essen kann, oder ob ich Allergien habe. *grins*
Als die Veranstaltung zu Ende war, brachten wir meinen Koffer ins Auto meiner neuen Familie und liefen in einen Park in der Nähe. Fujiwaras wollten mir noch die wunderschönen Kirschbaumblüten zeigen. Ich entdeckte – es war auch nicht zu übersehen – riesige große mülltütenblaue Plastikplanen, auf denen Hunderte von Menschen saßen und professionell *Hanami* (Blütenschau) betrieben. So richtig lang vorbereitet, mit überdimensionalen Picknickkörben und den leckersten Speisen. In der Mitte des Gartens befindet sich ein See, auf dem Kinder oder Liebespaare Tretboote fuhren. Ich kam mir vor wie in einem rosaroten (Kitsch-) Märchen.
Fujiwaras redeten immer munter auf mich ein, in der Hoffnung, dass ich schon wisse, was sie sagen. Meistens habe ich den Sinn schon erahnen können, wenn ich auch nur die Hälfte des Satzes übersetzen konnte. Der Rest ging auf Englisch.
Danach sind wir mit dem Auto zur Wohnung gefahren. Fujiwaras wohnen in der 3.Etage (also ganz oben). Das Haus ist aber anders gebaut als ein deutsches Mehrfamilienhaus. Das Treppenhaus ist außen angebracht und man betritt jede Wohnung von einem langen Balkon aus. Sie zeigten mir außerdem die Briefkästen. Sie sind mit einem Zahlenschloss, das man mal im und mal gegen den Uhrzeigersinn drehen muss, gesichert. Eigentlich ganz praktisch, weil man dann nicht für jedes Familienmitglied einen Schlüssel braucht.
Auf der einen Seite des Hauses befindet sich ein Feld, das zu einer Uni gehört. Hier können die Studenten ihr Gemüse anbauen. Dahinter stehen Häuser und wenn man aus dem Fenster des

Wohnzimmers schaut, dann sieht man auch nur Häuser. Eigentlich ist es hier relativ grün, wenn man das mit der Innenstadt vergleicht. Dort konnte ich nicht einen Baum entdecken. Hier ist ein kleiner Garten mit Kirschbäumen und dort picknicken und spielen die Kinder mit ihren Eltern. Wenn man 200 Meter läuft, kommt man in eine Einkaufsstraße, in der man alles bekommt, was das Herz begehrt. Sogar ein *Maku Donarudo* (McDonald's) ist dort zu finden.
Mein Zimmer hier ist im Vergleich zu meinem Zimmer in Deutschland sehr klein. Das hatte ich aber erwartet und ich finde es echt superoberriesenklasse, dass Arisa zu Sachiko gezogen ist, damit ich hier mein eigenes Zimmer habe. Letztendlich habe ich auch alles untergekriegt und bin die meiste Zeit im Wohnzimmer, wo sich immer alle aufhalten. Ansonsten sind mein Zimmer und die ganze Wohnung sehr westlich eingerichtet. Ich schlafe in einem Bett (und nicht auf einem Futon, den ich dann jeden Morgen nach dem Schlafen hätte wegräumen müssen). Daneben steht ein kleiner Schreibtisch. Wenn man aufs Klo geht, muss man hier auch nicht die Schuhe wechseln, wie es durchaus in anderen Familien üblich ist.
Entgegen allen Klischees über das Verhalten der Japaner bei der Übergabe von Geschenken, hat meine Familie die Gastgeschenke in meinem Beisein geöffnet und auch gezeigt, dass sie sich darüber freuen: Meine Gastschwestern bekamen jeweils ein Paar bunte, lustige Zehensocken, dazu Schokolade und ein Plüschtier aus Bad Kösen (Katze und Eichhörnchen). Meiner Gastmutti schenkte ich ein Buch über Deutschland auf Japanisch, ein Lesezeichen mit unserem Berliner Fernsehturm sowie eine Packung „Merci" und meinem Gastpapa Sumito, dem Polizisten, eine Dienstmütze nebst einem Jackenaufnäher der Berliner Polizei. Für uns alle habe ich ein Mensch-ärgere-dich-nicht-Spiel mitgebracht. Das war ein voller Erfolg – sofort ausprobiert – lustig und leicht zu erklären.
Dann bin ich mit Arisa einkaufen gegangen und habe meine eigenen Schälchen für den Reis und die Misosuppe besorgt und danach ein Kanji-Lernheft für Zweitklässler.
Für mich ist alles sooo bunt und lustig, weil ich die meisten Sachen nicht kenne. Ich sah einen Spielautomaten, in dem man erst 100 Yen (ein Euro ist zur Zeit etwa 130 Yen wert) einwirft und dann einen Knopf drückt, damit sich eine Schaufel bewegt und Süßigkeiten schaufelt, um sie danach auf eine Oberfläche zu werfen, auf der sich noch ein Brett befindet, das sich nach vorne und hinten bewegt und die Süßigkeiten in ein Loch schiebt, damit man sie sich endlich nehmen kann. Klingt zwar komisch, ist aber so! Auf jeden Fall hatte ich zwei Hände voller Süßigkeiten (von denen die Hälfte aus Zitronen- und Orangentraubenzucker bestand und gegen Zitrusfrüchte habe ich eine Allergie!) und habe mich trotzdem total gefreut. Das sind also die Mittel, mit denen kleine Kinder (und ahnungslose neugierige Ausländer) abgezockt werden. Ich kann mir die Dramen vorstellen, die bei jedem Familieneinkauf ablaufen, wenn die süßen Kleinen doch sooo gerne auch mal spielen möchten. *grins*
Wieder zu Hause angekommen, gab mir *Okâsan* (meine Gastmutter) eine Figur namens *Daruma*. Ich sollte mit selbst angeriebener Kalligraphietusche das rechte Auge ausmalen und mir dabei etwas wünschen. Dann stellt man seinen *Daruma* an einen Platz, an dem man ihn täglich sehen kann. Er überwacht nun die Wunscherfüllung. Die Figur ist annähernd rund und hat durch einen Schwerpunkt im unteren Bereich die Eigenschaft, sich immer wieder aufzurichten, was den Siegeswillen und das Niemalsaufgeben symbolisiert. (Stehaufmännchen). Wenn der Wunsch in Erfüllung geht, darf ich das zweite Auge malen.
Dann habe ich noch gelernt die Kanji für Fujiwara zu schreiben. Mit Arisa habe ich mich durch die ersten Seiten des Kanji-Lernheftes gequält. Viele Kanji kannte ich ja schon, aber das mit den Lesungen dieser Schriftzeichen ist so eine Sache. Die vergesse ich zu schnell (wenn ich sie überhaupt schon konnte).

Zum Abendbrot gab es Spaghetti. Die wurden aber ausnahmsweise nicht mit den *Ohashi* (Stäbchen) gegessen. Jeder isst hier mit seinen eigenen Stäbchen aus seinen eigenen Schalen. Da muss man erst einmal durchsehen.
Beim Essen lief der Fernseher mit zwei Kanälen gleichzeitig. Das nervte mich etwas. Noch dazu läuft er den ganzen Tag.
Sachiko hat mir ihr neustes Play Station Spiel gezeigt. Sie breitete eine Matte vor der Konsole aus und begann je nach den Richtungen der Pfeile, die von unten nach oben über den Bildschirm rasten, auf die dazugehörigen Markierungen auf der Matte zu treten. Dazu liefen Songs, die man sich aussuchen konnte. Ich selber bin da viel zu langsam gewesen und habe bei dem Tempo niemals geschafft zu gucken, zu denken und gleichzeitig in die richtige Richtung zu treten. *Mist*
Am Abend wurde noch die Badewanne eingelassen. Dabei steigt die gesamte Familie ins gleiche Wasser, nachdem sie sich aber vorher abgeduscht hat. Traditionell wird dabei beim Familienoberhaupt angefangen und geht über weitere männliche Familienmitglieder schließlich zur Mutter und den Töchtern, wobei das Alter eine wichtige Rolle spielt. Das mit der Reihenfolge in einer traditionell lebenden Familie scheint hier jedoch egal zu sein. Das Wasser hatte sogar eine angenehme Temperatur.
Danach bin ich ins Bett gefallen …

Sonntag, 28.03.2004

… und habe bis 10 Uhr geschlafen.
Nachmittags sind wir zur Bibliothek gefahren, in der Okâsan arbeitet. Jetzt habe ich einen Leseausweis und damit konnte ich mir gleich ein Kinderbuch ausleihen, das wir gemeinsam durchlasen. Ein Kinderbuch deshalb, weil es kaum Kanjis enthält, sondern zu größten Teilen aus Hiragana besteht.
Die Japanische Schrift ist in drei Gruppen von Schriftzeichen unterteilt:

Hiragana

Die Silbenschrift Hiragana wurde vom buddhistischen Mönch Kûkai (774-835) entwickelt. Er leitete sein Schriftsystem von den chinesischen Schriftzeichen ab. Vor allem Frauen verwendeten dieses System, da sie vom Lernen der chinesischen Zeichen ausgeschlossen waren.
Obwohl man die ganze Sprache theoretisch in Hiragana schreiben könnte, werden Hiragana normalerweise nur für grammatikalische Endungen von Verben und Adjektiven, sowohl für Partikel und andere Wörter, für die es kein entsprechendes Kanji gibt, benutzt.
Japanische Kinder lernen zuerst Hiragana, daher sind viele Kinderbücher nur in diesem Schriftsystem geschrieben.

Katakana

Im 8. Jahrhundert entwickelte Kibi no Makibi (693-755) durch eine Vereinfachung der chinesischen Silbenschrift das Silbenalphabet Katakana. Das System wurde vor allem von Mönchen und Priestern benutzt, um ihre buddhistischen Schriften zu lesen, zu schreiben und zu studieren.

Die Japaner haben aber auch viele Wörter aus dem Englischen, Portugiesischen und Flämischen, aus anderen asiatischen Sprachen, dem Deutschen, Französischen und Italienischen adaptiert. Die meisten dieser so genannten Lehnwörter werden in Katakana geschrieben.
Die japanische Aussprache und manchmal sogar die Bedeutung dieser Lehnwörter kann sich zum Teil aber ziemlich stark von der originalen unterscheiden: z.B. *kaaten* (curtain), *elebeetaa* (elevator), *gaaru* (girl)
Zusätzlich werden viele moderne Lehnwörter abgekürzt, was vor allem Englisch lernenden Japanern Probleme bereiten kann; z.B. *sûpâ* (supermarket), *kiro* (kilometer oder kilogramm), *depâto* (department store), *wâpuro* (word processor), *rimokon* (remote control).
Die Japaner kreieren auch japanisierte, englische Wörter. Das berühmteste Beispiel ist der *sararîman*, das japanische Wort für einen typischen japanischen Firmenarbeiter. Das englische Wort 'salaryman' existierte bisher nicht.

Kanji

Kanjis sind chinesische Schriftzeichen, die im 5. Jahrhundert aus China über Korea nach Japan importiert wurden. Die Japaner kannten zu dieser Zeit noch keine Schrift. Mit dem Import der Zeichen wurde gleichzeitig die chinesische Aussprache der Zeichen übernommen aber die Kanjis wurden auch mit den existierenden japanischen Worten assoziiert. Dies hat bis in die Gegenwart zur Folge, dass im Japanischen im Gegensatz zum Chinesischen für die meisten Kanji mindestens zwei Aussprachen (eine für das japanische Wort und eine Leseart, die den chinesischen Laut imitiert) existieren.
In der japanischen Sprache werden Kanjis für Verben, Adjektive und Substantive benutzt.
Es existieren in etwa 50.000 Zeichen. Die japanische Regierung hat sich in der Vergangenheit dazu entschlossen, das Schriftsystem zu vereinfachen. 1946 wurden daher 1850 Kanjis für den täglichen Gebrauch empfohlen, 1981 wurde auf 1945 Zeichen erhöht. Diese Zeichen müssen in den ersten neun Schuljahren von allen Schülern gelernt werden und reichen in der Regel auch aus, um z.B. eine Tageszeitung zu lesen.
Die chinesischen Zeichen werden jedoch nicht allen Eigenheiten der japanischen Sprache gerecht. Deshalb mischen die Japaner Kanji, Hiragana und Katakana.
Rein theoretisch ist es möglich alle Wörter in Silbenschrift zu schreiben, jedoch gibt es viele Wörter mit gleichem Klanglaut, so dass erst ein Kanji eine eindeutige Aussage macht.

Nach dem Besuch in der Bibliothek sind wir noch mit dem Fahrrad in meine Schule gefahren. Ein paar Schüler waren trotz der Ferien mit ihren Clubaktivitäten beschäftigt. Die Schule ist wirklich sehr schön mit ihrem großen Garten und alles sieht so neu aus. Ich freue mich schon auf meine Schuluniform.
Mit dem Fahrrad sind wir ganz langsam gefahren und haben 20 Minuten gebraucht. Aber irgendwie komme ich mit den Vorfahrtsregeln nicht so richtig klar. Die, die von links kommen, müssten die Vorfahrt haben, aber keiner achtet darauf. *Otôsan* (mein Gastvater) fährt mit dem Auto los, wann er will. Wenn er sich in eine Schlange einordnen möchte, hupt er einfach aufdringlich und fährt los. Ist das der Tokyoter Fahrstil? Oder nur der meines Gastvaters? Ich werde es weiter beobachten …
Die Toiletten hier sind ja echt lustig. Auf dem Hebel zum Spülen des Klos meiner Familie stehen die Kanjis für „Groß“ und „Klein“. Außerdem gibt es noch eine Besonderheit: Waschbecken und Spülkasten bilden eine Einheit. Das Wasser läuft aus dem Wasserhahn, man wäscht

sich die Hände und nun fließt das Abwasser durch den Abfluss in den darunter befindlichen Spülkasten der Toilette. Man nutzt dann das Wasser beim nächsten Mal zum Spülen für das WC. Das nenne ich mal clever. An anderen Klos sind Knöpfe angebracht, um Spülgeräusche zu imitieren, damit unvermeindliche „Zuhörer" keine Toilettengeräusche zu hören bekommen, weil diese den Japanern peinlich sind. Ist das nicht lustig? Bei noch anderen Klos werden die Brillen beheizt. Da fragt man sich jedes Mal: „Wer saß denn hier schon?". Wenn man die vielen Knöpfe ausprobiert, spritzt auf einmal Wasser von unten hoch und wenn man entsetzt aufspringt, spült das Klo von selber. Da bekommt man es mit der Angst zu tun!

Montag, 29.03. 2004

Heute Morgen musste ich schon relativ früh aufstehen, weil eine Versammlung der Hausbewohner stattfand. Ich sollte mich vorstellen. Das war mir ein bisschen peinlich, weil alle mich plötzlich so erwartungsvoll anguckten und nach jedem Satz, den ich gesagt habe, ging ein erstauntes Nicken durch die Reihen. Danach durfte ich zum Glück gehen und Arisa hat noch bei unseren Nachbarn geklingelt, weil sie ein Klavier haben und gefragt, ob ich dort auch immer mal üben darf, was mir gestattet wurde.
Danach war ich einkaufen. Alles ist bunt, aber eben auch teuer. *geiz* Also habe ich nur ein paar Süßigkeiten gekauft und mich ganz doll gefreut.
Jetzt verstehe ich auch, warum Austauschschüler in dem Jahr ein paar Kilo zulegen. Die essen hier schon zum Frühstück das Dreifache von dem, was ich sonst verdrücke. Zum Mittag fragen meine Gasteltern mich immer, ob ich wirklich schon satt bin und finden es ganz komisch, wenn ich das bejahe. Ich bin vom Mittag noch satt, da gibt es schon Abendbrot. Und auch so viel. Man möchte ja schließlich nicht unhöflich sein. Sachiko verdrückt zudem noch eine Packung Chips pro Tag ...

Dienstag, 30.03.2004

Heute sind Okâsan und ich vormittags mit dem Bus nach Kichijôji gefahren, weil dort ein MEO Tokyo Tama Treffen stattfand. Die gespielte Freundlichkeit des Busfahrers ist echt mal erwähnenswert: Jedes Mal, wenn jemand sein Geld bezahlte sagte er mit gelangweilter Stimme: „*Arigatô gozaimashita*" (Vielen Dank). Und das dann 10 Mal pro Haltestelle. Noch dazu wird der Wert des Geldes nicht einmal überprüft, sondern man wirft es einfach in eine Box. Japaner sind doch zu ehrlich, oder? Die gleiche Freundlichkeit erwartet einen auch beim Einkaufen. Man tritt einem Japaner aus Versehen auf den Fuß und da entschuldigt sich dieser doch glatt dafür, dass sein Fuß dort gerade im Weg war! Aber eigentlich ist das eine bessere Art miteinander umzugehen, als die, die man in Deutschlands Städten gewohnt ist, oder wird man in Deutschland von Verkäufern begrüßt, auch wenn man an ihrem Geschäft vorbeiläuft?
In Kichijôji waren wir erst einmal Pizza essen und dann wurde ich zum MEO-Treffort gebracht. Danach hatten wir zwei Stunden Unterricht. Wir lernten Katakana, Zahlen und die Uhrzeiten. Bajul aus der Schweiz und ich haben uns total gelangweilt, weil wir schon zu Hause eine ganze Weile Japanischunterricht hatten. Die andern wunderten sich, dass wir sogar Kanjis schreiben können. Naja, die Zeit verging irgendwie, aber das Schlimmste war, dass wir noch viele Hausaufgaben aufbekamen. Ich sehe das einfach als Wiederholung an ... und habe sie schnell

zu Hause gemacht. Das Ganze geht im April so weiter. Es ist aber ganz cool, die anderen Austauschschüler zu sehen und Erfahrungen auszutauschen.
Zum Abendbrot gab es Pferd, das von meinem Gastopa zu meiner Begrüßung geschickt wurde. Und weil das nicht gereicht hat, wurde es roh (!!!) gegessen. Ich habe aus Höflichkeit mal gekostet und mich dann auf meinen Reis und meine Misosuppe gefreut. *Miso* ist eine Paste, die aus Sojabohnen, Reis und Gerste besteht.

Mittwoch, 31.03.2004

Shinjuku ist ja sooo genial!!!
Meine große Gastschwester Arisa, eine ihrer Freundinnen, die sie schon seit zehn Jahren kennt und ich haben uns im Kino einen koreanischen Film mit japanischen Untertiteln angesehen. Ich weiß gar nicht, wie man das in der Geschwindigkeit lesen soll, zumal ich die Kanjis eh nicht kenne. Na, auf jeden Fall war das ein sehr tiefgründiger Film mit sehr wenigen Farben und ich verstand ihn überhaupt nicht. Da habe ich ein bisschen geschlafen und auf die Musik gehört. Die war zwar ganz schön, aber wenn man den ganzen Film lang drei Lieder immer wieder wiederholt, geht es einem echt auf die Nerven. Danach sind wir zu den *Purikura*-Automaten gegangen. Ich liebe Purikura. Da könnte ich mein ganzes Taschengeld ausgeben!
Das Wort Purikura setzt sich aus zwei Wörtern zusammen: *purinto* (print) und *kurabu* (club). Man geht in eine Kabine und macht ein paar schräge Fotos. Danach kann man mit einem Metallstift auf einem Bildschirm den Hintergrund bearbeiten und Sterne, Herzchen, Kuscheltiere und viele bunte Sachen einfügen. Dabei hat man eine Zeitbegrenzung, die die Sache erst richtig interessant macht. Das ganze kostet 400 Yen (ca. drei Euro). Aber zu dritt geht das schon. Danach bekommt man eine Karte mit den Bildchen drauf und die kann man dann zerschneiden und aufteilen. In der Regel werden die selbstklebenden Purikuras dann so groß wie eine halbe bis ganze Briefmarke, man kann sie jedoch auch größer drucken lassen.
Auf diesen Bildchen sieht man immer gut aus: helles Licht, großer Kontrast. Das macht echt Spaß!
Shinjuku (Stadtteil Tokyos) ist riesig. Ganz viele Wolkenkratzer und Tausende von leuchtenden Reklameschildern. Das ist ziemlich eindrucksvoll.
Ich finde es etwas komisch, dass Jugendliche und junge Frauen in Geschäfte mit rosafarbenen Disneysachen gehen und sich über Hunde, Katzen und Prinzessinnen freuen, alles angrabbeln und ganz entzückt „*kawaii*“ (niedlich) quietschen. Aber das ist hier normal …
Meine Gastmutter hat mir ein Nachthemd gekauft, das hellrosa ist und einen Mickey-und-Minni-Mouse-Aufdruck hat. Sie hatte es vermutlich im Versandhaus bestellt und da konnte ich nicht sagen, dass mir so etwas eher nicht gefällt. (Nachts sieht mich ja keiner, außer meiner Gastfamilie.)
Vorhin aßen wir Tempura zum Abendessen. Das ist frittiertes Gemüse, wie Bohnen und Kürbis etc. und frittierter Fisch. Heute kochte Otôsan. Ich war mit dem Tischdecken beschäftigt und habe die Stäbchen mal wieder nicht richtig zugeordnet. Ob ich es jemals lernen werde? *sichselbstfrag* Zum Tempura gab es natürlich noch Reis und Misosuppe mit Tofu.

Donnerstag, 01.04. 2004

Heute war Arisas erster Tag an der Uni. Sie studiert an der Sophia-Universität in Tokyo Philosophie. Sie hat dort die Möglichkeit Deutsch zu lernen und erste Sätze auf Deutsch bekam sie heute schon beigebracht. Ich helfe ihr bei der Aussprache und stelle dabei fest, wie schwer deutsche Grammatik für Japanerinnen ist. Sie fragt mich Sachen, da muss ich selber erst überlegen. Sachiko und ich hatten keine Schule und darüber bin ich nicht ganz unglücklich, weil ich da endlich mal Zeit habe meine Mails zu lesen. Wir haben uns zusammen einen Film auf DVD angesehen. Diesmal aber auf Englisch mit japanischen Untertiteln. Es war einer dieser amerikanischen Actionfilme, in denen alles möglich ist … aber das muss auch mal sein.

Freitag, 02.04.2004

Mit Sachiko bin ich heute Morgen losgefahren, um ihre Freundin Nao am Bahnhof zu treffen. Wir sind zusammen ins Kino gegangen und haben uns „Master And Commander" angesehen. (Ich weiß gar nicht, ob es den in Deutschland auch gibt!?) Der Eintritt hat 1800 Yen (rund 14 Euro) gekostet!!! In Japan werden die Filme meistens mit Untertiteln gezeigt, weil Japaner die Originalstimmen hören wollen. Das habe ich mir zumindest sagen lassen. Für mich war das aber ganz angenehm, weil ich wenigstens mitbekam, worum es ging.
Danach bin ich wieder nicht an den wundervollen Purikura-Automaten vorbeigekommen (ich gebe es ja zu) und habe Nao und Sachiko gleich mitgeschleppt. *grins *
Als wir dann fanden, dass wir genug Geld dafür ausgegeben hatten, schlugen beide vor, noch eine Stunde in einer Karaokebar zu verbringen. Ich war total gespannt, weil ich da noch nie drin war …
Wir meldeten uns erst an und bekamen eine Zimmernummer angesagt. In diesem relativ kleinen Zimmer stand vorne neben der bunten Glastür ein Fernseher mit lauter Knöpfen und Anzeigen, die in allen Farben aufleuchteten. Wir setzten uns um den Tisch herum und suchten uns Lieder aus, die wir dann mit einer Fernbedienung eingaben. Es lagen zwei Kataloge vor uns: Eins für japanische und eins für anderssprachige Lieder. Im Letzteren gab es echt eine bunte Mischung! Was für eine Ehre für Leonard Bernstein gleich über Britney Spears zu stehen!!! Es war aber eine gute Chance für mich, herauszufinden, was die japanischen Jugendlichen kennen, und was nicht. Voller Entsetzen musste ich feststellen, dass Backstreet Boys & Co hier richtig bekannt und beliebt sind! Ich dachte, dass ich diese Musik wenigstens für ein Jahr nicht mehr hören muss … aber nein … sie verfolgt mich. Zum Glück konnten sowohl Sachiko als auch Nao gut singen, was die Sache doch wieder ganz lustig machte, auch wenn ich die japanischen Poplieder nicht wirklich kenne und deshalb nicht mitsingen konnte.

Samstag, 03.04.2004

In den Ferien gegen sieben Uhr aufstehen zu müssen, um in die Schule zu fahren, ist doch echt deprimierend! Dort wurde ich dem Schulleiter und ein paar Lehrern vorgestellt und bekam ein Gesangbuch, eine Gebetskette für die allmorgendlichen buddhistischen Gebete und zwei Anstecker mit dem Schullogo und der Aufschrift „High School" ausgehändigt. Danach suchte eine Lehrerin krampfhaft eine Schuluniform für mich. Dabei müssen aber so viele Kleidungsregeln

eingehalten werden, dass erst die allerletzte Schuluniform passte, nachdem ich schon zehn anprobiert hatte. Der dunkelblaue Faltenrock, der bei der Winteruniform mit der Weste vernäht ist, muss z.B. unbedingt kurz unter den Knien enden, d.h. er muss das Knie bedecken. Aber mir kamen so viele Mädchen entgegen, deren Röcke überall endeten, nur nicht dort … Dann bekam ich noch vier weiße Blusen mit dem Schullogo, drei Paar weiße Kniestrümpfe, auch mit Schullogo, einen dunkelblauen Blazer, eine dunkelrote Krawatte mit Gummizug *puh*, einen Sommerrock aus dünnerem Stoff (aber auf keinen Fall kürzer als der Winterrock), einen ebenfalls dunkelblauen Pollover und schwarze Schuhe, die total unbequem sind.
Danach drückte man mir noch Sportzeug in die Hand mit einem roten Band, das man sich um den Kopf bindet, damit jeder weiß, zu welcher Mannschaft man gehört. Eine Schürze mit weißen Spitzen für den Kochunterricht ergänzt die Grundausstattung.
Insgesamt bin ich dann mit drei Tüten, der Schultasche und dem Blazer in der Hand aus der Schule getrabt. Die Schultasche ist auch bei allen Schülerinnen gleich. Da habe ich die Uli-Abschieds-Ente dran gemacht, damit ich sie wiedererkenne und nicht aus Versehen eine fremde Tasche greife.
Danach trafen wir uns gleich mit MEO in einem Park, um unsere *Obentôs* essen. Obentôs sind Lunchpakete mit kleinen Häppchen, die man kalt und meistens mit Stäbchen aus den dafür vorgesehenen Dosen (*Obentôbako*) isst. Sie werden morgens zu Hause meistens von den Müttern zubereitet und den Familienmitgliedern als Pausenbrot (also quasi als Pausenreis) zur Schule bzw. Arbeit mitgegeben. Natürlich kann man Obentôs auch an jedem Kiosk und in jedem Supermarkt fertig zubereitet kaufen. Ich bin mal gespannt, was in meinem täglichen Obentô so drin sein wird!
Uns wurde vom Vorsitzenden unseres Komitees ganz viel darüber erzählt, wie Japaner zur Natur stehen und welche Pflanzen welche Bedeutungen haben. Darauf folgte wieder der berühmt berüchtigte Japanischunterricht, in dem ich aber diesmal vorsorglich die Aufgaben der nächsten Lektion machte, damit ich sie nicht als Hausaufgabe aufbekam … Nächstes Mal schreiben wir einen Test. *bäh*

Sonntag, 04.04.2004

Huch, was war das? Ich wurde heute um 8 Uhr aus dem Bett gerüttelt. Die Lampe in meinem Zimmer wackelte und die Türen klapperten! – Ein leichtes Erdbeben. Im Fernseher laufen in diesem Fall sofort die Anzeigen über Stärke und das Epizentrum des Bebens. Ich bin gleich wieder ins Bett. *gähn*
Hier ist richtiges Sch…wetter. Aber trotzdem fand heute eine MEO-*Hanami*-Feier statt. Draußen konnten wir ja nicht sitzen, da sind wir halt in die Turnhalle gegangen und haben dort ein paar gemalte Blumen aufgehängt. Es war trotzdem total cool und mein Komitee hat sich wie immer sehr viel Mühe gemacht. Wir sind sechs neue Austauschschüler hier: aus den USA, Finnland, der Schweiz, China, Vietnam und ich „vertrete" Deutschland.
Zuerst aßen wir unsere Obentôs. Meine Gastmutter hatte Sushi gemacht und noch ein paar süße Kleinigkeiten gekauft.
Danach zeigte jede Familie eine kleine Show. Meine Gastfamilie hatte u. a. dafür „Mein Hut der hat drei Ecken" gelernt. Und ich trällerte ein japanisches Lied. Danach fanden Spiele statt, in denen die Familien gegeneinander antreten sollten. Bei einem Spiel sollten wir mit dem Mund Süßigkeiten in einem Karton mit Mehl finden. Da sauten sich alle die teilnahmen erst mal so

richtig ein. Ich hatte es noch geschafft das Mehl durch die Nase einzuatmen, was ziemlich unangenehm war. Das soll wohl ein typisch Japanisches Spiel sein. Aber ob es für 17-jährige wirklich angebracht ist, ist eine andere Frage. *augenzwinker*
Als Geburtstagsgeschenk bekamen Bajul aus der Schweiz, Samuli aus Finnland und ich nachträglich ein MEO-T-Shirt geschenkt, auf das unsere Köpfe gedruckt wurden.
Auf dem Rückweg nach Hause regnete hat es immer noch und es war sooo kalt. Hoffentlich werde ich nicht krank.
Vor einem Laden habe ich einen Regenschirmständer entdeckt. Man stopft hier seinen nassen Schirm in eine bereitliegende Plastiktüte, damit der Laden nicht voll getropft wird. Wenn man ihn aber draußen liegen lässt bzw. vergisst, darf jeder ihn benutzen. Pech!

Montag, 05.04.2004

Morgens bin ich um 7.30 Uhr aufgestanden, weil ich mich allen Lehrern vorstellen musste. Dazu durfte ich die Schuluniform in Gänze das erste Mal anziehen. Es ist ja so kompliziert, weil man viele Schichten übereinanderziehen muss. Erst die Bluse, dann den Schlips, danach Rock und Weste, darüber noch einen Pullover und dann erst den Blazer. Irgendwann werde ich bestimmt mal ein Teil vergessen. Ich sehe es förmlich vor mir, wie ich ohne Schlips oder mit den falschen Schuhen aus dem Haus renne.
Mit dem Fahrrad ging es heute zur Schule. Ca. 15 Minuten. Praktisch mit dem Faltenrock und Gegenwind!
In der Schule war meine Gastmutter plötzlich ganz aufgeregt und zottelte an mir rum, damit auch alles perfekt sitzt. Ich habe fast eine Krise bekommen. Sie übertrug ihre Nervosität letztendlich auch auf mich. Vor den Lehrern durfte ich dann zum x-ten Mal mein: *„konnichiwa, watashi wa Dana desu“* (guten Tag, ich heiße Dana), aufsagen.
Mittags traf ich mich mit Robert in Shinjuku. Wir kennen uns aus dem Wahlpflichtunterricht Japanisch an unserer Schule in Berlin. Er macht auch gerade ein Austauschjahr, ist aber schon seit einem halben Jahr hier in Japan. Weil er zufälligerweise hier in der Nähe wohnt, bot es sich einfach an, sich mal zu treffen. Meine Gastmutter war bei meiner Bitte zu dem Treffen gehen zu dürfen ganz aus dem Häuschen und rief gleich seine Gastfamilie an. Von mir wollte sie wissen, ob das wohl mein Freund sei ... Sie meinte dann, dass wir uns in Shinjuku treffen könnten und dass sie mitkommt, damit wir uns unterhalten können. Interkulturelle Panne! Zum Glück sah seine Gastmutti das alles nicht so eng. Letztendlich durften wir sogar alleine durch Shinjuku streifen und ein paar Ansichtskarten kaufen, auch wenn diese hier untypisch sind und wir ewig suchen mussten.
Danach waren wir Deutsch essen und Robert bestand darauf, zu bezahlen. Danke nochmals. Es war echt lecker. Robert wählte Tafelspitz und ich genoss Hackbraten mit Kartoffeln, Mischgemüse und Nudeln. Klasse, mal wieder eine Mahlzeit ohne Reis zu bekommen ...
Jetzt tun mir meine Füße aber ganz schön weh ... Das Gespräch, das unsere beiden Gastmütter miteinander führten, hat dazu beigetragen, dass ich vielleicht auch einmal etwas alleine machen kann. Meine Okâsan ist jetzt ein bisschen beruhigter und hat nicht mehr so viel Angst um mich. Sie erzählte mir gleich, was Robert für ein toller Junge wäre (nachdem er ihr sogar Blumen geschenkt hat) und was er alles für Fähigkeiten besitze. *grins*

Dienstag, 06.04.2004

Als ich aufwachte, hatte ich so ein leichtes Kratzen im Hals ... kein gutes Zeichen.
Mein Gastpapi hat heute Geburtstag, aber das wird total ignoriert, weil morgen gefeiert wird. Erst dann gibt es die Geschenke. Morgen wird Arisa nämlich 19 Jahre alt.
Zum Abendbrot gab es Qualle, die gekocht und in Salzwasser eingelegt im Supermarkt erhältlich ist. Sie kaut sich wie Gummi und schmeckt ganz komisch! Erst konnte ich mit dem japanischen Begriff nichts anfangen. Ich habe das eher für etwas Pflanzliches aus dem Meer gehalten. Aber Fujiwaras machten einen riesigen Kult darum und versuchten mir schließlich eine Qualle aufzumalen. Ich bin ja da sehr testfreudig. Aber mein Leibgericht wird es wahrlich nicht werden.

Mittwoch, 07.04.2004

Ich konnte die ganze Nacht kaum schlafen und hatte morgens Fieber. Meine Gastmutter meinte daraufhin, dass ich erst einmal zur Schule gehen soll (erster Schultag!!!) und sie mit mir danach ins Krankenhaus fährt. Dort fühlt man sich gleich noch viel elender, wenn man die ganzen alten Leute um sich herum zu sitzen hat und diese auch noch am Tropf hängen. Okâsan neigt zu leichten Übertreibungen und macht sich ständig Sorgen, ob es mir gut geht. Ich muss hier auch fünf Mal am Tag mein Fieber messen ...
Na jedenfalls bin ich zur Schule gegangen und alle Schülerinnen haben eine kleine Blume mitgebracht, die dann in einen großen Topf gesteckt wurden. Den tieferen Sinn dieser Handlung habe ich aber leider nicht mitbekommen.
Danach wurde ich zu meiner Klasse gebracht und mir wurde ein Platz zugewiesen. Hier sind die Tische kleiner als in Deutschland, so dass pro Tisch nur ein Schüler Platz hat. Ich sitze ganz hinten am Fenster und bin die 36. Schülerin in der Klasse. Als ich schließlich saß, durfte ich auch schon wieder aufstehen und mit kratziger Stimme erzählen, wer ich bin und was ich mag. Aber es sollte noch schlimmer kommen ...
Nachdem wir den Stundenplan und Blätter mit mir unbekannten Kanjis bekommen hatten, versammelten sich alle in der Aula. Das war eine Aktion, bis endlich alle dort saßen, wo sie sitzen sollten! Wir sangen buddhistische Lieder aus einem Buch und beteten zusammen. Ich verstand natürlich kein Wort und so schnell kann ich Japanisch auch nicht lesen, als dass ich hätte mitsingen können. Ich war außerdem damit beschäftigt, die Regeln herauszufinden und mich einigermaßen richtig zu verhalten. Danach wurden die neuen Lehrer vom Direktor vorgestellt und ich musste wieder in meinem fürchterlichen Japanisch vor ca. 1200 Schülern mit belegter Stimme von mir berichten!
Die Schule war dann aber relativ schnell vorbei und morgen ist ein freier Tag! *freu*
Eingestuft bin ich als *Kôkô Ninensei* (Zweitklässler der Oberstufe). Sachiko geht in meine Parallelklasse.
Irgendwie habe ich die Geschenkübergabe an Arisa nicht so richtig mitbekommen. Und so ein bisschen habe ich mit meiner Krankheit ihren Geburtstag wohl auch durcheinander gebracht.
Vorhin aßen wir Sushi! *Oishikatta* (das war lecker)! Außerdem hatte Sachiko eine Torte zu Arisas Geburtstag gekauft, die aber während des Transportes umgekippt war und so zu unserer Belustigung beitrug.
Zum Glück habe ich mir Tempo-Taschentücher *Schleichwerbung* aus Deutschland mitgebracht! Die japanischen Papiertaschentücher sind so dünn, dass man sie eher zum Reinigen

einer Kameraoptik benutzen kann! Durchschnupfsicher sind sie aber nicht! Hier darf man sich in der Öffentlichkeit die Nase aber sowieso nicht putzen, weil die Japaner das ekelig finden. Hochziehen ist angesagt. Es ist so grausam, wenn mir die Nase nun einmal läuft.
Gestern und heute waren übrigens wieder kleine Erdbeben. Die merke ich aber anscheinend immer nur, wenn ich im Bett liege.

Donnerstag, 08.04.2004

Die Medizin scheint zu helfen! Mir geht es besser und ich habe kein Fieber mehr. Nur Schnupfen! Und keine Nasentropfen. Dafür aber Tempotaschentücher. Ich muss aber zweimal am Tag so eine kleine Tüte weißen Pulvers mit Wasser runterspülen. Hmm?
Habe die meiste Zeit im Bett verbracht und die Ruhe um mich herum genossen, Musik gehört und (ich gebe es ja zu) Gameboy gespielt!

Freitag, 09.04.2004

Heute mal wieder Schule! Aber noch kein richtiger Unterricht. Der geht erst morgen richtig los (*heul* Schule am Samstag). Dafür wurden Fotos von der Klasse gemacht und wir hatten Klassenleiterstunden. Das gemeinsame Putzen ist heute auch ausgefallen, weil alles irgendwie noch sauber war.
Da es in Japan üblich ist, sich mit Familiennamen anzusprechen, tue ich hier übrigens so, als wäre Dana mein Nachname und alle sind zufrieden. So ist es Keinem unangenehm, mich Dana zu nennen … *grins* Und ich möchte nicht näher darüber nachdenken, was sonst aus Willfroth so alles entstehen würde. *Zunge brech*
Dafür versuchten viele Mitschülerinnen ihr Englisch an mir auszuprobieren und stellten mir die beliebten Standardfragen, ob ich Geschwister und Haustiere habe, was ich am liebsten esse und welchen Beruf ich gerne ausüben möchte … Auf jeden Fall sind sie die ganze Pause damit beschäftigt rumzualbern und zu kreischen. Ich stehe dann mit einem freundlichen Lächeln im Gesicht daneben und denke mir meinen Teil … In den Pausen ist es also richtig laut und alle sind ganz ausgelassen. Ich habe auch noch nicht bemerkt, dass es Außenseiter oder Klassenanführer gibt und an der Schule nehmen auch leicht behinderte Mädchen ganz selbstverständlich am Unterricht teil. So einen Zusammenhalt würde man sich in einer deutschen Klasse mal wünschen!

Samstag, 10.04.2004

Es ist zum Heulen!!! Am Samstag bis mittags in die Schule zu müssen!
Wir treffen uns um halb neun und singen mit unserer Homeroom-(Klassen-)Lehrerin Yamashita-Sensei die Schulhymne. Sensei ist eine höfliche Anrede für Lehrer. Die Schulhymne wird hier über ein Lautsprechersystem eingespielt, sodass sie in allen Räumen und Gängen, sogar auf den Toiletten zu hören ist. Dabei stehen die Schüler auf und halten ihre lilanen Gebetsketten und ein kleines rotes Büchlein in der Hand. Eigentlich sollen wir mitsingen, was aber nur vereinzelt zu sehen ist.

Die Klassenlehrerin teilt dann noch Infoblätter aus und dreiviertel zehn fängt die erste Stunde an …

Erste Stunde Buddhismusunterricht. Der Lehrer ist Anfang 50, hat dunkelgraue Haare und einen hellgrauen Bart. Dabei haben viele Japaner gar keinen Bart, weil dieser bei ihnen aus irgendwelchen Gründen nicht wächst. Der Lehrer sah eigentlich ganz freundlich aus und dann sprang er vorne rum und spielte den Entertainer. Ich habe ihn aber gerade deswegen überhaupt nicht verstanden, weil er ganz aufgeregt war und immer schneller wurde …

Das mit dem Singen der Lieder und dem schnellen Greifen der Gebetskette habe ich mittlerweile auch raus, notfalls schlage ich nur eine beliebige Seite auf und so tue, als würde ich mitlesen. Bei mir geht das natürlich nicht so schnell.

In Chemie, haben wir noch nichts gelernt, denn die Lehrerin ließ Blätter mit Fragen über unsere Hobbys ausfüllen …

In den letzten beiden Stunden war Hauswirtschaftslehre angesagt. Zuerst durften wir das Geschirr in der Schülerküche abwaschen. Wir wurden in Gruppen eingeteilt und bekamen zu fünft einen Herd mit Spüle zugewiesen. Als wir dann fertig waren, sollten wir für das Gericht, das wir nächste Woche kochen werden, herausfinden, wie viel Fett und Vitamine jede einzelne Zutat hat. Dazu erhielten wir ein Lehrbuch, das nur aus solchen Angaben besteht. Das ist komisch und ich habe auch null Lust, das für einen Test alles auswendig zu lernen … Die Lehrerin diktierte die Zutaten und dazugehörigen Zahlen und guckte mich schief an, als ich nicht mitkam. Ich durfte mit meinem kleinen Tisch zu meiner Nachbarin rutschen. Die hatte aber alles unordentlich geschrieben und ich konnte nichts zuordnen. Da habe ich die bösen Blicke ertragen und lieber ein bisschen Japanisch gelernt. Die soll sich nicht so haben.

Zum Schluss noch das gemeinsame Putzen und ab nach Hause. Nach dem Essen erst einmal einen dreistündigen Mittagsschlaf. Uffff. Die fremde Sprache und Kultur macht mir ganz schön zu schaffen.

Sonntag, 11.04.2004 Ostersonntag

Ich bin morgens früh aufgestanden und habe für meine Gastschwestern die Ostersachen versteckt. Es ist irgendwie komisch, die Seiten zu tauschen und mal nicht selbst zu suchen! Es war auch relativ schwer hier etwas Verstecktes wieder zu finden, weil es bei Fujiwaras aufgrund des mangelnden Platzes nicht sehr überschaubar ist. Dann wollte ich die Eier kochen, aber es gab keinen Eierpiekser. Aber Not macht erfinderisch und ich fragte Okâsan nach einer Nadel, die aber beim Benutzen lieber verbiegen wollte, als ein Loch in die Schale zu machen … Okâsan hat ganz verdutzt geguckt, als ich die Eier, ganz wie sie waren, in das kochende Wasser legen wollte. Das ist hier wohl nicht üblich!? Zwei hatten am Ende einen Riss und als ich sie mit Osterhasenabziehbildern bekleben wollte, habe ich mir nicht nur die Finger verbrannt, sondern es ist ein Ei ganz aufgeplatzt. Mist.

Das Osterpäckchen, das meine Mutter mir aus Deutschland schickte, enthielt u. a. auch Eierbecher. Da musste ich meiner Gastfamilie erst einmal zeigen und erklären, was das ist, wozu die da sind und dass die Eier in Deutschland mit einem Teelöffel gegessen werden. Sie haben sich vielleicht gewundert und geübt. Schon lustig, aber wer weiß, wie ich beim Essen mit Stäbchen aussehe?

Das Suchen bereitete jedenfalls allen viel Spaß. Ein lila Schokohase liegt noch irgendwo in der Wohnung. Alles Schauen, alles Rufen war vergebens … Der taucht ja vielleicht Weihnachten wieder auf … und wird zum Glück auch nicht so leicht schlecht!
Nachmittags durfte ich Play-Station spielen. Bei dem Tanzspiel weiß ich inzwischen auch, wann ich wo hin treten muss, damit ich von der Konsole nicht ausgebuht werde. *freu* Auf einmal merkte ich, dass etwas Flauschiges über mein Bein krabbelte … ich schrie entsetzt und erschrocken auf. Da ist doch tatsächlich eins der durchgedrehten Streifenhörnchen ausgebüchst! Wir lockten es mit kleinen Leckerbissen in den verschlossenen (!!!) Käfig zurück und wunderten uns eine Runde, wie es da wohl herausgekommen sein mag. Ein verrücktes Zauberhörnchen … Vielleicht hat es ja den Schokohasen gefunden? *zwinker*
Und dann gab es noch ein längeres Ostergrußtelefonat mit meinen Eltern.

Montag, 12.04.2004

Jetzt fängt die Schule richtig an!
Zu Beginn das obligatorische Schulhymnensingen. Ich verstehe den Text immer noch nicht und stehe dumm rum. Danach die Blätter der Homeroom-Lehrerin Yamashita-Sensei durch die Bankreihen reichen, bis sie hinten angekommen sind, daraufgucken, merken, dass ich sic ch nicht verstehe … und in die Tasche stopfen.
Erste Stunde Chemie! Die Lehrerin schrieb die ersten 20 Elemente aus dem Periodensystem an die Tafel und die dazugehörigen Namen in Katakana und Kanji. Sie murmelte etwas von einem Test, wann weiß ich aber nicht. Ich habe also alles abgeschrieben und zu Hause die Kanjis meiner Gastmutter gezeigt, damit sie sie berichtigen kann und ich die Reihenfolge der Striche kennen lerne.
Im anschließenden Sportunterricht bereiteten uns zwei Schülerinnen mit einer Erwärmung auf die anschließenden Übungen vor. Die beiden waren aber so schnell, dass ich die Bewegungen erst kapierte, als sie vorne schon wieder fertig waren. Ich war alles andere als warm und gedehnt. Danach setzte ich mich wegen meiner Sportbefreiung auf einen alten Stuhl, der auf dem Sportplatz herumstand und musste feststellen, dass der Sportunterricht in Japan dem in Deutschland ähnelt. Grässlich. Höher, schneller, weiter, ohne auf die Gesundheit aufzupassen … aber das ist nur mein erster Eindruck. Die Schülerinnen sollten zum Beispiel aus dem Stand ohne Anlauf springen und dabei wurde die Strecke gemessen.
Dritte Stunde Weltgeschichte! Wir sollten die Welt malen. Ich wusste zum Glück noch, wo welche Kontinente liegen und wie sie in etwa aussehen, aber der Lehrer wollte es wohl genauer. Es war sehr lustig zu sehen, dass meine Mitschüler Japan in die Mitte zeichneten und alles andere drum herum. Logisch, Japan als Mittelpunkt. *augenzwinker*
Danach Gesundheitslehre. Die Lehrerin teilte Blätter mit Skizzen der männlichen und weiblichen Geschlechtorgane aus. Soll ich die einzelnen Teile jetzt auf Japanisch beschriften???
Da habe ich mich richtig auf die Mathestunde gefreut! Ich dachte vielleicht dort etwas zu verstehen. In dem Klassenraum saßen 55 Schülerinnen. Der Lehrer stand vorne an einer winzigen Tafel und erklärte die Polynomdivision mit Variablen und Rest. Die Japaner haben eine andere Schreibweise und ich wusste anfangs gar nicht, was ich davon halten sollte. Fand mich aber rein und nun machte es echt Spaß, weil es zwar sehr schwer war, aber mit ein bisschen Knobeln durchaus lösbar. Der Lehrer rechnete uns die gestellte Aufgabe vor und verrechnete sich. Ein

paar Schülerinnen bemerkten dies und brüllten gleich: „*Sensei*" (Lehrer)! Gelacht wurde aber über diese Situation im Gegensatz zu deutschen Klassen nicht.
In der großen Hofpause zeigte der Brass-Band-Club sein Können. Ich bin in den Innenhof gelaufen und habe ihr zugehört. Das war soooo toll. Zu schade, dass ich kein Blasinstrument spielen kann und auch nicht die Zeit habe, das hier zu lernen! Vielleicht gibt es ja einen anderen Club, in den ich eintreten kann. Die Schule hat wirklich viel zu bieten. In den Pausen vor und nach dem Unterricht üben zum Beispiel die Tanzgruppen.

Dienstag, 13.04.2004

Ich hatte heute vier Stunden Mathe!!! Es reicht für diese Woche! Mit drei unterschiedlichen Lehrern und zwei Themen: Imaginäre Zahlen (die ich schon im Profilkurs zu Hause nicht wirklich verstanden hatte) und Vektoren. Der Lehrer für die Vektorrechnung hat mir freundlicherweise die wichtigsten Sachen ins Englische übersetzt und so habe ich das Wesentliche verstanden. *puh*
Englisch haben wir mit Yamashita-Sensei. Sie war für ein Jahr in Großbritannien und spricht somit ein mir verständliches Englisch. Sie ist noch sehr jung und richtig nett. Sie teilte Arbeitsblätter aus, die zweigeteilt sind: Auf der einen Seite steht Englisch und auf der anderen die japanische Übersetzung. Für mich schreibt sie sogar die Furigana (Lesungen) über die Kanjis, damit ich im Englischunterricht Japanisch lernen kann. Jetzt verstehe ich auch langsam, warum Japaner kaum Englisch sprechen! Sie lernen ganze Sätze auswendig und haben keine Vokabelliste. Wenn die Wörter dann in anderer Form erscheinen, können sie damit nichts anfangen. Danach üben sie die Aussprache, indem sie die Sätze, die von der Lehrerin vorgesprochen werden, in einem Sprechchor oft fehlerhaft wiederholen. Ich bin durch die fehlenden Englischkenntnisse meiner Mitschülerinnen wenigstens gezwungen in der Schule Japanisch zu reden, weil mein Englisch keiner versteht. Neuerdings rücken viele Mitschülerinnen mit deutschen Standartsätzen an und freuen sich und kichern, wenn ich das „Aufu Widdaseen" verstehe.
Im Chemieunterricht habe ich wieder Japanisch gelernt und es danach meiner Banknachbarin gleichgetan und mich ein bisschen „erholt". Sachiko hat es gestern geschafft, 90 Minuten zu baden, so dass ich, weil ich nach ihr dran war, erst um Mitternacht im Bett war. Es tat mir also ein bisschen Schlaf ganz gut und die Lehrerin habe ich sowieso nicht verstanden. Auch wenn das ganz praktisch ist, werde ich versuchen, es nicht zu meiner Gewohnheit zu machen, weil es mir in Deutschland sonst auf die Füße fällt, weil es dort ja Mitarbeitszensuren gibt. *grmpf* Hier meldet sich keiner, also gibt es auch keine Bewertung der Mitarbeit. Klingt zwar komisch, iss aba so.
Nach der Schule redete ich mit Yamashita-Sensei über die Schwierigkeit mancher Unterrichtsfächer und sie fing an die Hälfte davon aus meinem Stundenplan zu streichen. Da wird sich aber noch einiges ändern und vielleicht werden Stunden, wie Altjapanisch und Geschichte durch andere ersetzt. Aber ich kann ja noch auf ein paar Freistunden hoffen. Yamashita-Sensei würde meine Faulheit wahrscheinlich unterstützen, aber erstens würde Ito-Sensei, die zuständige Lehrerin für Austauschschüler, das nicht durchgehen lassen und zweitens hätte ich wohl ein schlechtes Gewissen, weil die anderen in der Klasse so viel lernen müssen … Das entscheidet sich also alles später.
Ich erzählte Yamashita-Sensei, dass ich gerne mindestens zweimal pro Woche eine Stunde Klavier üben möchte und fragte, ob sich das in Freistunden einrichten ließe. Sie brachte mich gleich

zum Chor, damit ich ihn mir angucken konnte. Da kamen alle interessiert auf mich zu und stellten sich vor. Der Chor besteht aus 20 Sängerinnen. Sie singen gerade eine langweilige, aber anspruchsvolle Version von Händels „Halleluja“ und ein japanisches Lied, das ich nicht kenne. Es war zum Lachen „Hareruya“ mit japanischer Aussprache zu hören!!! In einer Pause fragten sie mich, was sie eigentlich singen und waren nach meiner Übersetzung ganz erstaunt, weil sie dachten, sie singen ein Trauerlied! Mitsingen konnte ich heute nicht, weil ich immer noch erkältet bin. Der Chor sang heute a capella, was für mich etwas gewöhnungsbedürfig ist. Außerdem sind natürlich keine Tenöre und Bässe dabei. Und ein Chor ohne Bässe klingt, wie eine Currywurst ohne Ketschup schmeckt. Fade und langweilig. Aber ich werde wahrscheinlich trotzdem eine Weile mitsingen. Sie singen wirklich gut und sauber und ich werde noch einiges lernen können. Proben sind dienstags, mittwochs und freitags für jeweils zwei Stunden.

Mittwoch, 14.04.2004

Ich bin heute schon relativ früh aufgestanden, um zeitig mit Sachiko in die Schule zu fahren. Wir waren eingeteilt, uns an die Ausgänge zu stellen und die ankommenden Schülerinnen und Lehrer zu begrüßen. Wir haben es aber nicht auf die Reihe bekommen das „*Ohayôgozaimasu*“ (guten Morgen) gleichzeitig zu sagen. So grüßten wir wild durch die Gegend und das a im „masu“ zogen wir gaaaanz lang, damit wir wenigstens gleichzeitig aufhörten. Danach machten wir uns über uns selber lustig, auch wenn die Lehrerin, die ich im Hauswirtschaftsunterricht habe und die uns beaufsichtigen wollte, das gar nicht witzig fand und ihren Job wie gewohnt sehr ernst nahm.
Es war auch interessant zu sehen, wie die Leute, die gegrüßt wurden, darauf reagierten. Manche gingen mit gesenktem Kopf weiter und manche grüßten zurück.
Ansonsten habe ich heute im Japanischunterricht in meiner Klasse nichts verstanden und das Lehrbuch besteht für mich auch nur aus Hyroglyphen. Ich weiß auch nicht, wer unter den Lehrern das Gerücht verbreitet hat, dass ich gut Japanisch verstehen würde. Die Lehrer reden in gewohnter Geschwindigkeit auf mich ein und wundern sich, dass ich sie nicht oder nur teilweise verstehe. Die Japanischlehrerin wollte, dass ich so komplizierte Kanjis von der Tafel abschreibe. Das habe ich dann auch gemacht, aber den Sinn nicht so ganz verstanden. Wenn ich wenigstens die Strichreihenfolge gewusst hätte, wäre es eine gute Übung gewesen, aber so … besser als zu schlafen.
In den Pausen verteilte ich ein paar deutsche Süßigkeiten. Alle haben sich gefreut, aber ein paar wurden ganz hysterisch! Süßigkeiten sind wohl in der Schule verboten. Ich sollte aufpassen, dass die Lehrer das nicht mitbekommen. Die sind aber eh nur im Unterricht in unserem Klassenraum. Also, was soll´s?
Ich bekomme sowieso die Verbote irgendwie immer erst mit, wenn es zu spät ist. Ich habe letztens in der Schuluniform ein paar Purikura-Bilder gemacht. Sachiko meinte, dass das nicht erlaubt ist. Aber das kann ich doch nicht ahnen, wenn ein paar Mitschülerinnen mit mir nach der Schule noch schnell ein paar Bilder in den Automaten nahe des Bahnhofs mit mir machen wollen … Können sie mir so etwas nicht vorher sagen?
In der letzten Unterrichtsstunde hatten wir Teilungsunterricht und ich wählte lieber Bio als Altjapanisch. Die Lehrerin ist total lustig und ich sitze nach ihrem Plan ganz vorne. Sie versuchte, mir die Fremdwörter mit einem Translator ins Englische zu übersetzen. Hättet ihr gewusst, was ein *Bailus* ist? Sie schrieb es nach viel Verwirrung letztendlich an die Tafel: Virus. Ah! Alle

lachten nur noch und wir haben in der Doppelstunde kaum etwas geschafft, weil wir an jedem zweiten Wort hängen geblieben sind. Die Lehrerin hat es aber sichtlich erfreut, wenn ich wusste, wovon sie redet. Sie ist neben Yamashita-Sensei die Einzige, die mit den Schülern während des Unterrichts Dialoge führt. Die anderen ziehen ihren Frontalunterricht durch.
Nach dem gemeinsamen Putzen ging ich zum Chor. Bei „Halleluja" bin ich ja noch klar gekommen, auch wenn ich jetzt Mezzosopran singe und aus Deutschland nur die Sopranstimme einer Gospelvariante kenne. Bei dem japanischen Lied war es aber aus. Blattsingen und die Hiragana gleichzeitig zu lesen ist einfach zu schwierig gewesen. So schnell komme ich nicht hinterher. Da muss ich wohl erst einmal lesen üben! Bei sechs Stunden Probe in der Woche wird wohl irgendwo einmal eine abfallen, oder? Die Chorleiterin hat eine klassische Gesangsausbildung. Wir müssen die kompletten zwei Stunden Probe kerzengerade stehen – anstrengend.
Nach der Schule fing es an zu regnen. Japaner nehmen meistens einen Regenschirm in die Hand, während sie Fahrrad fahren. Das traue ich mir aber nicht zu, weil ich die Hände zum Bremsen brauche, falls ich wieder einmal rechts mit links vertausche …
Na, auf jeden Fall wusste ich auf einmal nicht mehr, wo ich war. Okay, das ist nicht das erste Mal und mein Orientierungssinn ist vielleicht auch nicht der Beste, aber muss das unbedingt passieren, wenn es regnet? Ich habe mich zum Tanashi-Bahnhof durchgefragt und kam klitschnass zu Hause an. Meiner Gastmutter gegenüber habe ich den Vorfall natürlich nicht erwähnt, weil sie mich sonst nicht mehr alleine draußen herumfahren lässt.
Ich weiß jetzt übrigens, warum es in Japan nicht so viele Arbeitslose gibt wie in Deutschland *grins*: An jeder größeren Kreuzung steht hier ein Polizist, um zu pfeifen, wenn es grün wird. Den Sinn verstehe ich leider nicht! Man sieht doch, was die Ampel anzeigt und wenn man blind ist, dann fährt man kein Auto, oder? Die Polizisten tun ganz bedeutungsvoll und fuchteln mit ihren Leuchtstäben à la „Star Wars" durch die Gegend. Da muss ich immer schmunzeln.

Donnerstag, 15.04.2004

Heute früh war ich so in Eile, dass ich fast ohne Schlips aus dem Haus gegangen wäre. Das hätte in der Schule sicherlich viel Spaß gegeben. Meiner Gastmutter ist es aber zum Glück aufgefallen …
In der Schule haben wir den Test in Chemie wiederbekommen, den wir irgendwann mal zwischendurch über das Periodensystem geschrieben hatten. Ich lernte alle Kanjis und Namen der Elemente auswendig. Ich konnte bloß nicht so schnell schreiben, habe es aber trotzdem auf 28 von 40 Punkten gebracht. Es war ganz verwirrend, weil japanische Lehrer offensichtlich keine Richtighäkchen an die Lösungen setzen, sondern pro Punkt einen Kringel um die richtige Angabe machen. Ich dachte erst, dass das alles falsch wäre und wunderte mich eine Runde …

Freitag, 16.04.2004

Heute war wieder Chorprobe und ich komme immer noch nicht mit dem schnellen Lesen der Hiragana hinterher. Das Mädchen, das neben mir steht, grinst mich dann immer an, aber es sind alle ganz verständnisvoll. Vielleicht sollte ich das Buch einfach mal mit nach Hause nehmen und hier üben!? Wenigstens „Hareruya" *grins* kann ich jetzt auswendig. Die Lehrerin kommt ständig herum und korrigiert unsere Haltung. Das auch ja das Notenblatt nicht zu weit unten

gehalten wird und wehe, wenn der Rücken nicht ganz gerade ist … Mensch, hatte ich es im Chor meiner Schule in Deutschland gut!
Als ich zu Hause war, bin ich nur noch ins Bett gefallen, nachdem ich aber erst wieder ewig warten musste, bis meine Gastschwester mit dem Baden fertig war …

Samstag, 17.04.2004

Im Hauswirtschaftsunterricht schauten wir uns ein Video an, in dem gezeigt wurde, wie das Gericht zubereitet wird, das wir nächste Woche kochen werden. Man kann da eine richtige Wissenschaft draus machen! Aber ich bin ganz froh über das Video, weil ich nämlich nicht alles verstanden hatte und befürchtete, nächste Woche ziemlich doof da zu stehen. Die Lehrerin wird auch ein bisschen freundlicher, weil ich ihr jetzt immer Gespräche über Deutschland aufdrücke. Ich berichte über deutsches Essen, was aber aufgrund ihrer fehlenden Englischkenntnisse etwas schwierig ist, aber lustig, weil ich alles versuche zu zeigen, was meistens zu Missverständnissen führt.
Nach dem Unterricht bekam ich von einer Mitschülerin einen Fächer geschenkt. Den brauche ich hier auch, weil es inzwischen ziemlich warm geworden ist.
Mit Sachiko kaufte ich Mittagessen ein. Auf einem Fertiggericht, das man mit Wasser auffüllen muss, war ein Fächer abgebildet. Ich zeigte darauf und meinte, dass ich so etwas geschenkt bekam. Nachmittags fragte Okâsan dann, was ich denn heute mit meinen Freunden gegessen habe! Ich wusste natürlich erst gar nicht, was sie meinte, weil sie mir ja ein Obentô mitgegeben hatte. Dann fiel es mir ein: Ich meinte auf der Verpackung den Fächer, nicht das Essen! Ach ja, wieder so ein Missverständnis.
In der Schule habe ich heute meinen neuen und für mich zurechtgeschnittenen Stundenplan erhalten. Jetzt ist easy life angesagt. Nur noch Fächer, die ich mag. Ich darf mit den *Kôkô Ichinenseis* (Erstklässlern der Oberschule), also eine Klasse unter mir sogar am Musik- und Kalligraphieunterricht teilnehmen. Genial, oder?
Abends haben meine Gastmutter und ich das Abendessen vorbereitet: Tempura. Dazu werden Gemüse und Krabben mit Mehl und Eiern paniert und in heißem Pflanzenöl frittiert. Total lecker! Aber leider genau so fettig. Sachiko stand in der Tür und meinte, dass sie das nicht isst. Ich fragte sie, ob sie es nicht mag. Nun zickt sie total rum, schrie wie von einer Tarantel gestochen durch die Gegend und ich wusste gar nicht, was los war. Okâsan meinte mit einer leichten Ironie in der Stimme, dass sie eine kurzentschlossene Diät durchziehen möchte. Hä? Stopft man neuerdings bei einer Diät massenhaft Schokolade und Chips in sich rein??? Auf jeden Fall äffte sie mich nach und kreischte ungefähr eine halbe Stunde ihre Mutter an, warum sie mich nicht ausstehen kann. Arisa erzählte mir nur, dass ich mir nichts daraus machen soll, weil Sachiko des Öfteren so ist und sie sich eher selbst im Weg steht und ich nun nur ein guter Grund für ihre Unzufriedenheit bin. Ich tat einfach so, als wenn nichts wäre, auch wenn sie mir die Türen vor der Nase zuknallte, mir demonstrativ die Sicht zum Fernseher versperrte und sich sonstige kleine Gehässigkeiten für mich ausdachte. Da stehe ich jetzt einfach mal drüber, auch wenn es schwer fällt. Find ich ja ehrlich gesagt ein bisschen kindisch für ihr Alter, aber na ja. Wer weiß, wie lange das noch so geht …

Sonntag., 18.04.2004

Das Rumgezicke Sachikos hat relativ genau 24 Stunden angehalten! Jetzt tut sie so, als wäre nie etwas gewesen. Nicht mal ein „Entschuldigung“ habe ich vernommen. Pff …
Ich bin heute einfach in meinem Zimmer geblieben, habe Musik gehört und Karten geschrieben. Ich brauchte mal meine Ruhe. Sonst ist nichts vorgefallen.

Montag, 19.04.2004

Zwei Stunden Japanisch-Einzelunterricht in der Schule. Meine Lehrerin wollte mir unbedingt Sachen beibringen, die ich schon konnte und forscht nach, ob ich dies oder das schon kenne. Wenn ich sagte, dass ich dieses oder jenes in Deutschland schon gelernt habe, redete sie trotzdem noch eine halbe Stunde darüber. In der zweiten Stunde kam die mexikanische Austauschschülerin noch dazu. Wir sind zurzeit die einzigen Austauschschülerinnen an der Schule. Jedenfalls war es erschreckend für mich mit anzuhören, dass sie nach einem dreiviertel Jahr Aufenthalt in Japan immer noch Probleme mit den Grundlagen hat. In einem Jahr möchte ich auf jeden Fall besser Japanisch sprechen können … Aber vielleicht konnte sie noch kein Wort, als sie hier ankam?!
Nach der Schule bin ich mit meiner Gastmutter losgetrabt und habe die Aliencard abgeholt. Ich bin jetzt also ein amtlicher Alien! In der japanischen Übersetzung konnte ich die Kanjis für Ausland entdecken. Ausland = Alien. So ist das hier also … *zwinker* Die Aliencard bestätigt sozusagen jetzt meinen Aufenthalt. Man braucht sie, wenn man sich länger als drei Monate im Land aufhält.
Das Lieblingshobby meiner Mutter, die als Ingenieurin bei den Berliner Wasserbetrieben arbeitet, ist es, bei allen Reisen Gullydeckel zu fotografieren. *peinlich* Das klingt zwar ein bisschen krank, ist aber eigentlich ganz interessant! Hier gibt es richtig schöne mit Blumen und Blättern drauf. Da muss ich ständig nach unten gucken, wenn ich einkaufen gehe. Ich werde mal ein paar Fotos machen, auch wenn die Leute mich vermutlich komisch angucken werden, wenn ich mitten auf der Straße stehen bleibe, um ein Bild vom Boden zu machen … Aber das tun sie sowieso, weil ich halt nicht japanisch aussehe. Da kann ich solche Aktionen ruhig starten.
Hier werden gerade richtige Kartoffeln gekocht und ein ganzes großes Stück Fleisch. Sie wollen mir bestimmt eine Freude machen! Ich freu mich auch und bin gespannt, ob es dazu Reis geben wird?

Dienstag, 20.04.2004

Die ersten beiden Schulstunden, die von Ito-Sensei als Lesestunden bezeichnet wurden, waren für mich Freistunden. *grins* Ich hatte die ganze Bibliothek für mich alleine, die anderen waren mit dem Unterricht beschäftigt.
Also ging ich auf die Suche nach Lesestoff und stellte erstaunt fest, dass manchmal die Buchtitel in Englisch geschrieben waren, aber die Innenseiten des Buches nur in Japanisch. Irreführend, nicht wahr? Ich habe mir dann ein Buch über japanische Kunst herausgesucht und es wie ein Bilderbuch gelesen. Es gibt zwar auch englischsprachige Bücher, aber die sind dann mehr für

Kinder. Auch Bücher wie „Pippi Langstrumpf“ und „Emil und die Detektive“ standen in einem der Regale – aber eben auf Japanisch.
In Mathe behandeln wir weiterhin die Vektoren. Das scheint ein relativ leichter Kurs zu sein, weil bis jetzt alles idiotensicher ist und sogar ich es verstehe, auch wenn ich den Erklärungen des Lehrers nur bedingt folgen kann. Wenn ich aber das Buch so durchblättere, wird mir ganz schlecht, weil ich bestimmt spätestens bei den Sinus- und Kosinusfunktionen scheitern werde. Da ist dann alles nur noch auf Japanisch und da ist es für mich schwer, überhaupt die Aufgabenstellung zu verstehen. Wenn man aber eine Gleichung mit x- und y- Werten hat, dann ist es mir klar, was damit zu machen ist …
Nach dem Unterricht habe ich mich zum Chor geschleppt und bin wieder nicht hinterhergekommen. Mal singen sie den Text, mal singen sie die japanischen Notennamen. *sich wunder* Und dadurch singen dann alle Stimmen einen anderen Text. Wie sinnvoll. Ich sehe da noch nicht durch. Wir haben hier auch nur einen Raum für alle Stimmgruppen zur Verfügung und es laufen mehrere Einzelproben gleichzeitig auf Keyboard und dem Flügel. Mich ärgert wirklich, dass die Pianistin die Stücke noch nicht spielen kann, wenn wir anfangen zu proben. Des Weiteren bringt sie uns die Stimmen falsch bei und die Lehrerin kommt momentan nur selten. Am Ende der beiden Stunden konnten wir genau so viel wie am Anfang! Da kam doch jemand tatsächlich auf die Idee, dass ich das Stück beim nächsten Auftritt spielen könnte. Mist, da kann ich mich aus dem Chor nicht mehr rausreden. Glücklicherweise sind die *San-Nenseis* (Drittklässler) echt total nett.
Ach ja, bevor ich es vergesse: Es war sooo lustig mit anzusehen wie meine Gastfamilie gestern verzweifelt versuchte, das Fleisch, das noch dazu in einem tiefen Teller lag, mit dem Messer zu zerschneiden. Zum Schluss griffen sie doch wieder zu ihren geliebten Stäbchen. Zu den Kartoffeln gab es natürlich auch noch Reis und die tägliche Misosuppe.

Mittwoch, 21.04.2004

Alle Oberschülerinnen versammelten sich heute Morgen in der Aula, um gemeinsam buddhistische Lieder zu singen. Jeder wird dann ein Sitzplatz zugewiesen, der irgendwie mit der Nummer in der Klasse zusammenhängt. Also standen wir alle erst einmal wie wild durch die Gegend und zählten Stühle. Das kommt bei mehreren Hunderten verwirrter Schülerinnen richtig gut. Ich muss immer fragen, ob mir nicht bitte, bitte jemand helfen kann. Als ich endlich saß, versuchte ich das System nachzuvollziehen, scheiterte aber kläglich …
In der 3. und 4. Stunde war Kochen angesagt. Zum Glück aber nicht mit der mir unangenehmen Lehrerin, mit der wir vergangenen Samstag Unterricht hatten. Wir kochten *Oyakodon. Oya* steht für Eltern und *Ko* für Kinder. Es werden nämlich Huhn und Eier verwendet und zusammen mit *Shouyu* (Sojasoße) und mir unbekanntem Grünzeugs zusammen gekocht. Die Pfanne war ganz interessant: Der Pfannenstiel ist senkrecht angebracht und nicht waagerecht, wie wir es in Deutschland gewöhnt sind.
Ich habe die halbe Soße verschüttet, weil die Pfanne schon zu heiß war, der Rand auch nicht besonders hoch ist und die Handhabung mit dem Stiel etwas ungewohnt war. Die Lehrerin guckte mich ein bisschen komisch an, aber Eriko, die mit mir zusammen die Kochstelle besetzte, machte vor den Augen der Lehrerin den gleichen Fehler. Glück! Ich kann immer noch behaupten, dass es in Deutschland so ein Gericht und vor allen Dingen solche Art von Unterricht nicht gibt. Puh! Es schmeckte auch ganz lecker und exakt nachdem wir mit dem Abwaschen des Ge-

schirrs fertig waren, gab die Schulklingel ihre kaum zu überhörende Pausenmelodie von sich. Das war ein Timing! Ich finde es total stark, dass es hier diesen Unterricht gibt, weil ich dann nach dem Jahr zu Hause ein paar japanische Gerichte kochen können werde.
Die nächste Doppelstunde Bio verbrachten wir zunächst damit, Zwiebeln und Algen zu mikroskopieren, um die Zellen zu sehen und zu skizzieren. In der zweiten Stunde durften wir uns selbstständig (und individuell!) etwas aussuchen. Eigentlich wollte ich eine Blüte auseinander nehmen, schleppte aber aus Versehen eine Blattlaus mit in den Raum. Alle waren ganz hysterisch, aber ich schob das Tierchen kurzerhand und entschlossen auf das Glas und betrachtete es. Die Lehrerin kam vorbei und fragte mich, ob ich wisse, was das für ein Tier wäre. Ich schaute in meinen Langenscheidt (mein kleines Taschenwörterbuch für alle Fälle) und das Wort „Blattlaus“ war tatsächlich vorhanden. Leider bedeutete es aber, wie sich später herausstellen sollte, „Kopflaus“ und die Lehrerin schaute mich etwas verdutzt an. Danke Langenscheidt!!! Ich erklärte ihr sofort, dass ich sie in einer Blüte gefunden hatte …

Donnerstag, 22.04.2004

Boah, war das anstrengend! Drei Stunden Japanischunterricht und man kann im Einzelunterricht so schlecht schlafen. *grins* Die Lehrerin wollte wieder einmal unbedingt die Übung kontrollieren, obwohl hinten in dem MEO-Heft die Lösungen stehen. Ich lernte keine neue Grammatik, aber wir unterhielten uns ganz viel und ich erklärte ihr das deutsche Schulsystem. Dann brachten wir uns gegenseitig die Bezeichnungen für „Toilette“ in Japanisch bzw. Deutsch bei. Voll lustig. Die Lehrerin studiert gerade an der Uni Italienisch. Ich denke, dass sie Anfang 30 ist.
Im Englischunterricht kam Yamashita-Sensei mit einem Keyboard an und schaltete einen Rhythmus ein, dazu sprachen wir die neuen Wörter. Sie steigerte langsam das Tempo und grinste mich immer an. Auf so eine Idee muss man erst mal kommen! Danach rief sie einen Wettbewerb aus. Wer als erster mit dem Lesen des Textes fertig war, sollte sich melden. Okay, ich habe die anderen gewinnen lassen, ich bin ja mal nicht so. *grins* Auch Yamashita-Sensei war gespielt langsam. Ach ja, die Tricks der Lehrer, um Schüler zu motivieren. Als ob wir so etwas nicht mitbekommen würden. Sie ist ja, wie schon mal gesagt, die einzige Lehrerin, die mit der Klasse zusammen arbeitet und nicht vorne den Einzelkämpfer gibt. Der schlimmste Frontalunterricht ist der Chemieunterricht. Da schlafen immer mindestens fünf Personen gleichzeitig. Ich bearbeite in diesen Stunden lieber die Japanischübungen des MEO-Lernheftes für Anfänger, damit es im Japanischunterricht mal etwas weiter geht, wenn ich meiner Japanischlehrerin zuliebe schon unbedingt alles lückenlos ausfüllen muss … Da hat sie wenigstens etwas zum Kontrollieren. *augenzwinker*
Am Abend beklagte sich mein Gastvater, nachdem er stundenlang auf dem Fußboden des Wohnzimmers geschlafen hatte, über einen verspannten Nacken. Dann holte er ein Gerät aus dem Schrank, das mit zwei Plättchen Strom durch seinen Rücken jagt. Er saß nun mit Zuckungen auf der Couch und las Zeitung. Echt lustig! Aber ein bisschen merkwürdig fand ich die Selfmade-Physiotherapie schon!
Mit Arisa und Okâsan habe ich Mensch-ärger-dich-nicht gespielt und so mit Arisa die Zahlen auf Deutsch gelernt. Darüber schreibt sie eventuell einen Test und es macht mehr Spaß, als sie stupide auswendig zu lernen … Ich find es echt klasse, dass sie Deutsch lernt!!!

Freitag, 23.04.2004

Unsere Klassenlehrerin Yamashita-Sensei hatte heute einen freien Tag. Aber trotzdem wurde morgens auch ohne Lehrerin die ganze Zeremonie (Schulhymne usw.) abgespult. Da ist mir das erste Mal aufgefallen, dass die Stimme aus dem Lautsprecher völlig schräg singt. Das wurde bisher nur immer von Yamashita-Sensei, der einzigen singenden Person im Raum, übertönt. Ach ja … auch das Verbeugen vorm nicht anwesend seienden Lehrer – Witzig – So brav, die Japaner!
Heute fand mein erster Musikunterricht in Japan statt. Wir guckten einen Musikfilm, der in Österreich während der Nazizeit spielte, über die zwei Stunden. Ich bin mal gespannt, ob wir nächstes Mal drüber reden!
Danach Kalligraphie!!! Die Lehrerin unterrichtet auch Lorena, die mexikanische Rotary-Austauschschülerin und behandelte mich, als wenn ich noch nie ein japanisches Wort gehört hätte. Danach sollte ich doch tatsächlich mit einem Bleistift die Katakana lernen. Ich rieb ewig die Tinte an und absolvierte ein paar Pinselführungsübungen. Als ich fertig war, malte sie zu meinem Entsetzen mit roter Farbe über alle Bilder eine Blume. Das war so deprimierend: Da versucht man ein Schriftzeichen so perfekt, wie nur irgend möglich, zu machen und wenn es ihr gefällt, zeichnet sie eine überdimensionale Blume drüber!
Ich habe ungefähr zehn Mal das Wort *Inu* (Hund) in Katakana geschrieben. Daraufhin hängte sie es an die Tafel und sagte allen, wie toll ich das doch mache. Peinlich! Ein paar *Kôkô Ichi-nenseis* (Erstklässler der Oberstufe) probierten ihr Englisch an mir aus. Aber mehr als ein „Hello, my name is …, please call me …" habe ich bis jetzt noch nicht gehört.
Mein individueller Stundenplan sieht inzwischen übrigens so aus:

HR (Homeroom) = Klassenleiterstunde

Zeit	Mo	Di	Mi	Do	Fr	Sa
08.30 - 08.40	Gemeinsames Gebet, Yamashita-Sensei teilt Infoblätter aus					
08.45 - 09.30	Chemie	Bibliothek	HR	Chemie	Bio	Religion
09.45 - 10.30	Japanisch	Computer	Literatur	Japanisch	Bio	Chemie
10.45 - 11.30	Japanisch	Englisch	Kochen	Japanisch	Musik	Writing
11.45 - 12.30	Gesund-heitslehre	Chemie	Kochen	Japanisch	Musik	Englisch
12.30 - 13.30	Mittagspause					
13.30 - 14.15	Mathe	Mathe	Bio	Englisch	Kalli-graphie	Clubs
14.30 - 15.15	Mathe	Mathe	Bio	Englisch	Kalli-graphie	
ab 15.15	Gemeinsames Putzen, danach Clubs					

Samstag, 24.04.2004

Wir haben heute einen Englischtest geschrieben, obwohl „geschrieben“ hier wohl das falsche Wort ist. Yamashita-Sensei las eine Wortgruppe auf Japanisch vor und die Schülerin, deren Nummer sie rief, sollte übersetzen. Nr. 36, also ich, bekam *Umi de* = at sea ab. Habe ich jetzt etwa eine Zensur dafür bekommen? Für die Aussprache oder dafür, dass ich es übersetzen konnte? Schon ein bisschen komisch. Außerdem durften wir das Arbeitsblatt, auf dem die eine Seite japanisch und die andere englisch beschrieben ist, benutzen, sollten aber die englischsprachige Seite nach hinten wegklappen. Hm, lauter ehrliche Schüler? Solchen Test hätte ich in Deutschland auch gerne, da bräuchte ich nicht mehr zu lernen.
Ein paar Mitschülerinnen haben mich zu einer „Tempura-Party“ morgen eingeladen. Mal sehen, was sie darunter verstehen.

Sonntag, 25.04.2004

Heute früh fing Sachiko wieder einmal an, wie wild durch die Gegend zu brüllen. Ich rollte innerlich mit den Augen, musste dann aber leider feststellen, dass eins der durchgedrehten Streifenhörnchen gestorben ist. *Schweigeminute einleg* Fujiwaras sind mit ihm zunächst zum Tierarzt gefahren und anschließend noch zu einem Schrein. Das Tier soll eine Krankheit gehabt haben, aber keiner weiß welche.
Ich bin trotzdem zur Tempura-Party bei Yui gefahren. Bevor ich allerdings dorthin gehen durfte, gab es die obligatorische telefonische Absprache zwischen meiner Okâsan und Yuis Mutter. Yuis Okâsan hatte den Tisch schon gedeckt, als Eriko, Yukako und ich bei ihnen zu Hause ankamen.
Ich glaube, ich habe noch nie so viel gegessen. Außer dem Tempura mit Krabben, Bambus und anderem Gemüse gab es noch Nudeln und Sushi und alles war sooooooo lecker. Zum Abschluss gab es noch einen Tee und einen kleinen Kuchen. Ich bin fast geplatzt. Wir aßen übrigens an einem niedrigen Tisch, so, wie man ihn in den Büchern über Japan immer sehen kann.
Danach waren wir gemeinsam in Harajuku shoppen und hatten jede Menge Spaß. Ich habe mir ein paar Loose Socks und blaue Kniestrümpfe mit Notenschlüsseln darauf gekauft. Loose Socks sehen aus wie Stulpen und sind bis zu einem Meter lang und weiß. In manchen Schulen ist es erlaubt, sie zu der Schuluniform zu tragen. Meine Schule verbietet sie aus Imagegründen und wir sind gezwungen, weiße Kniestrümpfe mit aufgenähtem Schullogo anzuziehen.
Da habe ich vielleicht ein paar durchgeknallte Japaner gesehen. Ein Typ war in allen Regenbogenfarben gekleidet und angemalt und sah daher aus wie ein Paradiesvogel. Außerdem trifft sich dort die Gothic-Szene und aus den meisten Läden guckten schwarze Klamotten heraus … Schon interessant!
Natürlich war auch wieder Purikura angesagt, was sonst … Das wird morgen in der Schule Spaß geben, weil dann die Bildchen getauscht werden.
Gegen 21 Uhr wieder zu Hause angekommen, telefonierte ich noch ein Stunde mit meinen Eltern.
Danach war Sachiko mal wieder sauer auf mich, wahrscheinlich weil ich einen schönen Tag hatte. Ich fragte um 23 Uhr, ob ich ins Ofuro gehen dürfe. Meine Gastmutter hat erst einmal Sachiko gefragt und nachdem diese ihr nicht geantwortet hat (und ich drei Minuten abwartend in der Tür stand), wurde sie noch angebettelt, etwas dazu zu sagen. Ich bin dann einfach in mein

Zimmer gegangen und Okâsan meinte dann, dass Sachiko möchte, dass ich morgens baden gehe. Seit wann hat meine Gastschwester das zu entscheiden, ob und wann ich baden darf? Irgendetwas stimmt hier nicht! Ich bin sauer …

Morgens geht hier nämlich immer das große Gejammer los, was Miss „Prinzessin auf der Erbse“ alles weh tut und warum sie nicht in die Schule gehen kann. Nachmittags geht sie dann shoppen und tanzt durch die Gegend. Sie wird hier total verwöhnt und alle machen, was sie will, nur damit es nicht so viel Stress gibt.

Montag, 26.04.2004

Aufgrund des Healths Checks (Reihenuntersuchung vor dem Sportfest) fing die Schule heute erst um 10 Uhr an. Morgen wird es auch so sein. Luxus, oder? Sachiko hatte dann gestern Abend doch keine Lust mehr zu Baden und besetzte heute früh extra lange das Bad. Aber warum sollte sie auch auf andere Leute Rücksicht nehmen!? Mir blieb demnach kaum Zeit und ich musste total hetzen, um es rechtzeitig in die Schule zu schaffen.

Als ich dann 15 Minuten vor Unterrichtsbeginn endlich fertig war und im Hausflur auf sie wartete, sprintet sie doch an mir vorbei und fuhr alleine zur Schule. Oh, man! Ich hoffe, dass das jetzt nicht jeden dritten Tag so ist. Aber so schnell gebe ich mich noch nicht geschlagen. Sonst denkt sie ja, dass sie damit etwas erreichten kann, wenn sie sich so benimmt. Pffff.

In der Schule wurden heute Größe und Gewicht, sowie Augen und Urin getestet. Etwas merkwürdig fand ich das schon. Vor allen Dingen mussten wir sooooo lange warten. Da habe ich mit Eriko Bilder gemalt – es war echt lustig. Sie wollen hier ständig deutsche Comic-Charaktere kennen lernen. Ich male dann einfach Bernd das Brot und Diddl-Maus und das finden alle dann *kawaii* (niedlich). So wie hier alles kawaii ist. Mir ist es immer total peinlich, wenn sich die Japaner vor mich stellen und ständig mit dem Finger auf mich zeigen: meine Haare, meine Augenfarbe, meine Klamotten, meine Verhaltensweise und sogar (wer kommt schon darauf) die Art, wie ich laufe … alles kawaii und *tsugoi* (stark). Es geht mir echt auf die Nerven, aber ich kann es wohl kaum ändern, oder? Schrieben nicht alle Japanaustauschschüler im Internet über dieses Phänomen?

Nachmittags habe ich mit meiner Gastmutter über Sachikos Verhaltensweise geredet. Ihr ist das eifersüchtige Betragen ihrer Tochter mir gegenüber sehr unangenehm und sie entschuldigt sich ständig bei mir …

Dann hatte ich ein bisschen Zeit und ich schnappte mir meinen Fotoapparat, um endlich die Gullydeckel der Umgebung zu fotografieren. Okâsan wusste erst gar nicht, was sie davon halten sollte, dass ich alleine losgehen wollte. Sie drückte mir ihr Handy in die Hand, für den Fall, dass ich mich verlaufen würde.

Hat ja auch prompt geklappt, denn ich wusste mal wieder nicht, an welcher Ecke der Straße ich abgebogen war. Aber auf keinen Fall konnte ich zu Hause anrufen. Das wäre dann wohl der letzte Ausflug gewesen, den ich alleine unternommen hätte. Also habe ich mich mal wieder bis zu dem berühmten Tanashi Bahnhof durchgefragt. Das kommt davon, wenn man beim Laufen nur auf den Boden guckt, weil man alle Gullydeckel miteinander vergleicht, um einen ohne Kaugummi und mit ordentlichen Lichtverhältnissen zu finden. Die Leute guckten mich wirklich total komisch an. So nach dem Motto „Was fotografiert denn die blöde Touristin dort“. Aber was tut man nicht alles, um das arme zu Hause gelassene, leidende Mutterherz zufrieden zu stellen? *zwinker*

Dienstag, 27.04.2004

Healths Check Tag Number Two! Lunge und Zähne wurden kontrolliert. Alles in Ordnung. Ich kam mir vor, wie in einer Massenabfertigung. So schnell, wie meine Lunge abgehört wurde, kann der Arzt gar nichts diagnostiziert haben (hat ganze 5 Sekunden gedauert). Aber egal, keine Schule …
Yamashita-Sensei wollte, dass ich nach dem Saubermachen noch mal zu ihr ins Lehrerzimmer komme. Ich überlegte kurz, ob ich eventuell etwas verbrochen und gegen welche Schulregel ich verstoßen haben könnte. Sie ging mit mir in ein Extrazimmer … *wunder*
Yamashita-Sensei erzählte mir aber nur, dass sich Eriko Sorgen macht, weil wir so viel miteinander reden und sie mir aber nicht auf die Nerven gehen möchte. Außerdem sei sie der Meinung, dass es besser für mich sei, mit vielen Leuten zu sprechen, damit ich viele Freunde finde. Das ist mir neu, dass sich jemand solche Gedanken macht und dann damit auch noch zur Klassenlehrerin geht. Ich habe Yamashita-Sensei beruhigt und ihr gesagt, dass es mir noch nie darauf ankam, viele Freunde zu finden, sondern eher gute und ehrliche. Damit war das Thema abgehakt. Sie wollte noch wissen, ob ich bei dem nächsten Chorauftritt Klavier spielen würde. Da wurde sie wohl von der Musiklehrerin geschickt!?
Sachiko ist momentan wieder nett, aber wer weiß, wie lange das anhält.

Mittwoch, 28.04.2004

Von Yamashita-Sensei bekamen wir heute den Newsletter unserer Schule ausgeteilt. Vor einiger Zeit hatte sie mich gebeten, dafür einen kleinen Bericht zu schreiben, der dann anschließend auf dem Computer nochmals abgeschrieben werden sollte. Soweit also zur Theorie. Ich guckte nun auf das Blatt und bekam fast einen Herzkasper. Da haben sie doch tatsächlich meine Originalschrift verwendet. Das ist total gemein, weil ich alles in Hiragana schreiben sollte, obwohl ich es mit Kanjis gekonnt hätte. Das Peinlichste ist aber, dass ich über Leonard Bernsteins Namen NO KATAKANA als Arbeitsanweisung für die Sekretärin geschrieben hatte, damit der Name nicht zu *Renâdo Bânsutain* verunstaltet wird und das kann jetzt die ganze Schule lesen. *rot werd*
In der dritten Stunde versammelten sich alle Oberschüler in der Turnhalle, um über Schulregeln abzustimmen. Natürlich konnte man nicht sitzen, wo man wollte und so war alles wieder komplizierter als es sein muss. Eigentlich hat es aber niemanden wirklich interessiert, was besprochen wurde und alle quatschten wie wild durcheinander, probierten die lustigsten Sachen mit ihren Uniformen aus und spielten das Jankenspiel (Schere-Stein-Papier). Das fand ich schon ein bisschen komisch, weil man solche Disziplinlosigkeit von japanischen Schülern eher nicht erwartet, oder?
Danach hatten wir eine Freistunde, weil unsere Hauswirtschaftslehre-Lehrerin nicht kam. Einen Vertretungsplan gibt es hier nicht. Die Lehrer sprechen sich gegenseitig ab und versuchen, Freistunden zu vermeiden. Letztens kam statt Yamashita-Sensei unser Writing-Teacher – sie hatten einfach die Stunden getauscht! Da wir die Bücher aber immer in der Schule lassen, stört das niemanden.
Es ist auch ganz interessant, dass wenn jemand krank ist und nicht zur Schule gehen kann, gesagt wird, dass er Pause bzw. Ferien hat. Noch nie habe ich „Sie ist krank“ gehört. Auch bei

Sachiko, die jeden zweiten Tag die Schule schwänzt, heißt es: „Wir haben gehört, dass sie seit der Mittelschule Probleme hat, zur Schule zu kommen.“ Alles wird so schön ausgedrückt …
Im Chor studierten wir ein total tolles Stück ein. Leider hatte die Mezzosopranleiterin absolut keine Peilung, wie sie die Stimme auf dem Klavier spielen soll und baute immer wieder Fehler ein. Als ich sie freundlich darauf hinwies, flehte sie mich förmlich an, dass ich doch bitte spielen solle … Tja, selbst Schuld … Strafe für Einmischung muss sein. Aber es ging dann doch einigermaßen, auch wenn die Stimme so schwer ist, dass wir Mezzosoprane mit dem Alt und Sopran zusammen keinen einzigen gemeinsamen Ton zu Stande brachten.

Donnerstag, 29.04.2004

Heute ist *Midori no Hi* (Tag des Grüns) und Geburtstag des ehemaligen Kaisers. Feiertag in Japan, also schulfrei. Okâsan und Arisa haben mit mir das Edo-Tokyo Museum besichtigt und ich konnte ganz viel über Tokyos Geschichte erfahren. Eigentlich war das Fotografieren mit Blitz ja verboten, aber es war dort so dunkel, dass es gar nicht anders ging. Da habe ich halt mal den ahnungslosen Touri gespielt und das hat zum Glück auch niemanden interessiert … uff.
Na jedenfalls ist die Ausstellung richtig klasse und unbedingt empfehlenswert! Es sind u.a. Kunst- und Alltagsgegenstände der Edo- und Meiji-Periode ausgestellt. Alles ist zum Glück zweisprachig!
Danach besichtigten wir noch eine Sumo-Arena. Leider fand kein Wettkampf statt. Es gab dort auch keine Stühle, sondern nur 4 m^2 große abgeteilte Flächen, auf denen man im Schneidersitz sitzt und sein Obentô isst. Etliche Sumoringer liefen dort herum.
Als wir den Tanashi-Bahnhof erreichten, dachte ich mir, dass ich ja mal alleine das Kaufhaus aufsuchen könnte. Fehlanzeige. Arisa sollte mitkommen! Manno, nichts darf man hier alleine machen. Ich könnte mich ja auf dem schon tausendmal abgelaufenen Weg verirren … Und dann will Okâsan ständig wissen, wie viel Geld ich noch habe.
Am Abend gab es Sushi. Ich liebe Sushi. Meine Familie hat mich schon ein wenig komisch angeguckt, als ich so viel *Wasabi*, eine grüne Meerrettichpaste, die furchtbar scharf ist, auf dem Fisch verteilte. Aber es ist sooo lecker.
Sachiko war mit einer Freundin in der Zwischenzeit shoppen. Als sie wiederkam, setzte sie sich zu uns an den Tisch und nörgelte, warum sie auf ihrem Extrateller (!!) nicht genug von ihrem Lieblingsfisch hat. Mich machte sie blöd an, weil ich ein paar englische Wörter von mir gegeben hatte, um vom deutschen Comic „Abrafaxe in Japan“ zu berichten. Das Bücherpaket von zu Hause ist nach nur vier Tagen Reisezeit mit meinem Tafelwerk, einem Tokyo-Reiseführer und besagtem Mosaik-Heft nämlich heute angekommen!
Jedenfalls setzte sie sich so hin, dass ich nicht mehr an ihr vorbei kam und meinte oberlehrerhaft: „Das heißt *tôshite kudasai.*“ (Lass mich bitte vorbei.) Boah, geht mir das auf die Nerven. Jeden Tag dieses Rumgezicke!

Freitag, 30.04.2004

So ein Chaos heute!!! Und alles fing nach dem Musikunterricht an:
Im Musikunterricht machten wir ein paar Rhythmusübungen, indem wir nach Noten Wörter wie *Banana*, *Shitake*, *Kyabetsu* und *Pînatsu* (Banane, Shitakepilz, Kohl und Erdnuss) aussprachen.

Das war ganz lustig, weil ich in der Pînatsu-Gruppe war und wir nichts anderes zu tun hatten, als zweimal pro Sekunde dieses Wort auszusprechen. Irgendwann wurde aus jeder Pînatsu eine Spinatsu … Über den Film, den wir uns vergangene Woche angesehen hatten, redeten wir nicht mehr. Schade.

Der Lehrer brummte mir noch ein Lied auf, das ich in zwei Wochen auf dem Klavier spielen soll. Ist aber halb so wild. Ach, und natürlich das „Heidenröslein", das die Japaner so sehr lieben. Üben werde ich es kurz vorm Chor oder in der großen Pause mal.

Nun aber zu dem Chaosauslöser: Ich ging aus dem Musikraum und wollte meine Loafers anziehen. Loafers sind Schuhe zum Reinschlüpfen mit leichtem Absatz. Im Musikzimmer ziehen wir wegen des Teppichs nämlich die Schuhe vor dem Raum aus. Jedenfalls waren meine Schuhe nach dem Unterricht einfach weg … Da stand nur noch ein Paar viel zu kleiner Schuhe. Ich war ganz verzweifelt, da wir nicht mit Socken durchs Haus laufen dürfen. Glücklicherweise wartete eine der *Ichi-Nensei*s (Erstklässler der Oberstufe) auf mich und gab mir vorerst ihre Schuhe. Weil große Pause war, gingen wir zu ihrem Spind und sie zog übergangsweise ihre Sportschuhe an. Dann schrieben wir an jede Tafel in den Räumen der Erstklässler, dass meine Schuhe vertauscht wurden und in den Schuhen mein Name steht. Im Lehrerzimmer wollte mich keiner richtig ernst nehmen, nur eine der Englischlehrerinnen schrieb mir eine Entschuldigung für die darauf folgende Kalligraphiestunde. Es stellte sich heraus, dass sie Deutsch spricht, weil sie drei Jahre lang in Stuttgart lebte.

Ich aß mein Obentô in Rekordzeit und dabei fiel mir ein, dass die Mittelschülerinnen zur gleichen Zeit im Nachbarschulzimmer auch Musik gehabt hatten. Und die Mittelschule ist ja so groooß. Da habe ich einen ganz schönen Schreck gekriegt. Schließlich hatte ich keine Schuhe, mit denen ich nach Hause hätte fahren können … Ich wollte zum nächsten Unterricht gehen, hatte aber keine Ahnung, wohin ich muss oder in welchem Gebäude der Unterricht stattfindet. Die Bibliothekarin konnte mir glücklicherweise helfen und so bin ich sagenhafte 20 Minuten zu spät gekommen, was aber kaum jemanden interessiert hat. Wenn man zu spät kommt, wird man schon seine Gründe haben.

Nach der letzten Stunde stand die Musikmitschülerin vor meinem Klassenzimmer und hielt meine Schuhe in der Hand. Ich wäre ihr am liebsten um den Hals gefallen, aber das macht man in Japan ja nicht. Sie meinte, dass die Schülerin, die sie vertauscht hatte, wieder ins Musikzimmer zurückgekehrt war, aber dass die zu kleinen Loafers, die wir mitgenommen hatten, auch nicht zu ihr gehörten. Es wurden also mehrere Paare vertauscht. Das ist schon wieder lustig! Es sieht eben alles gleich aus!

Samstag, 01.05.2004

In der Schule wurden heute die Schülernummern gewechselt. Ab kommender Woche bin ich nicht mehr Schülerin 36, sondern 26. Das heißt, ich sitze damit in der zweiten Reihe und kann nicht mehr so häufig „ausruhen" … Hier wird immer mal die Sitzordnung geändert, damit man dann neben anderen Leuten hockt und sich keine Gruppen bilden. Dabei habe ich mit meinen Banknachbarn kaum etwas zu tun.

Sonntag , 02.05.2004

Heute wurde der Grill angeschmissen. Wir fuhren mit dem Auto zwei Stunden lang aus Tokyo heraus. Die Strecke an sich ist gar nicht so lang. Es lag eher daran, dass die Golden Week angefangen hat und daher alle in Miniferien fahren, weil es mehrere arbeitsfreie Tage nacheinander gibt.
Ich sah das erste Mal etwas von den Bergen rund um Tokyo. Das ist für mich als Berliner Stadtmensch echt beeindruckend. Wir schleppten den Grill und das Zubehör an einen kleinen Fluss, an dem viele Japaner ihre Angeln ausgeworfen hatten. Wir bekamen auch eine aus Bambus (!), aber in dem klaren und nicht allzu tiefen Wasser war kein einziger Fisch zu entdecken. Es war lustig mit anzusehen, wie hunderte Japaner versuchten, nicht vorhandene Fische zu fangen. Nach vier Stunden ließen sich dann aber glücklicher- und motivierenderweise ganze Schwärme in den durch Steine abgetrennten Flussabschnitten blicken, um zu fressen. Ideale Bedingungen also. Ich frage mich jetzt noch, wo sie eigentlich so plötzlich herkamen? Sachiko schaffte es auch tatsächlich, drei Fische zu angeln. Die wurden zum Abendessen gekocht und waren echt lecker. Was mich aber etwas verwunderte war, dass meine Gastmutter die Fische *(sakana)* mit sämtlichen ehrfürchtigen Vor- und Nachsilben belegte *(o-sakana-san)* und sie dann kurzerhand in den Kochtopf schmiss, was ich als etwas makaber empfinde.
Wir waren nach dem Grillen völlig satt und trotzdem sind wir noch in eine Sushibar eingefallen. Dort gab es *Kaitensushi*, wobei neben den Tischen ein Laufband vorbeiläuft und man sich die Teller herunter nimmt wie man möchte. Bezahlt wird hinterher nach den Farben der Teller. So etwas gibt es in Deutschland zwar auch, aber für mich war es das erste Mal und ich habe mich total darüber gefreut.
Auf der Rückfahrt kamen wir am Tanashi Tower vorbei, den ich sehen kann, wenn ich aus der Haustür herausgucke. Fujiwaras erklärten mir, dass der Funkturm je nach Wetterlage des folgenden Tages in unterschiedlichen Farben angestrahlt wird. Er war grün, also ist es morgen bewölkt. Blau steht für Regen und Lila für Sonnenschein … Voll genial! Ich liebe solche kreativen Erfindungen und Ideen!

Montag, 03.05.2004 ***Kenpô Kinenbi*** **(Tag der Verfassung)**

Den ganzen schulfreien Tag habe ich mit Okâsan und Arisa in Tokyos Stadtteil Shinjuku verbracht.
Erst im Elektronikgeschäft: Juchhu, ich habe mir einen großen Wunsch erfüllt und kaufte eine digitale DVD Handycam von Sony. Ich nahm die englische Variante, damit ich die bedienen kann und die auch in Deutschland läuft (PAL-System, nicht NTSC). Der Verkäufer redete erst einmal im schnellsten Japanisch auf mich ein. Ich fragte ihn, ob er nicht bitte etwas langsamer reden könne und dann habe ich trotz (oder gerade wegen) der vorher gelesenen technischen Beschreibung die Zusammenhänge verstehen können. *ganz dolle freu*
Dazu habe ich einen Gutschein von umgerechnet ca. 100 € bekommen. Davon kann ich mir später einen leistungsstärkeren Akku kaufen. Wir waren übrigens in einem der im Tokyo-Reiseführer angepriesenen Discountläden …
... zwischendurch aßen wir noch *Soba* (Weizennudeln)
... und später im Buchladen kaufte ich Postkarten und ein Heft mit den Aufgaben des Japanese language Proficiency Tests (JLPT) Stufe 3. Da habe ich mir vorher nun so fest vorgenommen, in

Japan nicht mehr so viel zu büffeln und was passiert? Wieder mindestens zwei Stunden Japanischlernen am Tag. Einfach aus Langeweile. Das MEO-Lernheft ist mittlerweile schon halb durchgearbeitet und dazu lerne ich noch die Kanjis für Fächer wie Chemie und Englisch.
Und wenn ich gerade nicht pauke, schreibe ich Postkartengrüße nach Deutschland. Schon 20 Stück sind verschickt.
Nach der Shopping-Tour traf ich mich mit Sachiko und Nao zum Zeitschriften durchblättern und natürlich zum Purikura. War auch ganz lustig. Abends chattete ich mit Nao auf Japanisch. Das macht wirklich Spaß, auch wenn es natürlich haufenweise zu Missverständnissen führte und meine Satzbildung manchmal meine Gastfamilie zum Lachen brachte.
Wenn man die Buchstaben über die Computertastatur ganz normal eingibt, erscheinen erst die Hiragana und danach kann man mit der Leertaste zwischen einigen Kanjis entscheiden. Nao versuchte fairerweise, mich mit den Kanjis nicht zu überfordern. So war es schon sehr motivierend und ich freute mich darüber, dass ich fast alles verstehen konnte.

Dienstag, 04.05.2004 *Kokumin no Kyûjitsu* (Brückentag)

Nao hatte Sachiko und mich in ihre Wohnung eingeladen. Die beiden wollten ihre Freunde in Korea und Kanada anrufen und ich sollte gegebenenfalls auf Englisch weiterhelfen. Weiterhelfen hieß aber, dass ich die Gespräche fast alleine führte und die Fragen und Antworten übersetzen musste. In Korea ging nur eine völlig überraschte und überhaupt nicht Englisch sprechende Mutter ans Telefon. Sachiko versuchte es auf Koreanisch, nachdem sie den Satz fünf Minuten lang geübt hatte. Es ist echt zum Zunge brechen, und wir haben so gelacht. Umso erstaunter waren wir, als Sachiko verstanden wurde! Aber anscheinend war die Freundin, die sie bei ihrem Kanada Aufenthalt kennen gelernt hatte, nicht zu Hause und so gaben wir schließlich nach vier sinnlosen Anrufen entnervt auf.
Danach waren wir noch im Kino und haben uns „School of Rock“ angesehen. Zum Glück auf Englisch mit Untertiteln.
Meine Beziehung zu Sachiko scheint langsam besser zu werden. Oder vielleicht habe ich mich einfach an ihre Art gewöhnt und kann jetzt leichter darüber hinweg sehen!?

Mittwoch, 05.05.2004 *Kodomo no Hi* (Tag der Kinder)

Kobayashi-san, meine Betreuerin von MEO, lud mich zu sich nach Hause ein, damit wir uns unterhalten konnten. Das Gespräch wurde mit der Frage eingeleitet, wie das Verhältnis zwischen Sachiko und mir gerade ist, sie hätte von Panda gehört, es gäbe Probleme. Sofort schoss mir die Frage durch den Kopf, ob er meine Homepage erwähnte, auf der dieses Tagebuch zu lesen ist. Ihre nachfolgenden Fragen drängten mich immer weiter in die Ecke: Sie wollte nämlich wissen, wir lange ich vorm Computer sitze und ob ich viel nach Deutschland telefonierte. MEO würde das nämlich absolut nicht gerne sehen, wenn Austauschschüler zu viel Kontakt zu ihren Eltern und Freunden in ihren Heimatländern haben. Die Begründung dafür ist, dass man in Japan dadurch keine Freunde finden würde und Probleme hätte, Japanisch zu lernen. Ich solle doch lieber Briefe schicken, dann sei meine Mutter in Deutschland auch nicht so besorgt. (Als wenn sie das wäre *augenzwinker*.) Dann wurde sie noch direkter mit der Frage, ob meine

Gastfamilie von der Homepage wisse. Es sei meiner Gastfamilie gegenüber unfair, weil diese ja gar nicht wisse, was ich über sie schreibe.
Ich habe ihr jedenfalls deutlich gemacht, dass ich das Tagebuch auf jeden Fall weiterschreiben werde. Ich habe mir die MEO-Hefte gestern mit einer Vorahnung im Bauch noch mal genau durchgelesen und keine Regel gefunden, die es erlaubt mich wegen einer angeblich zu langen Internetnutzungszeit nach Hause zu schicken. Ich benutze das Internet durchschnittlich eine halbe Stunde am Tag. Ist das unangebracht?
Dann werde ich wohl das Tagebuch mit einem Passwort schützen müssen, auch um zu verhindern, dass Panda weiterhin mitliest und mich verpetzt.
Nach der Diskussion aßen wir Sushi (ICH LIEBE SUSHI!!!) und ich konnte ein bisschen Klavier spielen. Danach fuhren wir zusammen nach Harajuku. Sie meinte, dass Harajuku ein Ort für Teenager sei und sie sich etwas alt vorkomme und auch schon seit einer Ewigkeit nicht mehr dort gewesen wäre. Wir schauten uns in einem Laden um, in dem es viele traditionelle japanische Kunstgegenstände (Kimonos, Vasen, Schmuck, Spielzeug ...) gab.
Danach betraten wir einen Spielzeugladen, der wohl relativ bekannt sein soll. Sechs oder sieben Etagen voller kitschiger Sachen! Eine Etage war komplett in rosa mit Barbiepuppen und solchem Kram ausgestattet. Disney war natürlich auch vertreten und alles, was man sich sonst so vorstellen kann. Das Einzige, was ich richtig klasse fand, war ein Puzzle von der Erde, das tatsächlich rund war und um einen Globus drum herum gepuzzelt werden soll. Ich frage mich nur, wie?
Sie gibt sich ja wirklich Mühe mit mir. Schade, dass das die ganze Zeit einen faden Beigeschmack hatte, weil sie mir wegen des Tagebuchs ins Gewissen redet.
Völlig fertig traf ich zu Hause ein und wurde doch tatsächlich gefragt, ob ich Hausaufgaben aufhabe? Und wenn nicht, dann solle ich Japanisch lernen. Uff. Ich bin seit der vierten Klasse nicht mehr nach meinen Hausaufgaben gefragt worden. Sieht Okâsan nicht, dass ich ständig nur Japanisch lerne? Von selbstständigen Entscheidungen scheint man hier nicht viel zu halten. Immer werde ich kontrolliert und wenn ich auch nur alleine drei Schritte vor die Haustür setzen möchte, kriegt meine Gastmutter fast einen Herzinfarkt. Das bin ich aus Deutschland nicht gewohnt, weil mir dort großes Vertrauen von meinen Eltern entgegengebracht wird. Das vermisse ich hier. Aber das kann ich wohl kaum ändern. Hoffentlich ergibt es sich im Laufe der Zeit!?

Donnerstag, 06.05.2004

Heute war wieder Schule: In den drei Japanisch-Einzelunterrichtsstunden wurden meine Hausaufgaben kontrolliert, die meine Gastfamilie auch schon durchgecheckt hatte. Und wenn das alles in dem Tempo so weiter geht, habe ich das MEO- Lernheft am Ende des Monats durch. Soll ja eigentlich bis Januar 2005 reichen. Komischerweise macht die Grammatik richtig Spaß, nur manche Kanjis kann ich zwar lesen, aber irgendwie nicht schreiben und ich mag das Kanjilernen auch nicht besonders. Hm. Mit dem Sprechen auf Japanisch geht es vorwärts, nur weiß ich nie, wie höflich ich sein muss.
Na, jedenfalls war ich kurz vor dem Unterricht noch schnell in der Bibliothek und habe mir ein Kinderbuch mit einfachen Kanjis zum Lesen und Lernen ausgeliehen. Das haben wir dann zusammen Satz für Satz auseinander genommen.

Freitag, 07.05.2004

Der Musikunterricht war ganz lustig. Nein, Schuhe wurden nicht wieder vertauscht. Ich sollte den Text des Heidenröslein-Liedes vorsprechen und da ist mir aufgefallen, dass ich es nicht einmal singen kann. *upps* Aber die Japaner lieben es ja so. An der Aussprache ist meine Klasse allerdings gescheitert. Es ist ja auch wirklich schwer und der Lehrer hatte verboten, die Aussprache mit Katakana zu schreiben, weil es dann leicht falsch wird. Wir sangen noch ein japanisches Lied, das sich neulich schon so genial angehört hatte. Na jedenfalls war es ein traditionelles, höchst wahrscheinlich religiöses Lied und ich hatte echt Probleme mitzusingen, weil der Rhythmus und die Harmonien so ungewohnt für mein europäisches Ohr waren.
Im Kalligraphieunterricht durfte ich heute die ersten Kanjis schreiben. Ich finde es immer noch schwierig, aber ein paar Tricks habe ich schon herausgefunden. Ich weiß jetzt zum Beispiel, wie viel Farbe man mit dem Pinsel aufnehmen sollte und wie lange ich die Farbe anrühren muss. Die Blätter, die ich pro Doppelstunde verschwende, mag ich lieber nicht zählen. Aber das scheint hier kein Problem zu sein. Ich habe jetzt sowieso schon so viele Arbeits- und Infoblätter, wie in Deutschland nach einem Jahr. Jeden Tag kommen ungefähr sechs hinzu. So etwas, wie eine Drucker- oder Kopierernutzungsbeschränkung wie an meiner Berliner Schule scheint es nicht zu geben. Liegt es daran, dass dies eine Privatschule ist?

Samstag, 08.05.2004

Nach der Schule ist Sachiko zum Friseur gegangen, um sich Locken wickeln zu lassen. Okâsan, Arisa und ich waren in der Zwischenzeit Eis essen. Was man da bezahlen muss, ist ja echt Wahnsinn! Aber es war sooo lecker, kann ich euch sagen. Ich hatte einen Becher mit Erdbeeren und Bananen bestellt. In Arisas steckten sogar noch Eierkuchen (oder Pfannkuchen, wie man außerhalb Berlins eher sagt). Wir haben uns verständigt, Sachiko im Laden nebenan noch etwas Süßes zu kaufen und ihr zu erzählen, dass wir ein ganz preiswertes Eis gegessen hätten, während sie beim Friseur war. Da gab es dann auch keinen Zoff, den ich eigentlich erwartet hätte. Und überhaupt ist sie gerade richtig freundlich zu mir. Sie ließ letztens verlauten, dass sie gerne mal nach Deutschland kommen würde. Bei meinem reservierten „Mal sehen" muss ihr aufgefallen sein, dass das wohl nichts wird, wenn sie sich weiter so benimmt. Es ist jetzt ganz angenehm mit ihr und die Art des Umgangs mit ihren Eltern geht mich ja nix an.
Nachdem Sachiko sich am Abend aber die Haare nochmals gewaschen hatte, war von den teuren Locken leider kaum noch etwas zu sehen. Dementsprechend sauer war sie auch …
Abends musste ich unbedingt wieder Kanjis lernen. Okâsan scheint den Ehrgeiz entwickelt zu haben, mir in dem Austauschjahr so viel wie möglich beizubringen. Da macht es auch nichts, wenn ich schon im Halbschlaf um 22 Uhr noch am Wohnzimmertisch sitze und gar nichts mehr mitkriege und erst recht nichts lerne oder mir merke … Das finde ich ein bisschen übertrieben, weil ich ja in der Schule täglich schon mindestens zwei Stunden Kanjis, Vokabeln oder Grammatik büffle.

Sonntag, 09.05.2004

Ich nutzte den freien Tag, um mal wieder mein Zimmer aufzuräumen. Nicht, dass es wirklich unordentlich gewesen wäre, aber es lag doch die eine oder andere Staubflocke rum. Und weil ich schon mal dabei war, habe ich gleich noch den Flur mit gestaubsaugt und schnell noch abgewaschen. Für einen Geschirrspüler ist hier leider überhaupt kein Platz ... aber irgendwie muss man ja mal guten Willen beweisen.
Danach lernte ich mit Arisa noch Deutsch, weil sie morgen wohl einen Test schreiben wird. Deutsch zu lernen und zu lehren ist ja wirklich schwierig. Sie fragt mich immer, warum sie jetzt welchen Fall nehmen muss und wenn ich den Satz ins Japanische oder Englische übersetze, hilft es uns meistens gar nichts. Aber sie schafft es ganz gut und ich finde es echt bewundernswert. Vor allem, wenn ich da so an meine verschwendeten vier Jahre Französischlernens denke. Auch ihre Aussprache ist bis auf das bekannte r- und l-Problem super verständlich.

Montag, 10.05.2004

Habe endlich meine Sommeruniform!!! Find ich total toll. Vor allen Dingen, dass man da den Rock verkürzen kann, weil keine Weste dran hängt. Auch der Matrosenstil sieht eigentlich ganz cool aus. Ab morgen werde ich sie dann anziehen dürfen.
Geplant war heute eigentlich ein Sportfest, aber weil es wie aus Kannen schüttete, ist es im wahrsten Sinne des Wortes „ins Wasser gefallen". Also Unterricht. In der letzten der beiden Japanischstunden kam Lorena, die Mexikanerin noch dazu und wir unterhielten uns über japanisches Essen. Mir fiel es schwer, sie zu verstehen, aber ich gewöhnte mich an die teilweise völlig falsch ausgesprochenen Silben. Wer weiß, wie ich mich anhöre? Mitunter vermische ich nämlich aus Versehen Wörter und dann wird aus *Obentô tabeyô* (Lasst uns unser Obentô essen) plötzlich ein „Tabentô" und meine Gesprächspartner gucken erst mich komisch an und kugeln sich dann vor Lachen. Zum Glück hat „Tabentô" keine Bedeutung.
Abends waren wir in einem *Onsen* (Thermalbad). Das war ein Erlebnis!! Nachdem wir uns auf den Tatamis ausgezogen hatten und unsere Klamotten im Schrank verstaut waren, gingen wir nackt, aber mit einem kleinen Handtuch ausgerüstet, in das riesige Bad und setzten uns auf die kleinen Hocker, um uns zu reinigen. Daneben stand wieder die kleine Schüssel, mit der man sich das Wasser über den Kopf kippen kann.
Das Wasser des Bades selbst ist 42 Grad heiß und man kann sich in allen möglichen Variationen den Rücken mit Wasserstrahlen massieren lassen. Herrlich. Eine Sauna gab es auch und man konnte sogar draußen baden. Mir wurde es dann irgendwann zu warm und da bin ich kurzerhand ins Tauchbecken der Sauna geklettert. Meine Gastmutter hat es bei dem Anblick gleich geschüttelt, weil es ja so kalt ist (10 Grad). Aber ich habe das gar nicht mehr gemerkt ... Viel schlimmer war es, wieder ins warme Wasser zu steigen, aber da wartete ja die nächste Fußmassage! *hmmm*
Meine Gastfamilie friert sowieso ständig. Letztens baten sie mich bei 26 Grad (!) doch bitte das Fenster in meinem Zimmer zu schließen, weil es so kalt sei. Jedes Mal, wenn ich das Wohnzimmer betrete, kommt mir eine Wärmewolke entgegen und ich fange sofort an, zu schwitzen. Das verstehe mal einer.
Nach dem Baden haben wir noch jeder eine kleine Flasche Milch an einem niedrigen Tisch, der auf Tatamis stand, getrunken. Teilweise kamen auch ältere Damen ins Ofuro, um sich nach dem

Baden noch die Zähne zu putzten und Abendbrot oder eher Abendreis zu essen. Eine sehr familiäre Atmosphäre also und es gab alles, was man braucht, um sich wohl zu fühlen. Sogar riesige Massagesessel!
Nach dem Abendbrot zu Hause bin ich dann wunderbar entspannt ins Bett gefallen und ich musste auch nicht mehr lernen. *zwinker*

Dienstag, 11.05.2004

Sportfest bei 30 Grad. Was gibt es Schöneres? *schmunzel* Sportfest hieß aber nur Hand- und Basketballturnier und da ich ja eine komplette Sportbefreiung habe, stand ich – mich darüber ärgernd – nur am Rand und feuerte meine Klasse an. Abends hatte ich dann auch einen leichten Sonnenbrand, aber da es nicht weh tut, ist er bestimmt morgen wieder weg …
Leider haben wir drei von vier Spielen im Handball verloren und das war etwas blöd. Die parallel veranstalteten Basketballspiele müssen auch nicht besser ausgefallen sein.
Yamashita-Sensei schleppte am Ende des Sportfestes noch Eis für alle an und erntete mächtig Applaus dafür. Und dann war es Zeit für ein weiteres Gruppenfoto. Da lassen sich meine Mitschülerinnen ja nicht lange betteln, aber nichts geht ohne das Peace-Zeichen. Ich wurde neulich gefragt, wie man in Deutschland posiert, wenn man fotografiert wird. Wie wäre es einfach mit Lächeln?
Ich versuchte vor ein paar Tagen vergeblich, ein Bild von einer zeichnenden Mitschülerin in der Kalligraphiestunde zu machen. Und zwar ein ungestelltes. Als sie es aber mitbekam, war die ganze Heimlichtuerei umsonst und sie setzte ihr süßestes Lächeln auf. Wenn ich jemanden bitte, ein Foto von mir zu machen, kann ich mir sicher sein, dass keine Füße drauf sind und über meinem Kopf noch fünf cm verschwendeter Fotoplatz übrig bleibt. Erst nach dem fünften Foto klappt es dann. Ich habe versucht, die Zoom- und Autofokusfunktion zu erklären. Aber das hat hier leider noch niemand begriffen. Auch nicht nach demonstrativem Zeigen. Das führt dann dazu, dass die dunkelblaue Schuluniform angepeilt wird und das Gesicht auf dem Foto schneeweiß ist, weil die Belichtung auf die dunkle Stelle fokussiert. Aber ich habe ehrlich gesagt auch nicht immer Lust, den Leuten mit Erklärungen auf die Nerven zu gehen, nur weil ich ein schönes Foto möchte …

Mittwoch, 12.05.2004

Von Yamashita-Sensei bekam ich in der Klassenleiterstunde ein paar vereinzelte Notenblätter mit der Bitte ausgehändigt, doch bis nächsten Mittwoch alles zu üben, um es dann beim gemeinsamen Beten auf der Schul-Orgel zu spielen. Wieso glauben eigentlich viele (das ist übrigens in Deutschland genauso), dass man automatisch Orgel spielen kann, wenn man Klavierspielen gelernt hat? Wenn ich vorher nicht mindestens eine Stunde an der Orgel üben darf, kann ich mich darauf nicht einlassen. Schließlich möchte ich nicht die ganze Zeremonie versauen und mich schön blamieren … Zum Glück sieht man mich an der Orgel nicht, da geht es wieder. Aus der Schulhymne könnte man ja alternativ mal eine Rockversion machen!!! Das ist an der Orgel zwar eh nicht möglich, wäre aber mal lustig, oder? Noch ein Schlagzeug und eine E-Gitarre dazu und dann könnte eine neue Schultradition beginnen. *breit grins*

Na, jedenfalls habe ich Panik bekommen, weil ich von allen möglichen Leuten Noten habe, die ich so schnell wie möglich können muss. So verbrachte ich meine darauf folgende Literatur(frei)stunde am Schulflügel. Schließlich muss ich bereits am Freitag das Lied für den Musikunterricht spielen.
Auch der Chor ist „lustig“. Mir sagen, dass ich zu dem Konzert in drei Wochen das Stück aufführen können muss, aber jeden Nachmittag den Raum besetzen und mir somit auch auf Wunsch und nach Terminabsprache gar nicht die Zeit lassen, um zu üben. Jetzt hetze ich in der Mittagspause ständig in den Musikraum und probe wenigstens 20 Minuten, damit das was wird. Ich darf außerdem das Klavierspielen nicht völlig verlernen, während ich in Japan bin, weil mein Chor zu Hause ja wartet … Es ist hier eben schon was anderes, als das tägliche Üben am Klavier in meinem Zimmer in Berlin …

Donnerstag, 13.05.2004

Ab heute sollte eigentlich besuchsoffener Unterricht (Tage der offenen Unterrichtstür) sein. Aber ich habe absolut keine Eltern entdecken können! Es wurden extra die gesamten Stundenpläne aller Klassen ausgedruckt und verteilt. Wahrscheinlich kommen sie erst am Samstag? Da darf ich dann im Chemieunterricht nicht schlafen. *zwinker*
In der letzten kleinen Pause spielten wir im Innenhof der Schule etwas Volleyball. Na ja, ich würde es vielleicht nicht wirklich so nennen. Sagen wir lieber „Ball flieg durch die Luft“. Eri hat es geschafft, den Ball gegen ein Fenster zu baggern, während gerade eine Lehrerin im Raum war und ich will auch nicht wissen, wie oft der Ball ins Gebüsch gepritscht wurde. Es wurde auch immer mehr zum Ball-hoch-bagger-Wettbewerb. Wir waren nur am Lachen. Kein Wunder, dass man so einen Unsinn macht, wenn man manchmal so langweiligen Unterricht hat. Als es klingelte, sind wir – unser Klassenzimmer befindet sich zu ebener Erde – alle durchs Fenster geklettert, um nicht den riesigen Umweg laufen zu müssen. Yamashita-Sensei machte uns daraufhin eine Ansage, weil sich jemand beschwert hatte. Aber sie konnte sich das Schmunzeln auch nicht verkneifen und so kicherte jeder vor sich hin … Als sie aber versuchte, streng zu sagen, dass wir dafür den Klassenraum der Nebenklasse putzen sollen, platzte das Lachen förmlich aus allen heraus und auch Yamashita-Sensei konnte sich kaum noch zurückhalten, so ansteckend war es in dem Moment!

Freitag, 14.05.2004

Wieder keine Eltern, aber die Lehrer ziehen trotzdem ihren vorbereiteten Unterricht durch. Im Biounterricht mikroskopierten wir erneut Zellen und im Musikunterricht sollte ich das wenig geübte Lied spielen. Glücklicherweise sangen die meisten so grausam falsch, dass meine Verspieler am Klavier kaum aufgefallen sind!
Der Musiklehrer versucht jetzt ein bisschen Deutsch zu lernen und bat mich, etwas an die Tafel zu schreiben … Er hat mich mit „Guten Tag“ verabschiedet … *sich wunder*
In der Obentô-Pause packte Yui gleich mal ihren Lockenstab aus und verpasste mir eine „Frisur“. Als Yamashita-Sensei durch die Tür guckte, brach erst mal Panik aus und alle, die an der Aktion beteiligt waren, stellten sich so hin, damit sie nichts entdecken konnte. Das ist also auch verboten. Ich glaube, an der Schule sollte man lieber auflisten, was erlaubt ist, das würde nicht

so lange dauern. Aber wer hält sich schon daran? Teilweise werden schon andere Socken angezogen oder man läuft den ganzen Tag in den Sporthosen rum. Die Röcke werden mit der Klassenstufe auch immer kürzer ... und in den Pausen ist Schminken angesagt. Da es bei mir wahrscheinlich auffallen würde, weil die Lehrer eh ständig nach mir gucken und mich grüssen (auch wenn ich sie absolut nicht kenne), lasse ich das mit dem Schminken lieber und sorge noch eine Weile für meinen guten Ruf. *augenzwinker* Außerdem will ich hier nicht das schlechte Beispiel sein. Aber das mit dem Verkürzen des Rockes ist schon okay! Und Süßigkeiten müssen ja nicht unbedingt entdeckt werden ... und überhaupt ... *grins*

Samstag, 15.05.2004

Na, das war ja wieder ein schönes Missverständnis: Yamashita-Sensei kündigte an, dass alle Schülerinnen, die an der Zeremonie in der kommenden Woche beteiligt sein werden, sich bitte zu Raum xyz begeben mögen. Als ich dann da so mit ein paar Leuten aus meiner Klasse saß, stellte sich heraus, dass ich mich in der verkehrten Vorbereitungsgruppe befand. Die Lehrerin, die auch den Chor leitet, fand das extrem lustig und wusste erst gar nicht, warum am kommenden Donnerstag, wenn wir uns Reden anhören werden, neuerdings jemand Orgel spielen soll? Es stellte sich heraus, dass am Donnerstag ein anderes „Fest“ stattfindet. Mein Orgelspiel ist nämlich für das immer mittwochs stattfindende gemeinsame Beten der Zweitklässler gedacht.
Ein paar Eltern sind heute doch zum Tag der offenen Tür gekommen. Es wurde immer getuschelt, wenn ich vorbeigegangen bin. *augenroll*
Nach der Schule waren Sachiko, Arisa und ich noch ein bisschen in der näheren Umgebung der Wohnung shoppen. Alleine sollte ich ja wieder nicht losgehen, weil sich meine Gastmutter sonst zu viele Sorgen macht. Na, jedenfalls wollte ich einen Pullover anprobieren und erklärte dies der Verkäuferin, die mir daraufhin eine Tüte aus Zellstoff gab und mir den Umkleideraum zeigte. Während ich mich noch wunderte, merkte ich gar nicht, dass man vor dem Betreten der Kabine die Schuhe ausziehen sollte. Da konnte ich gleich mal das japanische Entschuldigen lernen bzw. anwenden. War mir echt voll peinlich und Sachiko hat sich gar nicht mehr eingekriegt vor Lachen. Grmpf. Bin ich heute verpeilt.
Da stand ich nun in der Umkleidekabine und versuchte anhand der Bilder an der Wand herauszubekommen, wofür denn nun die Tüte war. Man sollte sie sich wirklich über den Kopf ziehen, damit die Schminke nicht verwischt. Danach sieht man zwar auf dem Kopf aus wie ein Wischmopp, aber was soll´s? Na ja, ich habe die Sache dann halbernst genommen, weil das Ding ja auch ständig verrutscht ist und es mir einfach irgendwann zu blöd war. Den Pullover habe ich übrigens gekauft.
Anschließend aßen wir noch Eis, bevor Sachiko zur *Juku* gegangen ist. Juku ist eine Nachhilfeschule, oder eher eine Abendschule. Die Oberschülerinnen lernen dort noch zusätzlich für die Aufnahmeprüfungen an den Universitäten.
Am Abend bat mich Okâsan, doch mal etwas Deutsches zu kochen. Oh, ich habe geahnt, dass das mal kommt. Also, was bereitet man in einem Land mit ganz anderen Zutaten nun zu??? Das einfachste Gericht, das mir eingefallen ist, waren Pellkartoffeln, weil mir nur ein kleiner Gasherd zur Verfügung steht. Ich hätte ja auch gerne einen Auflauf gemacht, aber ohne Backofen geht das nun mal leider nicht. Morgen gehen wir die Zutaten einkaufen. Ich bin gespannt, ob es Leberwurst und vor allem Quark gibt!?

Sonntag, 16.05.2004

Quark wird hier mit Käse-Irgendwas übersetzt, also brachte mich meine Gastmutter im Laden zur Käseecke. Ich wusste gar nicht, was sie von mir wollte und erklärte ihr, dass ich gar keinen Käse suche. Habe ich voll verpeilt, dass ich ja Quark brauche, also musste ich später, als Okâsan nicht mehr da war, noch mal los, um festzustellen, dass es den hier gar nicht gibt. *grmpf* Da habe ich mich nach langem Rumwundern entschieden, es einfach mit Sauercreme zu versuchen. Zum Glück gibt es Leberwurst, die aber, wie sich später herausstellen sollte, nicht so richtig geschmeckt hat. Meine Gastfamilie kennt das Gericht ja nicht und hat so keine Erwartungshaltung, da geht das schon.
Na jedenfalls habe ich mal wieder den Zeitpunkt verpasst, an dem die Kartoffeln gar sind und so sind sie mir schon beim Wasserabgießen etwas zerfallen. *sich ärger* In die Sauercreme habe ich so viele Zwiebeln und alle möglichen Gewürze gekippt, dass es tatsächlich allen geschmeckt hat. Sachikos Frage, wo denn der Reis sei, fand ich lustig und alle haben es echt geschafft, ohne Stäbchen zu essen … und waren danach übersatt.
Den restlichen Tag habe ich damit zugebracht sechs Briefe zu schreiben, bis mir fast die Hand abgefallen ist – und Okâsan wollte wirklich um elf Uhr abends von mir, dass ich noch ein bisschen Kanjis pauke … Da schlafe ich in Deutschland schon und hier beginnt man zu lernen.

Montag, 17.05.2004

Im Japanischunterricht habe ich heute erfahren, dass Lorena in ein paar Wochen wieder nach Hause fliegt und sich darüber riesig freut. Dann bin ich hier ganz alleine als Austauschschülerin an der Schule. *heul*
Nach der Schule durfte ich an der Schulorgel etwas üben. Toll! Auch wenn ich mit den Pedalen fast verzweifelt bin. Aber da wir uns die Aufgabe zu zweit teilen, spielt eine mit den Händen und die andere mit den Füßen. Ja, das ist mein Ernst, Haruna aus meiner Klasse und ich haben durch Janken, das japanische Schere-Stein-Papier-Spiel, entschieden, wer bei welchem Lied welche Aufgabe übernimmt. Bei einem der drei Lieder spiele ich mit den Füßen. Ich konnte nun mal nicht vom Blatt lesen und gleichzeitig gucken, wo ich hintrete und meine Partnerin auch nicht. Die Noten hatte ich mir ja nur fünf Minuten vorher angeguckt. Das kann was werden am Mittwoch. Aber Yamashita-Sensei sieht alles ganz entspannt und meint, dass es nicht schlimm ist, wenn wir uns verspielen …
Hoffendlich versaue ich die Schulhymne nicht. Ich konnte mir zum Schluss nicht verkneifen, ein wenig rockigere Sachen zu spielen. Yamashita-Sensei fand es lustig, weil auf der Orgel bisher nur die drei, immer wieder gern genommen Lieder für die Zeremonie am Mittwoch gespielt wurden … Oh man, habe ich jetzt einen Schiss, obwohl die Lieder nur aus einer Melodiestimme und den dazugehörigen Dreiklängen bestehen.
Na, wenigstens wurde das Chorkonzert um einige Wochen nach hinten verschoben.
Abends backten wir zu Hause Eierkuchen und füllten sie mit Schlagsahne, Bananen und Schokoladensoße. *OISHII* (LECKER)!

Dienstag, 18.05.2004

Im Chemieunterricht bin ich fast verzweifelt, weil wir aus den japanischen Namen der chemischen Verbindungen die Formelzeichen bestimmen sollten. Mit meinem Tafelwerk habe ich einiges noch herausgefunden, aber spätestens bei den Säuren war Schluss. Man lernt hier wirklich alle Ionen der Elemente auswendig, obwohl es aus dem Periodensystem doch ablesbar ist?! Das habe ich meiner Banknachbarin dann erklärt und sie war ganz erstaunt. Das kommt eben bei Frontalunterricht heraus, denn es ist wenig praktisch, was man lernt. Ich wäre hier gnadenlos verloren, weil ich selber nur durch logische Verknüpfungen lerne und mit sturem Auswendiglernen geht bei mir wenig bis gar nichts. Vielleicht ändert sich das ja, während ich hier bin.
Ab heute ist täglich Chorprobe, da wir bald einen Auftritt haben. Ich habe mich langsam eingehört und komme einigermaßen klar. Beim Einsingen sollte jede Schülerin konkrete Stimmübungen alleine vorsingen. Mir wurde das glücklicherweise erspart. Ich hasse nichts mehr, als etwas vorsingen zu müssen.
Morgen muss ich Orgel spielen und konnte gar nicht mehr üben. HILFE!!!

Mittwoch, 19.05.2004

Ich hatte so eine Panik vor dem gemeinsamen Beten und dem Spielen der Orgel, dass ich eine Stunde vor Beginn schon in der Schule war und am Flügel im Musikraum noch mal geübt habe. Es lief dann aber doch unerwartet relativ gut. Und das Ganze jetzt noch zwei Mal! Ich wusste vorher gar nicht, dass Schülerinnen Orgel spielen, ich dachte bisher, dass da die Musiklehrerin sitzt!
Im Haushaltslehreunterricht haben wir mal wieder gekocht: *Rôru kyabetsu* (engl. Rolled cabbage, Krautwickel). Ich glaube, man kann es am besten mit Kohlrouladen vergleichen, auch wenn das Salatblatt bzw. Kraut etwas anders schmeckt. Dazu gab es einen Obstsalat mit Joghurt und ein Brötchen. Ich war danach so satt, aber alle anderen aßen noch ihr Obentô. In der Pause spielten wir mal wieder im Innenhof Volleyball. Ich bin gespannt, wie lange es dauern wird, bis das auch verboten ist. Auf jeden Fall scheint es den älteren Lehrerinnen nicht gerade zuzusagen.

Donnerstag, 20.05.2004

Da unsere Schule in diesem Jahr 80 Jahre besteht, durften wir uns heute ewig lange Festansprachen in der Turnhalle anhören. Das war also das „Fest“, von dem am vergangenen Samstag die Rede gewesen war. Der Chor hat zu diesem Anlass gesungen und das war toll, auch wenn die Veranstaltung etwas anstrengend war. Ich habe gar nichts von den Proben dafür mitbekommen. Vielleicht sollte ich dort häufiger hingehen? *grins*
Einer der Lehrer erzählte uns, was man durch Zusammenhalt alles schaffen kann. Schon wieder typisch Japan, nicht wahr? Na, jedenfalls wurden wir dadurch entschädigt, dass wir schon um 11.30 Uhr Schulschluss hatten und morgen ist dann frei, damit sich alle auf die Prüfungen ab Montag vorbereiten können. Ich selber habe an diesen Tagen nur jeweils zwei Stunden Japanischeinzelunterricht und kann danach nach Hause gehen. *freu*
Habe heute ein Buch für das Grundschul-Drittklässler-Alter angefangen zu lesen und die meisten Kanjis verstanden und somit auch die größten Zusammenhänge! Bin ganz stolz. Meine bes-

ten Freundinnen in der Schule reden auch schon in „normaler" Geschwindigkeit auf mich ein und ich spreche kaum noch Englisch, nur wortweise und dann kann ich den Satz nicht mehr weiterbilden und rede Japanisch weiter. *ganzdollfreu*
Am Abend kam ein riesiges Paket aus Deutschland bei mir an! Meine jüngere Gastschwester habe ich mit einem Teil der Süßigkeiten „voll gestopft" und nun strahlt sie wie ein Honigkuchenpferd und ist die geborene Liebwürdigkeit in Person. Da hätte ich mal früher drauf kommen sollen.
Und ich kann mir jetzt die CD der Band meines Klavierlehrers und Ottos Blödeleien anhören.

Freitag, 21.05.2004

Heute habe ich mal ein bisschen Zeit einfach nichts zu tun. Ich wollte eigentlich gerne mit Freunden shoppen gehen, aber da alle lernen, wurde daraus nichts. *heul* Sie haben mich auf nächste Woche vertröstet. Da meine Mutti aus Deutschland schon sehr zeitig anrief (bei ihr war es gerade 4 Uhr morgens) und wir eine Weile telefonierten, fiel das Frühstück komplett aus und mittags machte ich für Sachiko und mich Kartoffelbrei mit Rührei. Das fand sie total lecker. Hihi, wieder ein Pluspunkt für mich.
Ich werde noch meine Tasche für das morgige MEO-Treffen packen und ein bisschen Japanisch lernen und Musik hören. Etwas Bammel habe ich auf Grund der Homepage-Geschichte jetzt aber schon, weil sie mich morgen eventuell deswegen ansprechen. Ich werde mir noch ein paar Argumente überlegen, warum ich unbedingt weiter Tagebuch schreiben muss …
Die Resonanz auf das Sperren meiner Tagebuchseiten für Jedermann durch ein Passwort ist total überwältigend. Ich habe sooo wahnsinnig viel Post bekommen, dass ich glatt innerfamiliäre Hilfe einstellen musste. Alle machen mir Mut, bestärken mich zum Weiterschreiben und hoffen wie ich, dass sich die Lage entspannt und wieder normalisiert.

Samstag, 22. und Sonntag, 23.05.2004

MEO Orientation!
Da bin ich ja mit einem mulmigen Gefühl hingegangen. Ich wusste nämlich nicht so recht, wie ich mich verhalten sollte, wenn ich mal wieder auf die Homepage angesprochen werde, was dann natürlich prompt zweimal passierte. Ich habe das Passwort als „Schutz" für die Gastfamilie deklariert und gesagt, dass nur meine Familie und ein paar Freunde und Verwandte nun das Tagebuch lesen können …
Na, jedenfalls war es sehr interessant zu hören, wie es den anderen fünf Austauschschülern in ihren Familien so geht. Kleinere Probleme gibt es natürlich überall, was etwas beruhigend für mich ist. Bajul steht wohl kurz davor, zu wechseln.
Wir redeten über „Redflags", also Probleme, die auf Grund des Kulturunterschiedes auftreten. Zum Beispiel ging es um unsere Freiräume. Alle waren sich einig, dass man uns hier wie kleine Kinder behandelt und zu viel verboten ist. Bajul aus der Schweiz legte sich mit den Mitarbeitern an und beschwerte sich, dass MEO Japan ihm das Leben schwer macht. Nicht nur mir wollte man das Internet verbieten. Mit seiner jeweiligen LP (Liaison Person / Vertrauensperson) hat sich wohl auch noch keiner so richtig angefreundet, weil diese generell immer auf der falschen Seite zu stehen scheinen. „Wir alle verstehen eure Probleme und können sehr gut fühlen, was ihr

für eine Wut habt." Zusammen mit einem Dauerlächeln klingt das irgendwie nicht so, als ob wir ernst genommen würden.
Abends grillten wir noch und aßen Süßkartoffeln und dann drückte man uns so ein Kinderfeuerwerk in die Hand. Die „Funkensprüher" sollten wir dabei aber nur nach unten halten, weil es sonst so gefährlich wäre … *grins*
Am Sonntag hat dann der angekündigte Japanisch-Test stattgefunden. Der ist natürlich völlig sinnlos, wenn der Aufpasser zwischendurch den Raum verlässt … und so hatten alle die gleichen Fehler. Voll lustig.
Danach sollten wir Dankeschön-Karten für unsere Familien basteln. Wir haben aber gestreikt, weil wir uns erstens vorkamen, wie in einer Kindergartenbastelgruppe und zweitens empfinde ich es zumindest für diejenigen, die mit der Familie überhaupt nicht klarkommen, als unehrlich … Außerdem möchte ich eigenständig entscheiden, wann ich wem danke. Nach einer halben Stunde Meuterei hatten wir dann gewonnen. Wir wollten keine Wir-haben-uns-alle-lieb-und-die-netten-Kleinen-haben-sogar-etwas-für-euch-gebastelt-Show abziehen.
Panda entschuldigte sich bei mir. Er hat die Situation mit der Information an meine LP über mein Internettagebuch und der sich daraus ergebenen Welle wohl nicht richtig eingeschätzt und nun ein schlechtes Gewissen. Dass er keinen direkten Kontakt zu mir aufgenommen hat, liegt anscheinend daran, dass es hier eine MEO-Regel gibt, die das verbietet. Eine andere untersagt nicht vom Komitee organisierte Treffen der Austauschschüler untereinander. Kein Kommentar. Ich wüsste nur zu gerne, ob es in den Komitees von Franzi, Joria, Sanny und den anderen Austauschschülern in Japan auch so zugeht.
Zum Abschluss aßen wir mit allen Gastfamilien gemeinsam Mittag und anschließend wurde eine ganze Stunde lang von der Gastfamilie und den LPs erzählt, warum der jeweilige Austauschschüler der Beste ist … Nur, um den Schein zu wahren … Es gibt absolut keine Probleme!!! Friede, Freude, Eierkuchen!
Meine Gastmutter verhält sich momentan etwas komisch! Was haben sie ihr bloß erzählt? Man redet hier nur hinter den Rücken der Betroffenen, das macht mich ziemlich fertig. Na, jedenfalls habe ich ein paar Mal den Gesprächsanfang gewagt, um dem Komitee die Chance gegeben, mit mir zu reden. Da sind sie aber nie drauf eingegangen. Alles nur oberflächliche Gespräche in diesen Treffen. Ich glaube, sie wollen es gar nicht so genau wissen. Vielleicht sollte ich mit MEO nicht mehr über Probleme in der Gastfamilie reden?

Montag, 24.05.2004

Heute nichts Erwähnenswertes, da berichte ich mal von den Schminkgewohnheiten der Japanerinnen! (Wenn ich schon ausführlich von Japan berichte, dann aber richtig!)
Ständig wird mir hier ein hauchdünnes Papierblättchen in die Hand gedrückt. Ich dachte ja erst, dass ich da meinen, noch im Mund befindlichen Kaugummi rein tun soll, um ihn wegzuwerfen. Aber weit gefehlt! Damit wischt man sich übers Gesicht, damit der Schweiß daran hängen bleibt und das Papier durchsichtig wird. Ich bin mir auch nicht sicher, ob da nicht eventuell sogar etwas Puder draufgestreut ist!?? Schon lustig, so etwas gibt es in Deutschland nicht, oder kennt das jemand?
Und da Japaner ja auf Amerika stehen und auch die Mode übernehmen, wollen sie natürlich nicht mit asiatisch aussehenden Augen durch die Gegend laufen. Also gibt es hier einen Spezialkleber, mit dem die Augenlider eingekleistert werden, um die Augen runder erscheinen zu

lassen. Wenn man dann aber versucht, nach unten zu schauen, werden die Augenbrauen mitbewegt, weil ja alles zusammengeklebt ist. Blinzeln kann mach auch nicht. Find ich ja voll eklig!
Und wenn ich schon mal beim Thema Kleber bin: Hier müssen Kniestrümpfe zur Schuluniform getragen werden. Die haben aber die unangenehme Eigenschaft, ständig runterzurutschen. Vor allen Dingen, wenn sie schon etwas länger im Gebrauch sind. Also, was macht die Japanerin? Ja logisch, sie klebt sie an den Beinen fest. Hier ist es schon auffällig, weil es die Fläschchen mit dem Klebstoff in allen Farb-, Motiv- und Geruchsvarianten gibt.
Ach, und das mit den Farben bringt mich gleich zur Unterwäsche der Japanerinnen. (Jungs: Weglesen! *grins*): Ich hatte mal gelesen, dass sie hier angeblich keine rote und schwarze Unterwäsche tragen. Davon hat man hierzulande aber noch nie etwas gehört. Rote Unterwäsche und Tangas sind zu sexy (Ja, ihr habt richtig gelesen!) und damit peinlich, aber nicht verboten. Es gibt sie auch in den Kaufhäusern. Also trägt Sie in meinem Alter wohl weiße oder rosafarbene Blümchenschlüpfer!
Übrigens sind hier, was die Mode betrifft, gerade zerrissene Hosen angesagt. Find ich ja richtig cool! Die trauen sich was, die japanischen Jugendlichen, obwohl sie doch sonst so artig sind. *augenzwinker*

Dienstag, 25.05.2004

Ich weiß ja nicht, was bei der Zubereitung des Abendbrotes heute schief gelaufen ist, aber auf einmal hieß es, wir gehen essen … Man entschuldigte sich sogar bei mir, weil ich ja sicherlich sehr müde sei!? Für mich ist das aber immer wieder ein Erlebnis, essen zu gehen.
Wir wählten das Restaurant nach freien Parkplätzen aus und sind somit in einem Steakhouse gelandet. Warum es aber ein Steakhouse war, blieb mir allerdings verschlossen, es gab schließlich nur Bouletten. Wasser wurde kostenlos ausgeschenkt. Zu der Boulette, die im Übrigen mit Stäbchen gegessen wird, gab es Reis. Merkwürdig, oder? Noch verwirrender war, dass Boulette hier *Hambagu* heißt, was eine Ähnlichkeit mit Hamburger hat. Ich sollte die Karte selber lesen und meinte dann aber, dass meine Familie bestimmt nicht drei Stunden auf ihr Essen warten will und so half mir Sachiko schnell.
Bezahlt wird hinterher an einer Kasse am Eingang und nicht direkt am Tisch. Trinkgeld wird nicht gegeben.

Mittwoch, 26.05.2004

Alle Schülerinnen sind fleißig am Lernen für die Tests, die ab morgen stattfinden. Das ist doch nicht mehr normal! Nachmittags fernsehen und shoppen gehen und nachts bzw. bis morgens um fünf Uhr lernen. Und zwar fast alle Mitschülerinnen. Sachiko erklärte mir, dass sie es so machen, weil es nachts so schön ruhig sei und kein Fernseher läuft. Ich kann mir nicht vorstellen, dass man sich wirklich etwas merken kann, wenn man nicht schläft. Aber dafür schläft man hier oft in der Schule, damit man noch mehr zu lernen hat … So richtig das Klischee vom japanischen Unterricht bestätigend, kann ich nur sagen!
Da habe ich gleich noch etwas Cleveres entdeckt. Man übermalt mit einem grünen Filzstift zu lernende Textpassagen. Alle besitzen hier rote und grüne Folien und, wenn man jetzt die rote Folie über das Papier legt, kann man die Wörter nicht mehr lesen. Es geht auch andersrum: Man

schreibt mit einem roten Fineliner und legt die rote Folie drauf und schwups ... verschwindet die Lösung. Das merke ich mir mal für Deutschland! Toll zum Vokabellernen, oder?
Meiner Gastmutter erklärte ich dann abends noch das deutsche Rentensystem. Da war sie ganz interessiert, ich weiß auch nicht, warum. Ich glaube aber, dass sie schon um ziemlich viele Ecken denken musste, um mich zu verstehen. Es ist von den Vokabeln her noch nicht zu schaffen.

Donnerstag, 27.05.2004

Mist! Da hätte ich heute bis 8.30 Uhr schlafen können und ich Schussel habe doch tatsächlich meine Lehrbücher für den Japanischunterricht im Klassenzimmer liegen lassen. Ich kann ja aber dort nicht so einfach reinplatzen, während alle sich auf ihre Prüfungen konzentrieren. Also musste ich schon eine Stunde früher aufstehen. *Grrmmpf*
Eri bat mich, mit ihr immer mal Englisch zu lernen und da sie es ziemlich ernst meinte, habe ich vorgeschlagen, mit ihr ein Kinderbuch zu lesen. Sie ist mir fast um den Hals gefallen. Das hat mich etwas verwundert, weil es ja immerhin ihre Freizeit ist, die sie da investiert. Da kann ich mich mal dafür revanchieren, dass sie mir so viel hilft und meine tausend Fragen beantwortet ...
Also hatte ich heute eine ganze Stunde Zeit, mir ein Buch aus der Bibliothek auszusuchen und ich habe mich für den „Zauberer der Smaragdenstadt" entschieden. Das ist extra als Lernbuch für Anfänger gedacht, weil es nicht so lang ist und die Wörter auch gut zu verstehen sind.
Abends kam „Wer wird Millionär?" im Fernsehen. Ich muss ja nicht schlecht geguckt haben. Das Konzept ist auch fast das gleiche. Die Musik und das Studio kamen mir verdächtig bekannt vor. Allerdings ist der Moderator etwas verpeilt und hat einmal aus Versehen die Antwort verraten. Voll humorlos der Typ. Die Beantwortungen der Fragen wurden auch zusammen geschnitten, so dass man nur die lustigen und falschen Antworten mitbekommt. Der Telefonjoker wird eingeblendet, während mit ihm gesprochen wird! Kommt die Show eigentlich aus Amerika?

Freitag, 28.05.2004

Wenn Lorena, die andere Austauschschülerin an meiner Schule, nach Mexiko zurückgekehrt sein wird, soll eine andere Austauschschülerin kommen. Bis jetzt ist aber noch nicht entschieden, wer genau. Aber wohl auf alle Fälle eine von Rotary. Rotary scheint auch nur halb so streng zu sein wie MEO, aber dafür muss man bei dieser Austauschorganisation eben immer mal die Familien wechseln. Lorena und ich haben uns heute ein wenig über viel zu ängstliche Gastmütter unterhalten! Wir haben im Moment gemeinsam Japanischunterricht, weil wir beide die Tests nicht mitschreiben.
Die heutige Lehrerin wollte aus irgendwelchen Gründen, dass ich ihr etwas auf dem Klavier vorspiele. Sie äußerte, Klavier spielen zu können. Als ich dann aber das erste Lied beendet hatte, relativierte sich das irgendwie und sie sprach davon, nur ganz wenig zu üben. Da schmunzele ich dann innerlich. Ach, hätte meine Gastfamilie nur ein Klavier ... *träum* Wenn ich üben möchte, kann ich nicht und wenn ich üben könnte, will ich nicht. Schlimm ist das. Aber im Moment habe ich noch nicht das Gefühl, aus der Übung zu kommen.
Lorena erzählte noch nebenbei, dass sie während des Austauschjahres zehn Kilo zugenommen hätte. Das habe ich auch von vier anderen Japanerinnen, die in Amerika und Deutschland waren,

gehört. Hilfe, ich will nicht!!! Wenn ich aber meiner Gastmuter erkläre, dass ich wirklich satt bin, kommt jedes Mal die Frage: „Hat es nicht geschmeckt? Iss doch noch ein bisschen." Und danach: „Wir müssen alle aufpassen, dass wir nicht zunehmen!" und gleichzeitig: „Möchtest du ein Eis oder japanische Süßigkeiten essen?" Ich kann kaum widerstehen, wenn es mir schon so direkt unter die Nase gehalten wird!

Samstag, 29.05.2004

Die letzten Tests sind geschrieben worden und da war es ja auch nicht verwunderlich, dass sich heute alle erst mal ausschlafen müssen ... Dass sie dies auf dem Fußboden des Wohnzimmers tun aber schon! So lag die ganze Familie wie halbtot auf dem Teppich und schlief ...
Also war nicht so viel los. Sachiko hatte in den drei Tagen der Prüfung nur nachmittags zwei Stunden und vor Schulbeginn auch nur nochmal drei Stunden geschlafen.
Als dann alle von ihrem Jahrhundertschlaf erwachten, schalteten sie (wer hätte das vermutet?) den Fernseher ein. Da lief Werbung für ein Yukataset, das extrem preiswert ist. Nächste Woche wollen sie mit mir nach Shinjuku fahren und da kann ich mal gucken. Das soll mit *Geta* (Schuhen), Söckchen und *Obi* (Gürtel) so um die 50 Euro kosten. Da wäre ich blöd nicht wenigstens mal zu gucken, oder?
Vorhin gab es noch Tintenfischauflauf. Mit Muscheln drin und Käse überbacken. *Oishii* (lecker)! Ich bewundere die Kochkünste meiner Gastmutter!

Sonntag, 30.05.2004

Ich zerfließe! Hier sind 31 Grad Celsius und eine Luftfeuchtigkeit, die die Sache nicht gerade angenehm macht. Wir sind abends mit der ganzen Familie in einen Elektroladen eingefallen und haben einen Ventilator für mein Zimmer gekauft. Die Dinger kosten glücklicherweise nicht viel. Ich bin aus dem Staunen gar nicht mehr raus gekommen. Kameras, die die doppelte Größe einer Streichholzschachtel haben, Fernseher mit einer Qualität, die ich so noch nie gesehen habe und mit Internetanschluss. Das Beste waren aber die frei zur Verfügung stehenden Massagestühle. Ein Segen! Man konnte sich sogar die Arme und Beine durchkneten lassen. Da kann man so richtig ins Träumen kommen, was alles möglich ist, wenn man nur das Geld hätte ...
Sachiko ist wirklich eine halbe Stunde ums Haus gejoggt! Ich glaube, ich wäre tot umgefallen. Aber sie wollte wohl unbedingt ihr Diätprogramm durchziehen. Schon komisch, die Japaner. Bei allem achten sie auf die Kalorien, und ich bin es echt leid, mir die Vorträge über den Zuckergehalt anzuhören, wenn ich z.B. Götterspeise zubereitet habe. Das würde mir ja alles nichts ausmachen, wenn sie das konsequent durchziehen würden. Aber erst zwei Schokoriegel zu futtern und dann beim extrem gesunden Abendessen sich an den Tisch zu setzen und rumzuspinnen, dass man bei allem zunimmt, finde ich undankbar.

Montag, 31.05.2004

Heute soll der wärmste Tag vor der Regenzeit sein. In der Schule sind alle Airconditioner angeschmissen und nun friert man sogar. Beim Verlassen des Gebäudes trifft einen dann fast der

Schlag! Man weiß einfach nicht, wie man sich anziehen soll, wenn man zum Einkaufen das Haus verlässt. Wenn man sich für einen Pullover entscheidet, schwitzt man auf dem Weg und wenn man im T-Shirt losgeht, friert man im Laden … Da ist es mit der Schuluniform schon wesentlich leichter, weil zu Rock und T-Shirt auch noch ein Pullover gehört, den man immer einstecken sollte.
Nach der Regenzeit, die jetzt so langsam beginnt und circa 6 Wochen andauert, wird es noch wärmer.
Im Fernsehen liefen heute den ganzen Tag lang Reportagen über den neuesten Harry-Potter-Film. Der kommt hier in zwei Wochen heraus. Dafür, dass er nur mit Untertiteln läuft und nicht synchronisiert wurde, dauerte das aber ganz schön lange. In der Schule wurde rumgerätselt, welcher der beiden männlichen Hauptdarsteller denn nun besser aussieht. Da enthalte ich mich mal lieber der Stimme. Ich werde hier auch ständig gefragt, welchen japanischen Sänger ich am besten finde. Da rede ich mich immer mit „Ich kenne kaum welche" raus. In Wirklichkeit ist die japanische Popmusik absolut nicht mein Fall. Alles ist rosa und hellblau, die Leute treffen die Töne mit ihren Stimmchen nicht und die Kerle sind eher als Softboys zu bezeichnen. Es fliegen Herzchen und Luftballons durch die Luft und die Kostüme erinnern eher an Fasching oder Kindergeburtstag. Durch Sachikos ständiges Mitsingen bin ich echt gestraft und da ist wohl sogar Aaron Carter *brrr* besser. Vielleicht gibt es ja Ausnahmen und ich muss sie nur noch entdecken!?
Nachmittags lief noch ein altes japanisches Drama, das wohl jeder kennt, in der Glotze und das wurde mir natürlich gleich verordnet. Verstehen konnte ich aber rein gar nichts, weil eine ganz gehobene und überhöfliche Sprache verwendet wurde. Auch Okâsan hatte damit so ihre Probleme. Aber man konnte etwas von dem traditionellen Verhalten der Japaner mitbekommen und das ist doch mal was im modernen Tokyo!

Dienstag, 01.06.2004

Was für ein Sauwetter mal wieder! Es hat wie aus Kannen gegossen. Also habe ich beim Fahrradfahren den Raincoat angezogen, den mir meine Mutti sofort nachschickte, nachdem sie gelesen hatte, dass beim Radfahren im Regen in Japan der Schirm in einer Hand gehalten und mit der anderen gelenkt wird, da man offenbar keine Capes benutzt. Die Leute haben zwar etwas hinter meinem Rücken getuschelt, aber ich war schließlich die einzige, die trocken in der Schule ankam … *hihi, wer zuletzt lacht*
Okâsan hatte heute ausnahmsweise kein Obentô zubereitet. Sie bestand aber darauf, mir 500 Yen zu geben, auch wenn ich es mit meinem eigenen Taschengeld bezahlen wollte und ihr das auch mehrfach gesagt habe. Also nahm ich das Geld an (Ist vielleicht für ihr Gewissen besser!?) und schaute mich mittags im Essenraum etwas um. Die Schule hat eine eigene Küche und man kann zwischen 48 Menüs wählen, von denen aber täglich „nur" 25 zubereitet werden. Da gibt es echt alles. Von Tempura, das ist frittiertes Gemüse, bis Soba-Nudeln. Das Essen kostet umgerechnet drei Euro. Und dann bieten sie noch Weißbrot mit süßen Füllungen in allen Sorten zum Spottpreis an. Brot und Kuchen kosten ca. einen Euro, Schwarzbrot gibt es hier natürlich nicht. Ist mir aber egal und fehlt mir (noch?) kein bisschen, weil ich es in Deutschland ja zum Schluss eigentlich auch kaum gegessen habe … Das Essen hier kriegt von mir jedenfalls eine glatte fette Note 1! Mir ist noch aufgefallen, dass die Reiskocher in der Küche ohne Automatik, dafür aber mit Gas betrieben werden.

Nachmittags wurde im Fernsehen so ein Verrückter gezeigt, der für Geld in einer Woche so viele Liegestütze wie möglich gemacht hat und dabei - logisch - beobachtet wurde. Geschafft hat er 4.000 Stück.

Mittwoch, 02.06.2004

In *Kateika* (Haushaltslehre) haben wir heute ein chinesisches Gericht gekocht. Mit Fleisch und Paprikaschoten. Hmmm.
Ich filmte derweil etwas durch die Gegend, was aber kaum jemand bemerkte, weil alle konzentriert waren. Das hat mir die Sache natürlich erleichtert, da kein „Peeeeace" zu erwarten war … Die Lehrerin entschuldigte sogar, als sie mir aus Versehen ins Bild gerannt ist. Ach ja, die Japaner. Das ist eben positiv. Wenn schließlich alle Leute ständig Fotos von anderen machen wollen, sind die meisten von ihnen auch bereit, sich selbst fotografieren zu lassen. Ausnahmen gibt es leider auch hier.
Ich weiß jetzt auch, warum es hier in der Schule so neu aussieht und mir alles bezahlt wird! (Schuluniform, Klassenfahrt, Japanischeinzelunterricht etc.) Für jeden Schüler müssen die Eltern hier monatlich umgerechnet rund 400 Euro hinblättern, weil es eine private Schule ist. Wahnsinn, oder? Staatliche Schulen verlangen wohl ca. 100 Euro, aber dafür sind sie angeblich nicht so streng: Frau trägt die Röcke noch kürzer, schminkt sich schon während des Unterrichts und spielt mit den Handys rum. So jedenfalls die Horrorvorstellungen meiner Gastmutter …
Wie toll „brav" hier alle sind, sah ich spätestens in der Biostunde. Da wurde der Unterricht unterbrochen, weil die Hälfte der Schülerinnen schlief. Darum unterhielt sich die Lehrerin mit mir und es kam mal wieder zu einer lustigen Begebenheit: Sie fragte mich, ob ich die Geschichte mit dem Ei kenne. Ich dachte an eine japanische Kindergeschichte und meinte: „Nein, die kenne ich nicht." Sie erzählte mir, dass ich jeden Unterricht ein Ei zubereite. Ich fragte mich derweil, was das für einen Sinn machen soll, wenn ich für die Klasse ein Ei koche. Plötzlich begannen alle um mich herum aufzuwachen und elektronische Wörterbucher aus ihren Taschen zu ziehen, weil ich die Lehrerin nicht so richtig verstanden hatte … und sie übersetzten „make children" … Das mit dem Ei zubereiten war nur ein Missverständnis meinerseits. *Tsukuru* heißt sowohl zubereiten (Essen) als auch herstellen und produzieren, daher die Verwechslung. Und nicht jeden Unterricht, sondern jeden Monat. Man, bin ich manchmal schwer von Begriff … Sie meinte den Eisprung! Aber das war für mich so zusammenhangslos! Ich weiß jetzt nicht einmal genau, wie sie darauf kam. Vielleicht, weil wir gerade Zellen behandeln?
Im Chor war heute Musicaltag. Das heißt, dass wir bestimmte Lieder und Texte für das Musical einübten. Ich sollte mein Stück auf dem Klavier spielen … Es ist wie verhext, immer wenn ich üben möchte, kommt die eigentliche Pianistin und will auch spielen. Aber nicht etwa üben, sondern einfach nur rumklimpern. Und das jetzt schon zum wiederholten Mal. Da kann ich dreimal erklären, dass ich bei meiner Gastfamilie kein Klavier habe und auf das Schulklavier angewiesen bin. Sie scheint es einfach nicht zu ertragen, wenn ich spiele. Was bildet sie sich bloß ein? Nur weil sie Drittklässlerin und somit eine Stufe höher ist als ich? Und dann immer mit ihrem süßesten „Entschuldigung, ne" kommen. Boa, bin ich jetzt sauer.

Donnerstag, 03.06.2004

Kabuki-Tag! Nach der dritten Stunde sind wir alle ins Theater gefahren, um uns eine Vorstellung speziell für Schüler anzusehen. Dort wurden Grundelemente des Kabukis erklärt und wie sich welche Personen verhalten. Es handelt sich dabei um ein japanisches Bühnenspiel, das in den Anfängen des 17. Jahrhunderts entstanden ist. Alle Personen in einem Kabuki-Stück werden durch geschminkte Männer verkörpert. Ein Kabuki-Theaterstück besteht aus Pantomime und Gesang. Ich bekam eine englische Übersetzung erzählt, auch wenn es schwierig war, sich darauf zu konzentrieren, weil ich nur einen Stöpsel im Ohr hatte und das andere Ohr aber mit Japanisch beschallt wurde. Es war aber echt interessant, auch wenn die meisten mal wieder geschlafen haben.

Die Stimmen der Figuren sind ganz lustig. Sie klingen wie Sirenen. Die Musik ist auch interessant. Habe gerade mal so erkannt, dass es sich um Pentatonik (wer hätte das erwartet *grins*) handelte. Da dachte ich, dass ich hier mal ein bisschen mehr über traditionelle japanische Musik erfahren kann, aber weit gefehlt, im Musikunterricht wird leider die europäische Musik vorgezogen … Na, vielleicht beschwatz ich meinen Musik-Sensei mal gegen Ende des Austauschjahres.

Aber zurück zum Kabuki: Kabuki soll wohl intellektuell nicht zu anspruchsvoll sein, sondern eher unterhaltend. Alles muss schön und harmonisch sein: die Kostüme, die Bewegungen, die Requisiten. Jedes Bild, das während der Vorstellung geschossen werden könnte, soll perfekt aussehen. Es wurde ständig mit Holzbrettern auf den Boden geschlagen, um das Laufen mit einem für die Figur charakteristischen Klang zu unterlegen. Dabei klingt der Gang einer jungen Geisha natürlich anders als der eines stolzen Samurais. Die Stücke werden in drei Kategorien eingeteilt: historische Stücke, Stücke über gewöhnliche Menschen und Tanzstücke. Die meisten Stücke handeln allerdings von Samurais.

Unsere Geschichte selbst ist schnell erzählt: Es hatte lange nicht mehr geregnet und so beschließt eine alte Frau mit Kimono bekleidet, den Regengott betrunken zu machen, um ihm sein Geheimnis zu entlocken. Er erzählt ihr, dass durch das Seil vor dem Wasserfall die Regendrachen gefangen gehalten werden und man das Seil nicht durchschneiden darf. Also, was tut die alte Dame … richtig, die braucht 15 Minuten, um das Seil mit einem Messer zu durchtrennen. Und krach, bumm, bäng ist der Gott sauer, aber es regnet wieder … Das war's und dafür braucht's eine Stunde.

Nach der Vorstellung sind mir fast die Augen aus dem Kopf gefallen! Da sehe ich doch glatt, wie sich unsere Chorpianistin mit meiner Gastschwester unterhält. Sie scheinen in einer Klasse zu sein und damit ist sie gar keine Drittklässlerin! Na, da möchte ich über mögliche Verbindungen lieber gar nicht nachdenken, bevor ich hier etwas entdecke, das mich bestimmt nicht fröhlich stimmen wird. Ich werde mal so tun, als wäre alles in Ordnung und vielleicht gibt sich die Sache mit der „Klavierspielverhinderung" ja in den nächsten Wochen. Nach dem bevorstehenden Konzert bin ich im Chor ja nicht mehr fest eingebunden und dann kann ich mir den Koto- und/oder Teezeremonieclub mal angucken. Ikebana gibt es wohl auch. Mal sehen.

Freitag, 04.06.2004

Ach, bin ich blöd. Da schleppe ich schon mal meine Video-Kamera mit, um den Kalligraphieunterricht zu filmen und frage sogar noch die Lehrerin, ob ich dies denn darf, um dann zu meinem

Entsetzen festzustellen, dass ich die DVD zum Aufnehmen gar nicht eingesteckt habe. Das ist mal wieder typisch Dana. Voll peinlich. Dabei wurde vorher noch die ganze Klasse gefragt, ob das Filmen in Ordnung ist… Na ein Glück, dass mein Kopf angewachsen ist, kann ich da nur sagen.
Im Musikunterricht haben wir uns doch tatsächlich Pinocchio angesehen, weil da ja so tolle Musik gespielt wird und man so viel lernen soll. Na klar, Disneyfilme als Pflichtlektüre! Ich wurde gefragt, ob wir den Film auf Japanisch oder Englisch gucken. Ich habe mich für Japanisch entschieden. Das ständige Kawaii-Geschrei könnt ihr euch ja sicherlich vorstellen …
Und mehr ist heut auch nicht passiert, außer, dass ich das vor zwei Wochen zuletzt mal kurz geübte Stück im Musikunterricht nochmals hervorzaubern sollte und deswegen erst etwas erschrocken war … aber es hat doch relativ gut geklappt, puh.

Samstag, 05.06.2004

Nach der Schule gingen wir spontan los, um einen *Yukata* zu kaufen! Meine Gastfamilie wusste nämlich, wo es die Dinger preiswert gibt.
Und dann stand ich nun vor einer großen Auswahl und konnte mich erst einmal eine halbe Stunde nicht entscheiden. Aber über den Preis habe ich mich wirklich gefreut: umgerechnet 35 Euro, weil er in China hergestellt wurde, was mich aber eigentlich wenig interessiert. Sonst würde er viel, viel mehr kosten und das muss bei gleicher Qualität ja nicht sein. Zu dem Set gehörten außerdem noch ein Gürtel *(Obi)* und ein Säckchen aus dem gleichen Stoff. Die Schuhe *(Geta)* gab es nur in einer Standardgröße, die mir leider etwas zu klein ist. Schade, weil sie nur zehn Euro kosteten, in anderen Läden mal locker das Dreifache.

Yukata

Das Wort bedeutet eigentlich Badekleidung (Yu = warmes Wasser), aber Yukatas wurden und werden auch als bequeme Haus- und luftige Sommerkleidung getragen, meist ohne Untergewand. Sie sind also quasi Sommerkimonos. Yukatas sind allerdings nicht wie Kimonos gefüttert. Ursprünglich sind sie weiß und dunkelblau (Indigo) gemustert.

Obi

Der Gürtel hält den Kimono oder Yukata zusammen. Je nach Geschlecht, Alter, Jahreszeit und Kleidungsstil kann er 5 bis 35 cm breit und etwa 1,5 bis 4 m lang sein und mehr oder weniger verziert. Der Gürtel des Kimonos ist wesentlich aufwendiger gearbeitet und schwieriger zu binden.

Obijime

Eine Schnur, die den Frauen-Obi beim Kimono zusammenhält, entweder in Form eines geflochtenen Bandes oder als mit Watte ausgestopfte „Würste“. Beim Yukata werden Obijime nicht verwandt.

Geta

Geta sind Holzschuhe mit zwei Zehenriemen. Die bekannteste Form besteht aus einer flachen, rechteckigen Holzsohle, die auf zwei Querstegen sitzt und wird von Männern (größer, flacher) wie Frauen getragen.

Mein Yukata hat die Grundfarbe schwarz, gemustert mit vom roten ins gelbe übergehenden Blumen und Schmetterlingen und dunkelblauer Sonne im Hintergrund. Der Obi ist helllila und wird nach oben hin dunkler. Echt klasse!
Abends zeigte mir Okâsan, wie ich den Yukata anziehen soll. Das ist eine richtige Kunst. Soooo viele kleine Schritte und Kniffe bis alles sitzt. Aber der Blick in den Spiegel war eine Überraschung. Ach, ich liebe Yukatas! Ich freue mich schon auf das nächste Fest, weil ich ihn dann in der Öffentlichkeit tragen kann. Allerdings ist es recht warm darin und im Sommer wohl kaum auszuhalten.
Okâsan ist anschließend noch einkaufen gegangen, weil die Eier immer frisch sein müssen, wenn man sie roh isst. Arisa und ich sind beim Eisstand hängen geblieben. Zurzeit muss man nur zwei Kugeln bezahlen und bekommt dann eine gratis dazu. Das waren aber Riesenkugeln und jetzt kann ich kein Eis mehr sehen. *würg*

Sonntag, 06.06.2004

Okâsan ist arbeiten und außerdem regnet es! Also keine Chance etwas Vernünftiges zu unternehmen. Gestern kaufte ich eine *Doraemon*-Figur, die man selbst zusammennähen kann. Ein Doraemon ist eine blaue japanische Mangafigur, die hier so bekannt ist wie Mickey Mouse bei uns. Der katzenähnliche Robotter hat eine kleine Tasche auf dem Bauch, in die unendlich viele Gegenstände hineinpassen, die er bei Bedarf einfach herausholt.
Auf der Verpackung steht, dass man zwei Figuren an einem Tag schafft. Auf Grund der Tatsache, dass ich aber für eine schon fünf Stunden brauchte, frage ich mich, wie man das schaffen soll. Früh aufstehen und dann ohne Pause durcharbeiten??? Ich saß also am Küchentisch, hörte Musik und konnte Arisas Fragen zur deutschen Grammatik beantworten. Sie kam mit dem Satz „Ich glaube ihm, denn er erzählt nur Wahrheiten" nicht zurecht und ich erklärte ihr, dass man das wohl im richtigen Leben, also umgangssprachlich, nicht so ausdrücken würde. Zum Glück spricht sie sehr gut Englisch und das macht die Sache für uns beide leichter. Manchmal weiß ich selber nicht, warum der Satz nun wie aufgebaut ist. *rotwerd*
Abends kam es wieder zu einer lustigen Verwechslung, als ich meiner jüngeren Gastschwester erzählte, dass mich meine viel zu langen Haare nerven, weil es hier so warm ist. Da meinte sie (so dachte ich), ich solle ins Krankenhaus fahren. Ich muss schon etwas verwirrt ausgesehen haben! Es stellte sich nämlich heraus, dass die Wörter Friseur *(Biyôin)* und Krankenhaus *(byôin)* sich nur in der Betonung unterscheiden und das hatte ich mal wieder voll verpeilt. Aber es sorgte für allgemeine Heiterkeit, zumal es gleich der ganzen Familie erzählt wurde …
Sachiko war in Shinjuku shoppen und als sie wiederkam, zeigte sie stolz die eingekauften Sachen. Otôsan fragte mal vorsichtig nach, was das denn so gekostet hat! Der Rock umgerechnet 150 Euro, das T-Shirt 100 Euro, die Sockenpaare jeweils zehn Euro und dann noch Makeup von Dior … *allseits gedämpftes mitfreu*

Montag, 07.06.2004

Morgen ist Lorenas letzter Schultag. Dann fliegt sie nach Mexiko zurück, weil sie dort Prüfungen bestehen muss, um das Schuljahr nicht wiederholen zu müssen. Aber da ich am Dienstag nicht in der Schule sein werde, verabschiedeten wir uns schon jetzt voneinander, tauschten Adressen aus usw. Mal sehen, ob wir noch weiter in Kontakt bleiben. Eigentlich haben wir einfach zu wenige Gemeinsamkeiten.
Eriko hatte die Idee, dass wir doch mal ein Freundschaftsbuch beginnen könnten, in das ich auf Japanisch und Eri, Yui und Yukako auf Englisch etwas eintragen. Aus Übungszwecken. Die Idee finde ich nicht schlecht! Mal sehen, was daraus wird.
Abends wurde ich von meiner Gastfamilie mit grünem Tee aufgeputscht. Der Tee wurde irgendwie aufgeschäumt und war vorher pulverförmig. Er schmeckt bitter und hat die vierfache Koffeinmenge eines normalen schwarzen Kaffees!!! Und dann konnte ich bis Mitternacht nicht schlafen, obwohl ich ursprünglich schon um acht im Bett lag! Dazu gab es Knusperstangen, die nach Misosuppe schmeckten. Schon etwas gewöhnungsbedürftig.

Dienstag, 08.06.2004

Heul, um 6.30 Uhr aufstehen! Kaum noch zu glauben, dass ich es in Deutschland in der Schulzeit fast täglich gemacht habe. Nun, man muss das eben aushalten, wenn man mit der „großen Schwester" einen Tag in der Sophia-Universität miterleben will. Heute standen nämlich Deutsch und Englisch auf ihrem Stundenplan!
Schon die Bahnfahrt war ein Erlebnis! Rush hour in Shinjuku!!! Der Bahnhof in Shinjuku ist einer der größten der Welt. Dort kreuzen sich dreizehn Linien und täglich steigen ca. vier Millionen Menschen dort ein, aus und um. Man hat in Deutschland schon viel darüber gehört, gesehen und gelesen und sich über die Bahnbeamten mit den weißen Handschuhen lustig gemacht, die auf den Bahnsteigen stehend die Einsteigenden noch nachstopfen, damit die Zugtüren geschlossen werden können. Aber das selber mitzuerleben, ist dann gar nicht mehr so schön! Man fragt sich, wie man in diese Bahn noch reinpassen soll und stellt dann fest, dass sich noch 50 Leute in das Abteil hinein drängeln! Horror, kann ich nur sagen! Ich hatte dieses Wenn-hier-jetzt-eine-Massenpanik-ausbricht-Gefühl. Gar nicht schön für Leute mit Platzangst.
Und dann der nächste Schock. In Shinjuku schaffte es Arisa gerade noch, sich in den Zug reinzudrängeln und plötzlich schlossen sich die Türen vor mir. Was nun??? Ich versuchte ihr mittels Zeichensprache von außen zu erklären, dass ich die nächste Bahn nehme und fragte einen Herrn, der zufällig in meiner Nähe stand, ob die nachfolgende Bahn zu der gleichen Linie gehört. Als ich dann aber im nächsten Bahnhof ausstieg, kam ein neuer Albtraum! Arisa war nicht da! War es doch die falsche Linie? Oder die falsche Richtung? Panik befiel mich. Ich hatte nicht einmal die Telefonnummer ihres Handys mit. „Hilfe, ich bin verloren in einer der größten Städte der Welt". Ich setzte mich auf einen der Bahnhofsstühle und wartete. Hatte sie einen Expresszug genommen, der nicht an allen Stationen anhält? Nach fünf qualvollen Minuten kam mir Arisa dann entgegen gerannt und war genauso aufgeregt wie ich. Sie war wieder nach Shinjuku zurückgefahren, um dann festzustellen, dass ich weg war. Oops.
Wir kamen aber trotzdem noch rechtzeitig in der Uni an. Ich beantwortete zunächst die Fragen der Studenten aus ihrer Deutsch-Klasse. Ich hatte schon Angst, dass ich sie nicht verstehen würde, aber es ging einigermaßen. Schließlich hat man es mit mir und meinem Japanisch sicher-

lich auch manchmal nicht leicht, glaub ich!? Es ist erstaunlich, was sie nach zwei Monaten schon können. Sechs Lektionen wurden bereits durchgenommen! Aber sie haben, finde ich, eine sehr gute Dozentin, die vor einiger Zeit mehrere Jahre in Deutschland lebte. Ich versuchte, so einfach wie möglich, in ganzen Sätzen und möglichst ohne Dialekt und Slang zu antworten. Das ist gar nicht so leicht! Wir schauten uns gemeinsam ein Video über Berlin an, das aber schon mindestens zehn Jahre alt ist! Ich wurde gefragt, ob Berlin sich etwas verändert hat. Nun, ich erkannte gerade so das Brandenburger Tor wieder. Die gezeigten Wohnblöcke gibt es schon lange nicht mehr. Arisa´s Kommilitonen freuten sich auch darüber, dass es in Deutschland noch Diskotheken gibt. Die wurden hier angeblich fast komplett durch Karaoke-Bars und Ähnliches verdrängt.
Die Englisch-Dozentin kommt aus Amerika und somit wird im Unterricht nur Englisch gesprochen. Leider scheiterte sie daran, ein geplantes Video abzuspielen, weil sie „die neue Technik" nicht versteht. Helfen konnte (oder wollte?) ihr auch keiner. Und so brüllte sie den armen Videorecorder, der doch wohl nichts für ihr Unvermögen kann, an und zog eine echte Show ab. Comedy im richtigen Leben! Aber es war schön, mal wieder ordentliches Englisch zu hören. Ich war nur ein wenig darüber verwundert, dass sie mich immer mit „friend" ansprach, weil Arisa ihr vorher erzählt hatte, dass sie am Dienstag eine Freundin mitbringen will. Erst ganz zum Schluss fragte sie mich „Friend, what is your name?"
In der Mittagspause zeigten die Tanzgruppen, was sie drauf haben und sorgten für gute Stimmung. Zur Uni gehört, nebenbei bemerkt, eine riesige Bibliothek über ca. zehn Etagen. Leider kamen wir nicht rein, weil Arisa keinen Biblotheksausweis hat und das Personal echt total streng ist. Schade, weil dort sicherlich auch ein paar deutsche Bücher herum stehen! Neben Philosophie kann man an der Uni übrigens auch Maschinenbau studieren. Was für eine komische Kombination! Na, jedenfalls macht es einen riesigen Spaß und alles ist viel lockerer als an der Oberschule.
Danach fuhren wir nach Shinjuku, um einen zweiten Akku für meinen Camcorder zu kaufen. Zum Glück habe ich mich vorher schlau gemacht, denn der Verkäufer beriet mich falsch. Er lag völlig daneben mit der Stundenangabe für die Laufzeit des Akkus, nämlich um genau 180 Minuten. Ich wollte ihm sagen, dass ich glaube, dass er falsch liegt. Aber das ließ ich dann lieber, weil Fujiwaras das offenbar peinlich war. Einem erwachsenen Fachmann einen Fehler zu verdeutlichen, geht ja hier in Japan gar nicht. Aber dafür bekommt man bei „Big Camera" alles total billig. Und das muss man einfach ausnutzen.

Mittwoch, 09.06.2004

Ein schulfreier Tag, denn hier finden Elternabende anscheinend während der eigentlichen Schulzeit tagsüber statt! Also eher Elternvormittage? Kann es sein, dass hier davon ausgegangen wird, dass Mütter sowieso nicht arbeiten gehen und nur für ihre Kinder und den Haushalt zuständig sind?
Und weil meine Gastmutter auch erscheinen musste, hatte ich unverhofft einen freien Vormittag und konnte mich von der gestrigen Minireise erholen.
Gestern hat wohl meine LP angerufen und mitgeteilt, dass ich für das nächste MEO-Treffen am kommenden Sonntag einen Sonnenhut und Badelatschen kaufen bzw. mitbringen soll. Ja, genau, Badelatschen! Leichtere, die schneller trocknen, weil man hier so streng zwischen Latschen für

draußen und drinnen unterscheidet. Und meine mitgenommenen deutschen Badelatschen sind eben eher Drinnen-Schuhe.
Glücklicherweise weiß Okâsan echt immer, wo es alles extrem preiswert gibt. Also auf zum Shoppen. Danach kamen wir mal wieder nicht an dem Eisstand vorbei, ohne dass uns der Mund wässrig wurde. Die Kugel kostet umgerechnet ca. 2 Euro, ist aber auch doppelt so groß wie zu Hause in Deutschland. Ich werde immer schwach, weil ich Eis liebe! Es gibt Tausende von Sorten, die immer mal gewechselt werden! Aber ich konnte mich gerade so beherrschen und aß nur eine Kugel. *grins*
Abends meinte meine Familie plötzlich, dass ich mal bei Eri anrufen solle, um ihr ebenfalls zu berichten, was sie zu dem MEO-Treffen mitnehmen soll. Sie möchte nämlich am Sonntag gerne mitkommen und ich freue mich darüber total. Schweren Herzens griff ich also zum Telefonhörer und wählte die Nummer. Es ist grausam, in einer fremden Sprache durch die Gegend zu telefonieren, kann ich euch sagen! Aber es ging dann doch ganz gut. Den Sinn der Aktion verstehe ich aber bis jetzt noch nicht, weil ich sie doch am nächsten Tag sowieso in der Schule sehe!? Okay, vielleicht aus Übungszwecken … Lektion: Telefonieren.
Dann sollte ich mal wieder etwas Japanisch lernen. Und weil alle meine Bücher in der Schule sind, suchte man sogar nach etwas Lernbarem. Sachiko erklärte mir Sprichwörter, die aus jeweils vier Kanjis bestehen und übte mit mir die Aussprache. Ein Sprichwort ist in meinem kleinen Köpfchen hängen geblieben: *Issekinichô*. Die Kanjis dafür sind: eins, Vogel, zwei, Stein. Also zwei Vögel mit einem Stein treffen. (Im Deutschen vielleicht: Zwei Fliegen mit einer Klappe schlagen, oder so.) Manchmal brauchte ich ganz schön lange, bis ich die Bedeutung der Sprichwörter verstanden habe, aber ich finde es interessant, weil man so viel über die japanische Denkweise erfährt.

Donnerstag, 10.06.2004

Als ich heute so zur Schule fuhr, fiel mir auf, dass hier die Ampeln direkt von Rot auf Grün umschalten – ohne eine Gelbphase. Beim Umschalten von Grün auf Rot gibt es aber das gewohnte Gelb. Das nur mal so am Rande bemerkt. Das ist so eine der Kleinigkeiten, über die ich mich tagtäglich wundere.
Im Süden Japans herrscht gerade ein Taifun, der mächtig viel Regen bringt. Man weiß auch noch nicht, welche Richtung er einschlagen wir, und ob er nach Tokyo kommt. Bin ganz gespannt, weil mich Unwetter immer faszinieren. Ich liebe Blitz und Donner und kann mich noch gut an die Tornadowarnung im Floridaurlaub erinnern.
Nach der Schule drückte mir Sachiko einen großen Briefumschlag von meinen Eltern in die Hand. Er enthielt neben einer CD mit deutschen Volksliedern für meinen Musikunterricht hauptsächlich Kinderbücher (Max und Moritz, Struwwelpeter, Pumuckl) für Arisa zum Deutsch lernen. Das gefiel meiner jüngeren Gastschwester natürlich ganz und gar nicht. Jetzt werden hier wieder die Türen zugeschmissen (bzw. laut zugeschoben) und sie faucht mich nur noch an. Dabei war in dem Gruß von zu Hause auch eine Kleinigkeit (Diddl-Briefpapier) für sie dabei, aber so schnell konnte ich gar nicht reagieren. Nun hat sich das wohl erledigt mit der Überraschung. Ich meine, ich schenke ihr doch nichts, nur weil sie sonst beleidigt ist. Ist ja wie im Kindergartenalter. Fehlt nur noch Kratzen, Beißen, mit den Füßen trampeln. Jetzt reicht es mir langsam. Vielleicht sollte ich jetzt mal anfangen rumzumaulen? Als wir Abendbrot aßen, wollte Arisa mir gerne Doraemon im Fernsehen zeigen. Aber Sachiko bestimmte natürlich wieder das

Programm und selbstverständlich wurde sofort der Kanal gewechselt. Ich regte mich ziemlich auf (ich glaube, das erste Mal hier platzte mir so richtig der Kragen) und meinte, dass das typisch ist und dass hier alles nach ihrer Nase gehen muss und dass sie ja wohl etwas doof *(baka)* ist. Und das Ganze auf Japanisch. Aber meine Äußerungen wurden einfach ignoriert. Und zwar von allen. Ich muss es irgendwie schaffen, dass es auch meine Gastmutter etwas angeht und sie sich endlich mal einmischt.

Freitag, 11.06.2004

Jetzt drehe ich den Spieß um und rede nicht mehr mit Sachiko. Soll sie sich doch mal anstrengen, alles wieder in Ordnung zu bringen. Ich habe keine Lust mehr, ihr ständig alles Recht zu machen und ihr hinterherzulaufen, damit sie auch ja nicht sauer auf mich ist. Pfffff. Ich halte das nicht mehr aus.
Vorhin bemängelte sie, wie schlecht doch mein Japanisch sei, und dass niemand so spricht. Zehn Minuten später wiederholte sie den gleichen Satz, über den sie sich aufregte, selber. Das gibt's doch gar nicht. Da meinte ich: „Na klar, mein Japanisch ist komisch, aber Du sprichst genau so unhöflich.“ Und verschwand in meinem Zimmer. Wiederum keinerlei Reaktion von den anderen! Löst man Konflikte etwa durch Schweigen und Ignorieren???
Im Kalligraphieunterricht habe ich das Kanji für Mutter und Vater gelernt. Ungefähr 30 Mal habe ich es geschrieben und kann es noch nicht perfekt genug. Immer rutscht mindestens ein Strich zu weit zur Seite oder ist zu schräg. Mensch ist das ein Elend. Ich weiß schon, warum ich in Deutschland Kunst abgewählt habe.
Nach der Schule konnte ich mich mal wieder gerade so motivieren, bis 18 Uhr zum Chor zu gehen. Nächste Woche findet das Konzert statt. Ich kann mein Stück noch nicht fehlerfrei auf dem Klavier spielen und bekomme es langsam mit der Angst zu tun. Also sollte ich mal lieber zu den Proben gehen. Es macht inzwischen Spaß, weil wir keine Einzelproben mehr haben und einige der Stücke einfach nur genial sind. Ich kann sie jetzt auch singen, aber den Text werde ich nie in meinen Kopf reingeprügelt bekommen. Zum Auftritt muss auswendig gesungen werden. Das hat sich also für mich erledigt und ich werde es bei „Hareruya“ belassen. Heute wurde auch eine Stunde lang das Musical geübt. Für mich war es tot langweilig, weil ich nur blöd rum saß.

Samstag, 12.06.2004

Was hat man Besseres zu tun, als den Samstagnachmittag in der Schule zu verbringen??? Chorprobe war angesagt. Nichts mit Freizeit und Faulenzen … Und dabei ist nur die Hälfte der Chormitglieder erschienen, weil die anderen in der Zeit Tests schreiben mussten. Und ich bin als einziger Mezzosopran fast verzweifelt, weil ich die Stimme immer noch nicht ganz sicher beherrsche.
Aber Probe ist immerhin besser, als meine kleine Gastschwester ertragen zu müssen! Nach der Probe kam eine mir unbekannte Frau auf mich zu und überlegte mit mir, wo und wann ich Klavier üben könnte! Wer war sie überhaupt? Wurde sie von Ito-Sensei, die für internationale Angelegenheiten der Schule (also auch für mich) zuständig ist, beauftragt, mir eine Möglichkeit zum Üben zu verschaffen? Ich bin denen hier bestimmt etwas auf die Nerven gegangen,

weil ich das Gefühl vermittle, nicht oft genug an ein Klavier zu kommen. Nun darf ich im Saal der zum Schulekomplex gehörenden Uni spielen, wann immer ich möchte. *strahl*
Der Taifun kam übrigens nicht nach Tokyo, aber es regnet weiterhin. Es ist eben nicht umsonst Regenzeit …
Morgen ist das MEO-Treffen und ich freue mich jetzt etwas darauf. Wird sicherlich lustig, mal sehen. Jetzt bin ich müde und gehe ins Bett. Ich habe mich immer noch nicht an die Schule am Samstag gewöhnt. Gute Nacht!

Sonntag, 13.06.2004

Eri und ich hatten uns für 8.45 Uhr am Bahnhof verabredet, um gemeinsam zum MEO-Treffen zu fahren. Okâsan kam mir mal wieder etwas misstrauisch vor, weil sie unbedingt mit zum Bahnhof kommen wollte, um sich bei Eri zu bedanken. Auf halbem Weg stellte ich dann entsetzt fest, dass ich meine Kamera vergessen hatte und das geht ja nun mal gar nicht. *kameraabhängig sei* Schließlich standen so viele interessante Dinge auf dem heutigen Programm, dass ich schnell noch mal nach Hause gerannt bin.
Wir trafen uns alle, diesmal waren auch Vertreter einer anderen Austauschorganisation dabei, am westlichen Rand Tokyos. Es war ganz interessant, sich mal wieder mit den anderen Austauschschülern zu unterhalten. Amy zum Beispiel hat inzwischen ihre Gastfamilie gewechselt und muss jetzt eine Stunde zur Schule fahren.
Zuerst fuhren wir mit dem Bus zu einer *Washi*-Produktionsstelle. Aber schon bei der Busfahrt, die man ja eigentlich als recht unspektakulär einschätzt, gab es wieder ein Stück japanische Kultur zu entdecken: Sind mehr Fahrgäste als Plätze vorhanden, dann setzt man sich lieber gar nicht hin, um das Gewissen zu beruhigen … egal, wie sehr man sich im Bus drängelt, weil dann plötzlich alle stehen wollen. Schließlich will man ja nicht unhöflich sein und sich irgendwo rangmäßig über die anderen stellen. So hatten wir dreisten Austauschschüler wenigstens freie Platzwahl.
Und nun zur Washi-Herstellung: Washi ist ein traditionelles, handgeschöpftes japanisches Papier (von *wa* = Japan und *shi* = Papier), das aus verschiedenen Pflanzen, u. a. Hanf, gewonnen wird. Die dünnen Stämmchen werden in Wasser eingeweicht, gekocht, gebleicht, von Unreinheiten befreit. Dann werden die Rohfasern geschlagen. So viel glaube ich jedenfalls dem japanischen Vortrag entnommen zu haben. Nach diesem sehr komplizierten und langwierigen Prozess werden die Fasern möglichst gleichmäßig mit einem Sieb abgeschöpft. So entsteht das Papier, das nun zu einem Stapel gepresst werden muss und dort trocknet. Ich hatte meine Sorgen, dass das Papier dabei aneianderpappt, aber das passiert nicht. Wir durften selbst aktiv werden und Washi herstellen, stiegen aber erst beim Arbeitsschritt des Schöpfens ein, weil wir alles in der Zeit sonst gar nicht geschafft hätten.
Washi wird nicht nur zum Beschreiben für Kalligraphie, Bücher und für farbige Holzschnitte verwendet, sondern zum Beispiel auch als Material für Fächer, Schirme, Masken, Drachen, Laternen, Trennwände und Jalousien.
Nachdem wir unser Obentô an einem Flussufer gegessen und eine Stunde lang im Wasser rumgeplanscht hatten, schauten wir uns ein ca. 150 Jahre altes Haus an, in dem traditionelle japanische Gebrauchsgegenstände ausgestellt werden. Außerdem wird dort Seide produziert und wir konnten die Raupen streicheln. *hihi*

Wir durften sogar alte japanische Spielzeuge ausprobieren. Zum Beispiel gab man uns kleine, bunt bemalte Holzpropeller, die man schnell zwischen den Händen reibt und sie somit zum Fliegen bringt. Ich bin fast verzweifelt, weil mir die Dinger immer ins Gesicht flogen, bis ich dann kurz vorm Aufgeben feststellte, dass es daran liegt, dass ich Linkshänderin bin und sie falsch herum gedreht hatte … Mal wieder extrem schnell geschaltet, Dana!
Der Dachboden des Hauses war gruselig: Schließlich bestand der Boden nur aus 7 cm dicken Bambusstämmen und das offene Feuer in der Etage darunter verbreitete einen stinkenden Rauch, der wohl Mücken vertreiben soll. Ich glaube eher, dass sie von der Wand fallen!
Nach etwa einer Stunde machten wir uns auf den Weg zu einer *Shôyu*-Fabrik. Dort sahen wir uns zunächst ein Ablaufschema über den Herstellungsprozess der Sojasoße an und anschließend wurde uns kurz die Fabrik gezeigt, in der noch ganz traditionell die Shôyu-Soße hergestellt wird. Dazu werden zunächst die Sojabohnen in Fässern eingeweicht und gedämpft. Für Shôyu wird gerösteter und geschroteter Vollkornweizen gekocht und zugesetzt. Die Zutaten werden zu gleichen Teilen gemischt und mit den Sporen eines Schimmelpilzes geimpft. Dann wird das Gemisch in einem *Muro* (Inkubationskammer mit hoher Luftfeuchtigkeit und warmen Temperaturen) gelagert. Dort fermentiert das Getreide; es bilden sich Schimmelpilzfäden. Anschließend wird diese reife, enzymreiche Masse – in der Fachsprache *Kôji* genannt – mit Wasser, Meersalz und *Nigari*, einem mineralischen Rückstand, der beim Extrahieren von Natriumchlorid aus Meersalz zurückbleibt, vermischt. Jetzt heißt das dickflüssige Gebräu *Moromi*. Es kommt in große offene Fermentierungsfässer, traditionell aus gut abgelagertem Zedernholz, wo es unter ständiger Aufsicht für mindestens sechs bis acht Monate, besonders hochwertige Sorten bis zu fünf Jahren, reift. Während des Reifeprozesses zerlegen die im Kôji enthaltenen natürlichen Hefepilze, Enzyme und Bakterien die Kohlenhydrate, das Eiweiß und die Fette des Weizens und der Sojabohnen. Es bilden sich Zucker, aromatischer Alkohol, und geschmacksreiche Amino- und Fettsäuren. Das reife, vergorene Moromi wird in Baumwollsäcke gefüllt und unter großem Kraftaufwand gepresst. Und heraus fließt eine dunkle Flüssigkeit, eine Mischung aus Shôyu und Roh-Sojaöl. Das an der Oberfläche schwimmende Öl wird abgeschöpft, und das Shôyu kann sich absetzen. Es wird bei niedrigen Temperaturen pasteurisiert und anschließend in Flaschen gefüllt. Das gesamte Verfahren dauert etwa 24 Monate.
Man rührt die Brühe in den riesigen Fässern dort sogar heute noch mit Bambusstäben um und füllt alles in Gläser statt in Plastikflaschen ab, weil man die Umwelt schonen möchte. Einer der Arbeiter dort merkte an, dass Deutschland das umweltbewussteste Land der Welt sei!
Die Brühe riecht meiner Meinung nach etwas übel, blubbert aber so lustig. Das sieht aus wie im Belebungsbecken einer Kläranlage und riecht genau so.
Zum Schluss schenkte man uns eine kleine Flasche Shôyu und wir waren alle ganz glücklich. Damit war das offizielle MEO-Treffen zu Ende, und wir wanderten gemeinsam zum Bahnhof zurück. Ich versuchte, mich mit Panda auf Deutsch zu unterhalten, scheiterte aber kläglich. Es lag nicht an ihm, mein Deutsch kommt mir etwas abgehackt vor. Ich angelte immer wieder nach den richtigen Worten. Das Sprechen fiel mir auf Japanisch oder Englisch einfach leichter. Komisch. Er fand lustig, dass er manchmal besser klar kam als ich. Aber mein kleines Gehirn lässt so viele Sprachen auf einmal einfach nicht zu.
Und dann standen wir so in der Bahn und Jonathan, einem Austauschschüler aus New York, der mit einer anderen Organisation hier in Japan ist, kam die Idee: Man könne ja zusammen noch Sushi essen gehen. Eri telefonierte wegen der Erlaubnis mit ihrer Mutter, die ihr viel Spaß wünschte. Ich entschied mich, auch mitzugehen und meiner Gastmutter das kulinarische Zusatzprogramm lieber zu verschweigen, weil sie sich doch so viele Sorgen macht … und schließ-

lich war ja vereinbart, dass ich bis um acht draußen bleiben kann, wenn ich mit Freunden unterwegs bin.
In dem Sushi-Restaurant kostete jeder Teller mit zwei Häppchen auch nur 100 Yen, also nicht mal einen Euro und wir konnten uns die Bäuche vollschlagen.
Nun habe ich mir mein Englisch schön versaut: Schnellstens übernahm ich den amerikanischen Slang, bis Amy und Jon schließlich meinten, dass man mich glatt für einen Ami halten könnte. Ooops.
Aber es war sooo lustig. Wir waren nur am Lachen und Albern, weil ja doch immer mal so kleine Missverständnisse auftraten. Ich übersetzte schnell immer alles Wichtige für Eri, da die Arme sonst gar nichts oder nicht viel mitbekommen hätte. Gegen 19.20 Uhr saßen wir supersatt und fröhlich in der Bahn und schon klingelte Eris Handy und auf dem Display stand „Dana". Also ein Anruf von der Festnetznummer meiner Gastfamilie. Blitzschnell beschlossen wir, doch zu sagen, dass wir noch Sushi essen waren. Das war auch besser so, weil, wie sich später herausstellte, Okâsan bereits bei Panda angerufen und mein Zimmer nach Eris Telefonnummer durchsucht hatte! Man kann auch übertreiben, oder? Ich hatte schon die Panik, dass es Stress gibt, aber Okâsan meinte nur, dass ich das nächste Mal vorher bei ihr anrufen soll. Ich gab ihr die Shôyuflasche, entschuldigte mich und alles war in Ordnung.

Montag, 14.06.2004

Morgens zeitig zur Probe zu müssen, ist die reinste Qual. Da steht man schon um 7.20 Uhr im Musikraum und der Anblick der anderen schlaffen und müden Häupter baut einen auch nicht gerade auf! Und nach zwei Minuten Einsingen für die Mittellage schafft es natürlich auch niemand, den richtigen Ton zu treffen.
In der Mittagspause hatte ich etwas Zeit übrig, schlenderte ganz gemütlich zum Musikraum, um etwas Klavier zu üben und als ich dann im Raum stand, war es zu spät für den Rückzug – Schon wieder Chorprobe. Ich hätte nicht gleich wieder gehen können, wegen des schlechten Eindrucks. Also blieb ich für die letzte Viertelstunde dort. Pause ist in Japan eben nicht immer gleich Pause! Mit der regulären Nachmittagsprobe hatte ich heute also drei Stunden Chor und das wird sich in den nächsten Tagen wohl des Öfteren wiederholen.
Yamashita-Sensei, die alle bei ihrem Vornamen Tomomi nennen, weil es zu viele Namensvettern gibt, soll als Klassenlehrerin mit allen Schülerinnen über ihre Leistungen und Zukunftschancen sprechen. Sie gab mir einen Termin für heute. Das fiel mir aber leider erst abends beim Baden ein und nun habe ich ein schlechtes Gewissen, weil sie bestimmt gewartet hat. Da muss ich mich morgen unbedingt bei ihr entschuldigen! Ich musste eben nachmittags so schnell wie möglich zum Chor, weil die Probe anfing und habe den Termin total vergessen.

Dienstag, 15.06.2004

Gestern Abend waren es tatsächlich 30 Grad Celsius in meinem Zimmer! Ich konnte machen, was ich wollte. Das Fenster soll ich nachts nicht öffnen, weil es so gefährlich ist (na klar, was ist hier nicht gefährlich) und der Ventilator kühlt die Luft nun einmal nicht ab. Da ist es fast unmöglich, vor Mitternacht einzuschlafen, auch wenn man eigentlich total geschafft ist. Entsprechend müde stand ich heute auf.

In der Schule schrieben wir einen Englischtest. Die Grammatik war sooo komisch und irgendwie unbrauchbar. Ich habe solchen Satzbau noch nie gehört oder gesehen, obwohl ich hier viele Bücher auf Englisch lese. Aber da es jeweils vier Antwortmöglichkeiten zum Ankreuzen gab, hatte ich wenigstens eine 25 prozentige Chance. Eine schöne Blamage wird das, aber das Beste kam erst später: Wir sollten die Testergebnisse mit denen unserer Nachbarn vergleichen. Yamashita-Sensei las dazu die richtigen Antworten vor. Als sie die Lösungen bis zum letzten Satz der Seite verraten hatte, drehten plötzlich alle die Fragebögen um. Es gab eine Rückseite??? … Och neee, so was passiert auch nur mir. So hatte ich nicht mal die Hälfte der möglichen Punkte! Alle um mich herum lachten nur. Glücklicherweise ist es hier in Japan für mich nicht wirklich schlimm, eine schlechte Zensur zu bekommen. Ich schreibe auch nicht alle Tests mit, denn bei vielen hätte ich absolut keine Chance.
Nach dem Unterricht entschuldigte ich mich bei Yamashita-Sensei für das versäumte Gespräch. Wo ist nur mein Kopf? Sie hatte Verständnis und gab mir einen neuen Termin. Was für ein Glück, dass sie nicht sauer auf mich ist, wo sie doch manchmal etwas streng ist.
In einer Pause habe ich entdeckt, dass es hier auch eine „europäische“ Toilette gibt! War eher Zufall, weil alle anderen, die in den Boden eingelassen sind, besetzt waren. Ich frage mich nur, ob ich sie auch benutzen darf, weil in dem Raum ein großes Schild hängt, das ich natürlich nicht lesen kann. Aber da spiele ich einfach die doofe Austauschschülerin, wenn ich irgendwann mal erwischt werden sollte. Wer nicht fragt, bekommt keine falschen Antworten … *grins*

Mittwoch, 16.06.2004

Okâsan entschuldigte sich gestern bei mir, dass ich heute zwei Stunden alleine zu Hause bleiben müsse, weil alle etwas zu tun haben. Ich freute mich schon, denn so könne ich endlich mal zum Beantworten meiner e-Mail-Post kommen. Ich erzählte ihr, dass es nicht schlimm sei, weil mein Bruder und ich auch manchmal ein Wochenende zu zweit oder alleine zu Hause bleiben und dass es für mich bzw. uns eigentlich ganz normal ist, denn unsere Eltern gehen beide arbeiten, kommen abends auch mitunter spät heim oder gehen gemeinsam in Konzerte oder so. Sie war wirklich erstaunt, weil japanische Mütter so etwas wohl nie machen würden.
Aber es kam ganz anders. Okâsan hat extra mit einem Kollegen die Arbeitzeit getauscht … Also nichts mit stundenlangem vor dem Computer sitzen. Grrr.
Und wisst ihr was? Ich habe mir jetzt auch solchen Strumpfkleber zugelegt, damit ich im Chorkonzert nicht dastehe und ständig das Gefühl habe, meine Kniestrümpfe hochziehen zu müssen. Die Lehrerin ist total pingelig und beim Singen darf sich keiner bewegen oder fröhlich aussehen … und die Beine müssen schulterbreit auseinander stehen usw. Aber den Kleber muss man auch alle zwei Stunden neu aufs Bein schmieren, weil er nicht sonderlich lange hält. Trotzdem ist es irgendwie lustig und japanisch!

Donnerstag, 17.06.2004

Von Jon, dem ATS aus New York, kam heute eine Mail, in der er mich am Samstag zu einem Treffen mit Bajul einlud. Beide gehen ja auf eine gemeinsame Schule. Aber am Samstag will der Chor ein großes gemeinsames Mittagessen veranstalten und ich habe dort bereits zugesagt.

Ich habe nach langem Überlegen meine Gastmutter gefragt, ob ich mich so generell mit Jon treffen darf, weil man hier doch so eine ganz eigene Vorstellung von Verabredungen zwischen Jungen und Mädchen hat. Sie hat nichts dagegen, aber ich bin mir sicher, dass es mit MEO wieder Konflikte geben wird, zumal meine Gastmutter ihren Mund bei solchen Sachen nicht halten kann und sofort bei meiner LP anrufen wird. Mal sehen, wie ich damit umgehe.
Sachiko drückte mir heute einen Briefumschlag in die Hand, der u.a. zwei CDs mit Videoaufnahmen vom Auftritt meines Schulchores in Berlin enthielt. Mein Papi hat Anfang Juni beim traditionellen Sommerkonzert in unserer Aula auf meinen Wunsch hin ausgiebig gefilmt. Ich habe mich sofort neugierig an den PC gesetzt und die zwei Stunden genossen. Traurigkeit kam aber auf, als die Dreizehntklässler verabschiedet wurden. Einige von ihnen werde ich vielleicht nie wieder sehen *jammer* und unter ihnen sind wirklich gute Freunde von mir, die mich damals zum Glück dazu überredeten, den Job am Klavier zu übernehmen. In der Zeit, in der ich hier bin, hatte ich schon fast verdrängt, dass sie die Schule verlassen werden. Schwups war es wieder da. *schluchz*
Im Großen und Ganzen war es ein tolles Konzert meiner Schule in Berlin. Für mich ein völlig neues Gefühl, entspannt im Sessel zu sitzen und zuzusehen, anstatt Aufregung und Panik vor den Auftritten mitzumachen und vorher stundenlang Klavier zu üben. Aber ich vermisse es so sehr. *sentimentalbin*
Und weil mein Deutsch immer schlechter wird und ich oft auf Englisch oder Japanisch denke, schickte mir meine Familie gleich auch noch die Harry Potter Bände drei und vier als Hörbuch auf CD als mp3. Da habe ich demnächst stundenlang (oder eher wochenlang) etwas zum Hören, wenn ich mal wieder nicht einschlafen kann, weil es zu warm ist. Dankeschön! Ich wette, Arisa wird auch mal reinhören, weil das Deutsch extrem sauber gesprochen ist und langsam vorgelesen wird.

Freitag, 18.06.2004

Uff, ich habe es hinter mir. Das Chor-Konzert heute ist recht gut gelaufen und ich habe es auch ohne große Übung geschafft, fehlerfrei zu spielen. So ein Glück. Die Chorlieder klangen einigermaßen gut, nur das Musical hätten wir lieber weglassen sollen. In Ermangelung jeglicher Technik konnte man als Zuschauer überhaupt nicht hören, was auf der Bühne gesagt wurde und manche Solisten trafen die Töne nicht im Geringsten.
Ich konnte die japanischen Texte von zwei Liedern auswendig. Bei den anderen bewegte ich einfach meinen Mund. Ich glaube, es wäre nicht einmal aufgefallen, wenn nicht Yamashita-Sensei genau in diesem Moment meine Videokamera auf mich gerichtet hätte. Wie unglücklich!
Das Konzert dauerte mit einstündigem Musical und 30 minütigem Chorauftritt fast zwei Stunden. Das Musical handelt (soweit ich das mitbekommen habe) von einem Mädchen, das im Himmel ihre Mutter sucht und sich für einen Pass, entweder den weißen oder den schwarzen, entscheiden muss. Beide Wege haben ihre Vor- und Nachteile. Engel und Teufel versuchen, sie bei der Entscheidung zu beeinflussen. Mein Klaviereinsatz kam beim Schlusslied des Musicals: *Kokoro no Hitomi de* (mit dem Auge des Herzens).
Meine Gasteltern sind auch zum Auftritt gekommen. Das hatte ich nicht erwartet, freute mich darüber umso mehr und es schien ihnen gefallen zu haben.
In der Pause zwischen den Chorliedern und dem Musical begannen mein Musiklehrer und Yamashita-Sensei vor meinen Ohren meinen Gasteltern ein bisschen darüber zu berichten, wie viel

Japanisch sie denn immer mit mir sprechen. Ich tat es mit „Ja, es ist gut, dass niemand mit mir Englisch spricht, weil ich dann schneller Japanisch lerne“ ab. War mir ja irgendwie richtig peinlich. Wann hört dieses Das-ist-unsere-deutsche-Austauschschülerin-Gehabe endlich mal auf? Vermutlich noch nicht so schnell (oder nie?), aber ich kann's echt nicht mehr hören, auch, wenn alles es nur gut meinen.
Yamashita-Sensei war heute etwas deprimiert, nachdem sie von einem Treffen mit Amerikanern zurückgekommen war. Ich musste sie erst einmal beruhigen, dass es nicht schlimm ist, wenn sie hin und wieder Fehler in Englisch macht. Ihre Aussprache ist wirklich sehr gut. Dabei braucht sie sich doch nun echt keine Sorgen zu machen, weil ihr Unterricht sogar manchmal Spaß macht.
Im Musikunterricht bekam ich vom Musik-Sensei eine Flöte und dann erwartete er, dass ich das Lied im Musikbuch mit meinen Mitschülern vom Blatt spielen kann. Blöd nur, dass ich bisher in meinem Leben zusammengerechnet vielleicht gerade mal zwei Stunden eine Blockflöte in der Hand gehalten und demzufolge wenig Ahnung hatte. Hier gehört es anscheinend zur normalen Schulausbildung, bereits in der Grundschule Flöte zu lernen. Nun, ich jedenfalls mag das Instrument nicht sonderlich.
Zu Hause habe ich vorhin versucht zu üben: Nach zehn Minuten hätte ich das Ding lieber aus dem Fenster geworfen, als mich und meine Ohren noch weiter zu quälen. Aber ich werde wohl kaum drum herum kommen, die drei verordneten Stücke aus dem Musikbuch einzustudieren. Allerdings werde ich wohl eher in der Schule üben müssen, weil ich das hier keinem zumuten möchte.

Samstag, 19.06.2004

Nein, bitte nicht zum tausendsten Mal die Frage nach meiner Lieblingsband und meinem Musikgeschmack. Die meisten kennen doch eh nur ihre japanische Musik und dazu ein paar Stars aus Amerika. Das beschränkt sich jedoch auf Britney Spears, Madonna und die Backstreet Boys. Und Avril Lavigne ist gerade angesagt. Ach, ich vergaß Aaron Carter. *kotz* Diesmal kam die Frage allerdings von meinem Englisch Writing Teacher und dabei hatte ich fast schon erwartet, dass er noch ein siebentes Mal wissen wollte, woher ich komme. Aber beim letzten Mal schrieb er es sich ja auf. *hüstel* Also antwortete ich brav mit einem paar meiner Lieblingsbands und schaute abermals in ahnungslose Gesichter um mich herum. An Arisas Uni gab es die gleiche Frage und einer war dabei, der AC/DC kannte! Meine Gastmutter hat schon mal Led Zeppelin gehört und ist damit die Einzige in meinem Umkreis.
Apocalyptica? Ten Years After? Niemand. Aber das kann mir eigentlich egal sein, weil ich genug Musik-CDs mitgenommen habe und meinen Discman einfach lauter drehe, als Sachikos Fernsehprogramm im Wohnzimmer.
Nach der Schule fand heute eine große Chorfete statt. Die Drittklässlerinnen kommen nun nicht mehr zu den Proben und Auftritten, weil sie für Prüfungen an den Unis lernen müssen und keine Zeit für den Chor mehr bleibt. Sie schrieben allen 32 Mitgliedern zum Abschied kleine Briefchen und verteilten sie. Die, die ich bekam, sind alle – na klar – Japanisch, aber mit der Umschrift in Hiragana über den Kanjis. Manchmal kann ich die Schrift schlecht entziffern, weil einige der Briefe sichtlich in Eile geschrieben wurden. Habe mich aber trotzdem sehr gefreut.
Ich habe heute offiziell verkündet, dass ich den Chor verlassen möchte, nachdem mir, während ich eine Mail nach Deutschland schickte, plötzlich klar wurde, dass ich mich nicht unbedingt so quälen muss. Es ist einfach zu schwer für mich, auf Japanisch zu singen.

Nach der bevorstehenden Klassenfahrt werde ich mir andere Clubs ansehen und danach entscheiden, wie ich weiterhin verfahre. Mir schwirrt der Gedanke im Kopf herum, etwas Koto zu lernen. Allerdings kann ich kein Koto kaufen und mit nach Deutschland nehmen. Das wäre ein zu teures Vergnügen. Vielleicht werde ich mir auch den Teezeremonieclub antun, aber die Lehrerin soll extrem streng sein. Hm. Ich sollte mal mit Ito-Sensei reden, was es noch für Möglichkeiten gibt.
Vor der dritten Stunde kam eine Lehrerin aufgeregt auf mich zu und bat mich, ich solle ihr doch bitte mal sagen, wo sie denn ein bestimmte Lied auf der Schallplatte finden könne und hielt mir das Cover, das eindeutig aus Deutschland kam, entgegen. Es ging um die „Fledermaus". Sie konnte natürlich mit den deutschen Titeln nichts anfangen. Über das „Dankeschön" auf Deutsch war ich erstaunt und verwundert und schwupp, schon war sie wieder verschwunden. Ich weiß nicht mal, wer sie ist. Ständig weiß ich nicht, mit wem ich geredet habe. Mein Personen- bzw. Namengedächtnis ist nicht gerade das Beste. Ich bin schon froh, mir die Namen meiner besten Freundinnen hier merken zu können. *rotwerd*

Sonntag, 20.06.2004

Die Chorproben in der letzten Woche, die sich fast täglich auf drei Stunden beliefen, haben mich ganz schön mitgenommen. Drum schlief ich bis elf Uhr mittags und machte später noch einen zweistündigen Mittagsschlaf. Dann fiel mir ein, dass ich seit zwei Wochen meine Japanischhausaufgaben nicht mehr gemacht hatte und einiges aufholen müsste. Ich soll doch ein Tagebuch führen, auf Japanisch natürlich. Ganze drei Stunden habe ich gebraucht, um über die letzten zwei Wochen zu berichten und damit war ich erst gegen Mitternacht fertig. Meine Gastmutter versucht ständig mich davon zu überzeugen, wie viel ich dabei lernen würde. Ich bin mir immer sicherer, dass sie hinter der Idee steckt. Als ich nachgehakt habe, wer denn nur auf den Einfall gekommen wäre, ignorierte sie meine Frage und wechselte ganz schnell das Thema. Ja, ja, auffälliger geht es wohl nicht. Schließlich war sie es auch, die mich anfangs zu Hause dazu überreden wollte. Also schnell in der Schule anrufen, weil ich mich nicht drauf einließ, Ito-Sensei einschalten und schon geht alles seinen Gang. Na ja, vielleicht liege ich auch falsch, aber es ist doch irgendwie zu offensichtlich. Die stecken alle unter einer Decke. *zwinker*
Mittag haben Arisa, Otôsan und ich in einem Restaurant gegessen, in dem ein kleiner Grill in die Mitte des Tisches eingebaut war. Sachiko und Okâsan waren inzwischen wieder einmal einkaufen und kamen erst abends zurück. Sie waren aufgrund der Hitze hier total fertig, was Sachiko natürlich nicht davon abhielt, uns stolz wieder einmal ihre neuesten Errungenschaften zu präsentieren. Alle schmunzelten nur.

Montag, 21.06.2004

Im Süden tobt schon wieder ein Taifun, Nummer sechs in dieser Saison, „Dianmu" genannt, 200 km/h schnell und es schüttet hier wie aus Eimern. Ich wurde auf dem Weg nach Hause mit dem Fahrrad den Berg aufwärts gepustet und brauchte kaum zu treten. Allen Leuten knickten ihre Regenschirme nach hinten weg. Im Fernsehen liefen gruselige Bilder aus Südjapan: meterhohe Wellen, Erdrutsche und Überschwemmungen. Es gab wohl auch drei Todesopfer. Trotzdem sind hier aber fast 30 Grad, was mir etwas merkwürdig vorkommt. Somit ist der Regen ganz

warm und wäre erträglich, wenn es nicht gleichzeitig so stürmen würde. Sachikos Rock, der eben zum Trocknen aufgehängt wurde, tropfte, als wäre Sachiko in einen See gefallen. Und dass nach 15 Minuten Schulweg. Mit dem Wind fliegt natürlich auch eine Menge Dreck durch die Gegend. Meine Beine und die Socken sind ganz grau. *menno*
Morgens war noch alles in Ordnung. Ich beobachtete einen Mann, der eine Tüte unter den Allerwertesten seines Hundes hielt, damit die Straße nicht mit einem Häuflein verdreckt würde. Es stimmt, ich habe hier eigentlich noch nie die kleinen Tretminen gesehen, die in Berlin schon fest zum Straßenbild gehören. Tokyo ist eine sehr saubere Stadt. Bis auf wenige Ausnahmen keine Schmierereien an den Hauswänden, keine herumliegenden Zigarettenkippen. Das Einzige was fehlt, sind Mülltonnen. Alle schmeißen ihre Tüten mit Abfall an bestimmten Tagen an den Straßenrand, damit die später eingesammelt werden können. Es ist auch gar kein Platz für große Tonnen. Hier wird aber nur in „brennbar" und „nicht brennbar" getrennt. Da aber kaum jemand darauf zu achten scheint, weiß ich auch nie, wo ich was rein werfen soll. Meine Gastfamilie spült sogar die Milchpackungen und Plastikflaschen aus, was ich etwas übertrieben finde, aber es ist bestimmt ungeziefervorbeugend und geruchsminimierend. In der Küche sammelt sich der ganze Müll, weil man ja immer warten muss, bis die Müllabfuhr kommt. Keine schöne Sache!

Dienstag, 22.06.2004

Hier sieht es auf den Straßen aus wie nach einem Weltuntergang! Überall liegen abgebrochene Äste herum und man muss mit dem Fahrrad richtig aufpassen. Ich hätte mich nämlich zwei Mal beinahe lang hingelegt.
Das Taschepacken für die Schulreise ab übermorgen kann ich nun wirklich nicht weiter aufschieben. Morgen soll schon alles in die Schule gebracht werden, weil ein Bus dann bereits in den Norden Japans nach Hokkaido fährt und das Gepäck vorab in die Hotelzimmer bringt. Was für ein Service. Das hat den Vorteil, dass wir gleich, ohne warten zu müssen, vom Flugzeug in die Busse steigen können, wenn wir in Sapporo, der größten Stadt Hokkaidos, angekommen sein werden. Ich freue mich schon total!
Heute Abend ist mir wieder etwas Lustiges passiert: Wir saßen so alle gemeinsam am Esstisch und während ich ganz gedankenversunken meinen Tee eingoss, fing meine Gastfamilie an zu lachen. Ich selber stellte meinen Fehler erst fest, als ich versuchte zu trinken: Ich hatte den Tee in die Reisschale gekippt! Voll peinlich, aber ich stimmte dann mit ins Lachen ein. Da muss ich wirklich total neben mir gestanden haben. Bin eben doch manchmal etwas verpeilt … oder ist das ein Wink vom Teezeremonieclub? *augenzwinker*

Mittwoch, 23.06.2004

Nach dem gemeinsamen Beten und der Mahnung eines Lehrers wegen unserer immer kürzer werdenden Röcke *inmichhineingrins*, machte ich mich auf den Weg zu Ito-Senseis Raum. Dort wartete bereits eine Austauschschülerin aus Amerika, die prompt ihre Videokamera herausholte. Sie ist für sechs Wochen in Japan, bleibt aber wohl nur für zwei Wochen an der Schule. Na, jedenfalls hätte sie sich lieber vorher das eine oder andere Buch über Etikette in Japan durchlesen sollen. Sie ist echt in jedes Fettnäpfchen getreten, das sie nur finden konnte. Alle Japaner waren etwas verwirrt, als sie zur Begrüßung die Hand entgegengestreckt bekamen …

Dabei sollte man so etwas doch wissen, oder? Na egal, das wird sie schon noch mitkriegen. Nach der Klassenfahrt haben wir wohl gemeinsam Japanisch-Unterricht und das kann heiter werden, denn sie spricht kein Wort Japanisch. Es muss auch ein ganz schönes Problem gewesen sein, für sie eine Schuluniform zu finden, weil sie recht groß ist. Nun hat sie einen Rock, der fast bis zu den Knöcheln reicht. Das wird eine ganz schön Arbeit, den zu kürzen. *grins*
Nach der vierten Stunde war Schluss für die Zweitklässler, weil sich alle auf die morgen beginnende Reise vorbereiten sollen.
Mir wurden die Klavierräume der Universität gezeigt und erläutert, wie ich mich da wo in welche Listen eintragen kann. Das ist genial. Ich kann nun fast immer üben, wann ich will. Die Räume sind mit einer Schalldämmung versehen und ein Klavierlehrer ist jederzeit ansprechbar. Noten kann ich mir auch ausborgen. Habe zwar von zu Hause welche mitgenommen (als jpg-Datei auf CD gebrannt wegen des Gepäcklimits), aber mal sehen, was sich hier so findet. Welch ein Luxus, jetzt brauch ich nur noch genug Zeit!

Donnerstag, 24.06.2004

Gegen fünf Uhr musste ich aufstehen und war verwundert, dass die Sonne um diese Zeit schon so hoch am Himmel steht. Abends wird es immer ganz schnell dunkel. Eine Dämmerung scheint es hier nicht zu geben.
Auf dem Flughafen in Tokyo zogen meine Mitschülerinnen ihre Knipsen, die sie vorher an Zeitungsläden für umgerechnet zehn Euro gekauft hatten, aus ihren Taschen und machten *Hai-Chiiiiizu*-Fotos. Sogar einen Fotografen hatte die Schule angestellt, der mit Profiausrüstung von Canon anrückte. Leider war seine Motivauswahl einfach nur grässlich. Die Fotos, die er heute mit meinem Fotoapparat gemacht hat, sind echt kaum zu gebrauchen, weil viel Himmel und wenig Mensch zu sehen ist. Der geht mir auch voll auf die Nerven: Ständig steht er mir mit seinem aufgesetzten Dauergrinsen im Weg und möchte ein Foto machen. Also bemühe ich mich um ein gequältes Lächeln nebst obligatorischem Peace-Handzeichen, damit er mir endlich aus dem Weg geht. Überall, wo ich fotografieren wollte, stand der Kerl im Weg rum und machte auch keinerlei Anstalten, aus dem Motiv zu gehen. *grmpf*
Die Busfahrt vom Flughafen auf Hokkaido zum Hotel führte uns zunächst in ein kleines Dorf. Dort durften wir uns in kleinen Gruppen frei bewegen. Den Bewohnern kam es wahrscheinlich eher wie eine Invasion vor, da alle ihre Schuluniform außerhalb des Hotels tragen mussten. Eri, Yukako, Yui und ich aßen ein Softeis mit sechs Schichten unterschiedlichen Geschmacks. Unter anderem auch Lavendel, einer Pflanze, die hier wächst und Tintenfischtinte, die wohl gesund sein soll. Da ich aber alles durcheinander gegessen habe, kann ich nicht sagen, wie es schmeckte. Anschließend fielen wir in ein Sushi-Restaurant ein. Auf Hokkaido soll, so sagt man, Fisch extrem lecker sein, weil er am frischesten ist. Nachdem ich zunächst massenhaft Tintenfisch-Sushi gegessen hatte, transportierte das Fließband eine Soba(nudel)schale vor meinen Augen vorbei. Ich nahm sie mir runter und wollte mit den Stäbchen losessen, als es neben mir mal wieder kicherte: Es waren Plastiknudeln, die nur Ausstellungszwecken dienten. Man soll sich dann die Nudeln bestellen. Aber woher sollte ich das wissen??? Also musste ich wieder Gelächter über mich ergehen lassen und ich bin mir ziemlich sicher, dass das auch in anderen Klassen die Runde machen wird.
Satt und zufrieden wurde ich nun in einen Kitschladen geschleppt. So was habt ihr noch nicht gesehen! Alles glänzte silbern und golden. Glasskulpturen, Kuckucksuhren, tanzende Prinzes-

sinnen, Spieluhren, Kaleidoskope und so weiter. Mich hat fast der Schlag getroffen, weil ich auf solches Zeugs nun wirklich überhaupt nicht stehe, aber meine Freundinnen fingen da zu träumen an, was sie kaufen könnten, wenn sie doch nur Geld hätten. Dazu wurden wir noch mit einer O-Tannebaum-Version beschallt und überall standen leuchtend geschmückte Bäume herum. War ich glücklich, wieder draußen zu sein …
Nach dem zweiten Teil der Busfahrt erreichten wir dann unser Hotel und ich kam aus dem Staunen gar nicht mehr heraus! Die Koffer lagen in unseren Zimmern schon bereit und wir schauten uns erstaunt um: Die Betten waren zwei Meter breit. Yukako begann sofort darauf herumzuhüpfen. Man konnte zwischen zwei unterschiedlichen Kissen wählen. Das Badezimmer aber war noch viel grandioser! Neben einer riesigen Badewanne war ein Fernseher eingebaut. Unter einem großen Spiegel standen neben dem Waschbecken viele kleine Fläschchen mit Haarwasser, Gesichtscremes, Parfümen usw. Als ich dann mal meine Freundinnen nach dem Preis pro Nacht und Person fragte, fiel ich fast in Ohnmacht: umgerechnet 80 Euro. Und das für eine Klassenfahrt. Ist doch echter Wahnsinn, oder? Es ist eben das beste Hotel in Sapporo, meinten alle schulterzuckend! Die Klassenfahrt soll wohl alles in allem 800 Euro gekostet haben, aber die Schule hat mir die Reise glücklicherweise spendiert. Ich glaube, ich würde das Geld lieber anders anlegen wollen, aber wenn mir so eine Reise geschenkt wird, kann ich sie auch genießen! Danke, danke, danke!
Das Abendessen war nicht weniger prächtig. Es gab wirklich alles, was das Herz begehrt: mehrere Fischsorten, Suppen, Reis, Pizza, Spaghetti, Kuchen, Kekse, Aufläufe in Krabbenköpfen usw., wie im Schlaraffenland. In so einem Luxus-Hotel war ich, so weit ich mich jetzt erinnern kann, das erste Mal!
Nach dem Abendbrot schauten wir uns im Innenhof eine Showdarbietung an. Es war echt spaßig, weil der Jongleur ständig seine Bälle fallen ließ und vieles schief lief! *schadenfreu* Die Bühne war rund und so konnte man dem Zauberer von hinten in die Tricks gucken. Er schien das ganz genau zu wissen, weil er uns immer mal böse Blicke zukommen ließ.
Nachdem wir Yukako eine neue Haarfarbe verpasst hatten (was natürlich strengstens verboten ist), waren wir so müde, dass wir gegen zwei Uhr morgens ins breite Bett fielen. Das ist seit der siebenten Klasse übrigens meine erste Klassenfahrt, bei der gegen 20 Uhr nicht gut die Hälfte der Schüler betrunken ist. So brav sind meine japanischen Mitschülerinnen.

Freitag, 25.06.2004

Vormittags fuhren wir mit dem Bus zu einem Freilichtmuseum in der Nähe Sapporos. Allerdings war es nicht so sehr spannend, weil die Häuser aus einer Zeit stammen, in der schon alles sehr westlich aussah. Genug Zeit zum Betrachten hatten wir auch nicht. Übrigens findet die Klassenfahrt für alle Zweitklässlerinnen der Oberstufe unserer Schule gemeinsam statt. Sachiko und ihre Klasse sind also auch dabei.
Danach durften wir uns in kleinen Gruppen Sapporo ansehen und tun und lassen, was wir wollten. Natürlich muss man auf Hokkaido *Ramen* gegessen haben. Das sind Fadennudeln, die in unterschiedlichen Suppen aufgetischt werden. Eriko war mal wieder richtig clever und schlug vor, überall nur eine Schüssel für alle zu bestellen und sie unter uns aufzuteilen. Die sind auch wirklich groß genug, so dass es sich lohnt. Wir zogen zu unterschiedlichen Ramen-Bars und ich konnte dadurch einen ganz guten Eindruck von der Vielfalt gewinnen. Die besten Bars findet man anscheinend in den abgelegenen Winkeln der Stadt. Als Ausländer findet man sie wohl gar

nicht, keine Chance. Wir sind nämlich extra zu der Polizeistation gegangen, die in Japan berühmt ist, weil sie oft im Fernsehen gezeigt wird, und haben gefragt, wo es denn am leckersten sei. Man schickte uns in eine kleine, enge und unscheinbare Seitengasse, in der sich die Küchen nur so aneinanderreihten! Es ist schon ziemlich eigenartig da drin, weil alles heruntergekommen scheint, aber die Köche arbeiten sehr sauber. Es sind Familienbetriebe, die wahrscheinlich von Generation zu Generation weitergegeben werden.

Wir aßen Mais-, Fisch- und Misoramen. Es war einfach himmlisch. Mit dem Koch unterhielten wir uns, während wir aßen. Außer uns war sonst gerade niemand zu Gast. In so eine Garküche passen ohnehin nur zehn Leute rein. Es war für mich außerordentlich schwierig zu verstehen, was er sagte, weil hier in Sapporo sehr schnell gesprochen wird. Dazu kommt der Dialekt und für bestimmte Dinge gibt es teilweise auch andere Namen bzw. Wörter. Lehrbücher sind aber auf das Tokyo-Japanisch ausgerichtet, was für mich ein echtes Glück ist, weil ich ja in der Schule zu Hause in Berlin 2007 mein Abi bestehen möchte und vorhabe, Japanisch für die mündliche Prüfung zu wählen!

Anschließend fielen wir in ein Eiscafe ein, wollten einen 30 Euro teuren Rieseneisbecher kaufen und ihn uns zu viert teilen. Leider hatten wir nicht mehr genug Zeit, weil es wohl 30 Minuten bis zum Servieren gedauert hätte. Schade, aber wahrscheinlich wären unsere Augen eh größer gewesen als unsere Mägen. Aber das wäre was gewesen! *trauer* Wir sind ohnehin zu spät zum Bus gekommen, da auch die kleinen Eisbecher einige Zeit beanspruchten. Die Busfahrerin war ganz aus dem Häuschen wegen der fünf Minuten Verspätung.

Im Bus begann Yukako plötzlich zu weinen. Ich war völlig ahnungslos über den Grund. Auf meine Frage antwortete sie auch nicht und sagte, es sei alles in Ordnung. Ich wusste gar nicht, was ich tun sollte oder wie ich sie trösten könnte! Also fragte ich Yui später und erfuhr, dass Yamashita-Sensei mit Yukako wegen zu viel Schminke im Gesicht geschimpft hatte. Völlig übertrieben, weil die wirklich kaum zu sehen war und noch übertriebener, daraufhin gleich loszuheulen. Und, weil man sich einmal hat erwischen lassen, färbt man sich sofort abends die Haare noch eine Stufe heller, logisch! Und Eri aus Solidarität gleich mit …

Im Fernsehen wurde „Harry Potter und der Stein der Weisen“ auf Japanisch oder wahlweise Englisch ausgestrahlt. Da nutzte ich den Flimmerkasten im Ofuroba und ließ mir dazu eine 43 Grad heiße Badewanne ein. Was für ein Luxus. Nur musste ich den Film dann doch auf Japanisch gucken, weil man bei diesem Fernseher leider nicht auf die Originalsprache umschalten konnte.

Samstag, 26.06.2004

Um sechs Uhr aufstehen und dann runter zum Frühstück. Das allerdings entschädigte uns für die allgemein herrschende Müdigkeit: Die leckeren Speisen standen auf dem drehbaren Innenring eines runden Tisches. So, wie man es manchmal in chinesischen Restaurants sieht. Wir drehten den Ring langsam, jede hatte genug Zeit, sich etwas herunterzunehmen. Es ging trotzdem vorwärts und das gewünschte Essen rollte sich irgendwann an einem vorbei. Wir aßen jede mindestens fünf kleine Eierkuchen, wobei das Servicepersonal ständig Nachschub bringen musste.

Mit unseren Bussen wurden wir anschließend zu einem Museum der Geschichte Hokkaidos gebracht. Jedoch verstand ich rein gar nichts und so war es relativ langweilig. Aber ich glaube nicht nur für mich … Lauter Schriftstücke, die man sich da ansehen konnte. Das Tolle war aber, dass man hier auf der Insel überall fotografieren durfte, weil scheinbar erwartet wird, dass eh nur Gruppenfotos geknipst werden. Nicht so wie in Deutschland, wo man entweder eine Fotografiererlaubnis braucht oder lieber einen teuren Prospekt kaufen soll. Es würde sich hier nie einer trauen, Besuchern den Fotoapparat am Eingang abzunehmen oder ähnliches. Genial! Wenn man fragt, ob man bitte ein Foto machen darf, gucken sie einen komisch an, als wäre die Frage überflüssig und noch nie gestellt worden.

Dann wurden wir für drei Stunden in einem Pferdepark ab- oder besser ausgesetzt. Ich mag Pferde nicht besonders und wäre vor Langeweile fast gestorben. Nur das Tandem, das wir uns ausgeliehen hatten, ließ mich für eine halbe Stunde aufwachen. Ich hatte überhaupt keine Lust, mir Pferdeställe anzusehen oder eines der Tiere zu streicheln. Eri war da völlig gleicher Ansicht und so liehen wir uns einen Basketball aus. Beim Spielen versenkte aus Versehen eines der Mädchen ihre langen Fingernägel in meinem Arm … gefährlich! Sport ist eben doch Mord!

Wir grillten zum Mittagessen Fisch und Gemüse und fuhren danach endlich weiter! Das Museum, das nun auf dem Plan stand, war schon erheblich spannender: Ein Dorf der *Ainu*! Ainu sind die Ureinwohner Japans, Fischer, Jäger und Sammler, die von den Japanern immer weiter in den Norden des Landes verdrängt wurden und nun nur noch auf Hokkaido leben. Ainu bedeutet in ihrer Sprache „Kamerad“ beziehungsweise „Mensch“. Die Ainusprache besitzt keine Ähnlichkeit mit anderen asiatischen Sprachen und wird kaum noch verwendet. Es soll nur noch rund 40 Sprachkundige auf Hokkaido geben. Wissenschaftler vermuten, dass die Ainu zu jener Gruppe von Menschen gehören, welche aus dem eurasischen Raum nach Japan kamen und dann vor 11.000 Jahren über die Beringbrücke nach Amerika eingewandert sind. Zum Beispiel könnte der, im Unterschied zu den übrigen asiatischen Völkern, ausgeprägte Bartwuchs bei den Männern ein Beweis für ihre Herkunft aus dem europäischen Raum sein.

Uns wurde jedenfalls viel vom Leben und Alltag der Ainu erzählt und ein Tanz aufgeführt. Wir konnten in alle Häuser hineingehen, hatten aber wieder einmal nur eine halbe Stunde Zeit. Grausam, diese Bustouren! Man kommt sich vor wie auf der Flucht. Schade, wenn für wirklich interessante Dinge so wenig Zeit bleibt. Ich zog für umgerechnet drei Euro eine der Ainutrachten an und ließ Fotos machen. Yui hat sich dabei auch gar nicht so dumm angestellt, auch wenn mir erst das fünfte Foto gefallen hat. *eitel guck* Einer der Lehrer fing uns aber schon wieder an zu drängeln …

Als ich eine der Museumsangestellten fragte, welche Schriftzeichen die Ainu denn benutzen, stellte sich heraus, dass Ainu nichts aufschreiben, sondern nur sprechen.

Diese Nacht werden wir in einem *Ryokan* übernachten. Das ist ein Gästehaus in traditionellem Stil. Die Zimmerfußböden sind mit *Tatamis* (Reisstrohmatten) ausgelegt, die man nur barfuß oder mit Socken betreten darf. Die Straßenschuhe hat man ohnehin schon am Eingang gegen Hausschuhe gewechselt. Abends werden die Futons zum Schlafen aus den Wandschränken geholt.

Das Abendbrot bestand aus traditionellen japanischen Speisen und jede von uns hatte ihren eigenen Tisch, auf dem ein Tablett mit vielen Schalen stand: roher Fisch, eingelegte Pflaumen, Suppe, Salat und Melonenkompott, … Da Yui keinen Tintenfisch essen wollte, gab sie ihn mir und so hatte ich ganz schön was zu futtern!

Im 13. Stockwerk befindet sich ein Onsen. Das Wasser eines Onsens kommt im Gegensatz zum Ofuro aus einer natürlichen heißen Quelle und ist aufgrund der Mineralien gut für die Haut. Es gab dort auch eine Sauna, die wir aber nicht benutzen sollten und ich konnte auch Yui und Yukako nicht dazu überreden, doch einfach mal diese Regel zu brechen. Dabei waren wir fast allein und sie waren so begeistert von der Sauna.

Sonntag, 27.06.2004

Zum Frühstück wieder traditionell japanisches Essen! Es kann einem ziemlich schnell auf die (Geschmacks)nerven gehen! Aber da ich wieder den Tintenfisch von Yui bekam, war alles in Ordnung. Bei Fujiwaras gibt es oft gebratene Salate oder süße Sachen wie *Pankêki* (Eierkuchen, die dicker sind als in Deutschland) oder Toast zum Frühstück.
Wir besichtigten mehrere noch aktive Vulkane, die ihre Dampfwolken in die Höhe speien. Der Boden unter uns hatte in sechs Zentimetern Tiefe eine Temperatur von mehr als 100°C!
An einem Eisstand entdeckte ich ein Bild von *Wasabi*-Eis (Wasabi ist eine scharfe Paste aus Meerrettich) und wollte mir eins kaufen. Leider meinte die Verkäuferin, dass sie es nicht für mich hat und sich der Verkauf auch nicht lohnen würde, weil so etwas bisher niemand essen wollte. Enttäuscht wählte ich das Sesameis und weiß jetzt auch, wie es schmeckt, kann es euch aber nicht beschreiben. Es gibt hier aber auch eigenartige Geschmacksrichtungen: Eri kaufte sich nachmittags tatsächlich ein Eis mit Kartoffelgeschmack. Da schüttelt es mich schon bei der Vorstellung. Mit viel Zucker geht es, ich habe es probiert!
Nach dem Abendessen fuhren wir auf den 335 m hohen Berg mit Aussichtsstation in Hakodate und konnten wegen des herrlichen Blickes auf Stadt und Hafen Fotos vom Sonnenuntergang machen. Und natürlich Gruppenfotos! Überall sind hier Treppenpodeste nur dafür aufgebaut. Schon auffallend, wo immer man hinkommt, wird man gleich dort hingeschleust und klassenweise werden Fotos geschossen.
Heute Nacht schliefen wir in einem anderen Ryokan. Im dortigen Onsen musste ich ganz schön was über mich ergehen lassen: Frau zieht sich nach dem Eintritt aus, legt ihre Sachen ab und nach gründlicher Reinigung auf einem klitzekleinen Hocker geht es zum Relaxen ins heiße Wasser.
Nur mit einem kleinen Onsen-Tuch bewaffnet, betritt man den eigentlichen Badbereich und hält sich dabei züchtig das kleine Badetuch vor den Körper. Blöd nur, dass ich dieses nicht dabei hatte! Und dann kam plötzlich eine Traube Schülerinnen in das Bad gestürmt, zeigten mit ihren Fingern auf mich und schrieen: *„sekushi, sekushi, biggu, biggu"* … Ich wäre am liebsten im Erdboden versunken, obwohl ich wirklich nicht prüde bin. Sie fingen vor meinen Augen sogar noch an, ihre Freundinnen aufmerksam zu machen „Guck mal dort, sexy, oder?" Und dann waren reihum meine ganzen Körperteile dran. Ich hörte das eine oder andere *„Uchi mo hoshii"* (das will ich auch haben). Man, war das peinlich! Also so schnell wie möglich ab bis zum Hals ins Wasser. Beim Verlassen des Bades folgerichtig das gleiche Theater. Typisch Japanerinnen in diesem Alter. Sachiko hatte den Affentanz zufällig mitbekommen, grinste mich an, machte sich gleichfalls über mich lustig und wollte mir erzählen, dass ich arm dran sei. War aber nicht wirklich böse gemeint, glaube ich.

Montag, 28.06.2004

Am Morgen hatten wir die Möglichkeit, uns den berühmten Fischmarkt Sapporos anzusehen und dabei eventuell etwas für unsere Gastfamilien einzukaufen, weil gegen 16 Uhr der Flieger zurück nach Tokyo gehen und somit alles recht frisch bleiben würde. Die Preise waren aber der Hammer! Krabben bekam man nicht für weniger als umgerechnet 40 Euro pro Tier und auch die kleinen Honigmelonen bewegten sich in diesem Bereich … Sachiko kaufte als *Omiyage* (erwartetes Mitbringsel bzw. Souvenir von Reisen für die lieben Daheimgebliebenen) zwei Honigme-

lonen, die sie heruntergehandelt hatte und meinte, ich solle eine der Krabben bezahlen. Ich finde aber, dass es sicherlich viel bessere Möglichkeiten gibt, so viel Geld anzulegen und kaufte daher eine Tüte getrockneter Krebse, die nicht so teuer waren. Die Honigmelonen haben hier eine andere Farbe als wir sie in Deutschland im Supermarkt sehen. Sie sind innen nicht gelb, sondern orange. Mal sehen, wie sie schmecken, für immerhin noch 20 Euro das Stück …
Man konnte die merkwürdigsten Fische bestaunen. Immer wieder bekamen wir Kostproben wie geräucherte Aalstückchen, Melonenscheiben usw. angeboten, weil eine deutsche Austauschschülerin ja soo interessant ist. Und natürlich wurden wir von allen Verkäufern animiert, etwas zu kaufen.
Nachdem wir uns genug umgesehen hatten und fast jede noch ein letztes Sesameis gegessen hatte, fuhren wir zu einem Trappisten-Kloster. Es ist das erste Frauenkloster Japans, gegründet von acht französischen Nonnen im Jahre 1898. Leider konnten wir es nur von außen besichtigen. Aber den Japanern reicht schließlich auch ein Foto mit dem Gebäude und dann schnell zum nächsten Shop laufen und Dinge kaufen, die es auch in Tokyo gibt …*grmpf*
16 Uhr ging der Flieger zurück und diesmal hat es Sachiko sogar zugelassen, dass wir vom Flughafen gemeinsam mit der U-Bahn nach Hause fahren. Was so ein bisschen Urlaub doch ausmachen kann! Auf der Hinfahrt wollte sie nämlich partout nicht mit mir zusammen fahren. Weiß ich auch nicht, warum. Sie meinte, ich solle besser mit meinen Freundinnen anreisen.
Ich jedenfalls habe auf der Klassenfahrt echt eine ganze Menge gelernt. Ich wollte schon immer total gerne in ein Ainuhaus gehen und Ramen essen!
Jetzt muss ich erst einmal den Schlaf nachholen!

Dienstag, 29.06.2004

Für alle Zweitklässler ist zum Erholen heute schulfrei! Vormittags wurden unsere Koffer zu Hause vorbeigebracht, die wir gestern nicht am Flughafen abzuholen brauchten (Luxus wie auf der Hinreise!).
Mit meinen Eltern in Deutschland habe ich eine Stunde lang telefoniert und ansonsten nur geschlafen! Nee, stimmt nicht, denn es gab heute ein Stück der mitgebrachten Melonen. Sie schmeckten etwas anders als in Deutschland. Viel aromatischer. Trotzdem finde ich, dass sie total überteuert sind!

Mittwoch, 30.06.2004

NEEEEIN!!! Wir mussten in der Schule erneut die Plätze tauschen und so wurde ich von meinen Freundinnen weggesetzt. Mein Tisch befindet sich nun genau im Zentrum des Klassenzimmers. Das ist ja an sich nichts Schlimmes – aber, dass jetzt nur noch Leute um mich herum sitzen, die so schüchtern sind, dass sie nicht antworten, sondern nur komische Geräusche von sich geben, wenn ich sie etwas frage, schon! Nicht eine Ausnahme! Alle „coolen" Leute sitzen an den Seiten. In der Pause sammeln sich meine Banknachbarinnen, um Karten zu spielen und in deren Mitte steht zufällig mein Tisch. Da kann ich nur noch davonlaufen. Es ist extrem schwer so überhaupt noch an meine Sachen zu kommen, weil mein Platz sofort mit fremden Obentôs zugestellt wird. Und plötzlich ist mein Stuhl auch noch weg … Die Situation muss ich

mir jetzt wahrscheinlich einen ganzen Monat gefallen lassen, bis wir das nächste Mal wechseln … Hiiiilfeee!!!
Und plötzlich ging mir alles auf den Keks: das andauernde laute Herumgestaune der Schülerin hinter mir, wenn ein Lehrer etwas sagt; das babyhafte Lachen schräg hinter mir; das ständige unbegründete Entschuldigen und Verneigen meiner Banknachbarin, wenn ich sie anspreche und zu guter Letzt auch noch das Hochziehen der Rotze (sorry – des Nasensekretes) und Schnaufen zu meiner anderen Seite. Am liebsten wäre ich schreiend aus dem Klassenzimmer gerannt!!!
Yukakos Haare sind jetzt wieder schwarz, weil sie Angst hatte, dass sich jemand in der Schule aufregt. Aber leider war sie beim Verteilen der Farbe zu langsam und so sind sie hinten nun dunkelbraun. Sieht schon lustig aus.
Abends fuhr meine komplette Gastfamilie mit mir ins Kino und wir sahen uns den neuen Harry Potter Film an. Vorher aber noch zur *O-sushiya-san* (Sushi-Bar) – meine Gastmutter fügt immer gerne Höflichkeits-Pre- und Suffixe an! – und ganz schnell essen. Mir schmeckt das Preiswerteste ja eh am besten: Tintenfisch, roh. Was für ein Glück!

Donnerstag, 01.07.2004

Im Japanischeinzelunterricht brachten wir der Amerikanerin ein paar einfache Kanjis bei. Da sie aber keine Hiragana kann, gestaltete sich die Angelegenheit ziemlich schwierig. Es lohnt sich in der kurzen Zeit, die sie hier sein wird auch kaum, diese zu lernen. Mit Kanjis kann sie später besser beeindrucken. *grins* Wir verabredeten uns, morgen ein Eis zusammen zu essen und ich werde ihr einen Shop zeigen, in dem sie ein paar Mitbringsel kaufen kann.
Zu Hause zogen Sachiko und ich unsere neuen Yukatas an, um endlich ein Foto zu machen, bevor ich die Daten vom Chip auf CD im Copyshop brennen lasse. Das haben wir anschließend gleich erledigt. In der Zwischenzeit waren mein Gastvater und ich beim Hautarzt, weil ich aus mir noch unbekannten Gründen Ausschlag im Gesicht habe. Sie verschrieb mir diverse Mittelchen, die wir zunächst selber bezahlen mussten. Das Geld bekommt meine Gastfamilie zwar über die Reisekrankenversicherung von MEO zurück, dies aber wohl erst am Ende des Austauschjahres. Auch die Gebühren, die sonst noch anfielen, waren nicht unerheblich: pro Arztbesuch gut 7.000 Yen (entspricht ungefähr 50 Euro).
Also krank werden sollte man hier lieber nicht. Die Ärztin konnte zwar etwas Englisch, textete mich aber mit ihrem Fachchinesisch *haahaa* zu und sogar meine Gastmum, die später hinzugekommen war, wusste nicht, was sie wollte. Hm.

Freitag, 02.07.2004

Na toll, sich mit mir verabreden und dann nicht kommen. Shanda aus Amerika hätte mich doch wenigstens anrufen können, um abzusagen. Ich weiß jetzt gar nicht, was ich davon halten soll!
Aber egal, so hatte ich unverhofft etwas Freizeit und weil ich mich abgemeldet hatte, keine Gastmutter, die sich Sorgen macht, wenn ich nicht sofort nach Schulschluss nach Hause fahre. Ich ging in der Nähe des Bahnhofes ein paar Sachen für die Schule kaufen und habe jetzt endlich auch solche Folien und Stifte, durch die man die angemalten Stellen nicht lesen kann, wenn man die jeweils andersfarbige Folie darüber legt zum Vokabellernen. Ich konnte mich endlich

mal so richtig ausführlich und vor allem so lange wie ich wollte überall umsehen, ohne zu Hause neugierige Fragen beantworten zu müssen, was ich getan habe usw.
Ich traf meine jüngere Gastschwester mit einer Freundin in Schuluniform am Eisstand und wir suchten uns jede eine Kugel aus. Aber mir Vorwürfe machen, wenn ich in der Schuluniform Eis essen gehe. *Augenbraue hochzieh*
Im Musikunterricht war heute eine Gesangskontrolle angesagt und ich wurde gebeten, dazu Klavier zu spielen. Dreißig mal das gleiche Stück! Aber ich musste mir ja Mühe geben, weil ich keiner die Zensur versauen wollte. Nun hängt es mir ganz schön zum Hals heraus. Singen musste ich selbst nicht.
Mit der blöden Blockflöte komme ich inzwischen schon wesentlich besser zurecht. In der zweiten Stunde sahen wir uns einen Animekriegsfilm wegen der Musik an … Was soll ich dazu noch sagen?!

Samstag, 03.07.2004

Jetzt bereue ich, dass ich Yamashita-Sensei am vergangenen Mittwoch versprochen hatte, mir heute mit ihr den Teezeremonieclub anzusehen! Gestern Abend hat nämlich Jon angerufen und gefragt, ob ich nicht heute mit ihm zum Kabuki gehen möchte. Seine Austauschorganisation macht wohl eine Orientation für ihre Austauschschüler und er darf eine Person mitnehmen. Leider musste ich absagen. Den Blick meiner Gastmutter, als sie verkündete, dass irgendein Junge für mich am Telefon sei, vergesse ich lieber ganz schnell!
Aber sich eine Teezeremonie anzusehen, ist doch auch was Feines. Nachdem mir eine Lehrerin genau beschrieben hatte, wo sich das Tatamizimmer befindet, ließ sie verlauten, dass der Club jeden Samstag für vier Stunden stattfindet! Und in den Ferien noch einmal sechs Stunden an zehn Tagen plus Trainingslager! Hammer!
Es war schon recht erstaunlich für mich zu sehen, was man für einen Aufwand betreiben kann, um Tee zuzubereiten. Ich dachte bisher immer, dass der Tee nicht besser schmeckt, wenn man die Tasse noch ein kleines bisschen nach links dreht oder den Wasserbecher noch einen halben Millimeter nach rechts schiebt …
Ich frage mich, wie ich mir das alles merken soll. Nach der Hälfte der Zeit kam eine ältere Dame im Kimono hinzu. Alle verbeugten sich ewig lange vor ihr. Da bin ich anfangs mal wieder in ein Fettnäpfchen getreten, weil ich sie zwar höflich, aber offensichtlich nicht höflich genug begrüßte. Ich tat dies mit einer einfachen Verbeugung, musste dann aber mit ansehen, wie alle anderen auf die Knie fielen und sich tief verbeugten. Was muss sie jetzt von mir halten??? Sie ist total streng und kritisiert ständig ihre Schülerinnen. Aber auf Grund der Tatsache, dass sie schon in den unterschiedlichsten Ländern unterrichtete, steht es ihr wohl zu.
Das Problem, das mich am meisten beschäftigt ist, dass bei der Zeremonie alle Abläufe und Handhabungen für Rechtshänder gedacht sind. Ich bin aber Linkshänderin. Und auf meine Frage, wie ich mit rechts die Stäbchen für die Süßigkeiten halten soll, entgegnete sie mir, ich solle mich anstrengen! Na toll, das kann ja was werden!
Im Prinzip hat jede in den vier Stunden nur einmal üben können. Den Rest der Zeit haben wir damit zugebracht, Süßigkeiten zu essen und Tee zu trinken! Auch ganz nett und kommunikativ.
Am Ende wurde von einer Mittelschülerin für mich Tee zubereitet. Ein bisschen peinlich war mir das schon, zumal ich keine Ahnung hatte, wann ich mich wie verbeugen muss und was als nächstes auf mich zukommt. Glücklicherweise wurde mir von meiner Nachbarin viel erklärt!

Die Lehrerin schien dafür aber überhaupt kein Verständnis zu haben. Sie hat während der ganzen Zeit nicht einmal die Miene verzogen! Eben so richtig traditionell Japanisch – keine Emotionen zeigen!
Danach taten mir übrigens ganz schön die Füße weh, weil ich ungefähr 15 Minuten drauf sitzen musste! Zum Glück hatte ich diese Sitzhaltung schon vor einiger Zeit beim Taekwondo-Training geübt, bin nur völlig aus der Praxis. Wenn ich das jetzt täglich kurz wiederhole, müsste es schon bald wieder gehen! Trotzdem ist die Tradition um den Tee sehr interessant und es kann mir ja nicht schaden, darüber einiges zu lernen. Leider ist damit mein Sonnabend nun auch ausgebucht.
Hayakawa-Sensei, eine andere Lehrerin, die den Club ebenfalls betreut, unterrichtet in einer dritten Klasse Weltgeschichte und behandelt gerade Deutschland und die Mauer in Berlin. Sie fragte mich, ob ich ihrer Klasse etwas darüber erzählen würde. Hm. Ich habe noch vor Augen, das aber eher auch nur vom Foto, wie ich als kleines zweijähriges Kind versuchte, ein kleines Stück aus der Mauer zu hauen und so ziemlich gescheitert bin. Das ist alles, aber es reicht wohl nicht, um daraus einen Vortrag zu machen, oder? Und dann auch noch auf Japanisch. Vielleicht kann ich das Thema ja ein bisschen umwandeln und eine Stunde über deutsche Kultur draus machen. Oder über das heutige Berlin, oder so? *bittebitte*

Sonntag, 04.07.2004

Meine LP hat sich mal wieder gemeldet, um sich heute mit mir zu treffen. Sie ist ca. Mitte fünfzig und betreut momentan nur mich. Ich erwartete mal wieder das Schlimmste! Und prompt kam sie auch, die Frage nach dem Internet. Nur diesmal in einer anderen Variante. Sie interessierte sich brennend dafür, mit wem ich am meisten über meine Probleme spreche. Natürlich wollte sie hören, dass ich meiner Mutti in Deutschland immer eine Mail schreibe, was hier so geschieht. Aber den Gefallen tat ich ihr nicht: „Mit meiner Gastmutter, mit meinen Freunden in der Schule und mit Ito-Sensei, wenn es Probleme mit meiner Gastschwester gibt."
Sie stellte sich damit nicht zufrieden und hakte nach „Und was ist mit deiner deutschen Mutter?" – „Ach, die weiß nur, was hier passiert, weil sie die Tagebucheinträge liest" schwindelte ich ein bisschen. Damit war das Thema endlich abgetan und ich habe ehrlich gesagt auch keine Lust, mich darüber mit ihr zu unterhalten, weil sie nach unserem letzten Gespräch alle Informationen sofort an die MEO-Leiter weitergetragen hat. Vertrauen habe ich da nicht mehr. Wir hatten also ein Es-ist-alles-in-bester-Ordnung-Gespräch, während wir einen Eisbecher aßen und dann durfte ich alleine (!) mit dem Bus nach Hause fahren, ohne, dass meine Gastmutter sich offensichtlich Sorgen machte.
Abends wollte Arisa wissen, warum in der deutschen Sprache 2.15 Uhr „viertel drei" heißt! Das wusste ich auch nichts so recht, aber ich erklärte ihr den Gebrauch und so hat sie es jetzt zwar nicht verstanden (und ich auch nicht), aber sie kann es fehlerfrei anwenden!
Sie muss gerade die Konjugationen von etwa 30 Verben und deren Präteritumsformen, sowie diverse Steigerungsformen von Adjektiven lernen. Und das alles gleichzeitig. Deutsch ist ja nicht das einzige Fach, in dem sie Hausaufgaben auf hat. Sie muss Belegarbeiten schreiben und lehrt nebenbei in einer Juku Englisch und Japanisch.
Sie kann einem richtig Leid tun, wenn sie sich abends beim Lernen gegen 1 Uhr laut fragt, wie sie das am nächsten Tag alles hinbekommen soll.

Montag, 05.07.2004

In der ersten Stunde erwartete mich ein Chemietest. Die Lehrerin entschuldigte sich allerdings bei mir dafür und meinte, dass ich den nicht mitschreiben muss, wenn ich ihn nicht verstehe. Mit Wörterbuch und Tafelwerk konnte ich ein paar Aufgaben trotzdem lösen, obwohl ich in Chemie wirklich nicht viel Peilung habe. Mal sehen, was daraus wird.

Dienstag, 06.07.2004

Ach ja, die Japaner!
Nichts geht ihnen über die Gesundheit und so wunderte es mich kaum noch, als heute in der Schule Leute herumliefen, die den Kohlendioxidgehalt in den Räumen überprüften, um gegebenenfalls die Luft zu reinigen – Man könnte ja vielleicht auch einfach das eine oder andere Fenster öffnen, aber nein …
Und dann hatte ich zu Hause noch eine lustige Diskussion: Meine Eltern in Deutschland haben für Sachiko eine „Bravo“ gekauft, weil sie sich die gewünscht hatte, um sich deutsche Mode und die Stars anzusehen. Per Mail wurde ich vorgewarnt, dass sich darin ein nackter Mann befindet und ein Mädel natürlich auch!
Da ich keine Ahnung hatte, wie in Japan allgemein damit umgegangen wird und wie es in meiner Familie speziell ist, entschloss ich mich, das mit meiner Gastmutter und Sachiko vorher zu bereden. Meine jüngere Gastschwester setzte sofort eine Ekelmiene auf. Okâsan beschloss, dass es am besten sei, wenn die Zeitschrift erst ihr vorgelegt werde. Okay, war also gut so, dass ich das Thema angesprochen habe. Man erklärte mir, dass es Männern zwar zustehe „Schmuddelblätter“ zu lesen (was sie dann auch in der Öffentlichkeit gerne tun), aber Frauen eben nicht. Na ja, wir alberten noch etwas herum und machen Witze über das Thema und ich bin mal gespannt, wie die Sache ausgeht …
Vorhin fiel mir zufällig der dritte Teil der Harry-Potter-Reihe auf Japanisch in die Hände. Da ich ihn als Hörbuch hier habe, kann ich mir die Sätze zunächst auf Deutsch vorlesen lassen und dann versuchen, die Sätze im japanischen Buch auseinander zu nehmen. Natürlich sind noch ziemlich viele Kanjis dabei, die ich nicht kenne, aber da die ständig wiederholt werden, schaffe ich es vielleicht, sie mir irgendwann zu merken! Manchmal nur mit Lesung und manchmal nur die Bedeutung, aber immerhin. Es ist auch viel spannender als immer nur langweilige Bücher für Erstklässler zu lesen. Da weiß ich auch nie, wo ein Wort endet, weil alle Hiraganas ohne Lücke aneinandergereiht sind. Bei Kanjis ist das schon wesentlich leichter! Gut ist auch, dass die Grammatik, die ich letztens in einer der Unterrichtsstunden gelernt habe, wird auch oft verwendet.

Mittwoch, 07.07.2004 ***Tanabata*** **(Sternenfest)**

Ich war heute richtig verzweifelt! Yukako verhält sich komisch. Als ich mit ihr reden wollte, hat sie mich so richtig schön auflaufen lassen und anschließend hatte ich eine recht miese Laune!
Im *Kateika*-Unterricht (Haushaltslehre) wollte ich mit Eriko darüber reden, die aber keine Zeit hatte und auch von allen Seiten angesprochen wurde. Was sollte ich also tun? Wir saßen in unserer Gruppe, um das soeben Gekochte zu essen und als wir fertig waren, liefen mir plötzlich

Tränen übers Gesicht. Ich wusste erst auch nicht so richtig, warum. Eri und Yui, die ganz erschrocken waren, versuchten mich zu trösten. Während ich ihnen erklärte, was los sei (was auf Japanisch gar nicht so leicht war), fielen mir immer mehr Dinge dazu ein. Es sind jetzt einfach zu viele Sachen auf einmal aus mir heraus gebrochen, die ich hier bisher wort- und klaglos hingenommen hatte, die mich aber in Wirklichkeit störten. Zum Beispiel die Situation mit Sachiko. Ich versichere Okâsan zwar immer wieder, dass es mir nichts ausmachen würde, aber mich nimmt das doch ziemlich mit.
Außerdem habe ich das ungute Gefühl, dass ich Eri und Yui allmählich etwas auf den Geist gehe, was sich aber nach ihrer Aussage glücklicherweise als Blödsinn herausstellte. Sie machten sich sogar Sorgen, weil ich wohl bisher zu wenig über die Dinge gesprochen habe, die mir wirklich am Herzen und auf der Seele liegen. Aber so was macht man eigentlich in Japan doch nicht!?
Einen ähnlichen Spruch durfte ich mir auch von meiner LP letzte Woche anhören: „Du solltest Deine Gefühle nicht immer zurückstellen und offener sagen, was Dir nicht passt. Du solltest Dich fragen, ob Du das mit der Familie wirklich noch für ein halbes Jahr willst.“
Ich hätte es wohl nicht als Geschwätz abtun sollen!? Zumal ich nach meinen Erfahrungen rund um das Theater wegen des Internettagebuches ja hier eher nicht an gelebte Offenheit glaube.
Bis jetzt konnte ich, wenn es mit Sachiko Trouble gab, immer noch sagen, dass in der Schule alles in Ordnung ist, ich dort gut klar komme und meine Freundinnen habe. Aber warum mault Yukako jetzt so rum? Liegt es daran, dass sie in den nächsten Wochen für ein Jahr nach Amerika fliegen wird oder rede ich zu viel mit Yui und sie ist eifersüchtig? Niemand weiß es.
Tja, so kam heute einiges zusammen. Ich hatte mich auch erst nach einer Stunde wieder beruhigt. Heimweh ist es wahrscheinlich nicht, sondern eher so eine Art von leiser Verzweiflung. Ist vermutlich der Versuch, die angestauten Probleme, die ich nicht wahrhaben wollte, zu verarbeiten. Also kein Grund sich jetzt Sorgen zu machen. Erfahrungsgemäß habe ich mich spätestens morgen wieder ein!
Vielleicht ist es auch das Erlebnis, von dem viele Austauschschüler im dritten Monat ihres Aufenthaltes berichten?!
Dass ich total verheult aussah, wurde von meiner Gastfamilie wieder völlig ignoriert, worüber ich diesmal aber eher glücklich war, weil ich keine Lust hatte, die Angelegenheit nochmals erklären zu müssen.
Das heutige Sternenfest ist irgendwie ganz untergegangen. Wir konnten nicht zusammen in die Sterne schauen, weil es bewölkt war. Vor ein paar Tagen hatten wir einen grünen Zweig am Wohnzimmerregal befestigt und ein paar gebastelte Papier-„kunstwerke“ und Wünsche dran gehängt. Heute sieht der Ast aber schon etwas vertrocknet und traurig aus! Am 07. Juli jeden Jahres treffen sich zwei Sterne am Himmel, die ein Liebespaar darstellen. Die beiden waren so sehr ineinander verliebt, dass sie ihrer Arbeit nicht nachkamen und das verärgerte den Himmelsgott, der sie durch die Milchstraße trennte. Weil beide nun zu traurig waren, ihre Arbeit wieder aufzunehmen, gestattete er ihnen, sich einmal im Jahr zutreffen. Die Milchstraße heißt im Japanischen *Amanogawa*, wobei *ama* der Himmel und *gawa* der Fluss ist. Regnet es nun am Tanabata-Tag, ist dieser Fluss (also die Milchstraße) jedoch auch heute nicht überquerbar.
Bei 34 Grad konnte ich auch wieder nicht so richtig einschlafen. So schaute ich mir nachts mit Arisa, die nach der Arbeit nebenbei noch für die Uni büffelte, eine Fernsehsendung für Deutschlernende an. Dort wurden wir von der Gruppe „Zweiraumwohnung“ durch eine Kunstausstellung in Berlin geführt.

Donnerstag, 08.07.2004

Mein Papi in Deutschland hat Geburtstag!!! Drum habe ich ihm eine lustige E-card geschickt und wenn alles gut geht, bekommt er bald ein Video über meinen Schulalltag und den Chorauftritt!
In der Schule beginnen Mittwoch nächster Woche in allen Fächern wieder Prüfungen und danach sind schon fast Ferien. Momentan findet kaum noch Unterricht statt, weil die Lehrer sich oft breitschlagen lassen, eine freie Lernstunde einzurichten. Und da Lehrer an sich ja auch nur „faule Geschöpfe" *grins* sind, beschweren sie sich darüber natürlich nicht und alle Schülerinnen bereiten sich selbst auf die Prüfungen vor. Für mich wird der Unterricht dadurch noch langweiliger! Von Yamashita-Sensei wurden heute die Sondertermine für Englischunterricht in den Ferien verteilt. Ferien hier sind eben nicht gleich den Ferien in Deutschland. Die Clubs treffen sich auch regelmäßig (so wie meiner manchmal sechs Stunden am Tag). Typisch Japan, oder? Es werden auch massig Hausaufgaben aufgegeben, damit man bloß nicht zu viel Freizeit hat.

Freitag, 09.07.2004

So, jetzt ist die „Bravo" angekommen!
Ich sah mir also die besagte Seite an und beschloss, dass meine Gastmutter das nicht durchgehen lassen wird. Also nahm ich einen Stift und malte in blau einen schwarzen Balken (blödes Wortspiel *hahaha*) über die besagte Körperstelle. Da das aber nicht reichte, weil man immer noch was erahnen konnte, klebte ich lieber noch ein Stück Papier drüber. Voll albern, aber meine Gastschwester fand es anscheinend lustig. Die Reaktion meiner Gastmutter hat mich fast umgehauen! Sie grinste mich an und meinte „Schade, jetzt hast du es überklebt und ich kann nichts mehr sehen". *glucks, glucks* Als ich dann spaßeshalber nach Otôsan rief, lief sie knallrot an … Voll witzig!
Na jedenfalls war ich recht froh, dass keiner genug Deutsch versteht und ich nichts erklären musste. Was denken sie sonst von der deutschen Jugend? *schmunzel*

Samstag, 10.07.2004

In Englisch Writing mussten wir einen schicken Vokabeltest schreiben! Hatte ich natürlich wieder voll verpeilt und in meiner Ordnung weiß ich eh oft nicht, wo welche Arbeitsblätter gerade sind. Aber ich hatte immerhin bis zur vierten Stunde Zeit. Also borgte ich mir die entsprechenden Vokabellisten aus und merkte mir die Kanjis. Schreiben werde ich sie eh nicht können, aber vom Japanischen ins Englische müsste es doch wohl gehen. Ich wusste dann zu meiner eigenen Überraschung sogar dreiviertel der Übersetzungen ins Englische. Ich habe die Kanjis einfach auseinander genommen und bestimmten Teilen Eigenschaften zugewiesen, die etwas mit der Übersetzung zu tun haben. Das hätte ich ja niiie gedacht, dass das klappt. In Deutschland hatte ich immer Schwierigkeiten, wenn es ums pure Auswendiglernen ging, aber hier ist mein Gehirn anscheinend nicht mit so viel Unnützem gefüllt!?
Blöd nur, dass der Englischlehrer, der eine verblüffende Ähnlichkeit mit Snape aus dem Harry Potter-Buch hat *grins*, mich drannahm, während ich gerade Japanisch lernte. Er nutzt echt

jede Gelegenheit mir zu beweisen, dass ich kein Englisch kann. Deswegen meinte er auch auf Japanisch vor der gesamten Klasse, dass meine Aussprache lustig sei. Dumm nur, dass ich schon mehr Japanisch kann, als er denkt. Na jedenfalls hatte ich keinen Verdacht, in welcher Lektion wir uns gerade befanden, aber von hinten drückte mir gleich jemand ein Buch in die Hand. Noch blöder war, dass ich den Text erst überfliegen musste, um auf die Frage zu antworten und während dieser Zeit war ich dem überlegenen Blick meines Lehrers ausgesetzt. Na toll! Aber was soll's? Zensuren bekomme ich nicht und den anderen Schülerinnen meiner Klasse geht es ja auch nur unwesentlich anders. Wenn sie eine Frage nicht gleich beantworten können, wird solange gewartet, bis sie sich voll blamiert haben. Mies, oder?
Abends gingen wir zu viert essen, Otôsan musste arbeiten. Mittlerweile liebe ich diese kleinen Familienbetriebe in den Hinterhöfen: eine dunkle Kneipe mit Jazzmusik und zum Selbstgrillen am Tisch. Das bestellte Fleisch wurde innerhalb von zwei Minuten zu unseren Plätzen gebracht und wir konnten voll loslegen. Blöd nur, dass sich Sachiko zum Grillmeister ernannt hatte, denn so sah alles mehr oder weniger schwarz aus. Weil wir neben einem Airconditioner saßen, wurde immer wieder Luft in die Kohlen geblasen und Flammen stiegen auf. Ist doch wohl klar, dass man das Fleisch in so einem Fall nicht in die Mitte legt, oder? Aber reinreden wollte ich ihr da nicht, weil das bloß wieder Stress bedeutet hätte und es läuft gerade so gut. Ich habe mir vorgenommen beim nächsten Mal, wenn sie wieder so eine Phase hat, noch einmal offen mit meiner Gastmutter darüber zu reden, dass es so nicht weitergehen kann.

Sonntag, 11.07.2004

Jetzt geht das wieder los: Jeder lernt und keiner hat Zeit. Also habe ich mein Zimmer aufgeräumt und dabei ungefähr so sechs Stunden Musik gehört.
Aber es war und ist unerträglich heiß und sogar der Staubsauger hat nach einiger Zeit Geräusche von sich gegeben, die mir ganz und gar nicht gefielen. Ich kann ja die Warnanzeigen nicht lesen, aber ich glaube, er war überhitzt, weil ich mir fast die Finger daran verbrannte. Er machte so ein unangenehmes Ich-explodiere-gleich-Geräusch und ich war total erschrocken!!! Also schnell zurück damit in den Küchenschrank und nicht mehr dran denken … *Vertuschungstaktik*

Montag, 12.07.2004

Jupppi!!!
In meinem Zimmer wird ein Airconditioner eingebaut!!! Morgen rückt eine Firma an!!! Meine schlaflosen Nächte haben ein Ende!!!
Ich wollte unbedingt Eis essen gehen, aber alle schienen lernen zu wollen. Ich glaube nicht, dass sie wirklich keine halbe Stunde Freizeit haben … Es ist einfach nur die Standardantwort eines ordentlichen und braven Schülers auf die Frage, ob sie Zeit haben, zu antworten, sie würden lernen!
Also trottete ich ins Musikzimmer der Schule und nutzte die Gelegenheit, um mal wieder etwas Klavier zu spielen. Es finden im Augenblick keine Clubs statt und somit ist auch kaum jemand in der Schule, den ich stören könnte, zumal der Raum eine Schalldämmung besitzt.

Dienstag, 13.07.2004

Wir haben hin und her überlegt, was wir Yukako zum Abschied schenken könnten, wenn sie demnächst für ein Jahr nach Amerika geht. Eri und Yui schienen aber ganz gelassen und meinten, dass wir das angehen, wenn die Tests vorbei sind. Allerdings ist nach diesem Samstag für eine halbe Wochen keine Schule mehr bis die Testresultate verkündet werden, danach haben wir wieder frei und am 26. ist der letzte Schultag vor den Ferien! Wie stellen sie sich das also vor? Wenn wir das erst am 26. bereden und danach alles einkaufen, was wir brauchen, haben wir gar keine Zeit mehr es auszuführen. Eine Idee war, dass wir Fotos von der Klasse einsammeln und sich jeder noch einen Spruch ausdenkt, aber wann denn?
Ansonsten habe ich die clubfreie Zeit ausgenutzt, um wie gestern Klavier zu spielen. Die immer wieder gern gestellte Frage meiner Gastmutter, ob ich denn mit Freunden oder alleine geübt hätte, habe ich auf Grund meiner guten Laune dann auch lässig wegstecken können. Hier werden alle Leute, mit denen man auch nur ansatzweise Kontakt aufnimmt, gleich als Freunde bezeichnet. Meine Gastmutter findet es sogar schon komisch, wenn ich nach der Schule alleine mit dem Fahrrad nach Hause fahre und nicht noch die halbe Schule mich begleitet!

Mittwoch, 14.07.2004

Der erste Testtag! Und ich wollte ja unbedingt Englisch mitschreiben! Und wurde deshalb von einigen Mitschülerinnen verständnislos angesehen. Es sind doch tatsächlich haargenau die gleichen Sätze wie im Lehrbuch drangekommen?! Mein Problem daran war, dass wir vom Japanischen ins Englische übersetzen sollten und die vorgegebenen Übersetzungen meistens gar nicht so richtig hinhauen, sondern nur so ungefähr die Bedeutung des Satzes wiedergeben! Wenn nun jedoch der englische Satz, den ich gebildet hatte, zwar richtig ist, aber nicht ganz, ganz genau mit dem im Buch übereinstimmt, gibt es eben keine Punkte. So einfach ist das!
Apropos keine Punkte: Ich wollte mal wissen, was passiert, wenn man während der Testwoche krank wird. Yuis Antwort: „Pech, da muss man halt zur Schule kommen, sonst gibt es keine Punkte!“ Nur, wenn man ins Krankenhaus eingeliefert wird, gilt das als eine ausreichende Begründung! Sollte man 40 Grad Fieber haben, muss man sich halt etwas quälen und in die Schule gehen! Das gibt es doch gar nicht, oder?
Mir wurde es sogar erlaubt, während des Tests mein Englischlehrbuch im Raum zu behalten! Natürlich durfte ich nicht hineingucken, aber ich wurde auch nicht beaufsichtigt! Ich habe aber trotzdem nicht reingeguckt. Bin ja eine brave Schülerin (na ja, meistens jedenfalls *grins*). Beschummeln darf man auch hier in Japan nicht und dann macht man das eben auch nicht! Ich habe noch nie jemanden mit einem Spickzettel unterm Tisch gesehen. Alle legen auch sofort ihre Stifte weg, wenn es zum Prüfungsende klingelt!
Dann hatte ich plötzlich einen Geistesblitz, das Geschenk für Yukako betreffend! Ich ging also nach der Schule (habe im Moment nur zwei Stunden Japanisch am Tag) in das Einkaufscenter und kaufte Origamipapier nebst einem leichtgewichtigen Fotoalbum, in das genau 36 Fotos passen!
Zu Hause bekam ich natürlich eine Ansage, weil man mit der Schuluniform keinen Laden betreten darf und dann noch alleine (also ohne Freunde *glucks*). Ich entschuldigte mich und sagte, dass es nicht wieder vorkommen wird. *innerlichmitdenaugenroll*

Nun machte ich mich daran, ein paar Purikuras und andere Fotos von mir auf eines der Origamiblätter zu kleben und mir einen Spruch auszudenken. Dann habe ich die restlichen 35 Blätter auf die richtige Größe zugeschnitten, um sie in der Klasse verteilen und später in das Fotoalbum einlegen zu können. Wenigstens kann ich den anderen so gleich ein Beispiel liefern, weil ich doch mein Vorhaben nicht öffentlich erklären kann, ohne das Yukako davon Wind bekäme! Das wird noch ein Spaß, zumal alle Mädchen während der Tests in jeweils anderen Räumen sind und sich unsere Pausenzeiten nicht gleichen! Mal sehen!
Beim Einkaufen sah ich vorhin diese gut sieben Zentimeter großen Riesenkäfer, die mir schon in Hiroshima gezeigt wurden. Eigentlich werden sie wohl von Kindern eingefangen, was aber in Tokyo etwas schwierig ist. Also bietet man sie hier im Laden für viel Geld an. Den Sinn, warum man lebende Riesenkäfer kaufen sollte, wenn man schon bei kleineren Lebewesen hysterisch davon läuft, verstehe ich nicht! Hier brach heute deshalb wieder Panik aus, weil ein Tierchen in der Wohnung gesichtet wurde! Ich ahne, dass das noch andere Konsequenzen haben wird! So, wie bei der kleinen Mücke in meinem Zimmer vor einem Monat!

Donnerstag, 15.07.2004

Ich sagte doch, ich würde es kommen sehen! Heute wurden kleine Papierfallen aufgestellt, die klebriges Zeugs beinhalten, das Käfer anziehen soll. Nur, weil sich ein Tierchen in unsere Wohnung verirrt hatte. Man kann eben alles Übertreiben.
Ich vergnügte mich derweil mit meinem neuen Airconditioner und probierte die Minimal- und Maximaltemperaturen aus! Ach, wie ich Technik liebe. Vor allen Dingen, wenn ich weder die Bedienungsanleitung noch die Beschriftungen auf den Knöpfen verstehe. Faszinierend! Ich glaube, ich könnte mein ganzes gespartes Geld hier in einem Elektronikgeschäft anlegen, weil mir schlagartig eine Menge Dinge einfallen, die praktisch sind und die ich doch schon immer haben wollte. Aber mein inneres Ich sagt mir, dass ich wohl besser die Finger davon lasse, weil ich den Führerschein machen will, wenn ich wieder in Deutschland bin. Und ich muss mich eh immer bei meiner Gastmutter rechtfertigen, wenn ich etwas kaufen will. Also nur das Nötigste! Ich habe mir nämlich so überlegt, dass ein elektronisches Wörterbuch doch nicht so schlecht wäre. In den Ferien stöbere ich mal in Shinjuku! Wahrscheinlich werde ich dann von Canon den Wordtank G50 kaufen, weil mich die Produktinformationen echt überzeugen! Auch wenn 40.000 Yen (320 €) ziemlich heftig sind.

Freitag, 16.07.2004

Oh nein, die Papierfallen scheinen noch nicht gereicht zu haben, um hier alle zu beruhigen. Jetzt wird zu härteren Mitteln gegriffen! Okâsan war vorhin einkaufen und brachte Dosen mit, die Nebel versprühen, wenn man sie mit Wasser auffüllt. Danach muss man das Haus abriegeln und darf es für drei Stunden nicht betreten. Welch chemische Keule. Zum Glück hat sich bis jetzt noch keine Zeit dafür gefunden und ich will damit einfach nur in Ruhe gelassen werden. Schließlich habe ich bis auf den einen kleinen Käfer noch absolut nichts Krabbelndes zu Gesicht bekommen!
Mit Shanda, der amerikanischen Austauschschülerin und unserer Japanischlehrerin haben wir es heute endlich geschafft, Eis essen zu gehen. Lecker! Das kann ich mir jetzt auch leisten, weil

mein Körper sich an das andersartige Essen hier gewöhnt zu haben scheint und ich wieder mein Abreisegewicht auf der Waage sehe. So ein Glück! Man sollte mich mal einen Tag aus Versehen in dem Eisladen einschließen!!! 31 Sorten und eine leckerer als die andere!!!
Ich habe heute noch mit Eri über meinen Yukako-Geschenk-Einfall geredet. Als ich ihr das Fotoalbum zeigte, fiel sie mir gleich um den Hals! Ich konnte bei einigen Leuten schon die Blätter austeilen, weil Yukako sehr früh gegangen war! Dann drückte ich ein paar Freundinnen aus meiner Klasse, die mir gerne helfen wollten, den ganzen Kram in die Hände. Sie werden morgen alles unter die restlichen Leute bringen, ohne dass Yukako es merkt! Hoffentlich klappt alles.

Samstag, 17.07.2004

Da komme ich mittags nichts ahnend von der Schule in die Wohnung gestürmt und fand, dass irgendetwas hier nicht stimmte. Die Türen standen alle sperrangelweit offen, mir kam ein eigenartiger Geruch entgegen und dann sah ich sie vor mir stehen – diese widerliche Mittel-gegen-Käfer-Dose. Also schnell Luft anhalten und wieder raus. Aber etwas zu spät, weil mein Hals nämlich schon so dermaßen brannte. Hätten sie mich nicht vorwarnen können? Ich kam mir auch gar nicht blöd vor, da hustend auf der Treppe zu sitzen und überhaupt nicht zu wissen, wann jemand nach Hause kommen wird! Zehn Minuten später fuhr dann ein mir bekanntes Auto auf den Parkplatz. Die Zimmer wurden erst einmal kräftig durchlüftet. Also noch mal 30 Minuten warten. Und das bei 36 Grad im Schatten.
Ich hatte einen richtigen Horror davor, die Wohnung zu betreten, weil dieses Zeugs bestimmt nicht das Gesündeste ist und sich ja logischerweise in den ganzen Möbeltextilien festsetzt. Als mir dann abends eine Fliege ins Essen flog, musste ich ein Grinsen echt unterdrücken …
Das mit Yukakos Abschiedsgeschenk klappte bis hier hin alles super! Jede Mitschülerin hat jetzt ein Origamiblatt und die Anweisungen, bis wann das alles bei Eri oder mir landen soll, erhalten. Yukako wurde von Yui unter einem Vorwand zum Kopierer geschleppt, damit sie nichts von der Verteilaktion mitbekommt. Habe zwar nicht verstanden, was da kopiert wurde, aber Yukako schien sich extrem zu freuen! Hoffentlich halten sich nun alle an den Abgabetermin und haben ihre Aufgabe richtig verstanden!
Und da hockte ich so am Computer ganz alleine in der Wohnung und plötzlich begann alles zu wackeln. Ich schon voller Panik, wäre am liebsten unter den Tisch gekrochen, weil das Beben gar nicht mehr aufhören wollte. Okay, der gefühlte Zeitraum dauerte länger, denn in Wahrheit war nach 15 bis 20 Sekunden wieder alles ruhig. Mein Gastvater saß zu dieser Zeit im Auto und in dem kleinen eingebauten Monitor des Navigationssystems, der gleichzeitig als Fernseher genutzt werden kann, liefen Ansagen, wo welche Stufe erreicht wurde. In Tokyo wohl Stufe 3,5. Hua, Hilfe! Aber für Japaner ist das sicherlich eher ein Witz, glaube ich. Schließlich ist hier nicht mal etwas aus den Regalen gefallen.

Sonntag, 18.07.2004

Nachmittags kam eine mit Sachiko befreundete Nachbarin, um mit ihr irgendwelche Plakate für ein Konzert ihrer Lieblingsgruppe zu basteln. Und da ich da ja sicherlich stören würde, meinte Okâsan, dass wir zusammen zu einem Schrein in der Umgebung fahren könnten. Ich war an-

fangs voll sauer darüber, dass ich wieder einmal einfach so beiseite geschubst wurde, um Sachikos Willen gerecht zu werden ... aber na ja, es war ein nettes Angebot mir etwas Neues zu zeigen.
Zuerst ging es zur Bibliothek, weil Arisa ein paar Bücher zum Lernen suchte. Sie schreibt wohl bald einen Test über europäische Kunst und da braucht sie möglichst viele Bilder von Gemälden zum Vergleichen.
Nachdem wir also Arisa dort abgesetzt hatten und Okâsan mit mir in einem Fastfoodrestaurant gelandet war, sprach ich das Thema Sachiko an. Okâsan meinte, mich gut verstehen zu können und, dass ich jederzeit die Gastfamilie wechseln dürfe.
Anschließend ging die Fahrt zum besagten Schrein. Meine Gastmum zeigte mir, wie sie dort betet. Also: Geld in einen Holzbehälter werfen, eine Glocke läuten. Obwohl das von außen durch Anschlagen geschah und nicht von innen mit einem Schwengel bzw. Klöppel. Es ist eher eine andere Art von Glocke, nicht aus Metall, dafür aber mit irgendwelchen Gegenständen gefüllt, die die Klänge erzeugen. Danach zweimal verbeugen, zweimal in die Hände klatschen, beten, nochmals zweimal in die Hände klatschen, einmal verbeugen, fertig.
Noch ein Kurzbesuch in einem kleinen Tempel und schon kehrten wir wieder nach Hause zurück. Dort waren Sachiko und ihre Freundin mit dem Basteln schon fast fertig. Ich ging in mein Zimmer und hörte Musik.
Plötzlich hörte ich mehrere laute Geräusche aus dem Wohnzimmer kommen, klang wie Türenschlagen. Mal wieder so eine Sachiko-Wut-Phase. Die regte mich innerlich schon wieder auf. Als Okâsan dann aber in mein Zimmer kam und mir einen zerknüllten Haufen Papier in die Hände drückte, den ich als meine feinsäuberlich zum Lernen vorbereiteten Hausaufgaben identifizierte, platzte auch bei mir der Kragen. Okâsan tat mir ja etwas Leid: Von der einen Seite Sachiko, die ihre Oma anrief, um sich bei ihr über alles und jeden zu beschweren und niemanden im Wohnzimmer duldete und von der anderen Seite mein Fluchen über ihre Tochter, die es einfach mal wieder zu weit getrieben hatte. Bei den zerknitterten Unterlagen handelte es sich um Kopien des JLPT (Japanese Language Proficiency Test) der vergangenen Jahre, die ich von meiner Schule zur Vorbereitung bekommen hatte. Wie Sachiko später meinte, wusste sie nicht, dass das meine Sachen sind. Wessen denn bitte sonst? Was soll ich da noch sagen? Ihr könnt euch meinen Zorn vorstellen, oder?
Okâsan erzählte mir eine Geschichte von einem Gott, der wenn er wütend ist, nur noch wütender wird, wenn man sich in seiner Nähe aufhält. Daher sind nach diesem Vorfall lieber alle vor meiner kleinen Gastschwester geflüchtet und haben sich wieder ihrem Willen gebeugt. Das macht mich nur noch erboster, weil ich mich frage, wie man so etwas nur immer wieder durchgehen lassen kann!?
Wir verständigten uns, dass es wohl das Beste wäre, wenn ich die Familie wechseln würde, weil es einfach zu viel Stress für mich ist und meine Gastmutter dies auch einsieht, auch wenn sie es schade finden würde, wenn ich gehe.

Montag, 19.07.2004

Aus dieser miesen Stimmung muss man einfach flüchten. Also wollte ich mich mit Eri in Harajuku treffen, damit wir uns den Pompomclub-(Cheerleader)-Wettbewerb unserer und anderer Schulen anzusehen.

Zum Glück lief mir Sachiko morgens nicht über den Weg. Nach einem Blick in den Spiegel wäre ich fast aus den Latschen gekippt: Meine Augen knallrot, die Lider angeschwollen und meine Neurodermitis über Nacht wieder so richtig schön ausgebrochen, wie ich sie seit meinen ersten Lebensjahren nicht mehr hatte. Da kann selbst die beste Medizin, die ich gerade schlucke, nicht mehr helfen. Meine Gastschwester macht mich krank! Na ja, ein bisschen Make-up und die Welt sieht schon ganz anders aus. Und überhaupt ist es ja eh egal, weil ich hier sowieso ständig angestarrt werde.
Natürlich wollte mich Okâsan nicht alleine fahren lassen und brachte mich nach Harajuku … Voll blöd!
Aber ich hatte den ganzen Tag viel Spaß. Das Pompomteam unserer Schule ist echt gut! Ich war beeindruckt! Heute sind Vorausscheide für eine Schulweltmeisterschaft. Aber so weit werden wir es wohl nicht schaffen. Da gibt es Mannschaften, die einfach besser sind. Eri war früher auch im Pompomteam, hat jetzt aber zum Basketball gewechselt. Somit kennt sie die Mädchen und musste natürlich ihr früheres Team anfeuern!
Nach der Veranstaltung gingen wir etwas shoppen, haben zweimal Eis gegessen und hatten einen echt lustigen Tag! Ich durfte sogar alleine nach Hause fahren. Man soll sich ja über jeden kleinen Fortschritt freuen, nicht wahr?
Und schon ist mir ein Schlamassel passiert: Ich kaufte mir eine Fahrkarte am Automaten, steckte sie wie üblich auf dem Weg zum Bahnsteig in das Lesegerät und wollte durch die Sperre gehen. Der Mann vor mir hatte aber wohl vergessen, seinen Fahrschein aus dem Lesegerät zu ziehen und mitzunehmen. Der Angestellte vom Bahnhofsservice sah nur die Karte herausgucken, entnahm sie und drückte sie mir in die Hand. Ich erkannte den Fehler natürlich nicht gleich und fuhr damit nach Hause. Aber da das Lesegerät beim Verlassen des Bahnhofs die Karte nicht wie sonst behielt, sondern immer wieder ausspuckte, war mir klar, dass etwas nicht stimmen konnte. Ich dachte, dass ich eine Karte für die falsche Linie gekauft hätte. Es sollte sich später herausstellen, dass es sich um eine Monatskarte für eine bestimmte Strecke gehandelt hat.
Ich ging nach Hause und erzählte Okâsan von dem Geschehen, während sie gerade Essen kochte. Sachiko, die am Computer saß und die Geschichte mithörte, mischte sich prompt wieder ein, ohne, dass ich überhaupt ausreden und meine Story zu Ende bringen konnte! Ich sah sie an und meinte, dass sie sich da bitte raus halten soll, weil sie das nichts angeht. Aber sie konnte natürlich ihre Klappe nicht halten und gaakte hysterisch drauf los, dass ich alleine und nicht mit Okâsan zum Bahnhof zurückgehen solle, weil die Situation ja schließlich mein Fehler sei. Ich wäre ja auch alleine gegangen, aber doch nicht nur, weil Sachiko es so will! Ich sagte nochmals, dass das mein und Okâsans Problem sei, aber sie fauchte wieder drauf los, dass das unfair sei und ich die Sache alleine zu verantworten hätte. Ich schaute sie an und sagte ihr ins Gesicht, dass ich sie nicht mag und ging mit hochrotem Kopf in mein Zimmer.
Okâsan beschützte Sachiko in dieser Situation und meinte, dass das auch ihre Meinung sei und, dass man in Japan die Meinung aller Familienmitglieder anhören würde, bevor man Entscheidungen trifft. Allerdings finde ich, dass meine jüngere Gastschwester nicht „alle Familienmitglieder" ist, oder?
Wir entschieden, morgen meine LP anzurufen und eine neue Familie für mich zu suchen.
Aber da bekam jemand ein ganz schlechtes Gewissen und trottete zu mir ins Zimmer, um sich mit mir auszusprechen! Wunder sollen ja geschehen.
Sie erzählte mir, dass sie ein Problem damit hätte, dass sie ein Jahr jünger ist als ich (es sind nur 8 Monate) und dass sie versucht, mir verschiedene Dinge beizubringen und ich ihr nicht zuhören würde. Das hatte aber im Unterton eher ein: „Du tust nicht, was ich Dir sage". Ich habe aller-

dings keine Lust, mich von ihr immer wie ein Baby behandeln zu lassen. Und ich finde, sie ist einfach nicht die richtige Person, um mir permanent Verbote zu erteilen und Vorwürfe zu machen. Ich meinte zu ihr, dass sie nicht meine Mutter ist, sondern meine Gastschwester und, dass sie mich nicht ständig verpetzen und so vorführen soll, wenn ich irgendetwas gemacht habe, was ihr nicht gefällt ...Und da meinte sie, dass man das in Japan so macht ... na klasse!
Ich befürchte nur, dass sich auch in Zukunft unser Umgang miteinander nicht verändern wird. Und es sind so grundlegende Charaktereigenschaften von ihr, die mich stressen. Das Schlimmste ist dieser grauenhafte Egoismus, den sie an den Tag legt und mit dem ich einfach nicht umgehen kann! Ihre Rechtfertigungen waren auch eher ein Witz und ich glaube kaum, dass sie ernsthaft daran arbeiten wird, sich zu ändern oder zurückzunehmen. Sie meinte, sie macht so einen Zoff, weil das anderswo auch so ist und sie geht nicht zur Schule, weil sie manchmal zu müde ist und keine Lust hat. *Oje*
Ich werde meine eigenen Bedürfnisse wohl auch kaum noch weiter zurückstellen können! Mal sehen, was die nächste Woche so bringt ...

Dienstag, 20.07.2004

Nach dem gestrigen Streit hatte ich eigentlich keine Lust mehr, mich lange im Wohnzimmer aufzuhalten. Also zermarterte ich mir in meinem Zimmer stundenlang den Kopf, wie denn nun die beste Lösung für mein Problem aussehen könnte. Ich hasse diese Eigenschaft an mir, mir ständig um alles Gedanken machen zu müssen und mir so die Nächte um die Ohren zu schlagen und das meistens wegen Kleinigkeiten. Dabei ist das hier in Japan schon erheblich besser geworden!

Mittwoch, 21.07.2004

Meine kleine Gastschwester hat mal wieder einen ganz schönen Aufstand gemacht, weil sie heute unbedingt nach Shinjuku zum Shoppen wollte. Obwohl offensichtlich niemand in der Familie die Zeit hatte sie zu begleiten, schaffte sie es durch ewig langes Rumnörgeln doch noch, Arisa, die nachmittags arbeiten musste, zu bewegen, vormittags mit ihr einkaufen zu gehen. Und weil das noch nicht genug war, musste Okâsan nachmittags von ihrer Arbeit in der Bibliothek gleich weiter nach Shinjuku fahren, um Arisa abzulösen. *grrr* Das macht mir meine Entscheidung langsam nicht mehr schwer!
Ich war in der Zwischenzeit alleine zu Hause. Also schnell meine E-Mails checken, weil ich mich das in den letzten Tagen nicht getraut habe. Ich hatte in dieser Konfliktsituation das Gefühl, dass sie befürchten, ich verpetze sie in meiner – für sie fremden – Sprache. Sie sind nämlich auf das Wort Internet irgendwie gerade nicht gut zu sprechen. Ich vermute, sie sind besorgt, dass etwas über ihre Familie auf meiner Homepage erscheint. Da habe ich ihnen aber an passender Stelle die Sache mit dem Passwort untergejubelt und, dass nur gaaanz wenige Menschen das Tagebuch lesen können.

Donnerstag, 22.07.2004

Nachdem wir in den letzten Tagen schulfrei hatten, wurden heute die Ergebnisse der Tests preisgegeben. Das war nach einer Stunde gelaufen und alle konnten nach Hause gehen. Alle – bis auf mich! Für mich waren drei Stunden Japanisch geplant. Na toll! Im Englischtest brachte ich es auf erstaunliche 84 Prozent. Eine der Aufgaben hatte ich total verhauen, weil ich die Fragestellung nicht verstand.
Nachdem ich zum tausendsten Mal das Passive, Causativ und Causativ-passive erklärt bekam (und immer noch nicht anwenden kann), wurde mir ein riesiger Papierstapel mit den kopierten JLPT- Unterlagen für die Stufe 3 von 1997 bis zum vergangenen Jahr als Hausaufgabe für den Sommer vorgelegt. Und alle Teile! Einen kleinen Happen hatte ich ja vorher schon bekommen (der von Sachiko zerknüllt wurde), aber der richtige Hammer an Arbeit kam erst heute mit diesem Stapel! Die Tests finden dann weltweit im Dezember statt.
Nach dem Unterricht fuhr ich schnell nach Hause, stopfte ein paar Sandwichs in mich rein und wurde dann zu einer kleinen Party abgeholt. Eine ehemalige MEOlerin möchte ihren eigenen Kindern möglichst früh beibringen, dass Ausländer nichts Böses sind. Deshalb lädt sie hin und wieder Austauschschülerinnen zu sich nach Hause ein, damit zumindest ihr älteres Kind (5 Jahre) etwas von anderen Kulturen lernt. Meine LP hatte mich vor einiger Zeit gefragt, ob ich da nicht hingehen wolle. Okay, ein bisschen Ablenkung kann ja nicht schaden. Eine Freundin der Gastgeberin war ebenfalls eingeladen, die wiederum ihre Kinder (7 und 9 Jahre alt) mitbrachte.
Ich hatte ja erst so meine Bedenken, weil kleine Kinder nach meinen Erfahrungen manchmal anfangs sehr verschlossen sein können, aber nicht diese! Es war voll lustig! Ich zeigte ihnen Bilder von Deutschland, erklärte ihnen ein bisschen von der deutschen Kultur und sprach über Unterschiede. Danach spielten wir ein selbst entworfenes Spiel, bastelten gemeinsam Origami und aßen Süßigkeiten. Ich hatte auch ein wenig deutschen Naschkram mitgenommen. Dass sie sich allerdings ständig darum stritten, wer neben mir sitzen darf, war mir aber schon etwas peinlich.
Leider begreifen kleinere Kinder oft nicht, warum ich sie nicht immer verstehen kann. Also wiederholten sie das mir unbekannte Wort noch fünfmal. Mir blieb aber die Bedeutung natürlich weiterhin verborgen. Das war anstrengend. Einen Vorteil hatte die ganze Aktion: Englisch war total verboten, weil die Kids mich ja dann erst recht nicht verstehen können!
Als ich abends mit der Bahn (alleine!) zurückfahren durfte, hingen ein paar Kinder an meiner Hand und wollten mich am Gehen hindern. *Kawaii* (niedlich).

Freitag, 23.07.2004

Ach ja, mal wieder ein Besuch beim Hautarzt. Und weil der jetzt auch schon bemerkt hat, dass man da mit der üblichen Medizin nichts ausrichten kann, erhöhte er eben die Dosis. Ab jetzt eine Woche lang jeden Tag vier Tabletten. Wenn es denn hilft! Ich glaube da eher nicht an ein Wunder, weil ich ja weiterhin den Stress verspüre. So lange die Ursache nicht beseitigt ist, verschwinden auch die Symptome nicht.
Während des Wartens wurde ich von Okâsan gefragt, wie wir das Problem denn jetzt lösen wollen und, ob ich es weiterhin aushalte oder wechseln möchte.
Ich sagte ihr, dass ich bis jetzt in der Familie wirklich glücklich war und alles, bis auf das Theater um meine Gastschwester echt perfekt ist, ich aber nun wechseln möchte. Mit dieser Antwort

hatte sie anscheinend auch gerechnet. Sie meinte, dass sie bereits von Anfang an Angst gehabt hätte, dass es einige Probleme geben könnte, die ich auf Dauer nicht aushalten würde.
Wenn es nur noch ein oder zwei Monate bis zu meiner Abreise aus Japan wären, würde ich nicht mehr wechseln wollen. Aber ich bin noch ein halbes Jahr hier und ich möchte mich nicht jeden Tag ärgern müssen und immer wachsam sein, welche kleine Schikane als nächste lauert. Es ist extrem schwer, mich nach all dem, was Fujiwaras für mich getan haben, einfach zu verabschieden! Aber jeder hier gibt mir das Gefühl, mich in dieser Hinsicht zu verstehen und meinen Wunsch nachvollziehen zu können.
Die Entscheidung wurde abends in der Familie nicht gemeinsam besprochen. Nach dem Essen haben Okâsan und ich mit meiner LP, die mich morgen treffen möchte, telefoniert.

Samstag, 24.07.2004

Ich habe jetzt auch so ein praktisches elektronisches Wörterbuch!!! Ex-word XD-H7100 von Casio. Deutsch-Englisch-Japanisch. Zuerst wollte ich mir ein anderes kaufen, doch das konnte kein Deutsch und das Model, für das ich mich nun entschieden habe, konnte ich schon testen, weil Arisa das Gleiche besitzt. Jetzt muss ich mich nur noch durch die japanische Bedienungsanleitung quälen! Erfreulicherweise sind da so viele Bilder abgebildet und ein paar der Kanjis kenne ich auch. Also mit ein bisschen Zeit wird das schon. Aber am Genialsten finde ich es ja, dass man da einfach die Hiragana eintippt und die zu den Wörtern gehörenden Kanjis erscheinen. Wenn man ein Kanji nicht kennt, springt man zwischen den Wörterbüchern einfach hin und her und dort wird es dem Benutzer ins Deutsche oder Englische übersetzt! Genial! Eine Kanjisuchfunktion nach Strichzahlen, Radikalen (Teilen des Kanjis) und Lesungen enthält es auch.
Somit kann ich jetzt also Bücher lesen und muss nicht in unterschiedlichsten riesigen Wörterbüchern nachsehen. Für Wörter, die ich mir merken möchte, gibt es eine extra Vokabelliste.
Ich fuhr nach dem Kauf mit dem Bus zum vereinbarten Treffpunkt mit meiner LP. Wir aßen einen Auflauf im Restaurant. Dabei sprachen wir kurz über die ganze Angelegenheit rund um den Familienwechsel. Aber im Grunde genommen brauchte ich ihr ja nichts Neues zu erzählen, weil ich mich nur wiederholen würde und sie mich ja eh schon mehrmals dazu bewegen wollte, zu wechseln. Im Augenblick ist es wohl sehr schwer, eine Familie für mich zu finden, weil alle im Sommerurlaub sind und auch Ito-Sensei, die sich wohl persönlich darum kümmern möchte, gerade für zwei Wochen nach Australien gefahren ist. Ich werde aber auf alle Fälle an meiner bisherigen Schule bleiben können. Problematisch ist momentan, dass ich nicht mit nach Akita zu den Eltern meines Gastvaters fahren, sondern in dieser Zeit am MEO-Sommer-Camp teilnehmen möchte. Leider ist meine Gastfamilie aber länger fort als das Camp dauert.
Nächste Woche Dienstag gibt es noch ein Gespräch mit der Familie, meiner LP und der sich very british verhaltenden MEO-Dame meines Komitees. Es graust mir davor, weil ich die Sache nicht noch mal ansprechen möchte, schließlich ist doch nun mit allen alles annähernd geklärt und Gras beginnt drüber zu wachsen …
Natürlich war in der heutigen Unterhaltung auch mal wieder meine Homepage Gesprächsstoff. Durch den Passwortschutz können sie jetzt schließlich nicht mehr nachvollziehen, ob ich weiter daran arbeite oder nicht und dadurch werden sie natürlich neugierig. Ich schreibe nur ganz, ganz selten *augenzwinker* und auf keinen Fall etwas über meine Familie! Ich glaube, ich habe wegen einer Sache noch nie so viele Leute angeschwindelt! Und ich habe deswegen auch ein schlechtes Gewissen, aber anders geht das aktuelle Berichten aus Japan eben nicht. Die Frage,

ob ich auch in eine Familie ohne Internet gehen würde, hat mich ja etwas aufgeregt. Meine Eltern daheim „warnten" mich schon vor, dass das eine perfekte Gelegenheit für MEO Japan wäre, mich vom Internet fernzuhalten … Aber Ito-Sensei wird sich ja um eine neue Familie kümmern und sie kennt den Schlamassel mit dem Internet und MEO und scheint da etwas auf meiner Seite zu stehen.

Sonntag, 25.07.2004

MEO Treffen!
Wir fuhren mit der Bahn in den Süden Tokyos ans Meer, um uns gemeinsam mit ein paar Sommer-MEO-Studenten einen Schrein anzusehen. Bei 36 °C stundenlang rum zu laufen, ist nicht gerade eine tolle Erfahrung! Obwohl ich mich eincremte, habe ich jetzt einen leichten Sonnenbrand.
Ein Student aus München war auch dabei. Wir unterhielten uns größtenteils auf Englisch miteinander. Klingt wenig sinnvoll, ist aber fairer, denn so konnten sich die anderen auch in unsere Unterhaltung einklinken, wenn sie denn wollten. Das Meer ist in dieser Region leider widerlich dreckig. Am Strand mit schwarzem Modder lagen etliche Müllsäcke herum und es roch unangenehm. Trotzdem badeten tausende Leute! Kaum vorstellbar, oder? Wir spielten ein bekanntes japanisches Spiel, bei dem man mit verbundenen Augen mit einem Stock auf eine Melone schlagen muss. Das hat eine gewisse Ähnlichkeit mit Topfschlagen. Einen Aussichtsturm haben wir auch bestiegen. Dort bekam jeder einen Wunschzettel (Omikuji). Auf meinem stand, dass ich zurzeit wenig Glück habe und mehr lernen solle! Aha!
An diesem Tag habe ich umgerechnet gut 20 Euro alleine für Fahrkarten ausgegeben. Das Leben hier ist echt teuer! Für die Rückfahrt schrieb mir Okâsan genau auf, wie ich fahren soll, drückte mir aber vorsichtshalber noch einen Zettel für die MEOler in die Hand mit der Bitte, mir das noch mal zu erklären! Das war der Fehler schlechthin, weil jeder nun prompt einen anderen Vorschlag hatte, bis Amy mir versprach, mich mitzunehmen. Damit waren aber die MEO-Verantwortlichen nicht einverstanden, weil sie ihr aus irgendwelchen Gründen nicht über den Weg trauen. Es folgte der nächste Fehler: Man rief meine Gastmutter an! Dann drückten sie mir das Handy in die Hand und während ich telefonierte, schubsten sie mich von einer Seite zur anderen und wollten ständig etwas von mir wissen. Ich war völlig überfordert und schon wurde mir mitten im Gespräch das Handy wieder entrissen! Was für ein Durcheinander, obwohl wir doch eigentlich schon entschieden hatten, dass ich mit Amy fahre … Aber man muss eben ein Problem aus einfachen und schon geklärten Sachen machen. Typisch.
Gegen 20 Uhr war ich total fertig wieder zu Hause.

Montag, 26.07.2004

Mal wieder ein eingeschobener Schultag. Heute gab es Zeugnisse. Die wurden aber nur kurz angeguckt und dann von den Schülerinnen in die Taschen geknüllt. So würde man in Deutschland niemals mit einem Zeugnis umgehen! Aber hier bewirbt man sich damit ja nicht, weil es überall Aufnahmeprüfungen an den Universitäten gibt.
Da nicht alle Schüler in die Versammlungshalle passten, gab es eine Liveschaltung in die Klassenräume. Der Musiklehrer filmte alles mit und man konnte das auf den Monitoren verfolgen.

Es wurden die üblichen Schullieder gesungen und die Lehrer hielten Reden darüber, was Schüler dieser Schule in den Ferien zu tun und zu lassen haben. Zum Beispiel sollen wir – wer hätte das gedacht – viel lernen und uns dabei nicht ablenken lassen und wir dürfen nach 23 Uhr nicht mehr in den Spielhallen sein. Na ja, das Übliche eben. Ich glaube auch kaum, dass da jemand überhaupt zuhörte! Ich aber tippte fleißig die Schlüsselwörter in meinen neuen elektronischen Helfer und verstand so das erste Mal wirklich richtig den Sinn der Ansprachen.
Nach dem Unterricht blieb unsere Klasse noch in der Schule und feierte den Beginn der Ferien und den Abschied von Yukako, die ja nach Amerika geht. Eri kam auf die Idee, dass wir unsere Hände mit Farbe anmalen und dann auf ein Blatt drücken könnten. Anschließend hingen wir es im Klassenzimmer hinten zur Verschönerung an die Wand. Das gab viel Spaß und eine riesige Schweinerei: viele weiße Flecken auf den Kleidern und in den Gesichtern. Jemand hatte tütenweise Süßigkeiten eingekauft, die die Runde machten und wir spielten ein paar lustige Spiele. Dann überreichte ich Yukako das Album mit den Wünschen der Klasse. Ich muss einen total roten Kopf bekommen habe, weil das auf Japanisch vor der gesamten Klasse gar nicht so einfach war und ich nach den richtigen Wörtern angelte. Ein bisschen traurig war ich, weil sich die Mehrheit meiner Mitschülerinnen keine Mühe mit ihrer zu gestaltenden Seite gegeben hatten. Ein liebloser Spruch, kurz vor der Abgabe hingeschmiert, das war's. Egal, Yukako hat sich trotzdem gefreut.
Gegen 13.30 Uhr war leider Schluss, weil die Clubs anfingen. Aber meiner nicht! Ich muss das nächste Mal am Freitag zur Teezeremonie. Bis dahin sind Ferien.
Irgendwie finde ich es inzwischen gar nicht so schlecht, dass die Clubs in den Ferien stattfinden, weil dadurch immer jemand in der Schule ist, falls mir langweilig werden sollte oder es Zoff mit der Gastschwester gibt und ich mal ausreißen muss.

Dienstag, 27.07.2004

Vormittags fuhr ich mit Okâsan zum Tokyo-*Eki* (Bahnhof). Wir besuchten den Garten des Palastes des Tennos, Japans Kaiser. Dort sah man nur Ausländer und ich wurde immerzu gefragt, ob ich nicht mal ein Foto von der einen oder anderen Person machen könne. So toll war es im Garten aber nicht, weil es erstens viel zu heiß war und es zweitens kaum etwas zu sehen gab: Brücken, Grün und verschlossene Tore. Voll langweilig! Deshalb war der Eintritt wohl frei! Den Palast des Tennos bekommt man auch nicht zu Gesicht, nur den großen Garten. Der Palasthof ist für Besichtigungen nur am Neujahrstag und am Geburtstag des Kaisers geöffnet.
Wir machten uns somit recht schnell wieder auf den Rückweg und tranken bei Starbucks schnell noch einen Karamell-Eiscafe! In dem Bahnhofskomplex unter der Erde befinden sich Shops mit ausländischen Waren. Okâsan kaufte zum Probieren etwas Schwarzbrot. Richtig teuer! Für das Gespräch mit MEO heute besorgte sie in kleine Tütchen abgepackten Baumkuchen, der dann aber gar nicht gegessen wurde, für umgerechnet gut 10 Euro! Teuer, teuer!
Um drei Uhr standen meine LP und die stellvertretende Komiteevorsitzende vor der Tür. Sachiko hatte sich vorsorglich in die Schule verdrückt, was mich kaum wunderte.
Ich werde nach dem MEO-Camp für zwei Wochen in eine Übergangsfamilie kommen und dann suchen sie eine neue Familie für mich. Das finde ich total schade, weil man ja immer eine ganze Weile braucht, bis man sich eingelebt hat und alle Erlaubnisse und Verbote der neuen Familie kennt. Aber es geht eben anscheinend nicht anders. Es könnte dann durchaus sein, dass ich eine Stunde lang zur Schule fahren muss und auch kein eigenes Zimmer habe. Auf diese Sachverhal-

te bereitete man mich mit einem permanenten Lächeln vor. Sie redeten so schnell, dass ich überhaupt keine Chance hatte, irgendetwas mitzubekommen. Wenn ich nachfragte, weil ich dachte, dass mich das ja auch angeht und somit wichtig ist, guckte die very british lady mich schief an. Ich kann sie einfach nicht ausstehen. Zum Glück kam sie mir nicht mit ihrem ewigen Wir-verstehen-alle-eure-Probleme-Gehabe, weil mich das nur noch wütender gemacht hätte. Man nahm auf meine Wünsche überhaupt keine Rücksicht: „Das machen wir so und so und so und das ist jetzt beschlossen." Wenn ich äußerte, dass ich damit nicht einverstanden bin, hieß es einfach: „Es geht nicht anders." Punkt.

Mittwoch, 28.07.2004

Gibt es außer Japanisch eigentlich noch eine Sprache, in der man je vier Wörter für „Bruder" und „Schwester" hat?
Es unterscheidet sich im Japanischen nämlich dadurch, ob man vom älteren oder vom jüngeren Bruder spricht und, ob man ihn anspricht, oder über ihn spricht. Der kleine Bruder heißt *Otôto* und wird mit *Otôtosan* angesprochen. Der ältere Bruder heißt *Ani* und wird mit *Onîsan* angesprochen.
Redet man über seine eigene Mutter, sagt man *Haha* und redet man mit der Mutter oder über die Mütter anderer Leute, so nutzt man hier *Okâsan* als Respektsform. Für die eigene Mutter setzt sich hier aber *Mama* immer mehr durch, was ich als sehr eigenartig empfand. Das männliche Pendant ist *Chichi* bzw. *Otôsan*.
Für mich ist das mit den beiden Bezeichnungen je Elternteil in sofern günstig, als dass ich einfach von *Haha* spreche, wenn ich meine Mutter in Deutschland meine und von *Okâsan*, wenn meine Gastmum Gesprächsthema ist.
Bei allen anderen Familienmitgliedern gibt es ebenfalls zwei Wörter, je nach Gebrauch.
Was ich allerdings wirklich komisch finde ist, dass jüngere Frauen, die man nicht kennt mit *Onêsan* (Schwester) und ältere mit *Obâchan* (Oma) angesprochen werden.

Donnerstag, 29.07.2004

Gegen 13.30 Uhr traf ich mich mit Eri in der Schule, um danach gemeinsam nach Kichijôji zu fahren, um dort zum Friseur zu gehen. Na ja, und weil heute der vorletzte Tag der Drei-Eiskugeln-zum-Preis-von-zweien-Aktion ist, mussten wir vorher noch einen Teil unseres Geldes in dem Laden lassen …
Ich war ja recht unentschlossen, was meinen Frisurwunsch anging. Nur wesentlich kürzer sollte es werden, weil ich das stundenlange Trocknen nach dem täglichen Waschen einfach satt habe! Ich schaute mir zwar mehrere Zeitschriften mit Vorschlägen an, aber die Haarstruktur der Japaner ist eben anders: Sie kringeln sich nicht in alle Richtungen, sondern sind eher strohig.
Ich entschied mich dann einfach für einen schulterlang abgestuften, praktischen Haarschnitt und dachte so bei mir: Im Falle dass es scheiße *sorry* aussehen würde, lasse ich einfach keine Fotos nach Deutschland gelangen. Haare wachsen ja zum Glück nach. *zwinker*
Die Friseurin begann dann mit dem Abschneiden meiner Mähne und nach 90 Minuten sah es dann doch nicht so schlimm aus, wie erwartet, nur eben anders. Also gleich zum nächsten Purikura weil, wer weiß schon, wie Eri und ich nach der nächsten Haarwäsche aussehen würden?

Ein japanischer Friseursalon sieht übrigens fast genauso aus wie in Deutschland. Nur, dass keine normalen Scheren verwendet werden, sondern eher so eine Art Messer, um die Haare gleich durchzustufen.
Als ich dann recht fröhlich nach Hause zurückkehrte, wich mir das Lächeln bald wieder aus dem Gesicht. Meine kleine Gastschwester ignorierte mich zunächst total und gab mir später erneut zu verstehen, dass sie mich nicht mag. Mit der Tatsache im Kopf, dass ich ja eh bald in eine andere Familie kommen würde, konnte ich es aber besser ertragen!
Abends ging die in den letzten Monaten schon so oft durchgespielte Sache mit dem Ofuro wieder los: Sachiko wurde von Okâsan gefragt, ob ich nun das Bad benutzen dürfe und natürlich wurde ewig nicht geantwortet. Ich hatte echt keine Lust, wieder minutenlang um ein Ja oder Nein oder wie auch immer betteln zu müssen und schmiss die Tür mit den Worten zu, dass ich genau aus diesem Grund wechseln möchte und ging in mein Zimmer. Aus!
Nach einer halben Stunde kam meine Gastmutter hinterher und forderte mich auf, mit meiner Gastschwester zu reden, aber ich machte ihr klar, dass ich keinen Sinn mehr darin sehe.
Noch eine halbe Stunde später packte mich aber doch die Neugier. Ich wollte wissen, wie die Stimmung im Wohnzimmer denn nun sei und holte mir aus der Küche ein Glas Wasser: Okâsan saß mit roten Augen am Küchentisch und meinte, dass sie nur müde sei … oh, oh.
Also schnell wieder in mein Zimmer verschwinden und versuchen, das schlechte Gewissen zu beruhigen.

Freitag, 30.07.2004

Morgens musste ich recht früh aufstehen, weil gegen neun Uhr der Teezeremonieclub anfangen sollte. Vor meinem Zimmer lag ein dreiseitiger Brief auf Japanisch! Ufff. Da hat wohl jemand den Ärger nicht auf sich beruhen lassen wollen? Das war ja nicht abzusehen.
Zum Teeclub erschien ich irgendwie doch zu früh. Alle andern kamen erst gegen zehn Uhr. Die Lehrerin war ebenfalls nicht da und meine Mitschülerinnen scheinen in dieser Situation nicht anders als alle anderen Schüler dieser Welt zu sein. *erleichtertsei*
Nachmittags setzte ich mich sagenhafte vier Stunden hin, um einen ebenso langen Brief auf Japanisch an Sachiko zurück zu schreiben. Wenn ich selbst eine solche Antwort von einer anderen Person erhalten hätte, hätte ich mich wohl vor schlechtem Gewissen mehrere Tage lang nicht mehr aus meinem Zimmer getraut. Ich schrieb echt alles auf, was mich an ihr nervt. Dabei versuchte ich nicht, die Situation sprachlich etwas abzuschwächen oder auf mich zu nehmen. Nein, direkter und vorwurfsvoller ging es wohl nicht mehr. Die Reaktion meiner Gastschwester war, nachdem sie ihn gelesen hatte: „Okay, ich werde dir irgendwann mal antworten." Aha.
Abends ging Arisa mit mir zu einem kleinen Fest nahe einem Tempel. Viele Frauen trugen Yukatas. Man konnte alle möglichen alten japanischen Süßigkeiten und Spiele kaufen. Ein Spiel scheint in Japan sehr beliebt zu sein: In einem Becken schwimmen kleine lebende Goldfische oder Schildkröten und man muss versuchen, sie mit einem mit dünnem Papier bespannten Ring in eine kleine Schüssel zu befördern. Natürlich reißt das Papier ein, wenn man nicht geschickt ist. Pech. Eine andere Variante sind Pappwaffelschalen, die dann abknicken. Das musste ich natürlich ausprobieren. Eine der Schildkröten kletterte von selbst aus dem Wasser auf meine Pappwaffel und zerstörte sie damit *heul*… Ich wollte sooo gerne eine Minischildkröte haben (na ja, nicht wirklich, aber besser als einen Goldfisch).

Die Trommel hallte kilometerweit und alle tanzten ausgelassen. Wir mussten leider relativ schnell wieder zurück, weil es so spät (20.30 Uhr) zu gefährlich draußen ist!!! Na ja, auch nicht wirklich, aber ihr kennt die ewige sich-um-alles-Sorgen-machen-Story ja schon zur Genüge.

Samstag, 31.07.2004

Ab Montag fahren wir mit dem Teezeremonieclub in eine Art Trainingslager nach Nagano. Deshalb wickelten wir das Zubehör in der Schule in Zeitungspapier und verpackten es in Kartons. Die betreuende Lehrerin Hayakawa-Sensei fing wieder einmal an, mir wegen der Berliner Mauer auf die Nerven zu gehen und mich davon überzeugen zu wollen, einen Vortrag zu halt … bla bla bla. Sie stellt mir ständig oberflächliche Fragen und will die Antworten eigentlich gar nicht hören. Sie redet immer gleich weiter oder dreht sich zu ihrem nächsten Opfer um. *grrrr*
Nach zwei Stunden waren wir mit der Verpackungsaktion fertig und ich setzte mich nach ewig langer Zeit mal wieder ans Klavier. Das Gefühl, beim Spielen schlechter geworden zu sein, habe ich zwar nicht, aber so richtig üben würde ich schon gern mal wieder. Vielleicht hat meine nächste Gastfamilie ja ein Klavier. *vorsichhinträum*
Abends erhielt ich einen Brief von meiner LP: „Wir verstehen und bewundern Dich alle und unterstützen Dich. Was auch immer Du mir erzählst, werde ich nach Absprache mit Toshimori-san (der very british Lady von MEO) für mich behalten." Na ja, so eine Floskel eben … und hinterher weiß wieder die Schule und ganz MEO von meinen Problemen oder Schwierigkeiten …
Und schon wieder ist ein Monat um. Viel zu schnell, wenn ihr mich fragt. Allerdings denke ich manchmal daran, wie es nun in Deutschland wäre und da ja gerade Ferien sind, erfahre ich von meinen Freunden natürlich auch nicht den neuesten Klatsch und Tratsch über Lehrer und Mitschüler. Mit etwas Abstand wirkt das ganze Schultheater zu Hause nämlich recht lustig, weil man sich nicht direkt ärgert oder betroffen fühlt, sondern nur seine Freunde zu bemitleiden braucht. Allerdings lässt die Schreibfreudigkeit meiner Freunde auffallend nach. Ich hoffe, es liegt am „Ferienstress".

Sonntag, 01.08.2004

Meine LP rief an, um mit mir abzusprechen, ob ich lieber am 5. oder am 7. August die Familie wechseln möchte. Ich sagte ihr, dass es mir am 7., also am Sonnabend lieber wäre. Sie drehte mir die Worte im Mund um und macht ein „Aha, dir ist es also egal." daraus. Warum fragt sie dann??? Es ist mir nicht egal!
Als ich mit dem Sachenpacken für das Teezeremonie-Camp fertig war, rief Okâsan einen gemeinsamen Spielabend aus, weil es ja vielleicht mein letzter Abend in dieser Familie sein könnte. Toll, Otôsan schlief und meine kleine Gastschwester wollte mit einer Freundin lernen. Wenigstens geht sie mir jetzt nicht mehr auf die Nerven und scheint meinen Brief noch ein zweites Mal durchgelesen zu haben, weil ich neuerdings auch mal die Erste im Bad sein darf!!!
Also spielten wir zu dritt Mensch-ärger-dich-nicht und ich machte nochmals die Regeln klar, als Okâsan viermal hintereinander würfelte … *hihi*

Montag, 02.08.2004

Was für ein Erlebnis mal wieder aus Tokyo herauszukommen! Die großen Berge beeindrucken mich Berliner Stadtmenschen natürlich. Wir wurden mit dem Bus zu einer Art Jugendherberge gebracht, die von der Schule während der Ferien gemietet zu sein scheint.
Mein Blick fiel gleich auf einen Massagesessel, der zwar etwas brutal, aber gleichzeitig wirksam war. Ich konnte aber keine einzige Minute genießen, ohne dass die besagte Lehrerin an meiner Seite auftauchte und mich schon wieder beschwatzte. Ich solle doch mal in einer Pause allen Schülern etwas über die Mauer berichten. Ich erzählte ihr abermals, dass ich mich persönlich an nichts erinnere, weil ich zu jung war, als die Mauer fiel.
In diesem Camp fiel mir der Statusunterschied zwischen Ober- und Mittelschülern besonders auf: unterschiedliche Tische beim Essen, unterschiedliche Zimmer, unterschiedliche Badezeiten und die Gruppenbildung beim Üben ist wohl auch klar, oder? Ich war komischerweise ganz überrascht, als ich *Sempai* genannt wurde. *Sempai* sind die älteren und die jüngeren werden *Kôhai* genannt. Damit steht dann auch gleich fest, wer das Sagen hat. Die Sempais können die Kôhais ohne deren Widerrede herumscheuchen, wie es ihnen gefällt … Glückerweise gehöre ich in der Gruppe zu den Ältesten, weil die Drittklässler gerade aufgehört haben. Mir geht das gewaltig auf den Nerv, wenn man sich ständig vor mir verbeugt und eine extrem höfliche Sprache verwendet – übertrieben eben – wie ich finde. Die jüngeren Mädchen gucken mich immer mit großen erstaunten Augen an, wenn ich ihnen deutsche Süßigkeiten anbiete oder ihnen „sogar“ eine Frage stelle.
Ich ging den Ablauf der Zeremonie heute einmal mit einem anderen Mädchen durch und, da ich nicht alles auf Anhieb begriff, dauerte es eine ganze Weile. Nur blöd, dass man dabei ja auf den Knien sitzen muss, was bei 20 Minuten langsam unerträglich wird. Vor allen Dingen, wenn man später dann möglichst elegant wieder aufstehen soll, um Teeschalen, Schöpfkellen u.a. zurückzutragen. … *lautaufschrei*
Am Ende des Tages gab es ein Meeting, bei dem jede darlegen sollte, was sie heute geschafft hat und morgen erreichen möchte. An Selbstkritik fehlt es den Japanern anscheinend nicht! Alle blickten auf den Boden und machten verbal ihre Arbeit schlecht! Ich hatte aber wirklich viel getan und gelernt und meinte: „Ich möchte mich morgen genauso viel anstrengen und lernen wie heute“. Das muss richtig reingehauen haben, aber was soll's. Eine dumme Ausländerin ohne Ahnung eben! *augenzwinker*

Dienstag, 03.08.2004

Ich habe fast eine Krise bekommen! Hayakawa-Sensei erzählte allen möglichen Leuten, was ich doch alles kann und wie toll ich doch sei. Dass diese das vielleicht gar nicht hören wollten, fiel ihr nicht auf! Mir blieb nichts anderes übrig, als mit den Augen zu rollen und einfach wegzuhören. Die Frau hat nicht mal Luft zwischendurch geholt und wanderte von einer Person zur anderen. „Stimmt doch. Dana, zeig doch mal, wie toll du das Tuch schon zusammenfalten kannst. Sie hat es gestern erst gelernt und ist schon jetzt besser als ich …“
Während die eigentliche Teezeremonielehrerin dann etwas erklären wollte, kam die Geschichtslehrerin wieder auf mich zu und redete abermals auf mich ein. Diesmal soll ich demnächst einen Vortrag über Hitler halten. Dabei hatte ich meine Großeltern in Deutschland vor kurzem gebeten, mir etwas über die Mauer zu schreiben! Nun ändert die Frau einfach ihren Willen und

möchte etwas über den zweiten Weltkrieg hören. Ich sagte ihr, dass es jetzt zu spät sei und sie mir das hätte früher sagen sollen.
„Dann schreib doch einfach noch einen Brief."
„Nein, das mache ich nicht, weil ich meine Großeltern nicht umsonst über die Mauer schreiben lasse."
„Aber …"
„Nein, aus, Ende, wirklich" meinte ich nach einer halben Stunde Diskussion zugegeben etwas genervt.
„Dann warte einen Monat und schreibe den Brief dann!"
Erfreulicherweise kam mir die Teelehrerin zu Hilfe und äußerte, dass ich ihrer Meinung nach davon bestimmt keine Ahnung habe, weil ich viel zu jung sei. Danke!
„Aber sie hat doch bestimmt etwas im Unterricht darüber gelernt …"
Boah, sie lässt nicht locker!
„Ich rede über die Mauer oder gar nicht."
„Dann rede erst über die Mauer und später über Hitler."
„Ich will jetzt üben!"
„Ihr hattet doch im Osten bestimmt nicht genug Essen."
„Genug schon, aber nicht sehr abwechslungsreich, besonders bei Obst und Gemüse. Darf ich jetzt üben?"
Prompt ging ihre Runde wieder von vorne los und sie erzählte jedem, dass die Ostdeutschen nichts zum Essen hatten.
Das geht echt an die Grenze meiner Toleranz. Die anderen aus dem Club bemitleiden mich inzwischen schon. Na toll! Dabei versuchte ich es anfangs echt freundlich und höflich, aber keine Chance!
Ich übte anschließend im Yukata, woraufhin Hayakawa-Sensei natürlich wieder eine Wie-toll-ihr-doch-der-Yukata-passt-Runde drehte. Mir taten meine Beine wieder recht schnell weh, weil man sich ja nicht ordentlich hinsetzen kann.
Abends machten wir *Hanabi* (Feuerwerk). Ich wurde von der Lehrerin gefragt, ob wir so etwas in Ostdeutschland auch hatten oder ob es das nur im Westen gab. Hmm??? Ohne meine Antwort abzuwarten, beantwortete sie sich ihre Frage selbst falsch und meinte: „Das ist ja interessant." Was soll man dazu noch sagen??? Ich habe mittlerweile auch keine Lust mehr, gegen sie anzureden, um sie von ihrem falschen Bild abzubringen.
Einer der Feuerwerkskörper ist umgekippt und schoss seine bunten Kugeln nicht in die Luft, sondern in die Gruppe. Daraufhin wurde die Hälfte des Feuerwerks wegen Gefahr aussortiert und die meisten hielten sich 15 Meter entfernt von dem Kinderfeuerwerk auf … Japanisch, japanisch!

Mittwoch, 04.08.2004

Schon mal ein halbflüssiges Spiegelei mit Stäbchen gegessen? Was für eine Erfahrung! Das gab es heute zum Frühstück.
Wir packten unsere Sachen und wurden vom nun anreisenden Club abgelöst. Deren begleitende Lehrerin war keine geringere als meine Kalligraphielehrerin und kam sofort auf mich zugestürmt. Das sah die Geschichtslehrerin voller Begeisterung und … na ja, ihr könnt es euch sicherlich vorstellen.

Wir fuhren mit dem Bus zurück und ich genoss den Ausblick aus dem Fenster. Sonst passierte heute nichts weiter, außer, dass ich mit der Lehrerin gemeinsam im Taxi nach Hause fuhr und auch der Taxifahrer jetzt die (falschen) Mauergeschichten kennt. Hat da nicht jemand mal einen Tipp für mich, wie ich das Dilemma endlich beenden kann???
Mensch schade, dass ich nichts von Nagano gesehen habe.

Donnerstag, 05.08.2004

Meine Gastschwestern und ich zogen uns unsere Yukatas an und trafen die gleichaltrigen Nachbarinnen unten auf der Straße, um zusammen *Hanabi* (Feuerwerk) zu machen. Vorher schossen wir schnell noch ein paar Fotos, auf denen wir unsere Ärmel hochkrempelten und etwas Bein zeigten – Welch ein Umgang mit den Traditionen. *grins*
War schon recht lustig, auch wenn sich alle verhielten als hätten sie Bomben in der Hand. Alles gefährlich und darauf wurde ich auch ungefähr zehnmal hingewiesen.
Jetzt stinkt mein Yukata nach Rauch und ich auch. Da hilft nur ein heißes Bad. Ach nein, heute nur eine Dusche, weil kein Wasser eingelassen ist …

Freitag, 06.08.2004

Otôsan kam morgens ins Wohnzimmer gelaufen und wollte wissen, ob ich das Erdbeben heute früh mitbekommen habe! Ich hätte schwören können, dass ich davon nur geträumt habe und ich hatte es auch schon wieder vergessen. Aber das muss schon ein überdurchschnittliches Erdbeben gewesen sein. Mir wurde danach erzählt, dass man sich in Tokyo in letzter Zeit ziemliche Sorgen machen würde. 1923 hat ein großes Erdbeben stattgefunden, bei dem es sehr viele Tote und eine große Zerstörung gegeben hatte. Man glaubt, diese Megabeben wiederholen sich im Raum Tokyo alle siebzig Jahre. Und die sind lange um. Wir sind also schon im Jahre 81 nach dem letzten Big Earthquake. Damals war es auch so warm wie jetzt und es bebte vorher auch unnatürlich häufig und stark, so wie jetzt. Deswegen wird im Fernsehen manchmal vorschnell ein wenig Panik verbreitet. Aber seit wann hat das feuchte warme Klima etwas mit Erdbeben zu tun? Vielleicht interpretiert man doch zu viel hinein. Meine kleine Gastschwester konnte wohl nicht richtig schlafen, weil sie Angst hatte, dass es nur ein Vorbeben war. Sollte ich mich jetzt auch sorgen? Ich halte es lieber weiterhin für einen Zufall. *sichselbstberuhig*
Man erzählte mir noch, dass die Menschen früher dachten, dass unter der Erde ein großer Fisch leben würde, der sich hin und wieder bewegen müsste. Interessant, oder?
Ich fuhr heute in die Schule, um alle meine Bücher dort abzugeben. Ich möchte sie nicht zum am Montag beginnenden MEO-Camp mitnehmen und auch nicht mit der Post zu meiner Übergangsfamilie schicken. Der Transport meines Koffers dürfte schon teuer genug werden, auch wenn das MEO bezahlt. Nach dem MEO-Camp werde ich also die Familie wechseln! Viele Infos darüber habe ich aber noch nicht. Meine Eltern in Deutschland sind sogar besser informiert als ich und erzählten mir, dass meine Übergangsgasteltern in Tokyo-Komae wohnen und beide Lehrer sind. Ich werde drei Gastgeschwister haben. Aber eben nur für zwei Wochen bzw. bis man eine neue Familie für mich gefunden hat.

Samstag, 07.08.2004

Meine Gastfamilie wollte mir noch eine Freude machen und fuhr mit mir zum Tokyo Tower!! Voll cool! Auf dem Hinweg haben sie mir Shinjuku noch von einer anderen Seite gezeigt und die Gebäude erklärt.
Der Tokyo Tower ist 333 (332,9) Meter hoch und damit größer als der Stahlturm von Herrn Eiffel. Die Aussichtsplattformen befinden sich in einer Höhe von 150 bzw. 250 Metern. Das Ding wurde 1958 gebaut, wiegt 4.000 Tonnen, strahlt als Sendemast fünf Radio- und neun Fernsehsender aus, wird nachts von 176 Lampen angestrahlt und ist mit 140 Fässern bzw. 28.000 Litern Farbe angemalt.
Den Fujisan kann man im Sommer allerdings meistens nicht sehen, weil es zu dunstig ist. Schade! Aber was für eine Aussicht! Tokyo von oben! Die Rainbowbridge, den Tokyo-Dome (eine Sportarena, in der beispielsweise Baseball gespielt wird oder auch Konzerte stattfinden), Shinjukus Wolkenkratzer, die sich deutlich abheben, den Shiba-Park und einen Friedhof am Fuße des Tokyo Tawaa (Tower) und eben der Wirrwarr der vielen Ein- und Mehrfamilienhäuser, dazu Regierungsgebäude, Grünanlagen. Toll! *Rumstaun*
Auf der Rückfahrt wurde ich im Auto mit Janet Jacksons Rumgestöhne voll gedröhnt, konnte mich aber nicht wehren, weil mir das wohl in der Situation nicht zustand und Arisa es hören wollte. Hilfe.
Aber ich muss langsam meinen Koffer packen!

Sonntag, 08.08.2004

Zum Taschepacken konnte ich mich gestern nicht mehr durchringen, das musste ich also heute erledigen. Dann war der Tag auch schon wieder rum – den Aufwand, mehrere Taschen zu packen, könnt ihr euch sicherlich gut vorstellen. *zwinker*
Dazu kam noch, dass ich natürlich das Zimmer so hinterlassen möchte, wie ich es vorgefunden habe … und jetzt bin ich fix und fertig!

Montag, 09.08.2004

Um 5.30 Uhr hieß es aufstehen und die restlichen Sachen im Koffer verstauen, denn heute fuhr ich nicht nur zum MEO International Camp, sondern verabschiedete mich auch von meiner Gastfamilie! Otôsan war auf Arbeit. Okâsan überreichte mir ein Geschenk: Sachiko hatte die Nachbarn und Familienmitglieder eine Nachricht für mich aufschreiben lassen und Purikura-Bildchen dazu geklebt. Sie selbst wollte meinetwegen nicht extra früher aufstehen und deswegen bekam ich es eben von meiner Gastmutter. Als ich gehen wollte, stand Arisa in der Eingangstür, um trocken, emotionslos und kühl „*Sayônara*“ zu sagen. Aha. Meine Gastmutter brachte mich noch bis zum Bahnhof und umarmte mich zum Abschied.
Na, wenigstens durfte ich heute alleine mit der Bahn fahren, um mich mit Amy und zwei Sommerstay-Studenten aus Amerika zu treffen. Gemeinsam ging es dann weiter zum Sammeltreffpunkt für alle MEOler.
Wir wurden mit einem Bus zum Camp nach Kimitsu gebracht. Kimitsu ist eine Stadt mit ca. 90.000 Einwohnern auf der anderen Seite der Tokyoter Bucht. Ich hatte das Glück, auf der Fahrt

vor Bajul aus der Schweiz zu sitzen, der sich daraufhin eine ganze Stunde bei mir über seine Übergangsgastfamilie und deren Macken ausheulte … Da bekommt man es ja allmählich mit der Angst zu tun! Wie wird wohl meine nächste Familie???
Unsere Unterkunft befand sich in unmittelbarer Nähe eines Planetariums mitten im Wald. Was vor einiger Zeit noch als großes Sommercamp von MEO Japan angekündigt war, auf dem man die Chance hätte, alle Austauschschüler aus Deutschland wieder zu sehen, entpuppte sich nun als eine sehr regionale Veranstaltung für die Komitees Tokyo und Tokyo Tama. Hm. Trotzdem waren wir alles in allem vielleicht 120 bis 130 Leute, darunter Sebastian und ich als einzige Deutsche.
In dem Camp wurden wir Austauschschüler in verschiedene Gruppen eingeteilt: Entweder alleine oder zu zweit gemeinsam mit fünf oder sechs japanischen Jugendlichen unseres Alters, die entweder schon im Ausland gewesen oder zumindest an einem Austauschjahr interessiert sind.
Meine Gruppe ist etwas kompliziert! Die Japaner sind total schüchtern und trauen sich kaum, ein Wort mit uns zu wechseln. Der Amerikaner in meinem Team kann kein Japanisch und sein amerikanischer Wortschatz besteht nur aus Ausdrücken der Marke Shit. Hoffentlich wird das besser in den nächsten Tagen.
In der Turnhalle waren gut und gerne Temperaturen von 40 °C, was nicht gerade angenehm ist, wenn man auch noch Sport treiben muss.
Ich könnte mich so dermaßen über diese blöden MEO-Regeln aufregen: Um 22 Uhr wird das Licht ausgemacht und in jedem Raum schläft ein Ehrenamtlicher von MEO, der aufpasst. Überall wird Wache gehalten, so dass man keine Chance hat, sich irgendwo zu verdrücken!!! Wirklich keine Chance! Die vorgeschriebene Zeit für die Badbenutzung beträgt eine halbe Stunde. Nein, nicht pro Person - alle versuchen in dieser Zeit ins Bad zu kommen. Und weil manche ja bekanntlich etwas länger im Bad brauchen, kann man sich ja sicherlich vorstellen, was da los war …
Aber Amy, die ich mittlerweile als gute Freundin einstufen würde, hielt genau so wenig von solchen unpraktischen Regeln wie ich und so machten wir uns einen Spaß daraus, zehn Minuten früher als alle andern das leere Bad zu benutzen. *Hihihi* Und die braven Japaner kamen uns entgegen und meinten: „Ihr seit aber schnell!“ Ja, genau!
Es ist echt alles perfekt durchgeplant und nichts, rein gar nichts darf auch nur eine Minute länger dauern als vorgeschrieben. Aber kreativ im Erfinden von Regeln und Spielchen sind sie schon, das muss man ihnen lassen!

Dienstag, 10.08.2004

Morgens sollten wir recht früh aufstehen, um uns vor dem Haus zu treffen und ohne Frühstück im Bauch den Camptanz zu üben. Ufff. Danach wurde das saubere Zimmer gesäubert. Nicht, weil es notwendig war, sondern weil die Regel es eben so besagt. Ihr hättet mal hören sollen, wie sich die Leute in meinem Zimmer darum stritten, wer denn nun das Klo säubern darf! Mir sollte es recht sein.
Danach erst Frühstück und … eine riesige Orange mitten im Essen. Also für mich: kein Frühstück, sondern schlechte Laune (Zitrusfrucht-Allergie!). Ich saß nun in mich hineinmaulend und hungrig am Tisch, als plötzlich einer der Ehrenamtlichen doch tatsächlich meinen Namen quer durch den Essensaal rief und dazu winkte wie ein Blöder. Ich muss total knallrot angelaufen

sein. War mir das peinlich. Der Grund seines Gefuchtels wurde mir erst wesentlich später klar …
Es folgten vormittags wieder so lustige internationale Spielchen, wie man sie schon von MEO Deutschland und den Vorbereitungscamps kennt.
Beim Mittagessen stolzierte Toshimori-san (die feine englische Lady aus meinem Komitee) zur Tür herein, winkte mir majestätisch zu und setzte sich zu dem Typen, der mir seit der Aktion heute früh nicht mehr von der Seite gewichen war und mich seitdem noch x-Mal gegrüßt hatte.
Nachmittags erzählte sie mir dann endlich offiziell etwas über meine Übergangsfamilie. Es folgte wieder das Gerede, von wegen, ich hätte Glück, da ich so viele unterschiedliche Leute kennen lernen würde.
Das Nachmittagsprogramm gestalteten wir im Prinzip selbständig, indem wir, nach einer Vorlage und in Gruppen eingeteilt, das Märchen „Schneewittchen und die sieben Zwerge“ aufführten. Allerdings in einer Sketch-Version, die echt lustig war. Wir sollten eigene Elemente einbauen und so brachte ich einem Mädchen aus meiner Gruppe in zehn Minuten „Mein Hut der hat drei Ecken“ bei. Und nachdem der Gesang so prima klappte, haben wir noch die zu dem Text gehörenden Gesten geübt. Sie war echt gut, muss ich sagen!
Den Rest des Tages verbrachte ich damit, vor dem MEO-Typen abzuhauen, denn nachdem ich ihm erzählt hatte, dass ich gerne fotografiere, lief er ständig mit einem Fotoapparat herum. Außerdem quatschte ich mit Amy über Gott und die Welt. Unsere Unterhaltung verlief recht lustig und noch dazu waren wir so laut, dass sich alle anderen Amerikaner bald auch noch in unsere sinnlosen Späße einmischten … Was für ein Vergnügen!!!

Mittwoch, 11.08.2004

Wieder kein Frühstück, wieder die Orange im Essen – alternativ hätte ich trockenen Reis zu mir nehmen können. Okay, also Diät.
Dann traf mich fast der Schlag! Da hat mir dieser Typ doch tatsächlich über den Briefservice innerhalb des Camps ein paar Zeilen zukommen lassen. Von wegen, er würde mein Lächeln sooo süß finden und ich solle ihm doch mal meine Fotos zeigen. *lautschluck* Die anderen Austauschschüler gluckten und kicherten schon immer, wenn er sich mir näherte.
Mittags sollten wir *Karê* (Curryreis oder so) kochen. Wir mussten uns die Zutaten hierfür erst ertauschen. Meine Gruppe ging mit Kartoffeln und Zwiebeln an den Start. Andere Teams waren mit anderen Zutaten ins Rennen gegangen. Um die Zubereitungszeit kurzweilig zu gestalten, konnten wir uns durch Extraleistungen (Singen, Tanzen oder so) Spielgeld verdienen. Die Gruppe mit dem meisten Geld gewann. Wir waren es nicht. Macht aber nichts, weil mir völlig unklar geblieben ist, was außer der Ehre als Gewinn dabei heraussprang.
Als mir der MEO-Typ dann mit dem Spruch: „Du bist ein Mädchen und ich ein Junge“ kam, habe ich ihm eine Ansage gemacht! Das hat der Leiter des Camps irgendwie mitbekommen und gefragt, was denn los sei. Plötzlich ging zwischen den beiden ein Getuschel los und ich bin mir recht sicher, dass das für mich nicht positiv ausgefallen ist, denn nun hieß es, dass ich alles falsch verstanden hätte und wir nur gute Freunde seien. Boah, wie ich solche Kerle hasse! Aber wenigstens hatte ich anschließend wieder meine Ruhe.
Durch das erste Essen in meinem Bauch für heute, das auch noch extrem lecker war, besserte sich meine Laune zusehends.

Nachmittag stellten wir in einer neuen Gruppenzusammenstellung unsere Herkunftsländer vor, zeigten Bilder aus der Heimat und so weiter. Bei den Fragerunden kam zum fünften Mal heute die Frage, ob ich denn einen Freund hätte … und gefragt wurde dies bisher nur von Jungs. Was soll ich denn noch machen??? Ich laufe hier schon in den weitesten Schlabber-T-Shirts rum, die es gibt und in einer Jogginghose. Aber trotzdem durfte ich mir des Öfteren Sprüche anhören wie: „Das liegt an deiner deutschen Art, dass dir mehr als die Hälfte der Kerle hier im Camp hinterher rennt. Seppel (Sebastian) geht es mit den Weibern auch nicht anders. Schau ihn dir an." Vor allen Dingen habe ich echt keine Ahnung, woher das so plötzlich kommt! Ist es einfacher, in einer anderen Sprache zu flirten, oder liegt es vielleicht nur daran, dass ich irgendeinem japanischen Schönheitsideal (keine schwarzen Haare und Augen) entspreche? Ich weiß es echt nicht.
In der abendlichen Disco wurden wir mit Popliedern beschallt. Es gab kein Entkommen, weil MEO-Betreuer die Ausgänge blockierten. Aber lustige Leuchtbänder wurden ausgeteilt, die alle um ihre Arme trugen. Das war echt spaßig, weil man außer den Dingern überhaupt nichts sehen konnte.
Und es war sooooo heiß! Da gab es nur eins: Schneller im Bad sein als alle anderen! *zwinker*

Donnerstag, 12.08.2004

Da unterhalte ich mich nichts ahnend mit einem japanischen Jungen (der, muss ich schon zugeben, ziemlich gut aussieht und sich auch nicht unbedingt typisch japanisch verhält) und plötzlich kommt er auf die Idee, meinen Namen in Kanjis zu schreiben. Na gut, kann ja nicht schaden, dachte ich und ließ ihn machen. Dabei kamen drei Kanjis heraus: Respekt, Liebe und der Name einer Blume! Hmmm, klingt doch nicht schlecht, oder?
Er erzählte mir, dass er für ein Jahr nach Frankreich zu seinen Freunden dort gehen möchte und dafür jetzt schon Französisch lernt. Ich stellte ihn auf die Probe und bekam ein „Du bist ein schönes Madchen" zurück. Was er nicht wusste ist, dass ich vier Jahre lang Französisch gelernt hatte und seine Antwort übersetzen konnte. Hmm. Ist ja sehr interessant.
Die Talente-Show war super lustig, weil manche Leute zwar gar kein eigentliches Talent haben, aber trotzdem auftraten! Wie es eben immer so ist, nicht wahr?! Zwischendrin aber konnte jemand einen Zauberwürfel innerhalb von 30 Sekunden wieder in die Ausgangsstellung zurückbringen und es gab eine Karatevorführung, bei denen eine paar dünne Bretter unter lautem „Ahh!!!" und „Ohh!!!" zu Bruch gingen. Aber das Erstaunlichste war die Reaktion auf einen Amerikaner, nämlich denjenigen, mit der größten Klappe und coolstem Eminem-like-Getue im ganzen Camp. Er setzte sich ans Keyboard und spielte los. Man hätte ja einen Rap erwartet oder was Hip-Hop-mäßiges, aber er gab uns die klassische Nummer. Da gingen allen die Münder auf und man konnte die blanke Verwunderung in unseren Gesichtern sehen!
Nachdem wieder ein heißer und sehr anstrengender Tag vorbei gegangen war, trafen wir uns alle am Lagerfeuer. Ich unterhielt mich mit einer ehemaligen Austauschschülerin, die in Deutschland im Schwarzwald gewesen war und erstaunlicherweise ein sehr gutes Hochdeutsch sprach. Natürlich konnte uns niemand verstehen, was durchaus von Vorteil war. Wir mussten den blöden Camp-Tanz, den ich immer noch nicht kann, vortanzen. Das ist ein japanisches Vergnügen mit Händchenhalten (und dann gegebenenfalls nicht mehr loslassen … aber das ist eine andere Geschichte *zwinker*) und dabei ums Feuer tanzen. Bei der Abschiedsrede der Camp-

Leiter fingen die meisten an zu heulen und keiner wollte so richtig, dass der Abend und das Camp zu Ende gehen.
Wir durften heute sogar bis 23 Uhr wach bleiben! Aber nur in Zimmern gleichen Geschlechts und nicht auf dem Gang. Und nur mit abgedunkeltem Licht, damit keiner gestört wird. *schon-wieder-drüber-lachen-kann*

Freitag, 13.08.2004

Es war dann doch schon etwas traurig, als die japanischen Oberschüler allmählich in die Busse stiegen und nach Hause fuhren. Ich aber hatte ein ganz anderes Problem zu bewältigen! Heute komme ich in meine Übergangsfamilie!
Der Präsident meines Komitees ist extra gekommen, um mich mit dem Auto abzuholen. Auch, wenn ich noch nie jemanden schlechter habe fahren sehen, hätte mir doch nichts Besseres passieren können: Mir wurden unzählige Regierungsgebäude in Tokyo gezeigt und wir sind durch die Ginza gefahren. Ginza heißt übersetzt „Sitz des Silbers“, denn seit 1612 waren hier Münzpräger angesiedelt. Die Straße ist heute die wohl exklusivste Einkaufsmeile in Japan. Hier gibt es in den zahlreichen Kaufhäusern und Boutiquen das neueste und teuerste Zeugs überhaupt. Überall sind Reklameschilder angebracht!
Mir wurde auf der Autofahrt ein großes „Geheimnis“ von der japanischen Kaiserin erzählt! Sie hat riesigen Stress, weil ein Sohn als Nachfolger des Tennos zur Welt gebracht werden muss, sie aber „nur“ eine Tochter geboren hat. Deshalb scheint sie krank geworden zu sein und zeigt sich in der Öffentlichkeit nicht mehr. Nun ja, dieses Geheimnis kennt wohl schon die ganze Welt.
Der Chef des Komitees mag aber die Leute nicht, die denken, dass es nur einen männlichen Nachfolger geben darf. Er ist eben doch ein schlauer Mensch.
Er erzählte mir auch mehrmals und unmissverständlich, dass er meine Übergangs- Okâsan ganz toll findet und sich deswegen mit ihrem Mann gut stellen muss … Hier ist was los, kann ich euch sagen! *zwinker*
Und dann kam ich in meiner Gastfamilie an:
Als Erstes fiel mir die lässige Kleidung meiner neuen Gastfamilie auf: Alle laufen hier mit Schlabber-T-Shirts und bequemen Hosen herum. Das ist schon ganz anders als bei Fujiwaras, die auch innerhalb ihrer Wohnung nur mit Schminke und den teuersten Klamotten herumspazierten. Da kam ich mir immer etwas fehl am Platze vor! Die neue Familie besitzt ein Haus und keine Wohnung. Dadurch ist es natürlich auch nicht so beengt und zugestellt.
Wir aßen gemeinsam mit dem Tama-Präsidenten Abendbrot. Ich kam mir ziemlich blöd vor, weil er zwar pausenlos über mich redete, mir aber keine Chance gab, mich selber zu äußern. Und noch dazu war ich total müde und wollte nur noch schlafen! Da waren alle recht verständnisvoll, zeigten mir die Dusche und wie es das Einstellen der Wassertemperatur funktioniert. Im Bad liegt ein großer Stapel Handtücher. Ich soll einfach benutzen, was ich will – hinterher wird es gewaschen. Hier hat nicht jeder seinen eigenen Kram, sondern es wird geteilt. Das ist zu meiner Erleichterung auch beim Geschirr so. Keiner macht einen Aufstand, wenn ich die falschen Stäbchen benutze oder so.
Und jetzt das Beste: Ich habe mein eigenes Zimmer: ein drei-Tatami-Zimmer mit Wandschrank für meinen Futon. Die Größe eines solchen Japanischen Zimmers wird hier in Japan mit den Tatamimatten auf dem Fußboden gemessen, wobei eine Matte 0.9 m mal 1.8 m groß ist. Der Raum ist also ungefähr fünf Quadratmeter groß.

An der Wand hängt ein Kalligraphiebild mit wirklich alten Kanjis und zum Flur hin ist ein undurchsichtiges Fenster mit japanischem Papierdesign eingebaut. Dadurch fällt immer etwas Licht ins Zimmer, bis der Letzte schlafen geht.
Im Moment ist nur die halbe Familie zu Hause, d.h. Okâsan, Otôsan und eine meiner Gastschwestern. Bis jetzt kenne ich noch nicht einmal ihre Namen und ich hatte auch noch keine Gelegenheit sie zu erfragen.
Ach ja, und noch etwas: Die Familie Yamamoto hat weder Computer noch einen Fernseher. Nicht aus Geldmangel, sondern aus der Überzeugung heraus, dass das mehr Vor- als Nachteile bringt. Dadurch wird die Arbeit an meinem Tagebuch etwas erschwert! Bis die Schule wieder beginnt, werde ich die Tagebücher erst einmal per Hand schreiben und nach Hause schicken.
Japaner kennen übrigens die Geschichte vom Freitag, dem 13. aus einem Film, glauben aber nicht daran.

Samstag, 14.08.2004

Gegen 10 Uhr habe ich es auch schon geschafft aufzustehen. Keine Menschenseele zu sehen! Hmm? Ich ließ die Schiebetür zu meinem Zimmer offen und machte den Schmutzwäsche-Haufen vom MEO-Camp fertig. Gegen 10.30 Uhr kam meine Gastmutter ins Wohnzimmer und erklärte mir, dass ich mir zum Frühstück einfach nehmen kann, was mir gefällt. Alles „free“! „Und hier ist Eis, wenn du etwas essen möchtest und hier ist der Süßigkeitskorb …“ Also suchte ich mir ein Brötchen aus sieben unterschiedlichen Arten aus und aß etwas Reis mit Rührei.
Danach schrieb mir Okâsan die Namen und Geburtstage der Familienmitglieder auf. Ayaki, die jüngere meiner beiden Gastschwestern ist zwei Tage älter als ich und mein Gastbruder Takemi einen Monat älter als mein Bruder Lucas in Deutschland – also jetzt gerade 16 Jahre alt geworden. Meine ältere Gastschwester Miki ging wohl auf dieselbe Schule wie ich und studiert jetzt Psychologie.
Als nächstes informierte ich mich über ihre Hobbys! Die ganze Familie scheint sich dem Rugby-Spielen bzw. Zuschauen verschrieben zu haben! Meine gleichaltrige Gastschwester ist auch Mitglied im Teezeremonieclub ihrer Schule. Alle lesen gerne und haben ja auch Zeit und Muße dazu, weil kein Fernseher ablenkt.
Ich verbrachte den Tag damit zu schlafen und den *Semi*'s (Zirpe/Zikade) zuzuhören. Die sind in Japan ein Zeichen, dass es Sommer wird. Man verwendet sie auch in *Haikus* (japanische Gedichtform), um den Leser indirekt die Jahreszeit wissen zu lassen! Man hört sie hier schon länger als einen Monat. Sie sind recht laut und ca. 4 cm groß. Klein im Gegensatz dazu sind die Mücken hier! Da wundert es schon, dass sie einen viermal nacheinander stechen können! Sie sind nur halb so groß wie europäische Mücken.
Abends gingen wir zu dritt zum Kaitensushi – das mit dem Laufband – (Kaiten = Umdrehung, Rotation, Umlauf) und aßen jeder sieben Teller (für alle Wortklauber unter den Lesern: natürlich die Sushihäppchen und nicht das Geschirr). Dabei wurde mir erzählt, dass in dieser Familie zu Hause vor dem Essen gebetet wird, damit Ruhe einkehrt. Im Sushirestaurant taten wir das natürlich nicht.

Sonntag, 15.08.2004

Ich bin mit Okâsan einkaufen gegangen und kenne nun den Weg zum Bahnhof. Von meiner Gastschwester habe ich mir den zweiten Teil der Harry-Potter-Reihe ausgeborgt und war ganz erstaunt, dass ich plötzlich den Sinn mitbekomme, ohne jedes zweite Wort nachschauen zu müssen. Was ein Monat doch so bewirken kann! Mit Kanjis ist es sogar noch leichter, weil man sich den Sinn erschließen kann, ohne die Lesungen zu kennen. Ich habe es jetzt aufgegeben, Kanjis extra schreiben zu lernen, weil es viel wichtiger ist, sie lesen zu können. Die, die ich vor einem Monat stundenlang gepaukt hatte, kann ich eh nicht mehr aus dem Kopf schreiben. Da nutze ich die Zeit lieber für die Grammatik, die wesentlich mehr Spaß macht. Für mein japanisches Tagebuch und Briefe, die ich schreibe, benutze ich einfach meinen kleinen Freund und Helfer – mein elektronisches Wörterbuch – ein Segen!
Nachmittags spazierte eine Freundin meiner Gastschwester herein. Ihre Eltern sind wohl gerade nicht zu Hause und da ist es ihr zu langweilig geworden. Sie wird hier behandelt, als gehöre sie zur Familie, auch wenn Ayaki gerade nicht da war. Ich verstand mich mit ihr auf Anhieb gut. Wir alberten rum. Ich brachte ihr etwas Deutsch bei und als Ayaki dazu kam, planschten wir zu dritt im Planschbecken auf der Terrasse rum, bis wir aussahen, als wären wir ins Wasser gefallen. Miki fand später in ihrem Zimmer sogar noch etwas Feuerwerk, und so wurde es ein lustiger Abend.
Miki, meine ältere Gastschwester, bekam ich heute zum ersten Mal zu Gesicht. Nach meinem ersten Eindruck scheint man mit ihr echt Spaß haben zu können. Eine fröhliche, lebendige Studentin, die mir aber bestimmt nicht auf den Geist gehen wird, wenn ich mal meine Ruhe brauche.
In dieser Familie wird anscheinend sehr wenig reglementiert. Okâsan geht davon aus, dass jeder genug Verstand hat, alleine zu entscheiden, was richtig ist und was nicht. Die Sätze: „Das ist gefährlich!“ oder „Mach deine Hausaufgaben oder lerne Japanisch!“ habe ich hier bisher noch nicht gehört. Was nach drei Tagen nach meinen bisherigen Erfahrungen schon außergewöhnlich ist. Ich darf abends bis 21 Uhr draußen bleiben und soll anrufen, wenn es später wird. Ist das nicht toll? Vorher musste ich spätestens um 20 Uhr zu Hause sein und ab 19 Uhr machte man sich Sorgen. Für mich ändert sich hier demnach so einiges. So wie das klingt, darf ich jetzt auch alleine mit der Bahn irgendwo hin fahren, ohne immer ein Familienmitglied mitnehmen zu müssen! Yamamotos haben da einfach mehr Gelassenheit, weil sie schon des Öfteren Austauschschüler aufgenommen haben.

Montag, 16.08.2004

Totale Stille im Haus! Okâsan liegt lesend in ihrem Bett. Ayaki ist in ihrem Zimmer in der zweiten Etage und liest auch oder schläft. Den ganzen Tag lang. Nur zum Abend war wieder Bambule angesagt, weil die ganze Familie heute ausnahmsweise mal komplett war. Mein Gastvater ist echt lustig und gibt so etwas wie den Familienentertainer. Ich genieße es, dass es hier keinen Fernseher gibt! Da brauche ich mich nicht permanent über das Programm und die Lautstärke ärgern, die jede Unterhaltung unmöglich macht.
Mein Gastbruder ist etwas schüchtern und würde von sich aus wohl kaum ein Gespräch anfangen. Wenn man ihn aber anspricht, scheint er glücklicherweise nicht der Typ zu sein, der nur

Geräusche von sich gibt, wie es bei einigen meiner Mitschülerinnen manchmal leider der Fall ist. Ich denke, das gibt sich noch …
Ich nutzte den Tag, um mich durch die ungewöhnlich große CD-Sammlung meiner Gastfamilie zu wühlen. Das soll aber nur ein kleiner Teil des Bestandes gewesen sein, weil sich in den Kinderzimmern und ihrem Ferienhaus noch viel mehr befinden soll. Größtenteils sind es aber wieder J-Pop Lieder, auf die ich ja aus bestimmten Gründen eher nicht stehe. Gewundert habe ich mich jedoch über ein Marilyn-Manson-Album! Das entspricht ja so überhaupt nicht dem, was ich bisher so an Musikgeschmack hier in Japan vorgefunden habe. Nach zwei Stunden kehrte ich mit einer Genesis-CD aus West-Germany (!) und einem Konzertmitschnitt einer japanischen Rockband wieder in mein Zimmer zurück und stellte voller Entsetzen fest, dass ich meine Sommerferienhausaufgaben völlig verdrängt hatte – ooops. Ich schaute in mein auf Japanisch geschriebenes Tagebuch: Letzter Eintrag am 21.Juli? Mist, dachte ich nur noch! Daneben liegt noch der zehn Zentimeter hohe Haufen aus Blättern mit den Testfragen vom JLPT seit 1997 und ab morgen beginnt der Teezeremonieclub wieder. Hilfe!!! Und das sind alles Hausaufgaben, die mit 100-prozentiger Sicherheit kontrolliert werden. Da brauche ich nicht einmal hoffen, dass das die Lehrerin schon nicht mitbekommt. Da hilft nur eins: Augen zu und durch. Dafür brauche ich die anderen Aufgaben für Mathe, Englisch und so nicht zu lösen, mit denen man meine Mitschülerinnen beglückt hatte. Man soll ja immer das Positive sehen, oder? Tolle Ferien!

Dienstag, 17.08.2004

„Heute ist Teeclub! Hier hast du eine Fahrkarte und hier noch eine für den Bus. Ab diesem Bahnhof fährt der Express und hier wechselst du die Linie und fährst Richtung Kichijôji. Dort steigst du in den Bus. Wenn du nicht weiter weißt, frage einfach. *Ganbatte*!“ Mit diesen Worten wurde ich heute Morgen ins kalte Wasser geschubst! Ganbatte heißt eigentlich „Streng dich an!“, wird aber beim Übersetzen etwas abgemildert und als „Viel Erfolg!“ interpretiert, damit es nicht beleidigend wirkt.
Ich stand in Kichijôji und brauchte mir nur noch eine von fünf Haltestellen aussuchen. Aber eine kleine Hilfe gab es dann doch: unsere Schuluniform! Da musste ich nur unauffällig jemandem mit gleichem Outfit hinterher laufen und fand so den richtigen Bus. Ungefähr fünf Minuten vor neun Uhr traf ich im Tatamizimmer ein – aber keine Menschenseele zu sehn. Es war zwar ausgemacht, um neun Uhr zu beginnen, aber daran scheint sich keiner so richtig zu halten. Gegen dreiviertel zehn trudelten dann die meisten so langsam ein und um elf Uhr fingen wir dann endlich an zu üben, um dann von 12 bis 14 Uhr Mittag zu essen. Das war mir zu blöd und so entschloss ich mich, die Zeit lieber am Schulrechner zum Beantworten der Mails meiner überlaufenden Mailbox zu nutzen.
Bei meiner Rückfahrt hatte ich wieder einmal ein recht lustiges Erlebnis: In Tokyo gehören die öffentlichen Verkehrsmittel nicht zu ein und derselben Gesellschaft. Das heißt, dass man bei jeder Verkehrsgesellschaft extra bezahlen muss. Über den Fahrkartenautomaten hängen große Tafeln mit einem Streckenplan der Gesellschaft und unter den Namen der Bahnhöfe stehen die Preise, die bis dorthin zu bezahlen sind. So etwas wie Tages- oder Zwei-Stunden-Tickets wie im Verkehrsverbund Berlin-Brandenburg gibt es hier nicht. Der Preis wird von Bahnhof zu Bahnhof erhöht. Das kann bei langen Fahrten teuer werden! Weil Japaner ja so auf Karten stehen (sie haben Karten für alles: Friseur, Arzt, Restaurants, Läden, …), gibt es Fahrkarten im Wert von

1.000, 5.000 und 10.000 Yen. Die gelten aber dann auch nur für das jeweilige Netz des Anbieters.
Na, jedenfalls wusste ich nicht, dass es in Kichijôji zwei Bahnhöfe gibt und wunderte mich, warum das Lesegerät an der Zutrittsschranke meine Karte immer wieder ausspuckte und mich nicht durchlassen wollte. Ich fragte einen Bahnhofsangstellten. Der sah mich schief an und entgegnete: „Das ist doch aber eine Karte für das Passnet und hier ist JR-Japanese Railroad." Da bin ich wohl etwas rot angelaufen. Aber da ich sowieso ausländisch aussehe, wird nicht vorausgesetzt, dass ich das sofort durchschaue. Ich habe Glück gehabt, nicht in die falsche Bahn eingestiegen zu sein.
In meiner Gastfamilie ist das Olympiafieber ausgebrochen. Alle saßen vor dem Radio und folgten den Kommentaren voller Anspannung. Schon irgendwie komisch, oder? Mich interessiert der Sportrummel aber herzlich wenig und ich wandte mich wieder dem japanischen Harry-Potter-Buch zu und verdreifachte meine Lesegeschwindigkeit. Bei meinem Anfangstempo ist das allerdings auch nicht schwer. Es ist in jeder Fremdsprache nach meinen Erfahrungen immer das Gleiche: Nach einiger Zeit nervt es einen einfach, jedes zweite Wort nachzuschlagen und das ist dann genau der Punkt, an dem man plötzlich den Sinn versteht, weil man es viel schneller liest und sich nicht auf die Einzelheiten konzentriert. Jetzt stolpere ich andauernd über Wörter, die ich schon mehrmals gehört habe und für die sich nie die Gelegenheit ergeben hatte, sie zu übersetzen. Somit ist das Lesen eine gute Abwechlung zu den Japanischübungen.

Mittwoch, 18.08.2004

Ein neuer Schreck heute morgen! Die Haltestelle, an der der Bus zu meiner Schule losfährt, hatte ich mir ja gestern gemerkt. Aber es war nie die Rede davon, dass dort Busse von zwei unterschiedlichen Linien abfahren! Bei einer Chance von 50 Prozent erwische ich natürlich prompt den falschen … und merkte es erst an der Endhaltestelle. Der Fahrer hätte ruhig etwas sagen können, denn schließlich war mein Ziel durch die Schuluniform eigentlich klar, oder? *zwinker* Hm, also was nun? Ich erklärte einer älteren Frau meine Situation. Sie konnte mir weiterhelfen, so dass ich mit nur einer halben Stunde Verspätung, also zum Teezeremonieclub genau richtig, in der Schule ankam.
Nachdem der Teeclub um 15 Uhr beendet war, gönnte ich mir eine Kugel Eis und wollte sie auf dem Weg vom Bahnhof nach Hause essen. Ein fataler Fehler! Ich hätte vorher wissen müssen, was mit Eis bei 35 Grad passiert. Dazu noch ein schicker Wind, der mir das geschmolzene Eis direkt auf den Rock der Schuluniform pustete. Zwei Meter von mir entfernt, lachte sich ein Taxifahrer halb schlapp, weil es echt lustig ausgesehen haben muss, wie sich das Eis noch in meine Haare schmierte und über die Finger lief. Die Kugel war immer noch viel zu groß, um sie mit einem mal in den Mund zu stecken und einen Mülleimer gab es auch nicht. Grrrr! Da hörte ich doch glatt meine Großeltern in Teltow sagen: „Dich müssen wir doch noch auf die Durchblickschule schicken!"
Abends tauchte Ayakis Freundin Chi-chan wieder auf. Ich habe mit ihr ein paar mitgebrachte Fotos aus Deutschland angeguckt.

Donnerstag, 19.08.2004

Die Familie ist wieder geschrumpft. Otôsan ist in ein Rugbytrainingslager gefahren. Ich frage mich, wie Okâsan auf der Liste, auf der steht wer wann in der Familie was vorhat, überhaupt noch durchsieht. Vielleicht kommt daher die Gelassenheit und die Einstellung, dass sich jeder am besten um sich selber kümmert!?
Im Teeclub haben wir wieder mehr oder weniger fürs *Bunkasai* (wörtlich: Kulturfest) der Schule geübt. Da werden sich, so wie ich das verstanden habe, alle Clubs und Klassen präsentieren. Wie ich allerdings an zwei Orten gleichzeitig sein soll, ist mir noch ein Rätsel. Wir wollen kleinen Kindern, die mit ihren Eltern vorbeischauen, die Gesichter schminken. Meine Klasse hat sich schon Gedanken um die Gestaltung eigener T-Shirts gemacht. Unser Name: Painting Nemo. *haha*
Ich habe wirklich alles versucht: Laut protestieren und auf alle einzeln einzureden, es hat nichts genutzt: Unsere T-Shirts werden leuchtpink! Da kriegen mich keine zehn Pferde rein! Ein Trost ist da der Teeclub, für den mir wahrscheinlich ein Kimono geliehen wird.
Dann wurde ich heute zum tausendsten Mal gefragt, welcher Bluttyp ich bin. Man teilt hier Leute demnach wohl in Gruppen ein. Ich habe sogar schon Horoskope gesehen, die sich danach richten. Und letztens meinte jemand, dass die Mücken die Blutgruppe 0 bevorzugen. Was ich davon halten soll, weiß ich nicht. Klingt nicht logisch, aber auch nicht unlogisch. Na, wie auch immer …

Freitag, 20.08.2004

„Mein Traum wird wahr", dachte ich heute Morgen, als wir uns spontan entschlossen, den *Fujisan* (Fujiyama) anzusehen!!! Blauer Himmel und keine Wolke in Sicht! Ich hatte sogar die Batterien für meinen Fotoapparat aufgeladen. Der Weg war lang. Okâsan fuhr mit mir nach Hakone, einem Kurort im Südosten Tokyos. Die Aufregung war groß als wir dort in den Zug stiegen, der uns von Station zu Station langsam auf 1.000 Meter Höhe brachte. Mit diesem alten Zug, der ganz schön beim Anstieg kämpfen musste, ging es durch Tunnel von Kopfbahnhof zu Kopfbahnhof. Echt spannend. Als nächstes stiegen wir in einen Seilbahnwagon. Und dann, nach dem nächsten Berg … Spannung! … ein riesiger Haufen Wolken, hinter denen nur ein ganz winziges Stück Fujigipfel zu sehen war. Ich hätte heulen können vor Enttäuschung!
Wir liefen ein Stück in Richtung der heißen Quellen, in denen Eier gekocht wurden. Klar haben wir sie probiert, auch wenn deren schwarze Farbe und der schweflige Geruch (nach Plumpsklo) leicht abschreckend waren. Sie haben trotzdem gut geschmeckt.
Die Wolken haben sich auch später leider nicht verzogen. Heute war mir kein freier Blick auf den Fujisan vergönnt. Wir machten uns mit dem Schiff und einem Bus wieder auf den Weg nach Hause. Schade. Aber Okâsan hat versprochen, dass wir es im Herbst noch einmal zusammen nach Hakone fahren, um die rot verfärbten Ahornblätter zu betrachen. Meine Übergangsfamilie bot mir an, dass ich bis zu meiner Abreise im Februar bei ihnen bleiben könne und ich habe mich entschlossen, diese Einladung anzunehmen.
Aus dem Briefkasten fiel mir ein Brief meines Lieblingsjapaners aus dem Camp entgegen. Ich kannte damals ja meine jetzige Adresse noch nicht und so hat er mir seine Fotos von der Campwoche offiziell über MEO zukommen lassen. Blöd nur, dass der Brief von MEO geöffnet worden war. Irgendwie war der ja auch ziemlich privat …

Samstag, 21.08.2004

Nach der anstrengenden letzten Woche fand ich, mal wieder eine Pause einlegen zu müssen. Außerdem wollten meine Eltern ja anrufen, aber wir konnten keine Uhrzeit vereinbaren, weil die Verständigung am Telefon zwischen Okâsan und meiner Mutti vor ein paar Tagen wohl etwas gescheitert ist. Meine neue Gastfamilie spricht nämlich kaum Englisch.
Bei dem Anruf erzählte mir meine Mutter, dass eine Büchersendung für mich unterwegs sei und sich darin neben einer Infobroschüre zur Berliner Mauer auch eine Überraschung befinden würde! Ich freue mich jetzt darauf und kann es kaum abwarten. Unter anderem sprachen wir heute über den Unterschied zwischen japanischen und deutschen Waschmaschinen, weil unsere zu Hause in Berlin wohl den Geist aufgegeben hat und meine Eltern eine neue kaufen mussten. Ha, neues Familiemitglied während meiner Abwesenheit angeschafft. Was ist also nun der Unterschied, werdet ihr euch fragen. Und ich meine nicht den Unterschied, dass auf einer japanischen so komische Zeichen stehen: *grins* Der größte besteht darin, dass man in Japan mit kaltem Wasser wäscht! Das hat natürlich den großen Vorteil, dass man die Wäsche nicht nach Farben trennen muss und somit einfach alle paar Tage seinen Wäschehaufen, so wie er ist in die Trommel schmeißt, ohne etwas falsch machen zu können. Außerdem muss man nicht warten, bis sich genug Anziehsachen einer gleichen Farbe oder Waschtemperatur angesammelt haben. Aber durch die Kaltwäsche entsteht der Nachteil, dass man ein stärkeres Waschmittel mit vielen Tensiden braucht, die nicht unbedingt gut für die Umwelt sind.
Die Trommeln der Toplader-Modelle, die ich hier bisher zu Gesicht gekommen habe, drehen sich wie ein Kreisel. Man kann also während des Waschvorgangs die Maschine öffnen und von oben sehen, wie das Wasser einläuft. Schon interessant, das ganze.
So, jetzt habt ihr wieder mal eine unbrauchbare Lektion über Japan kennen gelernt *zwinker* und ich suche jetzt weiter nach Dingen, die hier anders und mir bisher noch nicht aufgefallen sind!

Sonntag, 22.08.2004

Ich muss mich erst einmal beruhigen und tief durchatmen. fuuuu.
Vorhin habe ich einen Mittagsschlaf gemacht. Das ist ja an sich nichts Schlimmes. Aber: Dabei hatte ich einen Albtraum! Ich träumte, dass das große vorhergesagte Erdbeben in Tokyo stattfindet. Dabei überlegte ich noch, was ich nun tun soll! Lieber aus dem Haus laufen oder unter den Küchentisch kriechen? Aber bei einer Stärke von 7 auf der Richterskala möchte ich eigentlich nicht so gerne unter dem Tisch begraben werden, überlegte ich im Halbschlaf voller Panik. Als ich dann meine Augen öffnete, wackelte die Deckenlampe verdächtig. Ich hatte also wirklich ein großes Erdbeben miterlebt und es war gar kein Traum. Schließlich hatte ich eindeutig die Fenster klirren gehört. Ich ging ins Wohnzimmer, wo meine Gastmutter erstaunlicherweise ruhig am Tisch saß und Zeitung las. Ich sprach sie auf das Beben an und sie sah mich an, als hätte ich nicht mehr alle Tassen im Schrank. Hmmm?
„Aber die Fenster klirrten doch!"
„Das ist der Wind von draußen"
„Und warum wackelt meine Lampe?"
„Ganz einfach: Du hast den Airconditioner an!"
„Also kein Erdbeben?"

„Genau!“
Ich bin, glaube ich, ziemlich rot angelaufen. Aber da ich mit meiner Gastmutter eh den ganzen Tag herumalbere, machten wir uns beide darüber lustig und ich bin wenigstens zu dem Entschluss gekommen, dass ich doch lieber unter den Tisch klettere, wenn wirklich mal die Wände wackeln!

Montag, 23.08.2004

Das nervt langsam wirklich! Ich habe heute ganze fünf Stunden gebraucht, um mein Tagebuch weiter zu führen. Warum? Ganz einfach! Ich habe ja hier keinen Computer und muss es somit mit der Hand schreiben! Grrr. Und dabei denke ich ständig darüber nach, ob meine Wortwahl auf Deutsch nicht irgendwie komisch sein könnte oder mein Satzbau so korrekt ist. Echt ätzend, das! Und weil’s so schön ist, muss ich mich morgen hinsetzen und als Hausaufgabe mein japanisches Tagebuch nachholen: Einen ganzen Monat!!!
Ich ging nachmittags kurz vorm Schließen zur Post und schickte den ganzen Kram nach Deutschland, wo er von meinem Vater dann am Computer abgeschrieben werden wird und Mutti alles ins Netz stellt. Was für ein Aufwand. Da freue ich mich, wenn die Schule wieder losgeht und ich die zwei Computerstunden am Dienstag habe! Briefe nach Deutschland kosten übrigens nur 110 Yen und Briefe innerhalb Japans 80 Yen. Das ist immerhin nicht so unverschämt teuer wie in Deutschland!
Wenn Pakete hier ankommen, findet man erst einen Zettel im Briefkasten, auf dem steht, dass man die Post anrufen soll, um mitzuteilen, wann man zu Hause ist, damit sie es dann vorbeibringen. Was mich spontan zu der Frage bringt, wann meine Überraschung ankommt!

Dienstag, 24.08.2004

Das ist vielleicht ein Aufwand, der mit einem Familienwechsel hier zusammenhängt! In der Schule muss die Adresse im Schülerausweis geändert werden und man muss natürlich auch seine Aliencard richtigstellen lassen. Wir gingen also zu irgendeinem Amt und wurden prompt von einem Mann am Infotisch aufgehalten, der uns versicherte, dass wir die Einverständniserklärung meiner vorherigen Okâsan brauchen würden. Wir mussten also wieder nach Hause zurückkehren und Okâsan telefonierte durch die Gegend. Meine LP rief zurück und meinte, wir sollen es noch einmal versuchen. Diesmal liefen wir ohne zu zögern an dem Infostand neben dem Eingang vorbei und, wer hätte das gedacht, es ging plötzlich doch! Die Angestellte, die meinen Ausweis ändern sollte, wollte unbedingt, dass ich die Adresse in das Formular schreibe. Ich tat das aber zum ersten Mal und Okâsans Schrift ist für mich unentzifferbar. Sie durfte mir auch nicht helfen. Fand ich irgendwie daneben, weil ich doch schließlich eh unterschreibe, dass ich mit allem einverstanden bin. Aber Neeeein! Auf dem Rückweg stellte sich Okâsan dann vor den Infotisch und jubelte dem Mann mit einem Grinsen im Gesicht unter, dass er eine falsche Auskunft gegeben hatte. Ihm war das natürlich peinlich und er verbeugte sich tausendmal … Okâsan lachte sich hinterher ins Fäustchen, schließlich mussten wir seinetwegen zweimal dort hinlaufen.
Nachmittags gingen Okâsan, Ayaki und ich zur Karaokebar. Unsere Musikstile hätten unterschiedlicher nicht sein können! Okâsan sang japanische Lieder von vor 30 Jahren und auch,

wenn sie auf vom Computer ausgerechnete, erstaunliche 98 Prozent kam (und mich damit um 3 Prozent schlug *sichärger*), klang es eher wie Katzengejammer! Ayaki sang die jetzigen Poplieder hoch und runter und ich hatte ja an englischen Songs nicht sooo die Auswahl und wählte daher Elton John und Genesis, um mich um Britney Spears und Konsorten zu drücken. Während die Wörter, die man singen muss, auf dem Bildschirm erscheinen und die Farbe wechseln, wenn sie an der Reihe sind, läuft im Hintergrund ein Video, das gar nicht dazu passt. Bei Okâsan führte das so weit, dass nebenbei eine Sexszene gezeigt wurde und sie hastig das Lied beenden musste. *grins*

Mittwoch, 25.08.2004

Mal wieder etwas Landestypisches: Ich ging heute zur Schule, weil auch in den Ferien der Teeclub stattfand. Da liefen mir Yui und Eri über den Weg und berichteten mir, dass sie freiwillig zum Unterricht gekommen sind! Ist denn das zu fassen??? Wer tut sich denn in den Ferien freiwillig zum Beispiel Geschichtsunterricht oder ähnlich Schreckliches an? Nur brave japanische Schülerinnen, oder? Die armen Lehrer müssen auch, bis auf eine Woche, die ganzen Ferien lang in der Schule sein, um den Unterricht vorzubereiten.
Nachmittags stand mir ein Gespräch mit meiner „Lieblings“-LP bevor. Ich könnte mich schon wieder sooooo aufregen! Sie kann es einfach nicht mit ansehen, dass ich glücklich und zufrieden bin! Sie fing, anstatt mich in meiner neuen Gastfamilie zu bestärken, doch tatsächlich damit an, mir alle möglichen Probleme meiner Gastfamilie aufzuzählen!
„Dein Gastvater ist manchmal wirklich streng!“
„Finde ich nicht! Ich mag meinen Gastvater und finde ihn eher lustig!“
„Und die Schule ist wirklich weit weg!“
„Das ist mir nicht wichtig. Ich brauche eh etwas Zeit am Tag, um über alle möglichen Dinge nachzudenken und das tue ich lieber in der Bahn als bis spät in die Nacht hinein.“
„Aber deine Familie hat keinen Fernseher!“
„Was für ein Glück, dann muss ich wenigstens nicht mehr diese quälenden Popmusiksofthits hören und die rosa Herzchen dazu mit ansehen!“
„Und sie haben keinen Internetanschluss“, fügte sie mit einem überlegenen Lächeln hinzu.
„Ich kann auch ohne Internet überleben.“
Ist das nicht die Härte? Mir das Internet erst verbieten wollen und es jetzt als Argument gegen meine Gastfamilie verwenden!?
Ich frage mich nur, warum sie das macht. Ich glaube außerdem, dass ich die Einzige bin, die sich regelmäßig mit ihrer LP treffen muss! Alle anderen haben ihre LPs bisher nur ein- oder zweimal gesehen!

Donnerstag, 26.08.2004

Ich habe da mal wieder eine kleine Horrorgeschichte zu berichten:
Gegen zwei Uhr nachts wachte ich auf, um auf die Toilette zu gehen. Als ich mich dann wieder auf meinen Futon legte, juckte plötzlich mein Rücken. Da ich aber hin und wieder einen Neurodermitisschub habe, machte ich mir keine größeren Sorgen und versuchte, es einfach zu ignorieren und nicht zu kratzen.

Fünf Minuten später wanderte der Juckreiz aber in Richtung Schulter und das fand ich dann schon eigenartig! Ich knipste das Licht an und sah voller Entsetzen, dass da gerade ein fünf Zentimeter langer Tausendfüßler *(Mukade)* aus meinem T-Shirt krabbelte. Ich wollte ihn loswerden, doch das Vieh kroch wieder zurück in den Ärmel. Horror, oder? Hatte das Biest mich vielleicht sogar gestochen? Ich kenne mich mit japanischen Krabbeltieren ja nicht aus. Sollte ich meine Gastmutter aufwecken? Das wäre etwas übertrieben, oder? Aber schließlich juckte mein ganzer Arm.
Morgens wurde ich beruhigt, dass das nichts Gefährliches war und wir konnten uns auch nicht erklären, woher der Tausendfüßler kam! Mich schüttelt es jetzt noch, wenn es irgendwo krabbelt.

Freitag, 27.08.2004

Im Teeclub übten wir mehr oder weniger fleißig *weilfaulsei* für das *Bunkasai*. Bunkasai heißt wörtlich übersetzt „Kulturfest", kommt mir aber eher wie ein Schulfest vor. Die meisten Schulen haben im September oder Oktober dieses Fest.
An diesem Tag soll ich gemeinsam mit zwei Mittelschul-*Ichi-Nenseis* (Erstklässlern) Tee und Süßigkeiten servieren. Dazu muss ich mir einen ewig langen Text merken.
Die Härte finde ich es ja, dass wir uns, nachdem die Teezeremonie beendet ist, mit einem *„Shitsureishimashita"* (Entschuldigung für die Störung) verabschieden. Aber, so ist es eben. Irgendwie japanisch, oder?
Meine Gastfamilie ist schon lustig! Miki, meine ältere Gastschwester, ist wieder nach Hause gekommen und dafür fährt Otôsan in ein Camp! Wenn alle sich zum Abendbrot versammeln sollen, dann läutet Okâsan eine Glocke, die im ganzen Haus zu hören ist und alle kommen aus ihren Stuben ins Wohnzimmer geströmt.
Ich selbst verbringe fast meine ganze Freizeit dort, weil es in meinem Zimmer langweilig ist und ich sonst gar nicht mitbekommen würde, wer zu Hause ist. Dann helfe ich Okâsan beim Tischdecken, weil das für (normalerweise) sechs Personen schon etwas aufwendig ist.
Vor dem Essen wird mit geschlossenen Augen schweigend gebetet, bis meine Gasteltern *„Itadakimasu"* (Ich bekomme) sagen. Man wünscht somit nicht den anderen einen guten Appetit, sondern dankt eher für das Essen, das man selber zu sich nimmt.
Für mich ist das nun völlig neu und irgendwie komme ich mir auch (im wahrsten Sinn des Wortes) scheinheilig vor! Aber ich nutze die Zeit einfach, um an meine Familie und meine Freunde in Deutschland zu denken.

Samstag, 28.08.2004

Ich sollte keine Mittagsschläfchen mehr halten! Diesmal träumte ich, dass ich auf dem Weg zur Schule und die Bahn wie immer zu 150 Prozent gefüllt war. Man quetscht sich gewöhnlich mit größter Mühe noch rein und denkt sich, dass das Abteil nun wirklich voll ist und muss mit ansehen, dass es noch 20 weitere Personen durch die Tür schaffen. Ich träumte nun, dass so ein widerlicher Kerl hinter mir stand und versuchte, mich zu begrabschen. Das Problem ist nur (auch im richtigen Leben), dass man sich ja nie so sicher sein kann, ob es nun versehentlich oder absichtlich ist … Ich wachte auf, dachte wieder recht klar, sah mit einem Auge die Zimmerdecke an, aber ich konnte mich absolut nicht bewegen. Panik kroch in mir hoch. Ich hatte echt das

Gefühl, dass mich jemand von hinten gepackt hat. Es hat dann noch fünf Sekunden gedauert, bis ich es schaffte, einen Arm zu bewegen und mich aufrecht hinzusetzen. Ich war wie gelähmt. Grausames Gefühl! So müssen sich Leute fühlen, die während einer Operation nicht die richtige Dosis Narkosemittel verabreicht bekamen und alles mitkriegen, sich aber nicht bemerkbar machen können. Das ist fast noch schlimmer, als von Erdbeben zu träumen! Aber ich glaube, dass das Problem mit den Grabschern hier in Tokyo auch völlig überdramatisiert wird. Grundschulkinder haben an ihren Schultaschen häufig Sirenen, die durch das Ziehen an einer Leine ausgelöst werden. Und alle reden von den Perverslingen, ohne jemals selber welche gesehen zu haben. Mir ist bisher noch keiner aufgefallen.
Nachdem ich aufstand, sah ich meine Gastmutter den Kühlschrank ausräumen. Gestern gab er komische Geräusche von sich und heute gar keine mehr! Da kam ein Mitarbeiter einer Firma und brachte einen neuen, den alten nahm er mit, um ihn zu reparieren. Der neue ist viel besser und ich habe mir mal erklären lassen, wie das mit den Eiswürfeln funktioniert! Man öffnet den Kühlschrank und kippt Wasser in eine Schublade. Von dort aus läuft es dann automatisch bis zum Tiefkühler und wird in Eiswürfel gefroren. Ist das nicht toll? Ich will bloß nicht wissen, wie viel Strom da verbraucht wird …

Sonntag, 29.08.2004

Ich habe jetzt endlich ein *Teiki* (Monatsticket)!!! Damit kann ich von zu Hause bis zur Schule fahren und darf auch in den Bahnhöfen zwischendurch das Bahngelände verlassen. Wenn ich die Linie wechsle, muss ich dazubezahlen. Und das Beste: Die Schule bezahlt es mir! Für einen Monat kostet das Bahnteiki 5240 Yen (ca. 40 Euro). Mir wird das langsam aber schon etwas peinlich, weil ich für die Schule total teuer bin, aber andererseits fällt es gar nicht so auf, wenn man es durch die Anzahl der Schüler teilt. Das beruhigt mein Gewissen etwas.
Na jedenfalls konnte man das nur in Kichijôji kaufen, weil ich auch eins für den Bus brauche und das Busunternehmen ein anderes als das der Bahn ist. Das heißt, die Schule bezahlt nochmal 7200 Yen (ca. 55 Euro) im Monat für den Bus.
Und wem begegne ich in Kichijôji? Zwei MEOlern. Ist die Welt nicht ein Dorf? Na ja, so ein Zufall ist es nun auch wieder nicht, weil die Hauptzentrale meines Komitees dort liegt. Aber lustig war es schon. Zeit zum Quatschen hatten wir aber nicht und verschoben das auf übermorgen, weil wir dann eine Orientation haben.
In der Bahn haben Okâsan und ich einen Lachkrampf bekommen! Neben uns saß ein alter Herr, der unentwegt komische Geräusche von sich gab. Das ist ja an sich nichts, worüber man lachen sollte, aber der Herr erinnerte uns an unseren Nachbarn, der abends zwischen 19 und 20 Uhr immer einen Niesanfall bekommt und somit unser Gebet beim Abendessen stört. Über den machen wir uns nämlich oft lustig und einmal hat Takemi noch lauter und unüberhörbar zurückgeniest, was in der Familie für einige Belustigung sorgte.
Diese Erinnerung führt nun so weit, dass eine von uns beiden losgrinst, wenn sich irgendein Opa neben uns setzt und somit die andere unweigerlich damit ansteckt. Mir waretwas unangenehm, aber wir konnten einfach nicht aufhören zu lachen!

Montag, 30.08.2004

Ein Taifun aus Süden hinderte mich heute Nacht an meinem Schlaf! Gegen den Regen, den er nun einmal mit sich bringt, habe ich ja nichts einzuwenden. Aber der Wind pfiff durchs Haus und dadurch wackelten die Schiebetüren zu meinem Zimmer gewaltig! Das ging mir so was von auf den Keks.
Nach dem *Sadôbu* (Teeclub) war ich erst gegen 16.30 Uhr zu Hause und alle anderen haben auch Clubs oder treiben sich sonst wo herum.
Ich überlegte mir, wie viele Katakana-Wörter ich kenne, die aus dem Deutschen kommen. Mir fielen aber nur drei ein: *Ryukkusakku* (Rucksack), *Baito* (kurzform von Arbeit) und *Pikkeru* (Pickel zum Bergsteigen). Aber das nur mal so am Rande bemerkt.
Weitere Wörter, wie *Gârufurendo* (girlfriend), *Konpyuuta* (Computer), *Intânetto* (Internet), *Bideokamera* (Videokamera) und natürlich *Maku Donarudo* (McDonald's) kommen aus dem Englischen! Schon lustig!

Dienstag, 31.08.2004

Heute war, wie schon angekündigt, also die MEO-Orientation. Ich fuhr nach Kichijôji und wollte dort in eine JR-Bahn umsteigen. Dort traf ich aber Hang aus Vietnam, die verwirrt war, weil sie ihre LP nicht fand, sich aber mit ihr verabredet hatte und auch gar nicht wusste, wo denn der Treffpunkt sei. Ich wartete mit ihr gemeinsam und da kam Bank aus Thailand hinzu und nach 10 Minuten fuhren wir zusammen mit der Bahn zum Treffpunkt.
An dem richtigen Treffpunkt sah ich voller Entsetzen meine LP, die sich aber gleich bei mir entschuldigte, dass sie gar keine Zeit habe! Schade!! *zwinker*
Anfangs spielten wir ein selbst gebasteltes Scrabbel mit Hiraganas. Es war echt richtig schwierig Wörter zusammenzustellen, die länger als zwei Silben sind. Wir spielten in drei Gruppen und jede Gruppe hatte einen Japaner dabei, der aber genau so wenig Peilung hatte wie wir.
Danach aßen wir *Nagashisomen*! Dabei wird eine Bambusstange gehälftelt und mit Gefälle aufgestellt. Von oben wird Wasser eingeleitet und eine Person legt nun Nudeln in das fließende Wasser, so dass sie bis zum Ende der Bambusstange mitgerissen werden. Das Ziel ist es nun, die Nudeln mit den Stäbchen dort heraus zu fischen, um sie danach in eine Suppe zu tunken und zu essen. Echt lustige Sache!
Die anschließende Gesprächsrunde war wieder nicht so angenehm. Aber ich hatte Glück, weil ich sehr günstig saß und bei mir das Thema ständig gewechselt wurde und die Runde wieder von vorne losging, ohne, dass ich mich äußern musste. Ich habe auch keine Lust mehr, der Toshimori-san etwas von meinen Problemen zu erzählen, weil sie die seltene Gabe hat, es so zu drehen, dass man am Ende immer selbst Schuld ist, oder aber als überempfindlich und phantasievoll dasteht!
Sie fragte, was es denn für Unterschiede zwischen Japan und unseren Herkunftsländern gibt und ich erzählte ihr, dass hier Leute, mit denen man nur redet, sofort als Freunde bezeichnet werden, auch wenn man sie gar nicht mag. Sie meinte, dass Freunde hier anders definiert werden, als ich das tue. Als ich wissen wollte, wie ich dann Leute bezeichnen soll, die ich nicht mag, antwortete sie: *„Kirai na Tomodachi“* (Der Freund, den ich leiden kann). Was soll ich dazu noch sagen???
Ich meinte zu Amy, dass mir das sehr japanisch vorkommt, aber Toshimori-san behauptete natürlich prompt, dass ich damit falsch liege. Aha. *verwirrtsei*

In einer kleinen Pause zogen wir unsere Yukatas an. Ich kann es bis auf den Obi mittlerweile alleine, aber eine LP wollte mir das nicht glauben und zupfte ständig an mir rum. Dabei stand sie mir aber eher im Weg. Ich überlegte, wie ich das mit dem Obi anstellen soll und sie riss ihn mir ständig aus der Hand, wusste aber auch nicht, wie es geht. Das sind immer die Momente, in denen ich mich echt zusammenreißen muss, den Leuten nicht: „Jetzt nehmen sie doch mal ihre Finger hier weg!" entgegen zu schreien. Grrrr. Ich lasse mir ja gerne helfen, aber nicht von Leuten, die es selber nicht besser wissen. Da hätte sie lieber Amy behilflich sein können, weil die zum ersten Mal einen Yukata anzog. Aber man wird hier halt als Kleinkind angesehen und es wird erwartet, dass man alleine nichts schafft. In dieser Hinsicht freue ich mich echt wieder auf Deutschland!

Mittwoch, 01.09.2004

Gestern Abend drückte mir Okâsan einen Brief von Hi no Tori aus meinem Homepage-Forum in die Hand und war gleich ganz neugierig, wer mir da geschrieben hat. Ich mochte aber die Homepagegeschichte nicht erwähnen, um eventuellem Zoff aus dem Weg zu gehen und musste mich ganz schön herausreden. Aber da meine jetzige Okâsan nicht mal annähernd so neugierig ist, wie meine alte, ließ sie mir schnell meine Ruhe und mich meinen Brief lesen, über den ich mich echt gefreut habe! Da hat wohl jemand meine Adresse hier in Japan „gepetzt"? Heute habe ich auch gleich geantwortet und den Brief meiner Gastschwester, die eh auf dem Weg zur Post war, mitgegeben.
In allen staatlichen und einigen privaten Schulen fängt heute die Schule wieder an. Das heißt, dass ich den ganzen Tag alleine bin, weil meine Gasteltern beide Lehrer sind und arbeiten mussten. Auch Miki war nicht da, weil sie zur *Baito* muss. Die Semesterferien der Unis sind ja viel länger als unsere Schulferien. Ich habe noch bis zum 9. September frei, dafür muss ich samstags immer zur Schule. *die-anderen-auslach*
Abends gingen wir in ein Knoblauchrestaurant. Lecker!!! Nur komme ich mir jetzt ziemlich übel riechend vor, weil ich bestimmt sechs oder sieben Zehen gegessen habe. Für meine Gastfamilie ist es ganz normal, des Öfteren in einer Gaststätte essen zu gehen, wenn Okâsan keine Lust und Zeit zum Kochen hat. Ich bin es eher gewohnt, dass dies etwas Besonderes ist, aber hier scheint das mehr Alltag zu sein. Toll, oder?

Donnerstag, 02.09.2004

Der Tag ging an sich ganz unspektakulär los: Ich wollte in der Schule mal wieder meine e-Mails checken und die Tagebucheinträge aktualisieren und machte mich daher auf den langen Weg. Irgendwie habe ich dann aber vier Stunden für alles gebraucht, was die Sekretärin, die mir ihren zweiten Rechner überlassen hatte, gar nicht lustig fand, aber auch nichts dagegen sagte, weil der Computer sonst selten in Benutzung ist.
Na, jedenfalls stellte ich fest, dass mir Kazuki, den ich im MEO-Camp kennen gelernt hatte, inzwischen drei Mails geschickt hatte. In denen war zu lesen, dass er bereits heute in Tokyo ist, weil er morgen mit MEO für ein Jahr nach Frankreich fliegt und, dass ich ihn anrufen soll, um uns zu verabreden. Er wolle mich vor seiner Abreise noch mal sehen. Schön, dachte ich, hofft er

nun, dass wir uns in fünf Minuten am Narita-Flughafen treffen, oder was? Wenn ich doch nur früher an meine Mails gekommen wäre … Aber jetzt ist es eh zu spät! *jammer, jammer*
Gegen 16.30 Uhr machte ich mich auf den Weg zur Busstation und blieb wie angewurzelt stehen: Am Haupteingang der Schule lächelte mir Kazuki entgegen und drückte mir einen riesigen Blumenstrauß in die Hand!!! Ich muss total verdattert ausgesehen haben! Er erzählte, dass er dort schon zwei Stunden gestanden hätte, sich aber nicht sicher war, ob ich heute überhaupt zur Schule gehen würde. Da er weder meine Telefonnummer noch die Adresse meiner neuen Gastfamilie kannte, fragte er bei MEO nach. Die wollten aber mit den Informationen nicht rausrücken. Als er sich meine Homepage ansah, fiel ihm das Wort „Schule" auf, klickte auf den Link zur Musashino Joshi Gakuin Senior High School und kam auf gut Glück einfach mal vorbei. Ist doch Wahnsinn, oder? Ist das jetzt typisch japanisches Verhalten oder habe ich bzw. hat mich da einen Sonderfall erwischt? Ich tippe mal auf Letzteres.
Und wie das in meinem Leben immer der Fall zu sein scheint, hält das Glück nicht lange an: Denn weil er ja ab morgen sein Austauschjahr anfängt, wird es heute wohl das letzte Mal gewesen sein, dass wir uns gesehen haben. *ganzdolltraurigsei*
Wenn ich über die Geschichte mal so nachdenke, fällt mir auf, dass es schon ein ganz schöner Zufall war, dass wir uns überhaupt getroffen haben. Schließlich kam ich heute freiwillig zur Schule und nur, weil ich für das Tagebuch am Computer so lange gebraucht habe, ging ich hinterher nicht durch den Hintereingang der Schule zu Fujiwaras, wie ich es mir eigentlich vorgenommen hatte. Das klingt jetzt sicherlich nach einer der Meg Ryan Liebesschnulzen … und so kam ich mir auch vor.

Freitag , 03.09.2004

Ich musste mich heute schon ziemlich quälen, um zum Teeclub zu fahren. Es ist nämlich gestern ganz schön spät geworden, weil mir mein Gastbruder Takemi ein Gameboyspiel ausgeborgt hat: japanisches GO. Es wird wohl noch ewig dauern bis ich die Regeln verstehe. Die Anleitung ist ja auch auf Japanisch. Go ist eigentlich ein Brettspiel, das mit schwarzen und weißen Steinen gespielt wird. Im Moment kann ich jedoch noch nicht einmal erklären, was das Ziel des Spieles ist …
In der Expressbahn wurden auf der Hinfahrt meine Füße in eine andere Richtung als mein Oberkörper geschoben. Wenn der Typ hinter mir sich rückwärts bewegt hätte, was er glücklicherweise aber auch nicht konnte, wäre ich umgekippt. Und so bescheuert stand ich für zehn Minuten bis zum nächsten Bahnhof da. Schön kuschelig, oder?
Die Schülerinnen der Mittelstufe hatten heute in der Schule eine Versammlung und so waren wir nur zu sechst im Club. Da kommen Lehrer schon mal auf dumme Gedanken, was in diesem Fall hieß, dass ich überredet wurde, einen Test über mich ergehen zu lassen. Und nun der Grund, warum ich durchgefallen bin: Ich habe die Teeschale einen Zentimeter zu weit rechts abgestellt und den Chasen (Besen, mit dem der traditionelle grüne Pulvertee „Matcha" aufgeschlagen wird) eine Runde zu weit gedreht. Also später noch mal wiederholen. Ich hoffe nun, dass ich dann von der gleichen Lehrerin geprüft werde, weil die beiden Teelehrerinnen so gut wie nie der gleichen Meinung sind und die jüngere von beiden logischerweise (wegen typisch japanischem Verhalten und so) nachgibt. Das ist eben auch so ein Unterschied zwischen Japan und Deutschland: Ich bekam im Streit mit meinem 1 ½ Jahre jüngeren Bruder immer wieder zu hören: „Du bist doch die Ältere. Gib doch nach." Hier in Japan würde sich ein *Kôhai* (Jüngerer) ungern mit einem

Sempai (Älteren) anlegen. Na ja, Ausnahmen gibt es natürlich und Japan ist, wie man weiß, im Wandel: Alte Werte werden langsam über den Haufen geworfen.
Aber das war es eigentlich gar nicht, was ich berichten wollte. Die Tür zum Tatamizimmer der Schule ging auf und wer stand da? Nein, nicht Kazuki *grins*, sondern meine Gastschwester Miki. Die Handballtrainerin war heute irgendwie verhindert und hatte Miki, die früher Mitglied in eben diesem Club meiner Schule gewesen war, gebeten, das Training zu betreuen.
Auf dem Weg zu mir ist ihr bereits Hayakawa-Sensei über den Weg gelaufen. Zur Erinnerung: Das ist die Geschichtslehrerin, die von mir den Vortrag über die Mauer und Hitler hören will. Sie quatscht jeden tot und hat noch dazu eine Stimme, die wie eine Sirene klingt. Weil Miki nun schon einmal da war, zeigte ich ihr gleich, was ich bereits gelernt hatte. Da sie die Zeremonie zum ersten Mal sah, konnte ich die Teeschale auch abstellen, wo ich wollte. *augenzwinker* Anschließend fuhren wir gemeinsam nach Hause.
Wegen der Büchersendung, die für mich unterwegs ist, machen wir uns langsam echt Sorgen. Bisher hat solche Post nur vier Tage gebraucht, bis sie in Tokyo ankam. Nun wandert der Brief aber schon zwei Wochen durch die Weltgeschichte. Komisch! Dabei brauche ich das Buch über die Berliner Mauer dringend. Hmm? Darum riefen wir heute in der für uns zuständigen Post an, aber dort ist in den letzten Tagen nichts aus dem Ausland angekommen. Wir sollen bis morgen warten und ihnen dann die Versandnummer auf dem Schein, den man beim Verschicken bekommt, mitteilen. Es kann damit nämlich geprüft werden, ob das Paket überhaupt schon Tokyo erreicht hat.

Samstag, 04.09.2004

Ich habe es geschafft! Das letzte Teeclubtreffen in den Ferien. Gestern und heute wurde ein weiteres freiwilliges Üben einberufen, und da ich zu Hause eh nichts zu tun habe, außer meinen Ferien-Hausaufgaben, ging ich halt hin. Wir übten hier in den Ferien schon zwölfmal sechs Stunden!
Heute war die ältere der beiden Lehrerinnen da und berichtigte mich, wer hätte das gedacht, bei dem, was mir gestern beigebracht wurde. *grr* Was ist denn nun richtig?
Als ich nach Hause kam, traute ich meinen Augen kaum. Was lag dort auf dem Tisch? Ein Paket! Jippii! Ein paar der darin enthaltenen Salmiak-Lakritz-Bonbons versuchte ich, an meine Gastfamilie zu verfüttern. Wie schon so oft hat sich gezeigt, dass man in Japan damit kein Geschäft machen kann. Alle sofort wieder ausgespuckten Bonbons sind letztendlich aber im Mund meiner Gastmutter gelandet, was ich etwas eigenartig fand. Während Fujiwaras nicht einmal aus den gleichen Reisschalen essen wollen, reichen Yamamotos sogar Speisen von Mund zu Mund weiter. Während bei Fujiwaras lieber Nachschlag geholt wird, als den übrig gebliebenen Reis eines Familienmitgliedes zu essen, werden mir hier sogar mit fremden Stäbchen die Gurkenstückchen aus dem Salat geklaut, nachdem ich das Gesicht verzogen hatte, weil Gurken nicht mein Fall sind. Mir sagt Yamamotos Art jedoch irgendwie eher zu, weil ich es in Deutschland so ähnlich gewohnt war.
Aber zurück zum Paket. Es befand sich nämlich auch ein Mensch-ärgere-dich-nicht-Spiel darin. Meine Gastmutter, mit der ich gleich spielte, startete jedes Mal eine Party, wenn sie mich rausgewürfelt hatte. Da hat es richtig Spaß gemacht. Bei Fujiwaras entschuldigte man sich eher oder zog, wenn es ging, lieber mit einer anderen Figur, um den Rauswurf zu vermeiden. *gähn* Zu viert wird es beim Spielen sicher noch besser!

Während ich eine halbe Stunde lang mit meinen Großeltern aus Rostock telefonierte, musste ich das Fenster schließen, um überhaupt etwas zu hören. Draußen ging die Welt unter. Der Regen prasselt auf das Glasdach, das über meinem kleinen Fenster am Haus angebracht ist. Im Süden wandert ein Taifun an der Küste Japans entlang. Meine Oma erzählte mir, dass im Deutschen Fernsehen sogar darüber berichtet wurde und dass es Todesfälle gegeben hat. Es gibt hier immer wieder Dummköpfe, die sich ans (halb zubetonierte) Meeresufer stellen, um sich die Wellen anzusehen. Wenn sie dann von einer mitgerissen werden, wundern sie sich womöglich darüber, wenn sie dazu noch kommen …

Sonntag, 05.09.2004

Jetzt genieße ich erst einmal meine Ferien. Es sind zwar alle zu Hause, aber keiner ist zu sehen, weil alle in ihren Zimmern sind und lesen oder schlafen oder was auch immer. Tue ich ihnen das mal gleich. Schließlich habe ich ja Takemis GO-Spiel und im japanischen Harry Potter Buch habe ich auch erst einhundert von fünfhundert Seiten geschafft. Ach, und dieses böse Wort mit H, das mit -ausaufgaben aufhört … Aber die kann ich bestimmt später machen. *faulsei*

Meine Gastmutter schmiss irgendwann eine Tüte voller Stickgarn auf den Tisch. Davon besitzt sie als *Kateika*-Lehrerin (Haushaltslehre) nach eigenem Bekunden Unmengen. Takemi nähte Minitrikots seines Rugby-Teams, stopfte sie mit Watte aus und stickte anschließend die Namen seiner Freunde drauf. Ich war echt beeindruckt! Miki nähte ein Säckchen, in das sie ein Blatt mit gesammelten Sprüchen steckte, um es später zu verschenken. Und ich knüpfte ein Freundschaftsarmband. Ayaki saß bei uns und las Mangas, die Japanischen Comics – und das in einer Geschwindigkeit, in der ich nicht einmal die Bilder hätte überfliegen können. Wahnsinn! Ich habe ihr ein Mosaikheft mit den Abrafaxen gezeigt, das sie prompt von der falschen Seite her (nämlich von hinten) aufschlug und damit für lautes Gelächter allerseits sorgte. Es sind alle fürchterlich beeindruckt von diesem Comic-Heft aus Deutschland. Vor allen Dingen, weil es in Japan spielt …

Abends landeten wir abermals im Sushirestaurant. Meine Gastfamilie machte sich einen Spaß daraus, mir *Natto* vorzusetzen, nur um meinen Gesichtsausdruck zu sehen. Natto als Rache für meinen Lakritzangriff auf die japanischen Geschmacksnerven? *grins*

Natto ist ein traditionelles japanisches Nahrungsmittel aus vergorenen Sojabohnen. Diese werden zuerst ungeschält in Wasser eingeweicht, dann gekocht und anschließend mit einem bestimmten Bakterium geimpft. Dann gärt der Brei bei 42°C etwa drei bis fünf Stunden. So bekommt der Natto auch seine typische Konsistenz – schmierig, klebrig und schleimig. Dazu kommt ein ziemlich unangenehmer Geruch. Die Bohnen geben einen zähen Schleim von sich, der beim Essen zu langen Fäden gezogen wird und gerne am Essenden kleben bleibt. Er wird üblicherweise zum Reis gegessen.

„Charenji?“ (Challenge = Herausforderung)

„Nein, heute mal nicht, danke.“

„Wie wär's mit Gurken?“

würg

Da hörte ich mir sogar gerne den Wer-kein-Natto-isst-ist-noch-nicht-erwachsen-Spruch an und grinste gleichzeitig über die erzieherischen Mittel Okâsans. Letztens machte sie sich lauthals über Takemi lustig, als er sich, typisch Knaben in der Pubertät, ziemlich aufplusterte. Das war ihm vor mir natürlich etwas peinlich und er hörte sofort damit auf, sich darüber künstlich aufzuregen, dass es noch kein Essen gibt. Er hat nun, glaube ich, auch verstanden, dass ich seine Gastschwester und keine potentielle Freundin bin. Jetzt traut er sich endlich, mit mir zu reden.

Montag, 06.09.2004

Es ist heute absolut nichts passiert, außer, dass ich den stärksten Gegner im Gameboy-Go geschlagen habe und gestern Nacht in meinen Träumen mehrere Partien gespielt habe. Vielleicht sollte ich mir lieber eine andere Beschäftigungsmöglichkeit suchen? Aber ich möchte gegen Takemi antreten und so gut wie er, bin ich noch lange nicht …

Aber wisst ihr was? Die Hälfte meiner Zeit in Japan ist schon abgelaufen. Es gibt Gründe, warum ich eigentlich gar nicht mehr zurück will, aber auch Dinge, die ich hier vermisse. Der Wunsch nach mehr Freiheit ist zwar in der neuen Gastfamilie in Erfüllung gegangen, aber so wie in Deutschland ist es eben noch lange nicht. Wie sehr vermisse ich es doch, mich zum Beispiel abends mit Freunden in einer Cocktailbar zu treffen, ohne dass ich das Wort *abunai* (gefährlich) höre und um 21.00 Uhr wieder zu Hause sein muss. Des Weiteren geht es mir auf den Keks, dass ich so gut wie immer in der Schule bin und dadurch kaum über wirkliche Freizeit verfüge. Wenn ich aber Zeit habe, würde ich gerne Klavier üben – hier gibt es aber keins! Da müsste ich eine Stunde lang zur Schule fahren und dazu habe ich dann wiederum auch keine Lust. Irgendwie bekomme ich ein schlechtes Gewissen! Das Rumklimpern alle zwei bis drei Wochen kann man wohl kaum als Üben ansehen, oder?

Andererseits ist das Leben hier für mich sehr entspannend: Keine Tests für Austauschschüler, man kann im Unterricht schlafen. Wenn nicht gerade Sommerferien sind, habe ich auch keine Hausaufgaben auf und ich besuche nur Fächer, die ich mag. Man wird hier nicht ständig dumm angemacht, Schimpfwörter werden kaum benutzt und gelästert wird nur heimlich über Lehrer. Man braucht keine Angst zu haben, über den Tisch gezogen oder beklaut zu werden. Die Menschen sind mir gegenüber größtenteils sehr freundlich, wenn auch, zugegeben, mitunter etwas scheinheilig. Ein weiterer Grund, warum ich mich hier so wohl fühle, ist das leckere Essen. Ich vermisse weder Kartoffeln noch riesige Fleischscheiben. Reis schmeckt viel besser! Zum Glück gibt es bei uns zu Hause in Berlin auch oft Reis.

Ich bin nur etwas enttäuscht, dass ein paar Leute in Deutschland, die ich bis zu meiner Abreise für sehr gute Freunde gehalten habe, mir nicht einmal auf meine E-Mails antworten oder sich sonst irgendwie mal melden. Da bin ich schon ein bisschen traurig. Aus den Augen, aus dem Sinn?

Mit meinem Japanisch bin ich seit dem MEO-Camp recht zufrieden, weil ich dort festgestellt habe, dass manche Austauschschüler immer noch keine zusammenhängenden Sätze bauen können und ich mittlerweile wie ein Wasserfall mit meinen Mitmenschen reden kann.

Dienstag, 07.09.2004

Bis auf Lesen, Musikhören und Tagebuchschreiben nichts weiter passiert. Ich bin alleine zu Hause, weil jedes Familienmitglied in der Schule ist oder Clubs hat. Und weil das Wetter draußen total besch … ist, nämlich heiß mit gelegentlichen Regengüssen, hatte ich keine Lust, irgendwohin zu fahren, um mir nass geregnet oder verschwitzt Tokyos Sehenswürdigkeiten anzusehen. Außerdem habe ich im Augenblick keine vollen Batterien für meinen Fotoapparat, weil mein Ladegerät nicht so schnell hinterherkommt, wie ich sie verbrauche, um Go mit dem Gameboy zu spielen und Musik mit meinem alten MP3-Player zu hören. Der spielt die Lieder teilweise nicht einmal mehr zu Ende und bleibt ständig stehen. *mist* Jetzt werde ich die Texte über den Bombenangriff auf Dresden im Jahr 1945 und die Mauer, die mir meine Oma geschrieben und geschickt hat, übersetzen. Sie hatte das ja selbst miterlebt und kann mit so bei meinem Vortrag für Hayakawa-Sensei helfen.

Mittwoch, 08.09.2004

Nachdem ich gegen 11.30 Uhr beschlossen hatte aufzustehen, tat ich es mit einer Geschwindigkeit, dass mir schwarz vor Augen wurde und ich erst einmal seitlich quer über den Tisch in meinem Zimmer flog. Das hat zwar einen gewaltigen Krach verursacht, aber es ist glücklicherweise nichts passiert. Während ich langsam (!) zum Essenstisch ging, überlegte ich, wie ich meinen letzten Ferientag gestalten könnte, damit er nicht so langweilig werden wird, wie der gestrige. Also rief ich bei Fujiwaras an, weil ich ihnen endlich Regenschirm und Reisetasche zurückgeben wollte. Beides hatten sie mir für die Tage im MEO-Sommercamp geliehen. Und bestimmt hatte ich auch noch irgendetwas bei ihnen liegen gelassen. Arisa verabredete sich mit mir in der Schule. Wir liefen dann aber zum Bahnhof Tanashi, um etwas zu trinken, weil es nach dem Taifun von gestern heute erwartungsgemäß wieder sehr heiß war. Der Laden hatte aber keinen Airconditioner und so beschlossen wir, zu Fujiwaras zu gehen. Als ich ihren Computer im Wohnzimmer sah, bekam ich einen riesigen Schreck. Mir fiel ein, dass ich vergessen hatte, die abgespeicherten Tagebucheinträge vor meinem Auszug zu löschen. Das ist echt eine tickende Zeitbombe, denn (zur Erinnerung) Arisa lernt Deutsch und ist außerdem recht neugierig. Was mache ich denn jetzt? Einen kleinen Hoffnungsschimmer gibt es aber doch. Vielleicht finden sie ja die Datei nicht, bis sie sich den gewünschten neuen Computer kaufen. Huaaa, ich ärgere mich grün und blau und noch dazu schwarz und gelb, oder lila? *grins*
Okâsan fiel mir gleich um den Hals, während Sachiko mich keines Blickes würdigte. Arisa erzählte mir, dass sie sich noch eine zweite Arbeitsstelle besorgen möchte, damit sie im nächsten Sommer nach Deutschland reisen kann. Sie kann einem schon Leid tun. Aber andererseits sind die Ferien für Studenten hier länger als für Schüler und sie hat in dieser Zeit kaum etwas zu tun.
Als ich gegen 18.00 Uhr wieder zu Hause bei Yamamotos ankam, schaute mich Okâsan etwas verwundert an, weil sie gedacht hatte, ich würde in meinem Zimmer schlafen. Sie war wohl auch erst zehn Minuten früher angekommen und als ich wissen wollte, für wie viele Leute ich den Tisch decken soll, konnte sie mir das nicht sagen. Na ja, müssen wir eben mal durchzählen!
Da ich jetzt endlich im Besitz eines Kabels bin, das meinen MP3-Player mit Stereoanlagen verbinden kann, nutzte ich die Chance und beschallte meine Gastfamilie mit Santana und Led Zeppelin - und siehe da, sie kennen ein paar der Songs doch. Ob ich es als nächstes mit AC/DC versuchen sollte, oder lieber nicht? Wahrscheinlich würden sie keine Miene verziehen und sich gleichzeitig fragen, was ich für einen „schlechten" Musikgeschmack habe.
Und schon wieder ist ein Tag um. Ab morgen geht die Schule wieder los und ich darf mich in die vollen Bahnen drängeln.

Donnerstag, 09.09.2004

Aus, die Zeit des Faulenzens und bis halb zwölf Schlafens! Wir sollten gegen neun Uhr in der Schule sein, um uns im Klassenzimmer auf dem Monitor die Live-Schaltung aus der Versammlungshalle anzusehen. Ich wünschte mir, die Reden lieber nicht verstehen zu können, weil ich mir ziemlich albern vorkam: Die Ansprache schien niveaumäßig eher für Grundschüler ausgerichtet zu sein und wurde von vielen meiner Mitschülerinnen mit professioneller Ignoranz hingenommen, so dass Yamashita-Sensei des Öfteren ihre Runden drehen musste, um schlafende Schüler wieder aufzuwecken. Über was wurden wir nun also belehrt?
Wir sollen uns anstrengen, dass wir liebenswerte, fröhliche und beliebte Schülerinnen werden.
Wir sollen immer zu den Clubs gehen und viel lernen.
Wir sollen nicht in fremde Autos einsteigen!
Weil es draußen im Winter schneller dunkel wird, ist es gefährlich und wir sollen laut schreien, wenn etwas passiert.
Purikura ist in Schuluniform nicht erlaubt.
Gefährliche Orte sind auch nicht erlaubt.
Und um das ganze noch zu Toppen: „Vergesst bitte nicht, dass morgen der Unterricht wieder los geht!“
Aber ich darf mich wohl kaum beschweren. Schlimmer und unbequemer wäre es gewesen, wenn wir uns in der Turnhalle zu Drei-Stunden-Reden versammelt hätten, oder? So war schon um elf Uhr Schluss. Yamashita-Sensei drückte mir das Klassenbuch in die Hand. Hilfe! Für den Rest der Woche muss ich gemeinsam mit jemandem, den ich nicht besonders mag (also: kirai na Tomodachi *hehe*) allen anderen vorschreiben, wann sie sich zu verbeugen haben. Kurz vor dem Schluss wurden Hefte mit den Gruppenfotos, die während der Fahrt nach Hokkaido geschossen wurden, verteilt. Ich habe mich total gefreut, auch wenn von den Nachtfotos in Hakodate die Hälfte verwackelt ist und ich es zweimal geschafft habe, in eine andere Richtung zu sehen …
Eri und ich stellten fest, dass wir mit dem Bus in die gleiche Richtung fahren müssen. Sie lud mich zu sich nach Hause ein, weil ihre Mutter mich nun gerne kennen lernen möchte. In den Sommerferien hatten wir uns kaum gesehen und jetzt gibt es viel zu erzählen. Dass Yukako in Amerika und somit nicht mehr hier ist, ist irgendwie ungewohnt. Mit Dreierfreundschaften habe ich bisher keine guten Erfahrungen machen können. Aber ich denke, mit Yui, Eri und mir wird es schon klappen.

Freitag, 10.09.2004

Daran, dass morgens in den Bahnen ganz schön was los ist, habe ich mich langsam gewöhnt. Als ich in Kichijôji die Schranken zum Bereich der KEIO-Bahnen passierte, freute ich mich darauf, dass ich mich gleich entspannt in den Bus setzen könnte. „Trallala, ich habe noch ewig viel Zeit und keinerlei Stress.“ Doch dann sah ich die mindestens dreißig Meter lange Schlange an der Bushaltestelle. Nur Schüler, nicht nur meiner Schule, soweit das Auge reichte. Soweit also zum Thema „Entspanntes Sitzen im Bus“. *schlechtelaunehab* Das passt aber zu Tokyo, oder? Alle wollen auf möglichst ferne Schulen gehen und sogar Erstklässler werden dreißig oder mehr Minuten durch die Stadt gescheucht. Ich verstehe nicht ganz, warum sie sich nicht einfach eine Schule in der Nähe heraussuchen können. Nach welchen Kriterien geht man denn hier?

Nach Fremdsprachen ja wohl kaum, denn da gibt es meines Wissens nur Englisch. Vielleicht nach den Clubs? Und bei den Sportclubs nach deren Bekanntheitsgrad in der Stadt?? Oder nach den Schuluniformen? Ich glaube, ich werde hier mal eine Umfrage starten!
Na, jedenfalls kam ich todmüde in der Schule an, nachdem ich letzte Nacht irgendwie nur fünf Stunden geschlafen hatte. Im Biounterricht wurden in zwei Stunden die Mendelschen Gesetze eingeführt. In Deutschland war das an unserem Gymnasium der Stoff von gut drei Wochen. Verstanden hat es hier anscheinend eh keiner und spätestens bei der zweiten Kreuzung schlief die Hälfte der Klasse. Ich kämpfte mit dem Harry-Potter-Buch meiner Gastschwester im Unterricht und versuchte, nicht zu schlafen. Im Musikunterricht habe ich mich heute vor Freude gar nicht mehr eingekriegt. Wir begannen, uns die „West Side Story“ von Leonard Bernstein anzuschauen. Leider war ich die einzige in der Klasse, die das Stück kannte. Ist das nicht traurig? Vorher scheiterte der Versuch, gemeinsam „Tonight“ zu singen. Und jetzt das Lustige daran: Es war auf Japanisch!
Nach dem *Shûji*-Unterricht (Kalligraphie), bei dem ich mich schon anstrengen musste, den Pinsel nicht vor Müdigkeit fallen zu lassen, drückte mir eine Freundin (und diesmal nicht kirai na Tomodachi) aus dem *Sadôbu* (Teeclub) den Übungsterminplan in die Hand. Bis zum *Bunkasai* (Schulfest) in zwei Wochen ist jeden zweiten Tag Club bis 17.30 Uhr angesagt. Ist das nicht klasse? Da verlasse ich kurz vor sieben Uhr morgens das Haus und komme 12 Stunden später wieder dort an. Kann man sich etwas besseres vorstellen? *nachhilfeschrei* Ok, und jetzt höre ich auf, mich darüber aufzuregen, schließlich ist es freiwillig und ich muss ja nicht zwangsläufig in einen Club eintreten. Eigene Schuld sozusagen.

Samstag, 11.09.2004

Es ist schon wieder Samstag und meine Gastfamilie hat bereits Wochenende, während ich bis 17.30 Uhr in der Schule war ... Aber ich wollte mich ja nicht mehr beschweren!
Beim morgendlichen Gebet stand ich mit kirai na Tomodachi vor der Klasse. Bevor wir das Signal zum Verbeugen gaben, hat sie sich einfach auf ihren Platz verdrückt und ließ mich verwirrt alleine zurück. So ging die Schule heute schon gut los.
Im English-Writing-Unterricht wollte mich mein „Lieblingslehrer“ mal wieder so richtig schön auflaufen lassen und ließ mich die Hausaufgaben vorlesen. Wahrscheinlich hatte er darauf spekuliert, dass ich sie nicht angefertigt habe, aber der Punkt ging an mich. Dann sollte ich die für mich mit Abstand schwierigste Aufgabe lösen. Wir sollten den Satz: „He writes a letter“ in die unterschiedlichen Zeitformen bringen, die aber nur auf Japanisch und somit in ewig langen Kanjiverbindungen angegeben waren. Ich saß eine ganze Stunde da, um die entsprechenden Kanjis nachzuschlagen und so eventuell die Aufgabenstellung zu verstehen. Und genau da nahm er mich freundlicherweise wieder dran. Nur leider, leider hatte ich mein Ergebnis in der Pause mit Yuis Lösung verglichen. Pech gehabt. *breitgrins*
Wieder zu Hause angekommen, wollte ich in Deutschland anrufen, weil ich mir um die Büchersendung, die eigentlich vier Tage dauert, nun aber schon drei Wochen unterwegs ist, immer noch Sorgen mache, zumal das später abgeschickte Paket am 04.09. schon angekommen war. Da ging ein Rummel los: Das Telefon ist durch irgendeine Nummer gesperrt, die man eingeben muss, bevor man ins Ausland telefonieren kann. Erst wurde das halbe Haus durchwühlt und danach durch die Gegend telefoniert. Als ich es dann endlich geschafft habe, nach Berlin durchzukommen, ging dort mein Bruder ans Telefon. Seine Stimme hat sich im letzten halben Jahr

aber so dermaßen verändert (Stimmbruch und so), dass ich dachte, mit meinem Papi zu sprechen. Und das Gespräch war, nachdem ich meinen Bruder fast auf Japanisch voll gelabert hätte, schon nach kurzer Zeit beendet … Hmm.
Ich hatte vergessen, dass meine Eltern für ein paar Tage nach Prag gefahren sind. So konnten sie mich logischerweise auch nicht zurückrufen.
So, jetzt ist auch für mich Wochenende und ich schlaf mich morgen erst einmal so richtig aus.

Sonntag, 12.09.2004

Ein Glück, dass ich in meiner Gastfamilie so lange schlafen kann, wie ich möchte. Hang, die thailändische Austauschschülerin, berichtete neulich, dass sie in den Ferien meistens um sechs aufstehen musste, um mit ihrer Gastfamilie zu frühstücken und danach einen Spaziergang zu machen. Echt *kawaisô* (bemitleidenswert).
Morgen beginnt wieder mein Japanischunterricht und ich hatte immer noch ein paar Sommerferienhausaufgaben auf dem Tisch zu liegen. Da musste ich die A…backen zusammenkneifen und den Rest erledigen. Nach vier Stunden war ich endlich fertig und habe mich gefreut. *strahl*
Abends rief Azusa, eine Schülerin der Schule meines Gastvaters bei uns an und wollte sich mit mir verabreden. Sie hatte ein Jahr als Austauschschülerin in Deutschland gelebt und bei dem Telefonat den Wunsch geäußert, mal wieder Deutsch sprechen zu können. Morgen oder in den nächsten Tagen möchte sie nochmals anrufen, um einen konkreten Tag für ein Treffen auszumachen. Eigenartig fand ich nur, dass wir am Telefon ausschließlich Japanisch miteinander sprachen. Wenn wir am nächsten Wochenende keine Zeit haben sollten, bleibt immer noch das Bunkasai der Schule meines Gastvaters, um uns zu treffen. Leider habe ich mich für diesen Tag schon mit Eri und Yui zum Disneylandbesuch verabredet. Muss ich dann wohl morgen absagen und verschieben. Kurz nach dem Telefonat meinte Okâsan: „Ach ja, ich kenne auch ein paar Schüler, die dich gerne mal treffen würden und Deutsch lernen möchten. Wie wäre es?“ Okay, es kann ja sicherlich nicht verkehrt sein, auch mal etwas gemeinsam mit Leuten zu unternehmen, die nicht Eri oder Yui heißen. Wenn ich nur Zeit hätte, nicht wahr?

Montag, 13.09.2004

Gerade aus dem wieder überfüllten Bus ausgestiegen, gingen wir über die Brücke zum Überqueren der Straße. Plötzlich fluchte der vor mir laufende Lehrer lautstark vor sich her. Während ich mich noch fragte, was denn passiert sei, wehte mir der Wind einen ziemlich ekligen Gestank in die Nase. Da hatte doch tatsächlich jemand seinen Darm mitten auf der Treppe entleert und der Lehrer ist mitten hinein getreten. Ich war ganz hin und her gerissen zwischen Mitleid und Schadenfreude. Ja, ja, ich weiß, ich habe einen bösen Charakter. *hihi*
Das Missgeschick wurde zum Gesprächsthema Nr.1 in der Schule. Leider war nur die Hälfte der Klasse anwesend, weil noch ein seltenes Ereignis stattfand: Die Bahnen einer ganzen Linie sind stehen geblieben. Dem bin ich wahrscheinlich nur ganz knapp entkommen, denn es muss unmittelbar nach mir passiert sein. Ich kann mir so richtig vorstellen, was auf den Bahnhöfen los gewesen sein muss, wenn alle zur Schule oder Arbeit wollen, die Bahnen aber nicht kommen, um die Menschenmassen weg zu transportieren. Oder noch besser, wenn man in einer vollen Bahn feststeckt, so für ein Viertelstündchen und der Typ hinter dir erkältet ist und dir ständig in

den Nacken niest. *lecker* Eine halbe Stunde nach Unterrichtsbeginn trudelte der Rest der Klasse erst ein. Auf dem Rückweg nach Hause freute ich mich wieder über die Ansagen am Bahnhof. Immer das Gleiche und man wird permanent belehrt: „Auf Gleis zwei fährt ein Zug ein. Achtung bitte! Weil das sehr gefährlich ist, begeben Sie sich bitte hinter die gelbe Linie. Sollten Sie verdächtige Gegenstände sehen, verständigen Sie bitte einen Bahnhofsbeamten!" Und im Zug: „*Kichijôji, Kichijôji desu.* Passen Sie bitte beim Aussteigen auf, dass Sie niemanden verletzen und bitte lassen Sie nichts in der Bahn liegen!" Weiß man das nicht alles von selber? Muss man diese Warnungen wirklich mehrmals täglich vorgebetet bekommen? Im Vergleich dazu beispielsweise die knappen Ansagen der Berliner S-Bahn: „Alexanderplatz - Übergang zu den U-Bahnlinien 5 und 2, zur Straßenbahn und zum Bus!"
So, das passt jetzt zwar gar nicht hierher, aber ich wollte es erwähnen:
Heute haben mein Bruder, mein Onkel, mein Großcousin und mein Opa Geburtstag. Happy Birthday!!

Dienstag, 14.09.2004

Ich kann dienstags immer für zwei Stunden den Computer in der Schule nutzen, um meine E-Mails zu beantworten, mal im Japanjahr-Forum vorbei zu schauen und die nervigen Spams nebst Kettenbriefen *grrr* zu löschen. Irgendwie ist es gar nicht so schlimm, dass meine jetzige Gastfamilie mich das Internet nicht benutzen lässt. Ja, sie haben doch einen Internetzugang, wie ich inzwischen herausbekommen habe, aber der ist extrem langsam und blockiert die Telefonleitungen und wird daher nur gelegentlich von Otôsan benutzt. Ich bekomme so jedenfalls nicht alle drei Tage ein schlechtes Gewissen, weil ich die aufgeschobenen Tagebucheinträge langsam nachholen müsste, um euch mit den neuesten Liveberichten aus Japan zu versorgen. Man kann auch überleben, ohne täglich mehrere Mails zu beantworten. Von meinen deutschen Freunden höre ich inzwischen ohnehin so gut wie nichts mehr. Nur Erik schreibt immer mal und gelegentlich auch Robert und Madeleine. Das Verschicken des Passwortes für das Tagebuch übernimmt zum Glück meine Mutti. Nun nutze ich häufig den Unterricht, um meine Aufzeichnungen mit der Hand zu schreiben und schicke sie dann per Post an meine Eltern, die sich in Deutschland die Arbeit machen, alles abzutippen und im Internet einzustellen. Und so frage ich mich immer öfter, ob das Tagebuch überhaupt die viele Mühe wert ist. Ein Problem gibt es da allerdings noch: Die Post in Komae schließt früher als ich aus der Schule komme und sogar samstags bin ich im Normalfall nicht vor 19 Uhr zu Hause.
Übrigens werden hier wir-leben-hier-nicht-in-der-Steinzeit-Gesichter aufgesetzt, wenn ich nach einem Internet-Cafe frage. Ich habe jedenfalls noch keins gefunden.
In der Mathedoppelstunde hatte ich zweimal so ein Wie-nun-?-Erlebnis: Das erste Mal, als der Vertretungslehrer mich in der ersten Stunde auf Englisch aufforderte, eine Frage zu beantworten und das zweite Mal, als der richtige Lehrer in der zweiten Mathestunde meinte, dass ich mir keine Sorgen zu machen brauche, wenn ich den japanischen Matheunterricht nicht verstehe. Er wisse auch nicht, warum der Unterricht an der Highschool so übertrieben schwierig sei, aber es würde an der Uni einfacher werden ... Wahrscheinlich macht es nur keinen Unterschied, ob die Schüler einen leichten Lösungsweg auswendig lernen und nicht verstehen, oder einen schwierigen. *augenzwinker* Wie darf ich denn das nun werten? Wollte er mich trösten? War es die Aufforderung einen anderen Kurs zu wählen oder mich in der Zeit mit anderen Dingen zu beschäftigen? Wie motivierend!

Tja, was gibt es sonst noch zu berichten? *überleg*
Vielleicht, dass alle nur noch ans Bunkasai denken! Überall sieht man die Clubs proben, Plakate malen, Einladungskarten falten und Dekorationen basteln. Das nervt mich schon wieder gewaltig, aber ich zwinge mich, regelmäßig zum Üben in den Teezeremonieclub zu gehen, auch wenn ich manchmal eher das Gefühl habe, meine Zeit zu verschwenden. Es ist wie vorher im Chor: Zweistundentreff, davon aber nur 30 Minuten effektiv üben. Nur, dass ich mich mit den Mädchen im Teeclub wesentlich besser verstehe. Was sicherlich auch unter anderem daran liegt, dass alle mehr Ahnung haben als ich und daran, dass es eine große Gruppe Gleichaltriger gibt, denen gegenüber ich mich nicht über- oder unterordnen muss und die sich mir gegenüber auch „normal" verhalten.
Da das Bunkasai nicht das einzige Event in nächster Zeit sein wird, sieht man auch die Drittklässlerinnen der Oberstufe aufgeregt mit Fächern durch die Gegend rennen. Sie sind in allen Pausen und vor und nach dem Unterricht damit beschäftigt, einen Tanz fürs Sportfest auswendig zu lernen. Da ist aber noch jede Menge Arbeit und Training vonnöten. Es sieht im Augenblick alles ziemlich unkoordiniert aus. Vermutlich werde ich am Sportfesttag zu einem MEO-Event in Yokohama gehen und kann mir so das Ergebnis gar nicht ansehen.

Mittwoch, 15.09.2004

Juhu, wir wechseln wieder die Plätze! … Nein, das heißt alle wechseln, nur ich nicht, weil ich es geschafft habe, die gleiche Nummer noch einmal zu ziehen. Aber die Leute um mich herum ändern sich. *freu* Leider scheinen Eri und Yui weit weg zu sitzen, aber das stört mich jetzt nicht weiter. Das große Tischerücken geht am kommenden Samstag los. Yamashita-Sensei schien heute früh nicht in der Schule gewesen zu sein und deswegen stand Hayakawa-Sensei (ach ja, die Berliner Mauer) vor der Klasse, um mit uns zu singen. Die alten und schrägen Aufnahmen des Schulliedes, die jeden Tag erklingen, können noch getoppt werden! Yamashita-Sensei singt immer laut genug (aber richtig!), so dass man die Musik aus den Lautsprechern nicht hört. Aber Hayakawa-Sensei trifft nicht mal die Töne, lässt sich aber in ihrem Stolz absolut nicht beirren. Hinterher hielt sie uns einen Vortrag darüber, dass wir auch mitsingen sollen … *sichschüttel*
Vorhin rief meine coole Tante Steffi (eigentlich meine Großtante) aus Leipzig an. Ich war gerade beim Duschen, aber meine Gastmutter war ganz panisch, weil sie sich nicht verständlich machen konnte. Ich musste triefend nass das Telefon entgegen nehmen, um zehn Minuten Aufschub zu erbitten. Meine vorherige Gastfamilie fand das jedes Mal gar nicht lustig, wenn ich zu lange angerufen wurde. Wir haben es letztendlich auf einmal monatlich begrenzt. Jetzt interessiert es überhaupt keinen mehr und ich habe fast wöchentlich einen Anruf von meinen Verwandten, auch wenn Okâsan jedes Mal denkt, dass es bei einer weiblichen Stimme meine Mutti und bei einer männlichen Stimme mein Papi ist. Wie gesagt, sie versteht eben kein Englisch.

Donnerstag, 16.09.2004

Ich habe den Teeklub geschwänzt, um mit Yui und Eri nach Kichijôji zu einem *Matsuri* (Fest) zu fahren. Vorher aber gingen wir zum Purikura und in einen Laden mit neuester Handytechnik. Es wurde etwas erfunden, womit man auch an lauten Orten telefonieren kann, indem man das

Keitai, sprich das Handy, von außen an Kopfhörer hält. Dinge, die die Welt nicht braucht! Aber es kommt noch besser: Auf dem Fest wurde Yui von ein paar Typen nach ihrer Handynummer gefragt. In Deutschland würde man die Nummer ansagen und der andere sie dann einspeichern. Nicht aber in Japan. Hier hält man die Infrarotschnittstellen aneinander und drückt einen Knopf. Mir geht der Handywahn hier ziemlich auf den Wecker, weil alle fünf Minuten das Keitai aus der Tasche gezogen wird, um nachzusehen, ob eine Mail oder ein Foto angekommen ist. Man benutzt die Dinger nicht nur zum Telefonieren oder Simsen, sondern auch, um ins Internet zu gehen oder online zu shoppen, zum Runterladen von Musik oder eben zu fotografieren. Ich wollte von Eri und Yui wissen, wie viel sie im Durchschnitt monatlich dafür ausgeben: So umgerechnet 60 Euro sind es schon … uff.

Das Fest war recht lustig. Es gab die unterschiedlichsten Süßigkeiten und man konnte an einem Glücksrad drehen, um vielleicht sogar drei oder fünf Stücke zu bekommen. Neben den Fressständen (sorry) durfte man natürlich wieder kleine Goldfische fischen (mit dem dünnen Papier). Aber da ich weiß, wie ich mich dabei anstelle, gebe ich das Geld lieber für andere Dinge aus. Jetzt fragt ihr euch sicherlich, welche Süßigkeiten es gab. Neben Schokobananen und kandierten Äpfeln gab es Mochi (Reiskuchen), Waffeln mit Creme und eine spannende japanische Süßigkeit: Eine klebrige Substanz wird nach und nach auf einen riesigen Eiswürfel gekleckert und ein Stück Obst (Ananas, Orange, Pflaume, …) dazu gegeben. Die Substanz wird etwas härter und man kann sie dann als Lutscher kaufen. Das Zeugs klebt ziemlich an den Zähnen und scheint nur aus Zucker zu bestehen.

Gegen 19 Uhr schien sich auf dem Tempelgelände eine halbe Jungenschule zu versammeln und da die Knaben andauernd tuschelnd um uns herum standen, beschlossen wir, lieber nach Hause zu fahren. Eri war etwas geknickt, weil die Jungs Yui und nicht sie nach ihrer Telefonnummer gefragt hatten und ich musste sie ein bisschen trösten. So schlimm war es dann wohl auch nicht …

Auf dem Rückweg begegnete uns eine kaum auffällige, eher ruhige Mitschülerin, deren Anblick mir fast die Sprache verschlug. Sie hatte die Uniform gewechselt, damit sich eventuell anwesende Lehrer unserer Schule nicht aufregen und lief herum wie ein Paradiesvogel: das Gesicht bunt geschminkt, Farben in die Haare eingeflochten, den Rock ultrakurz, Loose Socks usw. Da kann man mal sehen, was hier außerhalb der Schule so passiert!

Freitag, 17.09.2004

Ihr hättet Euch krankgelacht, wäret Ihr dabei gewesen! Ich versuchte, meiner Biolehrerin, wie schon mehreren „Opfern“ zuvor, den Unterschied zwischen U und Ü zu erklären. Sie probierte es zehn Minuten lang und gab dabei die komischsten Geräusche von sich. Und welches Beispiel bietet sich da mehr an als die Wörter schwul und schwül? Das L und das W können ungeübte Japaner in der Regel auch nicht aussprechen. Ach, war das lustig. Sie hat sogar ein Jahr lang Deutsch auf der Uni gelernt. Das scheint hier übrigens so üblich zu sein, wenn man z.B. Arzt werden möchte. Die Ausbildung von Ärzten in Japan hat sich lange Zeit an deutschen Dozenten und Lehrbüchern orientiert und Krankenberichte wurden auf Deutsch in lateinischer Schrift geschrieben. Viele Wörter finden sich demnach auch im Japanischen wieder. *Runge* von Lunge, *Kuranke* von Kranke, *Karute* von Karte (Patientenkartei). Also nix mit Latein wie in Deutschland!

Im Musikunterricht schauten wir uns die West Side Story bis zum Ende an *schnief* und ein Viertel der Klasse hat dabei geschlafen. Bis zur nächsten Woche sollen wir eine Zusammenfassung schreiben … natürlich auf Japanisch. *kein Kommentar*
Am Ende der Stunde wurde ich nach vorne gebeten, um meinen armen Mitschülerinnen den Text vom Heidenrösleinlied einzutrichtern. Katakanas als Lesehilfe sind aber verboten. Mal sehen, wie viele Wochen ich da brauchen werde. Vorgestern ist mein Musiklehrer zu mir gekommen, während ich meine Freistunde am Klavier verbrachte und wollte, dass ich ihm etwas vorsinge. Horror! Ich antwortete, dass mir das zu peinlich ist. *rotwerd* Daraufhin meinte er: „Später! Ich freu mich drauf!" – Hilfe! Aber ich hätte wissen müssen, dass es da noch ein Nachspiel gibt: Er brummte uns heute ein A-cappella-Lied auf, das wir, allerdings zu dritt, vor der ganzen Klasse vortragen müssen.
Noch vor der Obentô-Pause bekam ich richtig heftige Bauchschmerzen! Hätte ich bei dem gestrigen Fest doch bloß etwas Vernünftiges gegessen! Aber ich wollte kein Abendbrot hinterher stopfen, weil mein Magen mit Schokobananen, Waffeln, Mochi usw. reichlich gefüllt war. Das bereute ich heute.
Mit zitternder Hand und besagten Krämpfen musste ich also im Shûji-Unterricht mit dem kleinen Pinsel die Hiragana möglichst genau nachschreiben. Als die Lehrerin dann, so wie immer, mit ihrem: „Guckt Euch mal an, was Dana geschrieben hat", anfing und heute noch ein: „Du bist besser als alle bisherigen Austauschschülerinnen", obendrauf packte, kam ich mir in meinem Zustand reichlich veräppelt vor. Einen Lichtblick gab es aber doch! Übernächste Woche werde ich mein Lieblingskanji auf einen Teller schreiben. Die Frage stellt sich eben nur, welches. Mal sehen, was Yui und Eri dazu sagen. Zu schwierig darf es auch nicht sein, weil ich nur einen Versuch haben werde.
Abends kam Ayaki in Begleitung von Chi-chan nach Hause. Wir unterhielten uns darüber, was wir in letzter Zeit so erlebt hatten und als ich sie fragte, ob sie die West Side Story kennt, begann sie, alle Lieder nacheinander zu singen. Sie hatte sich die CD mal von einer Freundin ausgeborgt und fand sie so toll, dass sie sie schon 1000 mal *zwinker* angehört hat. Juhu, die West Side Story hat doch nach Japan gefunden! Ich bin jetzt so müde, dass ich wohl wahrscheinlich wieder gegen 21 Uhr einschlafen werde. So war es jedenfalls in den letzten Tagen. Gute Nacht!

Samstag 18.09.2004

Endlich mal ein freier Samstagnachmittag! Keine Clubaktivitäten. *freu* Also schnell zur Post, um dort die Briefe mit den Tagebucheinträgen abzugeben. Aber denkste! Geschlossen. Eine blödere Post, als die in Komae, scheint es in Japan nicht zu geben! Am Wochenende geschlossen und irgendwie scheint sie sonst auch bloß bis 16 Uhr aufzuhaben. Wie soll ich denn die Tagebucheinträge abschicken??? Mal sehen, ob ich in der kommenden Woche eine Post in der Nähe meiner Schule auftreiben kann.
Chi-chan stand wieder vor der Tür und meinte, dass ihre Eltern denken, dass sie in der Juku ist und somit erst gegen zehn Uhr nach Hause kommt. Die ist aber aus irgendwelchen Gründen ausgefallen und da fand sie, dass sie mal vorbeikommen könnte. Wir spielten zusammen Mensch-ärgere-dich-nicht und redeten über Musik. Sie scheint die einzige Japanerin in meinem Alter zu sein, die keine japanische Popmusik, sondern die Beatles, Elton John und eben die West Side Story hört – voll cool. Sie ist vermutlich so ein Fall von extremen künstlerischem Talent: Sie zeigte mir ein Bild, das sie in der dritten Klasse der Grundschule gemalt hat und ich

bin mir ziemlich sicher, dass ich so etwas nicht einmal heute so hinkriegen würde … Perspektivisch wirklich perfekt, obwohl die meisten in dem Alter wohl eher Strichmännchen malen!
Eri hat mir eine CD von Orange Range geborgt, weil die ganze Klasse von dieser Gruppe schwärmt. Überall hängen die Poster und die Lehrer machen sich teilweise schon darüber lustig! Ich hörte also japanischen Rap. Am Anfang war das ja noch recht amüsant, aber nach zehn Minuten ging mir das so auf die Nerven! Aber was habe ich erwartet?

Sonntag, 19.09.2004

Gestern Abend rief die Oberschülerin, die ein Jahr in Deutschland war, wieder an und unsere Verabredung fiel auf heute. Erst einmal waren wir etwas verwirrt, weil ich selbst nicht mir ihr gesprochen hatte, sondern Otôsan die Absprachen traf. Er war aber heute nicht da und so wusste niemand, ob sie anruft, wenn sie am Bahnhof ist oder ob ich dort auf sie warten soll. Aber sie erkannte mich gleich, als ich auf gut Glück zum Bahnhof lief. Sooooo viele *Gaikokujin*'s (Ausländer) gibt es eben doch nicht hier in Komae.
Wir hatten ursprünglich irgendwie beide keine Idee für ein gemeinsames Ziel und deswegen schlug ihr Otôsan am Telefon vor, sie einfach zu Yamamotos nach Hause einzuladen. Das wäre bei meiner vorherigen Gastfamilie völlig undenkbar gewesen!
Azusa-chan zeigte mir ihre Fotos, die wirklich gut gelungen sind, auch wenn ausschließlich Personen darauf abgebildet waren. Ich musste mich ganz schön konzentrieren, mit ihr deutsch zu reden. Plötzlich rief unerwartet mein Papi aus Deutschland an.
Ich könnte mich so dermaßen über diese blöde Post aufregen! Nun ist schon die zweite Büchersendung nach Komae verloren gegangen! Das kann doch nicht sein, oder? Ich brauche das Buch über die Berliner Mauer und außerdem war das alles sicherlich nicht ganz billig! Aber es interessiert keinen und keiner ist zuständig! Vielleicht ist sie ja noch nicht mal in Tokyo angekommen … Nach Nishi Tokyo haben die Sendungen vier Tage gedauert. Ich warte jetzt schon seit vier Wochen!!! Aber wir können nichts tun, als abzuwarten. Grrr. Eine Büchersendung gehört nicht zu den nachweispflichtigen Sendungen, wie es im Postbeamtendeutsch heißt und daher kann der Weg auch nicht nachvollzogen werden.
Als ich fertig war, am Telefon mit meiner Mutter über Homepagefragen zu streiten, spielten wir noch ein paar Spiele zusammen. Azusa-chan und ich unterhielten uns über verschiedene Schwierigkeiten in Deutschland und Japan und Unterschiede zwischen beiden Ländern. Sie erzählte mir, warum sie die Gastfamilie wechseln musste. Das war ganz interessant. Ihre Sprachkenntnisse im Vergleich zu denen anderer ehemaliger Austauschschüler sind enorm!
Gegen 18 Uhr beschloss sie, nach Hause zu fahren. Otôsan bat mich, meine Tasche zu packen, weil er wegen des morgigen Feiertages spontan mit Chi-chan, Ayaki und mir nach Saitama zum Ferienhaus der Familie fahren wollte. Ich dachte, ich träume … Wir fuhren gegen 20 Uhr los und brauchten ungefähr drei Stunden, um anzukommen. Ich fiel dort aber gleich todmüde ins Bett (bzw. auf den Futon) und schlief wie ein Murmeltier.

Montag, 20.09.2004

Feiertag! Tag der Ehrerbietung vor dem Alter (*Keiro no Hi).*
Ich schaute mich morgens verblüfft um! Wir sind mitten in einer Berggegend gelandet, und ich bezweifle, dass man hier wirklich leben kann. Der nächste Laden ist 20 Minuten mit dem Auto weit entfernt und die Straße dorthin eher eine Zumutung. Echt Respekt, wie Otôsan da ohne Mühe durchgekommen ist, auch wenn auf jeder Seite nur fünf cm zum Fels Platz sind …
Im Haus stapeln sich die alten Schallplatten. So eine Sammlung habe ich noch nie gesehen! Chichan und ich fielen gleich darüber her. Es folgte ein Jubelschrei nach dem anderen. Aber auch hier gibt es keinen Fernseher!
Nachmittags spazierten wir zu einem kleinen Fluss und wanderten von dort bis zu einem kleinen See. Ich wollte, auch wenn das Wasser echt kalt war, unbedingt baden. Chi-chan ist für jeden Blödsinn zu haben und somit überredeten wir meine Gastschwester, dass sicherlich niemand in der Nähe ist und sie sich ruhig ausziehen kann … Kaaaalt! Als wir dann aber einen Opa dort rumlaufen sahen, verging uns die Lust und wir kehrten wieder zurück.
Was macht man in Japan mit Müll, wenn es keine Müllabfuhr gibt? Richtig! Man verbrennt ihn. Mal wieder was für die Umwelt getan. *grr* Und ich rede nicht von Papiermüll! Das habe ich schon in Hiroshima gesehen. Ich weigerte mich, mein beschichtetes Eispapier auch ins Feuer zu werfen und das fanden alle etwas komisch … In Tokyo werden im Gegensatz dazu sogar nur bestimmte Benzinarten zugelassen, um die Luft sauber zu halten. Eigenartig, oder?
Bevor wir zurückfuhren, plünderten wir den Dorfladen, weil alles nur halb so teuer wie in Tokyo ist. Dafür ist die Auswahl eingeschränkt. Und ich sehe nicht ganz ein, warum man für einen Apfel umgerechnet drei bis fünf Euro bezahlen sollte, wie in Tokyo! Jeder Apfel ist einzeln in ein Schaumstoffnetz gewickelt, damit er nicht beschädigt wird.
Gegen 23 Uhr kamen wir wieder in Komae an und ich war total knülle. Morgen ist schließlich Schule und ich muss um sechs Uhr aufstehen.

Dienstag, 21.09.2004

Wie bitte stellt sich Ito-Sensei das vor? Sie hat mich heute angesprochen und möchte, dass ich bis zum Bunkasai am Sonnabend nächster Woche ein Plakat ca. DIN A1 gestalte, auf dem ich über Deutschland und mich berichte. Blöd nur, dass ich wirklich jeden Tag Teeclub habe. Soll ich also um fünf Uhr aufstehen, um eine Stunde früher in der Schule zu sein oder machen wir das im Japanischunterricht? Das ist sicherlich keine Arbeit von nur fünf Minuten!
Im Englisch-Unterricht wurde ich von Yamashita-Sensei unsanft aus dem Schreiben meines Tagebuchs herausgerissen: Ich sollte für die Klasse zum Wiederholen laut vorlesen. Damit hatte ich überhaupt nicht gerechnet und Vorlesen ist auch nicht gerade meine Stärke. Nach dem dritten Satz erlöste mich die Pausenklingel. Puh!
Und dann gab es heute noch ein Ereignis im Matheunterricht: Eine Schülerin antwortete auf eine Frage des Lehrers mit: *„Shiranei, yo"*. Darauf ging eine Welle kaum zurück zu haltenden Feixens durch die Klasse und der zum Glück humorvolle Lehrer erwiderte: *„Kimoi!"*. Diejenigen, die Japanisch können, werden die Situation verstehen und jetzt schmunzeln. Für alle anderen erkläre ich das mal kurz: Eigentlich sollte man bei Lehrern (und anderen ranghöheren Personen) die *-masu* Form der Verben benutzen. Das ist die Form, die man auch im Japanisch-Unterricht in Deutschland lernt. In diesem Fall also *shirimasen*. Wenn man mit Freunden spricht,

benutzt man die Grundform, also *shiranai*. Die Schülerin ist jedoch noch einen Schritt weiter gegangen und hat noch einen Slang hinzugefügt. Praktisch so, als wenn man in Berlin mit „weeß ick doch nich, eh" antworten würde. *Kimoi* ist ein neues Modewort, das unter Mittel- und Oberschülern recht häufig benutzt wird. Es besteht aus *Kimochi* (Gefühl) und *warui* (schlecht). Beide Wörter sind demnach nicht empfehlenswert. Plötzlich meinte jemand in der Klasse: „Psst, Dana soll doch ordentliches Japanisch lernen", woraufhin viele anfingen, „schlechte" Wörter durch den Raum zu werfen. Beispielsweise *mendoukusai*, das man verwendet, wenn man keine Lust hat etwas zu tun. Der Lehrer gab seinen Vektorkram auf und wartete noch zwei bis drei Minuten aufs Klingelzeichen.

Mittwoch, 22.09.2004

Warum hat mir das keiner gesagt? Ich bin heute aus allen Wolken gefallen, als alle sich plötzlich ihre Sportkleidung anzogen. Auf dem Stundenplan für heute standen zwei Stunden Sportfestübung. Glücklicherweise hatte ein Mädchen zwei Hosen mit und Eri borgte mir ihre Schuhe vom Basketballclub. Es war schon etwas drollig, die etwas Beleibteren unter den Schülerinnen in den engen und ziemlich kurzen Höschen zu sehen. *drops*
Wir gingen zum Sportplatz, wo sich wirklich die ganze Schule versammelte. Als ich die Brass Band dort stehen sah, schwante mir schon so einiges! Zwei Stunden Marschierübungen rund um den Platz. *kotz* Und weil das noch nicht reicht, setzt der Wettergott auch noch 30 °C oben drauf. *doppelkotz* Aber das war noch nicht alles! Der Boden war an manchen Stellen so trocken, dass wir beim Drüberlaufen Unmengen Staub aufwirbelten. Meine weißen Socken waren anschließend schwarz, alles andere grau. Ich habe mich gar nicht getraut, richtig einzuatmen. Und was für ein Erlebnis, so verdreckt quer durch Tokyo zu fahren. *grrr*
Ich finde es ja schon grausam, wie sich manche Sportlehrer in Deutschland so aufführen, weil, wie man ja weiß, Sport das wichtigste Unterrichtsfach überhaupt ist. Aber hier wird das echt noch getoppt. Probelauf fürs Sportfest …
Nur scheint das Sportfest hier auch seine lustigen Seiten zu haben, weil zum Beispiel jede Klassenstufe eine Show darbietet. Bisher habe ich jedoch noch nicht einmal etwas von Weitsprung oder 100-Meter-Lauf gehört. Na, mal sehen. Das Sportfest soll am 9. Oktober stattfinden.

Donnerstag, 23.09.2004

Was für eine Woche. Heute ist schon wieder ein Feiertag – *Shunbun no Hi* (Herbstanfang) und damit schulfrei.
Das Wetter wird langsam erträglicher. Es ist nicht mehr so heiß und schwül, aber man kann noch im T-Shirt durch die Gegend spazieren. Und es sollen nicht mehr so viele Taifune über uns hereinbrechen.
Okâsan wollte mir die nähere Umgebung zeigen. Wir kamen an einem Kindergarten vorbei und was fand dort gerade statt? Richtig: ein Sportfest. Auf dem Gelände wetteiferten Kinder und Eltern in Teams mit- bzw. gegeneinander. Okâsan machte mich auf ein wunderschöne rote *Higanbana* (Amaryllisart) aufmerksam. Es scheinen jetzt die letzten Tage zu sein, in denen diese Blume noch blühend zu sehen ist.

Ich entschied mich, nach dem Mittagessen nochmals loszugehen, um ein Higanbana-Foto zu machen. Nach einer halben Stunde Suchens veränderte sich plötzlich das Bild auf den Kanaldeckeln und das war ein sicheres Zeichen dafür, dass ich mich schon nicht mehr in Komae befand. Hm, mal wieder verlaufen. Also fragte ich eine ältere Dame, wo der Bahnhof ist. Hilfsbereit redete sie gemeinsam mit ihrem Mann auf mich ein:
„Du gehst bei der nächsten Ampel nach links."
„Nein, geradeaus!"
„Aber es ist echt weit weg!"
Der Sohn war in der Zwischenzeit mit dem Auto nach Hause gekommen. Es kostete mich weitere fünf Minuten ihnen auszureden, dass er mich, egal wie freundlich es gemeint sein mochte, fahren könne. (Erinnert euch an die Schulregel: Niemals in fremde Autos einsteigen!)
Nach einer weiteren halben Stunde verwirrten durch die Gegend Laufens, sah ich etwas wieder, was mir schon beim Losgehen in der Nähe meines Hauses aufgefallen war. Eine weggeworfene Batterie stach aus der sonstigen Aufgeräumtheit der Stadt ziemlich hervor, weil sie auf dem Gehweg lag. Ich war also wieder auf dem richtigen Wege nach Hause. Aber leider nicht mit einem Foto der Higanbana-Blume. Dafür aber mit einem weiteren Kanaldeckelbild für Muttis Sammlung.
Dann kam Chi-chan vorbei und hatte nichts zu tun. Ich erzählte ihr von meinem Problem und dass es vielleicht morgen oder übermorgen zu spät für ein Foto der Blume sein könnte. Sie schlug vor, dass wir auf den Friedhof beim nahe gelegenen Schrein gehen könnten, um dort nach Higanbana zu suchen. Gesagt, getan. Wir wurden fündig. Und so hat der heutige Tag doch noch ein Happy End. Der Friedhof übrigens unterscheidet sich von denen, die ich bisher gesehen habe, nur dadurch, dass alles zubetoniert ist und die Pflanzen/Blumen nicht direkt in die Erde, sondern in Blumentöpfe gepflanzt wurden. Aber ich habe da nicht soooo die Ahnung, dafür nun aber ein Foto. Vom Friedhof und von den Higanbanas.

Freitag, 24.09.2004

Es ist sooo albern, aber sooo typisch für japanische Mädchen.
Der Unterricht begann und plötzlich ertönte ein lautes Gekreische. Alle sprangen hektisch auf und versammelten sich blitzschnell in der hintersten Ecke des Raumes. Eine Kakerlake hatte sich ins Klassenzimmer verirrt. Und anstatt, dass jemand irgendetwas tut, kreischen lieber alle. Yui und ich erledigten das Problem gemeinsam, damit wir endlich mit dem Unterricht beginnen konnten. Schließlich musste ich meinen West-Side-Story-Report noch fertig schreiben und brauchte dafür jede Minute.
Ich hätte mir die viele Arbeit eigentlich sparen können. Ohne zu wissen, was genau der Lehrer unter einem Report versteht, hatte ich die Vor- und Rückseite eines japanischen Blattes (in japanischer Norm, irgendetwas zwischen DIN A5 und A4) voll geschrieben. Die Hälfte meiner Mitschülerinnen hatte jedoch die Hausaufgabe vergessen und der Rest gab Zettel mit drei bis fünf lässig beschriebenen Zeilen ab. Da fühlte ich mich zugegebenermaßen schon etwas veräppelt!
Unser Musik-Sensei machte, nachdem er meinen Bericht gesehen hatte, prompt allen Schülerinnen, die ihre Aufgabe schlecht oder nicht erledigt hatten, ein schlechtes Gewissen. So nach dem Motto: „Jetzt seht euch das hier mal an! Und ihr schafft es nicht einmal, daran zu denken, dass ihr eine Hausaufgabe aufhabt!"

Anschließend musste ich wieder das Heidenrösleinlied vorsingen, damit die armen Mädels sich die Aussprache einprägen.
Der nächste Musikfilm wird Carmen sein. Eine in Spanien spielende Handlung, ein französischer Film mit Untertiteln auf Japanisch.
Im Kalligraphieunterricht wurde ich von meiner Lehrerin gefragt, welches Kanji ich für die Tellerbemalaktion ausgesucht habe. Ich schlug *Cha* (Tee) vor. Fünf Minuten später legte sie den Pinsel aus der Hand und hielt mir sechs verschiedene Schreibweisen vor die Nase. Damit war ich auch überhaupt gar nicht überfordert!!! Ich entschied mich gegen die harte Wörterbuchschreibweise und übe jetzt eine geschwungene Schreibart, bei der der Pinsel an vielen Stellen nur halb abgesetzt wird. Das ist zwar etwas schwieriger, sieht aber eindrucksvoller aus.

Samstag, 25.09.2004

Writing-Unterricht: Angefangen hat es alles mit einem Lehrbuchtext über den nach oben gerichteten Daumen für „gut" und dem nach unten gerichteten für „schlecht". Das ist in Japan nicht üblich. Und schon sprachen wir über Unterschiede in der Körpersprache zwischen Japanern und Deutschen.
Der Lehrer fand meine ersten Beispiele so spannend, dass er mich auch nach dem fünften und sechsten Unterschied nicht in Ruhe ließ. Ein Glück, dass ich mir auf dem Benimatsuri, einem Fest in Berlin mit dem Thema Japan, im vergangenen Jahr einen Vortrag darüber angehört hatte.
Im (täglichen) Teezeremonieclub gab es nichts Außergewöhnliches. Der Ablauf ist eben immer gleich und ich bilde mir ein, die Teeschale mittlerweile an der richtigen Stelle abzustellen. *grins* Vorm Nachhausegehen wollte ich meinen Regenschirm aus dem Ständer vor unserem Klassenraum holen gehen und wurde von Yui in den Raum gezogen. Nur noch 15 Minuten Zeit bis zum Rausschmiss durch den zuständigen Lehrer und sie wollten ein großes Plakat fürs Bunkasai gestalten. Ein richtiges Thema hatte es eigentlich nicht, nur einen riesigen und bunten Hinweis auf unser Klassenprojekt „Painting Nemo". Während Eri und Yui sich über die Farben verständigten und Wakaba die Farben zusammenrührte, zeichneten Mika und ich die Buchstaben auf die Pappe. (Boah, sooo viele Namen habe ich mir schon gemerkt. *augenzwinker*) Wie viel man doch gemeinsam in einem Viertelstündchen schaffen kann, wenn man keine Typen dabei hat, die alles eigensinnig bestimmen müssen!
Eri und ich fuhren zusammen bis Kichijôchi und aßen zur Belohnung ein gaaanz kleines Eis. Somit war ich erst gegen 20 Uhr zu Hause. Wahrscheinlich werde ich mich nie wieder aufregen, wenn ich in Deutschland mal acht oder neun Stunden Unterricht habe!
Meine Gastfamilie hat leider kaum Zeit. Sie sind ebenfalls lange außer Haus und ziemlich im Alltagsstress eingebunden. Meine Gastmutter kommt meist noch später nach Hause als ich. Mich stört allerdings ein bisschen, dass sie oft auf Fragen antwortet, die ich so nicht gestellt habe. Ganz einfach, weil sie sich die Zeit nicht nimmt, mich ausreden zu lassen oder gelegentlich nur bis zur Hälfte zuhört und schon eine Antwort parat hat. Allerdings stellt sie auch keine „blöden" Fragen à la: „Warum kommst du 10 Minuten später nach Hause als sonst?" Und sie macht mir kaum Vorschriften, weil sie der Meinung ist, dass ich von alleine weiß, was Recht und Unrecht ist.

Sonntag, 26.09.2004

Ich war heute beim Bunkasai der Schule, an der mein Gastvater unterrichtet. Dort traf ich zu meinem Erstaunen viele meiner Mitschülerinnen, weil die „Nishiko" den Ruf als beste öffentliche Schule Tokyos pflegt. Da steppt also echt der Bär. So ein Schulfest habe ich in Deutschland noch nie erlebt. Das Besondere daran ist, dass sich die Lehrer komplett heraushalten, alles in der Verantwortung der Schüler liegt und die Vorbereitungen über Wochen laufen.
Okâsan und ich sind erst etwas umher gelaufen und haben uns u. a. einen Film über eine Klasse angesehen, die die Anzahl der Reiskörner in verschiedenen *Onigiri*'s gezählt haben! Onigiri isst man hier fast jeden Tag. Das sind voll leckere Reisbällchen mit unterschiedlichen Füllungen (zum Beispiel Fisch oder Gemüse). Sie haben eine dreieckige Form und sind meist mit *Nori* (gepressten und getrockneten Algenblättern) umhüllt. Die Schüler haben jedenfalls sechs Stunden mit dem Zählen verbracht. Danach haben sie die Preise mit dem Inhalt verglichen. Okâsan und ich haben uns fast tot gelacht
Im Schulgebäude war alles mit Plakaten zugeklebt und total bunt. Man wusste gar nicht, wo man anfangen sollte zu gucken und zu staunen.
Von 13 Uhr bis 15 Uhr wurde ein Theaterstück aufgeführt. Mit Chor, Lichteffekten und eingespielten Geräuschen - Wahnsinn! Danach sind wir direkt zum Orchesterkonzert gegangen. Auch dieser Club war recht professionell.
Warum funktioniert so etwas nicht oder selten in Deutschland? Da regen sich manche Lehrer über zu viele Unterrichtsstunden auf und wenn man sich ihre Stundenanzahl mal genauer ansieht und diese mit denen der japanischen Lehrer vergleicht, kann man sich nur wundern! Hier sind die meisten Lehrer von 8 bis 18 Uhr in der Schule präsent. Wenn sich an meiner Berliner Schule engagierte Lehrer entschließen, ihre Freizeit in Arbeitsgemeinschaften zu investieren, dann regt sich der Hausmeister auf, weil er fünf Minuten länger arbeiten muss, um den Raum abzuschließen und bekommt anfangs erst mal Recht!
Aber zurück zum Bunkasai: An der Schlange vor dem Theater anstehend, hörte ich plötzlich eine mir mächtig bekannt vorkommende Stimme. Eri stand zwei Reihen hinter mir. Und Azusachan (diejenige Austauschschülerin, die ein Jahr in Deutschland verbracht hatte) und Otôsan liefen mir auch an diesem Tag über den Weg.
Ich bin gespannt, wie das Bunkasai meiner Schule wird! *sich freu* Noch eine Woche!

Montag, 27.09.2004

Alle Schüler sollten um 8.10 Uhr in der Schule sein, damit das Sportfest eingeübt werden kann. Aber das meinen die doch nicht so, oder? Das wäre ja so, als würde man zweimal Sportfest haben. Es begann jedoch so heftig zu regnen, dass man beschloss, die Übung auf den nächsten Tag zu verschieben. Bitte, bitte lass es morgen weiter regnen! Sonst fällt meine, für Dienstag geplante Computerstunde förmlich ins Wasser.
Ein Brief von Yukako erreichte heute die Klasse. Sie beschreibt, in welcher Einöde sie in den USA gelandet ist. Man kann es wohl nur als Kaff bezeichnen, weil es kaum Läden in der Nähe gibt und sie schrieb, dass ihre Familie ein paar Pferde hat …
Habe ich mit Tokyo ein Glück, zumal meine jetzige Gastfamilie ja ein Haus im Grünen und nicht in der Stadtmitte besitzt. Durch die guten Bahnverbindungen bin ich nicht einmal davon abhängig, gefahren werden zu müssen.

Abends rief meine Mutti an und wir hatten einen 70-Minuten-Plausch. Ich glaube, es gab gar keinen richtigen Grund, sich zu streiten, weil es nur ein Kommunikationsproblem war. Aber es scheint jetzt alles geklärt zu sein. *erleichtertsei*

Dienstag, 28.09.2004

Ich habe es doch nicht falsch verstanden! Weil es leider heute nicht regnete, wurde das Sportfest, wie angekündigt, geprobt – und zwar genau so, wie es am 9. Oktober ablaufen soll. Kein Detail wurde ausgelassen. Der Direktor, der seine Nase ungewöhnlich hoch Richtung Himmel schob, was ziemlich lächerlich aussah, hielt sogar seine Ansprache an ein nicht vorhandenes Publikum. Die Spiele waren schon gewöhnungsbedürftig, sahen aber spaßig aus. Zum Beispiel sollten die leichtesten Personen über die Rücken der Mitschülerinnen laufen, ohne herunter zu fallen. Wer am schnellsten am Ziel ankam, hat gewonnen. Sehr gesund sah das nicht aus! Schon die Erwärmung konnte man nicht ernst nehmen. Letztendlich wurden zwei Schülerinnen wegen Verstauchungen und Zerrungen zum Arzt gebracht! Sport ist auch hier Mord!
Mir ist immer wieder unangenehm aufgefallen, dass die ganze Veranstaltung eher an Armeesport erinnert: Marschieren um den Platz; die Tänze, die in einer Art Hitlergruß endeten (Ich habe mich echt erschrocken!); der Zwang, sich vor den Sportlehrern und dem Direktor verbeugen zu müssen; die Fahnen, die Vertreter eines jeden Teams schwenken sollten; absolut alle müssen gleich aussehen und das T-Shirt ist in die kurze Hose zu stecken, was ziemlich dusselig aussieht usw. Sehr militärisch das Ganze.
Zum Glück habe ich ja eine Sportbefreiung und konnte die Zeit nutzen, um endlich mit meinem Plakat über Deutschland und mich anzufangen. Wurde auch Zeit! Bis Samstag muss es fertig sein und ich habe doch jeden Tag Club …
Also zunächst den Umriss Deutschlands als Hintergrund einzeichnen. Dann ein paar markante geographische Punkte eintragen: höchster Berg, längster Fluss, größte Stadt usw. Zur Auflockerung habe ich typische und vielleicht für Japaner interessante Fotos über Deutschland (Straßenbahn, U- und S-Bahn, Bus, Litfasssäule, Briefkasten, Mülltrennsystem, Schule etc.) ausgedruckt und das Ganze mit einem Text auf Japanisch versehen. Während des Bunkasais wird es im Haupteingang der Schule hängen und danach vor Ito-Senseis Raum.
Abends rief meine „Lieblings"-LP an und bat mich, zum 50-jährigen Jubiläum von MEO Japan am 10. Oktober etwas über Deutschland mitzubringen. In Yokohama soll es an diesem Tag eine Festveranstaltung geben. Die Gelegenheit habe ich gleich genutzt, um sie nach Amys neuer Telefonnummer zu fragen. Amy hat nun auch die Gastfamilie gewechselt, wie inzwischen alle Austauschschüler im Tokyo Tama Komitee.
So konnte ich Amy anschließend anrufen und sie zum Bunkasai meiner Schule einladen. Später stellte sich übrigens heraus, dass unsere Gastfamilien sich kennen, weil beide schon vor zwei Jahren jeweils einen MEO-Austauschschüler aufgenommen hatten. Die (MEO)Welt is´n Dorf!

Mittwoch, 29.09.2004

Es gießt wie aus Kannen. (Ich wollte erst Wolken und nicht Kannen schreiben. Das machte aber irgendwie keinen Sinn und ich habe vorsichtshalber in meinem Wörterbuch unter „gießen" nachgesehen. Solche Sprichwörter und Redewendungen scheint man als Erstes zu verges-

sen, wenn man im Ausland ist.) Morgen kommt vielleicht ein Taifun nach Tokyo. Man bereitete uns darauf vor, dass die Schule zu Hause anruft, wenn entschieden ist, ob der Unterricht aufgrund der Bedrohung ausfällt. Es könnte sein, dass der Strom für das Bahnsystem abgeschaltet wird, wenn der Wind zu heftig ist. *bitte, bitte* – Taifunfrei, das wäre doch mal was, oder?
Im Kateikaunterricht kochten wir heute Fisch in Miso. Dazu gab es eine Suppe und Reis mit Sesam. War das lecker!!
Der *Koto*-Club (Saiteninstrument ähnlich einer Zither) der Schule übt bis zum Bunkasai an denselben Tagen wie wir. Es ist kaum auszuhalten, weil alle etwas anderes spielen. Wenn sie sich aber auf ein gemeinsames Lied einigen, klingt es einfach nur genial, und ich freue mich auf das Konzert am Sonntag!
So, jetzt erwartet mich eine Sadôbu-Bastelaufgabe: Ahornblätter für die Dekoration ausschneiden. Danach gehe ich zur Post …

Donnerstag, 30.09.2004

Nix da mit Taifun. Strahlender Sonnenschein, weil es sich bis sechs Uhr morgens ausgeregnet hat. *Mist*
In der Klasse wurden heute die selbst gestalteten T-Shirts für das Bunkasai ausgeteilt. Die folgende Aufschrift lasse ich mal für sich sprechen, ohne sie zu kommentieren: „Hello Baby Tomomi! [Yamashita-Senseis Vornahme] Is it fun? … Leave me alone."
Und unten drunter die Namen aller Mitschüler. Welches geniale Hirn ist eigentlich darauf gekommen, dass mein Familienname mit Ü anfängt? Dana Ü. Dabei dürften sie Ü's, Ä's und Ö's doch eigentlich nicht kennen. Egal, ich habe mich sowieso für einen *Happi* als Bekleidung entschieden. Das Ding sieht aus wie ein XXL-Kittel oder eine -Jacke, hat einen ganz einfachen Schnitt und ist rot mit schwarzem Kragen. Irgendwie sieht der Happi schon sehr japanisch aus und wird auf Festen von Schülern alternativ zu den Schuluniformen des Öfteren getragen. Nach dem Bunkasai malen wir vielleicht noch Bilder hinten drauf.
In der Bahn nach Hause musste ich schmunzeln. Vor mir stand ein Sumoringer im Kimono und mit traditioneller Frisur (der Haarknoten heißt wohl *chon-mage*). Das alleine ist in Tokyo schon verwunderlich. Ich jedenfalls habe es zum ersten Mal gesehen. Doch direkt daneben redete ein älterer Herr ohne Pause auf ihn ein. Sie schienen sich nicht zu kennen, denn der Sumo-Ringer drehte sich in dem übervollen Zug so gut wie möglich weg und gab aber aus Höflichkeit alle zwei Minuten ein *„Hai"* von sich. Die 10 Minuten bis zum Erreichen der nächsten Haltestelle müssen für ihn sehr lang gewesen sein. Lustig, oder?

Freitag, 01.10.2004

Morgen habe ich bestimmt einen ordentlichen Muskelkater. Wir hatten heute nämlich keinen Unterricht, damit wir die Zeit für Bunkasai-Vorbereitungen nutzen konnten. Da mussten etliche Tische, Stühle, Teetassen usw. von A nach B getragen werden. Das Schlimmste war jedoch die Schulaufräumaktion morgens. Auf dem Hof liegen seit ein paar Wochen die stinkenden Früchte der Ginkgos auf dem Boden, die auch noch platt- und festgetreten wurden. Meine Gruppe sollte sie mit Besen vom Boden kratzen. Das ist nach der Toilettenreinigung bestimmt die zweit-

ekligste Arbeit, die verteilt werden konnte! Davon, dass sich alle Schülerinnen im Vorbeigehen die Nasen zuhielten, wurde es nicht unbedingt besser! *sichschüttel*
In den Klassenräumen war auch einiges los. Die Fenster wurden bemalt, Plakate im ganzen Haus aufgehängt und aus allen Räumen dröhnte J-Pop. Aus dem Projekt meiner Klasse halte ich mich lieber weitestgehend raus. Ich habe nur wenig Lust, irgendwelchen Besuchern Bildchen auf die Arme zu malen. Herzchen, Luftballons, Smileys … Den ganzen Kinderkram. Morgen ist für mich ganztägig *Sadôbu* (Teezeremonieclub) angesagt und ich werde aufgrund des Kimonos kaum die Chance haben, großartig herumzulaufen oder gar woanders mitzumachen.
Ab morgen werden wir noch einen brasilianischen Austauschschüler in unserer Familie zu Gast haben. Er bleibt bis zur 50-Jahre-MEO-Festveranstaltung in Yokohama am nächsten Wochenende bei Familie Yamamoto. Übrigens kommt er aus der gleichen Gegend wie Kasuki. „Vielleicht kennen sie sich ja", meinte meine Gastmutter. Wer's glaubt …

Samstag, 02.10.2004

Ich ahnte nicht im Ansatz, dass ein Kimono so viel Zubehör hat! Einen Kimono-BH, ein Unterkleid *(Nagajuban)*, unzählige Bänder, damit nichts verrutscht, den Obi, Tabi, die speziellen Socken, und schließlich den Kimono an sich. Es wurde dreißig Minuten lang an mir herumgezottelt, bis der ausgeborgte Kimono Hayakawa-Senseis richtig saß. Danach lief ich total eingeschnürt, was zugegebenermaßen ein wenig drollig wirkte, durch die Gegend. Mit dem Obi kommt man sich vor, als hätte man ein Brett im Rücken und anlehnen kann man sich auch nicht. Wenn ich wenigstens hätte richtig atmen können … Und mein Mittagessen musste ich hälfteln, weil mein Magen nach einem *Onigiri* (Reisbällchen) schon voll war. Früher sind die Frauen so jeden Tag herum gelaufen. In kleinen Trippelschritten auf den Geta. Aber der Kimono war wirklich wunderschön und ich finde es supernett von Hayakawa-Sensei, dass sie ihn mir für diesen Tag geliehen hat.
Meine erste „Tee-Kundin" war Frau Fujiwara, meine ehemalige Gastmutter! Unangenehm, dass die ältere meiner beiden Lehrerinnen mit im Raum saß und mich sofort lauthals berichtigte, wenn ich etwas nicht korrekt machte. Okâsan hätte die Fehler sonst wahrscheinlich gar nicht mitbekommen. *grrr* Wir waren vier Schülerinnen und haben uns das Bedienen recht gut eingeteilt. Jede ist nur drei- bis viermal drangekommen, hatte dabei meistens sechs Gäste gleichzeitig. Trotzdem war ich ziemlich fertig, weil man jedes Mal ca. 20 Minuten im *Seiza* (stilles Sitzen auf Knien) ausharren musste. Mittlerweile schaffe ich das zwar 40 Minuten, ohne dass mir die Füße einschlafen, aber irgendwann tun die Knie weh. Vom Bunkasai habe ich erwartungsgemäß kaum etwas sehen können. Ich bin nur einmal kurz zum Hauptgebäude getrippelt, um Ito-Sensei zu suchen, weil sie ein Bild von mir im Kimono machen wollte. Jetzt habe ich auch verstanden, warum vorher Eintrittskarten hergestellt wurden, die wir mit unseren Namen beschriften sollten, bevor wir sie an unsere persönlichen Gäste abgegeben haben. Ich glaube kaum, dass jemand die Eintrittskarten wirklich sehen wollte, denn unzählige Jungengruppen standen in allen möglichen Ecken der Schule und tuschelten. Sie haben sich bestimmt die Schule angesehen und beraten, ob sie nicht wechseln wollen, um auf eine Mädchenschule zu gehen! *augenzwinker*
Auf dem Rückweg zum Teehaus lief ich dem eigens für das Fest angeheuerten Fotografen in die Arme und schwupps hatte er vor, ein Foto von mir im Kimono zu schießen. Da packte ich die Gelegenheit beim Schopfe und drückte ihm im Gegenzug meinen Fotoapparat in die Hand und

bin jetzt überglücklich, weil es eine supa dupa Aufnahme mit meinen Lehrerinnen wurde! Die Einzige, die das nicht lustig fand, war meine ältere Teezeremonielehrerin, weil ich wohl den Verkehr etwas aufhielt.
Was für ein Gefühl, den Kimono nach acht Stunden ablegen zu dürfen und wieder normal einatmen zu können. Er ist in der Zeit nicht mal verrutscht, weil alles so fest zugeschnürt war.
Abends saß Paulo, der angekündigte Austauschschüler aus Brasilien, schon am Wohnzimmertisch als ich heim kam. Ich legte meinen mp3-Discman ab und als er sich neugierig das darauf klebende Purikurabild von Kasuki ansah, schien er ein „Moment-mal-den-kenne-ich-doch-Erlebnis" zu haben. Die Welt ist ein Dorf. Sie hatten sich auf einer MEO-Orientation ihres *Ken's* (Japan ist in Kens eingeteilt, so wie Deutschland in Bundesländer) kennen gelernt.
Ach, und nur noch so am Rande bemerkt: Die Büchersendung ist heute nach sechs Wochen doch noch angekommen! Ich habe also endlich mein dringend erwartetes Buch über die Berliner Mauer. Warum benötigt so eine ähnliche Sendung bis Nishi Tokyo nur vier Tage?

Sonntag, 03.10.2004

Ich habe einfach dem Teeklub erzählt, dass ich in der Klasse zu tun habe und der Klasse, dass ich aufgrund des Teeclubs kaum Zeit habe. Das Resultat: Keine Verpflichtungen und den ganzen Tag frei, um mir das Bunkasai der eigenen Schule ansehen zu können. Ich wusste gar nicht, dass ich zu so einer Notlüge fähig bin, ohne ein schlechtes Gewissen zu bekommen. *grins*
Viele Klassen hatten auch so unsinnige Projekte wie „Painting Nemo". Die meisten verkauften Essen. Mit dem Bunkasai der Nishiko von vor einer Woche war das leider überhaupt nicht zu vergleichen. Daher konzentrierte ich mich lieber auf die Clubs und ihre Auftritte. Zuerst besuchte ich den Koto-Club und habe gefilmt, bis mein Arm schmerzte. Danach traf ich Okâsan und Paulo, die ich aber wenige Minuten später aus den Augen verlor. Ich unterhielt mich mit den ehemaligen Austauschschülerinnen meiner Schule, die in Amerika gewesen waren, bis mir Amy über den Weg lief. Wir gingen gemeinsam zum Auftritt des Chores und wurden dort richtig böse enttäuscht. Das erste Lied war „Titanic", das zweite stammte aus dem Disney-Film „Herkules" … und dann haben wir den Raum verlassen. Ein Glück, dass ich aus dem Chor wieder ausgetreten bin!
Amy und ich spielten eine Runde Go gegeneinander, dann lockte ich sie ins Teehaus und wir haben dort die Zeremonie bei meinen „Clubschwestern" genossen. Das auch noch kostenlos *rotwerd*, denn die 200 Yen Unkostenbeitrag brauchte ich nicht zu bezahlen. Zum Schluss hörten wir uns die Brass Band an, die wirklich richtig gut und anspruchsvoll spielt. Plötzlich war es schon 16 Uhr und das große Aufräumen begann. Erst kurz vor 18 Uhr war Schluss. Dann ging's ab nach Hause.
Abends telefonierte ich mit meinen Eltern und als Katrin aus Hiroshima anrief, war ich schon vor Müdigkeit kaum noch ansprechbar. Morgen ist wieder Unterricht!

Montag, 04.10.2004

Ab heute ist wieder das Tragen der Winteruniform angesagt. Draußen regnet es seit gestern ununterbrochen und es ist irgendwie richtig kalt geworden. Was nutzt aber ein dickerer Rock, wenn die Kälte sowieso unten drunter kriecht? In der Schule zog ich mir die Sporthose drunter.

Ich darf mich bloß nicht von Ito-Sensei erwischen lassen, weil sie Lorena einmal eine Szene deswegen gemacht hat. Dabei macht das die halbe Klasse.
So, jetzt habe ich eine Wettervorhersage aus der Tokyo Shimbun (Tageszeitung, die sogar zweimal am Tag erscheint) vor mir. Oh, oh, ich rege mich gerade über 20 Grad auf! (Zum Glück benutzen die Japaner ja die gleichen Einheiten wie wir Deutsche: So zum Beispiel Celsius und nicht Fahrenheit oder Reaumur und auch Meter anstatt Meilen.) Der Disneylandbesuch morgen fällt wahrscheinlich auch ins Wasser. Hier steht sogar, dass die Sonne um 5.39 auf und 17.20 Uhr untergeht.
Paulo, mit dem ich mich übrigens auf Japanisch verständige, ist den ganzen Tag damit beschäftigt, Charme auszustrahlen und zu prahlen, was er so alles drauf hat. Beispielsweise tut er so, als sei er ein Kalligraphieweltmeister, ohne jemals Unterricht gehabt zu haben. Den Spruch von wegen „Ich bin in diesem Jahr der einzige Austauschschüler, der die zweite Stufe des japanischen Tests (JLPT) schreibt" finde ich auch ziemlich lächerlich, denn bis jetzt ist er keinen Deut besser als ich und ich würde mir das nicht zutrauen. Okâsan macht sich übrigens immer wieder gerne über seine nach oben gegelten Haare lustig.
Am Abend war Ayaki dabei, Englischvokabeln auswendig zu lernen und ich versuchte, sie ein wenig zu ermuntern, indem ich ihr versicherte, dass die Vokabeln wirklich schwierig sind und sie nach dem Lernen bestimmt mehr weiß als ich. Ich kannte auch nur die Hälfte der Wörter. Na ja, zwei Drittel! Aber das sind keine Wörter, die man braucht, sondern eher solche, die in alten Büchern stehen! Wir lesen in Deutschland ja eher neuere englische Literatur … Daher hatte ich mit den Wörtern Probleme. Plötzlich entriss mir eine Hand von rechts das Buch und ich vernahm ein ruppiges: „Zeig mal her". Paulo las die Wörter laut vor und fragte mich, ob ich kein Englisch spreche, weil, so schwer wären die ja nun wirklich nicht. Das verschlug mir echt die Sprache und er setzte noch einmal nach, indem er anfing, mir die Wörter zu erklären.
1. Selbstbeherrschung 2. Toleranz 3. Ignorieren 4. Gute Nacht!

Dienstag, 05.10.2004

Regen, also kein Disneylandbesuch.
Allerdings war mein Versuch, eine Post zu finden, die Traveller-Checks in Yen akzeptiert, fast genauso abenteuerlich wie ein Disneylandbesuch. In der Tanashi-Post war das nie ein Problem, aber von Komae aus hätte ich bis dorthin an die zwei Stunden gebraucht. Also lief ich im strömenden Regen zur Komae-Post (die mal geöffnet hatte!) und hielt dort mit meinen Extrawünschen zum zweiten Mal den Verkehr auf. *rotwerd* Der Angestellte telefonierte lange durch die Gegend, um mir schließlich einen Plan mit dem Weg zur nächsten Post in die Hand zu drücken. Man schickte mich nach Seijogakuenmae (2 Bahnhöfe weiter in Richtung Shinjuku) und bereitete mich auf einen langen Fußmarsch vor. Dort angekommen lief ich, obwohl ich einen Übersichtsplan besaß, etwas orientierungslos durch die Gegend. Nach 30 Minuten dachte ich, endlich angekommen zu sein. Der Postbeamte ließ sich die Checks zeigen und telefonierte auch herum. Keine Ahnung, wo er angerufen hat, aber plötzlich meinte er: „Ach, du bist die Austauschschülerin, die vorher in Komae war? Da bist du hier leider verkehrt." Und gab mir einen weiteren handgezeichneten Stadtplan, der aber absolut nicht mit meinem bisherigen übereinstimmte. Anfangs versuchte ich, mich danach zu richten, gab es aber ziemlich schnell auf und fragte mich durch. Dabei bekam ich Antworten wie: „Du gehst hier geradeaus und wenn du ganz viele Wohnungen siehst, biegst du rechts ab." Und das in einer Gegend, wo es etwas anderes als

Wohnungen gar nicht gibt. Oder so Angaben wie: „Du gehst hier zehn Minuten geradeaus und biegst danach links ab.“ Ich lief anderthalb Stunden durch den Regen und mittlerweile waren sogar meine Socken durchgeweicht. Als ich es endlich geschafft hatte, wollte der Mitarbeiter meine Adresse haben. Ich habe die neue noch immer nicht im Kopf und plötzlich kam in mir ein Bitte-bitte-lass-mich-nicht-umsonst-gekommen-sein-Gefühl auf. Glücklicherweise wollte niemand, dass ich mich ausweise und darum drehte ich ihnen Fujiwaras Adresse an. *hihi* Ende gut, alles gut – Geld bekommen.
Abends rief meine „Lieblings“-LP an, um mir durch Okâsan ausrichten zu lassen, dass ich durch MEO nicht von der Schule freigestellt werde, um zu den geplanten Events am Sonnabend (Teeparty) und Sonntag (50-Jahre-MEO-Japan in Yokohama) gehen zu können, weil es sich nicht um ein Pflichtmeeting, wie beispielsweise eine Orientation, handeln würde, sondern um eine Spaßveranstaltung. Meine Schule hatte angekündigt, das Sportfest auf den Sonntag zu verschieben, wenn es am Samstag regnen sollte. Damit wäre das Thema Yokohama für mich also vermutlich erledigt. Dabei habe ich mich darauf gefreut eventuell auch die Austauschschüler aus Deutschland wiederzutreffen und bin dementsprechend nun enttäsucht. Meine verständnisvolle (schön wär es) Gastmutter fiel mir mitten im Satz ins Wort und meinte: „Was du willst oder nicht, interessiert keinen. Die Schule geht vor!“ Und anstatt mich aufzumuntern, schob sie ein „Am Samstag wird es regnen“ hinterher und grinste dabei. Was bitte soll das? Auf mein: „Ich finde das absolut nicht lustig“, musste ich mir anhören, dass ich mich wie ein Kleinkind benehmen würde.
Während des Abendbrotes unterhielt sie sich mit Paulo lang und breit darüber, was er für die beiden Veranstaltungen mitnehmen und anziehen soll und dabei wurde noch schön auf meine Reaktion geachtet. *grrr* Es scheint bei MEO eine Liste zu geben, auf der steht, nach wessen Wünschen sich gerichtet wird. Dreht man die Liste um, stehen die Austauschschüler ganz oben. Es wird alles über unsre Köpfe hinweg entschieden und das ödet mich so richtig an. „Wir machen das schon seit Jahren und wissen, was das Beste für dich (euch) ist.“ Der Einzelfall wird selten betrachtet. In meinem Fall ist es also völlig uninteressant, dass ich aufgrund meiner Sportbefreiung ohnehin nur Zaungast des Sportfestes bin.

Mittwoch, 06.10.2004

Keine Ahnung warum, aber heute wurden Tests in Japanisch, Mathe und Chemie geschrieben. Ich hatte also vier Stunden unterrichtsfrei, woran ich mich echt gewöhnen könnte. Was macht man nun mit so unerwartet viel freier Zeit, wenn die Tagebucheinträge für die letzte Woche schon geschrieben und abgeschickt sind? Richtig, Mails beantworten.
Der Computer in Ito-Senseis Raum gehört ja fast schon mir. Sie behauptete, das Ding sei ver altet und kaum zu gebrauchen. Vor einer Woche hatten wir ein Druckerproblem und Utsumi-san bat, nachdem ich sie zehn Minuten lang überredet hatte, einen der Computerlehrer der Schule um Hilfe. Der konnte mit Windows 95 nichts anfangen und spielte kurzerhand XP drüber. Jetzt läuft der PC wie Sahne und macht alles, was ich will. Von wegen veraltet. Wenn Japaner in einen Laden in Deutschland gingen, würden sie sich wahrscheinlich wundern, dass man für die dort stehenden Computer so viel Geld verlangen kann. Hier hat fast jeder Lehrer einen an seinem Arbeitsplatz in der Schule zu stehen. Jetzt, da der Drucker wieder funktioniert, kann ich allmählich meine Noten zum Klavierüben ausdrucken. Die hatten wir in Berlin eingescannt, auf eine CD-ROM gebrannt und dadurch jede Menge Papier bzw. Gewicht im Fluggepäck gespart.

Die restlichen zweieinhalb der vier Stunden habe ich für das Aussuchen und Drucken gebraucht und mein Gewissen ist endlich beruhigt. In der 5. und 6. Stunde (Bio) hat die halbe Klasse geschlafen. Warum unterrichtet man hier nach einem anstrengenden Testvormittag noch weiter?
Nachmittags überredete mich Paulo, mit ihm nach Shinjuku zu fahren, um nach Geschenken für seine Freunde und Gastfamilie zu suchen. Dort bin ich mal wieder auf die Geschichte mit JR-(Japan Railways) und KEIO-Schranken hereingefallen, weil ich den JR-Eingang für den KEIO-Ausgang hielt. Shinjukus Bahnhof ist einer der größten und meist frequentierten Bahnhöfe der Welt. Das Fatale war, dass wir mit unseren Tickets in den JR-Bereich reingelassen wurden, ohne dass die Schranke zuging. Daher wurden wir von einem Bahnhofsbeamten angehalten.
Auf der Suche nach Purikura kamen wir auf die Idee, uns Shinjuku von einem der Wolkenkratzer aus anzusehen. Ich musste mich sehr zusammenreißen, da Paulo der hundertprozentigen Überzeugung war zu wissen, wo es lang geht, weil er schon einmal in Shinjuku gewesen war und nicht zugeben wollte, dass er keine Peilung hat und nicht einmal wusste, in welcher Richtung der Bahnhof lag. Erst beim fünften Haus von dem er dachte, dass es genau das sei, von dem er schon einmal herunter geschaut hatte, entdeckte ich ein Schild mit einem Hinweis auf eine kostenlose Aussicht. Zu meinem Erstaunen begann er sich neben mir aufzuplustern, von wegen: „Ich bin der Größte, ich habe es gefunden." (Wörtliche Übersetzung!!!) Mein entsprechender Blick irritierte ihn jedoch absolut nicht. Er ließ nicht locker und wollte wohl eine Antwort?! Und so nach dem achten Mal ist mir der Kragen geplatzt – danach hat er endlich die Klappe gehalten.
Die Aussicht von dem Gebäude der Tokyoter Stadtverwaltung hat mich dann doch entschädigt: Tokyo von oben bei Dunkelheit. Sogar den angestrahlten Tokyo Tower konnte man sehen. Das Gebäude selbst hat 45 Etagen. Wahnsinn, oder? Den Ausblick auf die Skyline Tokyos halte ich sogar für besser als den vom Tokyo Tower! Nur mein Fotoapparat lag zu Hause. *heul*
Übrigens hatte Paulo als Mitbringsel für seine eigene Gastfamilie u.a. Tokyo-Banana gekauft. Die Süßigkeit ist eine Art Riegel aus lockerem Teig, gefüllt mit Bananencreme.

Donnerstag, 07.10.2004

Die letzte Nacht war sehr ereignisreich.
Kurz vor Mitternacht wackelten die Wände während eines Erdbebens der Stufe 4. Jedenfalls nach meinen Informationen. In deutschen Zeitungen stand wohl etwas von 5,8! Ich frage mich manchmal, ob hier eine andere als die Richter-Skala gilt?
Gegen 2.30 Uhr begegnete mir meine Gastmutter, die gerade einen Teil der Küchenarbeit erledigte und vorher offensichtlich im Bad war. Hm.
Um 4 Uhr keiften sich direkt vor meinem Fenster zwei Kater oder Katzen oder Kater und Katze an und verursachten damit einen Höllenlärm.
Meine Gasteltern hatten sich meinetwegen heute Morgen ganz schön in den Haaren! Okâsan knallte mir wieder einmal ein Wort vor den Latz und wollte wissen, ob ich das kenne. „Nein." Daraufhin gab sie ein weiteres, mir unbekanntes Wort von sich und wandte sich wieder ihrer Tätigkeit zu. Ich habe es inzwischen aufgegeben, immer nochmals nachzuhaken, weil sie sich oft nicht die Zeit nimmt, die Sache so zu vereinfachen, dass sich sie dann verstehe.
Dann kam mein Gastvater hinzu: „Das versteht sie nicht."
„Darum erkläre ich ihr das gerade."
„Mit deinen Erklärungen kann man aber nichts anfangen …"

„Ich war noch nicht fertig."
„Solange du dich ihr beim Sprechen nicht zuwendest oder wenigstens in ganzen Sätzen sprichst, wird das eh nichts …"
Etwas peinlich war es zwar, aber Otôsan scheint mein Problem genau erkannt zu haben, worüber ich nicht ganz unfroh bin.
In der Schule wurde zum zweiten Mal das Sportfest eingeübt und im Englischunterricht danach bastelten wir Karten für Halloween. Kein Kommentar.
Wieder zu Hause, wollte ich in Ruhe eine englische Zeitung lesen, als Paulo sich dazu setzte. Ich ignorierte ihn mehr oder weniger, bis er plötzlich immer näher rückte, um denselben Artikel zu lesen. Das war ihm anscheinend noch nicht genug zu beweisen, dass er Englisch versteht und so begann er, laut vorzulesen. Ich klappte ihm die Zeitung vor der Nase zu und meinte: „Ich kann selber und alleine lesen und du brauchst dich mit deinem Können nicht so aufzuspielen." Um mir dann anhören zu müssen, ich wäre eine eiskalte Person, nur weil ich mir von Typen wie ihm nicht den Kopf tätscheln lasse. Grrr.
Ab Sonntagmorgen bin ich ihn los, dann darf er wieder seine eigene Gastfamilie nerven …

Freitag, 08.10.2004

Ich hatte heute wieder ein wunderbares Erlebnis mit der japanischen Sprache:
Mika-chan zeigte auf Eriko und meinte: „Eri ga tatte(i)ru" (tatteiru=stehen). Ich fragte mich, warum sie das erwähnte, wenn alle Eriko sehen können. Daher sah ich ziemlich verdutzt aus. Sie lachte laut und meinte: „Eri (mit Betonung auf RI) und nicht Eri (mit Betonung auf E)". Ersteres heißt Kragen. Ich lief rot an, während die halbe Klasse das wohl lustig fand.
Ich fuhr mit Eriko per Bus bis Kichijôji und wir aßen zusammen jeweils eine (!) Eiskugel. Dabei saßen wir direkt vor einem Musikladen und bewunderten die unzähligen Gitarren und sonstigen Instrumente. Hinterher gingen wir hinein, weil Eri, die seit einem halben Jahr Gitarrenunterricht nimmt, sich Noten kaufen wollte und ich mir schon lange vorgenommen hatte, ein paar Chornoten für meinen Schulchor in Berlin zu besorgen. Es stand viel Pop-Müll in den Regalen. Als ich schon fast aufgab, drückte mir Eri ein Buch mit der Aufschrift „Liederschatz Z1 für gemischten Chor" in die Hand. „Oh, deutsche Volkslieder", ging es mir durch den Kopf. Aber nein! Traditionelle Japanische Musik. Ich stand vor dem Regal und suchte fünf Minuten lang nach einem Haken an der Sache. Wenn es deutsche Lieder mit japanischem Text wären, würde ich zu Hause ziemlich dumm dastehen. Aber im Gegenteil. Die Noten sehen sogar richtig anspruchsvoll, spannend und japanisch aus. *glücklichsei* Eine deutsche Aufschrift auf dem Buchdeckel ist wahrscheinlich einfach nur cool oder so. Meine letzten Zweifel waren jedoch wirklich erst beseitigt, als Chi-chan, die heute Juku-frei hatte, das Buch aufschlug und sofort los sang.
Abends fragte ich Paulo, ob er mir nicht mal seine brasilianische Musik ausborgen würde. Und so hörte ich HipHop, aber eben auf Portugiesisch …

Samstag, 09.10.2004

Sportfesttag! Oder doch nicht?
Ein kurzer verschlafener Blick aus dem Fenster und eine Stimme in mir sagte: „Höre nicht auf den Wecker. Dreh dich um und schlafe weiter." Fünf Minuten später kam der von Yamashita-

Sensei gestartete Rundruf bei mir an. Das Sportfest fällt wegen des Taifuns Nr. 22 „Ma-on", der sich Richtung Tokyo bewegt, aus.
Zum Rundruf: Eigentlich gibt es ein System, in dem genau festgelegt ist, wer wen anruft. Aber meine Telefonnummer ist jetzt eine andere und deshalb rief Yamashita-Sensei persönlich bei uns an. Die Anrufe gehen die Reihe in der Klassenliste runter und letztendlich wird Yamashita-Sensei wieder angerufen mit einem Hinweis, wer nicht erreicht werden konnte. Absagen für die Clubs mit vielen Mitgliedern laufen auch so ab. Eigentlich ganz praktisch.
Zwei Stunden später kam der nächste Anruf: Die Teeparty von MEO fällt auch aus. Dabei hatte ich mich echt darauf gefreut, ein bisschen mit Amy zu plaudern.
Paulo und Okâsan fuhren nach Shinjuku und Harajuku, um ein paar weitere Geschenke zu besorgen. Ayaki, Miki und ich blieben zu Hause.
Gegen 7 Uhr kam eine Mail auf Mikis Handy an. Paulo und meine Gastmum waren in der Odakyû-Linie unterwegs und sind stecken geblieben. Die Bahnen der Odakyu-Linie mussten wegen des Taifuns anhalten. Ersatzbusse gibt es nicht, weil die ja zu anderen Unternehmen gehören. Da hilft nur warten: Anderthalb Stunden und zwar nicht auf dem Bahnhof, wo man sich in ein Cafe oder so hätte setzen können – nein, in der Bahn. Eine Frechheit, oder? Man kann doch die Leute wenigstens an der nächstgelegenen Station raus lassen, bevor man den Strom abschaltet.
Für morgen ist vom Wetterbericht strahlender Sonnenschein angekündigt.
Das Yokohama-Treffen fällt damit für mich wohl aus. Vielleicht ist es besser so. Von der Stadt Yokohama hätte ich wahrscheinlich eh nichts sehen können und die Tatsache, dass wir dort nicht in Alltagskleidung erscheinen sollen, lässt mich ahnen, um welche Art Party es sich handelt. Auf eine Wir-haben-uns-alle-lieb-Feier habe ich keine Lust. Alleine irgendwohin bewegen darf man sich da sicherlich auch wieder nicht und Toshimori-san erwähnte neulich kurz, dass wir alle zusammen essen gehen könnten. Okay, also abgehakt.

Sonntag, 10.10.2004

Kein Sportfest! Oder doch?!
Wie bitte kann man dieses Nieselwetter als Sonnenschein auslegen? Aber wegen so einer Kleinigkeit lässt man sich den sportlichen Geist doch nicht verderben. Schließlich sind es nur die Schülerinnen, die sich in kurzen Hosen und dünnen T-Shirts ihre sechs Buchstaben abfrieren!!!
Es traten die Mittel- und Oberschüler in gemischten Teams gegeneinander an. Kenntlich gemacht wurden die einzelnen Mannschaften durch verschiedenfarbige Bänder in den Haaren. Die Farbzuordnung wird nicht vor dem Sportfest ausgelost, sondern geht nach den Klassenfarben, die jede Klasse das ganze Schuljahr trägt! Ich gehöre in die rote Klasse. Sachikos Schulklasse hat gelb abbekommen und dann gibt es noch weiß, blau und lila. Eigentlich gibt es auch noch sakura (kirschblütenfarben), fujifarben (grau) und grün, aber das wären fürs Sportfest zu viele und daher wurden deren Mitglieder aufgeteilt.
So richtig hat es keinen interessiert, auf welchem Platz die eigene Farbe landet. Alle Schülerinnen haben in den Parallelklassen viel zu viele Freunde und die eigene Mannschaft wurde durch Schülerinnen der Mittelstufe aufgestockt, die man kaum kannte. Auf Einzelleistungen legt man hier keinen Wert, so handelt es sich doch ausschließlich um Gruppendisziplinen. Rot kam insgesamt auf Platz 3 von fünf Teams.
Nach den Wettkämpfen feierten die Drittklässler der Oberstufe ihr letztes Schuljahr und führten die eingeübten Shows auf. Traditionell verteilt die Schule am Schluss ein kleines Dankeschön-

geschenk an alle Schüler, weil sich diese so angestrengt haben. In diesem Jahr war es … Spannung … ein Schulheft!
Da ich an den Wettbewerben wegen meiner Sportbefreiung nicht teilnehmen konnte, habe ich die Zeit genutzt und ein bisschen von dem bunten Treiben gefilmt. Und meine ehemalige Gastmutti schaute auch mal vorbei, um einen Schwatz mit mir zu halten. Sie erkundigt sich immer, wie es mir so geht und erzählte, dass sie zu einem späteren Zeitpunkt noch einmal eine Austauschschülerin aufnehmen wollen.
Paulo ist heute früh nach Yokohama gefahren und wird von dort aus in seine eigentliche Gastfamilie zurückkehren. „Na, wir sehen uns ja dann vielleicht im Abschlusscamp", waren seine letzten Worte.
Ab 17 Uhr war mit mir nichts mehr anzufangen. Letzte Nacht hatte ich nur vier Stunden geschlafen und war dementsprechend todmüde. *gähn*

Montag, 11.10.2004

Tag des Sports *(Taîku no Hi)*, also Feiertag. An diesem Tag wurden 1964 die olympischen Sommerspiele von Tokyo eröffnet. Seit 1966 ist es ein gesetzlicher Feiertag, der bis vor kurzem immer am 10.10 begangen wurde und nun praktischerweise auf den zweiten Montag des Monats Oktober gelegt wurde.
Heute ist kaum etwas Erwähnenswertes passiert. Ayaki, Okâsan und ich haben in einer Karaoke-Bar gesungen und anschließend zu Hause herumgegammelt. Muss auch mal sein. Ayaki schaffte es innerhalb von zehn Minuten zwei Mangas auszulesen. Inzwischen schmökere ich auch manchmal in Mangas, was ich in Deutschland so gut wie nie getan habe. Die Sprache in den Comics finde ich sooo lustig.
Abends rief meine Oma aus Rostock an. Nach unserem Plausch stürzte ich mich wieder auf das Go-Spielen. Jaaa, das macht Spaß, aber ich spiele bisher nur auf dem Gameboy. Mittlerweile habe ich sogar schon den schwierigsten Computergegner geschlagen und die Spielregeln verstanden. Jetzt quäle ich mich durch die einzelnen Spielzüge, die verschiedene Namen haben.

Dienstag, 12.10.2004

Unsere Schule schenkte uns heute einen weiteren freien Tag, damit wir uns ordentlich vom Sportfest erholen können. Ins Disneyland haben wir es wieder nicht geschafft, weil diesmal Yui keine Zeit hatte.
Ich nutze die Gelegenheit, um meine Tagebucheinträge auf Japanisch nachzuholen und endlich meine neuen Fotos auf eine CD brennen zu lassen. Das Vergnügen wird mich 500 Yen kosten; im Vergleich zu *Tanashi-Eki* (Tanashi-Bahnhof), wo der Service für 100 Yen zu haben ist. Aber bis dorthin müsste ich 1 ½ Stunden fahren und durch den Regen laufen und dazu habe ich keine Lust.
Es ist eigenartig, wie normal es für mich inzwischen ist, mich ständig zu verbeugen und mit Höflichkeitsfloskeln um mich zu werfen. Hoffentlich behalte ich das nicht bei, wenn ich wieder in Deutschland bin…
Eine weitere fatale Angewohnheit ist die Lautstärke, mit der ich mich hier in Japan mit meinen Freundinnen unterhalte. In meiner Klasse ist es normal, quer durch den Raum zu brüllen. Selbst,

wenn es über den halben Bahnhof ist, schreckt davor keine (und ich mittlerweile auch nicht mehr) zurück. Der Eindruck, den man damit in Deutschland hinterlassen würde, ist sicherlich nicht der beste, stimmt's? Das, was hier als Spaß verstanden wird, würde in Deutschland als kindisch eingestuft werden und wahrscheinlich zu unzähligen Lästereien führen. Dabei ist das Leben viel lustiger, wenn man ungebremst mit seinen Freundinnen oder Freunden herumalbern kann. Ich werde es vermissen!

Mittwoch, 13.10.2004

Die Unterrichtsstunden wurden alle um 5 Minuten verkürzt, damit wir Zeit zum Putzen hatten. In den Fluren und Klassenräumen lag meterhoch der Sportplatzdreck vom Wochenende. Noch dazu hatte der letzte Taifun viele welke Blätter in den Eingang geweht. Meine Gruppe war der Meinung, dass uns kein Revier zugeteilt wurde, weil wir erst nächste Woche wieder Putzdienst haben. In Wirklichkeit sollten wir der Gruppe 5 helfen. Yamashita-Sensei hatte das zwar angesagt, wie sich später peinlicherweise herausstellte, aber keiner hatte ihr zugehört. Na ja, vergessen wir das mal ganz schnell wieder. *augenzwinker*
Im Homeroom-Unterricht wurde eine neue Sitzordnung festgelegt. Diesmal nicht durch ein Loszieh-Verfahren, sondern mittels Skatkarten, die wir ziehen sollten. Die Partnerkarten hatte Yamashita-Sensei auf den Tischen verteilt. Es ist immer wieder erstaunlich, auf welche Ideen sie so kommt. Ach ja, ich sitze jetzt – Horror – ganz vorne! Schluss mit Lustig und mit dem Schlafen.

Donnerstag, 14.10.2004

Ha! Da hat der ganze Aufwand der Lehrer uns daran zu hindern, einen lustigen Tag zu haben, doch nichts genutzt! *zungeausstreck*
Alle Schülerinnen unserer Schule trafen sich im Shinjuku-Bunka-Center. Das ist ein Zentrum für kulturellen Austausch, der eine Konzerthalle beinhaltet. Dort schauten wir uns chinesisches Theater an, auf Japanisch: *Kyôgeki*. Ich hätte wahrscheinlich alleine nicht mal den richtigen Bahnhofsausgang gefunden und verabredete mich daher mit Yui und Eriko. Gegen 10 Uhr trafen wir Hatsumi-chan, die aufgrund irgendwelcher psychischen Probleme schon seit Monaten krank geschrieben ist. Wir tranken mit ihr einen Milchkaffee und tratschten über Neuigkeiten aus unserer Klasse.
Um 13.30 Uhr begann das Kyôgeki. Ich kam mir größtenteils vor, als säße ich in einer Kung-Fu-Vorstellung. Mit Schwertern, Säbeln, Lanzen usw. wurden atemberaubende Kampfszenen dargestellt. Die hatten echt etwas drauf und ein wenig Zirkusfeeling war auch beigemischt. Der Rhythmus im Hintergrund klang, als hätte jemand auf Töpfe geschlagen. *verwirrt sei*
Im Anschluss wurden wir aufgefordert, auf direktem Wege nach Hause zu fahren! Eri, Yui, Yuki und ich hatten aber beschlossen, noch irgendwo in eine Karaoke-Bar zu gehen. Die Lehrer haben auf dem Weg zum Bahnhof Wache gestanden, damit keine Schülerin falsch abbiegt und sich aus Versehen in ein Vergnügungscenter verläuft. Aber auch Lehrer können sich nicht in ganz Tokyo aufstellen … *augenzwinker*
In der Karaokebar stellte ich zu meiner Überraschung fest, dass ich die bekanntesten japanischen Poplieder schon mitsingen kann. Auf der Fahrt zu Yamamotos Ferienhaus hatten wir uns

ein und dieselbe Kassette mit den unterschiedlichsten Gruppen ungefähr 15 Mal angehört. So etwas bleibt nicht ohne Folgen.

Freitag, 15.10.2004

Wie sollte es auch anders sein? Da freue ich mich darauf, endlich den Teller mit meinem ausgesuchten Kanji beschreiben zu dürfen und da kommt die Lehrerin einfach nicht zum Unterricht. Über den Spruch, den ich hinter mir hörte, wunderte ich mich allerdings schon: „Sie ist dieses Jahr ganz schön oft krank.“ Dabei hat sie erst einmal gefehlt und das war im ersten Halbjahr gewesen. Das liegt wahrscheinlich daran, dass sich die meisten Japaner auch mit 39 Grad Fieber nicht vom Arbeiten abhalten lassen. Bei meiner Gastmutter durfte ich das vor ein paar Wochen auch beobachten. Sie kam zur Tür herein, torkelte ins Bett und stand eine Stunde später wieder auf, um ihren Pflichten als Hausfrau nachzukommen. Ich hatte ein richtig schlechtes Gewissen, aber mehr als den Tisch zu decken, das Geschirr abzuwaschen und die Wäsche abzunehmen, konnte ich nicht tun. Sollte ich auch nicht. Immer, wenn ich einen Lappen in die Hand nehme, kommt meine Gastmutter vorbei und meint, dass ich nicht zu helfen brauche und dass, wenn ich es nicht tun möchte, sie es durchaus alleine schafft. Hmm? Will sie mich nicht zu viel belasten oder fühlt sie sich in ihrer Rolle als gute (Gast-) Mutter gekränkt?
Nun ja, heute kommt sie gar nicht nach Hause, weil sie mit Arbeitskollegen feiert und in einem *Ryokan* (Gasthaus im japanischen Stil) übernachtet.

Samstag, 16.10.2004

Mir bleibt hier echt nichts erspart! Heute kamen zwei Erstklässlerinnen der Oberstufe zu mir, um mich um ein Interview zu bitten. Sie wollen einen Bericht über mich in einer Schüler-(ich vermute Chor-)zeitung schreiben. Es ging um Unterschiede zwischen Deutschland und Japan – Wo fängt man da an? – und um lustige Erlebnisse, die ich aufgrund der Kulturunterschiede hier hatte und um meine Hobbys usw. Ich finde, es hätte schlimmer kommen können. *aufatme*
In der Bahn sorgte ich heute für heftiges Getuschel, obwohl es nicht alleine meine Schuld war: Auf meinem Weg in Richtung Komae stieg ein Amerikaner, so Mitte Zwanzig, in die Bahn ein. Er konnte offensichtlich kein Japanisch, war aber von etlichen gackernden Oberschülerinnen, wahrscheinlich Drittklässlerinnen der Oberstufe, umgeben. Sie übten ihr Englisch an ihm. Das Lustige ist nun aber, dass ihre Fragen oft keinen Sinn machten. So von wegen: „Sind Sie ein Highschool-Schüler?“ Woraufhin er antwortete: „Nein, ich bin dort Lehrer.“ Die nächste Frage lautete wie aus dem Lehrbuch „Was ist ihr Lieblingsfach?“ Er sah irgendwie hilflos aus und ich schmunzelte in mich hinein. Plötzlich drehte er sich um, sah mich und dann lachten wir beide laut los. Die älteren Damen auf den Sitzplätzen (solche mit perfekten Betonfrisuren und einem noch perfekterem Benehmen) warfen uns verstohlene Blicke zu, setzten eine Ein-unmögliches-Verhalten-typisch-Ausländer-Miene auf und tuschelten, sich zunickend, miteinander. Das haben sie umsonst, weil die Situation wirklich einfach nur noch komisch war. Außerdem grinste inzwischen die Hälfte aller Mitreisenden. *lacht*

Sonntag, 17.10.2004

Ich habe mich wirklich dazu durchringen können, ein bisschen durch Komae zu joggen. Das hätte ich selber nicht von mir erwartet! Nun werde ich fast jeden Tag zu einem Eis verführt. Wenn ich nach Hause komme, ist bis 20 Uhr keiner weiter da und ich bekomme Hunger und esse ein paar Snacks.
Nach spätestens 15 Minuten hatte ich keine Peilung mehr, wo ich war und daher bog ich in die unterschiedlichsten Seitenstraßen ein. Wenn schon verlaufen, dann richtig. Mein Orientierungssinn ist eine Katastrophe.
In machen Gärten der Einfamilienhäuser standen Palmen und ich hatte das Gefühl, am Mittelmeer zu sein. Andere Grundstücke werden als kleine Plantagen genutzt. Dort liegen nun zum Beispiel Esskastanien herum, die für wenig Geld später an kleinen, unbewachten Ständen vor den Häusern angeboten werden. Man wirft Geld in eine Truhe und nimmt sich, was und wie viel man braucht. Das funktioniert so bestimmt nur in Japan. In der nächsten Straße hingen kleine, an Seilen verknotete Fähnchen von Haus zu Haus. Sie gehörten wahrscheinlich zu den Tante Emma Läden. Wenn ich nicht wüsste, dass ich mich im Großraum Tokyo befinde, könnte ich glatt auf den Gedanken kommen, durch eine Kleinstadt zu laufen …

Montag, 18.10.2004

So einen Menschen habe ich bisher in meinem Leben noch nicht kennen gelernt! Ich suchte Hayakawa-The-Wall-Sensei, um sie zu informieren, dass ich entweder einen Computer und einen Beamer oder wenigstens einen Overhead-Projektor (Polylux) für meinen Vortrag brauche. Ito-Sensei meinte im Vorhinein, das sei an dieser Schule kein Problem, aber Hayakawa-Sensei solle sich selber um die Organisation kümmern, wenn ich schon einen Vortrag für sie halte.
Na, jedenfalls ließ mich Hayakawa-Sensei mal wieder keine drei zusammenhängenden Worte ausreden!
„Wartest du auf mich?“
„Ja, ich komme wegen …“
„Ach, es geht um den Teeclub. Was gibt es denn?“
„Nein, es geht …“
„Ach, die Mauerbücher sind angekommen. Wie dick sind sie denn?“ und formte mit Zeigefinger und Daumen ein Buch, das so 1000 Seiten haben müsste.
„Nein, das sind nur zwei Hefte, aber das … (ist nicht das Problem).“
„Oh, schade. Na gut, wann kannst du denn deinen Vortrag halten?“
„Es sind zu viele Bilder, die kann man nicht alle …“
„Ach, die drucke ich alle aus.“
„Da kann ich sie nicht allen … (gleichzeitig zeigen).“
„Dann drucke ich sie für die ganze Klasse aus.“
„Sie haben keine Vorstellung von … (der Menge).“
„Es ist alles in Ordnung!“
„Nein, ich brauche einen Overheadprojektor“.
Ich wurde etwas lauter, als sie mich wieder unterbrach.
„Das geht nicht, ich drucke alles aus.“

So ging das Gespräch weiter und ich bin mir sicher, dass sie nicht begriff, worum es mir ging. Echt anstrengend gegen sie anreden zu müssen. Wir verabredeten, dass ich ihr die Hefte mitbringen würde und dann sehen wir weiter. Ich möchte wirklich nicht zu unhöflich werden, aber meine Geduld war strapaziert und mein: „Würden Sie mich bitte ausreden lassen", war schon hart an der Grenze des Höflichen, wurde aber von ihr übergangen.
Zu Hause gab es mächtig was zu lachen! Wie sich herausstellte, hatte ich die Abschnitte der Manga-Serie, durch deren Bücher ich mich schon seit Wochen kämpfe, in der falschen Reihenfolge gelesen. Das Beste ist nun jedoch, dass ich den Sinn meistens mitbekam und überhaupt nicht ins Grübeln geriet. Ich hatte mir gedacht, dass ich das Buch von hinten aufschlage und von rechts nach links und oben nach unten lese. Aber Fehlanzeige. Bei diesem Manga wird erst die rechte und danach die linke Seite einer Buchseite von oben nach unten gelesen.

Dienstag, 19.10.2004

Der Alltag hat mich eingeholt: Aufstehen, zur Schule fahren, Schule, nach Hause fahren, Abendbrot, schlafen gehen!
Was schreibe ich also ins Tagebuch? *nach einem Thema such* Aha! Körpersprache! Stand doch noch aus, oder?
Ich habe mich mit meinem Gastvater und ein paar Freundinnen darüber unterhalten und bekam von fast allen zuerst folgende Antwort: „Wir Japaner haben keine besondere Körpersprache!" Da musste ich sie erst vom Gegenteil überzeugen und Beispiele zeigen.
Das beginnt schon bei der Begrüßung, die bei uns ja eigentlich mit einem Händedruck oder gelegentlich einer Umarmung beginnt. Hier dagegen verbeugt man sich, dem Status des Gegenübers entsprechend, angemessen. Männer legen dabei die Hände an die Hosennaht, Frauen verschränken beide Handflächen vor dem Schoß.
Die Geste, die von Ausländern am meisten falsch verstanden wird und somit zu den größten Verwirrungen führt, ist die Art hier jemanden heranzuwinken. Japaner halten dabei die Hand mit der Handfläche nach unten, was von Nichtjapanern oft als „Geh weg" fehl interpretiert wird.
An das Zählen mit den Fingern muss man sich auch erst gewöhnen. Während wir in Deutschland mit dem Daumen beginnen, fangen Japaner beim Zeigen einer Mengenangabe mit dem Zeigefinger an und fahren dann mit Mittel-, Ring-, kleinem Finger und schließlich dem Daumen fort. Bei Beträgen über fünf halten sie die Finger der anderen Hand gegen den Handteller der geöffneten. Wenn sie für sich selbst zählen, schließen sie die geöffnete Hand vom Daumen aus.
Ein weiteres Beispiel ist das Finger-zur-Nase-führen, wenn man auf sich selbst zeigt. Deutsche tippen sich auf den Oberkörper.
Geld und vorzüglich – sind hier das gleiche Zeichen. Zeigefinger und Daumen bilden einen Kreis. Zu Hause meint man damit auch manchmal super, im Straßenverkehr leider meistens A*loch.
Arbeitslos – Die Bewegung sieht aus als wenn man sich die Kehle durchschneidet oder so, wie wir gelegentlich darstellen, dass jemand gestorben ist.
Bei „nein" wedeln Japaner mit beiden Händen vorm Oberkörper herum.
Früher durften sich die Leute nicht ansehen beim Sprechen, wegen der Rangfolge … Heute halten sich manche Japaner beim Sprechen die Hand vor den Mund, wenn sie Respektspersonen gegenüberstehen oder wenn sie essen und dabei sprechen.

Bei der Geste, die zeigen soll, dass jemand schläft, werden nicht zwei aufeinander gelegte Handflächen an eine Wange gehalten, sondern der Kopf auf den angewinkelten Unterarm gelegt. Japaner schreiben sich bei Unterhaltungen gerne mit dem Finger auf die eigenen Handflächen, um Missverständnissen vorzubeugen. So werden Kanjis und Zahlen veranschaulicht.

Mittwoch, 20.10.2004

Im Kateika-Unterricht (Hauswirtschaft) habe ich heute richtig was gelernt. Wir durften uns jede eine der Stachelmakrelen aussuchen. Durch Janken (Schere-Stein-Papier) wurde ausgeknobelt, wer mit der Arbeit beginnt. Die Dinger mussten nämlich ausgenommen und zu Filets verarbeitet werden. Das Unangenehme war, dass die Lehrerein vorbei kam, um unsere Arbeit zu überprüfen und prompt zog sie eine Augenbraue hoch, als sie meine beiden Stücke in den Händen hielt. Nur, weil ich mich einmal verschnitten hatte. Halb so wild. Fürs erste Mal akzeptabel, finde ich.
Ich warf den sauber abgetrennten Kopf in einem Moment, als die Lehrerin gerade nicht hinschaute, zwei Meter über den Tisch mitten ins Waschbecken. Eine Mitschülerin in unserer Gruppe, die die meiste Zeit an ihren Haaren herumfummelt und jeden Tag mit einer enormen Schminktasche zur Schule kommt, schrie entsetzt auf. *drops*
Danach haben wir die Stücke in Butter gebraten und sie mit Kartoffeln, Suppe und Brötchen gegessen. Draußen regnete es mittlerweile fürchterlich!
Plötzlich schallte eine Ansage durch die Schule: „Alle Klassenlehrer bitte zum Lehrerzimmer!“ Hoffnungsvolle Blicke machten sich auf vielen Gesichtern breit. Eine zweite Ankündigung ertönte durch das Lautsprechersystem: „Alle Schüler bitte in die Klassenräume, um Anweisungen der Klassenlehrer entgegenzunehmen!“ Um mich herum sprangen und schrieen alle durcheinander. Taifunfrei! Schluss nach der vierten Stunde. Schon zehn Minuten später wurde die Schule geschlossen. Ich hatte ein bisschen Angst davor, dass die Odakyû-sen wieder zwischen zwei Bahnhöfen anhalten würde, aber es ging glücklicherweise gut. Ayakis Schule hatte ebenfalls beschlossen, den Unterricht abzubrechen. Dabei habe ich, ehrlich gesagt, hier in Tokyo schon wesentlich schlimmerer Taifune als den jetzigen namens „Tokage“ (Eidechse) erlebt. Aber über schulfrei will ich mich ja nicht beschweren. *grins*
Die Presse schrieb, es sei der verheerendste Wirbelsturm seit einem Vierteljahrhundert in Japan gewesen. Es gab eine breite Spur der Verwüstung, vor allem in Mitteljapan. Etliche Menschen sind ertrunken und fast 15.000 Häuser wurden zerstört.

Donnerstag, 21.10.2004

Irgendwie kamen wir heute auf Tierstimmen im Japanischen zu sprechen. Manche Tierlaute werden recht lustig wiedergegeben:
Schnattern einer Gans/Ente: *gaagaa*
Wiehern eine Pferdes: *hihiin*
Heulen einer Eule: *houhou (hoo hoo)*
Quaken eines Frosches: *kerokero oder gero gero*
Krähen eines Hahnes: *kokekokkou (kokekokkoo)*
Gackern einer Henne: *kokko*
Bellen eines Hundes: *wan wan* (n wie bei Nordpol)

Miauen einer Katze: *nyao nyao /nyaa nyaa / nyan nyan*
Krächzen einer Krähe: *kaakaa*
Pfeifen einer Ratte: *chuuchuu* (ch wird wie tsch in Entschuldigung ausgesprochen)
Muhen eines Rindes: *mou mou (moo moo)*
Blöken eines Schafes: *meimei* oder *meemee* (also wie im Deutschen, weil das e wie ä ausgesprochen wird)
Grunzen eines Schweines: *buu buu*
Klappern eines Storches: *katakata*
Gurren einer Taube: *kuukuu* (da behauptet jeder etwas anderes)
Leider stimmen die Aussagen meiner Gastfamilie mit denen in meinem Wörterbuch nicht ganz überein. Meiner Gastfamilie glaube ich da aber mehr. Sie gaben mir unabhängig voneinander die gleichen Antworten.

Freitag, 22.10.2004

Der Teller für den Kalligraphieunterricht ist angekommen. Ich war bisher der festen Überzeugung, dass man einen weißen Lack auf grünen Untergrund aufträgt. Das stellte sich heute als Irrtum heraus. Man malt mit schwarzer Farbe vor und kratzt anschließend die grüne Schicht mit Stäbchen vom Teller herunter. Das quietscht so schön und stört auch überhaupt nicht, wenn alle konzentriert und leise arbeiten wollen. *grmpf*
Und wie es immer ist, wenn es mal darauf ankommt, habe ich meinen ersten Strich zu schräg gesetzt …
Wie damit nun weiter verfahren wird, kann ich noch nicht sagen. Ob der Belag eingebrannt wird? Teller, die hier ausgestellt sind, haben irgendwie eine kräftigere, glänzende Farbe.
Im Musikunterricht hätte ich dringend Ohropax gebraucht! Unser Lehrer teilte Noten zum Blockflötespielen aus und erwartete anscheinend, dass alle Schülerinnen das Stück sofort vom Blatt spielen können. Er selbst setzte sich ans Klavier, schien die Noten jedoch genau so wie wir zum ersten Mal in den Händen zu halten. Sofort übten alle durcheinander. Die Flöten wurden nicht mal passend zum Klavier gestimmt. *quäl* Ich kann mich leider nicht drum drücken und die Begleitung am Piano übernehmen, weil wir alle vor der Klasse vorspielen müssen. Blockflöte ist echt mit Abstand das bekloppteste Instrument, das ich je in den Händen hielt.

Samstag, 23.10.2004

Dana und Ayaki allein zu Haus:

Erdbeben Nr.1: Hmm, es wackelt stärker, länger und irgendwie anders als sonst! Aber das ist bestimmt nichts Beunruhigendes.
Erdbeben Nr.2: Es hat ganz kurz einen Ruck gegeben. Das habe ich mir sicher nur eingebildet. Dass es zweimal innerhalb weniger Minuten wackelt, wäre ein Wunder.
Erdbeben Nr.3: „Ayaki! … Panik!“
„Es ist schrecklich und macht mir etwas Angst. So ein Beben habe ich noch nie erlebt. Vielleicht kommt ein großes?“

„Uah ... Ayaki! .... Noch mehr Panik. Wir wissen nicht einmal in welcher Region das Epizentrum liegt, weil wir keinen Fernseher haben."
Ist es Tokyo? Dann kann ich mir jetzt einen freien Platz unterm Tisch aussuchen, damit mir nichts auf den Kopf fällt.

Erdbeben Nr.4: „Dana, komm mal schnell, das Bücherregal schwankt und ich habe Angst, dass es umkippt!"
Oh, wie beruhigend. Vier spürbare Beben in weniger als einer Stunde!

Dann kam der erlösende Anruf Otôsans: „Stufe 6 (japanischer Skala) in Niigata." Das ist ca. zwei Stunden mit dem Shinkansen entfernt.
Abends rief jemand der MEO-Ehrenamtlichen an, um mir die Daten für das nächste Tama-Treffen mitzuteilen. Da muss ich hin, auch wenn ich eigentlich Schule habe. Es ist schließlich eine Orientation und kein Event. Ich machte eine ironische Bemerkung darüber und meine Gastmutter sprang glatt darauf an:
„Ach, geht jetzt deine Maulphase wieder los? Die Schule geht beim Sportfest vor!"
„Ich habe eine Sportbefreiung!"
„Du bist in Japan, um zu lernen und nicht, um Spaß zu haben. Beim Zusehen kann man viel lernen!"
„Aber nicht, wenn man das Sportfest vorher schon zweimal gesehen hat!"
„Es ist ein Unterschied zwischen Üben und wirklichem Sportfest."
„Nicht wirklich und den Paulo transportieren sie durch halb Japan, damit er an der Veranstaltung teilnehmen kann!"
„Er ist zum Lernen nach Tokyo gekommen."
„Selbstverständlich!!!"
„Wenn du irgendwann mal erwachsen wirst, siehst du das genau so wie ich."
„Das bezweifle ich!"
„Nein, das ist so!"
Aus und Ende der Diskussion. Ich möchte mal einen Tag erleben, an dem wir keine Meinungsverschiedenheit haben. So geht es aber glücklicherweise allen Familienmitgliedern mit ihr. Mein Gastvater steht fast immer auf meiner Seite. Okâsan lässt leider nur ihre eigene Ansicht gelten. Jeder andere Standpunkt wird mit „noch nicht erwachsen" abgetan. Was soll's, da schränke ich dann unsere Unterhaltungen eben ein. Stört mich nicht weiter. Mit meinen Gastgeschwistern komme ich super klar und mein Gastvater ist auch ganz cool.

Sonntag, 24.10.2004

Mal wieder ein kleiner Disput mit meiner Gastmutter darüber, ob die Stufe der japanischen Erdbebenmessskala höher oder niedriger liegt als die weltweit angewandte Richterskala. Sie ist der festen Überzeugung, dass das Beben in Niigata (japanische Stufe 5) auf der Richterskala nur 4 erreichen würde. „Das stimmt doch aber nicht!" – „Doch, das ist so!" Punkt. Themawechsel. Sie lässt sich das eh nicht erklären, da brauche ich also meine Zeit auch nicht zu verschwenden. In der Zeitung steht, das Beben hat die Stufe 6 der Richterskala überschritten. *zwinker* Mir fällt es unheimlich schwer nachzugeben, wenn ich weiß, dass ich Recht habe. Das führt zu Endlosdiskussionen, in denen niemand von uns beiden einlenken kann. Dabei höre ich mir immer an, was sie zu sagen hat und stimme manchmal auch zu, aber sobald ich meine eigene Meinung

verlauten lasse, kontert sie mit: „Das ist falsch." oder: „Du bist nicht erwachsen genug." Das kann echt Frust auslösen! Man fühlt sich so machtlos. Und ich verstehe es auch nicht. Sie ist doch sonst so tolerant und hält sich aus allem heraus, was mich und meine Vorhaben betrifft.
Dabei habe ich gerade erst herausgefunden, dass die Japaner die lokal gefühlte Erdbebenstärke angeben und nicht die Energie, die am Epizentrum freigesetzt wurde. Das hat den Vorteil, dass jeder Japaner übers Fernsehen Angaben zu seinem Ort erhält. So weiß ich zum Beispiel, dass es in Niigata ungefähr mit Stufe fünf gebebt hat und in Tokyo immer noch mit Stufe drei. Der Nachteil ist, dass es mit der Richterskala nicht verglichen werden kann.
Übrigens wird meine Gastschwester Miki im Januar ihre Volljährigkeitszeremonie *(Seijinshiki)* haben und zog heute Okâsans Kimono an, um Bilder machen zu lassen. Ich habe so erfahren, dass Mädchen bzw. Frauen nur bis zur Hochzeit Kimonos mit langen Ärmeln tragen, danach sind sie nur noch halb so lang. Die Ärmel, nicht die Frauen oder die Kimonos. *grins* Wenn man also eine achtzigjährige Dame in einem langärmligen, bunten Kimono sieht, darf man sich wundern. *drops*

Montag, 25.10.2004

Es ist praktisch, morgens von einem Erdbeben geweckt zu werden. Da ist man sofort hellwach und schläft nicht wieder ein! Aber mal im Ernst: Jedes Beben, das in Tokyo ankommt, ist in Niigata unter Umständen dramatisch. Hier werden inzwischen Spenden gesammelt, und in der Schule gibt es nur ein Thema. Ich habe mir heute eine „Japan Times" (englischsprachige Tageszeitung) gekauft und war über die Auswirkungen des Bebens ziemlich erschrocken. 21 Tote und 2 100 Verletzte, Dörfer abgeschnitten, 98 000 Häuser in Nagaoka und Ojiya noch immer ohne Strom, 50 000 Häuser ohne Gas, 82 000 Evakuierte. Und der Shinkansen ist zum ersten Mal seit der Inbetriebnahme der Tôkaidô Linie im Jahre 1964 entgleist. Es sind wohl alle 20 km Seismographen entlang des Streckennetzes angebracht, die ab einem Beben der Stufe 4 (jap. Skala) innerhalb einer Sekunde dafür sorgen, dass der Strom automatisch abgeschaltet wird. Daher wurde auch niemand verletzt. Nur braucht ein Zug fast 2,5 km bzw. 1 Minute und 45 Sekunden, um von 210 km/h zum Stillstand zu kommen. Für manche Japaner ist es trotzdem schlimm, selbst wenn nichts passiert ist, weil sie sehr stolz darauf sind, den sichersten Zug überhaupt kreiert zu haben. Es wurde mal wieder bewiesen, dass selbst die neueste und beste Technik im Kampf gegen Naturgewalten den Kürzeren zieht. In der Abendausgabe der Tokyo-Shimbun stand – soweit ich das lesen kann, dass die erneuten Erschütterungen von heute Morgen wieder Stufe 5 erreicht haben.

Dienstag, 26.10.2004

Tsumaranai (langweilig)! Das beschreibt den heutigen Tag wohl am Trefflichsten. Dienstags ist mein Computertag in der Schule, worauf ich mich immer freue. Heute hatte ich ganz viele besorgte E-Mails im Posteingang, weil das Erdbeben in Niigata vom vergangenen Wochenende es bis in das deutsche Fernsehen, sprich in die Tagesschau, geschafft hat. Ich hoffe, ich konnte alle wieder beruhigen.

Zu Hause bin ich meistens bis 19 Uhr alleine und es ist entsprechend tsumaranai! Danach versuche ich, mich mit meiner Gastmutter zu unterhalten, um mein Japanisch zu verbessern und Neues zu lernen, was aber leider oft scheitert.
Meine Gastgeschwister kommen noch später nach Hause. Daher essen wir häufig nur zu zweit oder manchmal zu dritt. Die anderen gehen entweder essen oder wärmen sich die Gerichte in der Mikrowelle wieder auf. Wenn niemand da ist, bin ich echt aufgeschmissen, weil ich die Mikrowelle ohne Hilfe nicht bedienen kann. Sie redet, genau wie die Waschmaschine, leider nur japanisch. Na ja, in Japan ist ja nichts unmöglich, aber die Mikrowelle spricht nicht wirklich, dafür aber das Gerät, das die Badetemperatur reguliert! Es erzählt einem, dass 50 Grad wirklich warm sind und man aufpassen soll, sich nicht zu verbrennen … Ich habe jedenfalls beschlossen, vorsichtshalber lieber nicht an elektronischen Geräten herum zu spielen, wenn diese mir nicht gehören und nur so komische Zeichen *grins* draufstehen!
Apropos Waschmaschine: Letztens hielt mir Miki meinen geschrumpften Fleece-Pulli entgegen und bedauerte, ihn in den Trockner geschmissen zu haben. Ein Glück, dass er vorher ein wenig größer war als ich. *autsch*

Mittwoch, 27.10.2004

Ich habe heute eine Zeitreise in die Zukunft gemacht!
Während alle Schülerinnen mit Tests gequält werden, habe ich bis übermorgen jeweils nur zwei Stunden Japanischunterricht am Tag. „Das muss ausgenutzt werden“, dachte ich mir und beschloss, heute nach Akihabara zu fahren. Dort wird nämlich die allerneueste Technik Japans (und somit auch der Welt!) verkauft. Das Tolle ist, dass man dort fast alle Geräte nach Lust und Laune ausprobieren kann. So stehen zum Beispiel die modernsten Massagesessel frei zur Verfügung und die Verkäufer scheinen froh zu sein, ihre Kunden glücklich zu sehen. Nicht so wie in Berlin, wo man mit ziemlicher Sicherheit dumm von der Seite angemacht wird, wenn man etwas testen will, es in die Hände nimmt und dann doch nicht kauft. Bei manchen Geräten konnte ich anfangs allerdings deren Sinn nicht erkennen! Meine Japanischlehrerin, die mich freundlicherweise begleitete, zeigte mir die Funktionsweisen. Es ist kaum zu fassen, wie sehr Deutschland hinterher hängt. Hier bieten viele Firmen mittlerweile 40 GB-MP3-Player an, auf denen man sich sogar Bilder und Texte, ja teilweise sogar schon Filme, abspeichern und ansehen kann. Ach ja, Geld müsste man haben! *träum*
Computer- und Fernsehbildschirme faszinierten mich durch ihre gestochen scharfe Farbe. Solch eine Auflösung habe ich noch nie gesehen. Von den Handys und elektronischen Wörterbüchern rede ich schon gar nicht mehr.
Technik, die begeistert, auf sieben Etagen!
Etage 6: MP3-Player in der Größe einer Streichholzschachtel.
Etage 5: Kamerazubehör so weit das Auge sieht.
Etage 1, 2 und 3 nur Haushaltsgeräte usw.
Die Preise der einzelnen Produkte unterscheiden sich nicht wesentlich voneinander. Da stimmt doch wohl etwas mit dem Wettbewerb nicht, oder? Ob es in Japan ein Kartellamt gibt? *sichselberfrag*
Die japanischen Firmen setzen sehr auf Qualität und die Bevölkerung ist bereit, dafür mehr Geld auszugeben. Das mag bei Autos und Haushaltsgeräten, wie Toastern oder Kaffeemaschinen

vielleicht sinnvoll sein, weil sie oft benutzt werden, aber CD-Player sind in ein paar Jahren sowieso veraltet und müssen keine 50 Jahre (oder so ähnlich) halten, oder?
Ein tolles Erlebnis war es allemal und weil ich nicht genug bekommen kann, fahre ich morgen nach Shinjuku und schaue mal, was es bei „Biku Camera" so gibt. Da habe ich nämlich eine Rabattkarte. *grins*
Heute früh gab es wieder ein stärkeres Erdbeben in Niigata, das auch in Tokyo zu spüren war. Es reicht langsam!

Donnerstag, 28.10.2004

Also bei „Biku Camera" sehen die Preise für 20 GB MP3-Player keinen Deut besser aus (39.000 Yen – 300 Euro) als die, die ich gestern gesehen habe.
Dafür laufen aber dort noch mehr Verkäufer rum, die sich dem Kunden beinahe aufdrängeln, um Fragen beantworten zu dürfen und natürlich wird man von allen im Vorbeigehen begrüßt: *Irasshaimase* (Willkommen).
Nach dem Bummel schoss ich in Shinjuku noch ein paar Fotos von den leuchtenden Reklametafeln. Allerdings fühle ich mich zugegebenermaßen nach Einbruch der Dunkelheit in dieser Gegend nicht sehr wohl. Es gibt ganz einfach zu viele von der Yakuza betriebene Pachinkohallen (Spielhöllen). Auch das Kabukichô (vielleicht mit der Reeperbahn zu vergleichen) liegt sehr nahe und ebenso in deren Hand. Da muss man als 17-jährige nicht unbedingt alleine durch die Gegend rennen, auch wenn ich bisher keinen von denen zu Gesicht bekam. Vielleicht ist das ja auch wieder so eine Sache, die den Japanern gerne eingeredet wird, wie mit den Grabschern in der Bahn?
Ich bin ganz stolz auf mich, weil ich ohne Probleme wieder nach Hause zurück gefunden habe. Bei den vielen verschiedenen Linien und Bahnhöfen mit unzähligen Ausgängen und unterschiedlichen Verknüpfungen ist das ein kleines Wunder. Ich bin anfangs einfach den Menschenmassen hinterhergelaufen und stand plötzlich vor der Metro. Da wollte ich ja aber nicht hin, also lief ich einer weiteren größeren Gruppe in die andere Richtung hinterher und stand vor der Seibu-Shinjuku-Linie auf der Tanashi-Eki liegt. Auch falsch. Es hat zwar etwas gedauert, aber ich habe schließlich den Bahnhof meiner Odakyu-Linie gefunden! Das muss ich bei Gelegenheit mal Okâsan Fujiwara verklickern, da fällt sie aus Angst um mich in Ohnmacht. *grins*

Freitag, 29.10.2004

Eri kann einem wirklich Leid tun! Sie hat heute Geburtstag und was tut man an so einem Tag am allerliebsten? Richtig: Lernen und Tests schreiben!
Geschenke zum Geburtstag scheinen hier allerdings nicht so üblich zu sein, denn Eri hat mich sehr erstaunt angeschaut als ich ihr ein kleines Mitbringsel überreichte und selbst von Yui hat sie nichts bekommen …
Und obwohl sie ziemlich müde und geschafft aussah, schlug sie vor, dass wir beide gemeinsam zum Friseur gehen könnten. Also trafen wir uns um 15.30 Uhr in Kichijôji. Sie erwähnte ganz nebenbei, dass sie letzte Nacht durchgemacht hat, um zu lernen – was ihr aber, nach eigenen Angaben, wohl nicht viel gebracht habe. Im Friseursalon wurde gerade ein junger, sehr weiblich wirkender Friseur eingearbeitet. Er sollte meine Haare vorfönen und begrüßte mich mit: „Ah,

mein erster Ausländer. Mein Herz schlägt ganz schnell und ich bin etwas nervös" und wedelte dabei aufgeregt und ein bisschen übertrieben mit seinen Armen durch die Gegend. ABER: Nach den Aussagen von Yui, Eri und Yuki gibt es hier in Japan ja keine Homosexualität und alle japanischen Jungs sind so!!! Hm. Zugegebenermaßen laufen hier auffallend viele, vielleicht mehr als die Hälfte aller Knaben mit Frauenhaarschnitten durch die Gegend, aber ähm, ja. Wir werden die Wahrheit über den Friseurazubi wohl nie erfahren. *schmunzel*
Zu Hause wartete eine kleine Überraschung auf mich! Die Büchersendung, abgeschickt am 8. September ist endlich angekommen. Ich hatte sie eigentlich gedanklich schon abgeschrieben, aber, oh Wunder!
Ein paar Minuten nach mir stolzierte Miki mit ihrem breitesten Grienen in die Wohnung! Sie hielt eine Verpackung mit der Aufschrift: „iPod-20GB" (einer der umgerechnet 300 Euro teuren MP3-Player, die ich in Shinjuku und Akihabara stundenlang bestaunt hatte!!!) in der Hand und meinte: „Schaut mal, was ich gewonnen habe!" Ich dachte, ich spinne oder besser: Sie spinnt. So etwas schmeißt einem doch niemand hinterher. Dann stellte sich heraus, dass sie wohl schon wochenlang die Aufkleber auf den Plastikflaschen einer bestimmten Firma gesammelt hatte und sich von Freunden und Ayakis Mitschülern dabei helfen ließ. Dann hat sie alles eingeschickt und Glück gehabt. Wahnsinn, oder? *ganzneidischsei* Ich befürchte nur, dass sie nicht wirklich etwas damit anfangen kann, weil dafür Computerkenntnisse von Nöten sind. Sie müsste ihre Musik nämlich erst einmal ins richtige Format bringen, um sie damit hören zu können.

Samstag, 30.10.2004

Da sehe ich morgens in der Zeitung und lese im Wetterbericht, dass es ab Mittag anfangen soll zu regnen und nehme mir vor, einen Schirm mitzunehmen. Leider vergesse ich es zwei Minuten später prompt. An solchen Tagen schwindelt die Vorhersage natürlich mal nicht! Meine Schule ließ mich jedoch sprichwörtlich nicht im Regen stehen und hat für solche Fälle eine Regenschirmsammlung parat, aus der man sich notfalls bedienen kann. Ob es irgendetwas gibt, an das sie nicht gedacht haben? Immer, wenn ich in der Klasse nach etwas frage, bekomme ich: „Geh doch zum Lehrerzimmer", zur Antwort. Daher bieten sich Schulen wahrscheinlich auch als Sammelstellen für Katastrophen (Erdbeben, Feuer, Überschwemmungen usw.) förmlich an.
Teilweise wurden heute die Tests, die in den vergangenen Tagen geschrieben worden waren, schon kontrolliert wieder zurückgegeben. Es waren aber nur einzelne Wörter und keine ganzen Sätze zu korrigieren. Daher ging es entsprechend schnell.
Nach der vierten Stunde bekamen wir die neuen Winterunterrichtszeiten mitgeteilt. Wir beginnen morgens zehn Minuten später. Oh, jetzt kann ich plötzlich ausschlafen. *zwinker* Die Pausen werden um jeweils fünf Minuten verkürzt. Damit ist schon um 14:50 Uhr Schulschluss, 20 Minuten früher als bisher.

Sonntag, 31.10.2004

Wo nimmt meine Gastmutter nur immer diese Rezepte her? Auflauf mit Toast drin und Suppe mit Reis. Meistens gibt es abends Reis mit unterschiedlichen Zutaten, wie Esskastanien, Erbsen und allem, was es im Kühlschrank zu finden gibt. Dabei kommen teilweise sogar Nattospaghetti auf den Tisch. *würg*

Weil es allmählich Herbst wird, essen wir häufig Suppe aus einem Tontopf. Darin ist alles Mögliche zu finden – echt abenteuerlich: Nudeln, Toast, Gemüse, Tofu, Fisch, Bouletten und das in einem Topf.
Morgens gibt es meistens *Onigiri* (Reisbällchen) mit getrockneten Minifischen. Dazu eine Suppe. Außerdem viel zu süßes und zu fettiges Brot, das eher in Richtung Doughnut geht. Wenn Okâsan mal keine Zeit hat, Frühstück zu machen, esse ich Cornflakes, die so sind wie in Deutschland. Mittlerweile glaube ich, mit deutschen Essgewohnheiten so meine Probleme zu bekommen, wenn ich wieder daheim bin. So sehr habe ich mich an das japanische Essen gewöhnt. Nur einen richtigen Obstsalat würde ich gerne mal wieder essen. Aber in Tokyo kostet ein einziger Apfel schon locker umgerechnet 3 Euro!
Für die Schule macht Okâsan Obentôs. Ich habe ein Doppelstock-Obentô. Oben ist Reis und *Furikake* (Nori und Sesam und meistens Fischkrümel, damit der Reis nach etwas schmeckt) und manchmal *Kabocha* (Kürbis) drin. Unten ist dann Platz für Fleisch, Salat, Tomaten oder so. Das wechselt immer mal. An frischem Obst gibt es hier wachsende Kakifrüchte (Scharon) und gelegentlich Bananen.
Heute aßen wir jedenfalls außer Haus! *Yakiniku*! Das ist wie Barbecue und, der Grill befindet sich in der Mitte des Tisches. Ich glaube, in Hiroshima mit Familie Kusunoki schon mal in ein solches Restaurant gegangen zu sein. Damals habe ich meine Vorliebe für japanischen Kürbis entdeckt. *grins* Man bestellt die unterschiedlichsten Fleischarten, die danach roh zum Tisch gebracht werden.
Leider wird an den Wochenenden nichts gemeinsam mit der Familie unternommen. Miki, Takemi und Otôsan sind mit ihren Teams fast immer zu Rugbyspielen unterwegs. Ayaki verdrückt sich in ihr Zimmer und liest viel. Ich höre also meistens Musik, fahre alleine irgendwo hin oder mache Hausaufgaben für meinen JLPT-Test im Dezember 2004. Wenn ich dazu meiner Gastmutter eine Frage stelle, bekomme ich eine Antwort auf eine nicht gestellte Frage und dazu einen Warum-störst-du-Blick. Frage ich gelegentlich meine Gastschwestern, mischt sie sich wiederum ungefragt ein.
Ich kann keine neuen Worte lernen, wenn man sich hier in der Gastfamilie nicht mit mir unterhält. Dabei habe ich schon alles versucht! Während des Essens reden alle durcheinander und ich werde ignoriert. Ayaki spricht, wenn sie etwas zu sagen hat, ohne Pause, damit Okâsan nicht dazwischen faucht. Wenn sie es dennoch tut, redet Ayaki einfach noch etwas lauter und noch etwas schneller weiter. Auf solche Debatten habe ich keine Lust und auch keine Chance, mich zu beteiligen, weil ich zum Überlegen manchmal Zeit brauche. Wenn meine Gastmutter bei meinen Bemühungen ein Gespräch zu beginnen aber anfängt, Zeitung zu lesen … Was soll ich dazu noch sagen?
Das Verhältnis zwischen Ayaki und mir wird allerdings und zu meiner großen Freude von Tag zu Tag besser! Wir erzählen uns gegenseitig, was wir in der Schule erlebt haben und sie steckt ihren Kopf wesentlich häufiger aus der Tür zu ihrem Zimmer als am Anfang. *glücklichsei*

Montag, 01.11.2004

Meine „Lieblings"-LP Kobayashi-san rief mal wieder an. Zunächst besprach sie das nächste Event mit Okâsan und anschließend führte sie ein 30-Sekunden-Gespräch mit mir: "Geht es Dir gut?"

„Ja."
„Es ist bestimmt nicht leicht, täglich so lange mit der Bahn unterwegs zu sein! Ist das trotzdem in Ordnung?"
„Ja."
„Am Donnerstag ist eine Orientation."
„Ja."
„Na, dann lass uns dort noch einmal miteinander reden"
„Okay."
„Auf Wiedersehen."
„Auf Wiedersehen."
Hätte ich ihr erzählen sollen, dass ich mich mit meiner Gastmutter nicht vernünftig unterhalten kann und somit das Gefühl habe, kein Japanisch mehr zu lernen, wenn ich von der Schule nach Hause komme? Doch aber nicht, wenn Okâsan im Nebenzimmer sitzt. Außerdem kann mir Kobayashi-san eh nicht helfen und letztendlich bin sowieso immer ICH schuld.
Meine Gastmutter führt öfter Selbstgespräche und erwartet aber, dass ich ihr auf manche darin vorkommende und an mich gerichtete Fragen antworte. Dafür spreche ich nicht gut genug japanisch, um die speziellen Fragen aus dem gebrabbelten Rest herauszuhören. Ich bat sie, mich doch bitte direkt und mit meinem Namen anzureden, weil ich nie weiß, mit wem sie spricht. Keine Ahnung, wie sie es geschafft hat, aber irgendwann war ich am Ende der Diskussion wieder der Depp, obwohl mir Ayaki wortkräftig beigestanden hatte. Widerstand zwecklos!

Dienstag, 02.11.2004

Im Februar 2005 findet an meiner Schule ein Chorfest statt. An diesem Tag werden alle Klassen ein Lied vorsingen, manche davon begleitet am Klavier. Ich überlegte in Erikos Beisein laut, dass es schade sei, dass ich diesen Event nicht mehr miterleben kann. Sie schaute mich völlig verdutzt an und wollte wissen, warum. Als ich ihr erklärte, dass ich Anfang Februar wieder nach Hause fliege, wurden ihre Augen erst knallrot und füllten sich dann mit Tränen. Am Ende der Pause war sie immer noch etwas durcheinander und suchte in einem fremden Spind nach ihrem Notizheft, das bisher immer unter ihrem Tisch gelegen hatte. Sie meinte, sie könne sich ihre Emotionen selber nicht recht erklären. Das machte mir wiederum ein schlechtes Gewissen. Dabei bin ich doch noch drei Monate hier! Letztendlich nahm sie die Situation mit ihrem gewohnten Optimismus und meinte: „Dann muss ich eben ein Jahr in Deutschland studieren!" und versuchte zu lächeln, während ich ihr ein Tempotaschentuch in die Hand drückte. Ich hätte nicht gedacht, dass Eri wirklich so viel an mir liegt. Und sie ist wirklich nicht der Typ, der immer gleich losheult. *glücklichsei*

Mittwoch, 03.11.2004

Nach der Nishiko, also der Schule meines Gastvaters, und meiner eigenen, der Musajo, bin ich heute in den Genuss gekommen, mir das Bunkasai einer dritten Mittel- und Oberschule anzusehen. Die Keisen ist eine christliche Mädchenschule hier in Tokyo, die unter anderem von Ayaki, Chi-chan und Hang aus Vietnam besucht wird.

Hang geht dort in die 2. Klasse, Ayaki und Chi-chan sind Drittklässlerinnen der Oberstufe. Hang und Ayaki kennen sich, weil sie gemeinsam beim Teezeremonieclub mitmachen. Von zu Hause bis zur Schule braucht man vielleicht ein Viertelstündchen, wenn überhaupt.
Die Keisen ist auch eine Privatschule, aber dort müssen keine Schuluniformen getragen werden. Die Mütter helfen beim Bunkasai mit, um an den Getränke- und Süßigkeitsständen Geld zu verdienen. Echt überrascht hat mich die Bibliothek, in der man sich sogar DVDs, CDs und Digitalkameras ausborgen kann und in der zwei Computer zur Verfügung stehen. Hang hat dort sogar ihre eigene „Austauschschülerecke". Die Wahl ihrer Unterrichtsfächer sieht übrigens ganz anders aus als meine. Sie belegt kein Mathe oder Chemie, sondern Teezeremonie, Ikebana und Japanische Kultur als Unterrichtsfach. *neidischsei*
Außerdem bietet man Kräuterkunde als Unterricht an. Die Pflanzen werden gesät, begärtnert, geerntet und anschließend verkauft.
Hang und ich unterhielten uns eine Weile und irgendwann kam das Thema auf die morgige MEO-Orientation. Es stellte sich heraus, dass sie nicht einmal davon wusste, weil ihr LP offensichtlich alles mit ihrer Gastmutter abgesprochen hatte und von beiden festgelegt wurde, dass Hang morgen keine Zeit hat, weil nach dem Bunkasai aufgeräumt werden muss. Langsam reicht es mir! Mein Unmut gegenüber meinem Komitee wird zunehmend größer.
Ich sprach darüber etwas verwundert mit meiner Okâsan, die natürlich prompt meinte, dass man uns Austauschschüler da nicht zu fragen bräuchte!
„Aber wir haben immer das Gefühl, dass alles über unsere Köpfe hinweg entschieden wird und finden das nicht gut!"
„Nein, das ist falsch!"
„Gefühle kann man nicht als falsch bezeichnen."
„Doch, weil es falsch ist."
„Ich gehe mir jetzt die Schule ansehen."
Hang musste zur Klasse zurück. Irgendwann kam eine ihrer Freundinnen auf mich zu und wir sahen uns zu zweit Ayakis Teezeremonie an. Die unterscheidet sich etwas von dem Ablauf, den ich gelernt habe. Auch war alles lange nicht so gut organisiert wie bei uns, was wohl vor allen Dingen an unserer strengen Lehrerin liegt.
Ansonsten gibt es an der Schule einen sehr professionellen Tanzclub, von dem ich ziemlich beeindruckt war! In den Tänzen wurden richtige Geschichten erzählt. Das ging dann doch weit über das A*gewackel, das ich bei dem Bunkasai an der Musajo erlebt hatte, hinaus.
Auf dem Rückweg wurde ich durch Zufall Zeugin, wie ein Künstler in einem öffentlichen *Ofuro* sein Fujisan-Bild an der Wand vollendete. Er hatte einige Passanten von draußen herein gewinkt und so konnten wir zusehen, wie er sein Werk signierte.
Von der Männer- und Frauenseite sieht man jeweils den halben Fuijsan, während man badet. Das Motiv Fuji ist in den Gemeinschaftsbädern eine alte Tradition. Sein Anblick soll beim Entspannen helfen. Und da aufgrund der Feuchtigkeit das Bild manchmal erneuert werden muss, können die Gäste auch immer mal wieder eine neue Ansicht des Fujis bewundern. Es gibt nur noch drei oder vier solcher Fuji-Maler für Tokyos Badehäuser.
Ich hatte in Deutschland vor meiner Abreise irgendwann mal einen Bericht darüber im Fernsehen gesehen. Wegen der Männlein-Weiblein-Trennwand konnte ich zwar nur den halben Berg fotografieren, aber ich habe festgehalten, wie der Maler seinen Namen unter sein Werk setzte!

Donnerstag, 04.11.2004

Nach dem heutigen Tag schildere ich lieber zuerst die positiven Dinge, weil ich feststellen muss, dass ich manchmal dazu neige, nur über die negativen Erlebnisse zu berichten.
Also lasst mich mal überlegen:
1. Ich habe von der Bahn aus den echten Fujisan, auf dem jetzt Schnee liegt, gesehen.
2. Ich konnte bedenkenlos meine Loose-Socks anziehen, weil keiner meiner Lehrer in der Nähe war. *pssst*
3. Ich konnte mit Amy schwatzen.
4. Ich weiß jetzt mit hundertprozentiger Sicherheit, dass ich niemals Grundschullehrerin werde.
Und weil ich gerade dabei bin, schreibe ich mir den ganzen unerfreulichen Rest des MEO-„Events" in einer Grundschule jetzt auch noch schön:
5. Man präsentierte mich überall als „unsere deutsche Austauschschülerin", was mir ziemlich unangenehm war und ich kam mir wie in einer Show vor.
6. Ich hatte ganze fünf Minuten Zeit, den anwesenden Sechstklässlern etwas über Deutschland zu berichten.
7. Da kaufe ich extra Gummibärchen, um die Präsentation aufzulockern und prompt verbietet ein MEO-Volunteer das Verteilen, weil Süßigkeiten in Grundschulen verboten seien – auch für Besucher! Der Vorteil: Ich kann sie jetzt selber essen.
8. Wir haben für die Sechstklässler im Klassenzimmer das Mittagessen ausgeteilt, während unsere Komitee-Leute keinen Finger rührten und ihre Energie verbrauchten, um uns dabei anzufeuern … Da fühlt man sich gar nicht ausgenutzt!
9. Ich habe am Tama-*gawa* (Fluss) freiwillig Müll aufgesammelt, um mit den Kindern Zeit zu verbringen und, wie man uns einzureden versuchte, dabei viele neue Freunde zu finden. In Japan ist es eben wichtig, viele Freunde zu haben.
10. Und zu guter Letzt haben wir Austauschschüler so etwa 50-mal „Guten Tag" in unseren Landessprachen auf Blätter geschrieben, die uns entgegen gehalten wurden. Was für ein tolles Spiel. Schade nur, dass man vor lauter Durchorganisiertheit der Veranstaltung gar keine Chance hatte, ein richtiges Gespräch mit den Grundschülern anzufangen.
MEOs erste Grundsatzdefinition: dürfen = müssen. Das Event fand nämlich zur „Freude" der Austauschschüler statt. Ah ja, toll!
Ich hatte eigentlich vor, ein paar schöne Fotos zu machen, aber das war größtenteils verboten oder ich hatte vor lauter Guten-Tag-Zetteln keine Zeit.
Wirklich amüsant war allerdings eine gemeinsame Musikstunde mit Erstklässlern. Die kleinen Jungs ließen sich alles Mögliche einfallen, um den Unterricht zu stören. Beim Singen liefen sie durch die Klasse, um sich gegenseitig ins Ohr zu brüllen und sich die Hefte auf die Köpfe zu hauen. Wir standen hinten im Raum und mussten uns echt zusammenreißen, um nicht laut zu lachen. Aber die Lehrerin tat mir wirklich leid – es kam noch schlimmer! Die Klasse lernt gerade Melodika. Das Instrument sieht aus wie ein Keyboard, aber man muss parallel dazu in einen Schlauch pusten, um es spielen zu können. Mein Vater bezeichnete das Gerät am Telefon als Dudelbord, als wir nicht auf den wahren Namen kamen. Man sollte jedenfalls annehmen, dass es eigentlich eine praktische Erfindung ist, weil die Kleinen nicht gleichzeitig schwatzen und spielen können. Aber der Kreativität sind keine Grenzen gesetzt! Auch mit Melodikas kann man seinen Mitschülern die Köpfe einschlagen oder wahlweise mit dem Schlauch Lasso spielen. Der schlaueste Schüler der Klasse kam auf die Idee, den Schlauch einfach zu entfernen und direkt in

das Instrument zu pusten. Die Lehrerin war machtlos. Es ist doch ein großer Unterschied, seine Lehrer selber zu nerven oder dabei zuzusehen, wie sie durch Schüler genervt werden.

Freitag, 05.11.2004

Mein Kalligraphieteller ist fertig! Mit einer Woche Abstand fand ich das Kanji nun nicht mehr ganz so schlimm. Ich bin gespannt, wie der Teller aussehen wird, wenn die Farbe eingebrannt ist. Das kann jetzt allerdings eine Weile dauern. Damit ist das erste Ich-glaub-ich-träume-Projekt abgeschlossen und sofort folgt das zweite: Jetzt werde ich einen Namensstempel anfertigen. Weil des mit Katakana albern aussehen würde, suchte die Lehrerin mit Hilfe eines *Kokugo-* (wörtlich: Landessprache, also Japanisch-) lehrers ein passendes Kanji aus. Die Bedeutung habe ich zwar noch nicht so richtig verstanden, aber es scheint etwas Positives zu sein und das Beste ist, dass das Kanji zwei Aussprachen hat: DA und NA - lustig, oder? Dann hieß es: Üben! Ich musste die ursprüngliche (erste) Form des Kanjis – die Kanjis haben sich im Laufe der Jahre ja verändert – mit einem Pinsel in ein kleines Quadrat malen können. So richtig weiß ich noch nicht, wie das Schriftzeichen später zu einem Stempel wird. Aber die Sache finde ich echt spannend. Beim Üben sollte ich mit roter Farbe über ein Papier mit schwarzer Farbe malen. Die Lehrerein hatte das ursprünglich weiße Blatt zunächst für mich schwarz angemalt. Ich musste meine Versuche mehrmals trocknen lassen und nochmals nachmalen. Die schwarze Farbe löste sich immer wieder auf und vermischte sich mit der roten Farbe. Mist. Keine Ahnung, warum ich das so tun muss.
Die Erstklässlerinnen der Oberstufe, mit denen ich Kalligraphie habe, sind im Unterricht unheimlich laut. Und manche Schülerinnen machen sich sogar über die Lehrerin lustig. Wieder einmal wurde mir bewusst, was für ein Glück ich mit meiner eigenen Klasse hier habe.
Die Musikklasse ist aber auch ganz cool und über den Lehrer braucht man sich nicht lustig zu machen, denn er übernimmt diese Aufgabe mit Bravour persönlich. Wir tun im Moment wieder richtig was fürs musikalische Allgemeinwissen. Wir sehen uns (wegen der tollen Musik!!!) „Die Schöne und das Biest“ an. Ist das nicht rührend? Der Lehrer geht derweil in sein Musiklehrerzimmer und trinkt ein Käffchen. Ui! Meine eigene Klasse hat leider keinen Musikunterricht mehr, weil sie sich auf die Unis vorbereiten und Kunstfächer da keinen Platz haben. Daher werde ich mit einem bunt zusammengemixten Erstklässlerhaufen unterrichtet.

Samstag, 06.11.2004

Nach nun fast einem Monat Pause traf sich der Teeclub zu einer Besprechung mit Party. Zunächst sollte jede reihum, angefangen bei den Erstklässlerinnen der Mittelschule, erzählen, wie sie ihre eigene Leistung beim Bunkasai einschätzt. Wenn man sich das so anhört, könnte man denken, dass das Bunkasai ein richtiger Reinfall war. Jede hat mehr Fehler als seine Nebenfrau gemacht …
Es ist extrem beeindruckend mit anzusehen, wie sich Menschen durch ihre Körpersprache verraten können: Die jüngere der beiden Lehrerinnen hat während ihrer Gespräche mit der älteren stets ein eingefrorenes Ich-wünsch-dir-die-Pest-an-den-Hals-Lächeln im Gesicht. Für Hayakawa-Sensei haben beide nur noch ein müdes Verziehen der Mundwinkel übrig. Sie schauen sie lediglich aus den Augenwinkeln oder gar nicht mehr an, wenn Hayakawa wie gewohnt wasser-

fallartig auf sie einredet. Was bewegt die beiden denn eigentlich, überhaupt zum Teeclub zu kommen, wenn sie sich gegenseitig offensichtlich nicht ausstehen können. Warum haben wir zwei Lehrerinnen? Werden sie eigentlich dafür bezahlt oder ist das ein freiwilliger Einsatz ihrerseits?
Nach den Selbsterniedrigungen machten Fressalien die Runde. Schokolade, Chips, Tee usw. Dabei hatte ich mir heute vorgenommen, keine Süßigkeiten zu essen. *grrr*
Man kommt bei diesen Treffen allerdings gut ins Gespräch miteinander. So tiefgründig wie mit Eri und Yui ist das natürlich nicht, aber trotzdem ganz nett. Meistens sitzen wir (nicht alle, aber ein paar Leute) morgens und nachmittags zusammen im Bus zur Schule.
Im Teeclub sind wir ca. 25 Mädchen. Die Erstklässlerinnen der Oberstufe kommen nur selten zu den Treffen und aus der zweiten Klasse sind wir zu acht.

Sonntag, 07.11.2004

Ich habe es endlich geschafft, einen Brief an Yukako nach Amerika zu verfassen. *ufff*
Dafür, und um das japanische Tagebuch weiter zu schreiben, habe ich den halben Tag gebraucht. Den Rest habe ich geschlafen und Musik gehört, nachdem ich meine Kopfhörer auseinander nehmen und wieder zusammen bauen musste und sie jetzt zwar funktionieren, aber einen Wackelkontakt haben. Wird Zeit, dass ich nach Shinjuku komme.
Mittags hatte ich so eine: Ja-du-mich-auch-Episode. Meine Gastmutter verkündete, dass sie heute kein Mittagessen kochen wird und ich mich selbst bedienen soll. Gut, dachte ich, und ging zum Küchenschrank, um mir etwas zum Aufwärmen auszusuchen. Dann kam Ayaki hinzu und Okâsan fauchte uns an „Es sind zu viele Leute in der Küche!“ Okay, dachte ich mir und setzte mich an den Tisch im Wohnzimmer, um zu warten, bis eine von beiden fertig werden würde. Eine Minute später fauchte mich Okâsan an: „Wenn Du Dir selber nichts machst, dann gibt es nichts.“ Ich musste mich ziemlich zurücknehmen, meinte nur kurz: „Ja“, und ging in mein Zimmer. Sie hat eh Recht.

Montag, 08.11.2004

Es soll gegen 11.15 Uhr wieder gebebt haben. Da saß ich gerade im Japanischunterricht. Wir haben komischerweise absolut nichts davon mitbekommen. Das liegt vermutlich daran, dass unter dem Raum eine große Klimaanlage hängt, die den Boden vibrieren lässt. In der Zeitung waren Bilder von Schülern gedruckt, die im Unterricht Helme tragen, weil sie in gefährdeten Gegenden wohnen. Ob das aber im Ernstfall hilft?
Meine Klasse schreibt gerade Vergleichstests und mir wurde daher eine zusätzliche Internetstunde geschenkt. Ito-Sensei fragte mich, wie meine Familie so ist und ich deutete mein Problem mit Okâsans Art leicht an. Sie meinte daraufhin: „Die Familie kommt mir eh komisch vor! Keinen Fernseher und dich lassen sie den Computer nicht benutzen. Wahrscheinlich sehen sie sonst mit dem PC fern! Und dann auch noch zwei Lehrer.“ Hmmm?
Na, jedenfalls durfte ich nach der dritten Stunde nach Hause gehen.

Dienstag, 09.11.2004

Ich glaube, Yamashita-Sensei ist heute mit dem falschen Bein (für Rechtshänder/Rechtsfüßer also mit dem linken?) aufgestanden! Sie lief, ohne einen Ton zu sagen, mitten im Unterricht aus dem Raum. Daraufhin gab es in der Klasse die wildesten Spekulationen darüber, was wohl die Ursache ist. Zunächst: Sie hat wohl möglicherweise was im Lehrerzimmer liegen gelassen. Dann: Sie hat vielleicht Durchfall. Zu guter Letzt machte jemand den Vorschlag, dass sie sich übergeben haben könnte. Kurz vor Unterrichtsschluss betrat Yamashita-Sensei wieder den Klassenraum, stellte sich vor die Tafel und hielt uns, den Tränen nahe, einen Vortrag: Wir wären in letzter Zeit viel zu laut und sie hätte Angst, dass ihr Unterricht zu langweilig sein könnte. Sie hätte keine Lust, uns jedes Mal vor Unterrichtsbeginn mehrmals auffordern zu müssen, unsere Plätze einzunehmen und wir sollen, jede einzelne, über unser Verhalten nachdenken. Danach verließ sie eine absolut ruhige Klasse. Ich fand die Ansprache ein wenig übertrieben, denn verglichen mit meiner Musik- und Kalligraphieklasse sind wir richtig still und friedlich. Vielleicht liegt es aber daran, dass sich andere Lehrer bei ihr beschwert haben und sie sich als unsere Klassenlehrerein verantwortlich fühlt. Vielleicht war es aber auch nur der Quartalsanschiss?
Abends war für mich Weihnachten: Das riesige Paket mit den Weihnachtsgeschenken für meine Gastfamilie, das mir meine Eltern lieber schon jetzt geschickt haben, nachdem die Büchersendungen so ewig brauchten, ist nach nur einer Woche angekommen. Darin lagen unter anderem auch viele Papierabzüge *pixumseidank* von den Fotos, die ich in Japan digital geschossen und per CD-Rom nach Hause geschickt hatte. Nun kann ich einen 2005er Kalender für meine Gastfamilie basteln. Außerdem hatte meine Mutti Artikel aus der Berliner Zeitung, die über die Taifune und Erdbeben in den vergangenen Wochen in Japan berichten, ausgeschnitten und hineingelegt. Ich fiel gleich über den neuen MP3-Player her (Ja, ist denn heut schon Weihnachten! *grins*) und konnte es noch dreißig Minuten genießen, endlich die zweite Hälfte der Lieder, die mein alter CD-MP3-Player neuerdings immer lässig überlesen hat, zu hören. Dann sind meine Kopfhörer, die ich vor einer Woche mit Klebeband ein letztes Mal rettete, in die ewigen Jagdgründe eingegangen. Ist aber kein Problem, weil die in Japan viiieeel cooler sind und besser klingen und dazu noch weniger kosten als in Deutschland. Überhaupt habe ich noch das ganze Taschengeld vom Oktober! So sehr ich mich auch gefreut habe – Weihnachten wird bestimmt trotzdem traurig. Würde mich nicht wundern, wenn ich am 24. Dezember zur Schule muss. Es ist hier eben nur ein Konsumfest ohne Tradition und sehr nach amerikanischem Vorbild.

Mittwoch, 10.11.2004

Ich muss mich erstmal beruhigen … tief durchatmen. Also:
Ich stieg fröhlich gelaunt in die Odakyu-Bahn ein, mich noch über die neuen Kopfhörer freuend, die ich mir eben in Kichijôji zugelegt hatte. Es gab welche mit den lustigsten Funktionen: Manche haben einen Vibrator, der durch den Bass ausgelöst wird, andere sind teilweise waschbar – für Sportler. Lustige Formen sollen, wenn man der Werbung trauen darf, die Belästigung Nebenstehender durch nach außen dringende Musik verhindern. Ich habe welche genommen, bei denen sich das Kabel selbst aufrollt und die man von außen mit einem Bügel am Ohr befestigen kann. Sie sind so leicht, dass man sie nicht bemerkt. Allerdings habe ich schon bei geringster Lautstärke das Gefühl, dass andere Mitreisende in der vollen Bahn mithören können

und durch Plakate wird einem hier ständig eingetrichtert, dass Leute, die laut Musik hören, schlechte Manieren haben.
Ich stand nun jedenfalls im voll gestopften Express und musste mit ansehen, wie ein Typ (so Anfang Dreißig) seine Hand absichtlich in Richtung Po einer Frau vor ihm schob und zufasste. Sie gehörten nicht wirklich zueinander. Ich brauchte erst einmal zwei bis drei Sekunden, um zu verstehen, was da offensichtlich vor sich ging. Die Frau nahm es hin. Keine Ahnung, ob sie den Druck für eine Tasche von hinten hielt oder sich einfach nicht traute, etwas zu sagen. Na, jedenfalls räusperte ich mich laut und künstlich und warf ihm einen „Wenn-ich-das-noch–einmal-sehe-sorge-ich-dafür-dass-das-ganze-Abteil-etwas-davon-mitbekommt-Blick“ zu, den er anscheinend nicht missverstand und seine widerliche Hand schneller wieder einzog als er sie ausgestreckt hatte. Für solche Menschen würden mir auf Anhieb eine Menge unschmeichelhafter Begriffe einfallen. Bei den Japanern heißt er *Chikan* (Grapscher).
Es klingelte zu Hause an der Tür, ich öffnete und gegen Unterschrift wurde mir eine Postsendung in die Hand gedrückt. Die Überraschung war gelungen. Catrin, eine Arbeitskollegin meiner Mutter und eine gute Freundin der Familie, hatte an Fujiwaras ein Paket geschickt und von denen war offensichtlich eine Weiterleitung von Briefen und anderen Sendungen an mich zu Yamamotos eingerichtet worden. Da hatten meine Mutti und Cartin also einen „Mal-sehen-wo-das-Paket-schneller-ankommt-Wettlauf“ veranstaltet. Der Karton war verpackt wie ein „Westpaket“, wie meine Eltern immer zu sagen pflegen. Ich habe gut fünf Minuten gebraucht, um es zu öffnen. Was ich sah, verschlug mir fast die Sprache: Fünf Kilogramm Süßigkeiten. Alles Weihnachtskram: Adventskalender, Lebkuchen, Spekulatius, Domino-Steine, Marzipanbrote und selbstgebackene Kekse! Genug von allem, damit meine Gastfamilie probieren kann. Einen kleinen Teil zeigte ich meinen Gasteltern, denen gleich der Zahn tropfte … Es ist zwar noch etwas Zeit bis zur Adventszeit, aber ich bin ja nicht gemein und habe ihnen jeweils ein kleines Marzipanbrot gegeben. Zwei Pakete in einer Woche, womit habe ich das denn verdient? Sogar zwei kleine Zuckertüten waren mit drin und Fotos von Fenjas (Catrins Tochter) Einschulung. Schade, dass es für die MEO-Veranstaltung in der Grundschule zu spät kam. Aber Ayaki und Miki fanden es total spannend und waren begeistert von den tollen bunten Schultaschen in Deutschland, weil es in Japan Einheitstaschen gibt: Jungs schwarz und Mädchen rot.

Donnerstag, 11.11.2004

Gestern lud Eri Yui, Yuki und mich zum Abendbrot zu sich nach Hause ein. Anlass war, dass Eri zu Hause immer mal von meinen Schwierigkeiten mit Okâsan erzählt hatte und ihre Mutter mich gerne persönlich kennenlernen wollte.
Gestern hatten auch noch alle zugesagt. Heute jedoch musste Yuki plötzlich zum Arzt und Yui bekam unerwartet von ihrer Juku (Nachhilfeunterricht) eine zusätzliche Stunde aufgebrummt, weil sie letztens aus „Krankheitsgründen“ eine versäumte hatte. Sie rief damals direkt aus der Karaokebox an, um den Unterricht abzusagen …
Erikos Familie wohnt in einer Mietwohnung. Im Gegensatz zu manchen Ecken bei uns in Berlin, ist die Wohngegend sehr gepflegt und sauber. (Berlin gilt inzwischen übrigens als Welthauptstadt der Graffitiszene, aber das nur nebenbei.) Die Wechselsprechanlage wird durch eine Überwachungskamera ergänzt. Wie auch bei Fujiwaras befindet sich der Hausflur nicht innerhalb Gebäudes, sondern außerhalb. Bevor man die Wohnung betritt, muss man einen kleinen

abgetrennten Bereich durchqueren. Hier können Familien auf 3 m^2 ein wenig „Garten spielen". Wie ein Balkon, aber mit Anschluss zum Außenflur. *verwirrtsei*
Ich zeigte Eris Okâsan ein paar Fotos aus Deutschland, für die sie sich sehr interessierte. Plötzlich wieherte Eri laut los. Auf unsere verwunderte Frage, was der Grund sei, meinte sie zu ihrer Mutter: „Du redest mit Dana die ganze Zeit schon so, als sei sie ein Kleinkind. Das ist echt spannend mit anzuhören." Exakt in dem Moment als Eri zu Ende gesprochen hatte, ihre Mutter rot anlief und ich Eri einen bösen Blick zuwarf, hörten wir einen Schlüssel klappern und Eris ältere Schwester stand in der Tür. Sie ist so alt wie meine Gastschwester Miki, also 20, und sieht meiner Meinung nach aus wie ein älterer Klon Erikos. So ähnlich sind sie sich. Ein komisches Gefühl war das.
Wir aßen zusammen *Takoyaki*. Das sind kleine Teigbällchen, die mit Oktopus *(Tako)* und allen möglichen anderen Zutaten (Mais, Käse, Fisch, vielerlei Gemüse usw.) gefüllt und gebraten bzw. gebacken werden. Eri kreierte sogar eine Variante mit Gummibärchen. Die sind natürlich zerlaufen und geben mit dem Tako eine tolle Mischung. *sichübergeb*
Eris Mutter erwähnte in unserer Unterhaltung kurz, dass es ja schade sei, wenn ich manchmal Probleme mit Okâsan hätte. Sie fragte nebenbei, ob es mir wirklich wichtig wäre, ein eigenes Zimmer zu haben. Eri hatte mir auch schon mal am Rande angeboten, dass mich ihre Familie für meine restliche Zeit in Japan aufnehmen würde …
Ich glaube, es wäre ziemlich unklug von mir, die Einladung anzunehmen. Sollte es dort auch Konflikte im Zusammenleben geben, wäre ich echt angearscht. Wenn Eri meine Gastschwester wäre, fehlte mir, dass sie als Unbeteiligte ihre Meinung zu meinen Schwierigkeiten äußern könnte. Und genau das ist mir wichtig, denn bisher hört sie bei meinen Schilderungen immer aufmerksam zu und sagt, wie sie die Sache sieht oder wie Japaner so etwas eben sehen. Aber ich brauche eh keine weiteren Gedanken daran verschwenden, denn mein Komitee würde es niemals zulassen.
Nach den Takoyakis kochte ich uns einen Milchreis mit Zimt und Bananenstückchen. Eri schaute nach dem ersten Löffel verwundert, beim zweiten Löffel machte sie gute Miene zu bösem Spiel und nach dem dritten sagte sie: „Ich gebe auf", und schob mir ihren Teller zu. Allen anderen schmeckte es zum Glück.
Es war ein schöner Abend und kurz nach 22 Uhr kam ich wieder zu Hause an.

Freitag, 12.11.2004

Das ist ja sooo gemein. *schmoll*
Da strenge ich mich an, den Stempel bis zum Ende der Unterrichtsstunde fertig zu bekommen und dann sagt die Lehrerin: „Du kannst ihn jetzt abwaschen und am nächsten Freitag probieren wir ihn aus." Ich platze vor Spannung, wie er geworden ist!
Meine Malerei „Rote Kanjis auf schwarzem Grund" der letzten Woche entpuppte sich als Zeichenübung für den Stempel. Das Herstellungsverfahren ist super interessant. Am Anfang der Stunde eröffnete die Lehrerin mir, dass das Kanji natürlich spiegelverkehrt auf den Stempel gebracht werden müsse und stellte mir einen Spiegel auf den Tisch. Ich fühlte mich ein bisschen auf den Arm genommen, aber zum Glück gibt es da einen Trick:
Man male den Stempel mit schwarzer Tinte an.
Man zeichne das Kanji mit roter Farbe in entsprechender Größe auf Transparentpapier.

Man lege das Papier mit der Schrift nach unten auf die nun schwarze Fläche des Specksteinstempels.
Man pinsele das Papier nun mit Wasser ein, damit sich die rote Farbe übertrage.
So, nun war also das spiegelverkehrte Kanji aufgedruckt. Dann bekam ich eine Art Schraubenzieher in die Hand gedrückt und begann die roten Linien auszuschnitzen. Ich freute mich, mich nicht für das Gegenstück entschieden zu haben. Stellt euch mal vor, ich hätte alles, bis auf die roten Linien des Kanjis entfernen müssen. Am Schluss der Doppelstunde wusch ich die Farbe ab und, nun ja, den Rest kennt Ihr ja schon.

Samstag, 13.11.2004

Oh, wie sehr ich mich doch mittlerweile über einen freien Samstag wie diesen freue! Meine Schule wurde 80 Jahre alt und die Schülerinnen durften deshalb zu Hause bleiben.
Ich schlief den halben Tag und hörte die restliche Zeit Musik. Ach ja, Joggen war ich irgendwie auch, aber nur eine halbe Stunde. Im Kalender habe ich meine verbleibende Zeit in Japan gezählt: 12 Wochen, also 84 Tage. Viel zu lange für meinen Geschmack. Ich habe das Gefühl, nichts wirklich Aufregendes mehr zu erleben, weil ich den ganzen Tag in der Schule oder der Bahn bin. Und das an sechs von sieben Tagen in der Woche. Ich finde, dass mein Japanisch auch nicht wirklich besser wird, weil ich mich unterhalten kann, ohne neue Wörter anwenden zu müssen.
Vermutlich hat mir Eris Okâsan vorgestern im Essen versehentlich Zitrusfrüchte untergejubelt, obwohl ich extra nachgefragt habe, weil ich mir dem Geschmack nach nicht so ganz sicher war. Jedenfalls hatte ich gestern Nacht einen heftigen Neurodermitisschub. Dadurch bin ich gerade ein wenig pessimistisch, weil ich mich noch so sehr anstrengen kann und die Haut eher schlechter als besser wird. Die japanischen Ärzte können mir nicht helfen, weil bei mir anscheinend eine genauere Untersuchung notwendig ist und ich hier weder Zeit noch Geld dafür habe. Meine Gastmutter will mit mir aus Zeitgründen nicht zum Hautarzt gehen und meint, ich solle mehr Obst und Gemüse essen, dann würde es weggehen. *haaahaaa*

Sonntag, 14.11.2004

Bis zum Japanischtest JLPT sind es nur noch drei Wochen. Bloß wie soll ich lernen, wenn meine ganze Energie in den Willen fließt, nicht zu kratzen wenn es juckt. Es ist zum Heulen.
Mit den Kanjis und der Höraufgabe werde ich vermutlich klarkommen. Und den Grammatikteil werde ich wahrscheinlich auch gerade so über die Bühne bringen. Die Texte und Fragen dazu werde ich ebenfalls verstehen. Aber: Der Vokabelteil bereitet mir große Sorgen. Da werden Wörter abgefragt, die ich hier nie gehört habe, wie z.B. „Schublade". Wenn dann wenigstens die Kanjis angegeben wären, könnte ich die Bedeutung teilweise erraten, aber bei Hiragana – unmöglich. Kein 50/50-Joker und ich kann auch niemanden anrufen, vom Publikum ganz zu schweigen …
Ach, es gleicht sich hoffentlich alles aus, denn mit gerade mal 60 % richtigen Antworten besteht man den Test. Und bei einer Auswahlmöglichkeit bei vier vorgegebenen Antworten besteht immerhin eine Chance von 25 Prozent, richtig zu raten.

Montag, 15.11.2004

In den Mittagspausen übe ich seit ungefähr einer Woche fleißig Baton.
Der Baton ist ein etwa armlanger Metallstab, der zu Musik ständig in spektakulärer Weise in Bewegung gehalten wird und mit dem man die lustigsten Kunststückchen durchführen kann. Dabei wird das Sportgerät in die Luft geworfen, an den verschiedensten Stellen wieder aufgefangen und man lässt es über Nacken, Arme oder Beine rollen. Dazu zeigen die Turnerinnen akrobatische Übungen. Eigentlich sieht man eine richtige Kür.
Im Moment versuche ich mich an einem Element, bei dem der Baton erst um den angewinkelten und danach um den ausgestreckten Arm gedreht wird, ohne ihn mit der anderen Hand zwischendurch aufzunehmen. Klingt kompliziert und ist es auch. Wenn man zu viel Schwung holt, kracht einem das Ding mit voller Wucht gegen den Kopf. Zum Glück sind an den Enden Gummistücke angebracht. Aber es macht Spaß! Wakaba und Ruria aus meiner Klasse sind im *Batonbu* (Batonclub) und bringen mir das ein bisschen bei. Blöd nur, dass ich erstens Linkshänderin bin und zweitens eine Sportbefreiung habe und es somit recht unklug wäre, in den Club einzutreten.

Dienstag, 16.11.2004

Es wird, viel zu früh für meinen Geschmack, auch hier in Japan langsam die Weihnachtszeit eingeläutet. In Kichijôji grüßen täglich überladene, kitschige Weihnachtsbäume mit goldenen Sternen und Christbaumkugeln in rosa und pink. In den Passagen wird man mit lauter *Kurisumasu*-Musik beschallt und um alle Bäume, die nebenbei bemerkt noch ihre Blätter tragen, sind Netze mit kleinen Lämpchen gespannt. Dabei herrschen tagsüber Temperaturen von ca. 20 °C. Bei mir kommt so jedenfalls keine Weihnachtsstimmung auf. In den Bahnen hängen seit neuestem Werbeposter mit der aktuellen Wintermode. Frauen mit dicken Schals, Pelzjacken, gefütterten Stiefeln und … Miniröckchen! Da ist wohl etwas durcheinander geraten! Im Sommer laufen einige mit Mützen herum und tragen Schals, um cool auszusehen und im Winter werden die Röcke noch ein Stück kürzer! Na, mal sehen, ob sich das überhaupt durchsetzen wird.
Es ist hier in Tokyo so eine Sache mit den Temperaturen, denen man ausgesetzt ist. Wenn ich morgens das Haus verlasse, friere ich. Ziehe ich eine Strumpfhose an, schwitze ich in der überhitzten Bahn. Danach warte ich in Kichijôji auf den Bus und schlottere wieder vor Kälte. Im Klassenraum ist die Heizung auf maximal geschaltet, folglich ist es warm genug. Wie soll ich mich also morgens anziehen?
Im Sommer war es ja ähnlich schwierig. Ich bin ziemlich verwundert, dass ich bisher ohne Erkältung, von der am Anfang meines Austauschjahres mal abgesehen, über das Jahr gekommen bin.

Mittwoch, 17.11.2004

Im Kateika-Unterricht haben wir Plätzchen gebacken. Das war echt eine lustige Aktion, weil die Hälfte des Teigs – na ja, nicht ganz *zwinker* – in Eris oder in meinem Magen gelandet ist. Hin und wieder schaute uns jedoch die eine oder andere Mutter über die Schulter, denn ab der fünften Stunde war ein „Elternabend" angesetzt worden. Meiner Gastmutter habe ich von dem Tref-

fen gar nicht erst berichtet. Ich möchte sie nicht unnötig mit Dingen nerven, für die sie sich sowieso nicht interessiert.
Nach Schulschluss hatte Eri mich zu sich eingeladen, um gemeinsam das Video von „School of Rock“ anzuschauen. Vorher bummelten wir zusammen durch einen der legendären 100-Yen-Shops. Das sind Läden, in denen jeder Artikel 100 Yen (momentan entsprechen 135 Yen etwa einem Euro) kostet. Es ist erstaunlich, was man für so wenig Geld alles kaufen kann: 18 Briefumschläge, 2 Federballschläger, Computerspiele, Unterwäsche, Kinderspielzeug, Bücher, Kosmetik … eigentlich alles. Natürlich auch jede Menge Ramsch. Da kann man jedenfalls gut seine Zeit verbringen, um sich das Sortiment in aller Ruhe anzuschauen. Allerdings kauft man immer mehr als man eigentlich will, schließlich ist ja alles soooo preiswert. Tja, und das scheint wohl das Konzept dieser Kette zu sein.
Eri vertraut mir mittlerweile schon Dinge an, die sie keinem anderen erzählt. Warum kann ich sie nicht einfach mit nach Deutschland nehmen? Ich würde am liebsten gleich die ganze Schule nach Berlin verpflanzen. Bisher hatte ich noch nie eine so tolle Klasse und ehrlich gesagt, habe ich überhaupt keine Lust mehr auf diese ewigen Lästereien in Deutschland, die mir, je länger ich in Japan bin, immer lächerlicher vorkommen.

Donnerstag, 18.11.2004

Ich habe heute die gefüllten Adventskalender mit in die Schule genommen und jeweils einen an Eri, Yui, Ito-Sensei, Yamashita-Sensei und meine Japanisch-Lehrerein verschenkt. Es war ein Krampf, die Dinger in der überfüllten Bahn zu transportieren, wenn alle drängeln und schubsen. Letztens habe ich zwar einen Laden gesehen, der Adventskalender verkauft, aber üblich scheint es nicht zu sein. Außerdem bräuchte man ja 25 Fensterchen, wenn man sich am amerikanischen Weihnachtsfest orientieren will oder 32 Türchen bis zum japanischen Neujahr *(Oshôgatsu)*. Ich musste also allen erst einmal erklären, was es mit dem Kalender auf sich hat. Yamashita-Sensei hat angekündigt, ihren im Dezember vor der Klasse zu öffnen. Meine Mitschülerinnen schlichen drum herum und versuchten durch Schütteln zu erraten, was denn drin sei. Echt niedlich. Eri bettelte so lange, bis ich ihr erlaubte, schon heute das erste Türchen ihres Kalenders zu öffnen. Sie strahlte wie ein Weihnachtsbaum als die Schokolade zum Vorschein kam.
Meine Klasse hat sich heute für ein Lied entschieden, welches sie beim Chorfest Mitte Februar vorsingen will. Das Stück ist aber echt eine Nummer zu schwierig, finde ich. Dann wurden die Dirigentin und die Pianistin gesucht. Und das Lustigste ist, dass Eriko sich als Dirigentin meldete, nachdem es zunächst keine Freiwillige gab. Ich wollte anschließend von ihr wissen, ob sie das Lied kennt und bekam zur Antwort, dass sie das nicht braucht, weil sie ja nur dirigieren muss und so schwer sei das schließlich nicht. *sich den Bauch vor Lachen halt* Das kann ja etwas werden.
Dadurch, dass ich bis 17 Uhr Baton geübt habe, kam ich etwas später nach Hause als sonst. Okâsan fragte, was ungewöhnlich ist, heute sogar mal nach, wo ich so lange gewesen sei. Auf meine Antwort hin, textete sie mich damit zu, dass ich meine Zeit nicht so verschwenden und lieber Japanisch lernen solle. Was meint sie, womit ich mich in der Schule stundenlang beschäftige? Und außerdem kann ihr das doch egal sein, sie interessiert sich nämlich sonst auch nicht für mich …

Freitag, 19.11.2004

Mein Gastvater kommt meistens erst gegen 23 Uhr nach Hause und nimmt leider absolut keine Rücksicht darauf, ob jemand schon schlafen möchte. Er knallt mit den Türen, dass ich hochschrecke, schlürft und räuspert sich beim Essen in einer unmöglichen Lautstärke und hört oft sogar laut Musik. Anfangs hat mich das total aufgeregt, aber mittlerweile benutze ich Ohrstöpsel. Das wiederum hatte den Nachteil, dass ich meinen Wecker heute Morgen zehn Minuten lang nicht hörte und die Zeit dadurch etwas knapp wurde. Im Bus schlief ich wieder ein, bis mir sanft auf die Schulter geklopft wurde, als wir die Schule erreicht hatten. Ich möchte mir nicht vorstellen, was passiert wäre, wenn mich die Schülerin der Nachbarklasse nicht geweckt hätte …
In der dritten und vierten Stunde fand für uns Zweitklässler der Oberstufe eine Veranstaltung im Versammlungssaal statt. Es wurden Blumen, Weihrauch und Kerzen zum Altar getragen, der Direktor hielt eine Rede und wir hörten uns eine Stunde lang einen Vortrag über die Bedeutung der Familie an. Der Redner sprach zu uns, als wären wir Grundschüler. Was für mich aber den Vorteil hatte, dass ich alles verstehen konnte. *glücklichsei* Ich glaube, dass die Veranstaltung damit zu tun hatte, dass die Schule seit 80 Jahren besteht.
In der nachfolgenden Doppelstunde Shûji durfte ich endlich meinen Stempel ausprobieren! Ich war richtig glücklich und glaubte, endlich fertig zu sein. Wer hätte gedacht, dass die Lehrerin sich als kleine Perfektionistin entpuppte?! Sie ließ mich den Stempel noch fünfmal verbessern und immer wieder ausprobieren, bis sie zufrieden war. Aber: Jetzt ist er wirklich perfekt.
Die rote Farbe, die man zum Stempeln benutzt, ist eine kleberartige Substanz. Man verwendet zum Auftragen der Farbe kein Stempelkissen, sondern tupft ihn mehrmals direkt auf die Farbe. Jedenfalls habe ich mich kräftig eingesaut.

Samstag, 20.11.2004

Der Geburtstag meiner Gastmutter wurde von allen Familienmitgliedern glatt übergangen. Lediglich Miki hatte einen Kuchen gebacken. Ich schenkte Okâsan deutsche Pralinen und ein Fensterbild aus Plauener Spitze, worauf sie mich total verdutzt ansah. Dabei finde ich, dass sie ein Dankeschön durchaus verdient, schließlich muss sie sich täglich die „Ich-habe-Hunger“-Rufe der Familie anhören und hat sich noch nie beschwert. Daher kommt vermutlich auch ihre *Shô-ga-nai*-(Du-hast-keine-Wahl)Einstellung.
Im Writingunterricht wunderte ich mich über die gute englische Aussprache meiner Banknachbarin und ich fand heraus, dass sie früher mit ihrer Familie in England und Frankreich gelebt hatte. Lustig, oder? Jetzt weiß ich, warum sie ihre Hausaufgaben im Englischunterricht in doppelter Geschwindigkeit erledigen kann. Nach dem Unterricht versammelten sich alle Oberschülerinnen in der Turnhalle, um eine Schulsprecherin zu wählen. Das Interesse schien nicht besonders groß, denn die Hälfte schlief natürlich mal wieder.
Anschließend fand die erste Sopranprobe unserer Klasse für den Chorwettbewerb statt. Ein paar Leute trauten sich zwar nicht zu singen, aber der Rest traf die Töne. Ich habe beobachtet, dass wir Soprane das Proben zu diesem frühen Zeitpunkt viel zu genau nehmen und sich daher stundenlang an Stellen aufhalten, die sich in der ersten Gesamtprobe eh ändern werden.
Mit Eri schaute ich mir danach kurz den Pompom-Club an, der auf dem Dach der Schule trainierte. Eine Erstklässlerin wurde gerade mit schmerzverzerrtem Gesicht zu einem Spagat ge-

zwungen. Ich konnte mir das echt nicht lange mit ansehen. Eri erzählte, dass sie das genauso durchgemacht hat, denn sie war bis vor einem Jahr Mitglied dieses Cheerleadingclubs.
Da gehe ich lieber zum Teezeremonieclub, dort ist mit weniger Schmerzen zu rechnen. Bis zum Jahreswechsel ist aber wegen der bevorstehenden Prüfungen nur noch ein Treffen angesetzt und daher alberten wir heute so lange herum, bis sogar die jüngere unserer beiden Lehrerinnen schmunzeln musste. Wir waren so dermaßen ausgelassen, dass wir überhaupt nicht zum Üben kamen. Ich mag die Leute im Club inzwischen sehr!

Sonntag, 21.11.2004

Gemeinsam mit den beiden engagiertesten Teeclubmitgliedern wurde ich von unseren Lehrerinnen zu einer richtigen Teezeremonie außerhalb der Schule eingeladen. Klingt doch verdammt nach Austauschschülerbonus, oder? *grins*
Als wir die Anlage mit den Teehäusern betraten, war ich zugegebenermaßen etwas nervös. Ich ahnte überhaupt nicht, was mich hier erwartete. Dann fuhr ein Mercedes vor. Das war nur das erste Fahrzeug einer Reihe richtig teurer Autos. Geschäftsmänner und Damen im feinsten Kimono stiegen aus. Es stellte sich schnell heraus, dass wir hier die einzigen Schülerinnen sein werden und kamen uns echt fehl am Platze vor.
Wir kamen relativ zeitig an und als wir das kleine Teehaus betraten, waren wir zunächst die einzigen Gäste. Alle Besucher müssen sich, unabhängig von Beruf oder Rang, tief herab beugen und auf Kniehöhe durch eine ca. 50 cm hohe (oder besser gesagt niedrige) Schiebetür in das Teehaus hineinschlüpfen. Das soll Demut erzeugen. Nacheinander tritt man also lautlos ein, verneigt sich und setzt sich dann erst. Shiho-chan wurde später gebeten, die Tür zu schließen. Sie muss dabei irgendetwas falsch gemacht haben, denn eine der älteren Damen meinte daraufhin „Ach, das habt ihr wohl nicht gelernt“, während unsere Lehrerin im Nebenraum saß. Nun ja.
Was ich aus dem Club in der Schule absolut nicht gewohnt war, ist das lange Betrachten des Zubehörs: Farbe, Form und Materialien der Teeschalen, der Teedosen und der Bambuslöffel wurden bewundert und ausgiebig darüber diskutiert. *mit den Augen roll* Eine richtige Teezeremonie ist eben mehr als gemeinsames Teetrinken mit festgelegten Bewegungsabläufen. Ich habe immer schön aufgepasst, zwischen Shiho und Yuriko zu sitzen, damit es nicht allen unangenehm auffällt, wenn ich mal eine Verbeugung vergessen würde.
Ich hatte bei dieser Zusammenkunft nie das Gefühl als Ausländerin nur geduldet zu sein oder ausgeschlossen zu werden. Alle schienen es – aber wer kann das bei dem undefinierbaren Dauerlächeln schon so genau wissen – gut zu finden, dass ich mich mit ihrer Kultur auseinandersetze. Es war mir eher etwas peinlich, dass in allen drei Runden, an denen wir teilnahmen, meine Anwesenheit neben dem Wetter zum Hauptthema gemacht wurde.
Eigentlich brauchte ich nur hin und wieder: *„Hai, sô desu“* (Ja, stimmt), zu sagen und schon ging alles klar. Richtige Fragen wurden mir glücklicherweise nicht gestellt, denn irgendwie hörten alle Sätze mit: *„Deshô?“* (Nicht wahr?) auf. Widersprechen sollte man in Japan ja lieber nicht, wenn man sich Älteren gegenübersieht.
Mein Problem war, dass alle ständig im höflichsten Japanisch auf mich einredeten und ich mich stark konzentrieren musste, um alles zu verstehen. Dabei ändert sich leider nicht nur die Form des Verbs, sondern das ganze Wort:

höflichkeitsleer	höflich zu Älteren /Respektspersonen	sehr höflich, wenn man von anderen Personen spricht	sehr höflich, wenn man von sich selbst spricht
unter Freunden	wird z.B. gegenüber Lehrern verwendet	wird z.B. von Verkäufern oder in Bahnen verwendet	
miru (sehen) iu (sagen) taberu (essen)	mimasu iimasu tabemasu	goranninarimasu ossharimasu meshiagarimasu	haikenshimasu moushimasu itadakimasu

Die Zeremonien dauerten länger als ich bisher gewohnt war. Man sitzt dabei in entsprechender Haltung auf Fersen und Knien. Nach der Hälfte der Zeit fühlten sich meine Beine bis zum Po an, als wären sie abgestorben. Besser als wenn sie wehtun. Nur das anschließende Aufstehen war etwas problematisch und wir drei handelten uns dadurch viele kritische Blicke der Kimono-Omis ein. Der Altersdurchschnitt lag gut und gerne bei 60 Jahren. Sie schienen sich untereinander bereits lange zu kennen. Ohne die guten Kontakte meiner Lehrerinnen wären wir Schülerinnen wohl nie in den Genuss dieses exklusiven Erlebnisses gekommen, daher bin ich den beiden sehr dankbar.

Montag, 22.11.2004

Eriko hatte heute den ganzen Tag Tränen in den Augen. Der Grund dafür war jedem, auch ohne nachfragen zu müssen, bekannt: Ihr Basketballteam hatte gestern das Halbfinale der Tokyoter Schulen verloren. Es gab nichts, was sie hätte aufmuntern können.

Ich allerdings wäre meiner Japanischlehrerin fast um den Hals gefallen, denn sie drückte mir eine Vokabelliste für den JLPT in zwei Wochen in die Hände. *überglücklich sei* Jetzt weiß ich, was ich noch alles zu lernen habe.

Tja, und dann habe ich mich heute zum wiederholten Male gefragt: Was steckt eigentlich dahinter, dass japanische Oberschüler in der Bahn ständig ihre Englischlehrbücher aus den Taschen ziehen und anfangen zu lernen, sobald sie neben mir sitzen oder stehen? Ich würde da jetzt einfach mal hineininterpretieren, dass sie gerne mit mir reden möchten, sich jedoch nicht trauen. Mir ist das schon häufig aufgefallen. Vielleicht sollte ich sie ansprechen und ihre Reaktionen abwarten?! Das wäre doch mal lustig, oder?

Dienstag, 23.11.2004

Ich bin soooo dooof! Ich könnte anfangen zu heulen, so verpeilt bin ich.

Ich traf mich mit Isabel in Shinjuku. Sie ist auch eine deutsche MEO-Austauschschülerin, die momentan in Niigata wohnt. Die Erdbeben dort hat sie gut überstanden.

Normalerweise schicke ich dienstags immer die neuesten Tagebucheinträge per Brief nach Hause. Die Post in Komae hatte natürlich wieder mal geschlossen und so nahm ich den Brief mit. Leider hatte ich nicht an eine entsprechend große Tasche gedacht, also blieb mir nichts anderes

übrig, als den Brief in der Hand zu halten. Isabel und ich bummelten in Shinjuku durch die Straßen, Passagen und Läden und plötzlich war der Umschlag weg. Wir versuchten nun, die Nadel im Heuhaufen zu finden. Keine Chance! Wir liefen den ganzen Weg zurück und fragten in den Läden nach, ob sie ein grünes Briefkuvert gefunden hätten. Kein Erfolg. Es steht zwar schon die Adresse drauf, aber ich glaube kaum, dass mein dicker Brief ohne Marke jemals ihr Ziel erreichen wird. Wie konnte das nur passieren? *mit dem Fuß stampf* Es wird mich ungefähr sieben Stunden kosten, alles noch einmal zu schreiben. Dazu muss ich mich ganz schön überwinden. Zum Glück mache ich mir immer Notizen zu den einzelnen Tagen, also kann ich alles wieder zusammenbasteln.
In Shinjuku treffe ich mich nie wieder! Es dauert Stunden, um überhaupt den richtigen Bahnhof zu finden und dann gibt es immer noch mehrere Ausgänge. Ein Wunder, dass Isabel und ich letztendlich doch noch zueinander gefunden haben. Die meiste Zeit sind wir durch die Gegend gelaufen (bis ich den Brief verloren hatte *grrr*) und haben uns dabei unterhalten. Ihr MEO-Komitee scheint sich in der Auslegung von MEO-Regeln wesentlich von meinem zu unterscheiden. Da hat sie echt Glück gehabt. Isabel hat schon einiges von Japan gesehen, was mir völlig unmöglich ist, weil mein Komitee bei individuellen Reisen einen Aufstand machen würde. Eigentlich dürften wir uns nicht einmal treffen, aber ich lasse mir so etwas nicht mehr vorschreiben.
So, nun tun mir vom vielen Herumgelaufe die Füße weh, ich habe schlechte Laune und außerdem muss ich die Tagebucheinträge der letzten Woche nachholen.

Mittwoch, 24.11.2004

Hayakawa-Sensei nervt! Sie rief mich durch das Lautsprechersystem unserer Schule aus. Ihre lustige Stimme war somit in allen Gängen und Klassenräumen, ja sogar in den Toiletten nicht zu überhören. Meine Mitschülerinnen schauten mich etwas verwirrt an, aber ich wusste ziemlich genau, was Hayakawa-Senseis Anliegen sein wird: Ich habe mich jetzt monatelang herausgeredet, aber morgen ist im Geschichtsunterricht mein Vortrag über die Berliner Mauer fällig. Danach lässt sie mich hoffentlich in Ruhe.
Ansonsten haben alle um mich herum schlechte Laune! Eri jammert und weint immer noch, weil sie das Spiel verloren hat und es danach Streit mit ihrer Mutter gab. Mein Gastvater mault die ganze Familie an und riecht gewaltig nach Sake. Dadurch ist meine Gastmutter natürlich auch gereizt und faucht zurück, bis sich meine Gastgeschwister einmischen und alle durcheinander brüllen. Die Stimmen und krachenden Türen hörte ich sogar durch meine Ohrstöpsel.

Donnerstag, 25.11.2004

Na, ein Glück, dass ich mir die Gliederung meines Vortrages auf Deutsch aufgeschrieben habe. Hayakawa-Sensei hätte sonst vermutlich versucht, mir die Hälfte herauszukürzen. Sie redet so lange auf einen ein, bis man nachgibt, um endlich in Ruhe gelassen zu werden. Aber Deutsch kann sie nun mal nicht lesen und meine Übersetzung ins Japanische hörte sie sich nur bis zur Hälfte an. So ist sie immer. Sie gestattete mir 15 Minuten für den Vortrag und keine Sekunde länger. Die Mittel, die mir zur Verfügung standen, unterscheiden sich doch erheblich von denen an den meisten deutschen Schulen. Während ich noch von dem Overhead-Projektor beeindruckt

war, weil das Bild in meinem Buch durch eine Kamera direkt auf die Leinwand projiziert wurde, drückte man mir einen Laserpointer und ein Mikrofon in die Hand. An meiner Schule in Berlin kann man es als Besonderheit betrachten, einen der raren Beamer benutzen zu dürfen.
Der Vortrag vor den Drittklässlerinnen der Oberstufe ist an sich ganz gut gelaufen, wenn man mal davon absieht, dass ich absolut keine Höflichkeitsformeln benutzt habe.
Im Anschluss bat mich Hayakawa-The-Wall-Sensei zum Lehrerzimmer, um mich mit dem Gesichtsausdruck eines Weihnachtsmannes – ohne Bart *grins* – zu bitten, ergänzend zum Vortrag ein Arbeitsblatt auf Japanisch anzufertigen. Und wenn ich schon mal dabei sei, könne ich den Vortrag gleich in der Uni und auf der nächsten MEO-Orientation halten. Wer, außer ihr, interessiert sich schon wirklich dafür? Ein bisschen übereifrig, die Gute!
Heute Nachmittag habe ich beobachtet, dass sie die Toiletten in unserer Etage geputzt hat, weil ihre Klasse momentan dafür zuständig ist. Dabei gibt es durchaus Putzfrauen. Sie ist außerdem die einzige Lehrerein, die einen immer anspricht, wenn man sich wegen der Kälte die Sporthose unter den Rock zieht. Regeln müssen eben eingehalten werde. Dabei wird sie eigentlich von den anderen gar nicht mehr ernst genommen, weil sie allen nur auf die Nerven geht. Auch ein schlechter Ruf verpflichtet.

Freitag, 26.11.2004

Meine Kalligraphielehrerein übertreibt es etwas. Sie lässt mich ein ca. 150 cm langes Papier mit vier Kanji, meinem Namen und dem Jahr beschriften. Die Form der Kanji ist etwas merkwürdig, finde ich. Nicht einmal meine Gastfamilie kann sie lesen. Die Lehrerein kündigte vor der Klasse an, dass ich dafür so ca. 50-mal üben werde. Und das im Stehen mit einem ungewohnt großen Pinsel.
Als Eri und ich nach dem Unterricht Badminton spielten, fiel mir auf, dass an der Schulwand etwas Grünes saß. Ich hielt es für einen Grashüpfer, aber Eri kreischte *„Kamakiri"* und rannte, das Tierchen in den Händen, in Richtung Klassenraum. Ich konnte mit dem Begriff Kamakiri zwar nichts anfangen, aber bei genauer Betrachtung stellte sich heraus, dass das ca. 10 cm große Tierchen eine Gottesanbeterin ist. Es soll in Japan auch bräunliche Exemplare geben, die einen angeblich kratzen können, aber die grünen sind völlig ungefährlich. Morgen nehme ich meinen Fotoapparat mit in die Schule. Mal sehen, ob wir sie wieder finden.

Samstag, 27.11.2004

Die Gottesanbeterin namens Maccha haben wir genau dort wieder vorgefunden, wo wir sie gestern ausgesetzt hatten. Ein bisschen dumm von ihr, wenn ihr mich fragt. Aber aufgrund ihres Gewichtes kann sie wohl nicht weit fliegen. Jedenfalls ist es immer ganz schön schwierig etwas zu fotografieren, das einem ständig aus dem Bild läuft, während der Auto-Fokus noch versucht, das Motiv scharf zu stellen. Irgendwann lief Maccha aber die Fensterscheibe hoch und das war meine Chance. *klick* *Maccha* heißt übrigens der pulverisierte grüne Tee, den wir in der Teezeremonie verwenden.

Sonntag, 28.11.2004

Meine Gastmutter hatte keine Lust, das Abendbrot zuzubereiten und so gingen Takemi, Ayaki, sie und ich zum Kaitensushi. Und da heute Sonntag ist und somit viele Gäste dort waren, standen mehr Fischsorten als sonst üblich zur Auswahl. Rein theoretisch kann man sich die Teller sonst durch Zuruf bestellen. „Zwei Teller *Unagi* (Aal) bitte!" Aber so weit kommt es bei mir nur selten, weil immer in dem Moment, wenn ich aufgegessen habe oder manchmal sogar während ich noch esse, das nächste lecker aussehende Sushihäppchen auf dem Fließband vorbeirollt. Sollte man Durst verspüren, stehen Tassen und Teebeutel zur Selbstbedienung zur Verfügung. Aus den Tischen ragen Wasserhähne, aus denen auf Knopfdruck heißes Wasser fließt. Dieses Wasser und den Tee gibt es natürlich kostenlos dazu.
Meinen Gastvater hätte ich am liebsten erwürgt. Er kam 21.30 Uhr von der Arbeit nach Hause, aß Abendbrot, füllte seinen Alkoholspiegel durch Sake auf und hörte dann laut Musik. Ich hatte mir Kopfhörer aufgesetzt und AC/DC gehört, weil mir Otôsans Geschmatze und Gerülpse ziemlich auf die Nerven ging. Irgendwann schaltete ich entnervt meinen MP3-Player aus, weil er seine Musik im Nebenzimmer stufenweise so laut aufgedreht hatte, dass ich seinen und meinen Song parallel hören konnte. Ich ging in die Küche, die nur durch Schränke vom Wohnzimmer abgetrennt ist und wusch mein *Obentôbakku* (Schulbrotbüchse) ab. Dann kam Ayaki die Treppe runter und Otôsan drehte den Lautstärkeknopf des CD-Spielers noch ein Stück weiter rechts herum. Wir brüllten beide gleichzeitig: „Urusai!!!" Und was tut mein Gastvater? „Das ist mir immer noch zu leise" und drehte den Knopf bis zum Anschlag. Da blieb mir nichts weiter übrig, als zu meinen Ohrstöpseln zu rennen und mich zu ärgern.
Urusai ist ein viel verwendetes Wort. Wenn man eine Person meint, kann man es mit lästig, störend und belastend, aber auch mit peinlich genau, hartnäckig oder schulmeisterlich übersetzen. Meistens wird es unter meinen Freunden als: „Ihr nervt", benutzt, wenn man zu laut ist. Unglücklicherweise wird es ebenso mit: „Halts Maul!" übersetzt, aber das ist jeweils abhängig von der Situation.

Montag, 29.11.2004

Kobayashi-san, meine LP, rief an, um mich über das kommende und damit letzte *yuppi* MEO-Treffen zu informieren. Wir Austauschschüler sollen ein Programm für unsere Gastfamilien auf die Beine stellen. Ich bekam die Aufgabe, mir eine Rede auszudenken, in der ich über meine Erlebnisse in Japan berichte. Das Thema des Treffens lautet: „All together". Nun ja, wir sind eben eine große MEO-Familie, haben uns alle lieb und Probleme oder Schwierigkeiten gab es natürlich niemals. Mal sehen, was mir dazu so einfällt. Ein Treffen zum Einüben und Proben des Ablaufes findet am 12.12.2004 statt. Hoffentlich werde ich krank ...
Und während mir „urusai" auf der Zunge lag, fiel mir im letzten Augenblick noch ein, was ich unbedingt mit ihr besprechen muss: Nämlich, dass ich keine Medizin mehr gegen meine Neurodermitis habe und meine Gastmutter mit mir schon seit Wochen nicht zum Arzt gehen konnte. Nein, sie hat keine Zeit. Fujiwaras durften leider auch nicht mit mir gehen, weil sie das Geld von MEO für den Arztbesuch nicht zurückbekommen würden und das gleiche gilt für meine Lehrer. Alleine zu gehen ist ebenfalls nicht erlaubt – nur mit Okâsan und die hat, wie gesagt, keine Zeit. Ich musste erst übertreiben und sagen, dass ich nachts nicht einschlafen kann, bis sie mein Problem überhaupt ernst nahm und mich auf kommenden Donnerstag vertröstete. Ich solle

herausfinden, wann der Hautarzt Sprechstunde hat. Also antwortete ich, dass ich dann morgen nach der Schule kurz zu Fujiwaras laufen würde, weil diese eine Visitenkarte mit den Öffnungszeiten vom Arzt haben. Abgemacht. Danach gab es noch eine telefonische Absprache zwischen Okâsan und Kobayashi-san und anschließend wurde ich heranzitiert. Ich hätte Okâsan um Erlaubnis zu fragen, wenn ich Fujiwaras besuchen möchte und sie (Okâsan) würde es mir zwar nicht verbieten, aber es wäre besser, dort nicht mehr hin zu gehen …
Spinnt sie? Sie interessiert sich nicht dafür, wenn ich abends im Kabukichô, dem Amüsierviertel mit Rotlichtcharakter in der Nähe vom Bahnhof Shinjuku, herumspaziere und genau so wenig, wie es in der Schule läuft, aber zu Fujiwaras soll ich nicht gehen? Ich wollte wissen, warum … Stille … „Weil … du mich zu fragen hast.“ Punkt. Für mich auch Punkt! Da lasse ich mir nicht mehr reinreden. Punkt.
Und was passiert, wenn ich mir ein Bein breche? Erzählt sie mir dann auch, dass sie keine Zeit hat und ich ein paar Wochen warten soll und Obst essen, damit es durch die Vitamine heilt? Pah.

Dienstag, 30.11.2004

In der Computerdoppelstunde in Ito-Senseis Raum kam von ihr die obligatorische Gibt-es-ein-Problem-Frage, woraufhin ich ihr von dem Theater um meine Hautarztkonsultation berichtete. Sie griff sofort zum Telefonhörer, murmelte: „Ich sah so etwas kommen“, und rief mit viel Nachdruck in der Stimme bei Kobayashi-san an. Und, wer hätte es gedacht? Plötzlich dürfen auch andere Leute als meine Gastmutter mit mir zum Arzt, ohne dass es Probleme mit der Kostenübernahme durch MEO gibt. *sichverarschtfühl*
Ito-Sensei grinste mich an, als sie mein verdutztes Gesicht sah, zog die Schultern hoch und hastete zum Unterricht. Utsumi-san ging also mit mir zum Arzt, nachdem sie zuvor bei Fujiwaras angerufen hatte, um sich die Öffnungszeiten nennen zu lassen. Frau Fujiwara kam sogar schnell auf einen Plausch vorbei und lud mich für den kommenden Dienstag zu sich nach Hause ein. Arisa ist wohl schon ganz heiß darauf, ihr Deutsch auszuprobieren. Für Sachikos Gebaren habe ich sowieso nur noch ein mitleidiges Lächeln übrig, weil ich das jetzt mit mehr Abstand betrachten kann und nicht mehr direkt unter ihr leide. Na, wenigstens ist sie nicht scheinheilig. Man sollte doch immer das Positive im Charakter suchen, nicht wahr?
Wir kamen zur Schule zurück als die vierte Stunde gerade begann und Utsumi-san meinte, ich könne jetzt ruhig meine verpasste Computerzeit nachholen – Ito-Sensei hätte Unterricht …
Gestern haben Eri und ich mit dem Besen herumgealbert, um uns das Putzen etwas zu versüßen, da kam Hayakawa-Sensei vorbei und klärte mich auf, dass ein Besen kein Baton sei. „Lasst uns mal sehen, ob alles sauber ist.“ *augenroll* Neben mir flüsterte es: „Urusai“. Und tatsächlich, sie fand etwas zum Rumnörgeln und ließ uns die Fensterbretter schrubben. Heute rief Eri ihr mit fröhlicher Stimme hinterher, dass wir diese Aufgabe erledigt haben und alle erwarteten ein Lob … Hayakawa-Sensei konterte mit: „Na, dann bitte heute auch!“ Eri meinte zu uns gewandt: „Nee, heute mal nicht, oder?“
Neuerdings sind wir sogar zu faul, die Müllschippe zu holen und wenn wir den Flur fegen sollen, landet generell alles im Garten der Schule. Das war im Übrigen diesmal nicht meine Idee!!! *stolzsei* Ist ja eh nur Sand, der da zusammengefegt wurde. Dass das bisher allerdings keiner mitgekriegt hat, grenzt an ein Wunder.

Mittwoch, 01.12.2004

Oh, schon Dezember!
Alle öffneten ihr erstes Türchen im Adventskalender und ließen sich von mir den auf der Rückseite der Tür abgedruckten Text übersetzen. Na ein Glück, dass in allen Kalendern die gleiche Kerze abgebildet und in Schokoladenform vorhanden war. Nur der Reim geht beim Übersetzen des Spruches leider verloren. Außerdem musste ich den Satz von hinten aufrollen, weil er im Japanischen sonst keinen Sinn gemacht hätte. Ich habe dabei festgestellt, dass ich schon seit Ewigkeiten nichts mehr übersetzt habe. Und heute wurde mir mal wieder klar, wie wenig die beiden Sprachen gemeinsam haben. Eriko zog eine Schnute, weil sie ja ihr erstes Türchen schon vor einigen Tagen vor lauter Neugier geöffnet hatte …
Die Gottesanbeterin Maccha sitzt seit vorgestern mit dem Kopf nach unten an unserem Fenster und bewegt sich keinen Millimeter. Wahrscheinlich freut sie sich, dass wir unsere Heizung immer kräftig aufdrehen…
Mit Eri gab es heute etwas Zoff, nichts wirklich ernstes, aber: Wenn ich Eri frage, ob wir nicht zusammen zum Putzen gehen wollen, fällt ihr immer etwas Wichtigeres ein und dann heißt es: „Warte mal kurz!“ Ich muss sie erst fünfmal betteln, bis wir losgehen können und dann ist das Putzen meistens schon beendet. Das ist mir aber echt zu blöd und so dachte ich, dass ich mit meiner Gruppe lieber allein putze, bevor ich Eri auf den Wecker gehe. Damit habe ich absolut kein Problem. Ich nerve Eri nicht und sie kann ihre Gespräche fortführen, so lange sie möchte. Perfekte Lösung also. Jetzt ist Eri aber sauer, weil ich nicht auf sie warte und weil sie mich dann manchmal sucht und weil sie gerne möglichst viel Zeit mit mir verbringen möchte, solange ich noch in Japan bin … Na ja, also wie gesagt, nichts Ernstes und morgen wird sicher wieder alles in Ordnung sein.

Donnerstag, 02.12.2004

Eri und ich saßen morgens im gleichen Bus und unterhielten uns unter anderem über wiederaufladbare Batterien. Irgendwie sind wir auf das Thema gekommen, weil sie sich das neueste Album von Orange Range gekauft hatte … Na egal. Jedenfalls hat sie solche Akkus noch nie gesehen! Sie sind in Japan anscheinend nicht üblich. Natürlich benutzt man hier Akkus für Handys und Kameras, aber bei Walkmans oder CD-Playern kaufen sie sich die AA-Batterien ständig nach. Wiederaufladbare Batterien sind hier vergleichsweise sehr teuer und in einem Land, in dem Plastikmüll als brennbar gilt, sorgt man sich nicht um so Nebensächlichkeiten wie die Umweltverträglichkeit leerer Batterien. Einen Extramüll dafür gibt es jedoch.
Unterricht findet zurzeit kaum statt. Die meisten Stunden werden zum selbständigen Lernen für die ab morgen beginnenden Tests genutzt.

Freitag, 03.12.2004

Ich kann es nicht glauben, aber die Welt ist ein Dorf! Erst der Mann im Flugzeug, dessen Tochter an der Uni meiner Schule unterrichtet, dann Paulo, der Kazuki kennt und nun eine weitere unglaubliche Geschichte:

Meine Gastmutter und ich unterhielten (!) uns beim Abendbrot und sie berichtete davon, dass sie sich heute mit einer befreundeten Arbeitskollegin unterhalten hat. Das Thema fiel anscheinend auf mich und darauf, dass ich aus Deutschland komme. Daraufhin meinte ihre Arbeitskollegin, dass ihre Schwester gerade an einer Schule in Deutschland, genauer gesagt in Berlin, Japanisch unterrichtet und bald nach Japan zurückkommt. Nun ja, dachte ich mir, so viele Schulen die Japanisch als Unterrichtsfach anbieten, gibt es in Berlin ja wirklich nicht. Frau Wilhelm und Frau Berndt können es aber nicht sein. Beide sind Lehrerinnen für Japanisch an meiner Schule, dem Leonard-Bernstein-Gymnasium. Allerdings war Frau Berndt im vergangenen Jahr auf Weltreise und *weiter denk* es kam eine Vertretung – „Tomita-Sensei", sagten wir gleichzeitig. Und das ist noch nicht alles! Frau Tomita wohnt nur zehn Minuten zu Fuß vom Haus meiner jetzigen Gastfamilie entfernt in Komae. Aber keine Ahnung, ob sie mich kennt. Wir hatten ja nie zusammen Unterricht. Lustig ist es aber schon!

Samstag, 04.12.2004

Weil morgen mein JLPT-Sprachtest sein wird, auf den ich mich schon so lange vorbereitet habe, fand Ito-Sensei, dass ich einen freien Tag zum Ausruhen verdient hätte und erlöste mich vom Japanischunterricht. Meine Klasse schreibt bis Dienstag ihre Tests und richtiger Unterricht hätte für mich sowieso nicht stattgefunden.
Na so ein Glück! Ich kramte in meinem Koffer nach den Wörterkärtchen, die es hier gleich mit Ring in jedem Schreibwarenladen zu kaufen gibt. 100 Blätter kosten ca. einen Euro. Und damit habe ich es tatsächlich, trotz meines miesen Gedächtnisses geschafft, mir gut 70 neue Vokabeln einzupauken. Na, dann dürfte morgen eigentlich gar nichts mehr schief gehen.
Abends gingen wir essen und ich bestellte *Katsudon*. Das ist ein Gericht mit paniertem Schweineschnitzel auf Reis, dazu gab es Eier und Zwiebeln. Das Wort Katsudon ist zusammengesetzt aus *Tonkatsu*, dem Schweineschnitzel und *Donburi*, einer großen Keramikschale, in der das Essen serviert wird.
Das Lustige ist nun, dass *katsu* auch gewinnen heißt.

Sonntag, 05.12.2004

Ich stand vorsichtshalber besonders früh auf und ging schon um 7.30 Uhr aus dem Haus. Bis zur Station Kunitachi würde ich vermutlich etwas länger als eine Stunde brauchen. Das Gebäude in dem heute der Japanese Language Proficiency Test stattfindet, durfte nach meiner Information schon ab 8.30 Uhr betreten werden, obwohl die eigentlichen Prüfungen erst um 9.45 Uhr beginnen sollte. Es war also genug Zeit eingeplant für den Fall, dass ich etwas vergessen haben würde oder mich verlaufen würde oder unterwegs die Bahn anhalten könnte.
Etwas nervös, aber gut gelaunt, verließ ich das Haus und ging zum Bahnhof. Dort hörte ich eine Durchsage, die ich wegen der Sprachgeschwindigkeit aber nicht verstand. Dann kam die Bahn. In Seijogakuenmae, wo ich täglich in den Express nach Shimokitazawa umsteige, hielt der Zug plötzlich ohne ersichtlichen Grund zehn Minuten. Ich fragte einen der Bahnhofsbeamten, was denn los sei. In der Nähe von Shimokitazawa sei wegen des Taifuns letzte Nacht ein Baum auf die Gleise gefallen. Daher fahren alle Bahnen nonstop nach Shinjuku weiter. Na toll, von dem Taifun hatte ich gar nichts mitbekommen …

Okay, tief durchatmen. Zum Glück hatte ich so eine Situation eingeplant und mir vorher vorsichtshalber sogar eine andere Bahnverbindung nach Kunitachi herausgesucht, die zwar teurer sein aber genau so lange dauern würde. Noch war mir das sprichwörtliche Lachen nicht vergangen! Also fuhr ich mit der Odakyû-sen bis Noborito, um dort in die JR-Bahn umzusteigen. Dort warteten bereits Hunderte von Menschen vor den geschlossenen Schranken zu den Bahnsteigen. Ich dachte erst, dass die alle, so wie ich, gerade von der Odakyû-sen kamen und natürlich nicht gleichzeitig in die ankommenden Bahnen passten, bis ich einen Mann fragte, der mir erklärte, dass auch diese Linie gesperrt ist. In mir stiegen die Tränen hoch, denn inzwischen zeigte die Uhr 8.45. Meine letzte Hoffnung war meine Gastfamilie, denn, so dachte ich, vielleicht könnten sie mich fahren. Zu Hause angekommen war es 9.00 Uhr. Ich schilderte meiner Gastfamilie die Situation. 9.05 Uhr: Ayaki weckt Otôsan und wird angebrüllt, was ihr einfallen würde, ihn zu wecken. Otôsan setzt sich trotzig an den Tisch und beginnt ein ausgedehntes Frühstück. 9.20 Uhr: Otôsan brüht sich einen Kaffee auf und Okâsan drängelt ihn, dass ich keine mehr Zeit hätte. Er flippt aus und brüllt auch sie an. Sie würde doch wohl sehen, dass er frühstückt und ohne etwas gegessen zu haben, fährt er mich nicht. Okâsan ruft bei den Mitarbeitern des JLPT an, die sie damit beruhigen, dass ich den Test nachholen könne. Uff.
Fünf Minuten später verlor ich die Nerven. Ich habe sogar jetzt beim Schreiben noch eine riesige Wut im Bauch. Dabei weiß er doch, wie wichtig der Test heute für mich ist. Wie kann er mich nur so hängen lassen?? Jedenfalls lief ich in meiner Not wieder zurück zum Bahnhof, weil ich keine Lust hatte, ihn nochmals erfolglos zu bitten und zu betteln und damit weitere wertvolle Zeit zu verlieren.
Das Baumproblem auf der Strecke war vor 15 Minuten behoben worden. Die Bahnen fuhren also wieder. Allerdings nicht regelmäßig. Dafür stiegen die Temperaturen draußen plötzlich auf wenigstens 25 °C. Mit dem Expresszug zu fahren, brauchte ich gar nicht erst zu versuchen, weil an jeder Tür mindestens fünf Leute ihre Ellenbogen ausfuhren und es erst nach sieben Minuten schafften, beide Füße in die Bahn zu bekommen. Sich das mit anzusehen, hätte einen echt hohen Unterhaltungswert gehabt, wenn ich nicht unter einem solchen Stress gestanden hätte.
Als ich endlich in Kunitachi ankam, war es bereits 10.45 Uhr. Amy kam mir entgegengelaufen. Sie hatten gerade Pause. Amys erstauntes: „What?“ hätte ich mir gerne erspart, aber sie brachte mich sofort zum Prüfungsort. Dort kam der nächste Schock: Der erste Teil sei inzwischen leider beendet und könne somit von mir nicht mehr nachgeholt werden, weil ja die Möglichkeit bestünde, dass ich in der Pause von den anderen Teilnehmern Informationen bekommen hätte. Ich könne zwar am restlichen Test teilnehmen, aber nur am zweiten und dritten Teil. Oder ich versuche es in einem Jahr wieder. Es tue ihnen Leid …
In meinem Kopf rechnete es: Mir fehlten die ersten 100 von insgesamt 400 Punkten. Ich brauche mindestens 60 % der Gesamtpunktzahl, um den Test zu bestehen. 60 % von 400 sind 240 Punkte und 240 Punkte von für mich noch möglichen 300 sind… 80 %. Schwierig, aber nicht unmöglich. Ich beschloss also teilzunehmen, ließ allerdings nichts unversucht, doch noch den ersten Teil nachholen zu können: So nach dem Motto, ich hätte ein ganzes Jahr gelernt und ich bin nur ein Jahr hier und in Deutschland könne ich an dem Test nicht teilnehmen (kleine Notlüge *augenzwinker*) und man hat meiner Okâsan und mir telefonisch zugesichert, dass ich den ersten Teil nachschreiben kann, redete ich auf die Prüfer ein. Und plötzlich wurde das Es-tut-uns-Leid in ein Wir-werden-mal-fragen umgewandelt und zehn Minuten später wurde eine Uhrzeit zum Nachschreiben festgelegt. *Luftsprung mach*
Vor den einzelnen Abschnitten wurden uns jeweils stundenlang die Regeln erklärt. Das war echt immer das gleiche Tonband. Trotzdem scheint es nicht in allen Köpfen angekommen zu sein,

denn während die Fragebögen des Tests zum Hörverständnis eingesammelt wurden, klingelte ein Handy und alle lachten, während dem Betroffenen der Fragebogen weggenommen wurde. Der nahms aber mit Humor.
Als für alle (bis auf uns zwei, die wegen des Bahnstillstandes nicht rechtzeitig angekommen waren) die Tests beendet waren, begegnete mir einer der Englischlehrer meiner Schule. Er ist Amerikaner. Er sagte nicht Hallo, sondern schnalzte mit der Zunge, zeigte mit dem Zeigefinger auf mich und legte den Kopf schief. Dann verließ er den Raum. Amy prustete los und wollte wissen, wer das war. Komischer Typ. Ich habe mit ihm noch nie ein Wort gewechselt …
So schwer war der Test wirklich nicht. Beim Grammatikteil legte ich sogar ein 35-minütiges Nickerchen ein. Die Fragen, die ich nicht beantworten konnte, weil niemand ein solch höfliches Japanisch benutzt, lassen sich kaum besser lösen, indem man zehn Minuten darüber nachdenkt. Beim Kanjiteil war es ähnlich. Aber es scheint Leute zu geben, die die Zeit benötigen.
Meine Gastfamilie wollte nach meiner Rückkehr wissen, wie es denn gelaufen sei und bestellte extra Sushi, aber mit meinem Gastvater habe ich kein Wort gewechselt. Ich muss mich von dem Schock erst einmal erholen.
Dann riefen meine Eltern an. Stundengespräch …

Montag, 06.12.2004

Nikolaus! Ich bin aus allen Wolken gefallen.
Ich sehe die Überraschung jetzt einfach mal als Belohnung dafür an, dass ich meinen Mitschülerinnen in den vergangenen Tagen ungefähr zwanzigmal erklärt habe, wie Weihnachten und die Adventszeit in Deutschland begangen wird. Utsumi-san drückte mir nach dem Japanischunterricht eine Tüte in die Hand und meinte, eine Nakamura-san hätte sie für mich abgegeben. Wegen des Tests hätte diese aber keine Zeit gehabt, mich persönlich zu sprechen. Wer bitte ist Nakamura? Ich griff in die Tüte und zog eine Kindersocke mit Weihnachtsmannaufdruck heraus. Zum Glück lag ein Brief dabei:

Liebe Dana,
erinnerst Du Dich, was heute für ein Tag ist?
Mir ist es gerade noch eingefallen!
Der 6.12. ist der Tag, an dem man, wenn man morgens aufwacht, Süßigkeiten vorfindet, stimmt´s?
Hast Du mir nämlich erzählt!
Deshalb bin ich zum Weihnachtsmann geworden und habe Yui auch eine Socke gegeben.
Freue mich aufs Disneyland.
from Eriko

Hach, ist das nicht rührend? In unsere Schuhe konnte sie die Süßigkeiten, hauptsächlich Schokolade, ja nicht stecken. Also hat sie ein Paar Kinderstrümpfe gekauft. Sozusagen eine japanische Version vom Nikolausbrauch. Es würde mich nicht wundern, wenn das bei ihr jetzt zu einem alljährlichen Ritual wird. *grins*
Utsumi-san hat wahrscheinlich den Namen vertauscht, denn Eri heißt gar nicht Nakamura, aber egal.

Mit meiner Japanischlehrerin ging ich gegen 13.00 Uhr zur Uni, die sich auch auf unserem Campus befindet. Ich hatte sie vor einiger Zeit gebeten, mir die Vorlesungen einmal ansehen zu können. Die Dozentin der International Class fand das eine tolle Idee und schlug vor, dass ich aus dem Stehgreif ein bisschen was über mich und Deutschland erzählen könne. Na gut, das würde ich gerade noch hinkriegen, dachte ich. Aber hätte ich denn wissen können, dass der Saal mit gut 150 Studentinnen gefüllt war und aus dem „mal kurz etwas erzählen" eine volle Doppelstunde wurde!? Die Dozentin ließ sich zur Unterhaltung ihrer Studentinnen die lustigsten Dinge einfallen: Ein Quiz zu meiner Person, dann eine Fragerunde. Sie wollten wissen, was Deutsche und Japaner gemeinsam haben (hatte ich noch nie darüber nachgedacht und mit dem zweiten Weltkrieg wollte ich nicht antworten), ob mir öffentliche Bäder peinlich wären (nicht bis zur Klassenfahrt, aber wenigstens haben meine genauen Beschreibungen des damit verbundenen Erlebnisses in der Badeanstalt für Lacher unter den Studentinnen und für einen roten Kopf der Dozentin gesorgt) und, welchen Teil Japans ich noch sehen möchte, bevor ich abreise (Kyoto, aber das wird kaum möglich sein).
Bei dieser Frage blieben wir so lange hängen, bis sich eine Studentin gefunden hatte, die sich anbot, mit mir dorthin zu fahren. Allerdings: Nichts Genaues weiß man nicht und Okâsan ist bestimmt schwer davon zu überzeugen. Schließlich erklärt sie mir gerne immer mal wieder, dass ich nicht zum Spaßhaben oder Reisen, sondern zum Lernen in Japan bin. Wenn es allerdings trotzdem klappen sollte … *träum*
Die Dozentin schenkte mir ein Buch für Drittklässler, für das sie vor ca. 30 Jahren eine Geschichte geschrieben hatte und signierte es für mich.
Zu Hause angekommen, brauchte ich erst einmal einen 2 ½-stündigen Mittagsschlaf und so gegen 22 Uhr fiel mir ein, dass ich noch einen Bericht auf Japanisch über Weihnachten und Silvester in Deutschland und unsere Bräuche für das monatliche Infoblatt der Schule schreiben muss. Nun ja, jetzt ist es 1.30 Uhr in der Nacht … Aber das kommt davon, wenn man so wie ich generell immer alles auf die letzte Minute schiebt, nicht war? *zwinker*

Dienstag, 07.12.2004

Ach, ist das ein komisches Gefühl, bei Fujiwaras nun anklingeln zu müssen, anstatt einfach zur Tür hereinzuspazieren und „*Tadaima*!" zu rufen. Eine deutsche Übersetzung für Tadaima gibt es nicht wirklich. Die Bedeutung ist in etwa: „Ich bin wieder daheim". Darauf wird mit „*Okaeri*" geantwortet. Man könnte es frei mit „Wilkommen zurück" übersetzen.
Ihr Flur ist jetzt weihnachtlich geschmückt. Das muss ich genauer beschreiben! In einer freien Ecke, in der sonst ein Spiegel auf Rollen stand, befindet sich nun ein künstlicher Tannenbaum. Man muss schon genauer hinsehen, um etwas Grün auszumachen, denn die zum Eingang hingewandte Seite war zu neunzig Prozent mit rotem und goldenem Krimskrams behangen. Allerdings nicht mit Lametta. Die Rückseite sieht eh keiner und war somit kahl. An der Tür zum Schlafzimmer hängt eine rote überdimensionale Mickeymaushand aus Plüsch. Andere Details habe ich jetzt nicht im Kopf, weil ich nur zweimal kurz im Flur war. Na, wenigstens wird die Vorweihnachtszeit hier nicht so übergangen wie bei meiner neuen Gastfamilie. Fujiwaras freuten sich riesig über den Adventskalender mit Schokoladenfüllung und haben Spaß, täglich zwei Türchen zu öffnen, weil meine Eltern aus Deutschlands noch einen aus Papier geschickt haben.
Wir haben gemeinsam geschwatzt, nebenbei Sushirollen zubereitet, den neuen Computer bestaunt und dann ferngesehen. Es wird gerade Werbung für ein neues Gameboyspiel gemacht, bei

dem man nicht per Knopfdruck spielt, sondern den gesamten Gameboy nach links oder rechts kippen muss. Wie sieht denn das wohl in der Bahn aus?
Auf dem Weg zum Bahnhof hielten wir kurz an der Post und Frau Fujiwara half mir beim Geldabheben. Ich verstehe das System immer noch nicht und meine jetzige Gastmutter hat – wer hätte das gedacht – keine Zeit mir dabei zu helfen und borgt mir lieber Geld aus, wenn ich etwas brauche. Das geht schneller …
Zu Hause gab es dann Stress, weil Okâsan sich nicht mehr daran erinnern konnte oder wollte, dass ich Bescheid gesagt hatte, dass ich heute nach der Schule zu Fujiwaras gehen wollte. Kein Wunder, wenn sie nie zuhört.

Mittwoch, 08.12.2004

Die Tests sind vorbei. Heute und morgen haben wir schulfrei. Da morgen der lange geplante Disneylandbesuch ansteht, brauche ich den heutigen Tag um auszuschlafen, aufzuräumen und dazu, endlich den Bericht über die deutsche Weihnacht zu Ende zu schreiben. Der wird, wie schon geschrieben, dann im Infoblatt der Schule stehen und an alle Schülerinnen verteilt. Vielleicht muss ich die Geschichte somit nicht noch zwanzigmal erzählen …
Ich habe mich im Langschlafen mal wieder selbst übertroffen, aber die Gelegenheit dazu werde ich in den nächsten Wochen nicht wieder haben. Die nächsten beiden Sonntage sind mit MEO-Aktionen verplant und somit werden mir die wenigen freien Tage belegt. Ab Montag ist aber nur vormittags Unterricht und der 20.12. ist der letzte Schultag vor den Ferien. In achteinhalb Wochen darf ich endlich wieder nach Hause. Mir reicht's hier nämlich langsam.

Donnerstag, 09.12.2004

In der Bahn nach Hause hatte ich das Gefühl, sogar mit offenen Augen und im Stehen einzuschlafen. Mittlerweile war es nämlich 0.15 Uhr, weil wir bis 22.00 Uhr im Disneyland gewesen waren. Da ich mich mit Eri aber morgens schon um 7.00 Uhr in Shibuya getroffen hatte, war es ein langer Tag.
Vor den noch verschlossenen Toren des Tokyoter Disneylandes, das es seit 1983 gibt, trafen wir zunächst die halbe Schule. Ich wurde von allen Seiten gerufen. Um 8.30 Uhr wurde geöffnet. Das Ticket kostet für mich eigentlich 4.800 Yen, aber Yui schmuggelte mich als Familienmitglied mit ins Gelände und so war es etwas preiswerter.
Zunächst rannten wir zur Lotterie. Denn wenn man etwas Glück beim Losen hat, darf man bei einer der Shows ganz vorne sitzen und – wir gewannen! Die Chance muss so bei 10 % liegen. Das Gelände ist dem Disneyland in Florida (Orlando) sehr ähnlich gestaltet, wenn auch lange nicht so groß. Allerdings hat mir Orlando irgendwie viel besser gefallen, aber das mag am Alter liegen. Als meine Eltern, mein Bruder und ich 1997 in Amerika das Magic Kingdom besuchten, war ich erst zehn!
A propos Alter: Was bewegt junge japanische Mädchen und Frauen sich Bambiohren, pinkfarbene Ohrenschützer in Minimaushandform und Mützen mit Prinzessinnenkrone zu kaufen und dann aufzusetzen??? Yui, Eri und Yuki konnten absolut nicht verstehen, warum ich dafür kein Geld ausgeben wollte: Man könne so was doch nur hier tragen, es würde mir stehen und es wäre so schrecklich kawaii. Im Gegenteil, man müsste mich sogar sehr gut bezahlen, damit ich mich

in der Öffentlichkeit so blamieren würde: „Nein, ich brauche keinen Mickey-Schlüsselanhänger und nein, einen Ring brauche ich ebenfalls nicht … Häh? Was bitte soll an dieser Plastikbrille cool sein? 1000 Yen? … Ich mache ein paar Fotos und bin in fünf Minuten wieder da.“
Im Disneyland Tokyo gibt es so genannte Fastpass-Tickets. Die zieht man sich in einem bestimmten Zeitraum an speziellen Automaten und dann kann man eine Stunde später (oder so) zu den entsprechenden Attraktionen gehen und einen Extraweg zum Eingang nehmen, bei dem man dann nur ein paar Minuten und keine Stunde anstehen muss. So waren wir immer zur richtigen Zeit am richtigen Ort und haben die Fastpässe fünfmal benutzt. In der Zwischenzeit stopften wir uns mit Süßigkeiten voll oder sahen uns Shows an. Ich habe sogar einen Mickey-Gullideckel entdeckt! Und mir verwunderte und mitleidige Blicke beim Fotografieren eingefangen …
Na, jedenfalls reicht der Besuch jetzt wieder für mindestens zehn Jahre und mein Bedarf an Kitsch ist restlos gedeckt. Das Beste für meinen Geschmack war das 3D-Kino. Da wurden die Besucher quasi geschrumpft: „Honey, I Shrunk the Kids“ und als ein riesiger Hund fast unsere Nasenspitze berührte und sich schüttelte, wurde uns Wasser ins Gesicht gesprüht. Am Anfang liefen angeblich Mäuse durchs Publikum und plötzlich krabbelte etwas unsere Beine hoch (Gummischläuche vermutlich). Sogar der Boden vibrierte, wenn jemand auf uns zuschritt und ein riesiger Schuh vor uns erschien.
Ich freute mich über die verschiedenen technischen Möglichkeiten: In einem Spiegel erschienen plötzlich Gesichter und Gespenster und aus einem Grab erwachten die Toten und durchsichtige Nebelgestalten stiegen in den Himmel. In den Attraktionen fuhren die Wagen teilweise ohne Schienen, wie von Geisterhand getragen usw.
Nur die Frage, welche Disney-Figur ich am liebsten habe, konnte nicht geklärt werden. Man kann sich bei so viel Begeisterung der Freundinnen schlecht hinstellen und erläutern, dass wir eigentlich altersmäßig nicht mehr ganz die Zielgruppe sind, oder? Daniel Düsentrieb fand ich früher immer toll (so vor acht Jahren), aber den scheint es eh nur in Deutschland zu geben und was heißt Düsentrieb auf Englisch oder Japanisch?
Die haben hier im Park anscheinend etwas gegen Videokameras und dass ich nur Fotos damit machen wollte, glaubten sie mir nicht. Aber die Straßenparade habe ich filmen dürfen!

Freitag, 10.12.2004

Meine Gastmutter setzte sich zu mir an den Abendbrottisch und begann ein Gespräch mit folgender Einleitung: „Ach, was ich mit Dir noch besprechen wollte.“
Und dann kam es mal wieder ganz dicke: Sie warf mir vor, viel zu unselbständig zu sein! Es sei ganz allein mein Fehler, dass ich am vergangenen Sonntag zu spät zur JLPT-Prüfung gekommen bin! Ich hätte vom Bahnhof nicht wieder nach Hause kommen dürfen, sondern die Beamten fragen sollen, wie es weiter geht. (Dabei habe ich genau das getan.) Sie wollte nicht hören, dass wir aber bei den Testbeaufsichtigern anrufen mussten, um meine Verspätung anzukündigen und ich weder Handy noch Telefonkarte besitze und genau deswegen nach Hause zurückkehren musste. Außerdem brauchte ich letztendlich einen Schein der Odakyû Bahn-Gesellschaft, um das Stehenbleiben der Bahnen später beweisen zu können. So etwas konnte ich aber alleine gar nicht wissen, denn so einen Ausnahmezustand hatte ich zuvor noch nicht erlebt. Auch das Verhalten meines Gastvaters wurde durch mein Fehlverhalten begründet. Es steht mir natürlich nicht zu, zu erwarten, dass er mich zum Prüfungsort fährt. Aber mich 25 Minuten im Glauben

zu lassen, dass es sofort losgeht … Selbstverständlich ist auch dies meine Schuld, denn ich hätte ihn gar nicht erst fragen dürfen.
Das war jedoch noch nicht alles! Ich müsse lernen, meine Probleme selbst auf die Reihe zu bringen. Es könne doch nicht so schwer sein, zur Bank zu gehen und Geld abzuheben. Warum ich nicht alleine gehen könne. Na, wenn sie mir doch versprochen hatte, mir zu helfen!
Ich befinde mich in einem fremden Land und bin dadurch nun einmal gelegentlich auf Hilfe angewiesen. Okâsan Fujiwara oder meinen Freunden kann ich schließlich nicht immer auf die Nerven gehen. So was nennt sich Gastmutter und ich lebe in der Vorzeigefamilie meines MEO-Komitees …
Außerdem möchte ich mal erleben, wie sich japanische Jugendliche in meinem Alter anstellen, wenn sie ein Austauschjahr in Europa oder sonst wo machen. Ich und unselbständig … pah.
Sie selbst steht mir doch ständig im Weg. Will ich zu Fujiwaras, muss ich sie vorher fragen. Gehe ich zur Uni an meiner Schule, bekomme ich als Antwort einen verständnislosen Blick. Möchte ich nach Kyoto fahren, heißt es, dass ich nicht zum Reisen, sondern zum Lernen in Japan bin. Möchte ich alleine, also selbständig, zum Hautarzt gehen, steht MEO mit seinen blöden Formalitäten dazwischen. Na jedenfalls habe ich immer schön brav „Ja“ gesagt und mir meinen Teil gedacht. Sie hat sowieso Recht.

Samstag, 11.12.2004

Schon das letzte Mal Sadôbu in diesem Jahr. Traditionsgemäß wird das mit einer Teezeremonie in der ganzen Gruppe gefeiert. Jeweils zwei Leute aus jeder Klassenstufe (und vier aus der zweiten Klasse, weil wir so viele sind) teilen den Tee aus - eine bereitet ihn zu und die andere serviert ihn. Ich war das ideale „Opfer“, daran ließ man keinen Zweifel. Dumm nur, dass ich seit fast zwei Monaten kein einziges Mal mehr geübt habe. Die jüngere der beiden Lehrerinnen sah das Ganze eigentlich als Spaßaktion und achtete nicht auf Fehler. Nach dem Ende der ersten Runde kam aber die zweite Lehrerin dazu und da war Schluss mit Lustig. Mich überfiel leichte Panik …
Aber es kam noch schlimmer: Als ich an der Reihe war, stand Hayakawa-Sensei in der Tür und lobte mich wie gewohnt in höchsten Tönen, obwohl das sicher niemand hören wollte. Natürlich besetzte sie zielsicher den wichtigsten Platz im Raum … Mir fielen glücklicherweise die vorgeschriebenen Schritte und Abläufe wieder ein, aber manchmal geriet mir das Zubehör aus Versehen in die linke statt in die rechte Hand, was für einige Heiterkeit sorgte. Ich bin eben doch Linkshänderin. Auch meine Knie taten mittlerweile etwas weh und knackten beim Hinknien ständig, am Schluss der Zeremonie dreimal gut hörbar in Folge – peinlich.

Sonntag, 12.12.2004

Das Vorbereitungstreffen für die letzte MEO-Orientation am kommenden Wochenende war sehr eigenartig! Unsere LPs kamen. Hang meinte mit abfälligem Blick: „Äh, guckt mal, da drüben!“. Amy erzählte, dass sie ihre LP eigentlich gar nicht so genau kennen würde, weil sie es sich vermutlich mit ihr am Telefon irgendwann mal verscherzt hat. Sie hätte sie bisher nur einmal kurz gesehen. Samuli zog eine Grimasse und Bajul ist heute vorsorglich gar nicht erst erschienen. Bank schien keine eigene Meinung zu haben, jedenfalls äußert er sie nie öffentlich.

Ein Mann im Anzug stand vorne und erläuterte im höflichsten Japanisch den geplanten Ablauf der Veranstaltung nächste Woche. Wir Austauschschüler sollten uns aussuchen, ob wir eine Rede halten, einen Sketch vorführen oder uns einer Diskussion stellen wollen. Auf letzteres kann ich gut verzichten. Stellt euch mal vor was passiert, wenn sie mich zu meiner Einstellung gegenüber meinem Komitee fragen ... Ich habe mich für eine Rede über meine Schule entschieden und darf diese glücklicherweise auch halten, denn das Thema wurde akzeptiert. Und drei Minuten Sprechzeit werde ich mit Leichtigkeit herumkriegen.
Nachdem die Durchführung besprochen war, wurde uns mitgeteilt, dass wir uns ein Kissen mitbringen sollen, da es keine Stühle geben wird. Diese würden nämlich unsichtbare Barrieren zwischen den Teilnehmern bilden. Außerdem dürfen wir nichts Negatives über MEO sagen, weil zukünftige Awayees dabei seien und somit Angst bekommen könnten. (Also nein, was unterstellt man uns denn? *zwinker*)

Montag, 13.12.2004

Verschlafen! Ich hatte meinen Wecker nicht gehört und so eine Viertelstunde länger im Bett zugebracht. Während ich noch schnell mein Frühstück herunter schlang, erzählte mir Okâsan, dass sich der Fahrplan der Bahnen geändert hat und meine Bahn jetzt vier Minuten früher fährt. Ich legte im Esstempo noch etwas zu und schaufelte mir das gelb leuchtende Curryzeugs – schwupps – direkt auf den Rock meiner Schuluniform.
Dadurch, dass momentan nur vormittags Unterricht stattfindet, habe ich nach Schulschluss etwas Zeit. An meiner Schule finden in diesen Tagen Eltern-Schüler-Lehrer-Gespräche statt. Sie beraten den weiteren Bildungsweg der Jugendlichen.
Nachmittags ging ich also in Kichijôji auf Weihnachtskartensuche. Eigentlich hoffte ich, etwas japanisch Aussehendes zu finden. Das war ein Krampf! Mickeymäuse und Hunde mit Weihnachtsmannmützen. Überall stand „Merry Christmas“ drauf. Manche Motive auf den Karten begannen sogar auf Knopfdruck zu leuchten und Melodien erklangen. Jedenfalls sehen die meisten Karten so aus wie in Deutschland und erinnern an Japan kein bisschen. Ich glaube, meinen Eltern habe ich aus Versehen eine *Hinamatsuri*-Puppenfest-Karte gekauft, aber egal.

Dienstag, 14.12.2004

Während meiner dienstäglichen Computerstunde erzählte ich Ito-Sensei von meinem Plan, gemeinsam mit einer Studentin nach Kyoto fahren zu wollen. Sie fand es eine gute Idee und schlug sogar sofort vor, dass ich einen Tag dafür schulfrei bekommen könnte. Meinem MEO-Komitee hatte ich den Plan am vergangenen Wochenende auch schon angekündigt. Meine Eltern in Berlin hatten sich über das MEO-Büro in Hamburg einen Programm-Waiver-Vordruck besorgt. Dieser muss für jede individuelle Reise im Gastland ausgefüllt und unterschrieben werden. Meine Eltern warteten nun nur noch auf meine Infos zum genauen Reisezeitraum, dann würden sie das Formular an MEO Deutschland faxen.
Dagegen, dass ich nach Kyoto fahre, hatte meine Gastmutter – jedenfalls nach bisherigen Äußerungen – nichts einzuwenden. Ich hatte ihr gleich an dem Tag, an dem ich in der Uni war, von meinem Vorhaben erzählt und sie meinte damals, dass ich zwar kein Tourist sei, sie aber trotzdem möchte, dass ich Kyoto sehe. Sie hätte leider keine Zeit mit mir zu fahren.

Festgelegt war noch nichts Konkretes. Sie konnte mir also nicht vorwerfen, dass ich etwas über ihren Kopf hinweg organisieren würde. Und so berichtete ich ihr, dass mein Reiseplan nun allmählich greifbarer wird, sie sich aber nicht weiter darum kümmern brauche und keine Sorgen damit habe.

Daraufhin ging es hier echt rund. Sie warf mir vor, ein *Wagamama* zu sein. In ihren Augen bin ich also egoistisch und eigennützig. Mir verschlug es zunächst die Sprache und ich sagte daher erstmal gespielt gleichgültig: „Aha“, um vielleicht einer Diskussion aus dem Weg gehen zu können. Aber wie gewohnt, ließ sie nicht locker: „Ich habe gerade etwas Schlechtes über dich gesagt, aber irgendeiner muss es dir ja mal sagen.“ Sie tat so, als würde sie die Meinung aller Japaner vertreten. „In Japan nennt man dich Wagamama!“ Dann meinte sie mit einem Grinsen im Gesicht: „Das hast du jetzt bestimmt zum ersten Mal gehört!“ Ich würde alle zu meinem Vorteil herumschubsen, nur weil ich nach Kyoto möchte. Dabei bin nicht ich auf die Idee gekommen, sondern durch die Dozentin an der Uni darauf gebracht worden. Außerdem zwinge ich niemanden, oder? „Aber du sagst, dass du gehen möchtest und deswegen nennt man dich Wagamama.“ Darf man in Japan keine Wünsche äußern, weil man damit andere „zwingt“, sie einem zu erfüllen? Und wie lächerlich ist denn bitte ihre Argumentationsweise!

Plötzlich jedoch änderte sie ihre Meinung: „Am besten wäre es, wenn du mit der Familie fahren könntest.“ Da konnte ich mir ein Lachen nicht unterdrücken und antwortete, dass sie sich nicht einmal Zeit nehmen würde, mir richtig zuzuhören und Fragen zu beantworten. Außerdem hatte sie mir vor einer halben Woche erklärt, dass sie in den Ferien arbeiten muss. Nun aber entschied sie sich, einen Tag frei zu nehmen und mit mir Anfang Januar fahren zu wollen. Ich solle einen Plan anfertigen, was wir uns ansehen wollen und mir Infomaterialien zu den Gärten, Schreinen und Tempeln heraussuchen, denn schließlich sei sie nicht meine Reiseführerin. Okay! Abgemacht.

Danach forderte sie mich auf, darüber nachzudenken, was die Schule für mich tut, und ob ich mich nicht vielleicht ebenfalls mal etwas anstrengen wolle. Es reicht langsam. Wer beantwortet denn fast täglich seinen Mitschülerinnen geduldig alle möglichen Fragen über Deutschland, fertigt Poster an, schreibt Berichte für das Schulinfoblatt, serviert Tee beim Bunkasai, macht Werbung für die Schule, hält einen Vortrag über die Berliner Mauer, stellt sich an der Uni vor usw.? Wie kommt sie nur darauf, zu behaupten, dass ich mich von der Schule bedienen lasse. Könnt ihr euch meine Wut im Bauch vorstellen???

Mittwoch, 15.12.2004

Na toll. Eri redet auch nicht mehr mit mir. Gestern im Chemieunterricht sollten wir ein Glasröhrchen mit Perlen füllen und an den Enden zuschweißen. Fünfzehn Minuten vor Unterrichtsschluss war endlich der Bunsenbrenner frei, während Yui und Eri sich noch Perlen heraussuchten. Ich schlug vor, das zweite Ende meines Röhrchens jetzt gleich zu verschließen und nicht erst in der nächsten Stunde, um die restliche Zeit heute nutzen zu können. Eri: „Nein, die Lehrerin hat gesagt, dass wir heute nur die eine Seite schaffen.“ Ich: „Das mag ja sein, aber weil wir nur zu dritt sind, sind wir eben schneller.“ Eri: „Die Lehrerin hat es aber gesagt!“ Oh meine Güte, absoluter Gehorsam, dachte ich und sagte: „Aber sie hat nicht gesagt, dass wir damit nicht anfangen dürfen.“ Eri: „Stimmt.“ Und sie dreht den Gashahn auf. Ich hielt das Röhrchen über die Flamme und just in diesem Moment drehte sie den Hahn wieder zu. Als wir dieses Spielchen zum zweiten Mal durchhatten, fauchte ich sie an, dass ich die Arbeit in der Zeit, die wir zum

Diskutieren gebraucht haben, schon dreimal fertig bekommen hätte und, dass sie sich nicht immer so peinlich genau an unsinnige Vorgaben zu halten brauche. Und damit habe ich offensichtlich einen empfindlichen Nerv getroffen. *autsch* Ich wollte sie nicht kränken, aber nun ist es eben nicht mehr zu ändern, auch wenn es mir Leid tut.
In der zweiten Stunde konnte ich dann eine Stunde lang die Klaviertastatur im Musikraum vollheulen und meine Wut an dem Instrument bzw. den Tasten auslassen, und nun geht es mir wieder besser.
Nachmittags war ich mit Amy und Hang zum Karaokesingen in Harajuku verabredet. Ich war zehn Minuten zu früh dort und wartete. Plötzlich kam ein eigenartiger Typ über die Straße. Es laufen in Harajuku viele schräge Vögel rum, deren Durchschnittsalter so bei 16 bis 17 Jahren liegt. Er war aber locker Mitte 40, hatte blond gefärbte lange Haare mit Dauerwelle, enge Hosen, spitz zulaufende Schuhe und ein scheißfreundliches Dauergrinsen im Gesicht. Einen richtigen Ruck bekam ich erst, als er ein Mädchen in meinem Alter traf und sich mit ihr unterhielt. Sie trug eine Schuluniform mit ultrakurzem Rock und wirkte leicht eingeschüchtert, während ihrer Unterhaltung immer nickend. Na, es hätte ihr Vater sein können. Hang und Amy waren immer noch nirgends zu sehen. Etwa 20 Minuten später kam ein zweites Mädchen zu dem Kerl. Das Mädchen mit dem kurzen Rock stand nun etwa zwei Meter entfernt und tat, als würde sie die beiden nicht kennen. Das war jetzt wirklich eigenartig! Der Mann griff das später gekommene Mädchen bei den Haaren und redete auf sie ein. Sie blickte schweigend zu Boden. Ich sah seine fetten Silberringe glänzen. Dann schlug er ihr dreimal ins Gesicht. In aller Öffentlichkeit, mitten vor dem Eingang des Bahnhofes! Der Bahnhofsbeamte hat es gesehen und nichts unternommen. Die wenigen Männer, die von der Arbeit kamen (sonst laufen meist wirklich nur Jugendliche hier herum) und ihr hätten helfen können, schauten weg und gingen weiter. Mir sah das verdammt nach Prostitution aus. Der Mann klopfte dem Mädchen nun wie tröstend auf die Mütze, gab ihr einen Klaps auf den Hintern und sie machte sich schnell auf und davon. Dann ging der Scheißkerl mit dem ersten Mädchen in eine andere Richtung.
Amy und Hang habe ich leider nicht getroffen. Es stellte sich später heraus, dass es auch in Harajukus Bahnhof mehr als einen Ausgang gibt. Ich hatte die beiden nicht gefunden oder vielleicht beim Vorübergehen auch nur nicht bemerkt. Alleine wollte ich mich nach meiner Beobachtung jedenfalls lieber nicht auf Souvenirsuche begeben, fuhr also nach Hause und schrieb an der Rede über meine Schule, die ich am Sonntag vor den Austauschschülern halten werde.

Donnerstag, 16.12.2004

Im Bus zur Schule sah ich beim Blick nach draußen etwas sehr Interessantes: Eine Gruppe von ca. 40 Bauarbeitern stand in orangefarbenen Arbeitsanzügen auf einem Parkplatz vor dem zu sanierenden Haus und erwärmte sich vor der Arbeit mit Übungen wie im Sportunterricht.
Eri saß alleine auf einem Doppelsitz. Ich fasste mir ein Herz, ging zu ihr, setzte mich neben sie und entschuldigte mich bei ihr. Sie würdigte mich keines Blickes und sprach kein einziges Wort. Den ganzen Tag nicht. Yui meint, dass ich einfach warten soll und Eri würde sich schon wieder einkriegen.
Die miese Stimmung trifft mich erstaunlicherweise weniger, als ich für möglich gehalten habe. Wir sind uns in den letzten Wochen wohl einfach zu viel auf die Pelle gerückt. Meine Beziehung zu den anderen Mitschülerinnen wird durch unseren Abstand besser.

Nachmittags suchte ich im Internet nach Infos über Kyoto. Ich muss jetzt erst einmal festlegen, was genau ich mir ansehen möchte. Ayaki und Miki zeigten mir zu Hause Fotoalben ihrer Klassenfahrten und ich bekam jede Menge Ratschläge, was sehenswert und was eher nicht so interessant ist.

Freitag, 17.12.2004

Jetzt, da keine Tests mehr anstehen und nur vormittags Unterricht stattfindet, beginnen die meisten Lehrer ebenfalls zu faulenzen. Wir sehen uns Videos an, basteln Weihnachtskarten oder stellen in Chemie Glibberschleim her. In Musik allerdings stand heute die seit langem hinausgeschobene Gesangskontrolle an. Ich habe voller Panik das Lied *„Akatombo"* (rote Libelle) auswendig gelernt, um dann festzustellen, dass wir das Buch beim Singen benutzen dürfen … Aber: Wir lernen ja nicht für die Lehrer, sondern für uns und fürs Leben, nicht wahr? *haahaa*
Es klang einfach grausam! Wir sollten uns in Dreier- oder Vierergruppen zusammen finden und „Akatombo" und „Das Heidenröslein" dreistimmig vorsingen. Leider beherrschte keine Schülerin ihre Stimmlage richtig oder sie trauten sich nicht zu singen. Der Lehrer hielt sich irgendwann demonstrativ die Ohren zu. Meine Gruppe war die letzte und so schlug ich in meiner Verzweiflung vor, dass wir einfach schön laut singen und – wer hätte es gedacht – jede von uns hat die Töne getroffen und sind sogar in der richtigen Tonlage geblieben. Ich hatte wirklich das Schlimmste erwartet. Wir bekamen ein verstecktes Lob vom Musik-Sensei. Anschließend sahen wir uns alle einen Disneyfilm an. Wir durften sogar zwischen „Winney Po" und „The Nightmare Before Christmas" auswählen! Hm.
Nach der Schule ging ich in Kichijôji auf Geschenksuche. Mein Gastvater hat heute nämlich Geburtstag. Aber was bloß sollte ich ihm schenken? Er kommt immer erst gegen 23 Uhr nach Hause und dann trinkt er Kaffee und Alkohol. Letzteres will ich ihm nicht schenken und außerdem bekommt man den sowieso erst ab 20 Jahren und schon gar nicht, wenn man eine Schuluniform an hat. Eigentlich wollte ich ihm Schokolade oder anderen Süßkram kaufen. Aber ich habe ihn so etwas noch nie essen sehen! Plötzlich lief mir eine Schachtel mit Kaffeebonbons über den Weg. Über die scheint er sich dann auch gefreut zu haben, aber das mit der Freude ist bei Japanern nie so richtig klar, mir jedenfalls nicht …
Ich finde es immer wieder interessant, mit meiner Gastfamilie in ein Restaurant zu gehen, denn sie bestellen unterschiedliche Gerichte und teilen sie in der ganzen Familie auf. Chi-chan ist auch mitgekommen und Miki machte sich lautstark über einen Mann am Nebentisch lustig, weil der schon so viel Sake intus hatte, dass er sich leicht auffällig verhielt. Es war recht lustig.

Samstag, 18.12.2004

Der heutige Tag war eine einzige Leidensgeschichte. Sie begann mit dem Frühstück! Ich hatte mal wieder nicht genügend Zeit und aß den Reis mit der frittierten Garnele einen Tick zu schnell. Das führte dazu, dass ich damit in der vollen Bahn ganz schön zu kämpfen hatte und mir während des Unterrichts die ganze Zeit der Bauch wehtat. Aber das ist noch nicht alles!
In der Chemiestunde schweißten wir die restlichen Glasröhrchen zu und … ich bin ja sooo blöd! Ich dachte nach einiger Zeit, dass das Glas bestimmt abgekühlt sei und fasste es ganz vorsichtig an. Es gab ein zischendes Geräusch und ein weißes Oval ziert nun meinen Zeigefinger.

Während ich ihn unter kaltes Wasser hielt, bemerkten meine Mitschülerinnen in der Gruppe am Nebentisch einen merkwürdigen Geruch nach etwas Angebranntem. Muss wohl mein Finger gewesen sein. *autsch*
Ich kann nur hoffen, dass das schnell verheilt, weil ich ohne Schmerzen weder schreiben noch Klavier spielen kann. *schnief* Wenigstens vergaß ich so meine Bauchschmerzen, die aber schon zwei Stunden später wieder anfingen.
Zu Hause angekommen, dachte ich, ich müsste meine Rede für morgen üben und begann sie zu suchen … Es blieb beim Suchen, denn gefunden habe ich sie natürlich nicht. Sie liegt wohl in der Schule. Am liebsten hätte ich auf der Stelle losgeheult und der Spott meiner Gastmutter trug auch nicht zu einer Stimmungsverbesserung bei. Blöd nur, dass das Event morgen richtig riesig sein wird. Alle Gastfamilien, alle ehemaligen Gastfamilien und ein paar Lehrer sollen kommen. Dazu noch die gesamte MEO-Crew mit ehemaligen und zukünftigen Austauschschülern. Was blieb mir demnach anderes übrig, als mich ein zweites Mal drei Stunden lang, bis tief in die Nacht hinein, hinzusetzen! Und das ohne den angekokelten Zeigefinger zu benutzen!

Sonntag, 19.12.2004

Wir trafen uns 8.30 Uhr in Minami-(Süd)-Tachikawa mit MEO, weil die Vorbereitungen lange dauern sollten! Wie immer war alles auf die Sekunde genau durchgeplant, und wir mussten unsere Rollen übernehmen. Darauf hatte jedoch keiner von uns Austauschschülern Lust! Bajul aus der Schweiz regte sich permanent über alles auf, was von den Volunteers überspielt bzw. ignoriert wurde. Er sollte eine Rede halten und hatte nichts vorbereitet. Er zählte dann alle negativen Dinge in Japan auf und bekam dafür mächtig viel Beifall! Außerdem sollten wir uns schnell mal einen Sketch aus den (angekokelten) Fingern saugen. Auf unser einstimmiges: „Keine Lust!" ließ man sich nicht ein und so kritzelte ich mit Hangs Unterstützung in zwei Minuten einen Dialog auf das Papier, von dem die MEO-linge begeistert waren, was Hang und mich leicht verwunderte. Beim Vorführen musste ich dann die Bedeutung erst erklären, weil der Sketch sonst keinen Sinn machte und ihn niemand so wirklich verstand. *schmunzel* Wir hatten eigentlich darstellen wollen, dass wir in unseren Schulen ständig von Schülern gegrüßt werden, die wir nicht kennen.
Und überhaupt waren bloß die LPs (die inzwischen keiner mehr von uns mag) und so ca. drei Gastmütter (inklusive meiner eigenen) dabei, was uns dazu anregte, den Sinn der Veranstaltung anzuzweifeln.
Am Anfang der Show gab es eine Diskussionsrunde, in der Hang und Bank zum Beispiel beschreiben sollten, warum sie MEO ausgewählt haben und warum sie nach Japan wollten. Und was haut Bank da raus?! Er verschränkt die Arme, zieht eine Augenbraue hoch und meint, dass er eigentlich nicht nach Japan wollte und dieses Land nur als seine fünfte Wahl angegeben hatte und, dass er somit leider nach Japan musste. Amy und ich prusteten laut los, während es wieder Beifall der Zuschauer gab. Ist das nun höflicher Beifall oder hören die alle nicht zu?
In einer Pause kam Hangs LP auf mich zu. Sie war auch die Betreuerin des Mädchens, das vor mir bei meiner Gastfamilie gelebt hatte. Die LP wollte wissen, wie es so läuft. Ich erzählte ihr, dass Yamamotos leider keine Zeit für mich haben, meine Gastmutter mir nie zuhört und mir vorwirft, eigennützig zu sein. Da begann die LP plötzlich zu weinen und umarmte mich. Sie hätte mir doch so gerne eine Familie gegeben, in der alles klappt und ich solle mit einem guten Eindruck von Japan wieder nach Hause fahren. Sie würde mit meiner LP reden und wir würden

uns alle mit Okâsan zusammensetzen, um das Problem zu klären. „Halt, das möchte ich nicht, weil ich das selber auf die Reihe bekommen will und außerdem habe ich mit ihr schon gesprochen." – „Na gut, dann sag Bescheid, wenn wir Dir helfen sollen." Als meine LP auftauchte, sah ich die beiden die Köpfe zusammenstecken. Ich konnte es nicht mehr verhindern, denn die Diskussion vorne hatte schon wieder angefangen. Dann erschien Okâsan und setzte sich neben meine LP. Nach meiner Rede kam meine LP auf mich zu, meinte mit meiner Gastmutter geredet zu haben und wenn es mal wieder ein Problem gibt, könne ich sie jederzeit anrufen. Sie hätte wenig Zeit und müsse jetzt die Veranstaltung verlassen … Ich glaube, mir sind alle Gesichtszüge entglitten. Wahrscheinlich hatte sie erwartet, dass ich mich für ihre „Hilfe" bedanke, aber ich war erst einmal schockiert. Ja, so wird unter den LPs mit vertraulichen Gesprächen umgegangen. Wie mit dem Sachiko-Problem, bei dem sofort in der Schule und bei Toshimori-san (die sich leider ein Bein gebrochen hat und daher nicht mehr bei den MEO-Veranstaltungen auftaucht) angerufen wurde. Amy und Hang meinten nur: „Selbst Schuld! Wir erzählen denen schon lange nichts mehr!"
Okâsan tut indes so, als wäre nichts gewesen.
Die Japanischen Hopees unseres Komitees haben – natürlich ganz freiwillig – Poster über ihre Zielländer angefertigt! Ein für mich bekanntes Gesicht war unter den Hopees: Eine Erstklässlerin meiner Schule, die ich aus dem Chor kannte, möchte nach Italien. Sie versuchte mich zu überreden, wieder in den Chor einzusteigen.
Zu guter Letzt drückte man mir unabgesprochen Noten in die Hand. So nach dem Hier-spiel-mal-schnell-Motto. Wir sollten ein Lied zusammen spielen. Ich wurde dabei kräftig von gruseligen Blockflöten, Melodikas (diesen Dudelboards mit Schläuchen dran), einem nicht angeschlossenen elektronischen Cello und diversen nicht identifizierbaren Rhythmusinstrumenten unterstützt. Das alles klang so schräg, dass es schon wieder Spaß machte.
Heute kam übrigens ein Brief mit einem Fragebogen über meine MEO-Erlebnisse bei mir an. Über die Fragen muss ich erst mal eine Nacht schlafen und mir überlegen, in wieweit MEO an meiner LP und meinem Komitee schuld ist. Die Orientations in Deutschland waren nämlich wesentlich besser. Aber die Fragen sind aufgegliedert in: Wie zufrieden bist du mit …
… Vorbereitung
… Infos von MEO
… Erreichbarkeit von MEO im Notfall
… deinem Komitee in Japan u.s.w.

Montag, 20.12.2004

Letzter Schultag vor den Ferien, jedenfalls offiziell. Inoffiziell finden am 22.12. und 24.12. nämlich Klassenchorproben statt. Wir hörten uns die Rede vom Schulleiter an und putzten gemeinsam die Schule. Ich habe noch nie so eine saubere Tafel gesehen. Wir sollten den ganzen Kram unter unseren Tischen in die Schließfächer verfrachten. Da wir in regelmäßigen Abständen dazu aufgefordert werden, hatte ich nun ein Problem: Mein Schließfach ist voll! Sportzeug, Schulbücher, die Sachen für meinen Japanischunterricht, meine Schürze zum Kochen und die tausend Arbeitsblätter, die ich bisher nicht aussortiert habe. Aber nach danamäßiger Knautsch- und Stopftechnik hat letztendlich doch noch alles hineingepasst! *stolzsei* Nein, mit Unordnung hat das nichts zu tun! *lacht*

In Tokyo setzt sich anscheinend eine neue Mode durch! Vor drei Monaten hatte ich das zum ersten Mal beobachtet. Nun läuft mir fast täglich jemand mit grünem Hemd und auf den Ärmeln aufgenähten Deutschlandfahnen über den Weg. Armystyle. Mit amerikanischem Sternenbanner gibt es die auch, aber die Farben Schwarz-Rot-Gold sind wesentlich mehr vertreten. Warum finden japanische Studenten das cool?

Dienstag, 21.12.2004

Im Japanischen werden an Namen oft noch Suffixe gehangen. Irgendwie hatte ich heute schon wieder ein Problem, weil ich nicht in der Lage war, eine dementsprechende deutsche Übersetzung zu finden. In Mangas werden sie meistens, so wie sie sind, übernommen, was in zahlreichen Manga- und Animeforen zu Grübeleien führt. Ich habe daher mal die alltäglichen Nachsilben zusammengestellt:

-san	… ist eine höfliche Anrede und heißt so viel wie „Herr“ oder „Frau“.
-chan	… ist eine Verniedlichung und kann für gute Freunde im Umgangssprachlichen verwendet werden.
-kun	… wird für befreundete Jungs benutzt.
-sama	… ist eine sehr formelle und höfliche Anrede. Sie wird in der Anschrift auf Briefen an den Namen angehängt.
-sempai	… mit „Namen+sempai“ oder aber nur „Sempai“ kann man Ältere anreden. Man hört dieses Wort vor allen Dingen oft in der Schule, wenn Schüler sich an andere Schüler älteren Jahrgangs wenden.
-kôhai	… ist das Gegenstück zu Sempai. Es wird im Umgang mit Jüngeren gebraucht.
-sensei	… heißt Lehrer, Meister oder Doktor.

Während die ersten drei Beispiele nur in Verbindung mit einem Namen benutzt werden, können die letzten drei auch alleine stehen.

Mittwoch, 22.12.2004

Die Klassenchorprobe begann um 12.30 Uhr. Aber da der Sopran seine Stimme nun schon im Schlaf beherrscht, haben wir nur rumgealbert und dem Alt etwas auf die Sprünge geholfen. Mir wurde das allerdings nach einer Stunde zu dumm und so schlich ich mich ins Musikzimmer, um ein wenig Klavier zu spielen. Etwa zehn Minuten war ich alleine. Dann öffnete sich die Tür und herein kam die halbe Brass Band. Sie meinten zwar, dass ich gerne weiterüben könne und es sie nicht stört, aber ich gab nach zehn Minuten entnervt auf. Japaner sind es anscheinend gewohnt mit dem Lärm um sich herum zu üben, auch wenn jeder etwas anderes spielt. Ich habe damit eher so meine Mühe.
Als ich zurück in die Klasse kam, hatte Yamashita-Sensei den Platz am Keyboard des Alts eingenommen. Der Sopran übte mit einem Kassettenrecorder im Flurbereich und der Mezzosopran probte mit einem 1 ½ Oktaven-Keyboard. Wenn man darauf versucht, mehr als zwei Tasten gleichzeitig zu drücken, gibt es den Geist auf. *fünf Tasten drück*

Nach der Chorprobe habe ich in Kichijôji ungefähr 20 Neujahrsgrußkarten gekauft. Die kosten hier pro Stück 50 Yen. Der Clou ist, dass eine 50-Yen-Briefmarke schon aufgedruckt ist. Da muss ich für die Grüße nach Deutschland also nur noch 20 Yen zusätzlich draufkleben. Außerdem sieht man noch einen Wecker mit der Jahreszahl 2005, damit die Post die Karten erst pünktlich am 01.01. des neuen Jahres verteilt und eine Lotterienummer.
Wenn man die Karten innerhalb Japans verschickt, sollte man sie bis zum 24.12. zur Post bringen, damit sie pünktlich zum Neujahrstag zugestellt werden können. Die Karten werden in der Zwischenzeit auf den Postämtern gelagert, wenn sie mit *„Nengajô"* beschriftet sind. Es ist ein riesiger Aufwand für die japanische Post, da es viele Leute geben soll, die mehr als 100 Stück davon verschicken. Natürlich kann man auch komplett vorgefertigte Karten kaufen und einfach nur die Adresse des Empfängers draufschreiben, aber das ist nun wieder zu simpel. Meine Karten hatten eine weiße Rückseite. Ich musste mir also etwas Persönliches einfallen lassen.
Zu Hause angekommen, griff ich gleich zum Pinselstift *(Fudepen)* und begann zu üben, um die Karten mit Kanjis beschriften zu können.

Donnerstag, 23.12.2004

Mein heutiger Tagesablauf:
10 Uhr Aufstehen
10.20-14.00 Uhr Tagebuch fortführen
14.00-24.00 Uhr Nengajô-Karten schreiben (ich krieg gleich einenSchrei(b)krampf!)
00.00-02.00 Uhr einen Brief an Eriko schreiben, weil sie immer noch mault …
Was soll ich dazu noch sagen? *handabfall*

Freitag, 24.12.2004

Weihnachtsfeier in der Schule! Ich hatte in den letzten Wochen immer mal über Julklapp in Deutschland berichtet und damit wohl etwas angerichtet:
Wir trafen uns im Flur der zweiten Etage, weil in unserem Klassenraum Unterricht auf freiwilliger Basis stattfand. Dann schlenderten wir gemeinsam in den Speiseraum und obwohl wir uns eigentlich verständigt hatten, keine Süßigkeiten mitzubringen, konnten wir dennoch ein Buffet eröffnen. Allerdings musste alles mit Servietten abgedeckt werden, weil Süßigkeiten und Knabberzeug in der Schule eigentlich verboten sind. Ich bezweifle zwar, dass uns die Lehrer diese Weihnachtsparty versaut hätten, aber brave Schülerinnen in Japan tun eben, was die Lehrer wollen … Zumindest anscheinend.
Ich hatte Zitronen- und Haferflockenplätzchen, die mir Catrin aus Deutschland geschickt hatte, mitgenommen. Die wurden übrigens geschmacklich als „typisch deutsch" bezeichnet. Dann fiel mir plötzlich Eriko um den Hals, nachdem sie mich fünf Minuten vorher noch angekeift hatte. Danach bestimmten wir durch Lose, wer wessen Geschenk erhält. Das Los mit meinem Namen wurde von Wakaba gezogen. Auf meinem Zettel stand „Eriko". Sie hatte die unterschiedlichsten Dinge zusammengestellt: Lutscher, Wärmekissen, die durch Reiben aktiviert werden und 24 Stunden durchhalten sollen, einen Flummi und ein Furzkissen (typisch Eri! *lach*), das beim ersten Ausprobieren aufplatzte und nun mülltonnenreif ist. Das beste Geschenk wurde mir danach überreicht. Von wem genau, weiß ich gar nicht mehr, weil ich echt baff war. Ein Baton mit

selbst genähter Tasche für den Transport nach Deutschland. In meiner Klasse war dafür gesammelt worden und unser Mathelehrer hatte auch ein paar Yen dazu gegeben. Der Batonclub spendierte dazu eine Schachtel Gummibänder, die man um den Metallstab wickelt. Wahnsinn, oder? Womit habe ich das denn verdient? Ich war – und bin es immer noch – total gerührt.
Okâsan würfelte aus allen möglichen Dingen ein leckeres Weihnachtsessen zusammen, auch wenn wir nur zu viert waren. Takemi ist im Rugby-Trainingslager und Ayaki war zur Juku für die Vorbereitung der Prüfungen an den Unis. Nach dem Essen zauberte Miki eine Sahnetorte herbei, die mit Schoko-Eis gefüllt war. *stopf*
Vor dem Einschlafen konnte ich dann Harry Potter auf Japanisch hören, weil heute, genau richtig, der Brief meiner Eltern mit der mp3-Datei der Hörbuch-CD angekommen war – ein Weihnachtsgeschenk meiner Rostocker Großeltern, das meine Mutti über Amazon-Japan bestellt hatte. Ich brauchte zwar erst mal eine Weile, bis ich die einzelnen Charaktere auseinander halten konnte, weil das Buch nur von einer Person vorgelesen wird. Aber schon nach etwa einer Stunde verstand ich mehr als erwartet.
Meine gute Laune konnte mir heute nicht einmal meine Gastmutter verderben. Als ich ihr überglücklich den geschenkten Baton zeigte, fragte sie erst abschätzig, was das denn sei und nachdem ich es ihr erklärt hatte, verließ sie wortlos den Raum.

Samstag, 25.12.2004

Ich habe es mir gedacht. Es ist Weihnachten und das angekündigte Päckchen mit dem Räuchermännchen für Otôsan und einem Rugbyball der deutschen Nationalmannschaft für meinen Gastbruder ist nicht rechtzeitig angekommen. Was soll man nach sieben Wochen Postweg auch schon erwarten!?! Leicht verunsichert war ich, als ein Häufchen Geschenke vor meiner Schiebetür lag und weit und breit keiner zu sehen war. Als ich dann nachfragte, ob ich sie öffnen darf, erklärte man mich für blöde. Also packte ich sie aus: einen Schal mit dazu passenden Handschuhen, eine Art Tischdecke mit Glasuntersetzerdeckchen und einen duftenden Stoffhasenkopf, weil ich im Jahr des Hasen geboren wurde. Glücklicherweise waren wenigstens die Geschenke für Okâsan und meine Gastschwestern schon da. Ayaki und Miki haben sich über die Silberkettchen mit ihren jeweiligen Sternzeichenanhängern ziemlich gefreut. Für Okâsan hatten meine Eltern eine Obstschale, eine Schüssel und Messer- *ähm* Stäbchenbänkchen aus Bürgeler Keramik nebst zugehörigen Servietten gekauft. Keine Ahnung, ob es ihr gefallen hat … Otôsan versicherte, dass es ihm nichts ausmachen würde, noch ein bisschen auf sein Geschenk zu warten und Takemi ist eh im Trainingslager.
Nachmittags schnappte ich mir meinen Baton und ging zum Tamagawa-Fluss, um ein wenig zu üben. *Merî Kurisumasu!*

Sonntag, 26.12.2004

Miki fuhr mit mir nach Yokohama (*yoko* = breit, *hama* = Küste). Zunächst besichtigten wir gemeinsam das Yokohama Citizens' Disaster Prevention Center (Yokohama Bôsai Center). Der Eintritt ist übrigens kostenlos. Dort werden alle möglichen Naturkatastrophen aufgezeigt bzw. simuliert. Auf Knopfdruck werden Tornados erzeugt oder man kann sich ansehen, welches von zwei unterschiedlich hohen Häusern im Falle eines Falles mehr schwankt. Bei einem leichten

Erdbeben bekommt man in einem sechsgeschossigen Gebäude offensichtlich mehr Probleme als in einem Wolkenkratzer. Bei einem schweren Erdbeben sollte man sich allerdings nicht in der 50. Etage aufhalten, sondern besser im 2. oder 3. Stockwerk, egal in welchem Haus.
Nachdem wir das jetzt also wussten, ließen wir uns die Simulationsräume vorführen. Man veranschaulichte uns, wie sich vermutlich das große Kanto-Erdbeben im Jahre 1923 angefühlt haben mag. Zunächst fielen die kleinen Würfelchen aus dem Regal, dann kippte der „Kühlschrank“ um und bei dem heftigsten Stoß hoben wir mit beiden Füßen gute fünf Zentimeter vom Boden ab. Und das soll Tokyo in den nächsten 30 Jahren erneut bevorstehen? Na dann: Gute Nacht! Während Miki mich noch entsetzt ansah, durften wir uns einem anderen Beben im Liegen aussetzen. Horror!
In einem anderen Raum wird ein Feuerausbruch simuliert. Man soll lernen, sich bei Rauch richtig zu verhalten. Wir bekamen die Aufgabe, den Ausgang zu suchen. Das war gar nicht so leicht, wenn man so verpeilt ist wie wir. Wir kamen uns vor wie in einem Irrgarten. Der Qualm roch nicht gerade angenehm. Mit einem Schal vor dem Mund und in gebückter Haltung probierten wir eine Tür nach der anderen aus und liefen, glaube ich, erst einmal im Kreis herum. Die Museumsführerin belächelte unsere Versuche und meinte dann anschließend: „Wieso? Da sind doch über jeder Tür leuchtende Notausgangschilder angebracht!“ In einer solchen Situation ist man wohl so hektisch, dass man die gar nicht bemerkt. Im Raum Nr. 3 kämpften wir uns durch einen, aufgrund eines Stromausfalls, völlig dunklen Raum und zu guter Letzt probierten wir Feuerlöscher aus.
Nachmittags fuhren wir mit der Bahn zum „Minato Mirai 21“ (Hafen der Zukunft im 21. Jahrhundert). Dort wurde auf aufgeschüttetem Land das höchste Haus Japans gebaut. Der Landmark Tower ist 296 m hoch und besitzt 70 Etagen. Allerdings ist alles so zugebaut, dass ich mich von den riesigen Häusern und tausenden von blinkenden Lichtern richtig erdrückt fühlte, auch wenn die Architektur interessant war. Sehr futuristisch. Und tolle Kanaldeckel haben sie dort! *zwinker*

Montag, 27.12.2004

Meine Gastmutter schlug heute Abend die Zeitung auf und meinte so zu sich selbst: „Jetzt gibt es schon 20.000 Tote.“ Ich glaubte, mich verhört zu haben und fragte daher noch mal nach. Plötzlich fauchte sie mich an: “Liest du keine Zeitung? Ich habe sie doch extra auf dem Tisch liegen lassen!“ Natürlich lese ich die japanische Zeitung nicht, weil ich sie nicht lesen kann. „Zu den Überschriften und Katakana wird es doch wohl reichen.“ Ich kann mir doch nicht täglich die Zeit nehmen die ellenlangen Kanjiverbindungen in den Überschriften zu enträtseln und lese mir daraufhin die Katakana im Text durch und verstehe somit den ganzen Text!!! Was hat sie denn für Vorstellungen??? Selbst kein einziges Wort Englisch sprechen, aber mir Vorwürfe machen ... Dabei gibt selbst Arisa zu, die Reportagen nicht vollständig lesen zu können. Ich sagte „ja“ und beließ es dabei. Es muss wohl ein verheerendes Erdbeben mit anschließendem Tsunami im Indischen Ozean gegeben haben. Aber sie kann es nicht lassen! Beim Abendessen versuchte sie mich wieder zu provozieren. Ich solle mir überlegen, ob ich mich nicht mal anstrengen und etwas für meine Freunde tun möchte. Ich krieg ´ne Krise mit der Frau! „Das tue ich jeden Tag.“ – „Ach ja? Was hast du denn zu Gunsten deiner Freunde getan?“ Warum fragt sie, wenn es sie sowieso nicht interessiert? Sie will nie wissen, was ich in der Schule erlebe und sie merkt sich nicht einmal die Namen meiner beiden besten Freundinnen in Japan. Dann soll sie sich bitteschön raushalten und zwar ganz. Außerdem hasse ich diesen permanent unterstellenden Unterton und antwortete auf ihre Frage mit: „So einiges.“ – „Du hast die Frage nicht richtig verstanden! Was tust DU für deine Freunde und nicht was tun deine Freunde für DICH!“ – „So einiges.“ Wer weiß, welche bösen Eigenschaften sie jetzt wieder an mir feststellt? *grins*

Dienstag, 28.12.2004

Juhu, jetzt bin ich ein Wagamama mit Fahrkarten für den Shinkansen nach Kyoto. Okâsan meinte: “Entweder wir fahren mit dem Shinkansen oder gar nicht.“ Das wurde gute 100 € teurer und war so eigentlich auch nicht mit meinen Eltern abgesprochen, aber wenn ich nicht sofort entschieden hätte zu fahren, wäre es wohl nichts mehr geworden … *auweia* Nur die reine Fahrt von Tokyo nach Kyoto kostet schon 27.000 Yen (ca. 193 €), aber da wir nur einen Tag fahren werden, brauche ich wenigstens kein Hotel zu bezahlen.
Ich hatte schon etwas Angst, dass Okâsan den Trip kurz vorher abbläst, wie es ihr in den Sinn kommt. Ganz nach ihrem Motto „Du bist eine Austauschschülerin und daher nicht zum Reisen hier.“ Heute Vormittag hat mich aber meine Japanischlehrerin angerufen und mich damit indirekt unterstützt. Ich versicherte ihr nämlich so laut am Telefon, dass Okâsan es hören musste, dass meine Gastmutter mit mir in die alte Kaiserstadt fahren würde. Keine zehn Minuten nach dem Telefonat entschied Okâsan, die Fahrkarten heute mit mir kaufen zu gehen. Und wie würde sie denn dastehen, wenn sie ihr Versprechen nicht einhält?
Am Bahnhof gibt es zurzeit einen Stand, an dem man traditionellen Neujahrsschmuck kaufen kann, der an die Türen gehängt wird *(Shimekazari)*.
Nach langem Überlegen entschieden wir uns für ein Exemplar mit Bambus und einem Daruma. Was ein Daruma ist, hatte ich bei meiner Ankunft bei Familie Fujiwara schon beschrieben.
Abends rief Okâsan bei Tomita-Sensei an und erzählte ihr, dass ihre Arbeitskollegin die Schwester von Tomita-Sensei sei. Dann gab sie den Hörer an mich weiter. Leider werden wir uns in Tokyo nicht mehr treffen können, denn Tomita-Sensei fliegt morgen wieder zurück nach Deutschland. Sie wollte aber wissen, wie es so in Schule und Familie läuft. Logisch, dass ich da nichts Negatives sagen durfte, wenn Okâsan im Nebenzimmer sitzt, oder?

Mittwoch, 29.12.2004

Oh, erster Schnee!
Aber liegen bleiben wird er nicht lange, denn ich kann immer noch ohne Jacke draußen herumspazieren, ohne zu frieren. Die Flocken, die vor meinem Fenster herumtanzen, haben einen Durchmesser von bis zu 1,5 cm! Und genau zum richtigen Zeitpunkt stand Chi-chan vor der Tür. Es gab eine Schneeballschlacht vom Feinsten und anschließend bauten wir gemeinsam einen Schneemann. Ich wollte wissen, warum er ohne Kopf dasteht und musste feststellen, dass japanische Schneemänner wohl nur aus zwei Kugeln bestehen.
Dann fuhren Otôsan, Okâsan und ich nach Chichibu. Was meine Gastmutter sich auf der Fahrt wieder geleistet hat, verschlägt mir echt die Sprache. Sie glaubte, ich würde schlafen und redete mit gedämpftem Ton auf ihren Mann ein. Ich würde mir von anderen Leuten nichts sagen lassen! Als Beispiel formte sie eine Geschichte nach ihrem Belieben um, die ich heute Chi-chan erzählt

hatte. Sie drehte mir dabei förmlich die Worte im Munde um und so hatte ihre Darstellung mit der eigentlichen Story rein gar nichts mehr zu tun. Wahrscheinlich hat sie wieder nur mit halbem Ohr hingehört und meine Erzählung mit ihrem Bild von mir im Kopf umgewandelt, oder so ähnlich. Aber das ist so mies! Otôsan meinte dazu nur: „Na, und? Da ist sie so wie ich." Daraufhin brabbelte Okâsan irgendetwas Unverständliches. Ich schmunzelte in mich hinein und schlief weiter. Ich finde es nur lächerlich. Sie ist diejenige, die sich täglich mit allen Familienmitgliedern herumzofft und keinen Zentimeter von ihrer Meinung abweicht, egal wie falsch sie ist und wie viele Beweise es gegen sie gibt. Aber mir vorwerfen, ich würde mir nichts sagen lassen. Dabei höre ich mir grundsätzlich erst mal die Meinungen anderer an …
Hier in Chichibu gibt es eine kleine Schicht Schnee, weil das Ferienhaus mitten in den Bergen liegt und es kalt genug ist. Aber davon habe ich heute nichts mehr, weil es draußen dunkel ist. Ich putzte vorhin das Bad, kratzte also die Käfer und Fliegen von der Badewanne und bin ich einer 6 cm großen Spinne begegnet und fast drauf getreten. Wenn dann erst einmal alles sauber ist, wird es bestimmt gemütlich!

Donnerstag, 30.12.2004

Das ist ja nicht zum Aushalten! Meine Gastmutter sägt beim Schlafen ganze Wälder ab. Daher bin ich ungefähr viermal in der vergangenen Nacht von ihrem Schnarchen aufgewacht. Aber wir schliefen bis ca. 11.30 Uhr und damit es nicht zu kalt wurde, lagen wir sogar auf Heizdecken in Lakengröße.
Meine Gasteltern gingen irgendwann einkaufen und brauchten dafür 2 ½ Stunden. Ich beschrieb in der Zwischenzeit zehn weitere Neujahrsgrußkarten und hörte eine Schallplatte nach der anderen an. Danach wollte ich eigentlich spazieren gehen, aber wer weiß, wohin mich mein komischer Orientierungssinn wieder geführt hätte und weit und breit ist hier niemand, den ich im Falle eines Falles nach dem Weg hätte fragen können. Daher drehte ich lieber nur eine kleine Runde, baute einen halben Schneemann *grins* und kehrte dann steif gefroren wieder ins warme Haus zurück. Mein Bedarf an Schnee ist damit gedeckt …

Freitag, 31.12.2004

Es schneite! Und es schneit noch mehr! Ja, es hörte gar nicht mehr auf zu schneien. Der Schnee lag inzwischen schon 10 – 15 cm hoch. Nur noch ein paar Stunden weiter so und wir wären, nach Meinung meiner Gasteltern, mit dem Auto stecken geblieben. Es blieb uns demnach nichts anderes übrig, als nach dem Mittagessen aufzubrechen und im Schneckentempo nach Tokyo zurückzufahren. Sechs Stunden hat die Fahrt gedauert. Hier in Tokyo ist der Schnee allerdings schön matschig. Überall auf der Strecke blieben Autos stehen. Otôsan half zum Beispiel dabei, ein Auto an den Straßenrand zu schieben, weil dieses beim Überholen mitten auf der Straße plötzlich nicht mehr weiterfahren konnte und somit die ganze Straße blockiert hatte.
In dem ganzen Chaos vergaß ich völlig, dass heute der letzte Tag des Jahres ist! Die traditionellen 108 Glockenschläge, die für das Böse im Menschen stehen sollen, habe ich leider nicht gehört. Um Mitternacht wurde auch nicht angestoßen, weil Alkohol für Minderjährige und Austauschschüler sowieso verboten ist. Feuerwerk ist in Tokyo aufgrund der Lärmbelästigung auch

nicht genehmigt. Hm. Wir zählten die letzten zehn Sekunden des alten Jahres herunter und gingen danach schlafen.

Samstag, 01.01.2005

Akemashite omedetto! Frohes Neues Jahr!
Neujahr ist das wichtigste Fest in Japan und nimmt damit einen ähnlichen Platz ein wie Weihnachten in Deutschland.
Schon um 7:30 Uhr hieß es: Aufstehen! Okâsan hatte bereits den Tisch gedeckt. Spezielle Stäbchen und Tischdecken erinnerten an den Jahreswechsel und das beginnende „Jahr des Hahnes“. Wir wünschten uns gegenseitig Gesundheit im Neuen Jahr und stießen mit Reiswein darauf an. Aufgrund des Alkoholverbotes bekam ich auch nur einen Finkennapf zum Befeuchten der Zunge. *grins*
Das üppige Essen *Osechi Ryôri* hatte Okâsan gestern schon vorbereitet: Riesengarnelen, Krabben, Oktopus und einige traditionelle Speisen, die ich bisher noch nie gesehen, geschweige denn gegessen hatte, waren in runden, stapelbaren Lackschüsseln angerichtet und auf dem ganzen Tisch verteilt worden. Natürlich gab es auch Eier und Sushi.
Nach dem Frühstück fuhren alle Familienmitglieder im Auto zur Mutter meiner Gastmutter nach Saitama. Nur Ayaki konnte nicht dabei sein, denn sie lernt wirklich täglich für ihre Aufnahmeprüfungen an den Unis. Als wir ankamen, waren zwei Schwestern Okâsans mit ihren jeweils beiden Kindern schon mit den Vorbereitungen für das geplante Familienessen beschäftigt. Das Haus war voller Gäste und alle wuselten durcheinander. Die Eltern meiner Gastmutter sind früher auch beide Lehrer von Beruf gewesen, aber gesundheitlich leider nicht mehr so ganz gut drauf. Dabei soll meine Gastoma erst Mitte 70 sein. Mein Gastopa kann alleine schon kaum noch laufen und nicht mehr sprechen. Meine Uroma in Rostock ist da mit ihren 85 Jahren jedenfalls hundertmal so fit.
Das große Futtern ging also weiter und zog sich über den ganzen Nachmittag. Nebenher schauten wir fern. Dabei kam es zu einem herrlichen Missverständnis: Der Moderator stellte zwei Sportler vor und fügte hinzu, dass sie Würste *(sôsêji)* seien. Alle um den Tisch rum kriegten einen Ruck und plötzlich lachte meine Gastschwester los. „Sie sind nicht Würste, sondern Zwillinge – *souseiji*“ Das sorgte für viel Heiterkeit.
Eine weitere Schwester Okâsans kam mit ihren beiden Kindern zu Besuch.
Dann wurde *Otoshidama* (Neujahrsgeld) verteilt. Es ist eine Tradition in Japan, zu Jahresbeginn an Kinder Taschengeld zu verschenken. Jede Familie verteilte also ihre Geldgeschenke in speziellen kleinen Kuverts an die Kinder der anderen Familien. Es sind für mich – Achtung, nicht neidisch werden! – 25.000 Yen (ca. 180 Euro) zusammengekommen. Dankeschön!
In fünf Tagen geht es nach Kyoto und damit wurde mir praktisch die Fahrt mit dem Shinkansen dorthin bezahlt. Etwas peinlich ist es mir zwar schon, aber alle meinten halt, ich gehöre zur Familie dazu.
Dafür musste ich es auch mit einem Lächeln hinnehmen, dass ich ständig zum Mittelpunkt der Gespräche wurde. Vor allem nachdem die vierte der fünf Schwestern Okâsans mit ihrem Sohn, der so zwei Jahre älter sein muss als ich, das Haus betreten hatte. Er tat mir richtig leid, denn man forderte ihn ständig auf, sich zu mir und meinem Aussehen zu äußern usw. und natürlich spielten sie das Spiel auch mit mir. So ein blöder Verkupplungsversuch.

Wir kamen total genudelt kurz vor Mitternacht wieder zu Hause in Komae an. Dort wartete pünktlich ein Stapel *Nengajô*'s (Neujahrsgrußkarten) auf uns. Für mich waren auch acht dabei! *glücklichsei*

Sonntag, 02.01.2005

Das Fressfest geht weiter. Die Trauzeugen meiner Gasteltern sind mit ihren drei Söhnen im Grundschulalter und einer einjährigen Tochter zu Besuch erschienen. Da kam Leben in die Bude. Das Baby brüllte immer los, wenn Otôsan auch nur in die Nähe kam, worüber sich alle lustig machten. Die Gäste interessierten sich sehr für meine mitgebrachten Fotos aus Deutschland und stellten viele Fragen.
Keine Ahnung, was meine Gastmutter jetzt für eine Phase durchmacht, denn sie lobt mich nun andauernd. Mein Japanisch wäre fast perfekt und man würde kaum noch hören, dass ich Ausländerin bin und der Präsident meines Komitees hätte gesagt, dass ich sogar Klavier spielen könne … Vielleicht hat sie von ihrer Familie gestern gesagt bekommen, dass ich soooo schlimm nun auch wieder nicht bin? Oder sie hat einfach ein schlechtes Gewissen, weil sie mir tagtäglich so viel Desinteresse entgegenbringt, während ich mich mit ihrem Besuch stundenlang unterhalten kann? Na, dann warten wir mal ab, wie lange dieser Zustand so anhält. Vielleicht ist sie auch einfach nur besser drauf, weil sie sich schon zwei Tage lang nicht mit Otôsan gestritten hat. Ich kann mir nicht vorstellen, dass sie wirklich glücklich ist. Der Tonfall, in dem mein Gastvater immer mit ihr spricht, würde mich auch ausrasten lassen. Er mault nämlich an allem nur rum. Diesen Frust scheint sie an mir auszulassen, da ich vermeintlich das schwächste Mitglied der Familie bin. Weil ich da jedoch nicht mitspiele, bin ich die Böse, sie sich nichts sagen lässt und immer nur an sich selber denkt …

Montag, 03.01.2005

Nach dem Frühstück, das praktischerweise gleich mit dem Mittagessen zusammengelegt wurde, spielte Miki mit den Gastkindern Rugby. In dieser Zeit übte ich mit dem Baton. Das Tolle ist, dass man in Japan nicht blöd angemacht wird. Auffällig geglotzt wird ebenfalls nicht. Wenn man in Berlin Joggen geht, werden einem fast immer „Boh, ist die lahm“ oder „Wie sieht 'n die aus“ oder ähnlich qualifizierte Sprüche hinterher geworfen. Nicht so in Japan. Man kann sogar im Trainingsanzug zum Sushi-Essen gehen, ohne dass es jemanden stört. Hach, wird mir das fehlen.
Abends kam ein Freund meines Gastvaters zu Besuch. Später holte er seine fünfzehnjährige Tochter vom Bahnhof ab, die mich gerne kennen lernen wollte. Wir alberten herum und irgendwann kam sie auf die Idee, die Gesichter auf den japanischen Geldscheinen zu verunstalten. Dazu muss man die Scheine an bestimmten Stellen knicken und wenn man sie dann auf Augenhöhe hält und dabei etwas kippt, fängt das Gesicht an, zu grinsen oder zieht die Mundwinkel nach unten. Ich habe durch Zufall sogar hinbekommen, dass ein Auge scheinbar größer wurde als das andere. Mit unseren Euroscheinen geht das ja leider nicht.

Dienstag, 04.01.2005

Morgen geht es endlich nach Kyoto. Heute habe ich beschlossen, in welcher Reihenfolge ich welche Sehenswürdigkeiten abklappern will, recherchiert, wie viel der Eintritt kostet und welche Öffnungszeiten es gibt usw. Schnell noch ein paar Batterien für den Fotoapparat (er frisst sie förmlich) gekauft und den Speicherchip ausgewechselt. Jetzt kann es losgehen. Da bleiben sogar noch zwei Stunden zum Batonüben übrig.

Mittwoch, 05.01.2005

Kyoto!
Um sechs Uhr aus dem Bett gequält, dabei bin ich erst gegen zwei Uhr eingeschlafen. *gähn* Der Shinkansen fuhr pünktlich um 7.30 Uhr vom Bahnhof Tokyo ab. Er saust direkt am Fujisan vorbei. Und mit direkt meine ich, dass man den Fuß des Berges sieht und keine anderen Hügel die Sicht versperren. *staun* Wir kamen pünktlich 2 ½ Stunden später in Kyoto an.
In Reiseführern wird immer von der „alten Kaiserstadt mit viel Kultur" geschrieben, aber wenn man mit dem Shinkansen dort ankommt, sieht es auf den ersten Blick kaum anders als in Tokyo aus. Das hatte ich mir irgendwie anders vorgestellt, „schöne alte Stadt" eben. Mich erwartete eine moderne Großstadt mit einem Meer von Häusern, Hotels und Supermärkten, die aus Platzmangel einfach direkt um die Tempel, Schreine, Schlösser und Gärten herum gebaut wurden und sich architektonisch irgendwie nicht richtig in mein Bild fügten.
Also machten wir uns auf den Weg, um nach den Inseln der Vergangenheit zu suchen. Am Bahnhof, der übrigens super modern ist, kann man für 500 Yen eine Tageskarte für alle Busse kaufen. Es gibt zwar auch ein U-Bahnnetz in Kyoto mit zwei Linien, aber mit dem Bus kommt man wahrscheinlich schneller an sein Ziel. Wir fuhren zuerst wie geplant zum *Nijôjô* und sahen uns die Empfangshallen der Burg, die im Jahre 1603 von Shôgun Tokugawa Ieyasu errichtet wurde, an. Das Schloss selbst existiert nicht mehr. Die Audienzräume sind mit Malereien und Schnitzereien verziert. Jeder Raum diente einem anderen Anlass. So werden manche nur zu bestimmten Jahreszeiten betreten oder sind für Männer bzw. Frauen verboten. In den Zimmern befinden sich Tatamimatten und eben die kunstvollen Wände, auf denen Bäume, Pfaue usw. abgebildet sind. Berühmt ist der so genannte Nachtigallenflur, dessen Dielenbretter beim Betreten zwitschern, weil dort Nägel so eingebaut wurden, dass sie aneinander reiben und somit quietschen. Es ist zwar ein angenehmer Ton, der Eindringlinge aber abschrecken soll, weil man sie schnell entdeckt. Den dazugehörigen Garten durchquerten wir auch noch schnell, aber er bietet im Winter natürlich nicht viel.
Den Gegensatz dazu bildet der Japanische Garten des *Ginkakuji*'s (silbernen Pavillons), den wir als nächstes besuchten. Der Shogun Yoshimasa wollte zu Ehren seines Großvaters den Pavillon eigentlich mit Silber verkleiden lassen, aber letztendlich fehlte ihm aufgrund eines Krieges das nötige Geld dafür. Die Anlage rund um den Tempel beinhaltet einen Trockengarten, in dem aus weißem Sand ein Kegel geformt wird, der den Fujisan symbolisiert. Rings herum wird der Sand wellenförmig geharkt. Ich habe mal irgendwo gehört, dass man eine Lizenz zum Harken dieser Gärten braucht und fand das sehr amüsant. Wenn ich mir jetzt allerdings vorstelle, diesen Kegel so perfekt formen zu müssen ... Da würde bei mir wahrscheinlich ein Ei mit Dellen herauskommen, oder so. Da der Ginkakuji an einem Berghang errichtet wurde, wurde der Garten mit seinen Bäumen und kleinen Seen dem Gefälle angepasst. Wenn man die Treppen langsam

hinaufsteigt, kann man Kyoto von oben sehen. Der Ginkakuji liegt am nördlichen Ende des Philosophenweges *(Tetsugaku no michi)*, der in den meisten Berichten über Kyoto erwähnt wird. Da ich mir den Tempel *Nanzenji* ansehen wollte, der am südlichen Ende des Weges liegt, beschlossen wir, dass wir das Stück ruhig laufen könnten. Im Winter kann man sich das echt sparen, weil die Kirschbäume, die entlang des Kanals gepflanzt wurden, ziemlich trist aussehen und sich weit und breit keine Menschenseele befindet. Na, jedenfalls kamen wir schneller an als erwartet und so schoben wir den Besuch des Tempels *Eikandô* noch ein. Dort kann man *Mikaeri-Amida*, einen rückwärtsschauenden Buddha, besichtigen, den Japaner immer als etwas Besonders bezeichnen. Viel eindrucksvoller ist aber die Halle, in der er sich befindet. Plötzlich kam uns eine Oma entgegen und forderte uns auf, von ihrem Wasser zu trinken, das durch die Gottheiten gereinigt wurde. Dann stellte sie mir mit in noch nie gehörtem Japanisch Fragen und als ich sagte, dass ich sie nicht verstehe, weil ich Ausländerin bin, schaute sie mich verdutzt an und redete weiter auf mich ein. Sie konnte sich anscheinend nicht vorstellen, dass es andere Länder als Japan gibt … Ihr Sohn bat sie, mich in Ruhe zu lassen. Okâsan meinte später, dass die alte Frau wohl zu viele Gottheiten im Kopf hätte und grinste.
Mittlerweile war es bereits 15 Uhr, der kleine Hunger kam und da wir schon fast den *Nanzenji* erreicht hatten, ließen wir uns zu *Yudôfu* (gekochtem Tofu) verleiten. Das ist nämlich eine Spezialität der Restaurants in der Umgebung dieses Schreins. Die Brühe, in der sich der Tofu befindet, wird in einem Topf auf dem Tisch erwärmt. Die Kellnerinnen, die die Speisen servieren, haben Yukatas an und knien sich beim Servieren neben den Tisch. *Misodengaku* gab es als Vorspeise. Das ist Tofu auf Spießen, gegrillt mit Misopaste. Keine Ahnung, was ich als Hauptgericht genau gegessen habe, aber es schmeckte nicht schlecht, wenn auch etwas ungewohnt. Die Rechnung wollte ich lieber nicht sehen und Okâsan bestand darauf, alles alleine zu bezahlen. Im Nanzenji, der ursprünglich als Altersruhesitz des Kaisers Kameyama errichtet worden war, aber mehrfach zerstört wurde, schauten wir uns vor allem die Wasserzuleitungsanlage *oh, holy dictionary* an und ich machte für meine Eltern, beide Wasserwirtschaftsingenieure von Beruf, ein paar Fotos, soweit das möglich war. Mit Hilfe des 1890 errichteten Aquädukts aus der Meiji-Zeit wurde Wasser aus den umliegenden Bergen nach Kyoto geleitet. Wir liefen noch ein Stück am Kanal entlang, als ich eine dazugehörige technische Anlage entdeckte. Um sie besser fotografieren zu können, steckte ich das Objektiv meines Fotoapparates durch die dicken Gitterstangen. Plötzlich heulte eine Sirene los. Ich habe fast einen Herzkasper bekommen. Und als ich mich gerade beruhigt hatte, da lief unter der kleinen Metallbrücke, auf der ich stand, plötzlich ein Laufband ruckartig an und ich erschrak abermals heftig. Aber wenigstens wusste ich dann, was den warnenden Signalton ausgelöst hatte. *uff*
Auf das letzte Ziel, den *Kiyomizudera*, freute ich mich besonders, weil ich davon schon tolle Fotos gesehen hatte. Umso größer war die Enttäuschung. Die haben das *Torî* (Tor zum Schrein, das die weltliche von der geistlichen Welt trennt) doch tatsächlich ganz frisch mit knalligem Orange angestrichen und gleich daneben steht die alte, schöne Pagode. Wie kann man nur? Das ist entsetzlich! Meine Gastmutter: „Orange ist im Buddhismus die Farbe der Erleuchtung. Deswegen tragen die Mönche orangefarbene Gewänder, und die orangefarbenen Kois sind so beliebt …“ Ja, ja, mag ja sein, aber mir gefällt der Farbton erst richtig, wenn er schon ein bisschen nachgedunkelt ist und „Alterspatina“ angesetzt hat. So frisch gestrichen wirkte es auf mich eben so aggressiv, aufdringlich und irgendwie fehl am Platze. Dabei gehört der Tempel zu den schönsten Sehenswürdigkeiten Kyotos. Von einer Terrasse hat man einen super Blick über die Stadt. Leider war es heute etwas dunstig. Aber wenn man schon mal da ist, muss man natürlich, wie fast alle Touristen, von dem angeblich heilenden Wasser trinken, das aus einem Wasserfall

Otowa no Taki unter der Haupthalle fließt. *Kiyomizu* bedeutet „reines Wasser". Vielleicht bringt es ja was …
Irgendwie hatte ich für heute genug gesehen. Noch dazu war es kalt, ich fror. Mein rechter Fuß tat weh, nachdem er im Eikandô ein komisches Geräusch von sich gegeben hatte, als wir dort nur in Socken durch die kalten Gänge schlichen.
Wir fuhren daher gegen 17.30 Uhr zum Bahnhof zurück und kauften dort ein paar Mitbringsel. Der Shinkansen fuhr 19.30 Uhr wieder in Richtung Tokyo ab. Als wir nachts zu Hause ankamen, fiel ich todmüde in mein wohlverdientes Bett.

Donnertag, 06.01.2005

Ich habe es befürchtet: Mein Koffer ist zu schwer. Heute sind es „nur" 5 kg zu viel, aber wenn ich mir eine Teeschale mitnehmen möchte und für meine Eltern – na ja, und für mich auch ein wenig – Maccha, wird er noch schwerer. Ich habe meine Siebensachen nämlich schon mal probegepackt. Dann fiel mir ein, dass sich in meinem Spind in der Schule auch noch einige Dinge befinden. So richtig planen lässt sich das alles nicht und wer weiß, ob ich nicht von irgendwelchen Leuten auch noch in letzter Minute irgendwelche schweren Geschenke bekomme. Da muss ich ein Paket wohl jetzt schon nach Hause schicken und ein zweites kurz vor dem Abflug.
Nachmittags, also zwei Stunden nach meinem Frühstück *zwinker*, kam die Mutter meines Gastvaters zu Besuch. Weil ich so ein braves Kind bin und ihr ganz ausführlich und geduldig das deutsche Schulsystem erklärt habe (sie war früher Musiklehrerin in einer Grundschule), gab sie mir ebenfalls ein *Otoshidama* (Neujahrsgeld). Damit sind jetzt nicht nur die Fahrt nach Kyoto, sondern sogar die Eintrittskarten für die Schreine und das Schloss bezahlt. Danke!
In Japan werden die Kinder mit sechs Jahren eingeschult, um dann sechs Jahre lang die Grundschule *(Shôgaku)* zu besuchen. Allerdings kommen 95% der Kinder bereits ab dem dritten Lebensjahr in den Genuss einer Vorschulerziehung. Arisa konnte, als sie eingeschult wurde, bereits einfache Bücher lesen. Ich habe mal einen Bericht im Fernsehen gesehen, wie eine schwangere japanische Mutter einen großen Kopfhörer an ihren Bauch hielt, um das Embryo mit einem vorgelesenen englischen Text zu beschallen, damit das Kind dann später leichter Englisch lernt.
Am Ende der sechs Jahre Grundschule können die japanischen Schüler ca. 1000 Kanjis.
Für die Mittelschulen *(Chûgaku)* gibt es nun Aufnahmetests. Je besser der Ruf der Schule, desto schwerer sind die Aufnahmetests. 3 Jahre Mittelschule sind Pflicht und danach wechseln 96% aller Schüler auf eine Oberschule. Die Clubaktivitäten werden meist erst ab der Mittelschule angeboten und die Schulen sind Ganztagsschulen.
Im letzten Jahr der Oberschule geht dann das große Lernen los, wie man am Beispiel meiner Gastschwester Ayakis sehen kann. Jeder versucht die Aufnahmetests der guten und berühmten Unis Japans besser zu absolvieren als jeder andere. Wer an bekannten Universitäten studiert, hat in der Zukunft eine bessere Aussicht auf einen Job.

Freitag, 07.01.2005

Der siebente Tag im Januar beendet traditionell die ruhige Zeit des neuen Jahres. Zum Frühstück gab es ein Reisgericht *(Nanakusagayu)*, das, wenn ich es richtig verstanden habe, dazu dienen soll, den Magen wieder auf ein normales Essen einzustellen, denn in den vergangenen Tagen wurde extrem viel leckeres Essen gegessen. In dem Brei befinden sich sieben *(nana)* verschiedene Kräuter *(kusa)*, die gut für die Verdauung sind. So wie sich das jetzt anhört, schmeckte es auch.

Samstag, 08.01.2005

Die Schule begann wieder. Wir sahen uns die Zeremonie, die im Versammlungssaal stattfand, auf dem Fernseher in unserem Klassenzimmer an und durften nach einer halben Stunde wieder nach Hause fahren. Die Rede des Direktors war heute auch nur ein Fünftel so lang wie sonst. Er meinte, dass wir uns überlegen sollen, wie wir den Opfern der Tsunamis helfen können, dass Japan so etwas auch passieren kann und dass ab Dienstag die Spendentöpfe durch die Klassen wandern würden.
Ich übte zwei Stunden Baton. Draußen ist ja genug Platz. Als ich später wieder zu Hause war, saß mein Gastbruder Takemi auf dem Boden im Wohnzimmer und bemalte seine Rugbyschuhe mit Tipp-Ex. Es stellte ich heraus, dass morgen ein Wettkampf sein wird und alle Spieler mit blitzblanker Ausrüstung dort ankommen müssen. Nun ist sein Kopfschützer aus Stoff, aber schon mehrere Jahre in Gebrauch und daher eher braun als weiß. Er lässt sich auch nicht mehr waschen. Demnach wurden alle Tipp-Ex-Fläschchen der Familie zusammengesucht und alles weiß angepinselt.
Noch vier Wochen und es geht ab nach Hause.

Sonntag, 09.01.2005

Ich traf mich mit Ruria in Kichijôji. Wir wollten uns um 13.30 Uhr einen Film ansehen: Den neuen Anime vom Hayao Miyazaki, der auch bei *Sen to Chihiro no Kamikakushi* (Chihiros Reise ins Zauberland) Regie geführt hat. Ich war gespannt, ob ich den Inhalt auf Japanisch verstehen würde. Als wir im Kino ankamen, waren bereits alle Plätze ausverkauft und nur noch Karten für Stehplätze zu haben. Daher besorgten wir uns welche für die 16 Uhr Vorstellung. Der Kartenverkäufer gab uns den Tipp, uns etwa eine Stunde vorher anzustellen, damit wir einen Platz abbekommen. Die Sitzplatzkarten sind nämlich nicht nummeriert und der Kauf einer solchen Karte garantiert keinen Kinosessel. Wer eine Karte hat, aber zu spät kommt, kann sich hinten zwei Stunden lang hinstellen. Und das bei Eintrittspreisen von ca. 15 Euro.
In der Wartezeit suchten wir Purikura-Automaten. Es gibt jetzt neue mit anderen Motiven und wenn man ein Thema wählt, wird man in einen Minifilm eingebaut. Zum Beispiel schwimmen Fische durch das Bild auf dem Monitor oder von links rennt ein Affe ins Bild. Lustig, lustig. Sogar Purikura mit bunten Hundehaufen als Rahmen gibt es nun. Das ist doch ein deutliches Zeichen, dass ich schon zu lange in Japan bin – wenn ich schon merke, wenn die Purikuraautomaten umprogrammiert werden. *grins*
Auf dem Rückweg zum Kino fiel mein Blick auf ein Poster vor der Polizeiwache, auf dem eine Frau mit Judokleidung und schwarzem Gürtel abgebildet ist. Ich erzählte Ruria, dass ein Freund in Deutschland gerade die Prüfung zum 1. Dan bestanden hat und mich gebeten hatte, ihm einen „echten" Gürtel aus Japan mitzubringen. Ruria fand es anscheinend extrem belustigend, in der Wache danach zu fragen und kicherte schon los, als der Polizist wissen wollte, wie er uns helfen

kann. So eine ungewöhnliche Frage haben sie dort sicher noch nie gehört: „Entschuldigen Sie, können Sie uns bitte mal sagen, wo man einen schwarzen Judogürtel kaufen kann?“ Aber: Japanische Polizisten lernen Judo zur Selbstverteidigung, um den Gebrauch von Waffen zu minimieren, und wir hatten offensichtlich einen *Jûdôka* getroffen, denn er erzählte uns eine Viertelstunde lang und fast ohne Atem zu holen, welche Unterschiede es gibt, wo sich die entsprechenden Läden befinden und wie viel es kosten wird. Man kann sich alle möglichen Farben für die Schriftzeichen aussuchen, die ganz nach Wunsch aufgestickt werden. Ich könnte also „Florian ist doof“ in Kanji draufsticken lassen, oder so. *hinterlistig lach* Wenn man den Gürtel viel benutzt, kommt unter der schwarzen Farbe an der Stelle, wo der Knoten gebunden wird, normalerweise etwas Weißes zum Vorschein kommen. Es soll aber auch Gürtel geben, die dort dann lila oder rot werden. *staun* Es stellte sich wieder einmal heraus, dass die Polizisten in den *Koban*'s (Polizeiwachen) in Japan alle möglichen, unmöglichen oder noch so dämlichen Fragen gerne beantworten. Man stelle sich diese Situation in einer deutschen Polizeiwache vor …
Aber zurück zum Kinobesuch: Der Film heißt auf Japanisch *„Hauru no ugoku Shiro“*, wobei Hauru ein Name ist, *ugoku* „sich bewegen“ und Shiro „Schloss oder Burg“ heißt. Wie der Film auf Deutsch heißen wird, weiß ich nicht. Ich gebe mal eine Vermutung ab: „Haurus wandelndes Schloss“ und bin gespannt. Er lief 2004 in Venedig auf einem Filmfestival unter dem Titel „Howl's Moving Castle“ und soll im Sommer 2005 auch in den deutschen Kinos starten. Der Film ist inhaltlich nicht gerade leicht verständlich, was mir Ruria und später auch Miki bestätigten und lässt am Ende ziemlich viele Fragen offen. Ich glaube, ich muss ihn mir noch mal auf Deutsch ansehen. Zwar glaube ich, das meiste verstanden zu haben, aber manchmal bin ich gedanklich einfach nicht hinterher gekommen. Von Ruria hörte ich auch manchmal ein: „Hä?“ und sah einen verwirrten Gesichtsausdruck. Na, wie auch immer. Es gab u.a. ein sprechendes Herdfeuer, ein wanderndes Schloss und viele weitere gut animierte Details. Die Geschichte handelt von der achtzehnjährigen Sophie, einer braven Hutmacherin, die per Zufall den Zauberer Hauru kennen lernt und sich in ihn verliebt. Deshalb wird sie von einer bösen, auf sie eifersüchtigen Hexe mit einem Fluch belegt. Verwünscht findet sich Sophie im Körper einer Neuzigjährigen wieder. Sie zieht aus in die Ferne, um Hauru zu finden und um den Fluch, der auf ihr lastet, rückgängig zu machen …

Montag, 10.01.2005 ***Seijin no Hi (*****Tag der Volljährigkeit)**

Heute ist in Japan ein gesetzlicher Feiertag, der am zweiten Montag im Januar begangen wird – was zugleich ein langes Wochenende beschert. Jungen und Mädchen, die im vorangegangenen Jahr 20 Jahre alt geworden sind, feiern an diesem Tag ihre Volljährigkeit. Sie dürfen nun zur Wahl gehen, jetzt offiziell rauchen und Alkohol trinken. Den Führerschein hingegen kann man wie in Deutschland schon mit 18 Jahren machen. Die Mädchen tragen fast alle einen Kimono in hellen, bunten Farben mit langen Ärmeln, den *Furisode*, einem Merkmal für unverheiratete Frauen. Die meisten jungen Männer dagegen ziehen eher einen dunklen Anzug an und keinen traditionellen *Hakama* (ein weiter Männerhosenrock) mehr. An diesem Tag trifft man alle Gleichaltrigen der Gegend und somit auch viele ehemalige Mitschüler. Und weil man erwachsen wird, feiern viele am liebsten im Disneyland mit Mickey auf den Gruppenfotos. Das aber nur mal so am Rande bemerkt. *kopfschüttel*
Meine Gastschwester wurde zwar auch 20, entschloss sich aber, an diesem Tag lieber mit ihren Freundinnen etwas zu unternehmen als sich die staatlichen Reden bei der Zeremonie anzuhören.

Sie kennt wahrscheinlich niemanden in der näheren Umgebung, weil sie eine Schule in einem anderen Stadtteil besucht hat und Yamamotos inzwischen auch noch umgezogen sind.
Ich bin kurz zum Bahnhof gelaufen, um endlich meine restlichen Neujahrsgrußkarten einzustecken. Da versammelten sich gerade alle Kimonoträgerinnen. Japanerinnen finden gerade Pelzkragen an den Kapuzen modisch. Das ist besonders in vollen Bahnen ziemlich unangenehm, weil man ständig den unechten Flausch unter die Nase gehalten bekommt. Ich weiß nicht, ob dieser Kragen (oder ist es in diesem Fall eher ein Schal) traditionell zum Kimono gehört, er passt absolut nicht dazu und setzt sich aber leider durch.

Dienstag, 11.01.2005

Ich habe heute zum ersten Mal Bilder der Tsunamis vom zweiten Weihnachtfeiertag im Fernsehen in der Schule gesehen. Bisher habe ich ja nur Zeitungsberichte lesen können und ein paar vereinzelte Fotos gesehen. Es ist so grausam und meine Eltern hatten seit Anfang Dezember mit dem Gedanken gespielt, in ihrem Urlaub im Januar nach Sri Lanka zu fliegen und sie wollten ein Last Minute-Angebot nutzen … Auf die Idee, den Fernseher im Klassenzimmer zu benutzen, bin ich bisher gar nicht gekommen. Was sich da für Möglichkeiten bieten. *träum*
Warum fragt meine Gastmutter mich eigentlich nie direkt, wenn sie etwas wissen oder mir etwas vorwerfen will? Es begann mit: „Ich bin auch gerade erst zurückgekehrt.“ In diesem Moment wusste ich, dass sie wissen wollte, warum ich nicht sofort nach Schulschluss nach Hause gekommen war. Ich antwortete mit „Ja“ und sagte nichts weiter. Fünf Minuten später meinte sie im Vorbeigehen, wie zu sich selbst: „Sie ist in letzter Zeit später zu Hause als sonst.“ Auf Fragen, die nicht direkt an mich gerichtet sind, antworte ich lieber nicht. Das führt bloß wieder zu Streit. Auszusetzen hat sie ja immer etwas. Weitere zehn Minuten später fragte sie mich, ob ich denn heute Club gehabt hätte. Ich antwortete wahrheitsgemäß mit „Nein“ und sie wandte sich wieder ihrer Tätigkeit zu. Erst im vierten Anlauf fragte sie offen, warum ich erst gegen 18 Uhr und nicht 1 ½ Stunden früher zu Hause war. Das ist doch eine merkwürdige Art der Kommunikation. In der Vergangenheit hat es in 75% aller Fälle zum Streit geführt, wenn ich zu schnell auf ihre Andeutungen einging. Daher bin ich förmlich gezwungen, so wenig wie möglich Informationen herauszurücken. Sie redet sich eh alles so hin, wie sie es braucht. Am liebsten hätte ich gesagt, dass ich in Schuluniform in einer Karaokebar Harajukus arbeiten war, aber da sie meinen Humor nicht versteht, muss ich ihr ständig erklären, dass ich es ironisch meine. Das ist mir natürlich zu blöd und in vielen Fällen versteht sie es dann immer noch nicht.

Mittwoch, 12.01.2005

Das habe ich jetzt davon. Der Fuß, der seit der Reise nach Kyoto beim Laufen etwas ziept, gab heute ohne Vorwarnung ganz auf. Daher humpele ich ein wenig und morgen habe ich bestimmt einen Muskelkater in den Waden. Aber meiner Gastmutter vorzuschlagen, zum Arzt zu gehen, kann ich mir eh sparen.
Was gibt es sonst so zu berichten? *sich selbst frag*
Yamashita-Sensei bat mich, mir eine Verabschiedungsrede für das gemeinsame Mittwochsbeten der Zweitklässler der Oberstufe auszudenken. Damit habe ich schon gerechnet. Ich spreche lieber vor den Mädchen meiner Jahrgangsstufe, als das jemand auf die Idee kommt, dass ich

mich vor der ganzen Schule verabschieden müsste. Fehlt nur, dass ich heiser werde, wie am Anfang des Japanjahres.
Meine Banknachbarin im Biounterricht hat sich eine Federtasche gekauft, auf der Frauen, im Bikini am Strand liegend, abgebildet sind und „Les magazines femines" steht. Natürlich weiß sie nicht, was da zu bedeuten hat … *drops*
Eri verplant meine letzten Tage in Japan und trifft Absprachen mit allen möglichen Leuten, ohne mich zu fragen, ob ich überhaupt Zeit und Lust habe. Das hört sich so an: „ Am 5. feiern wir in der Schule, am 4. feiern wir bei Yui und ein paar Leute aus der Nebenklasse wollten auch noch etwas mit Dir unternehmen. Am 23. gehen Yui, du und ich ins Kino."

Donnerstag, 13.01.2005

In Tokyo laufen echt Typen rum, sag ich euch. In der Bahn saß mir heute ein älterer Herr gegenüber: extrem aufrecht, sich auf einen geschnitzten Wanderstock stützend, mit einer Pfeife im Mund, dazu noch eine riesige Sonnenbrille tragend. Er hat sich in den 20 Minuten absolut nicht bewegt. Vielleicht nur die Augen, aber die konnte man nicht sehen. Chi-chan und Ayaki haben erzählt, dass sie letztens in der Bahn einem Mädchen mit Baby begegnet sind. Sie hatte eine Tragetasche vor dem Bauch zu hängen und Chi-chan soll gleich *„kawaii"* (niedlich) gebrüllt haben. Bei näherem Hinschauen hatte das Baby aber extrem viele Haare auf dem Kopf und Chi-chan blieb ein weiteres „kawaii" im Halse stecken, denn bei dem vermeintlichen Baby handelte es sich um ein *taadaa* Monchichi. Man hat ja sonst keine Probleme, als im Alter von 17-18 Jahren mit einer Affenbabypuppe durch Tokyo zu laufen …

Freitag, 14.01.2005

Nach dem Musikunterricht wollte ich mir von unserem Sensei noch etwas über Ozawa Seiji erzählen lassen. Wir haben uns nämlich eine DVD mit ihm als Dirigenten der 9. Symphonie von Beethoven angesehen. Seine Art zu dirigieren, gefiel mir außerordentlich gut. Meine Eltern hatten durchs Internet herausgefunden, dass Herr Ozawa 1961 Assistenzdirigent von Leonard Bernstein für die New Yorker Philharmoniker war. *staun* Seit 2001 ist er Musikdirektor der Wiener Staatsoper. Der Musiklehrer hatte leider noch weniger Ahnung als wir. Er wollte mir aber gleich noch ein paar DVDs in die Hand drücken, nur ohne Fernseher zu Hause bringt das wenig. *sich ärger*
In der Mittagspause kam Sachiko zu mir, um mich zu fragen, ob ich nicht Lust hätte mit ihr und mit Nao, ihrer Freundin, ins Kino zu gehen. Ich habe kaum Zeit dafür. Aber seit ich nicht mehr bei ihr zu Hause wohne und ein bisschen Zeit ins Land gegangen ist, verstehen wir uns eigentlich ganz gut.
Nach dem Unterricht übte ich weiter an meiner Kalligraphie. Die Lehrerein hatte mir mitgeteilt, dass ich das Projekt, an dem ich jetzt arbeite, bis zum nächsten Freitag fertig haben muss. Und so schinde ich mich mit dem großen Pinsel und dem ewig langen Blatt Papier. Im Moment erkennt man wahrscheinlich nicht mal die Kanji und ich bezweifele, das jemals auf die Reihe zu bekommen.
Kurz vor 17 Uhr hört man in der Schule täglich eine Durchsage, in der angekündigt wird, dass einer der Lehrer einen Rundgang startet, um alle restlichen Schülerinnen hinauszuschmeißen. Je

nachdem, wer von den Lehrern diese Aufgabe wahrnimmt, flieht man eher gemächlich oder so schnell wie möglich. Am schlimmsten ist eine der Sportlehrerinnen. Sie brüllt uns immer in einem befehlshaberischen Ton an und hält das auch noch für Humor. Selbst Miki und Okâsan machen sich über sie lustig. Von wegen sie sei eine Mumie, oder so.
Mika aus meiner Klasse und ich spielten gerade mit meinem Baton herum, als Hayakawa-the-one-and-only-wall-Sensei an das Glas der Tür klopfte und mich heranwinkte. Sie wollte mich dazu überreden, an einem Redecontest teilzunehmen. Ich habe mich wacker geschlagen und mir nichts aufschwatzen lassen. *puh* Die Zeit bis zur Abreise wird sowieso knapp. Wie stellt sie sich das außerdem vor?

Samstag, 15.01.2005

In meiner Gastschule wurde heute *Karuta* gespielt. Das ist ein traditionelles Kartenspiel, das wohl insbesondere um Neujahr herum gespielt wird. Auf der einen Hälfte der Karten sind, soweit ich das verstanden habe, berühmte Leute abgebildet. Diese Spielkarten werden in einem bestimmten Muster zwischen zwei Spielern angeordnet. Auf der Rückseite dieser Karten stehen kurze Texte. Eine dritte Person bekommt die Aufgabe, die Texte der übrigen Karten nacheinander und in beliebiger Reihenfolge vorzulesen, was dann in einer Art monotonem Singsang geschieht. Die Spieler versuchen nun, beim Verlesen der Zeilen blitzschnell diejenige der ausliegenden Karten aufzunehmen, auf der die zugehörige Fortsetzung des Textes geschrieben steht. Die Meisten kennen die Inhalte größtenteils auswendig, was ihnen einen gewissen Vorteil verschafft.
Ich geriet in diese Veranstaltung, weil der Teeclub für das Karuta Tee und Süßigkeiten spendiert hatte. Ein Mädchen aus dem Teeclub spielte auch mit, war aber leider in der ersten Runde ausgeschieden. Normalerweise geht man dann gleich nach Hause, aber weil sie im Rollstuhl sitzt, muss sie immer warten bis ihre Mutter kommt und sie abholt. Daher wurde eine der Schiebetüren zum Tatamiraum leicht geöffnet, damit ich mich mit ihr unterhalten konnte, um ihr die Wartezeit zu verkürzen und sie nach der frühen Niederlage ein wenig zu trösten.
Und wieder ist eine Woche rum und mir bleiben noch drei Wochen und ein zerquetschter Tag.

Sonntag, 16.01.2005

Die wirklich letzte MEO-Orientation. Ich habe es geschafft, mich zu erkälten und fühlte mich morgens richtig krank. Okâsan meinte, dass man wieder gesund wird, wenn man sich nur genug einbildet, dass alles in Ordnung sei. Typisch.
Bei der Veranstaltung waren zwei Austauschschülerinnen zu Besuch, die vor zehn Jahren als ATS in Japan gewesen waren und damals auf Ayakis Schule gingen. Eine der beiden erzählte, dass sie vor 10 Jahren gerade in die U-Bahn steigen wollte, als die Durchsage kam, dass es Giftgasanschläge auf ihrer Linie gegeben habe. *Horror* Sie hatte die Ansage damals so kurz nach ihrer Ankunft in Japan aber noch nicht verstehen können und war sich der Gefahr somit nicht bewusst.
Danach sollten wir uns für die demnächst ankommenden Austauschschüler ein paar Sätze ausdenken und damit eine Karte gestalten. Das Mädel aus dem Sommercamp, die damals meine Gruppe geleitet hat, ging mir wieder so was von auf die Nerven. Erst forderte sie dazu auf, eine

bestimmte Aufgabe zu erledigen. Während ich nachdenke, quatscht sie mich zu und bevor sie Luft holt, fragt sie, ob ich fertig bin und hält mir das nächste Blatt wedelnd vor die Augen. Dann durfte ich mir anhören, dass wir nicht genügend Zeit hätten und ich mich beeilen solle. Aber wann soll ich mir denn was ausdenken, wenn sie ständig losschnattert und ich mich nicht konzentrieren kann. Endlich hatte ich eine Idee, aber genau in dem Moment wollte sie ein Foto machen. Danach schrieb ich weiter und schon zerrte sie mir das Blatt Papier unter dem Stift weg. Als sie es mir, mitten beim Schreiben des Satzes, entrissen hatte, ist mir der Geduldsfaden, der durch mein Fieber offensichtlich sehr dünn war, gerissen und ich brüllte sie an, dass ich noch nicht fertig bin und von ihrer Herumkommandiererei die Nase voll habe. Das schien sie nun wieder lustig zu finden …
Ich schrieb entnervt auf die sechs Karten für die neuen Austauschschüler schnell jeweils *ganbatte* (viel Erfolg) und bin damit gerade so im Zeitlimit geblieben. Dabei hätten wir durchaus noch einen Augenblick gehabt, um eine gute Idee zu finden.
Danach bereiteten wir *Mochi* (Reiskuchen) zu. Hierzu wird gekochter Reis einer speziellen Sorte – so genannter Süßreis – mit einem großen Holzhammer erst zu einem Brei zerrieben und danach in einem großen, glatten Holzgefäß geschlagen. Der Hammer hat ein ordentliches Gewicht (ein Hammergewicht *haaahaaa*). Mochistampfen ist Knochenarbeit! Ein Glück, dass wir so viele waren, da hat sich jeder ein bisschen verausgabt. Nach jedem Schlag muss der Reisklumpen auch noch gewendet und angefeuchtet werden, damit der Reis nicht am Hammer haften bleibt. Die klebrig zähe Mochimasse wurde von den Volunteers zu kleinen Bällchen geformt, und wir aßen sie später mit Natto, *Anko* (süßes Bohnenmus) oder *Nori* (Seetang).
Anschließend spielten wir Karuta mit Fotos von uns und selbst ausgedachten Texten. Nun waren unsere jeweiligen Gasteltern an der Reihe und hielten eine Rede. In meinem Fall war Okâsan alleine mitgekommen und sollte wahrscheinlich nur Positives über mich berichten. Zunächst ließ sie sich über mein Japanisch aus, weil ihre Familie meine Sprachkenntnisse als gut bezeichnete und dann sah es schon bitter aus. Was sagt man über eine Person, für die man sich nicht interessiert? In ihrer Not meinte sie, ich würde alles ausprobieren und könne gut im Seiza (dieser japanischen Sitztechnik) sitzen. So ein Schrott!
Meine Liaison Person (LP) Kobayashi-san schaltete sich ein und erzählte, dass ich Mitglied im Teeclub sei und ihr beim Bunkasai Tee serviert habe und dass ich Klavier spielen könne.
Zum Ende der Veranstaltung bekamen wir ein Fotoalbum mit Bildern aller Orientations geschenkt und in einer Gesprächsrunde letzte selbstverständliche Hinweise, wie: „Räumt eure Zimmer am Ende ordentlich auf und verschickt Pakete von eurem eigenen Geld.“ Und nach einem letzten Lied war endlich Schluss.
Baibai, Tokyo tama.

Montag, 17.01.2005

Ruria schenkte mir einen Schlüsselanhänger mit einem Minibaton. Wakaba und sie haben jeweils eine Minni Maus, die einen Baton in der Hand hält, an ihre Schultaschen gehängt. Das ist nämlich komischerweise nicht verboten. Was es in Japan nicht alles so zukaufen gibt!
Die Kalligraphielehrerein stellte mir nachmittags einen 1,8 Liter-Bottich mit schwarzer Farbe auf den Tisch und legte einen 20 cm hohen Stapel Papier daneben. Sie kam alle halben Stunden in den Klassenraum, um mich beim Kanjischreiben zu berichtigen und zu beruhigen. Ich hätte den Pinsel am liebsten manchmal vor Frust in der Mitte durchgebrochen. Und wenn sie dann

noch daneben steht und mir erzählt, dass die Striche an manchen Stellen zu dünn oder zu dick sind, während ich aber finde, dass ich meine Kraft lieber dazu verwende, die Kanjis wie Kanjis aussehen zu lassen …

Dienstag, 18.01.2005

Oh, ein Brief von Yukako aus Amerika lag für mich im Briefkasten. So ein umgangssprachliches Japanisch habe ich noch nie gelesen. Die zweite Seite ist auf Englisch geschrieben. Sie scheint inzwischen viele neue Wörter kennen gelernt zu haben und sie auch anwenden zu können, macht aber interessanterweise genau die gleichen Fehler, die die meisten englischlernenden Japaner machen. Im Japanischen gibt es nämlich keine Artikel und entsprechend werden die auch im Englischen vergessen. Ansonsten stimmen „in" oder „at" usw. selten. Aber wer weiß, was ich täglich für einen Müll erzähle. *rot werd*
Sie schreibt, dass an ihrer Schule noch ein Austauschschüler aus Korea lernt, dass die Schultoiletten eklig sind, dass sie zugenommen hat, dass sie sich nachmittags langweilt, weil sie keinen Führerschein hat und somit nicht von zu Hause weg kann, dass sie Stress mit ihrer Gastfamilie hat, weil sie ein anstrengendes Kind und faul ohne Ende sei und, dass sie irgendeinen Typen kennen gelernt hat, mit dem sie zum Ball gehen wird …
Im Matheunterricht wurde ein Test geschrieben. Ich umgehe die Formulierung, dass wir einen Test geschrieben haben, weil ich ja nicht mitgeschrieben habe. Na, jedenfalls ging der Lehrer während der Prüfung aus dem Klassenraum. In Deutschland hätten sofort alle das gleiche Ergebnis. Nicht aber hier, da arbeitet jeder brav für sich weiter.
So gegen 17 Uhr verließ ich die Schule und fuhr mit dem Bus nach Kichijôji. Dabei hörte ich Musik, weil Eri mir die neue CD von Orange Range geborgt hatte. Es fiel mein Blick auf eine Frau, die auf einem der Behindertenplätze saß. Sie starrte mich nämlich mit großen Augen an, wie ich es in Japan sonst nur von kleinen Kindern gewohnt bin. Beim zweiten Hinsehen hatte sie ihre Augen immer noch nicht von mir abgewandt, aber mir blieb dafür fast das Herz stehen: Es war die grausame Sportlehrerin und ich hatte *uaaa* Kopfhörer auf. Ich grüßte sie freundlich und tat, als ob nichts wäre. Hoffentlich rennt sie nicht gleich zu Ito-Sensei und petzt. Ich lasse mir sowieso nicht verbieten, auf dem Schulweg Musik zu hören, möchte aber eine Grundsatzdiskussion in den letzten Tagen vermeiden.

Mittwoch, 19.01.2005

So, das war's. Bei 38,2°C Fieber schwächelt mein Einredungsvermögen, dass ich im Prinzip gesund sei. Okâsan gestattete mir einen Tag zu Hause zu bleiben. Morgen muss ich unbedingt wieder zur Schule, weil ich die geschriebene Verabschiedungsrede korrigieren lassen möchte. Außerdem muss mein Kalligraphieprojekt bis übermorgen fertig sein.

Donnerstag, 20.01.2005

Okay, es geht mir wieder besser. So ein Tag mit viel Ruhe wirkt Wunder.

Langsam fängt das Kalligraphieprojekt an, Spaß zu machen. Ich brauche nicht mehr ständig auf die Vorlage zu sehen, auch die Form der Kanjis und sogar die Strichstärke stimmen größtenteils. Nur bleibt mir für das letzte Kanji meistens nicht genügend Platz, weil ich das zweite und dritte Kanji häufig eine Winzigkeit zu groß schreibe. Na, jedenfalls verzweifele ich nicht mehr. Morgen habe ich noch zwei Stunden.
Meine Klasse übt zurzeit jeden Nachmittag fürs Chorfest. Ich bin immer wieder ganz verwundert darüber, wie man so viele Stunden brauchen kann, um ein einziges Lied einzustudieren. Das ist echt so pingelig. Alles muss 100-prozentig so eingehalten werden, wie es in den Noten steht, auch wenn von Leuten aus der Klasse viel bessere Vorschläge bezüglich der Dynamik kommen. Die kann nämlich noch so vorgabengetreu sein, wenn der Alt die Töne nicht trifft. Das was die anderen Klassen so singen, hört sich dagegen teilweise schon richtig gut an. Ich wurde gebeten, den Liedtitel und die Klassenstufe auf ein großes Blatt Papier zu schreiben. Das macht wohl jede Klasse und daran wird am Chorfesttag das Programm erläutert.

Freitag, 21.01.2005

Im Kalligraphieunterricht suchte ich mit der Lehrerin zusammen das gelungenste Werk aus. Dabei achteten wir vor allem auf die Balance der Schriftzeichen und den Gesamteindruck.
Dann fand mein selbstgeritzter Stempel Anwendung. Jetzt wird meine Lehrerin das lange Blatt auf einen grünen Tonkarton kleben und einen Holzstab daran befestigen, damit es zusammengerollt oder aufgehängt werden kann. Mensch, ich bin richtig stolz, dass ich diese Aufgabe so gut bewältigt habe. Ich hätte ja nie gedacht, dass meine Schriftzeichen auch nur annähernd so aussehen würden, wie die Vorlage der Lehrerin.
Nach dem Unterricht begegnete ich Hayakawa-Sensei. Sie ist überall … Sie schien glücklich, mich zu treffen und meinte, mich bereits über das Lautsprechersystem gerufen zu haben. Ohne mir zu erzählen, worum es ging, zerrte sie mich in einen freien Raum und forderte mich dort auf, mir schnell eine Rede fürs gemeinsame Beten am kommenden Mittwoch auszudenken. Ich berichtete ihr, dass ich die schon längst fertig geschrieben habe und sie von meiner Japanischlehrerin sogar schon korrigiert ist. Sie meinte, ich solle den Text holen gehen. Vorher hatte sie mir eine Teeschale in die Hand gedrückt und mir versichert, dass ihre Mutter zu Hause so viele besitzt, dass diese gerne eine für mich rausgerückt habe. Über das Geschenk freute ich mich natürlich und mir blieb so nichts anderes übrig, als wenigstens guten Willen zu beweisen. Und es kam, wie es kommen musste: „Willst du denn darin nicht auch was über die Berliner Mauer sagen?“ Wie soll das zu meiner Dankesrede passen? In einer ewig dauernden Diskussion versuchte ich es mit der Mitleidsnummer: Ich hätte absolut keine Zeit und noch so viel um die Ohren. Damit habe ich sie letztendlich abgewimmelt. Sie erklärte mir, dass sie früher nicht viel von Deutschland gehalten hätte (wegen Hitler, der Mauer und so), aber weil sie mich kennen gelernt habe, sähe ihr Deutschlandbild jetzt anders aus und sie würde ernsthaft darüber nachdenken, demnächst eine Reise nach Deutschland zu machen. Plötzlich kam ihr die Idee, mir ihren blauen Kimono zu schenken, den ich leihweise am Tag des Bunkasai getragen hatte. Das konnte ich doch nicht annehmen! Ich bekomme in letzter Zeit sowieso viel zu viel geschenkt und habe, noch dazu unterstützt durch die ewigen Vorwürfe meiner Gastmutter, ständig ein schlechtes Gewissen. Die Teetasse ließ ich sofort in meinem Zimmer verschwinden, sonst hätte Okâsan bloß wieder einen Grund gefunden, mir zu erklären, was für ein schlechter Mensch ich bin …

Samstag, 22.01.2005

Nachmittags traf ich mich mit Tilman in Harajuku, einem Stadtbezirk Tokyos mit vielen Einkaufs- und Unterhaltungsmöglichkeiten, in dem sich vor allem diejenigen treffen, die jung sind und trendy sein wollen. Zurück zu Tille: Er wohnt eigentlich in Potsdam, macht aber seit Anfang August vergangenen Jahres seinen Wehrersatzdienst in Japan. Wir hatten uns über meine Homepage kennengelernt und per E-Mail verabredet. Diesmal wusste ich auch, dass der Bahnhof einen Haupt- und einen Nebenausgang hat. *grins* Wir begossen unser Treffen mit einem Kakao und schwatzen eine Weile. Es war jedenfalls echt interessant, dass unsere Meinungen über Japan und auch Deutschland zu ca. 90 Prozent übereinstimmten. Mit der U-Bahn fuhren wir in die Ginza, weil ich die Straße bisher nur vom Auto aus gesehen hatte. Die Ginza ist eine berühmte Straße mit zahllosen Kaufhäusern und einer Edel-Boutique neben der anderen. Man kann sich zwar absolut nichts leisten, denn hier wird verkauft, was Rang und vor allem Markennamen hat, aber ein Spaziergang kostet ja nichts und ein Muffin war bezahlbar. Und wir konnten in aller Ruhe den Gucci-&-Co-Wahn der Japaner beobachten und über die riesengroße Werbefernsehfläche an einem der Häuser staunen.
Vor einem U-Bahn-Plan trafen wir auf einen ratlosen Amerikaner und Tilman fragte, ob wir ihm helfen könnten. Als er dann dem Amerikaner erklärte, wo er lang gehen muss, bekam ich einen Ruck als ich in das ratlose Gesicht des Amis blickte. Etwas später bemerkte ich, dass Tille nicht in Englisch sondern in Japanisch auf ihn einredete, es aber selber nicht mitbekam. Das sorgte dann echt für Heiterkeit.

Sonntag, 23.01.2005

Gemeinsam mit Eriko und Yui war ich in Kichijôji im Kino. Wir sahen uns „Mr. Incredible“ an. Zu dem Film äußere ich mich in Bezug auf unser Alter mal lieber nicht, aber wir haben ihn auf Japanisch gesehen und somit konnte ich wenigstens etwas lernen. Für Yui und Eri war es wahrscheinlich ganz *kawaii* (niedlich). An dem 31-Icecream-Laden *(Sâtiwan Aisukurîmu)* kamen wir mal wieder nicht vorbei. Dazu gab es noch einen Muffin und Tofudoughnuts!

Montag, 24.01.2005

In der Schule habe ich heute angefangen, meine Mitschülerinnen zu fotografieren. Aber nicht in normaler *Chîzu*-Pose, sondern ich bat jede um eine Grimasse. Daraus möchte ich ein Poster gestalten und es am letzten Tag der Klasse schenken. Das ist eine echte Herausforderung, weil es allen peinlich ist und ich pro Zweierteam vor der Kamera schon mal fünf Minuten brauche, bis sie sich bereit erklären, endlich das Gesicht zu verziehen. Das sind aber nur die fünf Minuten vor der Kamera und nicht die Überzeugungsarbeitszeit, die dahinter steckt, bis sie überhaupt bereit sind, sich darauf einzulassen. Dabei können sie bei Purikura gar nicht schräg genug gucken. Bloß die Batterien meines Fotoapparates gaben irgendwann auf und meine Nerven bald auch. Aber es wäre schon cool, wenn ich es hinbekommen könnte, alle zu fotografieren.

Dienstag, 25.01.2005

Autsch, das gab wieder Zoff zu Hause.
Frau Fujiwara war in die Schule gekommen, um meine Computerstunde für ein gemeinsames Pläuschchen zu nutzen. Sie drängte förmlich darauf, dass wir zusammen noch etwas unternehmen, bevor ich nach Deutschland zurückkehre. Ich weiß ja, wie meine jetzige Gastmutter sich da immer so hat und wollte sie lieber erst fragen, ob sie es mir denn erlauben würde.
Und das tat ich dann auch, aber wie man's macht, macht man's eben falsch. Okâsan meinte, dass es doch schon reichen würde, wenn ich Frau Fujiwara heute gesehen habe und dann bräuchte ich da nicht mehr hinzugehen. Während sich mein Gesichtsausdruck verdunkelte, griff Miki ein und schnauzte ihre Mutter voll, was sie denn dagegen hätte, wenn ich zu Fujiwaras ginge. Plötzlich gab es kein Problem mehr und Okâsan redete sich irgendwie raus, dass sie es so nicht gemeint hätte, bla bla.
Ich packte die Gelegenheit, dass Miki mal zu Hause war und mir eventuell beistehen könne, beim Schopfe und eröffnete Okâsan, dass meine Japanischlehrerin mich zu sich nach Hause eingeladen hat, ich dort auch schlafen könne und am Tag darauf mit ihr eine Mittelschule besuchen darf. Also sprang ich über meinen eigenen Schatten und Okâsan ließ mich prompt auflaufen. Das bin ich aus Deutschland nicht gewohnt. Dort brauche ich nur zu sagen, wo ich hingehe und wann ich ungefähr wieder zu Hause sein werde und schon wird mir viel Spaß gewünscht. Ich kann mich hier damit nur schlecht abfinden, immer alles lang und breit rechtfertigen zu müssen.
Okâsan suchte ewig lange nach irgendeinem Haken, das war so offensichtlich. Sie wollte wissen, warum ich da hin wolle und irgendwann kam die Frage des Abends: Weiß Ito-Sensei von der Sache. Natürlich nicht, weil ich zu dieser Zeit schon längst keinen Unterricht mehr haben werde und weil die einladende Schule eine Mittelschule ist, die Ito-Sensei gar nicht kennt. Demnach wird sie sich dafür vermutlich gar nicht interessieren. Aber das will Okâsan natürlich nicht wissen, wenn sie einen kleinen Grund hat, mir die Sache zu versauen. Sie machte mich wieder auf eine miese Art und Weise an und erneut stieg Miki ein und knurrte ihre Mutter an, was ihr einfiele so mit mir zu reden, obwohl ich etwas Positives vorhabe. Na ja, am Ende des Streits wollte Okâsan unbedingt mit meiner Japanischlehrerin reden. Das ist doch schon mal ein Schritt in die richtige Richtung! Wenn ich meine Gastschwester nicht gehabt hätte …
Ich verstehe das aber nicht! Auf der einen Seite wirft sie mir vor, nichts für andere Leute zu tun und wenn ich das dann vorhabe, will sie mich davon abhalten. Ich gehe doch nicht zu meinem Vergnügen zu dieser Schule, sondern, weil ich darum gebeten wurde.

Mittwoch, 26.01.2005

Schon komisch, dass ich den heutigen Tag überlebt habe, bei der ständigen Adrenalinausschüttung! Schon morgens begann es mit meiner Abschiedsrede vor allen Zweitklässlern meiner Schule. Ich war total aufgeregt und stotterte mir was zusammen, kann ich euch sagen. Dabei stand alles auf meinem Zettel und ich hätte es bloß fehlerfrei abzulesen brauchen. Na ja, es ist in Japan und an dieser Schule ja nicht wirklich ein Problem, wenn man nicht perfekt ist. Ruria und Ran aus meiner Klasse kamen nach meiner Rede zu mir auf die Bühne, um etwas zu meiner Person zu erzählen und mir anschließend eine recht schwere Tüte zu überreichen. Darin befand sich ein Teeset, bestehend aus einer stilvollen Teeschale, einem *Natsume* (Teedose, in die man

den Tee nach dem Sieben aufhäuft, um ihn von da aus mit einem Spatel in die Teeschale zu geben) und das zugehörige Sieb wie auch der Spatel waren ebenfalls dabei. Hayakawa-Sensei hat das Set besorgt und die Zweitklässler hatten dafür Geld gesammelt. Bei mir meldet sich wieder das schlechte Gewissen. Meine Teelehrerin wurde von Hayakawa-Sensei beauftragt, guten Tee für mich zu besorgen und vom Teeclub werde ich am Sonnabend den Teebesen zum Schaumigschlagen des Tees bekommen.
Nach dem Unterricht schleppte man mich mit zu einer Versammlung ins Lehrerzimmer, damit ich auch dort eine Dankesrede halten konnte. Schön, dass man mir das bereits 10 Minuten vorher gesagt hatte. Aber mir ist hier schon lange nichts mehr zu dumm und zu peinlich … Ein bisschen aufgeregt ist man natürlich schon, vor allen Dingen, da Ito-Sensei mich völlig fertig machte, weil sie mehr unter Spannung stand als ich. Sie zottelte ständig an meiner Schuluniform herum und hetzte nervös von einer Stelle zur anderen. Schließlich wird sie dafür verantwortlich gemacht, wenn es Probleme mit mir gibt. Es lief dann aber ganz gut.

Donnerstag, 27.01.2005

Im Japanischunterricht habe ich heute Sprichwörter kennen gelernt, in denen Tiere vorkommen. Das ist echt spannend und manchmal musste ich schon schmunzeln. Manche der Sätze ähneln sehr deutschen Redewendungen. Das ist doch interessant, oder? Na ja, ich gebe mal ein paar wörtlich übersetzte Beispiele:
Beim ersten Satz war das dazugehörige deutsche Sprichwort nicht gerade schwer zu erkennen: „Wenn man einem kleinen Kind eine goldene Halskette schenkt, ist das als wenn man *einem Schwein eine Perle gibt.*“
Dann gab es den folgenden Satz: „Wenn es auf dem Schulweg anfängt zu regnen und dann auch noch die Klamotten dreckig werden, ist das wie *ein Bienenstich im Gesicht.*“
„Der Sohn eines bedeutenden Sumoringers hat einen bedeutenden Kampf im Sumo gewonnen. *Das Kind des Frosches ist ein Frosch.*“ Das hat doch was von: „Der Apfel fällt nicht weit vom Stamm“.
„Ein Bademeister muss vorm Ertrinken gerettet werden. *Auch ein Affe fällt mal vom Baum.*“ Gemeint ist, dass auch ein Spezialist mal Fehler machen kann. In meinem Wörterbuch heißt die Übersetzung ins Deutsche: „Auch ein Meisterschütze schießt fehl.“
A: „Herr Ishidsu hat in einem Fotowettbewerb einen Preis bekommen!“
B: „ Ich wusste gar nicht, dass er sich für Fotos interessiert. *Ein Adler mit Talent zieht seine Krallen ein.*“ Wenn ich das richtig deute, heißt das, dass ein Mensch, der wirklich begabt ist, nicht damit zu prahlen braucht, denn ein Adler ist ein guter Jäger und zeigt es auch aus taktischen Gründen nicht. (Da kann man mal sehen, wie viel man in Sprichwörter reininterpretieren kann!)
„Obwohl es gefährlich ist, Motorrad zu fahren und obwohl gesagt wird, dass es besser wäre damit aufzuhören, hört der Sohn nicht hin, denn es wirkt sich aus wie *ein Gebet in Pferdeohren*“. Das deutsche Pendant dazu könnte „den Mond anbellen“ sein.
„Die Eheleute haben eine Beziehung *wie Hund und Affe.*“ – also quasi wie Hund und Katze.
„Auch wenn ein Hund laufen kann, stößt er gegen einen Stock.“ In meinem Wörterbuch wird es mit: „Auch ein blindes Huhn findet mal ein Korn“, übersetzt. Die Logik erschließt sich mir jetzt nicht unbedingt, oder habe ich da einen Aussetzer?
„Insekten erwachen“, heißt, dass man launenhaft und nervös wird.

Freitag, 28.01.2005

Im Kalligraphieunterricht lernte ich heute traditionelles Buchbinden. Dabei werden mit einer Art spitz zulaufenden Schraubenziehers erst vier Löcher durch die zu bindenden Seiten gestochen. Ich hatte total den Horror, mir das Ding so richtig mit Schwung durch meine Finger zu rammen, die nämlich das Papier festhalten mussten, damit es nicht einfach knickt. Aber als die Lehrerin wegsah, kam ich auf die Idee, einfach den Tisch als Unterlage zu nehmen, anstatt meiner eigenen Hand.
So, geschafft. Danach wird ein Faden in bestimmter Reihenfolge durch die Löcher gesteckt und fertig. Weil Papier in Japan ja anscheinend nicht viel kostet, stellte ich gleich vier Hefte mit je 20 Blättern her.
Heute ging es während der Stunde mal wieder sehr turbulent und disziplinlos zu. Die Kalligraphielehrerin meinte, dass sie in 30 Jahren ihres Lehrerlebens noch nie eine so laute und ungezogene Klasse gehabt hätte. Sie schien echt am Rande der Verzweiflung. Jetzt stellt euch mal vor, ich wäre ein ganzes Jahr in diese Klasse gekommen. Das ist aber zum Glück eine erste Klasse der Oberstufe und ich bin ja nur zum Kalligraphieunterricht hier. Brrrr. *sich schüttel*
Morgen bekomme ich meine fertigen Arbeiten, also den Teller, den Stempel, das Buch, in das ich alle Schriftzeichen eingeklebt hatte und die Papierrolle mit den vier großen Kanjis, die ich letzte Woche beendete.
Nach meiner letzten Musikstunde bekam ich von meinem Musiklehrer einen Fächer, auf dem die Adresse einer Musikuniversität Tokyos steht, geschenkt. Dazu natürlich das japanische Über-die-Wahrheit-Hinausschmeicheln, so von wegen ich wäre bisher die beste Austauschschülerin an der Schule gewesen und so …
Das Musikbuch darf ich auch behalten, aber die blöde Plastikblockflöte gab ich freiwillig wieder zurück.
Überall muss ich mir jetzt spontan irgendwelche Verabschiedungsreden aus dem Hut zaubern. Japaner scheinen sowieso total auf Reden zu stehen! Ich habe hier bestimmt schon über zehn davon halten müssen. Ob das Austauschschüler, die in Deutschland sind, auch tun müssen?
Heute Abend rief Takezawa-Sensei, meine Japanischlehrerin, bei Okâsan an. Ich konnte das Gespräch mitverfolgen, weil Okâsan im Nebenraum saß. Die blanke Scheinheiligkeit am Telefon, doch meine Japanischlehrerin war von mir auf Okâsans Gegenargumente gut vorbereitet und konnte dementsprechend vorbeugen. Am Ende des Gespräches meinte Okâsan dann, dass sie in den Gesprächen mit mir gedacht hätte, dass ich meine Japanischlehrerin aufgefordert hätte, mit mir Tokyo anzusehen, oder so. Also wie immer: Sie hat ihr Bild von mir und und geht davon aus, dass ich danach handle.

Samstag, 29.01.2005

Schon mal Blattgold gegessen?
Heute, an meinem letzten Schultag ist so einiges passiert:
Zunächst wurde ich zum Schulleiter geschickt, um dort eine Urkunde (als Bestätigung, dass ich hier ein Jahr zur Schule gegangen bin) und mein Zeugnis aus dem Japanischunterricht entgegenzunehmen. Man hatte meine Kalligraphie aufgehängt und dann wurde ein Foto für die Schülerzeitung gemacht.

Morgens hatte ich verschlafen und dementsprechend blieb zum Anziehen der Bluse kaum Zeit. Da habe ich mich von oben bis unten jeweils um einen Knopf verknöpft, was bis dahin keinem aufgefallen war. Als aber Ito-Sensei an mir herumzottelte und ich mir wieder eine Bemerkung über meinen viiiiel zu kurzen (altersmäßig durchschnittslangen!) Rock einfing, stellte sie es peinlicherweise fest und bat Yamashita-Sensei, mich doch bitte mal ordentlich anzuziehen. Zum Glück war der Schulleiter da aber noch nicht dabei. Na ja, kann ja mal passieren…

Danach hatte ich eine Stunde Zeit, um mein Schließfach auszuräumen und Mittag zu essen. Tja, und dann begann die Teeclubabschiedsfeier. Ich brauchte heute aber keinen Tee zu servieren, denn man hatte ein paar Süßigkeiten eingekauft und wir quatschten ein bisschen. Nakamura-Sensei, die ältere der beiden Lehrerinnen, fragte mich, ob ich schon mal in einem richtig traditionellen japanischen Restaurant gegessen hätte. Auf meine Verneinung hin nuschelte sie etwas von: „Dort müsste man dich noch essen lassen." Aus Höflichkeitsgründen darf man ja dann nicht darauf einsteigen und so kamen wir wieder vom Thema ab. Noch mal nachfragen darf man in Japan erst recht nicht und so hoffte ich insgeheim die zwei Stunden lang, dass sie ihre indirekte Einladung wiederholen und wahr machen würde.

Und wirklich! Sie tat es! Sie lud die jüngere Teezeremonielehrerin, die beiden engagiertesten Zweitklässlerinnen und mich direkt nach der Veranstaltung zum Essen ein. Zuerst gingen wir alle zusammen zu ihrem Haus, weil sie dort ihre Tasche abstellen wollte. Die Gegend versetzte mich schon in Staunen. Eine Siedlung mit alten japanischen Häusern und ebenso alten Bäumen. Die Lehrerin scheint gleich zwei Grundstücke, jeweils eins auf beiden Seiten der Straße, zu besitzen. Und sogar ein eigenes Teehaus. Schon ihr Vater muss ein berühmter Teelehrer gewesen sein, der sogar Bücher darüber veröffentlicht hat. Sie schenkte mir nämlich eins zum Abschied: „Chanoyu Text" von Sekiou Nakamura.

So eine Mahlzeit habe ich jedenfalls noch nie erlebt! Schon bei dem ersten von fünf Gängen hatte ich Hemmungen, das Kunstwerk, das aus vielen kleinen unterschiedlichen, für mich auch nach Erklärung nicht identifizierbaren Luxushäppchen bestand, in den Mund zu stecken. Weiter ging es mit gerösteten Krabben, die mit Chitinpanzer gegessen wurden. Danach gab es eine Suppe, in der sich eine Reisinsel befand, die wiederum mit Blattgold (!) bestreut war.

Die Serviererin kannte Nakamura-Sensei wohl persönlich und zwischen einem der Gänge wurde meine Kalligraphie herumgezeigt und der Oberkoch persönlich aus der Küche geholt. Ein bisschen stolz war ich da schon. Alles, sogar der Teller und die große Rolle wurden ausgepackt und untersucht.

Dann kam der vierte Gang – die Hauptmahlzeit. Die Pfannen in Holzkisten mit Holzdeckel wurden auf den Tisch gestellt. In ihnen befand sich Reis mit den verschiedensten Gemüsen, dazu eine kleine Suppe. Am Ende wurde der restliche Reis mit etwas Wasser, Lauch und *Wasabi* (grünem Meerrettich) als Suppe gegessen.

Danach begann die jüngere Teelehrerin über ihre Zeit als Studentin zu reden und darüber, dass ihre Uni ja nicht gerade einen der schwersten Aufnahmetests hatte. Nakamura-Sensei fuhr sie an, den Mund zu halten. Betretene Stille …

Und da kam auch schon der Nachtisch: Ein kleiner Mangopuddingwürfel mit Blaubeersauce. Der hat aber geraaaade so noch reingepasst!

Es scheint sich bei Nakamura-Sensei ganz schön etwas an der anfänglichen negativen Einstellung mir gegenüber geändert zu haben, oder? Jedenfalls war das Essen ein echter Wahnsinn!

Am Abend bekam ich noch einen unerwarteten Anruf aus Oita. Anett, bekannt als Higanbana aus meinem Japanjahr-Forum, rief an, um mich zu fragen, ob ich bei ihrer geplanten Hochzeit im März in Deutschland nicht während der Trauung das Übersetzen für ihren japanischen Mann übernehmen könne. Sie selbst darf es nicht tun, braucht also dringend jemanden dafür. HILFE!!! Ich kann das doch nicht!

Sonntag, 30.01.2005

Azusa-chan, die als Austauschschülerin in Deutschland gewesen ist, wollte sich heute mit mir treffen, es schien bei ihr aber etwas dazwischen gekommen zu sein und daher habe ich ein bisschen gefaulenzt, Tagebuch geschrieben und aufgeräumt. Bei einem Drei-Tatami-Zimmer kann man sich anstrengen, wie man will, es sieht immer kramig aus, vor allen Dingen, wenn der Futon schon den halben Raum einnimmt …
Für alle nicht Japanischlernenden wollte ich mir mal Zeit nehmen, die den Wochentagen zugeordneten Kanjis zu übersetzen:

Wochentag	Japanisch	Bedeutung des Kanjis vor yôbi
Montag	Getsu-yôbi	Mond, also Mondtag (Neue Deutsche Rechtschreibung! *grins*)
Dienstag	Ka-yôbi	Feuer
Mittwoch	Sui-yôbi	Wasser
Donnerstag	Moku-yôbi	Baum
Freitag	Kin-yôbi	Metall
Samstag	Dou-yôbi	Boden
Sonntag	Nichi-yôbi	Sonne

Yôbi bedeutet Wochentag. Ich finde es interessant, dass in vielen Sprachen die Sonne für den Sonntag steht. So ja auch bei Sunday.

Montag, 31.01.2005

So, jetzt bin ich wirklich mal über die Tokyoter Rainbowbridge gefahren, nachdem ich es mir vorher zweimal fälschlicherweise nur eingebildet hatte.
Aber von vorne: Ich traf mich mit Familie Fujiwara in Shinjuku. Wir fuhren gemeinsam nach Harajuku, um uns dort den größten Schrein Tokyos, den *Meiji Jingu* (Meiji-Schrein), anzusehen. Vor einem halben Jahr sind wir nur mal kurz ein paar Meter durch den Garten gelaufen und hatten damals beschlossen, den Schrein noch einmal gemeinsam anzusehen. In der Neujahrsnacht soll dort das absolute Tottreten angesagt sein. Es wird schon rumgewitzelt, dass man sich eine Jacke mit großer Kapuze anziehen soll, weil wenn die Leute von hinten Kleingeld werfen, einiges zusammen kommen würde. Eigentlich soll das Geld ja vor dem Beten in die dafür vorgesehenen Behälter geschmissen werden. Aber bei so vielen Leuten ist die Wahrscheinlichkeit sehr gering, dort anzukommen.
In dem Garten rund um den Schrein befinden sich auf einer Fläche von 700.000 m² nicht nur 20.000 Bäume aus ganz Japan, sondern auch das größte hölzerne *Torî* (Torbogen) des Landes, das aus einer 1.500 Jahre alten japanischen Zypresse gebaut worden ist.

Mit der U-Bahn fuhren wir weiter nach Asakusa. Dort sahen wir uns den *Sensôji*, Tokyos spektakulärsten Tempel an. Vor dem Haupttor *Kaminarimon* (Donnertor) stellten sich nacheinander Gruppen von Japanern auf, um sich unter dem großen roten Lampion fotografieren zu lassen. Danach läuft man durch eine Verkaufsgasse, in der traditionelle Artikel verkauft werden. Man kann dort zuschauen, wie die Süßigkeiten zubereitet werden oder wie ein Mann riesige Algen hauchdünn abschabt, um sie genießbar zu machen. Kimonozubehör kann man sich ebenfalls kaufen. Ich bin aber fast in Ohnmacht gefallen, als ich feststellte, dass man für eine Blumenhaarspange zum Kimono mehr als umgerechnet 50 Euro bezahlen müsste.
An einem riesigen Topf mit Weihrauch blieben wir stehen und fächerten uns mit der Hand den Rauch zu. Er soll vor Krankheiten schützen. Hätten wir eigentlich nicht gemusst, denn durch den Wind kam uns sowieso schon eine Wolke entgegen.
Als sich mein Husten wieder legte, sprachen wir vor der Haupthalle ein Gebet. Jetzt bin ich doppelt abgesichert: Sowohl im Shintoismus (im Meiji-Schrein) als auch im Buddhismus (Sensô-Tempel). *grins*
Anschließend fuhren wir mit einem Schiff unter den elf Brücken des Sumida-Flusses hindurch. Von dort aus sieht man eine große goldene Welle auf dem Dach der Asahi-Brauerei. Alle reden immer vom großen goldenen Scheißhaufen *(Kin no Unkô)* in Asakusa. Aber während der Bootstour erzählte man uns, dass es ursprünglich eine Flamme war, die aber dann wegen des zu hohen Risikofaktors einfach gelegt und nicht aufgestellt wurde. Aber über diese Information waren selbst Fujiwaras überrascht!
Nun ja. Schnell noch ein Foto vor Tokyos verkleinerter Freiheitsstatue auf der künstlichen Insel Odaiba schießen. Sie müssen einfach alles kopieren, dachte ich, las aber inzwischen, dass dies auch ein Geschenk Frankreichs war, wie die Freiheitsstatue in New York. Dann fuhren wir über die 798 Meter lange Rainbowbridge mit einer Magnetschwebebahn zum nächsten Bahnhof. Bei Fujiwaras zu Hause aßen wir mit einer ihrer Nachbarinnen Sandwichs und Chips und spielten Mensch-ärgere-dich-nicht.
Dann hieß es Abschied nehmen, denn Fujiwaras werde ich bei meinem jetzigen Aufenthalt vermutlich nicht mehr sehen.
Etwas traurig ist es schon, denn sogar mit Sachiko kam ich am Ende recht gut klar und es war schon eine tolle Gastfamilie, die mich immer unterstützt hat, auch als ich nicht mehr bei ihnen lebte …

Dienstag, 01.02.2005

Ich traf mich nun also wie verabredet mit meiner Japanischlehrerin. Wir fuhren mit der Bahn nach Kawagoe. Die Stadt liegt ca. 40 km nordwestlich von Tokyo und ist in der Edozeit der Wohnsitz hochrangiger kaiserlicher Beamter gewesen. Aus diesen Jahren gibt es noch eine Vielzahl gut erhaltener historischer Gebäude. Bekannt sollen die dort massig angebotenen, unterschiedlichsten Süßigkeiten sein. Es gab u. a. alles an Süßkram für die Teezeremonie, *Anko* (Bohnenmus) und Süßkartoffeln in allen möglichen Farben und Formen. Japaner scheinen hauptsächlich zu verreisen, um die reisezieltypischen Gerichte zu probieren (und sich gegenseitig vor dem Reisebus zu fotografieren *haaahaaa*). Das war mir auf der Hokkaidoreise schon aufgefallen, dass jeder, dem ich von der Klassenfahrt erzählte, mir sofort eintrichterte, dass ich unbedingt Ramen probieren und Krabben essen müsse …

Dummerweise verbrachte in Kawagoe eine Mittelschule gerade ihren Wandertag und daher liefen rudelweise kleine laute Kinder durch die Stadt. Einer guckt mich doch tatsächlich an und brüllt: „Schaut mal, da ist ein Ausländer.“ Er sollte später entsetzt feststellen, dass dieser Ausländer Japanisch kann, was ihm ziemlich peinlich war.
Weil es heute echt kalt war und wir ziemlich schnell durchgefroren waren, fuhren wir gegen 16 Uhr zu Takezawa-Senseis Familie. Sie wohnt bei ihren Eltern, weil sie noch unverheiratet ist. Alle stürzten sich gleich begierig auf mich, um ihre Fragen loszuwerden. Da alle Standardfragen durch meine Japanischlehrerin offensichtlich schon vorher geklärt worden waren, sollte ich u.a. das Heizungssystem in Deutschland erklären. Hier heizen viele Familien mit Petroleum. Zentrale Heizanlagen setzen sich nicht richtig durch. Nach der Erfindung der Klimaanlagen mit integrierter Heizung erst recht nicht mehr. Jedenfalls freut man sich nach einem Jahr im Ausland, wenn man nicht zum tausendsten Mal die Frage nach dem Wetter in Deutschland beantworten muss. Ich habe mich dort übrigens sofort zu Hause gefühlt!

Mittwoch, 02.02.2005

Um acht Uhr gingen wir los, um dann mehr als eine Stunde mit der Bahn zu fahren. In der Bahn könnte man sich rein theoretisch auch Plätze reservieren lassen, aber dann wird es teuer. Ansonsten fährt man im Stehen. Die normalen Wagons sind wie S-Bahnen aufgebaut und die reservierten Wagons sind zweistöckig. Die Odakyû Gesellschaft hat solche Bahnen auch, aber die fahren von den normalen Zügen getrennt und nicht hintereinander gekoppelt.
Gerade noch rechtzeitig kamen wir in der Mittelschule an. Ich sollte mich am Ende der dritten Stunde im Englischunterricht vorstellen. Die Englischlehrerin ist eine Bekannte meiner Japanischlehrerin und hatte sie daher gebeten, mich mit in ihren Unterricht zu bringen. Danach konnten die Schüler Fragen stellen. Das war eine Aktion, weil sie auf Japanisch immer erst die Lehrerin fragten und ich so tun wollte, als verstünde ich kein Japanisch, damit bei ihnen die Motivation englisch zu sprechen nicht nachlässt. Und so war die Englischlehrerin völlig verwirrt, als ich dann plötzlich doch Japanisch konnte …
Später stellte sich heraus, dass sie meine Klassenlehrerin Yamashita-Sensei ebenfalls kennt. Die stecken doch alle unter einer Decke. *lacht*
Die beiden Frauen hatten organisiert, dass ich mir den Musikunterricht der Schule ansehen durfte, weil dort gerade *Taiko* (japanische Trommel) geübt wurde. Natürlich wurde das Stück schon tausendmal geprobt und alle beherrschten es im Schlaf. Ich sollte nun in einem Wahnsinnstempo mittrommeln und dabei noch beachten, dass ich auch die richtige Hand benutze. Wenn man da einmal rauskommt, ist es aus, weil etwa zehn Schüler gleichzeitig trommelten. Wenn dann keiner laut mitzählt, geraten alle etwas aus dem Rhythmus. Aber ich durfte mich gar nicht wieder setzen, bis ich es konnte.
Danach kamen immer wieder Schülerscharen in den Englischraum, um mit mir zu sprechen. Sie guckten mich mit großen Augen an, kicherten schüchtern und wurden daraufhin aufgefordert, entweder ihre Fragen zu stellen oder hinauszugehen.
Da ich nachmittags mit Eriko in Kichijôji verabredet war, hetzte ich nach dem Besuch der Mittelschule quer durch Tokyo, ohne eine freie Minute zu haben. Am Treffpunkt angekommen überraschte mich, dass sie mit Yui auf mich wartete und erzählte, dass sie drei Stunden lang in einer Saftbar gesessen hätten, um sich zu unterhalten. Der Name der Saftbar änderte sich wäh-

rend des Erzählens immer mal, was ich noch komischer fand. Aber ich habe das Gefühl bald zu wissen, was sie in der Zeit unternommen hatten.

Donnerstag, 03.02.2005

So dachte ich mir das aber nicht! Eigentlich wollte ich meinen Koffer heute fertig gepackt haben. Aber wenn man ein halbes Jahr Zeit hatte, sein Zimmer voll zu stopfen, dann dauert das Aufräumen dementsprechend lange. Nebenbei brachte ich ein 8-Kilo-Paket zur Post. Als ich dort ankam, waren meine Hände aufgrund des Gewichts so zittrig, dass ich echt Probleme hatte, die Adresse ordentlich aufzuschreiben. Der Postangestellte wollte haargenau wissen, wie viele Gegenstände welcher Art in dem Paket sind und was die mal gekostet haben. Oh, Mann. Ich musste mir da irgendwas ausdenken, weil ich absolut nicht mehr wusste, wieviele Bücher, Handtücher, T-Shirts usw. ich dort letztendlich rein gesteckt hatte.
Mit den Fotos der komischen Gesichter meiner Mitschülerinnen habe ich heute ein Poster als Abschiedsgeschenk für meine Klasse angefertigt. Bis auf zwei Mädchen haben sich auch alle fotografieren lassen. Die beiden taten so, als würden sie mich nicht hören, wenn ich sie ansprach und fuhren jeden Tag so schnell wie möglich nach dem Unterricht nach Hause, ohne zu den Chorproben der Klasse zu gehen. Wenn die beiden im Unterricht angesprochen werden, trauen sie sich auch einfach nicht zu antworten. Nach einigen Versuchen hatte ich jedenfalls keine Lust mehr, ihnen hinterher zu rennen und sie zu betteln, weil eh nie eine Reaktion kam. Schade, aber deren Problem.

Freitag, 04.02.2005

Wie bekommt man elf Leute in einer Purikurabox unter? Diese Frage stellte ich mir heute, denn mit den Leuten aus meiner Klasse, die mir am meisten ans Herz gewachsen sind, habe ich einen lustigen Tag verbracht.
Aber das mit der Purikurabox funktioniert! Drei vorne, drei auf der Couch, jeweils eine auf den Lehnen der Couch und weitere drei hinter der Couch. Die letzten drei stehen aber wirklich ungünstig, weil von oben ständig Rollos, die die Farbe des Hintergrundes bestimmen, herausgerollt kommen. Wenn man sich das Geld durch so viele Personen teilt, wird es auch nicht teuer. Es ist aber unmöglich, die Purikuras gerecht zu verteilen. Mit Yui trommelte ich eine Weile lang auf den japanischen Trommeln, die dort in der Spielhalle unter anderem herumstanden. Hinterher wird automatisch ausgewertet, wie viel Prozent man geschafft hat und mit wie viel Kraft man die lauten Schläge absolvieren konnte. Lustige Sache.
Beim gemeinsamen Bowling musste ich mir ein Lachen verkneifen, denn Eriko polierte vor jedem Versuch mit Akribie ihre Bowlingkugel. Hat ihr aber nichts genutzt. *grins*
Bei Yui zu Hause aßen wir Pizza und Chips und sahen uns einen japanischen Gruselfilm an, der aber eher als Gruselkomödie gelten kann. In allen Geschichten ließ sich das gleiche Schema entdecken: Zwei Menschen gehen irgendwo hin, wo es dunkel oder sonst wie gruselig ist, dann geht eine der Personen aufs Klo und schon tauchen überall Leichen auf …
Nach zwei Runden Twister musste ich langsam nach Hause, weil mein Koffer immer noch nicht fertig gepackt ist und ich mir auch noch Fragen für das Deutschlandquiz ausdenken will, das ich mit meiner Klasse morgen machen möchte.

Samstag, 05.02.2005

Der Tag war auch so voll gepackt wie die letzten und hätte 48 Stunden haben müssen! Azusa-chan wollte sich unbedingt mit mir treffen, bevor ich wieder nach Hause fahre und letzten Sonntag hatte es ja nicht geklappt. Also schob ich sie terminlich vor die geplante Abschiedsparty in der Schule, was hieß, dass wir uns 10 Uhr in Kichijôji trafen. Ich musste aber heute die ganze Schuluniform zurückgeben. Also schleppte ich mehrere Beutel und Taschen durch die überfüllten Bahnen. Zum Glück fanden wir in Kichijôji ein Schließfach, das groß genug war, um wenigstens die Hälfte des Gepäcks darin zu verstauen. Nachdem wir Purikura schießen und ein großes Eis essen waren, musste ich auch schon wieder los zur Schule.
Dort war der Raum geschmückt und jede Menge Fressalien verteilt. Ich sollte allerdings eine halbe Stunde vor dem Raum warten, weil die Vorbereitungen noch nicht ganz beendet waren. Ich kam mir ohne Schuluniform ehrlich gesagt ziemlich merkwürdig vor, weil so jeder mitbekam, dass ich bald nach Hause fliege. Wir futterten also ein paar Chips, spielten Spiele und ich veranstaltete mein Quiz. Ich erzählte ihnen zum Beispiel, dass in Deutschland immer Kartoffeln von 25 cm Durchmesser gegessen werden. Die Klasse sollte entscheiden, ob ich die Wahrheit sage oder lüge. Die Geschichte wurde mir tatsächlich von der Mehrheit abgekauft. *lacht* Der schiefe Turm von Pisa befindet sich natürlich ebenfalls in Deutschland. Logisch!
Von der Klasse erhielt ich als Abschiedsgeschenk ein Scrapbook, in dem jede Schülerin eine Seite gestaltet hatte. Natürlich freue ich mich darüber, aber das Ding wiegt mehr als zwei Kilo und somit bleibe ich niemals in der Gewichtsbeschränkung des Koffers für den Flug… Noch dazu bekam ich von Eriko und Yui eine kleine Pinnwand, die als Rahmen für eine Fotocollage dient. Soweit also zum stundenlangen Reden in der Saftbar am Mittwoch. *zwinker* Sie haben sich echt ganz dolle angestrengt und ich bin richtig beeindruckt von ihrer Kreativität! Zum Abschluss sangen wir im Musikzimmer alle zusammen *Sakura* – das Lied, mit dem sie am Chorfesttag auftreten werden.
Danach hieß es Abschied nehmen. Eriko und Yui wollen morgen zum Bahnhof Tokyo kommen, aber den Rest sehe ich so schnell nicht wieder. *schnief*
Was soll ich in Zukunft bloß ohne diese Klasse machen?
Zu Hause angekommen, blieb gar keine Zeit mehr zum Trauern, denn mein halbfertiger und jetzt zu schwerer Koffer wartete auf mich. Der wurde auch erst gegen 23 Uhr fertig und hatte fünf Kilo Übergewicht. Mein Handgepäck war auch zu schwer. Mist. Dabei hatte ich alles Überflüssige schon aussortiert. Meine Rettung war, dass Okâsan mir anbot, ein Paket am Montag abzuschicken, wenn ich ihr Geld da lasse. Daraufhin durfte ich mir natürlich wieder anhören, dass die Austauschschüler vor mir schon im Sommer ein Paket nach Hause geschickt hatten und das MEO mich extra darauf hingewiesen hätte – blablabla. Aber was hätte ich vorher losschicken können? Ich brauchte alles, was ich nicht in dem 8 kg schweren Paket sowieso schon verschickt hatte, bis zum Schluss! Ich war einfach nie wirklich großzügig shoppen und bin mit dem Nötigsten klargekommen.
Zum Abendessen wurde Sushi bestellt. Ich hatte meiner Gastfamilie als Abschiedsgeschenk einen Kalender, besser gesagt Familienplaner, mit Bildern von Berlin und mir gebastelt und genau in dem Moment, als ich ihn überreichen wollte, fingen meine Gasteltern an sich zu zoffen und Otôsan rannte beleidigt aus dem Zimmer und schmiss die Tür hinter sich zu. So wurde ich gleich mit angeschnauzt, warum ich noch immer nicht am Tisch sitze. Na ein Glück, dass ich bald weg bin!

Als letzte Tat vor dem Einschlafen habe ich das zweite Auge meines Darumas geschwärzt. Ich hatte mir im März beim Ausmalen des ersten Auges nämlich gewünscht, dass ich das Jahr hier durchhalte und das habe ich ja geschafft, auch wenn es manchmal ziemlich an meine Grenzen ging. *glücklichsei*

Sonntag, 06.02.2005

Uahh, ich habe meinen Wecker nicht gehört ... Eigentlich sollte ich gegen sechs Uhr aufstehen, weil wir gegen sieben Uhr das Haus verlassen wollten. Doch plötzlich war es 6.45 Uhr als jemand meinen Namen rief – Okâsan. War aber auch nicht weiter wild, weil bereits alles fertig gepackt war und ich auf Frühstück nur sehr wenig Appetit hatte. Ich zog mir alles an, was gewichtstechnisch nicht mehr in den Koffer gepasst hatte: zwei T-Shirts, eine Trainingsjacke, darüber einen Fleece-Pulli. Dann zwei Trainingshosen und die Jacke, die nach all den Schichten nun nicht mehr passte, wickelte ich mir um die Hüfte. In Tokyo kann man so ja herumlaufen. Mein Gastvater stand extra auf, um mich an der Tür zu verabschieden. Er sagte: *„Iterrasshai“*, was eigentlich bedeutet, dass man abends wieder nach Hause kommt. Danach wurde mir erläutert, dass man das bei MEO so sagen würde und Okâsan erklärte mir stolz, dass sie in ihren Kalender auch „Abfahrt“ und nicht „Heimkehr“ geschrieben hatte. Toll! *zwinker*
Am Tokyo Bahnhof angekommen, stellte ich entsetzt fest, dass sich dort zum Express gar keine Schranken befinden, an denen ich mich aber eigentlich mit Eriko und Yui treffen wollte. Und der Bahnhof ist grooooß. Wir trafen uns trotzdem irgendwie und zu meiner Überraschung war ein Viertel meiner Klasse mit dabei. *freu* Der Präsident meines Komitees und Kobayashi-san (LP) kamen auch. Sie unterhielten sich sofort mit Okâsan und somit konnte ich mich ohne schlechtes Gewissen ganz und gar meinen Freundinnen zuwenden. Sie bildeten einen Halbkreis um mich und zogen alle zur gleichen Zeit jede einen Brief für mich aus der Tasche. *nochmalfreu* Nach ein paar letzen Fotos und Umarmungen fuhr der Express Richtung Narita schon ab.
Ich machte den Fehler, mir zuerst Erikos Brief durchzulesen, was zu einigen Tränen führte, aber als ich eine Stunde später am Flughafen ankamen, war zum Trauern schon keine Zeit mehr. Dort musste ich an der Sicherheitskontrolle meinen Koffer öffnen, was ziemlich unangenehm war, denn Sachen, die in letzter Minute von mir noch reingestopft worden waren, sahen alles andere als ordentlich aus. *rotwerd* Wahrscheinlich lag es am japanischen Tee in den Metalldöschen, oder aber am Baton. Aber das unsystematische Rumgewühle in meinem Koffer hätten sie sich auch sparen können. Dann traf ich auf die die Hälfte der anderen deutschen Austauschschüler. Der Rest hatte eine frühere Maschine zurück nach Deutschland genommen.
Zu meiner Überraschung war Familie Fujiwara zum Flughafen gekommen. Alle vier strahlten mich an. Sie überreichten mir das Ergebnis des JLPT-Sprachtests vom Dezember, das gestern bei ihnen per Post angekommen war. Das Level 3 habe ich bestanden und neunzig Prozent aller Fragen richtig beantwortet. Ich hätte den Test übrigens auch bestanden, wenn ich den ersten Teil nicht hätte nachschreiben dürfen!
Die Sicherheitsschranken haben natürlich auch gefiept, weil ich in einer der Hosen etwas Metallisches hatte. Daraufhin musste ich die Schuhe auch noch ausziehen. Dann gab es wieder Aufregung, weil eine der deutschen Austauschschülerinnen glaubte, ihre Bordkarte verloren zu haben. Später stellte sich heraus, dass Franzi sie in der Hand hielt. *augenroll* Kurz nach dem Start kam eine genuschelte Durchsage, von der ich nur „... is broken“ verstand. Mich befiel Panik. Es

war aber nur der Ofen zum Erwärmen der Speisen gemeint … Während des Fluges standen wir MEOler zeitweise zu fünft im hinteren Teil des Flugzeugs und unterhielten uns stundenlang. Von einer der britischen Stewardessen wurden wir deswegen immer wieder zurechtgewiesen. Daraufhin kam eine der japanischen Stewardessen und entschuldigte sich auf Japanisch bei uns und belegte die Britin mit ein paar saftigen Ausdrücken. Wir haben ja so gelacht. Schließlich drei Stunden Aufenthalt in London und danach ab nach Hause.
Meine Eltern, mein Bruder und Catrin erwarteten mich kurz nach 22 Uhr am Flughafen in Tegel mit Blumen. Meine Mutti hatte eine Kette gebastelt, an der Kinderschokobons und andere deutsche Leckereien hingen, die den Abschiedsschmerz lindern und mir die Rückkehr versüßen sollen. Es war ein merkwürdiges Gefühl, wieder auf deutschem Boden zu stehen.
Als ich zu Hause ankam, fühlte ich mich zunächst, als sei ich gar nicht weg gewesen. Nur mein Zimmer ist so fürchterlich groß und ordentlich. *zwinker* Kleine Sachen haben sich natürlich verändert: In unserer Wohnung hängen neue Bilder, wir haben eine andere Waschmaschine, mein Bruder ist ein Stück gewachsen und aus dem Stimmbruch heraus, mein Papi ist ein bisschen grauer geworden *hihi* und auf meinem Schreibtisch türmen sich Bücher, Zeitschriften, CDs und eben alles, was sich in dem Jahr für mich angesammelt hat. Catrin hatte mir eine große Obstschale geschenkt und mein Papi einen frischen Obstsalat für mich geschnippelt. Inzwischen war es fast Mitternacht. Wir saßen noch ein bisschen gemeinsam am Küchentisch und schwatzten und irgendwann fiel ich todmüde ins Bett.

Nachwort:

Die ersten Tage danach

Re-entry-shock!
Unsere Toilettenbrillen sind nicht beheizt, die Straßen sind schmutzig und die Häuserwände beschmiert. Deutsches Essen schmeckt mir nicht mehr (ich habe seit meiner Rückkehr noch mal gute zwei Kilo abgenommen) und das bestellte Sushi war auch eher nicht japanisch. Flüche sind allgemein an der Tagesordnung, obwohl ich seit einem Jahr keine mehr gehört habe. Die VerkäuferInnen sind unfreundlich und eher Warenaufpasser. Man gibt mit „Steinzeit"-Handys an („Oh toll, sogar mit Kamera!!!"). Ich bin immer noch irritiert, wenn ich einen Menschen ohne asatisches Aussehen treffe, weil man sich als „Langnase" in Tokyo ja zunickte oder sogar gegrüßt hat.
Aber das wird sich in den nächsten Tagen sicherlich geben. Hoffe ich zumindest.
Meine Eltern tun mir ja auch leid, wenn ich sie ständig annöle. Aber die scheinen das recht gelassen zu sehen und so fällt das Wiedereinleben nicht schwer.

Schule in Deutschland

Nach zwei Wochen Erholung, bin ich wieder zur Schule gegangen. Da das Austauschjahr mitten im Schuljahr begann und auch endete, bleibt mir auch gar nichts anderes übrig, als in das zweite Halbjahr der elften Klasse einzusteigen und damit dort weiter zu machen, wo ich vor einem Jahr aufhörte.
Obwohl ich ein ganzes Jahr lang nichts für die Schule getan hatte, fiel mir der Wiedereinstieg nicht schwer. Das einzige Problem stellte Mathe dar, weil der Lehrplan zwischenzeitlich umgestellt wurde und ich die Wahrscheinlichkeitsrechnung verpasst hatte und sie alleine nachholen musste. Außerdem nervte mich am Anfang, dass meine Mitschüler ein Jahr jünger sind, als ich. Ich bin aber nun richtig froh darüber, das Jahr nicht übersprungen zu haben, weil ich mich in meinem jetzigen Jahrgang nach einer kurzen Eingewöhnungszeit richtig wohl fühle!
Dass man in Deutschland im Unterricht nicht schlafen darf, stört mich zum Glück überhaupt nicht. Das liegt wohl daran, dass es wesentlich spannender ist, wenn man sich im Unterrichtsgespräch aktiv beteiligen kann. (Dass ich das noch mal behaupten würde … *zwinker*) Zudem bin ich früher zu Hause, es fällt mehr Unterricht aus und am Samstag kann ich zu Hause bleiben. Die Schuluniform und meinen Teeclub vermisse ich schon. Dafür kann ich im Chor wieder Klavier spielen, was die Nachteile der Schule in Deutschland wettmacht.
Meine Zensuren sind bei weniger Kraftaufwand um einiges besser ausgefallen als vor Japan. Ich weiß nicht, ob das anderen Austauschschülern auch so geht!? Japanisch kann ich als viertes Prüfungsfach, das heißt mündlich, ins Abitur einbringen! Das kommt mir ja sehr entgegen! In meinem Jahrgang sind wir an der Leonard-Bernstein-Oberschule übrigens drei „Japanfahrer". Derrick wohnte in den Präfekturen Saitama, Gunma und Tochigi nördlich von Tokyo; Jan in der Stadt Ginowan in Japans südlichster Präfektur Okinawa.

MEO-Nachbereitung

Anfang Mai 2005 erhielt ich einen Brief von MEO, in dem ich zu einer Nachbereitung meines Auslandsaufenthaltes eingeladen wurde. Ich stellte mir allerdings die Frage, ob ich nach meinen Erfahrungen mit MEO Japan überhaupt zu diesem Treffen fahren wollte.
Zu dieser Nachbereitung kamen alle MEOler der Winterrückreise zusammen, die im Norden und Osten Deutschlands wohnen. MEO Deutschland versendet meistens Teilnehmerlisten mit Adressen und Telefonnummern, damit man Fahrgemeinschaften bilden kann. Diesmal wurde eine Homepage mit Passwort bekannt gegeben und als ich mir die Namen ansah, bekam ich doch Lust, den einen oder anderen wiederzusehen. Also fuhr ich mit den anderen Berlinern gemeinsam nach Hamburg. Die Nachbereitung hat mir echt Spaß gemacht! Als Erstes wurde uns nämlich gesagt, dass das ganze Programm mitbestimmbar und freiwillig sei! Welch ein Unterschied zu Tokyo Tama.
An einem Tag veranstalteten wir eigene Workshops. Ich gestaltete einen Workshop zur Japanischen Sprache und ließ mir anschließend Elemente einer Thaimassage beibringen. Ansonsten redeten wir viel über unsere Erfahrungen, zeigten uns Fotos und erinnerten uns gemeinsam. So habe ich nebenbei auch eine Menge über Chile und Thailand gelernt. An einem Abend fand eine Disko mit aus aller Welt mitgebrachten Popsongs statt.
Wir erhielten auch unseren Brief, den wir am 04.10.2003 an uns selbst geschrieben hatten, zurück. Über vieles musste ich schmunzeln und das machte mir wieder so deutlich, wie sehr ich mich in dem Jahr Japan verändert hatte.
Das wird höchstwahrscheinlich meine allerletzte MEO-Veranstaltung gewesen sein.

August 2006

Jetzt sind bereits anderthalb Jahre seit meiner Rückkunft in Deutschland vergangen … wie die Zeit rennt. *staun*
Oft werde ich gefragt, ob ich denn noch in Verbindung mit meinen Freundinnen in Japan stehe. Erstaunlicherweise habe ich den meisten Kontakt zu Sachiko, meiner Gastschwester. Ihretwegen verließ ich damals meine erste Gastfamilie. Mit Sachiko chatte ich des Öfteren und wir schreiben uns hin und wieder Mails. Sie hat die Schule inzwischen beendet, studiert und lernt jetzt auch Deutsch an der Uni. Der Austausch auf dem Postweg ist wesentlich unregelmäßiger. Eriko und ich schicken uns hin und wieder Briefe. Von Yamamotos kam schon das eine oder andere Paket mit Leckereien an. Wie es Familie Yamamoto geht, erfahre ich so allerdings nicht, weil Okâsan keine Zeit findet, einen Brief zu verfassen und meine Gastgeschwister ebenfalls nicht schreiben. Meine Klasse schickte mir einen Brief, in dem alle einen kleinen Text für mich verfasst hatten. Im Umschlag befand sich auch eine CD mit den Aufnahmen des Chorfestes, das kurz nach meinem Rückflug stattgefunden hatte. Meine Klasse belegte im Wettkampf gegen alle Klassen der Schule den zweiten Platz! Das hätte ich ja nie für möglich gehalten! Zum Jahreswechsel kam dann noch ein großer Brief mit einem selbst gebastelten Kalender, in dem alle Geburtstage der Schülerinnen geschrieben stehen und ihre Bilder eingeklebt sind. Jetzt ist es leider nicht mehr möglich, einfach einen Brief an die ganze Klasse zu schicken, weil meine ehemaligen Mitschülerinnen seit März auf die unterschiedlichsten Universitäten gehen.
Kontakt habe ich auch noch zu Hayakawa-Sensei. Sie war inzwischen in Berlin und wir schauten uns zusammen die Reste der Berliner Mauer an der East Side Gallery an. So konnte sie auch

meine „armen Osteltern“ kennen lernen und verbliebene Fragen stellen. *lach* Sie war sehr beeindruckt von den Kenntnissen meiner Mutter über Japans Politik, Kultur und Geschichte und lud uns ein, nächstes Jahr gemeinsam mit ihr das Tokyoter Nationalmuseum unter ihrer fachkundigen Führung zu besuchen. Als Geschichtslehrerin hat sie da bestimmt viel zu erzählen. Über den von ihr mitgebrachten Macha für die Teezeremonie habe ich mich sehr gefreut.
Auch Arisa besuchte Berlin mit einer Freundin aus ihrer Deutsch-Seminargruppe. Sie haben ein paar Tage bei uns übernachtet und wir konnten gemeinsam die Stadt anschauen. Der Umgang mit ihr war wesentlich unverkrampfter als zu der Zeit, als ich noch bei Fujiwaras lebte.
Es ist sowieso super, dass ich hier in Berlin wohne. So ist es oft möglich, dass mich Freunde aus Japan besuchen, wenn sie eine Europareise machen und ohnehin nach Berlin kommen. Zum Beispiel habe ich mich auch mit Panda zum Cocktailtrinken getroffen und Azusa hat in den Sommerferien fünf Tage hier verbracht und wir haben ein ordentliches Sightseeing-Programm abgearbeitet.
Es ist fest eingeplant, nach dem bestandenen Abitur mit meinen Eltern eine Japanrundreise zu machen. Dann werde ich endlich viele wiedersehen können. *freu*
In Deutschland wollen viele Leute wissen, ob ich meine Japanischkenntnisse nicht zum Beruf machen und Dolmetscherin werden möchte. Nein, das werde ich nicht, denn da ist die Aufregung bei mir viel zu groß. Ich erinnere mich oft an Anetts Hochzeit in Salzwedel! Sie hatte mich noch in Tokyo angerufen und dazu überredet, bei ihrer Trauung zu dolmetschen, weil ihr künftiger japanischer Ehemann nicht genug Deutsch kann und vom Standesamt ein unabhängiger Übersetzer gefordert wurde. Wahrscheinlich beginne ich ein Ingenieurstudium. Das Ingenieurwesen interessiert mich schon seit meiner Grundschulzeit und vielleicht lässt es sich ja später mit meinen Japanischkenntnissen verbinden, mal schauen! Ständig in Japan leben möchte ich allerdings nicht. Das geht schon keinesfalls wegen der allerorten aufgestellten Klimaanlagen. Höchstwahrscheinlich waren die nämlich der Grund für den heftigen Wiederausbruch meiner Neurodermitis, die dann, zurück in Deutschland, innerhalb weniger Wochen verschwunden war. Aber Reisen in das „Land der aufgehenden Sonne“ wird es sicherlich weitere geben!

So, ich hoffe, ihr hattet Spaß beim Lesen, und vielleicht packt den einen oder anderen jetzt auch das Fernweh!

Eure Dana